新潮文庫

冬の日誌／内面からの報告書

ポール・オースター
柴田元幸訳

新潮社版

11834

目次

冬の日誌／内面からの報告書

冬の日誌

Winter Journal

自分はそんなふうにならない、そう君は思っている。そんなことが自分に起きるはずはない、自分は世界でただ一人そういったことが何ひとつ起こらない人間なのだと。それがやがて、一つまた一つ、すべてが君の身に起こりはじめる——ほかの誰もに起きるのと同じように。

ベッドから這《は》い出て、窓まで歩いていくときの、冷たい床を踏む君の裸足《はだし》の足。君は六歳だ。外は雪が降っていて、裏庭の木々の枝が白くなりかけている。

いま語れ、手遅れにならないうちに。そして期待しよう、もう語るべきことがなくなるまで語りつづけられるようにと。何といっても時間は終わりに近づいている。もしかしたらここは、いつもの物語は脇《わき》へ置いて、生きていたことを思い出せる最初の日からいまこの日まで、この肉体の中で生きるのがどんな感じだったか、吟味してみるのも悪くないんじゃないか。五感から得たデータのカタログ。呼吸の現象学、と言ってもいいかもしれない。

君は十歳で、真夏の空気は蒸し暑く、湿度はひどく高く不快であり、裏庭の木蔭《こかげ》に座っていても汗が額ににじんでくる。

君はもう若くない。これは反駁《はんばく》の余地のない事実だ。今日からあと一か月で六十四歳になる。過度に老いたという齢《とし》ではないし、後期高齢者と言うにも程遠い。それでも君は、この年齢まで行きつかずに終わった人たちのことを考えずにいられない。これもまた、起きるはずはなかったのに起きてしまったことのひとつだ。

先週の吹雪の最中に、君の顔に当たった風。厳しく刺す寒さのなかで、君は人けのない街路に出て、何だってこんなひどい雪あらしのときに外へ出ようなんて気になったんだろうと思っている。とはいえ、倒れまいとどうにかバランスを保とうとするさなかにも、その風がもたらす高揚があり、見慣れた街路が白く渦巻く雪のもやに変わったのを見る嬉《うれ》しさがあった。

肉体の快感と、肉体の苦痛。何よりもまずセックスの快感、だがそれに食べたり飲んだりの快感、裸で温かい風呂《ふろ》に横たわること、痒《かゆ》いところを掻《か》くこと、くしゃみやおなら、ベッドでもう一時間過ごすこと、春の終わりか夏の始めのうららかな午後に太陽に顔を向けて暖かさが肌にしみ込むのを感じることの快楽。無数の具体例。何らかの肉体的快感がまったくない日は一日としてない。とはいえ苦痛の方が明らかにもっと執拗《しつよう》で消しがたく、君の肉体のほぼすべての部分がこれまで一度は痛みに襲われてきた。目と耳、頭と首、肩と背、腕と脚、喉《のど》と腹、足首と足先、さらには、君の左の尻《しり》にかつて出来たおでき、医者がこれを「ウェン」（wen）と呼ぶのを聞いて何だか中世の疾病《しっぺい》みたいに君の耳には響いたものだが、あのときはまる一週間椅子《いす》に座れなかった。

君の小さな体。君が三歳、四歳だったとき君に属していた体から地面までの近さ。すなわち、君の足から頭までの距離の短さ。いまの君の目にはもうとまらない、かつてはつねに見えていて、つねに心を奪われていたものたち。地を這う蟻《あり》や誰かが落とした小銭、墜《お》ちた小枝や凹《へこ》んだ壜《びん》の蓋《ふた》、タンポポとクローバーから成る小さな世界。中でもとりわけ、蟻。それを君は一番よく覚えている。粉のような丘から出たり入ったりしている蟻たちの軍隊。

君は五歳で、裏庭の蟻塚の上にしゃがみ込み、小さな小さな六本足の友人たちの往《ゆ》き来をじっくり観察している。君には見えも聞こえもしないまま、三歳になる君の隣人がうしろからこっそり寄ってきて、おもちゃの熊手《くまで》で君の頭を殴る。熊手の先が頭皮に刺さり、血が髪に流れ込み、首のうしろを伝って垂れていき、君は悲鳴を上げて家の中に駆け込み、お祖母《ばあ》ちゃんに手当てしてもらう。

君のお祖母ちゃんが君の母親に言った言葉。「あんたの父さん、さぞ素晴らしい人だろうねえ――あんな人じゃなかったら」

けさ、例によって薄暗い一月の夜明けに目を覚ますと、灰色っぽいぼやけた光が寝室にしみ込み、君の妻の顔が君の方を向いている。彼女の目は閉じられ、まだぐっすり眠っていて、上掛けを首まで引っぱり上げているので見えているのは頭部だけ。彼女がいかに美しいか、いかに若く見えるかに君はつくづく感じ入る。初めて一緒に寝て以来三十年が、同じ屋根の下で暮らし同じひとつのベッドを共にするようになってから三十年が経《た》っているというのに。

今日もまた雪が降っていて、ベッドから這い出て窓まで歩いていくと、裏庭の木々の枝が白くなりかけている。君は六十三歳だ。ふと君は、少年時代から今日に至る長い旅のあいだ、誰かに恋していなかった時期がほとんどなかったことに思いあたる。三十年間は結婚していたわけだが、その前の三十年、いくつの恋患《わずら》いと憧《あこが》れ、いくつの熱中と追跡、いくつの錯乱と欲望の狂える奔出《ほんしゅつ》があったことか？　物心ついてからずっと、君は進んで恋愛の奴隷《どれい》でありつづけてきた。少年のころ恋した女の子たち、大人になってから愛した女性たち、みんなそれぞれ違っていて、ふくよかな女性に痩《や》せた女性、背の低い女性に高い女性、本好きの女性に運動好きの女性、憂《うれ》い気味タイプに外向的タイプ、白人黒人アジア人、表面は君にとって問題だったことはなく、その人に見てとれる内なる光、それがすべてなのだ――個性のきらめき、あらわになった自我の輝き、その光が彼女を、ほかの人たちにその美は見えなくとも君にとっては美しい人にし、ひとたびそうなったら君は彼女と一緒にいたくて、彼女のそばにいたくてたまらなくなる。君は女性の美しさに抗《あらが》えたためしがない。始まりは幼稚園に入ってまもない日々までさかのぼる。長い金髪のポニーテールの子に君は惚《ほ》れ込み、その子と一緒にこっそり抜け出してどこかの隅に隠れて悪さをして何度サンドクィスト先生に叱《しか》られたことか。でもいくら罰を受けても何とも思わなかった。君は恋をしていたのだから。あのころの君は恋の虜《とりこ》だった。そしていまもやっぱり恋の虜だ。

君の傷跡一覧。特に顔の傷跡。毎朝、ひげを剃《そ》ったり髪を梳《と》かしたりしようとバスルームの鏡と向きあうたびにそれらの傷が目に入る。それらについて考えることはめったにないが、考えるときはいつも、それらが生のしるしであることを君は理解する。顔の皮膚に彫り込まれたもろもろのギザギザは、君という物語を語る秘密のアルファベットだ。なぜなら傷跡一つひとつが治った怪我《けが》の名残《なご》りであって、怪我一つひとつは世界との思いがけない衝突によって生じたのだから——つまり事故《アクシデント》によって、起きる必要のなかったことによって。アクシデントとは取りも直さず、起きなくてもよいはずのことなのだ。それは必然性ある事実ではなく、偶発的な事実である。けさ鏡を見ていて訪れた、人生はすべて偶発的なのだという認識。ただひとつ必然なのは、遅かれ早かれ終わりが来るということ。

君は三歳半で、君の妊娠中の母親は二十五歳で、ニューアークの繁華街にあるデパートへ買い物ツアーへ行くにあたって君を一緒に連れてきた。ツアーにはもう一人、母親の友だちも一緒で、やっぱり三歳半の男の子を連れている。ある時点で君と君の幼い同志は母親たちの許《もと》を脱走し、デパートの店内を駆け回りはじめる。そこはものすごく大きな空間であり、間違いなく君がこれまで足を踏み入れたなかで一番広い部屋である。

この途方もない室内スペースを走り回ることには紛れもない快感がある。じきに君とその子は腹から床に飛び込んで滑走をはじめる。いわば橇《そり》のない橇滑りのように、君たちは滑らかな表面を滑っていく。やっていてあまりに楽しく、ゲームがもたらす快楽に酔いしれるあまり、君たちはだんだん向こう見ずになって、さらに大胆なことを企てていく。建築だか修繕だかの作業が行なわれているあたりに君たちは行きつき、どんな障害が前に控えているかも目にとめず、ふたたび床に飛び込んで、ガラスのような表面を滑り、君はやがて、木製の作業台に自分がまっしぐらに突進していることに気づく。作業台の脚が一本、眼前に迫ってくるが、小さな体をちょっとひねれば衝突を避けられるものと君は踏む。が、方向転換を強いられたその一瞬のあいだに君が見逃しているのは、脚から釘《くぎ》が一本出ていることだ。君の顔と同じくらい低い位置に、長い釘が一本あって、君が止まる間もなく、疾走していく君の左頰に釘が突き刺さる。君の顔半分が引き裂かれる。六十年経ったいま、君にはこの事故の記憶がまったくない。駆け回ったことも床に飛び込んで滑ったことも覚えているのに、痛みのこと、血のことはまったく覚えていないし、病院に大急ぎで連れて行かれたことも頰を縫ってくれた医者のことも覚えていない。ほんとに上手なお医者さまだったのよ、と君の母親はいつも言っていた。初めての子供の顔半分が破りとられたのを見たトラウマは決して去らなかったから、母はそのことを何度も口にした。精密な二度縫いだか何だかを完璧《かんぺき》にやってくれたおかげで被害は最小限に抑えられ、君は生涯傷を顔に抱える運命を免れたのだ。片目なくしてたかもしれないのよ、と母親はよく君に言ったし、もっと大仰に、命なくしてたかもしれないのよ、とも言った。きっとそのとおりなのだろう。年月が過ぎるにつれて傷跡はどんどん小さくなっていったが、よく見ればいまもそこにある。君はその幸運の象徴を（目は無事！　命も！）墓に入るまで身につけているだろう。

　眉《まゆ》が裂けた傷跡が左に一つ、右に一つでほとんど左右対称。一つ目は小学校の体育の授業のドッジボールで煉瓦《れんが》の壁に激突して生じ（その後何日も目の周りは黒く巨大に腫《は》れ上がり、ほぼ同時期にシュガー・レイ・ロビンソンに選手権試合で敗れたボクサー、ジーン・フルマーの写真を君は思い浮かべた）、二つ目は二十代前半、屋外バスケットボールの試合中にレイアップシュートを狙《ねら》って飛び込んだときにうしろからファウルされリングを支えている金属柱にぶつかって出来た。あごにもうひとつ傷跡があるが起源は不明、おそらく幼いころの怪我の名残りだろう。舗道で転んで強く打ったか、石が当たって肉が裂けたか。朝にひげを剃るとき傷はいまも見える。この傷には何の物語も伴っておらず、君の母親も話題にしたことは（少なくとも君が思い出せるかぎり）ない。妙な話だ、と君は思う。不安だ、とまでは言わないが、永久に残ったこの線が、見えざる手と呼ぶほかないものによって君のあごに刻まれたなんて妙だ――君の体が、歴史から抹消《まっしょう》された出来事の起きた場であるなんて。

いまは一九五九年六月。君は十二歳、あと一週間で五歳のときから通ってきた小学校をクラスメートたちとともに卒業する。今日は最高にいい天気の、これ以上はないというくらい晴れやかな晩春の日で、雲ひとつない青空から陽が降り注ぎ、暖かいけれど暑くはなく、湿度もごく低くて、そよ風が空気を揺らし君の顔や首やむき出しの腕に寄りそって波打つ。放課後になり、君は仲間たちと一緒に野球をしにグローヴ・パークへくり出す。グローヴ・パークは公園というより町の共有緑地という感じで、手入れの行き届いた芝の生えた大きな長方形が四方から住宅に囲まれた気持ちのいい場所で、君が住むニュージャージーの小さな町でも屈指の美しい公共スペースである。君たちはよく放課後そこへ野球をしに行く。野球こそ君たちみなが何より愛しているものであり、何時間やってもいっこうに飽きない。大人は一人もいない。君たちは独自のグラウンドルールを定め、意見の相違も自分たちで解決する——たいていは話し合いで、時にはげんこつで。五十年以上経ったいま、その日の試合については何も覚えていないが、以下のことは覚えている。試合が終わって、君は内野の真ん中に一人で立って「一人キャッチ」をやっている。すなわち、ボールを高く投げ上げてその上昇と下降を追い、グラブでキャッチしたらすぐまた投げ上げる。投げるたびにボールはさらに高くまで上がって、何回か投げるといまや前人未踏の高度に達しつつあり、宙に何秒もとどまって、白いボールが青空を背景に上がっていき、白いボールが君のグラブに落ちてくる。頭も何も使わないこの営みに君の全存在が没頭していて、君は全面的に集中し、この瞬間ボールと空と君のグラブ以外は何ひとつ存在せず、君の顔は上を向いていて、ボールの軌道を追う君は上を見ていて、したがって君はもはや地面で何が起きているか頭になく、君が空を見上げている最中に地面で何が起きているかというと、何かが――あるいは誰かが――出し抜けにぶつかってきて、その衝撃はあまりに突然、あまりに激しく、あまりに強烈であるため君はあたかも戦車にぶつけられたかのように瞬時に地面に倒れ込む。襲われたのは君の頭部、特に額だが、胴にも打撃は及んでいて、地面に倒れ喘《あえ》ぎながら頭はほうっとし意識もほとんど失いかけている君は、額から血が流れているのを目にする、いや流れているのではない、噴き出しているのだ、そこで君は白いＴシャツを脱いで噴き出ている箇所を押さえつけ、何秒も経たないうちに白いＴシャツは一面真っ赤になっている。ほかの男の子たちは愕然《がくぜん》としている。助けられるものなら助けようとみんな飛んできて、そこで初めて何があったかを君は知る。どうやら君の仲間の一人の、ひょろ長い気の好《い》いうすのろのＢＴが（君は彼の名前を覚えているがここで明かすのは控える。彼がまだ生きていて、バツの悪い思いをさせたくないから）、空高く上がる摩天楼のごとき君のスローにすっかり感心して、自分も仲間に加わろうと思い立ち、自分もボールを取る気でいることを君には告げずに落ちてくるボールの方へ駆け出し、もちろん頭は上に向け、口は例によってだらしなく開けて（口をあんぐり開けて走る人間なんてほかにいるだろうか？）、次の瞬間に全速力で走ったまま君と激突したとき、開いた口から飛び出ている歯が君の頭にもろに食い込んだのである。かくしていま君から血が噴き出し、左目の上の皮膚が深く裂けた。幸い、君の家族のかかりつけの医者の診療所は道のすぐ向かい、グローヴ・パークの周りを囲む家々の一軒である。男の子たちはただちにそこへ君を連れていくことにし、君は友らに伴われ血まみれのＴシャツを頭に当てて公園を横切る。友は四人だったか六人だったかもう覚えていないが、とにかく全員でコーン先生の診療所になだれ込んだ（君は先生の名前を忘れていないし、同様に幼稚園の先生ミス・サンドクィストの名前も、子どものころ習ったほかのどの先生の名前も忘れていない）。受付の女性は君たちに、先生はいま診察中ですと告げ、彼女が椅子から立って急患だと知らせに行く間もなく君たちはノックもせずに診察室へなだれ込んでいく。コーン先生は診察台の上にブラとスリップだけの姿で座ったぽっちゃりした中年女性と話している最中である。女性は驚いて悲鳴を上げるが、君の額から噴き出ている血を見たコーン先生は女性に服を着て部屋から出るように言い、君たちも出ていきなさいと君の友人たちに言い、即刻君の傷を縫う作業に取りかかる。麻酔を施している暇はないからものすごく痛いが、君の皮膚を先生が縫い進むなか君は声を張り上げぬよう精一杯耐える。縫った出来映えはおそらく一九五〇年に君の頰を縫ってくれた先生の仕事ほど見事ではないが、それでも十分上出来だった。とにかく君は出血多量で死にもしなかったし、いま現在君の頭に穴は開《あ》いていないのだから。数日後、君はクラスメートたちとともに小学校の卒業式に参加する。君は旗手に選ばれているので、アメリカの国旗を掲げて講堂の通路を歩いていって舞台上の旗台に旗を掛けねばならない。君の頭には白いガーゼの包帯が巻かれ、縫った箇所からはまだ時おり血が染《し》み出るので白いガーゼには大きな赤い染みが付いている。式が終わると、君の母親が言う――あなた、旗持って歩いてたところ、独立戦争の傷ついた英雄の絵みたいだったわよ。ほら、『一七七六年の気概』（アメリカの画家アーチボルド・ウィラードが一八七五年ごろに描いた絵）みたいに。

君に迫ってくるもの、君にいつも迫ってきたもの――外界、すなわち空気。より正確に言えば、周りの空気に包まれた君の体。君の両足の裏は地面にしっかり繋《つな》がっている、でもそれ以外は君のすべてが空気にさらされていて、物語はそこで、君の体の中で始まり、すべてはいずれやはり君の体の中で終わる。目下君は風のことを考えている。あとになって、もし時間が許せば、暑さ寒さのことも考えるだろうし、無限に多様な雨のこと、目のない人間みたいに君がその中をさまよった霧のこと、フランスのヴァール県の家の瓦《かわら》屋根にかたかたかたかたマシンガンのごとく狂おしく降ってきた雹《ひょう》のことも考えるだろう。でもいま君の気を惹《ひ》いているのは風だ。なぜなら空気というものはめったに静止しておらず、時おり君を囲む無の、ほとんど察知不能な息を別とすれば、そよ風があり漂うように揺れる空気があり、突然の疾風がありスコールがあり、瓦屋根のあの家で君が耐え抜いた三日吹き荒れたミストラルがあり、大西洋沿岸を吹き抜ける水をたっぷり含んだ北東の強風があり、大風、ハリケーン、つむじ風がある。そして二十一年前の君は、君が知らぬ間に中止になったイベントめざしてアムステルダムの街なかを歩き、引き受けた責任を律儀《りちぎ》に果たそうと、のちに世紀の大嵐と呼ばれることになる天候の中を進もうとしている。暴風の猛烈さたるや何ともすさまじく、外出しようという君の頑固な、無分別な決断から一時間と経たぬうちに、そこらじゅうの街角で木が根こぎにされ、煙突が地面に転げ落ち、駐車した車が持ち上げられて宙を飛んでいくことになる。君は風に顔を向けて歩き、歩道を進もうとあがくが、行き先に向かおうと頑張るもののいっこうに動くことはできない。風はもろに君に吹きつけ、一分半のあいだ、君は一歩も動けない。

十三年前の一月のダブリン。秒速四十五メートルのハリケーンがあった次の夜に、ヘイペニー橋の欄干に置かれた君の両手。過去二か月間君が監督を務めてきた映画の撮影最後の夜、最後の場面、最後のショット。ごく単純な、主演女優の手袋をはめた手にカメラを据えて、彼女が手首をひねって小さな石がリフィー川に落ちるのを撮るだけの話。何でもない、映画全体でもこれほど努力も工夫も要らないショットはほかにないが、吹きさらしの夜の湿気と闇《やみ》に包まれて立つ君は、いまや底なしに疲れている。九週間ずっと、無数の問題に見舞われ（予算の問題、組合の問題、ロケの問題、天気の問題）、疲労困憊《こんぱい》の日々が続き、始まったときから七キロ痩せた君はいま、撮影スタッフと一緒に何時間も前から橋の上に立っている。じっとり湿ったアイルランドの極寒《ごっかん》の空気が骨に染み込んでいる。そして、最後のショットを撮る直前、君は自分の両手が凍りついていて指を動かすこともできず手が氷の塊二個と化してしまっていることに気づく。なぜ手袋をしていないのか？ と自問するが、その問いに君は答えることができない。ホテルを出て橋に向かったときは、手袋のことなどまったく頭になかったのだ。最後のショットを君はもう一度撮影し、それからプロデューサー、女優とそのボーイフレンド、撮影スタッフ数人と一緒にそばのパブに入って凍《こご》えた体を暖め、映画の完成を祝う。店はぎっしり混みあっていて、騒々しく声を張り上げる人々が行き来して黙示録《もくしろく》のごとき喧騒《けんそう》がエコールームさながらに反響するが、君たちはテーブルを予約してあるので、君はそのテーブルの席につく。そして体が椅子に接触したとたん、もうすっかり力が抜けてしまったことを、肉体的活力も精神的活力もすべて尽きてしまったことを君は悟る。こんなに疲れることが可能だとは思っていなかったほど君は疲れていて、まさに精根《せいこん》尽きはて、いまにもわっと泣き出してしまいそうな気がする。ウイスキーを注文し、グラスを手にとり唇まで持っていくと、指がふたたび動くようになったことに気がついて君は意を強くする。君は二杯目のウイスキーを注文し、三杯目、四杯目を注文し、やがて突然眠りに落ちる。周りではすさまじい熱狂が広がっているというのに、君はすやすや眠りつづけ、そのうちに善人たるプロデューサーが君を持ち上げて立たせ、なかば引きずりなかば持ち上げてホテルに連れ帰ってくれる。

そう、君は酒を飲みすぎるし葉巻も喫《す》いすぎる。歯を失《な》くしても補塡《ほてん》してこなかったし、君の食事は現代アメリカの栄養的叡智《えいち》の教えに従っていない。だが君が大半の野菜を避けるのは単に好きでないからであり、好きでないものを食べるのは君にとってひどく困難、ほとんど不可能なのだ。妻が君のことを、特に喫煙と飲酒のことを心配しているのは承知しているが、有難いことにこれまでのところX線でも肺に異常は見えていないし、血液検査でも肝臓に何の障害も出ていないので、君は依然悪《あ》しき習慣を、いつかはそれらが大きな害を為《な》すだろうと十分知りつつ押し進めている。歳《とし》をとればとるほど、愛する小さな葉巻と何度もグラスに注《つ》ぎ足すワインを捨てる意志も勇気もどうやら自分には出そうもないという思いがますます強まってくる。長年実に多くの快楽を与えてくれたこの二つを、いまになって人生から切り離してしまったら、体があっさり崩壊してしまうのではないか、体のシステムが機能するのをやめてしまうのではないかと思えるときさえある。明らかに君は、欠陥を抱えた、そもそもの最初から自分の中に傷を負った人間なのであり（でなければなぜ、大人になってから生涯ずっと、紙の上に言葉を血のように流しつづけて過ごしたりしたのか？）、アルコールと葉巻から得る益は一種松《まつ》葉《ば》杖《づえ》の役を果たし、不具の自己がまっすぐ立って世界の中を進んでいくのを助けてくれているのだ。自己投薬、と君の妻は呼んでいる。君の母親の母親とは違って、妻は君が別の人間になることを求めない。君の弱さを妻は許し、叱ったり罵倒《ばとう》したりもしない。君のことを心配するのは、あくまで君に永遠に生きてほしいからだ。何年も彼女と寄り添ってきた理由を数え上げるとき、これは間違いなくそのひとつ、長年変わらぬ愛の巨大な星座の中の明るい星のひとつである。

　言うまでもなく、咳《せき》は出る。特に夜、体が水平になったときには。息の管がとりわけ詰まっている夜は、ベッドから這い出て別の部屋に行き、痰《たん》を全部出してしまうまで狂ったように咳を続ける。友人のスピーゲルマン（君の知るもっとも熱烈なスモーカーだ）は、なぜ煙草《たばこ》を喫うのかと訊《き》かれるたびに、「咳をするのが好きだから」と答えるという。

一九五二年。五歳の君は裸で、一人で風呂に入っている。もう自分で体を洗えるくらい大きいのだ。温かい湯の中で仰向けに横たわっていると、突然ペニスが気をつけの姿勢になり、水面の上に飛び出す。この瞬間まで、君は自分のペニスを上からしか、立って見下ろす姿勢からしか眺めたことがない。が、この新たな、ほぼ目の高さの視点から見てみると、割礼《かつれい》を施《ほどこ》された自分の男性生殖器の先端がヘルメットに驚くほど似ていることに君は思いあたる。古風な、十九世紀後半の消防士がかぶっていたようなヘルメット。この啓示は君を喜ばせる。なぜなら人生のこの時期、君の最大の野望は大きくなったら消防士になることだからだ。消防士こそ地上でもっとも英雄的な仕事だと君は思っている（実際そのとおりだろう）。まさしく自分の体にミニチュア消防士ヘルメットが飾られているなんて、何と相応《ふさわ》しいことだろう――しかも、まさしく君の体の、ホースのように見えるし機能もホースに似ている部分に。

一生のうちに君が陥ってきた無数の窮地《きゅうち》。膀胱《ぼうこう》を空にしたいという切実な、圧倒的な欲求を抱えながらもそばにトイレがないという切羽《せっぱ》詰まった瞬間。たとえば渋滞に巻き込まれて動けなくなり、駅と駅のあいだで地下鉄が停まったりしたとき。それを無理して抑えていることの掛け値なしの苦しさ。この万国共通の苦境を誰も話題にしないが、それは誰にも覚えのある、誰もがくぐり抜けてきた事態だ。人間の苦しみの中で膀胱が破裂しそうになることほど滑稽《こっけい》な例もほかにないが、こういう難局を君は、自分が出すものを出してしまうまでは笑う気になれない。三歳を越えた人間の誰が、人前でズボンを濡《ぬ》らしたいと思うだろう？　だからこそ君は、君の友人の一人が臨終間際《まぎわ》の父親に言われた最後の言葉を忘れない。「いいか、チャーリー」とその父親は言った。「小便のチャンスは絶対逃すなよ」。こうして古《いにしえ》からの叡智は世代から世代へと継承される。

ふたたび一九五二年、君は家の車の後部座席に座っている。君の妹が生まれた日に父親が乗って帰ってきた青い一九五〇年型デソート。君の母親が運転し、君たちはしばらく前から道路を走っていて、どこからどこへ行ったのかはもう思い出せないが、これが帰り道であって家まであと十分か十五分だということはわかっている。少し前から君は小便がしたくてたまらず、膀胱の中の圧力はじわじわ募ってきて、君はいまや後部席で身をよじらせ、脚を組み、手で股間《こかん》を押さえつけ、もういくらも我慢できそうにない。苦境を母親に伝えると、あと十分持ちこたえられるかと母は訊く。無理だと思う、と答えると母は、じゃあ、家に着くまで停められるところもないからズボンの中でやっちゃいなさいと言う。これは君にとって実に革新的な発想である。頑張って身につけた男らしい独立状態と君には思えるものを、正面から裏切っているではないか。母が本当にそう言ったのか、君は信じられない思いでいる。ズボンの中でやっちゃう？　と君は母に言う。そうよ、ズボンの中でやっちゃうのよ、と母は言う。べつにいいでしょ？　帰ったらすぐ服を洗濯機に放り込むのよ。かくして、母親の全面的かつ明確な是認を得て、君は人生これで最後となるズボン内放尿を行なう。

五十年後、君は別の車に乗っている。自分の車は持っていないからレンタカー、真新しいピカピカのトヨタカローラである。この車で君はこの三時間、コネチカットからブルックリンの自宅へ帰る道を走っている。いまは二〇〇二年八月。君は五十五歳で、車は十七歳のときから、つねに手際よく自信を持って運転してきた。一緒に車に乗った人間はみな君のことを運転が上手だと言い、四十年近く運転席に座ってきたなかで一度だけフェンダーにすり傷を作った以外は何の事故記録もない。君の妻は一緒に前に、君の右側に座り、後ろには十五歳になる君の（コネチカットの学校での夏の演劇プログラムを終えたばかりの）娘が乗っていて、過去一か月彼女の寝具となってきたキルトやクッションの上に体を広げて眠っている。そして後部席には君の犬も乗っている。八年前に君と娘とで道端から拾って帰った毛むくじゃらの迷い犬で、君によって（トマス・ナッシュ『不運な旅人』の主人公ジャック・ウィルトンにちなんで）ジャックと名づけられ、以来ずっと家族の、いささか頓狂《とんきょう》な、しかし大いに愛される一員となってきた。心配性の君の妻も、君の運転については心配したことがないし、それどころか、道路がどんな状況であっても君が最適にふるまうことを何度も褒《ほ》めそやしてきた。何レーンもあるハイウェイでほかの車を難なく抜く。混みあった都心の道路で左へ右へ巧みに動きながら進んでいく。折れたり曲がったりの田舎道もスムーズにハンドルを切る。ところが今日は、何かが変だと妻は感じる。君がきちんと集中しておらず、タイミングがわずかにずれていることを彼女は察し、さっきから君に、気をつけてよと一度ならず言っている。君の妻の言葉の賢明さをいまさら疑うような愚を君は犯すべきでない。他人の心を読み、他人の魂の中を見抜く超自然的な能力が彼女にはあるのだ。人間が置かれたいかなる事態であっても、その隠れた底流を彼女は嗅《か》ぎとる。その直感の正しさに、君は何度も驚かされてきた。ところがこの日に限って、彼女の不安はいつになく激しく、君はだんだん苛《いら》ついてくる。僕は運転が上手なことで名高いんだぜ、と君は妻に言う。僕が事故を起こしたことがあるかい？ 世界で誰よりも愛する君たちの命を危険にさらすような真《ま》似《ね》を僕がすると思うかい？ もちろん思わないわ、と妻は答える。私いったいどうしちゃったのかしら。トライボロ橋の料金所まで来て、ほら、ニューヨークシティだよ、家はもうじきさ、と君が彼女に言うと、もう運転については一言も言わないと彼女は約束する。だが君は認めたがらなくても、事実何かがおかしいのだ。何しろいまは二〇〇二年、この暗い驚きに満ちた一年間実にいろんなことが君の身に起きたのだから、君の運転技術が突如劣化したところで何の不思議もない。最悪だったのは、五月なかばに君の母親が心臓発作で亡《な》くなったことだった。その死は君を唖然《あぜん》とさせた。七十七歳の人間が何の前触れもなしに死にうること、事実死ぬことを知らなかったわけではない。だが母は電話で話すかぎり元気そうだったし、人生最後の日のすぐ前日に君と話したときもひどく上機嫌で、次々冗談を飛ばし面白おかしい話を並べ立て、電話を切ってから君が妻に「こんなに明るい母さんは何年ぶりかなあ」と言ったほどだったのだ。そう、母の死が最悪だった。それに加えて、二月初旬にコペンハーゲンまで九時間エコノミークラスで飛んだ際に左脚に血栓《けっせん》が出来てしまい、君はその後何週間か仰向けに寝ていることを強いられ、数か月ずっと杖に頼る破目になった。さらには目にも問題が生じた。まず左目の角膜が破れ、何週間かあとに右の角膜が破れて、その後数か月にわたって左右の角膜がくり返し、ほとんどランダムに破れつづけた。破れるのはいつも眠っている最中なので、予防するすべは何もなく（眼科医が処方してくれた軟膏《なんこう》は何ら効き目がなかった）、ふたたび破れた角膜を抱えて目覚める朝、その痛みはすさまじい。目は間違いなく体じゅうで一番敏感で傷つきやすい部分なのだ。そうした非常事態に備えて痛み止めの目薬を処方してもらったが、効いてくるまで通常二時間から四時間かかるから、それまではひたすらじっと、冷たい水で絞った布を痛む目に当てているしかない。目を開けるとまるで針を刺されたみたいに痛むのでずっと閉じている。半年続いたエコノミークラス症候群の災難、慢性状態のドライアイ、さらには母親が死んでわずか二日後に訪れた人生初めてのパニック発作。その直後の日々に発作は何度も戻ってきて、しばらく前から君は自分がバラバラになりつつある気がしている。かつてはこれほど丈夫な人間はいないというくらい丈夫で、外からの攻撃、内からの攻撃いっさいを寄せつけず、人類全体を蝕《むしば》む身体的・心理的苦痛をものともしなかった自分が、いまや少しも丈夫ではなく、衰弱し崩壊した残骸《ざんがい》へと日に日に変わりつつあることを君は感じている。パニック発作を抑える薬をかかりつけの医者は処方してくれていて、もしかしたらこの薬がその午後の運転に影響したのかもしれないが、たぶんそれはないと君には思える。いままでもこの薬を体内に入れた状態で運転して、君も妻も何ら変化は感じなかったのだから。悪影響があったにせよなかったにせよ、君はいまトライボロ橋の料金所を通過し、家までの道行きの最終段階に入った。街なかを走りながら母親のことも目のことも君は考えていないし、脚のこともパニックを遠ざけておくための薬のことも考えていない。ひたすら車のこと、ブルックリンの自宅に着くまでの四、五十分のことを君は考え、妻もどうやら落着いてもう君の運転を心配してはいないようなので君もやはり落着いていて、橋から君の住む地域に入っていくまでの道のりを走破していくなか、異常なことは何も起こらない。たしかに尿意は催していて、この二十分間膀胱は君に信号を送りつづけ、そのＳＯＳはどんどん急ピッチになり緊急度を増しているので、もしかしたら君は少しスピードを出しすぎているかもしれない。そもそも家に帰ること自体、狭く息苦しい車から出られること自体待ち遠しいところへ持ってきて、家に帰れば二階のバスルームに駆け上がってこの重荷を放出できるのだ。とはいえ、いつもよりいくぶん気は急《せ》いているもののすべて順調であり、いまや君たちは自宅のある通りまで二分半のところまで来ている。車は四番街の、荒廃したアパートや空き倉庫が並ぶ気の滅入る一画を下っていて、この界隈《かいわい》は歩行者もわずかなので、ドライバーは道路を横断する歩行者のこともあまり気にかけないし、加えてここではたいていの大通りより青信号が長く続くので、勢いスピードも出しがちに、あまりに出しがちになって、時には制限速度を大幅に超えてしまったりする。まっすぐ邁進《まいしん》している分にはそれで問題ないが（だからこそ君もこのルートを選んだ——ほかのどのルートよりも早く帰れるのだ）、車の流れによっては左折がいくぶん危険になる。青信号の最中に曲がるわけだが、君にとって青信号ということは反対側からこっちへ飛ばしてくる車にとっても青信号なのだ。そしていま、四番街と三丁目の交差点まで来て、家に帰るためには左折が必要であり、君は停まって車の流れが途切れるのを待ち、そのとき突然、四十年近く前に君の父親から運転を習ったときに学んだ教訓を君は忘れる。父本人は実に下手糞《へたくそ》で無能なドライバーだったし、注意散漫、しじゅう上の空になって、キーを差し込むたびに災難を招いているような有様だったが、運転はまるで駄目でも他人に教えるとなると素晴らしかった。そしてその父が君に与えてくれた最高のアドバイスは、守りの態勢で運転せよ、ということだった。道路に出ている人間は自分以外みな愚かで狂っているという前提で行動せよ、何ひとつ当然と思ってはならない。君は運転するたびつねにこの言葉を思考の一番上に据えてきて、長年のあいだにそれがずいぶん役に立ってくれた。ところがいまは、膀胱を空にしたくてたまらないからか、薬で判断が鈍ったからか、それとも疲れていて注意がおろそかになっているからか、衰弱し崩壊した残骸になり果てたからか、とにかく君は衝動的に、思いきって攻めの態勢で運転することに決める。茶色いバンが一台こっちへやって来る。スピードは出ているが、まあ七十五キロ、せいぜい八十キロだと君は踏んで、いま停まっている地点とバンとの距離を目で測りバンのスピードも併せて考えて、これなら左折して問題なく交差点を通り抜けられると判断する——ただしそのためには迅速に行動しいますぐアクセルを踏まないといけない。だが君の計算は、バンが七十五キロか八十キロで走っているという読みに基づいていて、実のところこれは正しくない。バンはもっと速いのだ。最低九十五キロ、下手をすれば百キロ以上出ている。ゆえに君が左折して交差点を急いで抜けようとするさなか、バンは突然、思いがけず君に迫ってきていて、君は前を見ていて右を見ていないから、バンがもろに衝突してくる際もバンを見ておらず、九十度の角度からバンは助手席側、君の妻が座っている側の前部ドアを直撃する。すさまじい衝撃——雷のごとき、痙攣《けいれん》のごとき、地殻変動のごとき激突、世界を終わらせるに十分な音を伴った爆発。あたかもゼウスが君と君の家族めがけて稲妻を一筋投げつけたかのように感じられ、次の瞬間車はコントロールを失ってくるくる回り、狂おしく回転しながら通りを下っていき、金属の街灯柱に衝突して唐突にがくんと停まる。そしてすべてが静寂に沈み、宇宙全体が静寂に包まれ、ようやくふたたび考えられるようになったときまず浮かんでくるのは、自分が生きているという思いだ。君は妻を見て、彼女の目が開いているのを見る。彼女は息をしていて、ゆえにやはり生きている。次に後部席にいる君の娘を見ようと首を回すと、娘もやはり生きている――ぐっすり眠っていたところを、バンと街灯柱との二重の衝撃でいきなり起こされた彼女は、体を起こし、見開いた戸惑いの目で君を見ていて、唇は君がいままで見たどんな唇よりも白く、いま君がこれを書いている紙にも劣らず白い。敷いていたキルトとクッションが、そして眠っていて筋肉がすっかり弛《し》緩《かん》していたという事実が娘を救ったことを君は理解する。おかげで骨はどこも折れていないし、頭が何か硬いものに激突したりもしていない。彼女は大丈夫だろう――もういますでに大丈夫だ。そして犬も、やはりキルトとクッションの上で眠っていた犬も大丈夫だ。それから君は前に向き直ってもう一度妻を見る。衝突点に一番近いところにいたのは彼女なのだ。彼女が君の隣でじっと座っている姿、ぴくりとも動かず何も言わず周囲からまったく遊離した様子でいる姿を見て、彼女の首が折れてしまったのでは、彼女の美しさの象徴たるすらりと長くのびた美しい首が折れてしまったのではと君は恐れる。大丈夫かい、痛くないかい、痛いとしたらどこだい、と君は彼女に訊《たず》ねるが、ひとまず答えは返ってくるもののそれはひどくこもった、ごく小さな声なので、何と言っているか君には聞きとれない。この時点ではもう車の外で生じているざわめきにも君は気づいている。周りでいろんなことが、いくつものことが同時に起きていて、一番目立つのはバンを運転していた女性の金切り声だ。女性は道路の上でぴょんぴょん跳ねて、事故を起こした君に怒りもあらわな侮辱の言葉を浴びせている（あとで君も知ることになるとおり、女は免許証なしで運転していてバンも自分のものではなく、それまでにも何度か警察相手に問題を起こしていた。怒りがすさまじかったのもそれで合点が行くが——要するにまた警察沙汰《ざた》になるのが怖かったのだ——そうやってそこに立って君をどなりつけている姿を見て、女の身勝手さに、君や君の家族が大丈夫かとすら訊かない無神経さに君は愕然とする）。それから、あたかもこの女性の（君の父の言を借りるなら、まさに愚かで狂っている人物の）薄情なふるまいを打ち消すかのように、ささやかな奇跡が次の瞬間に生じる。一人の男が四番街を下ってくる。ふだんは歩行者など一人もいない大通りを歩いていた唯一《ゆいいつ》の歩行者である。そしてあらゆる道理、あらゆる論理に逆らい、世界はこういうふうに動くものだというあらゆる通念を裏切って、この男は病院の白衣を着ていて、若い医者なのである。インド出身で、滑らかな茶色い肌、顔はおそろしくハンサム。たったいま起きたことを目撃したこの人物が車に近づいてきて、穏やかな声で君の妻に声をかけはじめる。もう窓のガラスはなくなっているから、彼は顔を中に入れて小声で、耳に和《なご》むインド人らしい声で彼女に話しかけることができる。神経科医が患者に発するお決まりの質問を彼が発するのを聞きながら——あなたのお名前は？　今日は何日でしょう？　いまの大統領は誰です？——医者が懸命に君の妻の意識を保とうとしてくれていること、彼女が強いショック状態に陥らぬよう尽力してくれていることを君は理解する。激突の衝撃を思えば、彼女に当面何の色も見えないこと、目の前の世界が白黒にしか見えないことも君を驚かせはしない。幽霊ではなく現実の人間である医者は（だが彼のことを、妻を救いに天から降り立った霊だとどうして考えずにいられよう？）、救急車と救急班が来るまで彼女と一緒にいてくれる。君と娘とジャックはすでに車から降りているが、妻はまだ動かしてはならない。彼女の首の骨が折れているのではと誰もが心配しているのだ。命のあご《ジョーズ・オブ・ライフ》という名で知られる道具を使って消防士たちが右前のドアを切断して開けるのをそこに立って眺めながら、破壊された車を見回すと、自分たち皆がなぜまだ息をしているのか君には理解できない。車はまるで踏みつぶされた昆虫だ。タイヤは四つともパンクし、べったり広がりねじれているし、助手席側は陥没して、後部は——街灯柱に衝突したのはこの部分であることに君はいま気づく——ぺしゃんこにつぶれ、後部の窓ガラスもまったく残っていない。君の妻を不動に保つよう、救急医療士たちはゆっくり慎重に彼女を板に縛りつけてから救急車の中に滑り込ませ、君と娘は別の救急車に乗せられて、みんなでベイリッジのルーテル医療センターの外傷棟へ向かう。君の妻にＣＴスキャンを二度行ない、レントゲンを何度か撮った末に、背中も首も骨は折れていないと医者たちは宣言する。かくして、死とつかのま触れあったにもかかわらず君たちはみな幸せな、心底幸せな気分で一緒に病院を去る。帰り道、君の妻は冗談めかして、ＣＴスキャンをやってくれたお医者さんにね、あなたの首は私がいままでに見た一番完璧で一番美しい首ですって言われたのよと報告する。

あの日から八年半が経ち、君の妻はその間一度も、事故について君を非難したことはない。バンを運転していた女性がスピードを出しすぎていたのであり、すべてはあの女性の責任だと君の妻は言う。だが君はそれで自分を放免したりはしない。そう、たしかに女性はスピードを出しすぎていたが、最終的にはそのことも問題ではない。君は冒すべきでなかった危険を冒したのであり、その判断の誤りがいまも君を恥の念で満たす。それゆえ君は病院を出たあともう運転はやめると誓ったのであり、君の家族を危うく殺すところだったあの日以来、事実一度も運転席に座っていない。もはや自分を信頼しないからではなく、自分を恥じているから――ほとんど致死的だった一瞬、激突してきたあの女性と同じくらい自分も愚かで狂っていたことを理解しているから。

　事故の二年後、君はフランスの小都市アルルにいて、朗読会を始めようとしている。一緒に出演するのは俳優のジャン＝ルイ・トランティニャン（君の出版社の社長の友人なのだ）。君がまず英語で読んだ箇所のフランス語訳を彼が読む。聴衆がバイリンガルでない国では普通のやり方である。会のために選んだページを、段落から段落へと二人三脚で進んでいく。今夜トランティニャンと一緒に朗読できることが君には嬉しい。彼の演技を君は非常に尊敬しているし、彼が出演しているのを観《み》た一連の映画を考えてみるにつけ（ベルトルッチ『暗殺の森』、ロメール『モード家の一夜』、トリュフォー『日曜日が待ち遠しい！』、キェシロフスキ『トリコロール／赤の愛』……好きな作品はまだまだ挙げられる）、これ以上素晴らしい仕事をしていると思えるヨーロッパの俳優を思いつくのは難しいと君は思う。それにまた君は、彼に深い同情を感じてもいる。何年か前に彼の娘が残酷に殺されて一大スキャンダルになったことを君は知っていて、彼が味わったにちがいない大きな苦しみ、いまも味わっているにちがいない苦しみを強く意識せずにいられない。君がこれまで知ってきて一緒に仕事もしてきた多くの俳優と同じく、トランティニャンは内気で無口な人物である。善意と友好のオーラは発していても、と同時に自分の殻にこもった、人と話すのに苦労するタイプの人間である。目下君たち二人は舞台に上がって晩のリハーサルをしている最中で、朗読会場である大きな教会だか元教会だかに二人きりでいる。トランティニャンの声の響き、その声の豊かさ、単なるい役者と偉大な役者とを隔てる声のさまざまな特質に君は感銘を受けていて、自分が書いた言葉が（いや正確には、別の言語に翻訳された君の言葉と言うべきだ）その並外れた声を通して伝えられるのを聞いて君はひどく嬉しい気持ちになる。ある時点で、トランティニャンが出し抜けに君の方を向き、あなたは何歳かと訊ねる。五十七です、と君は答え、少し間《ま》を置いてから、あなたは何歳ですかと君も訊ねる。七十四、と彼は答え、また少し間があってから二人ともリハーサルに戻る。終わると君たちは教会内のどこかの部屋に連れていかれ、聴衆がみな席について公演が始められるまでそこで待つことになる。部屋にはほかの人たちもいる。君の本を出している出版社の社員たち、イベントの主催者、君の知らない人たちの名も知らぬ友人等、全部で一ダース余りの男女。君は椅子に座って誰とも話さず、ただ黙って部屋の中の人たちを見ている。見ればトランティニャンも、君から三メートルばかり離れたところにやはり黙って座り、片手をあごに当てて床を見下ろし、物思いにふけっているように見える。やがて彼は顔を上げ、君の目を見据えて、予想もしなかったひたむきさと重々しさで言う――「ポール、ひとつ君に言いたいことがある。五十七のとき、私は自分が老いている気がしていた。七十四になったいま、あのころよりずっと若い気がするよ」。その一言に君は混乱する。相手が何を言わんとしているのか君には見当もつかないが、それが彼にとって大事なことであり、何かひどく大切なことを彼が君と共有しようとしてくれているのは感じとれる。

だから君は、どういう意味ですかなどと説明を求めたりはしない。これまでもう七年近く、君はその言葉に思いをめぐらせてきた。どう捉《とら》えたらいいのかいまもよくわからないが、何度か、ほんのつかのま、彼が伝えようとしていたことの真実をふっと見通せた気になれたこともあった。おそらくそれはごく単純なことなのだ。すなわち、人は五十七のとき、七十四のとき以上に死を恐れるということ。あるいは彼は君の中に、何か気がかりなものを見てとったのか――二〇〇二年の最悪の数か月のあいだに君の身に起きたことのかすかな痕跡《こんせき》を。事実君は、六十三になったいま、五十五のときよりも逞《たくま》しくなった気がしている。脚の問題はとっくになくなった。パニックの発作はもう何年も訪れていないし、目はまだ時おり悪くなるものの頻度は前よりずっと少ない。それに何と言っても、もう自動車事故は起きないし、もはや弔《とむら》うべき両親も君にはいない。

三十二年前の今日、つまりほぼ正確に人生半分前、前の晩に父親が亡くなったという知らせが君の許に届いた。あの一月の夜も今夜と同じく雪の降りしきる、冷たい風の吹き荒れる晩だった。何もかもが同じで、時は動いているが動いていない。すべては違っているがすべては同じ。とはいえ父は、七十四に達する運には恵まれなかった。六十六歳。君はいつも父は長生きするものと思っていたから、君たち二人のあいだにつねに漂っていた霧を晴らそうという気はあっても、いますぐという切迫感はなかった。だから突然の、予想外の死の事実がようやく胸に染み込むと、やり残してしまったことがあるという思いが君の中に残った。口にされなかった言葉をめぐる、永久に逃した機会をめぐる空《むな》しい苛立ち。父はベッドで恋人と愛しあっている最中に死んだ。健康だった男の心臓が、突如不可解にも持ち主を見捨てたのだ。一九七九年のその一月の日のあとの年月、君は何人もの男性から、それが最高の死に方だよと言われたが（小さな昇天がまさに本物の昇天に、というわけだ）、女性からは一度もそう言われたことはないし、君自身もひどい逝《い》き方だと思う。葬儀の場での父の恋人の姿と、その目に浮かんでいた呆然《ぼうぜん》とした表情を思うと（ほんとに恐ろしかったんです、あんなに恐ろしい目に遭ったのは初めてですと彼女は君に言った）、そんなことが妻には起きませんようにと君は祈らずにいられない。三十二年前の今日。以来ずっと君は父のあまりに急な旅立ちを残念に思いつづけてきた。へまばっかりやっている、現実にうとい息子がいずれ救貧院に行きつくのではと父はつねづね心配していた。そしてそうはならなかったことを見てもらう前に亡くなってしまった。それを知ってもらうにはあと数年生きてもらわないといけなかったのだ。六十六歳だった父親が恋人の腕の中で死んだ当時、君はまだ食うや食わずの苦闘を日夜続け、落伍《らくご》者《しゃ》の恥辱を日々味わっていた。そう考えて、君は悲しい気持ちになる。

そう、君はまだ死にたくない。父の生が終わった年齢に近づいてきたいまも、墓地に電話して埋葬場所を確保したりはしていないし、もう二度と読まないとわかっている本を人にあげてしまいもせず、えへんと咳払いしてみんなに物々しく別れを告げるなんてこともやっていない。とはいえ、十三年前、五十歳の誕生日のわずか一か月後、地下の書斎で昼食のツナサンドを食べている最中、現在自分では「偽心臓発作」と呼んでいるものに君は襲われた。痛みがどんどん募って胸に広がっていき、左腕を貫いてあごにまで達する。古典的徴候である。人の命を数分で止めてしまいうる、恐ろしい心筋梗塞《こうそく》。痛みがますますひどくなり、その炎のような力がどんどん高まって君の体内を燃やし胸部にも火を放つなか、体から力が抜けて眩暈《めまい》もしてきたが君はどうにか立ち上がり、両手で手すりを摑《つか》んでのろのろ階段をのぼり、一階の居間の踊り場に倒れ込んで、弱々しい、かろうじて聞こえる程度の声で妻を呼んだ。妻は上の階から駆け下りてきて、君が仰向けに倒れているのを見ると両腕で君を抱き上げ、どこが痛むか訊ね、お医者さんを呼ぶと言った。妻の顔を見上げながら、もう自分は死ぬのだと君は確信した。これほどすさまじい痛みは、死という意味でしかありえないと思った。不思議なことに――ひょっとするとこれは君の身にいままで起きた何にも増して不思議なことかもしれない――怖くはなかった。実際君は、ごく穏やかな気持ちでいて、いまにもこの世界を去ろうとしているという思いをすんなり受け容《い》れていた。これで終わりだ、これで死ぬんだ、こうして愛する女性の腕に抱かれて死ねるならもしかしたら死は思ったほど悪くないかもしれない、と心の中で言っていた。これで死なねばならないのだとしたら、とにかく五十年は生きられたことを幸いだと思えばいい。君は病院に運ばれて緊急治療室に一晩寝かされ、四時間ごとに血液を調べられて、翌朝にはもう心臓発作は食道の炎症に変わっていた。きっとサンドイッチに多量に入っていたレモン汁が引き金になったにちがいない。君は命を返してもらったのであり、心臓は健康で正常に脈打っていて、そうした朗報に加え死がもはや恐れるものでないことを君は学んだのである。死ぬべき時が訪れたら人は別の意識領域に移動するのであって、死を受け容れることも不可能ではなくなる。少なくともそのとき君はそう思った。五年後、初めてのパニック発作が体内を貫き君を床に投げ出したとき、君はおよそ穏やかな気持ちになどなれず何を受け容れもしなかった。今度もまた死ぬのだと思ったが、今回は恐怖に声を張り上げた。生涯でこれほど怖かったことはなかった。涙の谷たるこの世から別の意識領域に移行しひっそり静かに去る、なんてまるでお呼びじゃなかった。君は床に横たわり、声を張り上げた。声を限りに吠《ほ》えた。死は君の中にあり、君は死にたくなかったから、吠えた。

雪。この数日、数週間、雪が本当にたくさん降った。ニューヨークでは一か月足らずで一四〇センチ降った。吹雪が八回、九回、もうわからなくなってしまった。一月のあいだずっと、ブルックリンで一番頻繁に聞こえた歌は、シャベルが歩道や分厚い氷の塊を引っかいて奏《かな》でる路上音楽だった。厳しい寒さ（ある朝は摂氏零下十六度だった）、霧雨、小ぬか雨、靄《もや》、半溶けのぬかるみ、つねに強烈な風、だが何よりも雪、いっこうに溶けぬ雪。吹雪が次々襲ってくるなか、君の家の裏庭の藪《やぶ》も木々もますます長くますます重い雪のひげを着けている。そう、この冬はいまやあの冬として記憶される冬となったようだ。けれど、寒くもあるしいろいろ厄介だし空しく春に焦《こ》がれる気持ちもあるものの、こうした気象ドラマの活気に君は感嘆せずにいられない。子どものころ抱いたのと同じ畏怖《いふ》の念とともに、降る雪を君はいつまでも見ている。

悪ふざけ《ラフハウジング》。子どものころの（辛《つら》さとは反対の）楽しさをいま考えるとき思い浮かぶのはその言葉だ。父とのレスリング——君が起きている時間に父はめったに家にいなかったから（君がまだ寝ているうちに仕事に出かけ、君が寝かしつけられたあとに帰ってくる）、これは稀《まれ》な出来事だったが、たぶんだからこそいっそう忘れがたかった。父の体と筋肉の異様な大きさ、その全体のすさまじいかさ。君は父の両腕の中であがき、ニュージャージーの王を打ち負かそうと奮闘する。あるいはまた、四歳上のいとことの取っ組みあい。日曜の午後に一家で伯父と伯母の家を訪ねていき、床の上をいとこと転げ回るなかで同じ過剰な肉体性が発揮される。その肉体性の、その奔放さの喜び。走る。走って、飛んで、登る。肺が破裂しそうになるまで、脇腹が痛むまで走る。毎日毎日、日が暮れるまで、ゆっくり暮れてゆく夏の黄昏《たそがれ》どきまで、君は芝の庭で走る、精一杯走る、耳の中がずきずき脈打ち風が顔に打ちつける。少し大きくなると、タックルフットボール、長馬跳《ながうまと》び、缶蹴《け》り、お山の大将、旗取り。君も君の友人たちもみな実にすばしこく、実にしなやかで、これら戦争ごっこの遂行に恐ろしく熱心であり、容赦ない残酷さでもって攻撃しあい、小さな体が小さな体に激突し、たがいに張り倒しあい、腕を引っぱり、首を摑み、転ばせ、押し、とにかく勝つために何でもやる。みんなケダモノ、骨の髄までケダモノなのだ。でもあのころは何とよく眠ったことか。ランプを消して、目を閉じたら……また明日。

より繊細な、より美しく、最終的にはより充実感のあるゲーム。もっとも暴力的でないスポーツたる野球の技能を君は着々と身につけていき、六つか七つのころから没頭するようになる。キャッチして投げる、ゴロをさばく、何アウトかランナーが何人どこに出ているかに応じて試合中それぞれの瞬間どこに構えるべきかを学ぶ。ボールが自分の方に飛んできたらどうすべきか前もって知っておく――バックホーム、二塁に投げる、ダブルプレーを狙う、あるいは(君はショートなので)シングルヒットが出たときにレフト方向へ走ってボールを受けとりぐるっと回って長い中継スローをしかるべき位置に投げる。野球が嫌いな人間にはわかるまいが、退屈な時間は一瞬もない。つねに先を予期し、つねに万全の態勢で待ち、頭の中ではいろんな可能性がぐるぐる回っていて、それから突然動きが生じ、ボールがぐんぐん君めがけて飛んできて、為すべきことをきっちりやる切迫した必要が生じる。それを為すにはすばやい反射神経が必要だ。君の左か右かに転がってきたゴロをすくい上げ、一塁めがけて全力で正確に投げる、そのえも言われぬ快感。だが何より快いのは、ボールを打つ快感だ。構えに入り、ピッチャーが振りかぶるのを見守り、来たボールをしっかり捉えて打つ。ボールがバットの芯《しん》と出会うのを感じ、その音をまさに耳にしながらスイングでフォローし、ボールが外野深くに飛んでいくのを見る。何ものにも変えられない感触、その瞬間の高揚に迫るものなどありはしない。時とともに君はますます上達したから、そういう瞬間は数多く訪れたし、君はまさにそれらのために生き、この無意味な子供の遊びに心底没頭した。あのころはそれこそが君の幸福の頂点だったのであり、君の体が何よりも上手に為したものだった。

セックスが方程式に入ってくる前の、君の股間のミニチュア消防士が膀胱を空にする以外の役にも立つことを君が理解する前の年月。これもまた一九五二年だと思うが、もしかしたらその少し前か後かもしれない。君は母親に、すべての子供が親に問う問いを問う。赤ん坊はどこから来るのかをめぐる、標準的な質問。つまり、君はどこから来たのか、いかなる神秘的プロセスを経て一個の人間として世界に入ってきたのか？　母の答えがおそろしく抽象的、回避的、形而上的《けいじじょう》なものだから君はすっかりとまどってしまう。母は言うのだ、お父さんがお母さんの中に種を蒔《ま》いて、少しずつ赤ん坊が育っていくのよ、と。人生のこの時点、君がよく知っている種は花や野菜を生み出す種、秋にまた作物を収穫するために農夫が種蒔き期に広い畑に蒔き散らす種だけである。君の頭に、ただちにあるイメージが浮かぶ。青いオーバーオールに麦わら帽子をかぶった農夫の漫画バージョンとなった君の父親が、大きな熊手を肩にしょい、どこかの田舎を意気揚々、呑気《のんき》な顔で歩き、種を蒔きに向かっている。その後しばらくのあいだ、赤ん坊の話題を耳にするたびにこのイメージが思い浮かぶのだった。農夫になった君の父さんが、青いオーバーオールを着てギザギザの麦わら帽をかぶり、肩に熊手をしょっている姿。でもこれが何か間違っていることもわかった。なぜなら種は家の菜園であれ広い畑であれかならず土の中に蒔かれるものであって、君の母親は菜園でも畑でもないのだから。人生の事実をめぐるこの園芸学的説明をどう捉えたらいいのか、さっぱりわからなかった。あのころの君ほど愚かな人間がありえただろうか？　君はもう一度問い直す知恵もない愚かな子供だったのだ。とはいえ実は、父親を農夫として想像することを君は楽しんでいたのであり、その馬鹿げた衣裳《いしょう》を着た父の姿を思い浮かべるのが嬉《うれ》しかったのである。そもそも、かりに君の問いに対し母親がもっと正確に答えていたとしても、どのみち君は理解できなかっただろう。

母親とこの会話を交わした数週間、数か月前か後かに、おもちゃの熊手を君の頭に叩《たた》きつけた隣の小さな子供が突如行方不明になった。半狂乱になった母親が君の家の裏庭に駆け込んできて、息子を探せと君と君の友人たちに命じ、君たちはただちに、野生の低木林とこんがらがった下生えから成る、君たちの隠れ場所となっていた境界地帯に分け入り、草木を叩き、少年の名前を――マイケルという名だったがふだんはもっぱら悪ガキ《ブラット》とか怪物《モンスター》とか呼ばれていた――呼び、これまで人生をひたすらテロと暴力の実践に捧《ささ》げてきた重罪犯小人《こびと》を探した。君はびっしり茂った藪に入っていき、顔から葉っぱを払いのけ、枝をかき分けながら進んで、逃亡したごろつきが足下で丸まっている姿がいまにも見つかるものと思っていたが、代わりに出会ったのはスズメバチかクマンバチの巣で、君はそれをうっかり踏んづけてしまい、数秒後君は針を持つ生き物たちに包囲されて顔と腕を襲われ、はたいて追い払うものの別の連中が服の中にすでにもぐり込んでいて脚や胸や背中を刺していた。ものすごい痛さ。君は藪から裏庭の芝生に、間違いなく絶叫しながら飛び出していき、そこにいた君の母親が一目見るや君の服を脱がしはじめ、一糸まとわぬ姿にするとその裸の体を抱き上げて家の中に駆け込んだ。中に入るや君を二階まで運んでいき、蛇口をひねって、冷たい冷たい水風呂に入れた。

行方不明の子は見つかった。君の記憶が正しければ、自宅の居間の床で眠っているところを発見されたのだ。ソファの陰に隠れていたか、テーブルの下に丸まっていたかだったと思うが、彼がその日死にもせず失踪《しっそう》もしなかったことを示す更なる証拠としては、その四、五年後のある午後をめぐる記憶がある。君はその日風邪をひいて寝込んでいた。締めきった部屋に閉じ込められて、パジャマを着せられ体には熱があり四時間ごとにアスピリンを飲む、そんなみじめな病気の日だった。ベッドの中で君は、もうすでに学校から解放されてグローヴ・パークで野球をしているにちがいない——何しろ日はさんさんと輝いて天気も暖かで絶好の野球日和《びより》なのだ——友人たちのことを考える。君は九つか十で、半世紀以上経《た》ったいま思い出すと家の中には君一人しかいなかった。裏庭では、君の父親が作ってやった運動用ケーブルに繋《つな》がれた君の家の飼い犬が芝生に寝そべってうたた寝している。この犬はもう二年かそれ以上、君の生活の一部でありつづけていて、君は彼のことが大好きだ。冒険を好み、車を追いかけることに異様な情熱を燃やす元気一杯の若いビーグル犬。すでに一度車に轢《ひ》かれていて、そのとき左の後ろ足をひどく傷《いた》めたのでもうこの脚は使えなくなっており、いまや三本脚犬である。奇妙な、使えぬ脚をぶらぶらさせている、海賊みたいな空威張り犬だが、障害にはちゃんと適応していて、三本しかなくとも近所のどの四本脚犬より速く走れる。かくして君は二階の部屋でベッドに入っていて、不具の飼い犬は裏庭のケーブルにしっかり繋がれているものと信じている。と、突然大きな音がいくつも続けざまに生じて静寂が破られる。君の家の前でタイヤがキキーッと鳴る音がして、すぐそのあとに甲高い苦痛の吠え声が生じる。それは苦しんでいる犬の吠え声であり、その声からしてそれが君の犬であることを君はただちに悟る。君がベッドから跳ね起きて外へ飛び出すと、そこに悪ガキ《ブラット》、怪物《モンスター》がいて、「一緒に遊びたかった」から犬のリードを外したのだと君に告白する。そしてそこには車を運転していた男もいて、ひどく動揺し狼狽《ろうばい》した様子で、周りに集まった人々に向かって、仕方なかったんです、男の子と犬が道の真ん中に飛び出してきて、子供か犬かどちらかにぶつかるしかなかったんでハンドルを切って犬にぶつかったんですと言っている。そしてそこには君の犬がいる。君のおおむね白い犬が、黒い道路の真ん中で死んで横たわっている。彼を抱き上げて家の中に運び入れながら君は心の中で言っている、違う、あの人は間違ってる、犬じゃなくて子供にぶつかるべきだったんだ、あいつをぶっ殺すべきだったんだ。その子が君の犬に対して為した仕打ちに心底憤《いきどお》る君は、誰かが死んだらいいのにと生まれて初めて自分が願ったことに思いあたる余裕もない。

　もちろん喧嘩《けんか》はあった。喧嘩をある程度、あるいはたくさん、やらずに少年時代を通過できる者はいない。自分が加わった取っ組みあいや一騎打ち、相手が出した鼻血自分が出した鼻血、腹に受けた息もできなくなる殴打、君も相手も大の字に倒れ込んだ無意味なヘッドロックやハンマーロック等々をふり返ってみても、自分の方から始めた喧嘩の例を君はただのひとつも思い起こせない。君は喧嘩というものが大嫌いだったのだ。けれどいつも近くにごろつきが、脳味噌《のうみそ》なしの乱暴者がいて、君をからかって脅し、挑み、侮辱するので、時にはたとえ自分の方が小さくてまず勝ち目はなくても自分を護《まも》るしかないと思えたのだ。タックルフットボールや旗取りの擬似戦争や、キャッチャーめがけてホームプレートに突っ込む荒っぽいプレーは大好きだったが、本当の喧嘩には胸が悪くなった。その結果生じる感情の波はあまりに強く、それが引き起こす怒りはあまりに辛く、たとえ喧嘩に勝ったときでもあとで君はいつも泣きたくなった。ある年のサマーキャンプで、一人の男の子がキャビンの垂木《たるき》から飛び降りて君を襲撃し君が報復に彼を木のテーブルに叩きつけて腕を骨折させて以来、不和を解消するために殴るか殴られるかに訴えるというやり方はいっさいの魅力を失った。君はそのとき十歳で、以後は極力喧嘩に近よらぬよう努めたが、喧嘩の方は依然として時おり君の許《もと》に、少なくとも十三歳まではやって来た。十三のときに君は、相手が誰だろうと、そいつの金玉に蹴りを喰わせれば――ありったけの力を込めて膝《ひざ》を股間に突き入れれば――どんな喧嘩でも誰が相手でもあっさり数秒で勝てることを遅まきながら発見した。君は「手口の汚い奴」という評判を獲得し、おそらくそれも一理あったのだろうが、そういう戦い方をしたのはあくまで戦いたくなかったからであり、そうした勝負を一、二度やったあとは噂《うわさ》が広がり誰も襲ってこなくなった。十三歳にして君は永久にリングから引退したのだ。

男の子相手の戦いはなくなったが、女の子相手の情熱は続く。女の子にキスしたい、女の子と手をつなぎたい。思春期が始まるずっと前から、ふつう男の子がそういうことにまだ興味がないとされている時期から君にとってその欲求は始まっていた。幼稚園のクラスで黄金《こがね》色のポニーテールをした女の子（名前はキャシー）に惚《ほ》れ込んで以来、君はいつもキスに情熱を燃やしていて、まだ五つか六つだったそのときすでに時おりキャシーとキスを交わした。まあ無邪気なつっつき合いにすぎなかったが、それでもすごく気持ちがよかった。いわゆる潜在期の年月、君の友人たちはみな人前では女の子を馬鹿にしていた。彼らは女の子をあざけり、からかい、つねり、スカートをめくったが、君には女嫌いの気持ちはいっさいなく、友人たちの襲撃に加わる気には一度もなれなかった。小学校のあいだずっと（すなわち十二歳になり卒業式で血のにじんだ包帯を頭に巻いて国旗を運んだときまで）、パティ、スージー、デール、ジャン、エセルといった女の子たちにさまざまな形でうつつを抜かしつづけた。もちろんキスしたり手をつないだりより先へ行きはしなかったが（肉体的にセックスは不可能だし、そのメカニズムもまだいまひとつ不明だった——本格的に思春期に達したのは十四になってからである）、卒業式を迎えるころにはそのキスもきわめて激しいものになっていた。中学に上がる前の最終学年、毎週のようにダンスパーティや付添いなしの集まりがあって、君を含めて十五人、二十人が誰かの家に招かれ、郊外住宅のリビングルームや出来上がったばかりの地下室で不能の男の子たちと胸が芽吹きはじめたばかりの女の子たちが最新のロックンロール（一九五八年、五九年のヒットソング）に合わせて踊り、やがて晩が進んでいくにつれ照明も暗くされて音楽も止《や》み、男女のペアがそれぞれ部屋の隠れた隅に消えていって、帰る時間が来るまで狂おしくネッキングに浸る。その年君は唇と舌に関して多くを学び、腕の中に女の子の体を感じる快楽、女の子の両腕が君の体に巻きついているのを感じる快楽を究《きわ》めたが、あくまでそこまでだった。越えてはならない一線があったのであり、当面君は線を越えずとも満足していた。怖かったからではなく、そもそもそんなことは思いつきもしなかった。

そしてとうとう、少年時代と青春期を隔てる敷居を君が跳び越える日が訪れた。その感情が訪れ、かねてからの友たる消防士が実は神々《こうごう》しい至福の仲介者であることを発見したいま、君が住む世界は一変した。その感情の恍惚《こうこつ》が君の人生に新しい目的を、生きる新しい理由を与えてくれた。男根の妄執《もうしつ》の日々が始まった。この地上をさまよったすべての男性と同じく、君は自分の体に起きたこの奇跡的変化の虜《とりこ》となった。たいていの日、ほかのことはほとんど――日によっては何ひとつ――考えられなかった。

にもかかわらず、己の変身直後の年月をいま思い起こすとき、自分がいかに慎重で奥《おく》手《て》だったかに君は驚かされる。熱い思いはあっても、そして中高のあいだずっと女の子を追いかけ回し、カレン、ペギー、リンダ、ブリアン、キャロル、サリー、ルース、パム、スター、ジャッキー、メアリ、ロニー相手にロマンスと戯《たわむ》れに明け暮れたにもかかわらず、君のエロス的冒険はどうしようもなく大人しく生気を欠き、十二のときに携わった愛撫《あいぶ》の営みからほんの一歩進んだ程度でしかなかった。運がなかったのかもしれないし、君に大胆さが足りなかったのかもしれないが、君としてはむしろ場所と時代のせいだったと考えたい。六〇年代初頭、中流階級の住む郊外の町にあっては、女の子は男の子に体を与えるものではない、女の子には護るべき評判があるのだという不文律が存在した。キスとペッティングまで来たところで線ははっきり引かれ、そのペッティングにしても、もっとも危険の少ない、二、三層の衣服（ブラウスとブラ、季節によってはセーターが加わる）に覆《おお》われた胸に男の子の手が置かれるという形をとる。男の子がブラウスの中に手を入れようものなら――ましてやブラの中の禁断の領域に達せんとしようものなら――悲嘆あるのみ、その手は護るべき評判がある女の子によってたちまち払いのけられるであろう。かりに女の子が、男の子に劣らずその手がそこに来ることをひそかに願っていたとしても同じこと。自分も何度そうやって撥《は》ねつけられただろう、といまの君は考える。この手が何度スカートとブラウスの中へ空しく探検を試みたことか、肌そのものをめざして何度旅立っては門で追い返されたことか。君の初期エロス生活はかくも貧しい状況であった。むき出しの肌はなし、服を脱ぐのはなし、性器なんてものがゲームにかかわってくるなどという話はさっさと忘れるしかない。かくして君とリンダはキスを続け、さらにキスしてまたまたキスし、唇はひび割れ涎《よだれ》が頰に垂れるまでキスを続け、その間ずっと君は、ズボンの中で膨らんでいる勃起《ぼっき》が爆発しませんようにと祈っている。

欲求不満とはてしない性的興奮の苦悶《くもん》の中で君は生き、一九六一年から六二年にかけてマスターベーション北米記録を毎月更新しつづける。つねに成長し変異する体の中に閉じ込められた、環境によって強いられた不本意のオナニスト。一五七センチの十三歳はいまや一七八センチの十五歳に変身し、まだ子供かもしれないが大人の体内にいる子供であり、週に二、三度はひげも剃《そ》るし、腕や脚に毛が生え腋毛《わきげ》もあれば陰毛もある。もはや思春期を通り越してほぼ一人前の男であって、学校の勉強やスポーツは着実に続けているし書物の宇宙にもますます深く分け入っているが、そのさなかにも君の人生を支配しているのは挫《くじ》かれた性的飢餓《きが》であり、文字どおり餓死してしまうのではと思えるほど飢えは烈《はげ》しい。一刻も早く童貞を失うことこそ君の最大の野望であり、疼《うず》き、飢える君の自己にとってもっとも中心的な大義である。とにかく欲望はかくも強いのに、その欲望満たされるべしとはどこにも書かれていない。ゆえに拷問は続く、一九六二年の狂おしい禁欲を通してずっと、さらには一九六三年に入ってもなお。そして六三年の秋、ついに、ようやく、チャンスが訪れる。話は理想的とは言いがたく、ずっと想像していたのとはまるで違うが、君は迷わずイエスと答える。君は十六歳。七月と八月にニューヨーク州北部のサマーキャンプでウェイターのアルバイトをしたときに相棒だった、剽《ひょう》軽《きん》で舌のよく回るクイーンズに住む少年が（ニューヨークをほとんど知らない君とは違い街を知り尽くしている都会育ちだ）電話してきて、アッパー・ウエストサイドにある売春宿の住所と電話番号を知っていると言うのだ。よかったらお前の分も予約してやるぜ、と言われ、もちろんよいに決まっているので君は次の土曜にバスに乗ってニューヨークへ行き、八十五、六丁目あたり、川べりの建物の前で友人と落ちあう。九月末の、じとじと雨の降る午後で、何もかもが灰色にびっしょり濡《ぬ》れている。傘をさして歩く天気、少なくとも帽子は必要な天気だが、君には傘も帽子もない。にもかかわらず、そんなことはまったく問題にならない。いま君の頭の中には天気のことなどこれっぽっちも入っていないのだ。売春宿《ブロセル》という言葉が無数の誘惑的なイメージを脳裡《のうり》に喚起し、君は広々とした、豪華に装飾された場所に入っていく気でいる。壁には赤いベルベットが貼《は》られ、気をそそる若く美しい女が十五人、二十人と控えている（いったいどんなしょうもない映画からそんな考えを吹き込まれたのか？）。だが、友人と二人でニューヨーク一のろくニューヨーク一汚い、そこらじゅう落書きだらけのエレベータに乗り込むと、君はすぐさま予想を修正する。豪奢《ごうしゃ》な売春宿は行ってみれば薄汚い小さなワンベッドルーム・アパートメントで、女性は二人しかいない。一人は女主人のケイ、五十に手が届く丸っこい体の黒人女性で、君の友人をあたかもなじみ客のように温かくハグする。もう一人はもっとずっと若い、やはり黒人の、二十一か二に見える女性。二人とも、床に届かない薄いカーテンでベッドルームと仕切られた狭いキッチンにいて、丸椅子《まるいす》に座り、どちらもカラフルな絹のローブを着ている。君を大いに安心させたことに若い方はひどく魅力的で、顔もとても可愛《かわい》らしく、ほとんど美しいと言ってもいい。ケイが値段を宣言し（十五ドル？　二十ドル？）、どっちが先にやりたいかと君たちに訊《き》く。いやいや俺はつき合いで来ただけだから、と君の友人が笑って言うので（きっとクイーンズの女の子はニュージャージーの女の子ほど服を脱ぐのを嫌がらないのだろう）、ケイは君の方を向いて、あんた選んでいいわよ、あたしかこの子か、と言い、君に選ばれなかったときも気を悪くした様子は見せず、単に肩をすくめてニッコリ笑い、片手を出して「それじゃ坊や、お金」と言うので君はポケットに手を突っ込んで十五ドルだか二十ドルを引っぱり出す。君と若い女の子は（恥ずかしいか緊張しているかで、君は彼女の名前を訊きそびれてしまい、ゆえに今日に至るまでの長い年月彼女は君にとって名なしでありつづけている）隣の部屋に入り、ケイが背後でカーテンを閉める。女の子は部屋の真ん中にあるベッドの方へ君を導いていき、ローブをするっと脱いで椅子に放り投げ、君は生まれて初めて裸の女性の前にいる。それも、美しい裸の女性、ひどく美しい体の若い女性だ――神々しい胸、神々しい腕と肩、神々しい背中、神々しい腰、神々しい脚。三年続いた欲求不満と挫《ざ》折《せつ》の末に、君は歓喜の念を感じはじめる。思春期が始まって以来こんなに嬉しかったのは初めてだ。服を脱ぐよう女の子は君に命じ、君たち二人はどちらも裸でベッドに上がる。君のいまの望みは、少なくとも当面は、彼女の体に触り彼女にキスし、その肌の滑らかさを感じることだけだが――それは本当に滑らかな肌で、あまりの滑らかさに手を置くだけで身震いがしてくる――口にキスをするというのはここでは論外である。娼婦《しょうふ》は客の口にキスなんかしないし、娼婦は前戯などに興味はないし、触り触られることの素朴な快楽のために触ったり触られたりすることにも興味はない。この状況でのセックスは快楽ではなく仕事であり、金を払った客が仕事を終えるのが早ければ早いほどいいのだ。これが君の初体験であること、君がいっさい何の経験もないまったくの初心者であることは彼女も承知していて、優しく辛抱強く君に接してくれる。いい人だ、と君は思い、この人がさっさとファックに持ち込みたいんだったらそれで結構、こっちもそれに合わせるさと君は思う。君とて態勢は十分整っている。彼女がローブを脱ぐのを見た瞬間から勃起を抱えているのだ。したがって、彼女がゆったり仰向けに横たわると、君は喜び勇んでその上にまたがり、彼女に導かれてもう何年も前から入れたいと思ってきた場所にペニスを入れる。いい。何もかもがいい。ずっと想像してきたとおりに、いやそれ以上に、それよりずっといい。少しのあいだすべてがよくて、君が果てるまでもうあと何秒かと思える。ところがそこで、ケイと君の友人がキッチンで笑いながら喋《しゃべ》っているのが聞こえてきて、それがベッドからせいぜい三メートル半なのだと君は意識し、ひとたび意識すると気が散ってしまう。眼前の作業から気が逸《そ》れたとたん、女の子がすごく退屈していることを君は感じとる。彼女にとってはこの何もかもがひどく鬱陶《うっとう》しい仕事なのだ。君は彼女の上に乗っているのに、彼女は全然近くにいない。別の都市、別の国にいる。やがて、しびれを切らしかけた彼女が、あんたイケるのと君に訊き、もちろんだよと君は言い、二十秒後に彼女は同じことを訊ね、もちろんだよと君は言うが、次に口を開いたとき彼女はこう言う。「抜いてよ、あたしが手でやってあげる。あんたたち子供ときたら、年じゅう手でやってるくせに、いざ本番となったら全然駄目なんだから」。というわけで君は彼女に手でやってもらう。つまり過去三年自分でやってきたのとまったく同じことをしてもらうわけだ。とはいえひとつ、小さな違いはあった。彼女の手の方がずっとよかったのである。

君は二度とそこに行かなかった。その後の一年半、セーター、ブラウス、ブラ相手の格闘を続け、キスし、撫《な》で、ぶざまな射精を迸《ほとばし》らせぬよう苦闘しつづけた。そして十八に至り、高校の最後の二か月間君は学校を離れていた。まずは単核症に罹《かか》って体も弱り五月の大半を寝たきりで過ごし、それから、卒業の三週間前に学生船でヨーロッパへ向かったのである。君は成績も良かったし秋からは大学に進学が決まっていたから学校も許可してくれたのだ。かくして君は、九月初めに帰ってきて最終試験を受けて公式に卒業資格を得るという了解の下に旅立っていった。一九六五年、飛行機は高価な移動手段だったが、学生船は安かったし、君はギリギリの予算（過去二年に夏のアルバイトで貯《た》めた金）でやりくりしていたから、汽船オリーリア号に乗ってニューヨークからルアーヴルまで九日かけて海を渡ることを選んだ。およそ三百人の学生が乗っていて、その大半はすでに大学を一年か二年終えていた。つまり大半は君より少し年上だったわけだ。大西洋をじわじわ横断していくあいだほとんど何もすることはなく、眠り、食事、本、映画で時間をやり過ごすばかりだったから、ごく自然に――まったく不可避に、といまの君には思える――十八から二十一までの若者三百人の思いはおおむねセックスに満ちていった。退屈。たがいにそばにいること。好天の船旅の気だるさ。船は一個の閉じた世界でありそこで何が起きようと長期的に後《あと》を引いたりはしないとわかっていること。こうした要素がすべて絡《から》みあって、ガードを解かれた緩《ゆる》い官能の空気が広がっていった。

第一日目の日没前から戯れは始まり、二百時間後に船が陸に着くまで続いた。それは公海に浮かぶ姦淫《かんいん》の宮殿だった。暗くなったキャビンにカップルがこそこそ出入りし、男の子も女の子も日ごとにパートナーを変えた。そして君も、海を渡るなかで二度誰かとベッドを共にし、どちらも相手は友好的で知的な女の子であり、君がニュージャージーで共に育ってきた良家の女の子たちとさほど違わなかったが、二人ともニューヨークの女の子であって、ゆえに君の地元の、男の子の手をはたくバージンたちより垢抜《あかぬ》けていて経験も豊かだった。最初は君とルネ、二度目は君とジャネット、いずれもたがいに強く惹《ひ》かれていたから、ためらうことなく服を脱ぎ、シーツのあいだにもぐり込んで、アッパー・ウエストサイドのあの物哀しいアパートではありえなかったやり方で愛しあうことができた。キスすること、触ること、心から感じること、それらがいまや冒険の一部を成していた。これこそ本物の飛躍だった。持続する親密さの快楽を二人のパートナーが同等に味わうことの悦《よろこ》び、その奥義《おうぎ》を君はいまや伝授されたのだ。むろんまだ学ぶことはたくさんある。この時点でまだ君はほんの初心者だった。だが少なくとも前に進みはじめたのであり、少なくともこの先どれだけの愉《たの》しみが待ち受けているかは発見したのだ。

のち七〇年代前半、パリに住んでいたころ、長いこと一人でいた時期が何度もあった。

毎晩一人で眠り、狭い女中部屋の狭いベッドには隣に誰の体もなかった。女のいない孤独のなか、単に性的はけ口がないからだけではなくいかなる肉体の接触もないせいでなかば気が狂いそうになったこともあった。誰かと一緒にいたいと焦がれても誰にも頼れず、当てにできる女性は一人もいなかったから、君は時おり街に出て、娼婦を見つけた。パリに住んだ数年のうちたぶん五、六回、君の部屋から角を曲がってすぐの、いまでは取り壊されたレアール地区の裏通りをさまよったり、時にはサンドニ通りとその周辺の裏道、通路、石畳の路地まで足をのばしもした。歩道にはビルや売春宿《オテル・ド・パス》の壁に沿って女たちがびっしり並び、女性というもののありとあらゆる可能態が広がっていた。二十代前半の綺麗《きれい》な女の子から五十代なかばのこってり厚化粧のベテランまで、およそ想像しうるあらゆる体形、人種、肌の色の娼婦たちがいる。丸々と太ったフランス女から柳のように細いアフリカ人、肉感的なイタリア人とイスラエル人まで、挑発的なミニスカートをはいてローカットブラと薄っぺらいブラウスから乳房がこぼれ落ちそうになっている女もいれば、ブルージーンズと地味なセーターに身を包んだ、君が地元の学校で一緒だった女の子たちとさして変わらない女もいるが、靴は一人残らずハイヒールかブーツ（黒か白の革ブーツ）をはいて首には時おりボアか絹の襟巻きをしていて、たまに全身どぎつい革の衣裳で決めたＳＭ嬢、あるいはチェックのスカートにきちんと白いブラウスを着た偽《にせ》女子高生もいて、とにかくあらゆる欲望と嗜好《しこう》を満たすようになっていて、車も走らない道路の真ん中を男たちが歩き、物言わぬ男たちの無限の行列が歩道を進みながら、ある者はこそこそ盗み見しある者は大胆にじろじろ見て吟味し、あらゆるたぐいの女があらゆるたぐいの男に自らを売るべく待ち構え、男たちは孤独なアラブ人からスーツを着た中年市民まで、女に縁のない移民たち、欲求不満の学生、妻に飽き足らぬ妻帯者たちが群れをなし、その行進にひとたび加わると、君は突然、自分がもはや目覚めた世界の一部ではなく、スリリングであると同時に不穏でもあるエロチックな夢の中に迷い込んだ気がして、百フラン（二十ドル）差し出せばここにいる女たちの誰とでも寝られるんだと思うと眩暈《めまい》が、肉体的な眩暈がしてきて、君を部屋の外に追いやりこの肉体の迷路まで引っぱってきた欲求を満たす相手を探しながら狭い道路をうろついていると、自分が女たちの体より顔を見ていることに、少なくともまずは顔を見てから体を見ていることに気がつき、可愛らしい顔、まだ目が死んでいない顔を君は探し、娼婦世界の無名性、人工性に心がまだすっかり溺《おぼ》れ死んでいない人物を探したのであり、そして不思議なことに、この全面的に合法の、政府に是認されたパリの赤線地帯に足を運んだ五、六回、君はたいてい一人はそういう人間を見つけたのだった。だから嫌な経験は一度もなく、後悔や自責の念で一杯になるような遭遇もなかったが、いま考えてみると、友好的に扱ってもらえたのはたぶん、君が腹の突き出た老いかけた男でも、爪《つめ》の下に垢がたまった悪臭を放つ労働者でもなく、威嚇《いかく》的でも見苦しくもない、特異な要求や気まずい依頼をしたりもせず、自分のベッドに一人ぼっちでいなくて済むことをただただ有難く思う二十四か二十五の若者だったからだろうと君には思える。その反面、こうした経験のどれをとっても、記憶に残る、などと謳《うた》い上げるのは間違っているだろう。てきぱきと、明朗に、親切ではあれあくまでビジネスライクに、支払われた料金に対して適切になされたサービス。だが君の方ももはやかつてのような十六歳のもたついた初心者ではなかったから、それ以上を期待したりはしなかった。それでも一度だけ、普通でないことが起きた。君と、君の一時《いっとき》の相手とのあいだで、しばし気持ちが通じあい、交わしあった思いがつかのま燃え立ったのだ。それはまた、君が金を払って女性と寝た最後の時でもあった。一九七二年の夏、君は『ニューヨーク・タイムズ』パリ支局の電話交換手の職にありついて、やっとどうにか金を稼ぎはじめていた。深夜番で、時間は午後六時から午前一時だったか、もう正確には覚えていないが、とにかくオフィスから人がいなくなるころに出勤して、一人でデスクに座る。セーヌ右岸にある建物の、暗くなったフロアにはほかに誰もいなくて、電話が鳴るのを君は待つが鳴ることはめったになく、何時間も途切れずに続く静寂を利用して君は本を読み、自分の詩に取り組んだ。ある平日の夜、シフトが終わってオフィスから夏の街へ出ていくと、暖かい夏の外気が君を優しく包んだ。地下鉄はもう走っていなかったから歩いて帰ることにし、穏やかな夏の外気の中を南へぶらぶら歩いて、誰もいない小さな部屋に向かって誰もいない街並をのんびり進むなか疲れは少しも感じていなかった。まもなくサンドニ通りに出ると、もう遅い時間なのに女の子が何人かまだ仕事をしていて、やがて君は近くの、一番可愛い女の子が集まることが多い横道に入っていきながら、まだすぐには帰る気がないこと、あまりに長いあいだ一人でいたこと、誰もいない部屋に戻るのを自分が怖がっていることを自覚していた。四つ角から半分あたりまで来たところで、誰かが君の注意を惹いた。美しい顔をした背の高いブルネットで、体も等しく美しい。君に向かってにっこり微笑《ほほえ》んだ彼女が、お相手しましょうか（ジュ・タコンパーニュ？）と訊くと君はためらわずその申し出を受け容れた。取引がすんなり成立したことに気をよくして彼女はもう一度微笑み、そんな彼女の顔をなおも見ていると、これでもし目が近づきすぎていなかったら――ほんのわずか寄り目でなかったら――心臓が止まるほどの美人だったはずだと君は理解したが、それも問題ではなかった。いまのままでも、この通りに立ったあらゆる女性の中で一番魅力的なのだ。その微笑み、君から見てとてつもなく素晴らしい微笑みは君を武装解除し、君はふと、もし世界中の誰もが彼女のように微笑むことができたら戦争も人間同士の軋轢《あつれき》もなくなり平和と幸福が永久に世に広がるだろうと思った。彼女は名をサンドラといい、二十代半ばのフランス人で、君を連れて曲がりくねった階段をホテルの三階までのぼって行きながら、あんたは今夜最後の客だから急がなくていいのよ、好きなだけゆっくりやっていいのよと言った。これは前代未聞《みもん》、あらゆる職業的規範と慣例からの逸脱だが、サンドラがあの通りに立つほかの女の子たちとは違うことはすでに君には明らかだった。この仕事に必然的について回ると思える冷たさ、殺伐《さつばつ》さが彼女には欠けている。やがて二人で部屋に入ってからも、やはり何もかもが、これまでこの界隈《かいわい》で得たどの経験とも違っていた。彼女はリラックスしていて、温かい鷹揚《おうよう》な気分でいるようで、二人とも服を脱いで彼女の体が並外れて美しいことを君が目のあたりにしても（荘厳というのが君の頭に浮かんだ言葉だった――ある種のダンサーの体が荘厳《そうごん》であるのと同じように）、依然としてよく喋り、明るく茶目っ気もあったし、さっさと仕事にかかりたいというそぶりも見せず、彼女に触りたい、キスしたいという君の欲望にも少しも気を悪くしなかった。いざ一緒にのんびりベッドに横になると、自分たちが客相手に使うさまざまな体位を彼女は実演しはじめた。サンドニ通りの性愛指南書《カーマスートラ》とも言うべく、体をねじり、丸め、折りたたみながら、君がそれと合った姿勢をとるよう体を歪《ゆが》める手助けをし、それぞれの体位の名を告げながら、こうしたことといっさいの馬鹿馬鹿しさに軽く声を上げて笑った。あいにく君はもうそれらのうち一つしか覚えておらず、たぶんそれは一番凡庸《ぼんよう》な体位だっただろうが、凡庸だからこそ一番滑稽《こっけい》でもあった。怠惰な男《ル・パレスー》と名付けられたその体位は、単に脇腹を下にして体をのばして横たわり相手と向きあって性交するというものだった。自分の体にこんなになじんでいる女性、裸の自分をこんなに自然に抱えている女性は初めてだった。やがて、君としても朝までこうしたデモンストレーションを続けてほしいという気はあったが、さすがにもうあまりに興奮してそれ以上持ちこたえられなくなった。これで終わりだろうと君は思った――これまではいつも、絶頂とともにすべては終わったのだ。ところが、君が果ててもなお、サンドラは君に早く帰れとも言わず、一緒にベッドに横になって話をしたがった。結局君はその後も一時間近く、彼女の肩に頭を載せ、彼女の両腕に心地よく包まれて、もうとっくに忘れてしまったいろんなことを話しあい、やがて彼女が、それであなたどういうことやってるの、と訊くので、詩を書いているんだと答えながら君は、どうせ彼女は興味なさそうに肩をすくめるか、当たり障《さわ》りのない言葉で受け流すかだろうと思っていたら、ノー、またしてもノー、君が詩のことを話し出すとサンドラは目を閉じてボードレールを暗唱しはじめたのだ。長い一節を、強く感情を込めて、完璧《かんぺき》な正確さで再現してみせたのである。君としてはただ、ボードレールが墓の中で身を起こして聴いているといいがと願うばかりだった。

　追憶の母よ、恋人の中の恋人、
ああわが喜び、ああわが運命！
思い出してくれ、愛撫の甘美さを、
炉辺の安らぎ、夕暮れの魅惑を、

追憶の母よ、恋人の中の恋人！

それは君の人生でもっとも驚くべき瞬間のひとつ、もっとも幸福な瞬間のひとつだった。すでにニューヨークに戻って、人生の次の章が書かれているさなかにも、君はサンドラのことを、あの夜彼女と過ごした時間のことを考え、いますぐ飛行機に飛び乗ってパリに駆け戻り彼女に結婚を申し込むべきではないかと自問しつづけたのだった。

いつも迷子になって、いつも間違った方向に進んで、いつもぐるぐる同じところを回っている。君は生涯、空間における自分の位置を見定める能力を欠いてきた。どこよりも把握しやすい都市であるはずの、そして大人になってからの大半を過ごしてきたニューヨークにいても、しじゅう面倒な事態に君は陥る。ブルックリンからマンハッタンへ地下鉄で出かけるたび（正しい列車に乗ったのであってブルックリンのさらに奥へ入り込んではいないことが前提だが）、階段を上がって通りに出た時点で君はかならず立ちどまり、方向を確認する。それでもなお、南へ行くはずが北へ行ってしまい、西へ行くはずが東へ行ってしまう。かならず間違うのだからと、自分の一枚上を行くつもりで、やるつもりだったことの反対をわざとやって右の代わりに左へ行き、左の代わりに右へ行ってみても、やっぱり間違った方向へ行ってしまう。どう調整しても駄目なのだ。森を一人でさまようなんて論外である。何分も経たぬうちにすっかり迷子になってしまう。屋内であっても、知らない建物へ入るたびに間違った廊下を歩き、間違ったエレベータに乗ってしまう。レストランのような、もっと小さい閉ざされた空間でも、食事するエリアが複数あると、トイレへ行って戻ってくるたびに間違った角を曲がってしまい、自分のテーブルを探して何分も費やす破目になってしまう。決して狂わぬ内なる羅針盤を持つ君の妻をはじめ、ほかの人たちはだいたい、どこへ行っても何も苦労しないように見える。自分がいまどこにいるか、いままでどこにいたか、これからどこへ行くのか、みんなきちんとわかっている。だが君は何もわかっていない。君は永久に瞬間の中に、一瞬一瞬君を呑《の》み込む空《くう》の中に埋もれていて、真北がどっちなのかわかったためしがない。君にとって東西南北の方位点は存在しない。いままで一度も存在したことなどない。これまでのところは小さな欠点と片付けてこられたし、取り立てて劇的な結果が生じてもいないが、いつかある日、うっかり崖《がけ》っぷちの先へ歩いていってしまわないという保証はどこにもない。

　小さな部屋や大きな部屋の中にいる君の体、階段を昇り降りする君の体、池や湖や川や海で泳ぐ君の体、ぬかるんだ野原を難儀して歩く君の体、誰もいない草原の背の高い草に埋もれて横たわる君の体、都会の街路を歩く君の体、丘や山を骨折ってのぼる君の体、椅子に座り、ベッドに横になり、浜辺でのびのびと横たわり、田舎道を自転車で走り、森や牧場《まきば》や砂漠を歩いて抜け、競走用トラックを走り、硬材の床の上で跳びはね、シャワーの下に立ち、温かい風呂《ふろ》の中に足を入れ、トイレに座り、空港や駅で待ち、エレベータに乗って昇り降りし、車やバスの座席の上でもぞもぞ動き、暴風雨の中を傘なしで歩き、教室で座り、本屋で本をパラパラ見て、レコード屋で（レコード屋よ安らかに眠れ）レコードをパラパラ見て、講堂や映画館やコンサートホールで座り、学校の体育館で女の子とダンスし、川でカヌーを漕《こ》ぎ、湖でボートを漕ぎ、キッチンテーブルで食べ、ダイニングルームテーブルで食べ、レストランで食べ、デパートや電器店や家具店や靴屋や金物屋や食料品店や衣料品店で買物し、パスポートや運転免許証の列に並び、机やテーブルに足を載せ深々と椅子に座ってノートに書き、タイプライターの上にかがみ込み、吹雪の中を帽子もなしに歩き、ユダヤ教教会やキリスト教教会に入り、寝室やホテルの部屋やロッカールームで服を着て服を脱ぎ、エスカレータに立ち、病院のベッドに横たわり、診療台に座り、床屋の椅子や歯医者の椅子に座り、芝生の上ででんぐり返しをやり、芝生の上で三点倒立をやり、プールに飛び込み、美術館の中をゆっくり歩き、運動場でバスケットのボールをドリブルし、公園で野球のボールやアメフトのボールを投げ、木の床やセメントの床やタイルの床や石の床を歩くそれぞれ違った感触、砂や土や草を足で踏む違った感触を味わい、けれど何より歩道を歩く感触を味わっている君の体——ふっと自分は何者かと考えるとき、君にはいつもそういう自分が見える。歩く男、都市の街路を歩くことに生涯を費やしてきた男。

君の体を戸外から護ってきたさまざまな囲い、住居、小さな部屋や大きな部屋。ニュージャージー州ニューアークのベス・イズリアル病院での誕生（一九四七年二月三日）から始まって、現在（二〇一一年一月のこの寒い朝）に至る旅のなか、長年のあいだに君は以下の場所に自分の体を置いてきた。よかれ悪しかれ、家と呼んできた場所。

1　サウスハリソン・ストリート七十五番地　ニュージャージー州イーストオレンジ。煉瓦《れんが》造りのやや高い建物の中の一世帯分。〇歳から一歳半まで。記憶はないが、子供のころ聞いた話によれば、君の父親は家主の女性にテレビをプレゼントしてアパートメントの賃借権を確保したという。第二次世界大戦終了後にアメリカを見舞った住宅不足によって余儀なくされた賄賂《わいろ》である。君の父は当時小さな電器店を経営していたから、このアパートメントにもテレビがあって、君はアメリカ人の中でも、世界中の人々の中でもいち早く、生まれたときからテレビとともに育った人間となった。

2　ヴィレッジ・ロード一五〇〇番地　ニュージャージー州ユニオン。スタイヴェサント・ヴィレッジと呼ばれる低い煉瓦の建物群の中の庭付きアパートメント。幾何学的に並んだ歩道、綺麗に刈り込んだ大きな芝地。だがむろん大きなというのは相対的な言葉である。何しろ当時君はひどく小さかったのだから。一歳半から五歳まで。はじめは何の記憶もなく、やがて少し記憶が出てきて、あとの方はたっぷり記憶がある。居間の深緑の壁とブラインド。地虫を探してこてで土を掘ったこと。ピー・ウィーという名のサーカス犬をめぐる絵本（小型ダルメシアン犬が奇跡的に普通のサイズになる話だった）。ミニチュアの自動車やトラックを並べて遊んだこと。台所の流しでの沐浴《もくよく》。ホワイティという名前の機械仕掛けの馬。火傷《やけど》するほど熱いココアをこぼして肱《ひじ》のくぼみにいまも消えない跡が残った。

３　アーヴィング・アベニュー二五三番地　ニュージャージー州サウスオレンジ。一九二〇年代築の、白い下見板張り二階建一軒家。黄色い玄関ドア、砂利を敷いた車寄せ、広い裏庭。五歳から十二歳まで。君の子供のころの記憶はほとんどすべてこの場所に根ざしている。住みはじめたのはずっと昔のことだから、越してきて最初の一、二年は牛乳も馬車で配達に来た。

４　ハーディング・ドライブ四〇六番地　ニュージャージー州サウスオレンジ。前の家より広い、テューダー朝様式の家で、坂の隅っこに居心地悪そうに建っていて、ごく小さな裏庭があり室内は暗く陰気だった。十三歳から十七歳まで。思春期の苦しみを君が生き抜いた、初めて詩や小説を書いた家であり、君の両親の結婚が崩壊した家である。君の父親はここで死ぬまで（一人で）暮らした。

5　ヴァン・ヴェルサー・プレイス二十五番地　ニュージャージー州ニューアーク。ウィークエイック高校からも君が生まれた病院からも遠くない、君の母親が夫と別居し離婚したあとに借りた二寝室のアパートメント。十七歳から十八歳まで。母親と君の妹には寝室があったが、君はひどく狭い小部屋に置いたソファベッドで眠った。だがこの新しい境遇も全然嫌ではなかった。とにかく両親の悲惨な結婚生活が終わったことが嬉しかったし、もはや郊外に住まなくていいことも有難かった。このころ君は車を持っていた。六百ドルで買った中古のシボレー・コルベア（この車の欠陥を指摘してラルフ・ネイダーは一躍消費者運動の指導者として名をなすことになるが、君の車にはこれと言って問題はなかった）。毎朝さして遠くないメープルウッドにある高校まで車で行き、一応高校生のふりをして過ごしたが、いまや君は自由だった。大人に監督されもせず、好きなように行き来し、逃げ出す態勢を着々と整えていた。

6　カーマン・ホール続き部屋《スィート》八一四A　コロンビア大学の寮。それぞれのスイートに二室、各室が二人用。ブロック壁、リノリウムの床、窓側の壁両端に置かれたベッド、二つの机、作りつけの衣類収納棚、八一四Bの住人たちと共用のバスルーム。十八歳から十九歳まで。コロンビアのキャンパスとしては半世紀以上ぶりに建てられた学寮で、殺風景でみすぼらしかったが、それでももっと古い寮（ファーナルド、ハートリー）の土牢《つちろう》のような部屋よりはずっとましだった。たまに友だちに会いに古い寮へ行くと、汚れた靴下の臭《にお》い、狭い二段ベッド、果てることのない暗さに愕然《がくぜん》とさせられた。一九六五年のニューヨーク大停電のあいだもここにいたが（いたるところで灯された蠟燭《ろうそく》、無秩序な祝祭の雰囲気）、部屋に関して一番よく覚えているのは、そこで読んだ数百冊の本と、時おり君と一緒にベッドに入ってきた女の子たちだ。男子限定の校則はちょうど君が一年生になった時点で変更され、女性が部屋に入ってきてもいいことになった。ドアも閉めていい。かつてはドアを開けておけば入っていいことになっていて、その後二年くらい過渡期として、本《ブック》一冊の幅だけ開けておけばよい時期が続いたが、やがて誰かが、タルムード学者もかくやという叡智《えいち》を発揮し紙マッチ《マッチブック》を使って権力に挑み、開いたドアの時代は終わりを告げた。君のルームメートは幼なじみの男で、一学期のなかばくらいからドラッグに手を出しはじめ、年が進むにつれてますます深入りしていき、君が何を言ってもまったく無駄だった。君はなすすべもなく、彼が壊れていくのをただ見ていた。翌年の秋にはもうルームメートは大学からドロップアウトし、二度と戻ってこなかった。だから君は、周りでディオニュソス的六〇年代が荒れ狂っているさなかにもドラッグにだけは手をつけようとしなかった。アルコールは飲むし、煙草《たばこ》も喫《す》うが、ドラッグはやらない。一九六九年に君が卒業するまでに、少年時代の友人がほかにも二人、過剰摂取で死んだ。

7　西一〇七丁目三一一番地　マンハッタン。ブロードウェイとリバーサイド・ドライブのあいだ、四階建エレベータなしアパートの三階二部屋。十九歳から二十歳まで。初めてのアパート暮らしを、君は入学当初から一番親しかった同じ二年生ピーター・シユーバートと共にした。荒れはてた安普請《ぶしん》のボロアパートで、取り柄《え》は家賃が安いこと、入口が二つあることだけだった。一つ目のドアは広い方の部屋に通じ、この部屋は君の寝室兼勉強部屋であると同時にキッチン、食事室、リビングにもなった。二つ目を開けると、その部屋と平行に細い廊下があって、奥にある小部屋がピーターの寝室だった。君たちは二人とも家事がまるで駄目で、アパートの中は不潔きわまりなく、キッチンの流しは何度も詰まり、電気器具は君たちよりも古くてほとんど機能せず、すり切れたカーペットの上でイエダニが身を肥やした。安アパートはだんだん、悪臭漂う貧民窟《くつ》に変わっていった。そこで食事するのはあまりにも気が滅入ったし、君たちはどちらも料理なんてできなかったから、たいていは外食に出かけ、安食堂で一緒に食べた。朝は「トムズ」か「カレッジ・イン」だったが、ジュークボックスが素晴らしい（ビリー・ホリデイ、エディット・ピアフ）ので次第に後者を好むようになった。夜は毎晩、アムステルダム・アベニューと西一一一丁目角のハンガリアン・レストラン「グリーン・トゥリー」に行き、グヤーシュと茹《ゆ》ですぎのサヤインゲンでカロリーを摂取し、デザートには美味《おい》しいパラチンタを食べた。このアパートで起きたことをめぐる君の記憶はなぜかぼんやりとしている。その前後に住んだ場所をめぐる記憶よりぼんやりとしているのだ。

このころは悪い夢を見た——たくさん見た——時期であり、それについてはよく覚えているが（また、ドナルド・フレームのモンテーニュのセミナー、エドワード・テイラーのミルトンの授業などもいまだにありありと思い出す）、全体としていま戻ってくるのは沸々《ふつふつ》とした不満の気分、どこかここでないところにいたいという切羽詰まった欲求である。ベトナム戦争が激化してアメリカは二つに割れ、君の周りの空気は重く、ほとんど呼吸もできないほど、窒息しそうなほどだった。君はシューバートと一緒にパリへの三年次留学プログラムに申込み、七月にニューヨークを去り、八月に学務主任と喧嘩してプログラムを離れ、十一月初旬まで非‐学生、元‐学生としてパリに留まり、何もない狭いホテル（電話なし、個人用トイレなし）で暮らし、また息ができるようになった気がしていたが、やがて説得されてコロンビアに戻った。徴兵のこと、君が戦争に反対していることを考えればこれは分別ある選択と言ってよかったが、とにかくアメリカを離れたことが功を奏したのか、しぶしぶニューヨークに戻ったときにはもう悪い夢は見なくなっていた。

８　西一一五丁目六〇一番地　マンハッタン。ブロードウェイから入ってすぐの、これまた奇妙な形の二部屋アパート。だが前のより造りはずっと頑丈で、ちゃんとしたキッチンが二部屋のあいだにあることも大きな利点であり、このキッチンに（かろうじてではあれ）垂れ板付きのちっぽけなテーブルを押し込むことができた。二十歳から二十二歳まで。君にとって初めての一人住まいであり、二階で位置も悪いので一日じゅう暗かったが、それ以外はまずまず快適で、当座の欲求は十分満たしてくれた。君はここで三、四年生の日々を過ごした。それはコロンビアにあっては狂乱の二年間であり、デモと座り込みの二年、学生ストライキと警官隊の乱入、キャンパス暴動、除籍処分、数百人を拘置所に運び去る護送車の二年だった。君はこつこつ律儀に授業をこなし、学生新聞に映画評や書評を寄稿し、詩を書き詩を翻訳し、のち放棄することになる長篇小説の数章を書き上げたが、一九六八年には一週間続いた座り込みに参加して護送車に放り込まれ墓場《トゥームズ》（ニューヨーク市拘置所の俗称）の留置場に連れていかれたりもした。すでに述べたように喧嘩はずっと前にやめていたから、君を含め学生数人が逮捕されるのを待っていた数学棟の部屋のドアを警察が破って駆け込んできたときも彼らとわたり合うつもりはまったくなかったが、かといって協力してすたすた部屋を出ていく気もなかった。体から力を抜いてへなへなになった君は——公民権運動の日々に南部で広まった、受動的抵抗の古典的戦略である——警官隊たちがあっさり君を運び出すものと思っていたが、あいにくその夜の戦術的パトロール隊のメンバーたちは怒っていた。彼らが突入したキャンパスは血まみれの戦場と化しつつあり、彼らは君の非暴力的で高潔な態度なぞに興味はなかった。彼らは君を蹴《け》り、髪の毛を摑《つか》んで引っぱり、それでも君が立ち上がるのを拒むと、一人がブーツのかかとで君の手を思いきり踏んづけた。そのせいで君の左手の関節はこの後何日も腫《は》れてズキズキ疼《うず》いた。翌朝の『デイリー・ニューズ』紙に、護送車に引きずっていかれる君の写真が載った。見出しには頑固な若者とあった。人生のあの時点、君はまさしくそれだった。頑固な、協力を拒む若者。

9　西一〇七丁目二六二番地　マンハッタン。これも座って食事できるキッチンがついた二部屋アパートメントだが、いままでのアパートほど奇妙な形ではなく、広い部屋とそれよりやや小さな部屋から成っていて小さい方も十分広く、前二軒の棺桶《かんおけ》サイズの小部屋とは大違いだった。ブロードウェイとアムステルダム・アベニューとのあいだに建つ九階建ビルの最上階なので、これまでのどちらのアパートよりも光は入るが、造りはこの前のより安っぽく、陽気でがっしり逞《たくま》しい胸の管理人アーサーによるメインテナンスも雑でいい加減だった。二十二歳から二十四歳の誕生日の二、三週間後まで、全部で一年半。君はそこに恋人と二人で暮らした。君も恋人も、異性と共棲《きょうせい》を企てたのはこれが初めてだった。最初の年、君の恋人はバーナード大の最終学年を終えようとしていて、君はコロンビアの比較文学科の大学院生だったが、これは単に時機を窺《うかが》っていただけであり、院生として一年以上持たないことは自分でもわかっていた。が、大学から奨学金も生活費も支給されたから、ひとまずは修士論文に取り組み、論文指導教員のエドワード・サイードにも時おり相談しながら書いているうちに、「空腹の技法」と題したハムスン、カフカ、セリーヌ、ベケットの作品を論じた六十ページのエッセイが出来上がった。必修のゼミにいくつか出席し、講義の授業はさぼって、自分の小説や詩を書きつづけ、そのうちのいくつかはリトルマガジンに載るようにもなった。一年が過ぎると予定どおり大学院を辞め、学生生活と永久におさらばして、メキシコ湾内と大西洋岸沿いのあちこちにある精油所を行き来するエッソ社石油タンカーの乗組員になった。給料は悪くない仕事であり、これでしばらくパリで暮らせればと君は期待していた。君の恋人も、君がいないあいだアパートメントの家賃を折半《せっぱん》できる相手を見つけた。舌のよく回る、頭の回転の速い若い白人女性で、黒人向けラジオ局で黒人ＤＪになりすまして生計を立てているとのことで、しかも非常に人気があるらしかった。実に愉快な話だと君は思ったが、と同時に、これも時代の徴候、アメリカの現実をいまや覆っている瘋癲院《ふうてんいん》的論理のさらなる実例と見ずにいられなかった。君と君の恋人については、婚姻的生活の実験はいささかの失望に終わっていて、商船での仕事を終えた君が戻ってきてパリ行きの準備を始めると、どうやらこのロマンスはもう寿命に達したのでありパリへは君一人で行くのがよかろうということで意見が一致した。出発まで約二週間という時期のある夜、君の胃が反乱を起こし、腸を突き刺す痛さたるや何ともすさまじかった。ベッドの上で体を二つに折った君を苛《さいな》む痛みはおよそ容赦なく、まるで夕食に有刺鉄線を一鍋《なべ》食べたみたいだった。これは虫垂が破裂したとしか思えない、だとすればすぐに手術しなくてはと君は考えた。時刻は午前二時。君はセントルークス病院の緊急治療室にどうにか行きつき、これ以上はないというくらい辛《つら》い状態で一、二時間か待った末に医者に診てもらうと、医者はきっぱり、君の虫垂は全然悪くないと断言した。これは胃炎の強い発作である、この薬を飲んで熱い食物や辛《から》い食物を避ければ少しずつよくなるはずだ、と医者は言った。その診断も予測も正しかったが、本当はどういうことだったのか君が理解したのはずっとあと、何年も経ってからのことだった。君は怖かったのだ。自分では怖いと知らずに怖がっていたのだ。自分を根こぎにし、ルーツから切り離してしまうことを想《おも》って、極度の、ただし全面的に抑圧された不安に陥ったのである。恋人と別れるのだという思いは、明らかに君が考えていたよりずっと大きな動揺を及ぼした。一人でパリに行きたいと思ってはいても、君の中のある部分は、そうした急激な変化に怯《おび》えていた。だから胃がおかしくなって、君を二つに引き裂きはじめた。これこそ君の人生の物語である。道が二叉《ふたまた》に分かれたところへ来るたびに、体が故障する。君の体は心が知らないことを知っているのであり、故障の仕方をどう選ぶにせよ（単核症、胃炎、パニック発作）、君の恐怖と内的葛藤《かっとう》の痛みをつねに体が引き受けてきたのであり、心が立ち向かえない――立ち向かおうとしない――殴打を体が受けてきたのだ。

10　ジャック・マワス通り三番地　パリ十五区。これまた座って食事できるキッチンの付いた二部屋のアパルトマンで、六階建の三階。二十四歳。パリに到着して（一九七一年二月二十四日）まもなく、君は恋人との別れについて考え直しはじめた。彼女に手紙を書き、もう一度やり直してみる気はあるかと訊《たず》ねると、あるという返事が返ってきた。こうして彼女との、時に良く時に悪い、切れたり繋《つな》がったり、上がったり下がったりの関係が再開されたのだった。四月初めに彼女もパリに来ることになり、君は家具付きのアパルトマンを探しに行って（タンカーの給料はよかったが家具が買えるほどよくはなかった）、じきにジャック・マワス通りにこの清潔で日当たりもいい、家賃も手ごろで、しかもピアノのある所を見つけた。君の恋人はピアノが上手だったし、真剣に取り組んでいたので（バッハ、モーツァルト、シューベルト、ベートーヴェン）、この掘り出し物に彼女も喜ぶと確信して君はその場で借りることに決めた。単にパリというだけでなく、ピアノのあるパリ。さっそく一足先に越していって、生活の必需品（寝具、鍋釜《かま》、皿、タオル、ナイフフォーク類）を揃《そろ》え、ピアノはもう何年も演奏されていなくて音程が狂っているので調律師に来てもらうことにした。翌日、盲目の男がやって来た（君はこれまで、盲目でないピアノ調律師にはめったに出会ったことがない）。五十歳前後の太った人物で、顔はパン生地のように色白、目が上向きになって白目が露出していた。奇妙な人だ、と君は思ったがそれは目だけのせいではなかった。むしろその肌。漂白したような、ホコリタケを思わせる、ふわふわで押せば凹《へこ》みそうな肌で、まるでどこか地下に棲《す》んでいて顔にまったく光を当てていないかのように見えた。この男と一緒に二十歳か少し前の若者も来て、男の腕を握って玄関から奥の部屋にあるピアノまで導いてきた。訪問中、若者は一言も喋らなかったので、息子なのか、甥《おい》か、いとこか、それとも雇われた付添いなのかはわからなかったが、調律師の方はよく喋る人物で、仕事が済むと君を相手にしばらく雑談をしていった。「この通り」と彼は言った。「十五区のジャック・マワス通り。ここ、すごく短い通りだよね。たしか建物も数えるくらいしかないんだよね」。そのとおり、すごく短い通りですと君が答えると、「実は俺、戦争中ここに住んでたんだよね。あのころはここ、住むにはけっこう穴場だったんだ」と相手は言った。なぜかと君が訊くと、「それはね、この界隈にイスラエル人《びと》が大勢住んでたんだが、戦争が始まってみんないなくなったからさ」と彼は言った。はじめ君は、相手が何を言わんとしているのかピンと来なかった。というより、彼が言っていることを信じたくなかった。イスラエル人という言葉にいくぶん不意を衝《つ》かれたのかもしれないが、それがユダヤ人《ジュイフ》の同義語として珍しくない（少なくとも戦争世代のあいだでは）とわかるくらい君はフランス語に通じていた。君が聞いたかぎりそこにはつねに軽蔑《けいべつ》的な響きがあり、大っぴらに差別しているわけではなくても、ユダヤ人をフランス人から隔てる言葉ではあり、ユダヤ人を何か外国の、異国的なものに変えるはたらきがあった。砂漠からやって来たあの奇妙な古《いにしえ》の民、風変わりな習慣がいろいろあって執念深い原始的な神のいる人々。この一語だけでも十分不快だったが、その次の一言からは恐ろしい無知、または意図的な無視がありありと感じられ、こいつは世界一の阿呆《あほう》なのか、それともかつてヴィシー政権の協力者だったのかと君は首をひねってしまった。みんないなくなっていたからさ。そうですよね、世界周遊デラックス・クルーズに出かけたんですよね。まる五年間、地中海の太陽を満喫し、フロリダキーズでテニスに、オーストラリアの浜辺でダンスに興じる。さっさと帰ってほしい、こんな奴は一刻も早く目の前から消したいと思ったが、金を払いながら最後にこう訊ねたいという誘惑に君は抗《あらが》えなかった――「ふうん、それで、どこへ行ったんでしょうね？」。あたかも答えを探すかのようにピアノ調律師はしばし口をつぐんだが、答えが思いつかないのか、ニヤッと申し訳なさげに笑った。「わからんなあ」と彼は言った。「でもとにかく大半は帰ってこなかったよ」。これがフランス人のやり方に関し、この建物で君が叩《たた》き込まれた最初のレッスンだった。そして次は、その二、三週間後に始まった排水管戦争。アパルトマンの配管設備はいささか古く、頭上にタンクがあって鎖を引く方式のトイレもきちんと機能しなかった。水を流すたびに、相当な時間水が出つづけて、相当な音を立てる。トイレの水が出すぎることくらいささいな不便にすぎなかったから、君としてはべつに気にもしなかった。ところが下の階にはこれがすさまじい騒乱を引き起こすようで、蛇口を全開にして風呂の水を溜《た》めているような轟音《ごうおん》になるらしかった。ある日一通の手紙が部屋のドアの下から押し込まれるまで、君はそんな問題に気づいてもいなかった。手紙は下の階に住むマダム・ルビンシュタインなる人物からの（自分が戦時中住んだ区域が死んでいないイスラエル人たちをいまもかくまっていると知ったらあのピアノ調律師はさぞショックを受けることだろう）、真夜中に風呂に入って耐えがたい騒音を生じさせていることに憤然と抗議する内容で、アラスに住む家主にすでに手紙を書いてあなたの馬鹿騒ぎのことを知らせた、万一家主がただちにあなたを立ち退《の》かせる手続きを始めなかったら自分が警察に話を持っていく所存である、と書いていた。そのすさまじい剣幕に君は仰天し、相手が直接君の部屋のドアをノックして面と向かって話しあいもせずに（ニューヨークのアパートであればそれが住人同士のいさかいを解決する標準的な方法である）、陰で権力に接触したことに唖然《あぜん》とさせられた。これがアメリカ流とは対極のフランス流なのだ。権力のヒエラルキーに対する無限の信頼。官僚制度の網が悪を正してくれる、どんな些《さ》細《さい》な不正も直してくれると疑わない無条件の信仰。君が会ったこともない、どんな見かけかも知らない女性が、こうして激しい侮辱を君に浴びせ、これまで君が気づいてもいなかった問題に関して宣戦を布告している。即刻立ち退きなんてことになってはたまらないので、君は家主に手紙を書き、君の側の事情を説明して、トイレの不具合を直すことも約束すると、実に元気づけられる明るい返事が届いた。若いんだから仕方ないさ、おたがい仲よくやればいい、心配無用、ただまあ水療法は控え目にね！（意地悪なフランス人と気の好《い》いフランス人。彼らに混じって三年半暮らすあいだに、君はこの世で屈指の冷酷かつ卑劣な人物に会ったが、いままで知ってきた最高に温かく最高に寛大な男女にも会った）。しばらくは小康状態が続いた。君はいまだマダム・ルビンシュタインに会っていなかったが、とにかく階下からの苦情は止《や》んだ。やがて君の恋人がニューヨークから到着し、音のなかったアパルトマンにピアノの音《ね》が満ちるようになった。音楽が何より好きな君は、三階から流れ出る鍵盤《けんばん》音楽の傑作に誰かが異を唱えようなどとは夢にも思わなかった。ところがある日曜の午後、晩春のとりわけ快い日曜の午後に、君がカウチに座って恋人が弾くシューベルトの『楽興の時』を聴いている最中、突如下の階から、苛立《いらだ》った金切り声のコーラスが湧《わ》き上がった。どうやらルビンシュタイン家に客が来ていて、怒りの声が「耐えられない！　もう沢山だ！　我慢も限界だ！」と言っているらしい。やがて誰かがピアノの真下の天井を箒《ほうき》で叩きはじめ、女の声で「やめなさい！　そのひどい騒音、いますぐやめなさい！」とわめくのが聞こえた。だがこれは、君にとっても我慢の限界だった。二階から相変わらず金切り声が上がってくるのを聞きながら君は部屋から飛び出し、階段を駆け降りて、ルビンシュタイン家のドアを叩いた――力一杯。三秒と経たぬうちにドアは開き（君が降りてくるのが相手にも聞こえていたにちがいない）、これまで透明人間であったマダム・ルビンシュタインに君はついに対峙《たいじ》するに至った。見れば彼女は四十代なかばの魅力的な外見で（どうして人は、不愉快な人間は醜いと思いたがるのだろう？）、君たち二人はいっさいの前置き抜きでただちに全面的な大声合戦をやり出した。君は簡単に興奮する性格ではなく、癇癪《かんしゃく》を押さえるのにも苦労しないし、いつもなら言い争いを避けるためにどんなことでもするのだが、この日ばかりはあまりの怒りに文字どおり逆上していた。怒りにあと押しされて君のフランス語も新たなレベルの速さと正確さに達したようで、君たち二人はまさに互角の言葉の格闘をくり広げた。君の主張――我々には日曜の午後にピアノを弾く権利がある、さらにはいかなる日の午後にも、否《いな》、時間が早すぎたり遅すぎたりしないかぎり何曜日であれ何日であれいかなる時にも権利がある。彼女の主張――ここはきちんとしたブルジョワの家であるからピアノを弾きたければスタジオを借りろ、ここは善良なブルジョワの家であるから人は規則に従い文明的にふるまわねばならない、大きな音を出すことは禁じられている、昨年あなたの部屋に刑事が住んでいたが夜中やら朝やらおそろしく不規則な時間に出入りするものだから我々は彼を立ち退かせたのだ、ここはまっとうなブルジョワの家である、わが家にもピアノはあるが我々がそれを弾くことが一度たりともあるか? 否、あるわけがない。彼女の議論は君には貧弱な、紋切り型だらけ、くり返しだらけの空論に思え、その主張の喜劇的なること、モリエールのムッシュー・ジュルダンもかくやと思われたが、何しろものすごい剣幕で、悪意に満ちた確信とともにまくし立てるものだから、君としてもとうてい笑う気分にはなれなかった。会話はどこにも進んでいなかった。君たちは双方一歩も譲らず、たがいのあいだに恒久的な憎しみの壁を築きつつあった。こんなふうにやり合っていては今後の日々がどれだけ苦々しいものになるか、思いを致した君は、ここはもう切り札を出す潮時だ、論争を一八〇度回転させてまったく違った方向に話を持っていく時だと踏んだ。何と哀《かな》しいことでしょう、と君は言った。二人のユダヤ人がこんなふうに言い争うなんて、本当に何て哀しく情けないことでしょう。考えてくださいマダム・ルビンシュタイン、われらの民がどれだけの苦しみと死に喘《あえ》いできたか、どれだけ恐ろしい目に遭わされてきたかを。なのに僕たちはこうやって、つまらないことでどなり合っています。僕たちは自分を恥じるべきです。この作戦は狙《ねら》いどおりに効いた。君がその言葉を言ったときの、その言い方の何かが相手の心に届いたのだろう、戦いは突如終わっていた。その日以降、マダム・ルビンシュタインは君の宿敵ではなくなった。街なかや建物の出入口で顔を合わせるたびに彼女はにっこり笑い、その場合に相応《ふさわ》しい改まり方でボンジュール、ムッシューと君に呼びかけ、君も礼儀正しく笑みを返し、ボンジュール、マダムと応《こた》えるのだった。これがまさにフランスの生活だった。人々は押しあうのが習慣なのであって、押すのがひたすら楽しくて押しているのであり、放っておけばいくらでも押してくるが、こっちも押し返す気があることを見せれば向こうも敬意を示すようになる。そのことに、君とマダム・ルビンシュタインがユダヤ人同士だったという偶然を加えれば、もはや戦う理由は――君の恋人がどれだけ頻繁にピアノを弾こうと――何もなかった。こんな不実な戦術に訴えたことには嫌気がさしたが、とにかく切り札は功を奏し、その後ジャック・マワス通りで君たちは平穏に暮らしたのである。

11 ルーヴル通り二番地 パリ一区。セーヌに面した、六階建最上階の女中部屋。二十五歳。君の部屋は裏手にあって、窓から見えるのは隣の教会の鐘楼《しょうろう》から飛び出した怪物像吐水口《ガーゴイル》だった。サンジェルマン・ロクセロワ教会、一五七二年八月二十四日に鐘をひっきりなしに鳴らしてサンバルテルミの虐殺《ぎゃくさつ》を報《しら》せた教会である。左を見ればルーヴルが、右を見ればレアールの中央市場が見えて、遠くパリの北端に目をやればモンマルトルの白い丸屋根が見えた。ここは君がこれまで住んだ中で一番狭い空間であり、必需品以外はいっさい入れる余地のない小さな部屋だった。細いベッド、ちっぽけな机と背の真《ま》っ直《す》ぐな椅子《いす》、流し、ベッドのかたわらにもうひとつ背の真っ直ぐな椅子。そこにバーナー一個の電熱器と、湯を沸かしてインスタントコーヒーを淹《い》れ茹《ゆ》で卵を作るのに使う鍋をひとつだけ置いていた。トイレは廊下の先にあり、シャワーも風呂もない。ここに住んだのは、金がなく、ただで住ませてもらえたからである。このきわめて気前のいい行為の主体は君の友人ジャックとクリスティーヌのデュパン夫妻で（最良の、誰より親切な友たち——彼らの名が永遠に崇《あが》められますように）、同じ建物の二階にある広いアパルトマンに二人は住んでいて、ここはオスマン（十九世紀後半、パリ市街の改造を推進）の時代の建物なのでアパルトマンには最上階に女中部屋が付いていたのである。この部屋に君は一人で住んだ。君と恋人はまたしても上手《うま》くやって行けず、またしても別れたのだった。恋人はもうこのころアイルランド西部に住んで、スライゴーの数キロ郊外の、泥炭《でいたん》を燃やして暖をとるコテージを高校時代の友人とシェアしていた。君も一度はアイルランドまで行って彼女の心を取り戻そうと試みたが、その恋する男的ふるまいも徒労に終わった。当時彼女の心はあるアイルランド人の若者の心と絡《から》みあっていて、君は折悪《あ》しく二人の恋愛が始まってまもないころに姿を現わしたのである（この恋愛も結局無に終わったが）。緑濃く風強いスライゴーの丘陵《きゅうりょう》を、今後彼女に会うことはあるのだろうかと自問しつつ君は去った。そしてパリの自分の部屋、寂しい部屋、これ以上はないほど小さな部屋に戻ってきた。時にはこの部屋に耐えきれず、娼婦《しょうふ》を探しに出かけたりもしたが、そこで暮らした日々君が不幸だったというのは間違いだろう。貧しい環境になじむのには苦労しなかったし、ほとんどゼロでも自分はやって行けるとわかって大いに元気づけられた。とにかく書くことができる限り、どこでどう暮らそうと違いはなかった。そこに住んだ十数か月のあいだ、毎日ずっと真向かいで建設工事をやっていて、四、五層に及ぶ地下駐車場を掘っていた。夜になって窓辺に行き、掘り起こされた地面を見下ろして、眼下に広がる巨大な穴を覗《のぞ》き込むと、鼠《ねずみ》が見えた。何百匹もの、濡《ぬ》れて黒光りする鼠が泥の中を駆け回っていた。

12　デカルト通り二十九番地　パリ五区。ここもまた座って食事できるキッチンの付いた二部屋アパルトマンで、六階建の四階。二十六歳。実入りのいいフリーランスの仕事がいくつか入ってようやく貧窮《ひんきゅう》から抜け出し、それなりに収入も安定したので新しいアパルトマンの賃貸契約を結ぶ余裕も出来た。恋人はスライゴーから戻ってきて、アイルランド人はもはや姿を消し、君たち二人はいま一度手を結んで、ふたたび同棲生活に挑戦してみることにしたのである。今回はまずまず順調に行き、途中何度か揺れがなかったわけではないが、前よりは揺れ方も穏やかだったし、どちらも相手を捨てて出ていくなどと脅《おど》かしたりはしなかった。デカルト通り二十九番地のアパルトマンは間違いなく君がパリで住んだ一番快適な居住空間だった。管理人すら感じがよかったし（可愛《かわい》らしい短い金髪の若い女性で、夫は警官、いつも笑顔で親しげに声をかけてくれて、パリのアパルトマン管理人の相場たる詮索《せんさく》好きで性悪《しょうわる》の老婆《ろうば》とは大違いだった）、古いカルチエラタンの真ん中に住めるのも嬉《うれ》しかった。コントルスカルプ広場から坂を上がってすぐの、カフェやレストランがあり、劇場のごとく騒々しく活《い》きのいい野外市場がある地域。だが過去一年続いていた割のいいフリーランスの仕事もだんだん涸《か》れていき、蓄えはふたたび底をついてきた。夏の終わりまでは何とかなるだろうと思ったが、そこからあとはもう荷物をまとめてニューヨークへ帰るしかない。ところが最後の最後で、君のフランス滞在は思いがけず長引くことになる。

13　サンマルタン　ヴァール県ムワサック＝ベルヴュ。プロバンス南東地方の農家。二階建、おそろしく厚い石壁、赤い瓦《かわら》屋根、深緑の鎧戸《よろいど》と扉。周りには何エーカーも野原が広がり、一方は国有林に、もう一方は土の道路に接している。まさしくどこでもない場所のただなか。玄関扉の上に据えられた石のひとつにはL'An VIという字が彫られている。第六年。革命暦六年ということだと君は考え、だとすればこの家は一七九四年か九五年に建てられたことになる。二十六歳から二十七歳まで。この人里離れた南の地所で君と君の恋人は九か月管理人として過ごし、一九七三年九月初旬から七四年五月末まで滞在した。この家で君の身に起きたことについては一部すでに書いたが（『トゥルー・ストーリーズ』所収「赤いノートブック」2）、あの数ページでは触れなかったこともたくさんあった。この地方で送った日々をいま思い返すと、まずよみがえってくるのは空気であり、家を縁どる野原を歩くたびに周りから立ちのぼるタイムとラベンダーの香り、かぐわしい空気、風が吹くときの力強い空気、太陽が谷間に沈んでいきトカゲやイモリが石のすきまから這《は》い出て暑さの中でまどろむ際の気だるい空気、それから地域一帯の乾きと粗さであり、溶けた灰色の岩、チョークっぽい白い土、山道や道路に広がる赤土、山のごとき糞《ふん》の球《たま》を押して森を歩くオオタマオシコガネ、野原や近隣のブドウ園の上空をかすめていくカササギ、家のすぐ向こうの草地を通る羊の群れ（羊たちの突然の思いがけない出現、何百頭という羊がカラカラ鳴る鈴の音とともに一団となって進んでいく）、ミストラルと呼ばれる北風の激しさ（丸三日一瞬も途切れることなくすべての窓と鎧戸と扉を揺さぶり屋根の瓦をぐらつかせる暴風）、春に丘を包む黄色いエニシダ、花開きかけたアーモンドの木、ローズマリーの灌木《かんぼく》、幹は瘤《こぶ》だらけで葉がゆらめく発育不全のみすぼらしい樫《かし》の木、あまりの寒さに二階は閉ざすほかなく一階の三部屋で君たちが過ごすことを強いる凍《い》てつく冬（一部屋は電気ストーブで、もう一部屋は薪《まき》を燃やして暖めた）、十字軍の戦いへ向かうテンプル騎士団が立ち寄ったという近所の崖の上に建つ礼拝堂の廃墟《はいきょ》、真夜中に二週間続けて貧弱なトランジスタラジオで精一杯耳を澄まして聴いたフランクフルトの米軍放送局から届く雑音だらけのメッツ対レッズのナショナルリーグ・プレーオフとメッツ対アスレチックスのワールドシリーズ、そして先日君が考えていた雹《ひょう》の嵐《あらし》（テラコッタ瓦の屋根に叩きつけ家の周りの草の上で溶ける氷の石はたぶん野球ボールほど大きくはなかったが、身長三メートルの巨人のゴルフボールといった趣で、一度などはそのあとに滞在中唯一《ゆいいつ》の雪が降ってすべてがつかのま真っ白になった）、そして君の一番近い隣人である崩れかけた黄色い家でトリュフ狩り犬《けん》を飼って世界革命を夢見ながら暮らしている独身の小作人、ムワサック＝ベルヴュの丘の頂にある酒場で飲んだくれている手も顔も土で真っ黒のいままで君が見た誰よりも汚い人間たる羊飼いたち、その誰もが南フランス訛《なま》りでrを巻き舌で発音し、しばしばgを加えるのでワインとパンを表わす言葉はヴァングとパングになり、フランスのよその地方では発音しないsを昔のプロヴァンスそのままに残しているのでよそ者、外国人を表わすエトランジェはエストランジェとなり、地域一帯の岩や塀にオクシタニア

（オック語を話す南フランス一帯の名称）に自由を！のスローガンがペンキで描かれ（ここはウイではなくオックと言う中世の地なのだ）、そして、そう、君と君の恋人はその一年まさしくエストランジェだったのだが、パリの冷淡でピリピリした堅苦しさに較べればこの地方での暮らしは何と穏やかだったことか、南で暮らしたあいだみんな君たちにどれだけ温かく接してくれたことか、アシエ・ド・ポンピニョンなるありえない名前の堅苦しいブルジョワの夫婦ですら時おり隣り村のレギュスにある家に君たちを呼んでくれて一緒にテレビで映画を観《み》たし、君たちの家から七キロ離れたオプスで知りあった人々もやはり友好的で、君たちはここへ週二度買い出しに行き、孤立した暮らしが何か月も続いてくるとこの人口三、四千の町がとてつもない大都会のように思えてきて、オプスには主だったカフェが二つしかなく一方は右翼カフェでもう一方は左翼カフェだったので君たちは左翼カフェに通い、社会主義者か共産主義者である常連の薄汚い農夫や機械工に歓迎され、この荒っぽくお喋《しゃべ》りの地元民たちは若いアメリカ人エストランジェ二人をますます気に入ってくれて、君たちはそのカフェで彼らと一緒に一九七四年大統領選の結果もテレビで観て、ポンピドー死後のジスカール・デスタンとミッテランとの選挙戦に晩はいったん大いに盛り上がったものの最後は失望に終わり、誰もが酔っ払って喝采《かっさい》していたのが誰もが酔っ払って悪態をつき、加えてオプスには仲よくなった肉屋の息子がいて、君とほぼ同い歳《どし》で父親の店で働いていて行くゆくは家業を継ぐべく修行中だったが本人は写真にも熱心で腕もよく、その年はずっとダム建設で水中に埋もれる予定の小さな村の立ち退きと取り壊しを撮っていて、かくして悲痛な写真を撮る肉屋の息子と社会主義者／共産主義者カフェにたむろする酔っ払った男たちがいたわけだが、さらにはドラギニャンの歯科医もいて、この医者の許《もと》に君の恋人は複雑な根管《こんかん》治療を受けに何度も通わねばならず、その診察室の椅子で何時間も過ごすことになったが、やっと治療が済んで医者から請求書を渡されると額は三百フランきっかり（六十ドル）、費やした時間と労力にはおよそ見合わぬ低い額だったので、どうしてこんなに安いのかと彼女が訊ねると、医者は片手を振ってぎこちなく肩をすくめ、「気にするな。私にも若いときはあったんだ」と言った。

14　リバーサイド・ドライブ四五六番地　マンハッタン、西一一六丁目から西一一九丁目にかけての長い一ブロックの真ん中。剃刀《かみそり》のように細いキッチンがあいだにはさまった二部屋で、ハドソン川を見はるかす九階建ビル北側のペントハウスもしくは十階。この場合屋上家屋《ペントハウス》という言い方はいささか虚偽である。君の二部屋と、隣接する南側ペントハウスは、メインの建物とは構造的に分離していたからだ。ＰＨＮ（北ペントハウス）とＰＨＳ（南ペントハウス）は、白いスタッコ造りで平屋根の小さな独立した平屋だったのであり、この平屋が九階建ビルの屋上に、メキシコの村の裏通りから場違いにも運ばれてきた小作人のあばら屋のごとく載っかっていたのだ。二十七歳から二十九歳まで。室内は狭苦しく、かろうじて二人で住めるという程度だったが（君と君の恋人は依然一緒だった）、手の届くニューヨークのアパートはなかなか見つからなかったのである。外国に三年半住んだ末に帰ってきた君たちは、ニューヨークにどこか住むところを、とにかくどこでもいいからと探して一か月以上を費やした末、このいささか窮屈ではあれ風通しのいい住居が見つかっただけでも幸運だと思っていた。明るく、硬木の床はぴかぴかで、烈《はげ》しい風がハドソン川から吹いてくる。大きなL字型のルーフテラスのおまけがついていて、これは中の二部屋と同じくらいの、いやそれ以上の広さがあった。陽気のいいときはここに出れば密室の息苦しさも和らげられ、そこに立って見える建物正面側からの眺めはいくら見ても飽きなかった。リバーサイド・パークの木々、右手のグラント将軍の墓、ヘンリーハドソン・パークウェイを流れていく車の連なり、そして何より川――ひっきりなしにいろんなものが動いているその眺め。水上を進んでいく無数のボート、ヨット、貨物船、タグボート、はしけ、キャビンクルーザー。川に棲息《せいそく》する産業用船舶とプレジャーボートが日々レガッタをくり広げる。川が別世界であること、君が住む陸地と並ぶパラレルワールドであることを君はじきに発見した。石と土の都市のすぐ向こうにある水の都市。時おりタカが迷い込んできて屋上に降り立ったりもしたが、カモメ、カラス、ムクドリが来ることの方がずっと多かった。ある日の午後、一羽の赤い鳩が部屋の窓の外に降りてきた。正確にはサーモンピンク、白い斑点《はんてん》が入っている。傷を負ったひな鳥で、好奇心は旺盛《おうせい》、縁の赤い奇妙な目をしていて、君が恋人と二人で一週間餌《えさ》をやり続けるとふたたび飛べるくらい元気になったが、そのあと何か月も、ほぼ毎日屋上に戻ってきた。あまりしじゅう来るものだから、そのうちに君の恋人がジョーイという名前をつけた。鳩のジョーイはペットの座に就いたのであり、戸外の同居人として君たちと住所を共有したが、やがて翌年の夏、いつものように羽根をはばたかせて飛び立ったきり戻ってこなかった。住みはじめた当初、君は東六十九丁目の稀覯書《きこうしょ》業者の店で正午から五時まで働いて、詩を書き、書評を書き、徐々にではあれ自分をふたたびアメリカに慣らしていった。当時この国はウォーターゲート公聴会、リチャード・ニクソン没落の時期であり、君がかつて去ったアメリカとはわずかに違っていた。一九七四年十月六日、越してきておよそ二か月後、君と君の恋人は結婚した。アパートでささやかな式を挙げてから、君たちよりずっと広い近所のアパートメントに住んでいる友人がパーティを開いてくれた。当初から君たち二人が何度も心変わりを経験し、出たり入ったりをくり返して、ほかの人間とも恋愛に走り、四季の変化のごとく規則的に破局と和解を行き来したことを思えば、この時点で君たちのどちらか一人でも結婚ということを考えただけでも、いまの君には妄想的愚行としか思えない。どう控え目に見ても、君たちはきわめて大きな危険を冒していた。自分たちの友愛と、作家志望者同士の連帯を頼りに、結婚生活をいままで一緒に経てきた生活とは違うものに変えられることに君たちは賭《か》けていた。だが君たちは賭けに負けた。二人とも負けた。君たちは負ける運命にあったのだ。結局二人で頑張ったのは四年だけで、結婚したのが一九七四年十月で降参したのが七八年十一月。誓いあったときは二人とも二十七歳で、もっと賢明な判断ができてしかるべきだったかもしれないが、と同時に二人ともまだとうてい大人ではなく、奥のところでは未熟な若者だったのであり、君たちに勝ち目はなかった――それが無情な事実だったのだ。

15　デュラント・アベニュー二三三〇番地　カリフォルニア州バークリー。大学のフットボール場向かいの、キャンパスへも歩いていける小さな簡易アパート（二部屋とキッチネット）。二十九歳。落着かず、言葉にできぬ焦燥を抱え、ニューヨークの狭すぎるアパートにもますます息苦しさを感じていた君は、突然の臨時収入（イングラム・メリル財団からの助成金）に救われてさまざまな可能性が開け、どこでどう暮らすかという問題にもさまざまな選択肢が生じた。ここは事を起こす時だと君は考えて、まだ結婚していた最初の妻と一緒にニューヨークから列車に乗ってシカゴまで行き、シカゴで乗り換えて西海岸へ向かった。ネブラスカのはてしない平地、ロッキー山脈、ユタとネヴァダの砂漠を抜けて、三日旅した末にサンフランシスコに入っていった。時は一九七六年四月。ためしに半年カリフォルニアで暮らしてみて、ずっと住みたいかどうか見てみる、という計画だった。西海岸には仲のいい友人が何人かいたし、前の年に訪れたときも好印象を持った。サンフランシスコでなくバークリーで試すことにしたのは、バークリーの方が家賃が安いし、君たちのように車のない人間にとっては湾のこちら側の方が暮らしやすいからだった。アパートはパッとしない、窓を閉めるとかすかにカビの匂《にお》いがする天井の低い四角い箱だったが、まあ住めないことはないし、ひどく気が滅入るということもなかった。だが君はそこを借りる決断を下した記憶がまったくない。着いて一週間と経《た》たない、まだ友人のところに泊めてもらっている時点で、君はソフトボールの試合に誘われた。二イニング目に君が走者に背を向け、ベースラインから大きく離れて外野からの返球を待っていると、走者が意図的にベースラインから離れてうしろから君に体当たりし、烈しいフットボールブロック（スポーツを間違えているとしか言いようがない）で君をなぎ倒した。相手は大男で、君はそんな攻撃を予想していなかったから、衝突のショックで頭ががくんと曲がってから地面に倒れ、強度のムチ打ち症になってしまった（君を襲った男はスポーツのマナーの悪さで知られ、しばしば「ケダモノ」と呼ばれていたが、ふだんは非常に洗練された知識人で、その後十七世紀オランダ絵画について何冊も本を書き、ドイツの詩人数人の作品を翻訳した。聞いてみると、君がかつて習った教授の元学生で、君たちは二人ともこの教授を非常に尊敬していた。この繋がりを知らされると、ケダモノは罪を深く悔い、そうと知っていたら絶対君にぶつかっていったりしなかったよと言った。この謝罪の言葉について、君はいままでずっと理解に苦しんできた。アンガス・フレッチャー教授の元学生だけはこの男の卑劣な戦術を被《こうむ》らないが、ほかは誰を襲っても構わないということか？　君はいまも首をひねり、頭を掻《か》いている）。君は友人たちに連れられて地元の病院の緊急治療室に行き、クッション入り、マジックテープ付きの頸椎《けいつい》装具を与えられて、筋弛緩《しかん》剤ジアゼパムをたっぷり処方された。ジアゼパムを飲んだのはこの時が初めてであり、もう二度と飲まずに済ませたいと君は思っている。たしかに痛みを抑える効き目はあったけれども、一週間の半分以上頭が麻痺《まひ》し、この出来事の直後に起きたことの記憶も抹殺《まっさつ》されてしまった。人生の数日分が、カレンダーから消去されたのである。フランケンシュタイン・モンスターばりの器具を首に着けて、記憶喪失を誘発する薬をどっさり飲んで歩き回っていたあいだに起きたことを君は何ひとつ思い出せない。したがって、君と君の最初の妻がデュラント・アベニューの住まいに引っ越したとき、すごくいい場所にアパート見つけたねえ、と君は彼女をほめ讃《たた》えたが、実のところここに住もうと決めるにあたって彼女は君にじっくり相談したのである。予定した六か月間、君たちはそこで暮らしたが、それ以上はとどまらなかった。カリフォルニアにはいいところもたくさんあったし、風景は本当に素晴らしいと思ったが（豊富な草花、大気中につねに漂うユーカリの香り、霧、すべてを包む光のシャワー）、しばらくすると君はニューヨークが、ニューヨークの巨大さと混沌《こんとん》が恋しくなってきたのだ。サンフランシスコは知れば知るほど小さく退屈に思えてきた。人里離れた山の中で暮らすのは問題ないが（たとえばヴァールでの九か月は君にとってこの上なく豊饒《ほうじょう》な時だった）、都市に住むなら大都市、一番の大都市でないと駄目だと君は思った。ものすごく辺鄙《へんぴ》な田舎か、特大の都会、その両極端であればどちらも無尽蔵の魅力がある気がするが、小さな都市や町はあっという間に魅惑も尽きてしまい、いずれ何も感じなくなってしまう。というわけで君たちは九月にニューヨークに戻り、ハドソンを見下ろす小さなアパートに復帰して（離れていたあいだは又貸ししていたのだ）、ふたたびニューヨークに収まった。だが長くは続かなかった。十月に、朗報――待ちに待った、子供が出来たという報せ。ということは、別の住みかを探さないといけない。君はニューヨークにとどまりたかった。あくまでニューヨークにとどまるものと決めていた。だがニューヨークは高すぎた。手の届く家賃の、もっと広いアパートメントを何か月も探した末に、君は敗北を認め、よそを探しはじめた。

16　ミリス・ロード二五二番地　ニューヨーク州スタンフォードヴィル。ダッチェス郡北部の白い二階建の家。建築年は不明だが、新しくはなく特に古くもないから、一八八〇年から一九一〇年までのどこかだろう。半エーカーの土地があり、裏には菜園、表には松の木が陰を作る暗い庭。君たちの地所と、その南にある隣の地所とのあいだには小さな林がある。くたびれた、だが荒れはてたとまでは言えない、資金さえあればじっくり時間をかけて改善していける場所である。居間、ダイニングルーム、キッチン、ゲストルーム／書斎が一階、二階には三寝室。購入価格、三万五千ドル。それなりに車の通る田舎の脇道《わきみち》沿いに何軒か建つ家のひとつである。プロヴァンスの極端な孤立とは違うが、それでも田舎暮らしにはちがいない。利他主義の歯医者や左翼の農夫には出会わなかったが、ミリス・ロードの隣人たちは親切で健全な市民だったし、その多くは小さな子供のいる若い夫婦だった。やがて君たちは程度の差はあれその全員と知りあうことになるが、ダッチェス郡の隣人たちについて一番よく覚えているのはそれらの家々で起きた悲劇だ。たとえば、多発性硬化症に罹《かか》った二十八歳の女性。隣に住んでいた、前の年に二十五歳の娘を癌《がん》で亡《な》くして悲しみに暮れていた中年夫婦（妻はジンを一日じゅう飲んでいまや骨と皮に痩《や》せ細り、心優しい夫は何とか彼女を支えようと懸命に頑張っていた）。鍵《かぎ》のかかった玄関と、閉じられたカーテンの向こうに隠れた、かくも多くの苦しみ。そうした家々の中に君自身の家も含めねばなるまい。三十歳から三十一歳まで。荒涼とした日々、間違いなく君がこれまで経験した一番荒涼とした日々。唯一それを明るくしてくれた出来事が、一九七七年六月の息子の誕生だ。とはいえこの家で君の最初の結婚は崩壊したのであり、（「その日暮らし」で述べたとおり）つねに金の問題に悩まされ、そして君は詩人としても行きづまった。霊が取り憑《つ》いた屋敷、なんてものを君は信じないが、あのころのことをいまふり返ると、自分が悪しき呪縛《じゅばく》の下で生きていたこと、自分の身に降りかかったさまざまな災いは家自体も一因だったことがわかる。君たちが越してくるまで、何十年ものあいだこの家の所有者は未婚のドイツ系アメリカ人姉妹で、名をステマーマンといい、君たちがこの二人から家を買ったころにはどちらも八十代後半か九十代前半に達し、一方は目が見えずもう一方は耳が聞こえず、二人とも一年近く前から老人ホームに入っていた。売買の交渉は道路を二、三軒先へ行った家に住むキューバ生まれの女性が請け負っていた。物静かなアメリカ人自動車工と結婚している、象のガラス像（!?）を集めているこの女性から、悪名高きステマーマン姉妹の話を君はいろいろ聞かされた。たがいに憎みあい、子供のころから死闘をくり広げていたというこの姉妹は、生涯たがいに離れられぬまま最後まで不倶《ふぐ》戴天《たいてん》の敵同士として生き、悪意に満ちたすさまじい大声の言い争いがミリス・ロードの端から端まで聞こえたという。耳の聞こえない方が目の見えない方を一階のクローゼットに閉じ込めて罰したなどという話を隣人から聞かされると、君はゴシック小説のいろんなシーンや、ベティ・デイヴィスとジョーン・クロフォードが出てくる六〇年代前半の安っぽい白黒映画（『何がジェーンに起ったか?』）を思い浮かべずにいられなかった。グロテスクな、狂った人物二人。やれやれ何て愉快な話だ、と君は思った。でもそれも過去のこと、自分はお腹《なか》の中に子供がいる妻とともにこの古い家に若さと活力をもたらすのだ、すべてがいまにも変わるのだ、そう君は思うばかりで、ステマーマン姉妹がそこで五、六十年、下手をすれば七、八十年暮らし、家の隅々まで彼女たちの怨念《おんねん》が染《し》み込んでいることなど考えようともしなかった。耳の聞こえない方には、キューバ生まれの女性の家で会いもしたが（彼女は生ぬるいコーヒーを飲もうとして危うく窒息死しかけた）、見たところ意外に無害と思えたし、君としてはもうそれ以上考えなかった。そして越してきた当初は、家に付いてきたいろいろな家具を綺《き》麗《れい》にして並べ換える日々が続いたが、そんなある日、二階の廊下に置いてあった衣裳《いしょう》だんすを壁際《かべぎわ》から動かすと、うしろのすきまの床からカラスの死体が出てきた。もうずっと前に死んだ、すっかり乾燥しているが形は生きたときのままのカラス。これは愉快な話などではなかった。全然愉快じゃない。君たちは二人とも笑って済ませようとしたが、その後何か月も君はその死んだ鳥のことを考えた。死んだ黒い鳥、古典的な凶兆《きょうちょう》。翌朝君は裏手のポーチで本の詰まった箱を二、三見つけ、何か取っておくに値するものはあるかと思って開けてみた。一冊一冊、出てきたのは、ジョン・バーチ協会（反共極右団体）のパンフレット、合衆国政府に潜入を図る共産主義者の策略について書かれたペーパーバック、フッ化物を用いてアメリカの子供たちの洗脳を企てる陰謀を論じた数冊、戦前に発行された英語版親ナチス冊子、そして何より不穏なのは、悪書の中の悪書、この上なくおぞましい、反ユダヤ主義を擁護する上でほかのどんな本より力のあった偽書《ぎしょ》『シオンの議定書』。君はそれまで本を捨てたことは一度もなかったし、捨てたいという気にさせられたこともなかったが、これらの本を君は捨てた。車に乗せて町のゴミ捨て場まで持っていき、腐りかけた生ゴミの下にわざわざ押し込んだ。

そんな本がある家に住むなんて不可能だった。これでケリが付いたと思いたかったが、本を始末したあともまだ、そこに住むのは不可能だった。君は頑張ったが、とにかく不可能だった。

17 ヴァリック・ストリート六番地 マンハッタン。今日ではトライベカとして知られる地域の、十階建の工業ビル最上階の一部屋。子供のころの友人の元恋人を介して回ってきた又借りの又借り。以前は電気製品の部品を商《あきな》う事務所だった、いまはすべてが取り払われた骨組みだけの場所。人間が住むようには作られていないこの空間で雨風をしのぐ特権の代価は月百ドル。つい最近までは、廊下をはさんだ向かいにロフトを持つ芸術家が物置に使っていた。水しか出ない流しはあるが、風呂、トイレ、台所設備はいっさいなし。生活条件としてはパリのルーヴル通りで住んだ女中部屋と似ているが、こっちの方が三、四倍広く三、四倍汚い。三十二歳。一九七九年初頭にここへ行きつく前に、さまざまな衝撃、突然の変化、内面の激震が旋風のごとく次々生じて、君は方向転換を強いられ、人生は別の軌道を進み出した。行くところもなく、行くところがあったとしても引越す金などなかったので、君は結婚が破綻《はたん》したあともダッチェス郡の家にとどまり、一階の書斎の隅に置いたソファベッドで眠っていた（三十二年後のいま、それが子供のころ使っていたベッドだったことに君は思いあたる）。二週間後にニューヨークへ行ったとき、君は啓示を得る。火傷《やけど》のごとき天啓の瞬間が明晰《めいせき》さをもたらし、宇宙の割れ目の向こう側に君を押し出してくれて、君はふたたび書くことができるようになった。その蘇《そ》生《せい》、解放、新しい始まりの三週間後、その直後から書きはじめていた散文に没頭しているさなかに、父親の死という思いがけぬ打撃。君の最初の妻は本当に立派だった。その後の辛い数日、数週間にわたる葬式の手配や資産の処理、父親のネクタイ、スーツ、家具の処分、父の家の（元々進行中だった）売却手続き等々の試練のあいだずっと、彼女は君に寄り添ってくれた。死のあとに訪れる堪えがたい即物的作業に取り組む君を、終始支えてくれた。君たちはもはや結婚していなかったから（というか名義上結婚しているだけでしかなかったから）、結婚生活のプレッシャーはいまや取り払われ、君たちはふたたび、出会ってまもないころのような友人になった。君は『孤独の発明』第一部を書きはじめた。早春にヴァリック・ストリートに引越したころにはもうだいぶ書き進んでいた。

18　キャロル・ストリート一五三番地　ブルックリン。ヘンリー・ストリート近くの四階建の三階にある鰻《うなぎ》の寝床式アパート。三十三歳から三十四歳。三部屋、ダイニングキッチン、バスルーム。表通りに面した寝室は君用のダブルベッドと息子用のシングルベッド（君が子供のころ使っていた、スタンフォードヴィルの家を売ったあとに取り戻したソファベッド）を入れられるくらい広い。真ん中の二部屋のうち一部屋は窓がなく、君はそちらを間に合わせの書斎に仕立て、庭を見下ろす窓があるもう一方の部屋はリビングルームとして使った。それに続いて、窓がひとつあるキッチンと、一番奥のバスルーム。安っぽく、くたびれてもいる住まいだったが、いままでのところと較《くら》べれば大進歩である。君は一九八〇年一月にヴァリック・ストリートのアパートから追い出され（又貸し主の芸術家がロフトを手放すことにしたのだ）、週のうち三日は君と過ごす二歳半の息子と一緒に住めるアパートはマンハッタンでは手が届かないので、イーストリバーを渡ってブルックリンで探しはじめた。どうして一九七六年に思いつかなかったんだろう？　と君は首をひねった。百マイル北上してダッチェス郡で幽霊屋敷を買ったりするより、こっちの方がずっと得策ではないか。だがあのころはブルックリンなんて思いつきもしなかった。ニューヨークとはマンハッタンのことでありマンハッタンだけのことであり、君にとってそれ以外の区は遠きオセアニアや北極圏の国々と同じくらい異郷だったのだ。

　結局君はキャロル・ガーデンズに行きついた。そこは地元だけで完結しているイタリア人街であり、大半の人間がわざわざ君の居心地を悪くしようと努め、まるで君が彼らのただなかに入り込んできた侵入者、エストランジェであるかのように疑いの念と無言の凝視でもって君に接した。君はイタリア人と言っても通る風貌《ふうぼう》なのに、何かが間違っていたにちがいない。服装か、身のこなしか、それとも単に目に浮かぶ表情か。ほぼ二年間、アパートに帰ろうとキャロル・ストリートを歩いていて、玄関先に座っている老《ろう》婆《ば》たちがいったい何度、声が聞こえる範囲に君が入ってきたとたんぴたっと話をやめて君が通り過ぎるのを何も言わずに眺めたことか。男たちは目にまったく何の表情も浮かべずに立っているか、あるいは車のボンネットの下を覗き込むかし、エンジンを吟味するその執拗《しつよう》さと熱心さは人間存在をめぐる何か究極的な真理を追究する哲学者を思わせた。女たちから唯一会釈《えしゃく》を受けるのは、息子と——金髪の幼い息子と——一緒に通りを歩いている時だけであり、それ以外君は幽霊、そこにいるいわれなどまったくないがゆえに事実そこにいない人間だった。幸い、君の住んでいる建物のオーナーである、一階の庭付きアパートメントに住む三十代前半のジョンとジャッキーのカラメッロ夫妻は気さくで友好的であり、君に対してわずかの敵意も示したことはなかったが、彼らは君と同世代であり、両親の世代のように過去を根に持ってはいなかった。ジョーイ・ギャロ（ニューヨーク・マフィアのメンバー）のおばが近所に住んでいたし、ヘンリー・ストリートの四つ角近辺には社交クラブがいくつかあって長老連中が日がな一日集《つど》っていた。キャロル・ガーデンズがブルックリン一安全な地域として知られるのは、ここが暴力の底流に支えられ、ギャングによる報復の暴力と倫理に支配されているからだった。黒人たちはここに寄りつかなかった。この入念に護られた飛び地の中に一歩でも入ったら、わが身を危険にさらすことになるのを知っていたからだ。君自身、その不文律が施行《しこう》されるのを自分の目で見なかったら、そんな掟《おきて》があることすらわからずじまいだったかもしれない。

ある日、まばゆい秋の午後にコート・ストリートを歩いていると、大きなラジカセを抱えて通りの向こう側を歩いているひょろ長の黒人の男の子に、白人のティーンエイジャー三、四人がいきなり襲いかかったのだ。彼らはその子をしこたま殴り、血だらけにし、ラジカセを歩道に叩きつけて壊し、君が介入する間もなく黒人の男の子はよたよたと立ち去り、覚つかぬ足どりで前に進み、やがて白人の男の子たちがその背中に黒んぼ《ニガー》、二度と来るなと罵声《ばせい》を浴びせるとともに走り出した。また、君が事実介入できたこともあった。晩春のある日曜の午後、スミス・ストリートとの角にある地下鉄の駅に向かってキャロル・ストリートを歩いている最中、キャロル・パークのアスファルトでやっているローラースケート・ホッケーを見物しようとしばし歩みを止め、公園を囲む金網につかまって中を覗くと、大きな赤、白、黒のナチスの旗が見えた。君は中に入って、旗をそこに掛けたのが誰かを聞き出し(一方のチームの道具係の十六歳の少年)、旗を下ろすように言った。相手は何でそんなことを言われるのかまったくわからず、狐《きつね》につままれたみたいな顔をしているので、旗が何を表わしているのかを君が説明し、ヒトラーが行なった悪業、数百万の罪のない人々の虐殺について聞かせると、男の子は心底バツの悪そうな顔になって、「知らなかったよ。ただカッコいいと思ったんだ」と言った。お前いままでどこで生きてたんだとどやしつける代わりに、彼が旗を下ろすのを君は見届け、また地下鉄に向かって歩きはじめた。

とはいえ、キャロル・ガーデンズにもいいところはあった。特に食べ物。パン屋、豚肉屋、夏に馬車で近所を回るスイカ売り、店内でコーヒーを焙煎《ばいせん》していて入ったとたんにぴりっとかぐわしい匂いが襲ってくるダミコ・コーヒー店。けれどもまた、キャロル・ガーデンズは君が大人になって以来最高に愚かな質問を口にした場所でもあった。ある日の午後、二階の窓なし書斎にこもって『孤独の発明』第二部に取り組んでいると、外の通りでいくつもの大声が湧き上がった。何事かと降りていってみると、通り一帯すさまじい喧騒《けんそう》で、男も女も家の前に群がり、二十もの興奮した会話が同時に進行している。君の家主のジョン・カラメッロもたくましい体で玄関先の階段に立ち、落着いた顔で騒ぎを見渡している。どうしたんですと君が訊《き》くと、ジョン答えて曰《いわ》く、刑務所から出てきたばかりの男がこの界隈《かいわい》の留守宅やアパートに押し入り、宝石や銀器など金目のものを片っ端から盗んだのだが、逃げそこなって捕まったという。その時だった、君がその質問を、自分が住んでいる小さな世界について依然何もわかっていない底なしの阿呆であることを証《あか》す名高き言葉を口にしたのは――「警察に連絡したんですか？」。ジョンはニッコリ笑った。「もちろんしないさ」と彼は言った。「みんなで袋叩きにして、バットで両脚を折ってタクシーに放り込んだのさ。命が惜しけりゃもう二度とこの界隈には来ないよ」

ブルックリンへ住むようになってもう三十一年経つが、その当初の日々はかくのごとく、結婚の崩壊と父親の死から始まった過渡期であり、ヴァリック・ストリートでの九か月、キャロル・ガーデンズでの最初の十一か月は悪夢と内的葛藤《かっとう》の日々だった。希望あり、希望なし、その両極をせわしなく行き来し、何人もの女のベッドに転がり込み、彼女たちを愛そうと努め、愛の一歩手前まで行ったけれど結局は愛せず、もう二度と結婚しないものと君は確信し、自分の著作に励み、ジュベールとマラルメの翻訳に励み、二十世紀フランス詩を集めた巨大なアンソロジー編纂《へんさん》の仕事を進め、混乱した、時に反抗する三歳の息子の世話をした。とにかくいろんなことが立てつづけに起きたから――父親の葬式が済んでわずか十日後に母親の再婚相手が心停止に陥って命を落としかけたし、六か月後には祖父が見るみる衰えて息を引きとるのを君は病院に通いつめて見届けた――君の体がまた異変を起こしたのもおそらく避けがたいことだったのだろう。今回は心臓の動悸《どうき》だった。胸の鼓動が突然不可解に速まり、夜いまにも寝つくかという時点で心拍数が急増したり、眠った直後にそれが生じて叩き起こされたりで、息子と二人きりで部屋にいるときにもアンだかフランソワーズだかルビーだかの眠っている肉体の隣にいるときにもそれは起きた。狂おしく脈打つ心臓が頭の中で鳴り響いて、何とも大きく執拗な反響を引き起こすものだから室内のどこかから音が出ているのではと思ってしまうほどで、やがてこれは甲状腺の異常が原因でありそのせいで体内組織全体が狂わされていることが判明し、君は二、三年にわたって薬を飲みつづけねばならなかった。

それから、一九八一年二月二十三日、君の三十四回目の誕生日の二十日後、彼女の二十六回目の誕生日のわずか四日後、君は彼女に出会った。三十年前のその夜以来ずっと君とともに過ごしてきた唯一無二の女性に君は紹介されたのだ。君の妻、およそ予想していなかったときに君を奇襲した生涯最愛の人。出会って最初の、大半をベッドで過ごした数週間に、おとぎばなしを朗読しあう儀式を君たちは育《はぐく》み、これが六年後に君たちの娘が生まれるまで続いた。そうやってたがいに読み聞かせあうことの親密な喜びを二人で発見してまもなく、君の妻は『あなたに読んで《リーディング・トゥ・ユー》』と題した長い散文詩を書いた。その最後の、第十四連はキャロル・ストリート一五三番地三階の君のアパートを舞台とし、君の心臓の不規則な鼓動にも触れている。残酷な父親は愚かな息子を殺させようと殺人者もろとも森に送り出すけれど、殺人者は殺せずに男の子を逃がし、父親には代わりに鹿《しか》の心臓を届け、この男の子は犬や蛙《かえる》や鳥と話ができて、やがて鳩が彼の耳許にささやく、大衆の言葉を、何度もくりかえし彼の耳の中に注ぎ込む、そしてどこか別の場所でわたしはあなたの耳にささやく、メッセージを、わたしからあなたへの、あなたの膝《ひざ》の裏や肱《ひじ》の内側や上唇の上の凹《へこ》みをめぐるメッセージを、いまあなたがここにいなくてもわたしからあなたへの。あなたに読んで聞かせるおはなしに出てくる鳥のようにわたしはささやく、あなたに連れてきてもらった部屋で何度もくり返す。それぞれの部分は同じ、でも変わっている、つねに動いている、弱い光のなかでわたしを見おろしているあなたの顔が笑顔から真剣な顔に変わるみたいにほんの少しずつ違っていく。だからわたしはおはなしを読むこと、書くことであなたにおはなしを贈りたい。そしてわたしたちはおはなしを受け継ぎもする、いろんな症状を、顔、心臓、膀胱《ぼうこう》の弱さや欠陥を。その人の心臓はまわりに水があります、溺《おぼ》れています、病気の心臓、心臓の病気、損なわれた部分、あなたのなかで打つ脈は時として速すぎて薬を飲んで遅くしないといけない、正しくリズミカルにしないといけない、ほかのいろんなものみたいにでたらめにぱたぱた打ってはいけない。ベッドのなかでわたしはあなたにおはなしを贈りたい、老人たちが死んだあとに月を空に吊《つる》すおはなしを、そうしたら月はあなたの頭上で永遠に輝くだろう、たとえ自分の光を持たずに借り物の周期的な光しかなくても輝くのをやめはしないだろう。わたしはその月をもらう、借りること盗むことを、大から小へ変わることを。ごくちっぽけな月、冬の雲の陰に隠れた薄くて弱い月、そんな眺めをわたしは選ぶ。

19　トンプキンズ・プレイス十八番地　ブルックリン。キャロル・ガーデンズとブルックリン・ハイツのあいだの地域コブル・ヒルの、ほとんど同一の建物が並ぶ一ブロックだけの通りに建つブラウンストーン四階建の三、四階。三十四歳から三十九歳まで。キャロル・ストリート一五三番地から一キロも離れていないがまったくの別世界であり、過去二十一か月君が暮らした人種的飛び地より多様で雑多な住民から成る界隈。一、二階と切り離された二フロア・アパートメントではなく三、四階がそれぞれ独立していて、天井の低い四階には小さなキッチン、広々としたダイニングエリアがあって、その向こうに仕切られていないリビングルームがあり、君の妻用の小さな書斎もある。下の三階は天井も高く、コンパクトな主寝室があり、もっと広い寝室は君の息子の寝室兼遊び部屋に使い、上階の妻の書斎と同じ広さの君用の書斎がある。全体にやや雑な設計だが、とにかくこれまで借りたどのアパートメントよりも広く、非常に美しい建築が並ぶ一画に位置していて、どの家も一八六〇年代に建てられ夜にはどの玄関にもガス灯が灯《とも》り、冬になって雪が地面を覆《おお》うと十九世紀に戻ったような思いがし、目を閉じてじっと耳を澄ませば通りを走る馬のひづめの音が聞こえてきそうだった。六月なかばの蒸し暑い日に君たちはそのアパートメントで結婚式を挙げた。初夏によくある、雲が立ち込める、地平線の端の方で嵐がじわじわ生じつつある暑い日で、時刻が進むにつれて空は少しずつ暗くなっていき、君たちが夫婦であることが宣告された次の瞬間、君が妻を両腕で抱えキスしたまさにその瞬間、ついに嵐が起きて、すさまじい雷鳴が君たちの真上の空をつんざき、アパートメントの窓をがたがた鳴らし、足下の床を揺さぶり、居合わせた人々が息を呑《の》むなか、あたかも天が君たちの結婚を世界に知らしめたかのように思えた。超自然的にドラマチックなタイミング。そこには何の意味もなく、と同時にあらゆる意味があるようにも思え、君は生まれて初めて自分が宇宙的な出来事に参加している気がした。

20　三丁目四五八番地三R　ブルックリン。パーク・スロープにある四階建の三階の半分を占める細長いアパートメント。表側に通りを見下ろすリビングルーム、真ん中にダイニングルームと二列型キッチン、本を両側に並べた廊下がこれに続いて奥の小さな三寝室につながる。四十歳から四十五歳まで。この前のトンプキンズ・プレイスのアパートメントに入居した際、下の階に住む大家から、いつまでも貸せるわけではありません、いずれは我々一家で建物全体に住むつもりですから、と警告されていた。そう言われたときには理解していたにちがいないが、五年と一か月そこで暮らしているうちに――子供のころアーヴィング・アベニューに住んだとき以来最長の年月だ――いつかは立ち退きを求められるという観念を君は少しずつ頭の外に追いやってしまっていた。トンプキンズ・プレイスで過ごした日々は、それまでの人生で一番幸福な、一番実りのある日々だったから、要するに君は事実に直面することを拒んだのである。やがて、一九八六年十一月、君の妻が妊娠したことが判明したちょうど一週間後、これで終わりです、もう契約は更新しません、と大家が礼儀正しく通告してきた。この宣告に動揺した君は、二度と同じ目に遭いたくない、将来また住みかから追い出されてはたまらないと思い、今度は買うつもりで妻と二人で探しはじめた。君たちのものである、他人の気まぐれに左右されない共同所有のアパートメント。一九八七年のウォール街の株価大暴落はまだ十一か月先のことで、ニューヨークの不動産ブームはとどまるところを知らず、値段は毎週、毎日、毎分上がっていて、君たちが頭金に払える額は限られていたから、自分たちの必要を完全には満たさない場所で妥協するしかなかった。三丁目のアパートメントは魅力的ではあった。今回の家探しで見てみたあまたの物件の中で図抜けて一番魅力的だった。が、四人で住むには狭すぎる。特に四人のうち二人が作家であり、ほかに仕事場を持たずそこで仕事も生活もしなければならないとなればなおさらだ。三つの寝室はすべて埋まった――ひとつは君と君の妻に、ひとつは依然として半分の日々を君と過ごしている君の息子に、そしてもうひとつはまだ赤ん坊である君たちの娘に。三つのうちで一番広い、いわゆる主寝室でさえ書き物机を入れるには狭すぎた。君の妻はリビングルームの角を作業スペースにすると申し出てくれ、君は八番街の、三丁目四五八番地から一ブロック半のところに小さな仕事場を見つけてきた（20A参照）。というわけで、小さすぎて理想的とは言えないものの悲劇的というような状況ではまったくなかった。君も君の妻もコブル・ヒルの静かな街並よりパーク・スロープの活気の方が気に入ったし、夏は毎年ヴァーモント南部で過ごすようになると（五年続けて毎年三か月、20B参照）、不満はもうほとんどなかった。いままで時にどれだけひどいところに住んできたかを思えばこれで十分満足だった。共同所有のアパートメントに住むことで、これまでに――そしてその後も――ないほど隣人たちと親しくつき合うこともできた。はじめ君はそのことに恐れをなしたが、この建物にはマダム・ルビンシュタインのような人物はいなかったし、軋轢がじくじく悪化したりもせず、出席を義務づけられている会合は比較的短く雰囲気も和やかだった。構成員は六家族で、小さな子供がいるのは四家族、理事には建築家、建築請負業者、弁護士などがいて、みんな建物の物理的・財政的健全さを維持することを真剣に考えていた。そこに住んだ五年間、君の妻は会合の書記を務めて、会が開かれるたびに議事録をまとめ、ユーモアたっぷりの報告文は誰からも喜ばれた。いくつか例を挙げれば——

10/19/87。**ゴキブリ**　この相当に不快な話題を一同この上なく繊細に議論。「問題」という婉曲《えんきょく》表現を最低一名が使用。マーガリートに至っては「何百もの赤ん坊」という表現を採用。ディックが**コンバット**と称する製品を推奨しシリもこれを支持。また駆除業者に毒の種類を変えるよう伝えるとの提案が為《な》される。この後、一同安堵《あんど》のため息をついて別の話題に移行。

3/7/88。**柵**　シオの学生たちが柵設置の報酬に五〇〇ドルを要求。数名はこれを法外な値と考え、また数名はそうでもないんじゃないかとの意見。わずかな合意がなされ——すなわち、きわめて曖昧《あいまい》できわめてかすかな、合意と呼ぶに値しないかもしれぬ合意がなされ、シオの学生たちがきちんと仕事をするなら五〇〇ドル出すということで構わないということに。だが彼らがそうするという保証はなく……

10／18／88。**かねてからの懸案**　一瞬のためらい。我々は過去に戻っていって、かねてからの懸案が何であったか思い出せるであろうか？　理事長がかつての議事録を出してきて事態を救う。

2／22／90。**3Rの天井**　3Rの天井が落下寸前とポールが宣言。共同所有者たちの顔に驚きと不安の表情が浮かぶ。ポールの妻、またの名を書記、が一同の不安を鎮《しず》めんと夫に誇張癖があることを指摘。何と言ってもこの男の生業《なりわい》は虚構の製作であり、想像世界に耽溺《たんでき》することが時としてもうひとつの、ひとまず現実世界と呼ぶほかない世界を彩色してしまう。3Rの天井が落下寸前ではないこと、落下が生じぬよう居住者がすでに適切な処理を施したことをここに明記する。漆喰《しっくい》業者、塗装業者に現状のわずかなたるみを修正させ……

3／28／90。**3Rの天井**　天井は事実落下寸前であった！　修復した塗装業者がポールの陰惨な予測を裏付けた。天井が居住者の頭上に落ちてくるのは時間の問題であった。

6／17／92。**水浸し**　地下室が水浸しになっている。水浸しを取り除くか地下室で鱒《ます》を飼うかだ、というロイドの鋭い見解に一同深く納得。修理代の見積もりは処置の種類によって一〇〇ドルから八五〇〇ドルまでの幅がある。高いより安い方がよいということで合意に達し、まずは安い方の排水管修理業者を試すことに。業者はロイドの友人、知人、少なくともロイドが知っている人物であり名をレイモンド・クリーンといい、業務内容を思えば信頼を招く名と言ってよく、そもそもミスター・クリーンはその名に鼓舞《こぶ》されて天職を選んだ可能性もあるのではないか。

10／15／92。**窓と犯罪**　窓取付け業者のジョーが幹事から預かった一〇〇ドルを持ち逃げし電話にも出ないとの告発が正式に表明される。ジョーはすでにアメリカを去った可能性も。また、シオとマーガリートからそもそも止め具が**直っていない**、一週間でふたたび不具合が発生したとの告発も。一〇〇ドルでどこまで逃げられるのか、をめぐって何人かが憶測。ホーボーケンまで探しに行く必要があるとの意見も。

12／3／92。三丁目四五八番地の壁の内側、その夜は冷たく湿り、冬が迫ってきていた。会合は切ない思いとともに幕を閉じた。マーガリートが声に明らかな憧憬《どうけい》を込めキプロスについて語る。かの異国の地にあっては気候も暖かで光はまばゆく服をバルコニーに干せば十分で乾く……これが我々の状況である。つねにどこかよそに、太陽が輝き洗濯物はたちどころに乾き窓取付け人もおらずメインテナンスもなく労働者の補償金もなく水浸しになった地下室もない地があるのだ……

1／14／93。**労働者の補償金**　共同所有アパートメント管理業務遂行中の傷害を補償すべきか否《いな》かが議題に。補償は、これを行なわない。タイプライターで指を傷《いた》めようが、アパートメントの仕事を執行中に電話のコードで首を絞められようが、会合においてワインを飲み過ぎて脚、腕、頭の骨が折れようがこれを運命と呼んで甘受《かんじゅ》するほかない。昔はみんなそうしていた。これによって約五〇ドル節約できるのであり、五〇ドルは五〇ドルであり五〇ドルなのだ。

20A　八番街三〇〇番地1―I　ブルックリン。六階建のアパートビルの一階裏手のワンルームで、窓からは通風孔と煉瓦《れんが》の壁が見える。ルーヴル通りの女中部屋よりは広く、ヴァリック・ストリートの穴蔵の半分以下だがトイレとバスがあり、一方の壁には流し、レンジ、ミニバー冷蔵庫などキッチン設備が埋め込んであるがここは仕事部屋であって生活の（あるいは食事の）空間ではないから君はめったに使わない。机、椅子《いす》、金属の書棚、文書用キャビネット二つ。天井の真ん中から裸電球が一個垂れ、窓にはエアコンがあって君は朝ここに着くとまずこれを入れて（夏は冷房、冬はファン）建物内の騒音をシャットアウトする。質素な環境だが、書くにあたって環境が重要だったことは一度もない。本を書くとき君が占める唯一《ゆいいつ》の空間は鼻先の白いページであって、いま座っている部屋、これまで四十数年座ってきたさまざまな部屋は、ノートのページの上にペンを走らせるなか、あるいは書いたものをタイプライターで白い紙に写すなか、ほとんど見えなくなる。タイプライターは一九七四年にフランスから帰ってきて以来ずっと使っている、友人から中古を四十ドルで買ったオリンピアのポータブル型。半世紀以上前に西ドイツの工場で作られた過去の遺物はいまだ機能していたし、きっと君が死んだずっとあとも機能しつづけるだろう。仕事部屋の部屋番号はその象徴的ふさわしさで君を喜ばせた。1-I、一人の私《ワン・アイ》、塹壕《ざんごう》のごとき部屋に一日七、八時間こもっている男、世界から切り離された物言わぬ男、来る日も来る日もひたすら机に向かって己の頭の中を探索している人間。

20B　ウィンダム・ロード　ヴァーモント州ウエストタウンゼンド。ウエストタウンゼンドの村の五キロ外を走る険しい山道のてっぺんに建つ、二階建の白い下見板張りの家（築一八〇〇年ころ）。一九八九年から九三年までの六月から八月。月千ドルという手ごろな家賃で、ニューヨークの熱帯並の暑さとアパートメントの窮屈さを脱して君たちはヴァーモント南部の丘陵地帯に逃れた。家の前には芝生の茂る四分の一エーカーの庭があり、そのすぐうしろに森が鬱蒼《うっそう》と何マイルも広がる。山道の反対側にもさらなる森。近くに小さな池、庭の端には離れ屋。台所の流しと、安物で年代物のストーブを別とすれば文明の利器と呼べるものは何もなかった。洗濯機、食器洗い機、テレビ、バスタブ、いっさいなし。電話は共同加入線、ラジオの受信状態はよいときでも不安定。家の外側はペンキを塗り直したばかりだが内側は崩壊しかけていて、床は反《そ》り、天井はたわみ、クローゼットやたんすには鼠が大挙して棲《す》み、寝室の壁紙はしみだらけで見苦しく、家じゅう快適と言える家具はひとつもない。ベッドはどれもでこぼこで真ん中が凹み、椅子はぐらぐら、居間のカウチはクッションもなく詰め物も足りない。もうここには誰も住んでいなかった。すでに他界した前の持ち主は直接の相続者もいない老いた独身女性で、複数の友人の子供たちにこの家を遺贈したのだった。贈られたのはカリフォルニアからフロリダまでアメリカ各地に住む八人の男女で、ヴァーモントには一人もおらず、ニューイングランド全体でも一人もいない。八人ともばらばらに離れて住んでいたし、家に積極的に関わろうという気もなかったから、売る、改築する、取り壊すなどの同意にも至れず、地所の管理も地元の不動産業者に任せていた。最後の住人はここをマリファナ栽培場に変えた若い女で、荒くれのバイク集団を販売陣に起用してずいぶん繁盛していたが、現在は長い刑期を送っていた。女が逮捕されたあと家は二年ばかり住む者もなく、君と君の妻が一九八九年の春、一枚の外観写真（すごく綺麗だった）のみに基づいて借りると決めたとき、どういう事態が待ち受けているか君たちにはまるでわかっていなかった。たしかに、どこか人里離れたところがいい、山奥という言葉に尻込《しりご》みしたりはしないと業者に言いはしたし、業者も業者で、最善の状態ではありませんよと釘《くぎ》は刺していたものの、二人ともまさか、いまにも倒れそうなあばら家が待っていようとは夢にも思っていなかった。最初の日の晩、こんなところでひと夏耐えられるだろうか、と口に出したことも君は覚えているが、君の妻は君よりも落着いてショックを吸収し、慌《あわ》てちゃ駄目よ、逃げ出すと決める前に一週間様子を見ましょうよ、案外ここも悪くないって思うようになるかもしれないわよと君を諭した。翌朝、彼女は猛然と作業に取りかかった。家じゅうをごしごし洗い、漂白剤を使い、消毒液を撒《ま》き、空気の澱《よど》んだ部屋の窓を開けて風を通し、破れたカーテンや朽ちかけた毛布を捨て、黒ずんだストーブとオーブンを掃除し、ゴミを始末し台所の食器棚を整理し、箒《ほうき》で掃き、埃《ほこり》を払い、磨き、スカンジナビア人としての血を開拓者だった先祖の正義感と献身でたぎらせ、一方君はノートとタイプライターを抱えて庭の向こうの離れ屋に赴いた。もう少し最近に建てられたその山小屋風の建物はマリファナ女とバイカーの仲間たちによってゴミ捨て場に変えられていて、家具は壊れ、網戸は裂け、壁は落書きで埋まり、いかなる望みも救いも届かぬ場所となり果てていたが、君はこつこつ作業に勤《いそ》しんで、乱雑な室内を精一杯掃除し、壊れた物を捨て、ひびの入ったリノリウムの床を綺麗に洗った末、二、三日後には表側の部屋に据えた緑色の木のテーブルに陣取って小説の執筆に戻っていた。そうやって居場所を確保し、君の妻が不潔と混沌から救い出した家に腰を落着けてみると、ここに暮らすことを自分が満更《まんざら》でもないと思っていることを君は発見した。遍在する、変えようのない汚れとはじめ見えたものは、実のところ疲弊と老朽化にすぎず、曲がった床や落ちかけている天井も君は受け容《い》れられるようになった。どのみち自分の家ではないのだからと、いろんな欠点も無視できるようになり、君は少しずつ、この場所が持つ多くの利点に目を向けるようになった――静かさ、ヴァーモントの空気の涼しさ（どんなに暖かい日でも朝はセーターが要る）、森をそぞろ歩く午後の散歩、庭を裸で飛びまわる君の娘の姿、君も君の妻も邪魔なしに執筆に専念できるのどかで孤立した環境。かくして君たちは毎年夏になるとここへ戻っていき、君の娘の二歳、三歳、四歳、五歳、六歳の誕生日をここで祝い、そのうちにこの家を買おうかとまで考えはじめた。大した額ではない。周囲数マイルにあるどの家よりもはるかに安いのだ。とはいえ、この廃墟《はいきょ》を本格的に修繕する費用、すぐにも崩壊し息絶える運命から救出するのに要する出費を考えると、そんな企てに手を染める余裕はないことを君は悟った。それだけの金が出せるのであれば、三丁目の狭すぎる共同所有のアパートメントを出て、もっと広い住みかをニューヨークで探すべきなのだ。

21　パーク・スロープ某所　ブルックリン。一八九二年築、裏手に小さな庭のある四階建のブラウンストーン。四十六歳から現在まで。君の妻は一九七八年秋にミネソタを出てコロンビア大の英文科博士課程に入学した。コロンビアを選んだのはニューヨークに行きたかったからであり、ニューヨークに住みたかったからコーネルやミシガンから提示されたもっと多額の奨学金も断った。一九八一年二月に君と出会ったころには彼女はもうベテランのマンハッタン住民、筋金入りのマンハッタン人に、もはやほかのどこに住むことも考えられない人間になっていた。そんな彼女が君と運命を共にすることを選び、ブルックリンなる都会の僻地《へきち》に身を落着けることになった。まあべつに不幸ではなかっただろうが、とにかくブルックリンなんてものは予定になかったのだ。二人で別の住みかを探すことに決めたいま、君は彼女に、君の行きたいところどこへでも僕は行くよと言った。べつにブルックリンに執着はないし、もし君がマンハッタンに戻りたいんだったら喜んで一緒にマンハッタンを探すよ、と。いいえ、このままブルックリンにいましょう、と彼女は一瞬も迷わずに、一瞬も迷う必要なしに答えた。彼女はマンハッタンに戻りたいと思わなかったばかりか、君たちがいまいる地域でこのまま暮らしたいと言ってくれたのだ。幸い、もうそのころには不動産市場も急落していて、かつて高すぎる値段で買ったアパートメントを安く売らねばならなかったものの、新たに買った家は何とか君たちの財力で届く範囲だった（というか、ごくわずかに届かないのだが辛《つら》い状況が長年続くことになるほど甚しく届かないのではなかった）。見つけるまでには一年の粘り強い努力が必要だったし、契約を結んでから移り住めるようになるまで半年かかったが、とにかくそこは自分の家だった。家族みんなが住むのに十分広い家を、やっと手に入れたのだ。寝室も書斎も必要なだけあるし、持っている数千冊の本を棚に並べるだけの壁面もあるし、楽に息が吸える広さのキッチン、楽に息が吸える広さのバスルームがあり、訪ねてきた親戚《しんせき》や友人が泊まれるゲストルーム、陽気のいい日に酒を飲んだり食事したりできるデッキがキッチンの外にあってその下には小さな庭もあった。少しずつ、これまで十八年暮らしてきたなかで——その年月自体君がよそのどの場所で暮らした年月よりずっと長いし、よそで過ごした最長の年月より三倍長い——すべてのフロアのすべての部屋を隅々までこつこつ修理し、改善して、元はいささかむさ苦しい、くたびれた古家《ふるや》だった場所をピカピカの美しい場、中へ入っていくたびに嬉《うれ》しい気持ちになれる場に変えてきた。十八年を経たいま、よその地域、よその街、よその国の家のことなどもうとっくに考えなくなっている。ここそ君が住んでいるところであって、階段を歩いて昇り降りできなくなるまで暮らしつづけたいと思う場なのだ。いいや、それ以上だ——階段を這っても昇り降りできなくなるまで、そこから運び出されて墓に入れられる日まで暮らしたいと思う場。

生まれてから現在までの、二十一の定住所《パーマネント・アドレス》。もっとも、生涯でどれだけ頻繁に引越ししてきたかを考えると、「恒久的な《パーマネント》」という言葉はおよそ適当とは思えない。むしろ、二十の中継地点を経た末に、恒久的となるかもしれないしならないかもしれないひとつの住所に至っているという感じ。けれども、たしかにそれら二十一の家やアパートに身を置いて、そこでガス代や電気代を払い、そこで選挙人名簿にも登録してきたとはいえ、君の体はめったに長いあいだ一か所にとどまっていなかった。この国の地図を広げて数えてみると、五十州のうちこれまで四十州に足を踏み入れたことがわかる。ただ通り過ぎただけのこともあるが（一九七六年に鉄道で西海岸に旅した際ネブラスカを通り過ぎたとか）、たいていは数日、数週間、時には数か月滞在した。たとえばヴァーモント。あるいはカリフォルニアは半年暮らしただけでなく、母と義父が七〇年代前半にそこへ引越してから何度となく訪ねていった。ナンタケットにも二十五回だか二十七回だか、この島に家を持っている友人のところへ毎年夏に訪ねていき、毎回一週間は泊まっていったから合計すればおよそ六か月に達する。ミネソタには君の妻と何か月もとどまり、彼女の両親がノルウェーに行っているときなどは夏じゅう滞在したことも二度あったし、八〇年代、九〇年代、二〇〇〇年代を通して春や冬ごとに訪ねたのは五十回くらいあるだろうから人生全体で一年はミネソタにいたことになるし、十代のころからはじまってボストンへも頻繁に出かけ、一九八五年と九九年に南西部を長期間回ったし、一九七〇年に商船員としてタンカーに乗ったときはテキサスとフロリダ湾岸のさまざまな港に寄港し、作家として招かれてフィラデルフィア、シンシナティ、アナーバー、ボウリング・グリーン、ダーラム、イリノイ州ノーマル等々に行き、ＮＰＲ（全米公共ラジオ）でナショナル・ストーリー・プロジェクトをやっていたあいだはアムトラックに乗ってワシントンＤＣに通い、八歳、十歳のときはニューハンプシャーで合計四か月のサマーキャンプを過ごし、メイン州にも三度長期滞在して（一九六七、八三、九九年）、一九八六年から九〇年にかけてプリンストンで教えた際に毎週ニュージャージーに戻っていったことも忘れてはならない。家から離れて過ごした日は何日あったか、自分のベッドでないベッドで眠った夜は何夜あったか？　アメリカのみならず、外国でも――地図帳を世界地図のページに開けばアフリカと南極以外の全大陸に行ったことがわかるし、フランスに住んだ三年半（そこでも一時的な「定住所」をいくつか持った）は除外しても外国行きは頻繁にあったし時にはかなり長かった。フランスには住んだ時期の前にもあとにもたびたび行っていて全部足せばさらに一年が加わるし、ポルトガルには五か月（大半は二〇〇六年、君の最後の映画を撮影したとき）、イギリスに四か月（イングランド、スコットランド、ウェールズ）、カナダ三か月、イタリア三か月、スペイン二か月、アイルランド二か月、ドイツ一月半、メキシコ一月半、ベキーア島（グレナディン諸島）一月半、ノルウェー一か月、イスラエル一か月、日本三週間、オランダ二週半、デンマーク二週間、スウェーデン二週間、オーストラリア二週間、ブラジル九日、アルゼンチン八日、グアドループ島一週間、ベルギー一週間、チェコ六日、アイスランド五日、ポーランド四日、オーストリア二日。これらの場所へ行くのに要した時間を合計してみたいものだが（何日、何週間、何か月か）、どこから始めたらいいか見当もつかない。アメリカ国内を何回移動したかはとうに数えられなくなっているし、何回外国へ行ったのかもまったくわからないから、人生全体で何千時間が移動に費やされたかを割り出すための正確な回数など――いや、概数さえ――知りようがない。ここからそこへ行って帰ってくるために、飛行機やバスや列車や自動車の中に座ることに使った山のような時間、時差ボケと空《むな》しく戦った時間、フライトがアナウンスされるのを空港で待つ退屈、円形コンベヤーの周りに立って荷物がシュートを転げ落ちてくるのを待つ底なしの単調さ。けれど君が何より心乱されるのは、飛行機に乗ることそれ自体だ。機内に乗り込むたびに君を包む、どこにもいないという不思議な感覚。時速八百キロで空間を運ばれていくことの非現実感。地面からあまりに離れているので、自分自身の現実性まで失われてくる気がする。あたかも自分が存在するという事実が、体から排出されていくように感じられるのだ。とはいえそれが家を離れる上で払う代価である。移動を続けるかぎり、家というここ《ヒア》とよその場所というそこ《ゼア》のあいだに広がるどこでもないところ《ノーホエア》も、やはり君が住む場のひとつでありつづけるだろう。

君は自分が誰なのかを知りたく思う。導きとなるものはほとんど何もないから、自分が長大な、歴史以前から続く移住の産物、無数の征服、強姦《ごうかん》、誘拐《ゆうかい》の産物だという前提に君は立つ。先祖たちがいくつもの領地や王国にまたがって長く錯綜《さくそう》した軌跡を描いてきたという前提に君は立つ。結局のところ、移動をくり返してきたのは君だけではない。いろんな部族の人間たちが数万年にわたって地上を動いてきたのであり、誰が誰を生んでそれが誰を生んでそれが誰を生んでそれが誰を生んでそれが誰を生んでついには君の両親が一九四七年に君を生むに至ったのか、誰にもわかりはしない。君がさかのぼれるのは祖父母の世代までであり、あとは母方の曾祖父母《そうそふぼ》世代に関してわずかな情報があるだけ。それ以前に生きたいくつもの世代は単なる空白であり推測とあてずっぽうから成る虚無である。祖父母は四人とも東ヨーロッパのユダヤ人で、父方の二人は一八七〇年代後半にガリシアの都市スタニスラフで生まれた。ガリシアは当時オーストリア＝ハンガリー帝国の一部を成す後進地帯だったが、第一次世界大戦後はポーランドの一部となり、第二次大戦後はソ連の一部となり、冷戦終結後の現在はウクライナの一部である。一方母方の祖父母は一八九三年と九五年に生まれ、祖母はミンスクで、祖父はトロントで——一家がワルシャワから移住してきた一年後に——生まれた。君の祖母は二人とも赤毛だったが、そこから生まれた大勢の子孫の身体的特徴はおよそ種々雑多で、黒髪から金髪、茶色い肌から青白いそばかす混じりの肌、カールやウェーブのある毛からカールやウェーブのない毛、脚は太く指もずんぐりした頑丈な百姓の体からそれとはまるで違うしなやかでほっそりした体形まである。東ヨーロッパの遺伝子プール、ということになるのだろうが、それら名もない無数の幽霊がロシア、ポーランド、オーストリア＝ハンガリー帝国の諸都市に来る前はいったいどこをさまよっていたことか？　それを考えずに、君の妹がアジア人の赤ん坊にしか生じないはずの青い蒙古斑《もうこはん》を持って生まれた事実をどう説明できるのか？　あるいはまた、茶色っぽい肌とウェーブがかかった髪と灰色がかった緑の目を持って生まれた君自身が、年じゅうエスニシティを間違えられ、知らない人たちから君はどう見てもイタリア人だ、ギリシャ人だ、スペイン人、レバノン人、エジプト人、さらにはパキスタン人だと言われてきた事実はどう説明するのか？自分がどこから来たのかはまったくわからないのだから、君はもうずっと前に、僕は東半球のあらゆる人種の複合物であって、アフリカアラブ中国インドコーカサスが混じった、一個の肉体の中で無数の文明が相対立するるつぼなのだ、と想定することに決めた。これは何よりもまず倫理上の選択である。人種という、君に言わせれば偽物《にせもの》でしかない問題を除去する方便である。そんな問題に拘泥《こうでい》するのは自分を貶《おとし》めることにしかならない。ゆえに君は、自覚的に、あらゆる人間であることに決めた。最大限に、この上なく自由に自分であるために、自分の中のすべての人間を抱擁することに決めた。君が誰なのかは神秘であり、その神秘が解決される望みは決してないのだから。

　君の誕生日は来て、過ぎた。これで六十四歳、高齢者の身分にじわじわ近づいてきている、メディケアと社会保障の恩恵を受ける日々、いなくなった友人たちがどんどん増えていく日々に。すでにずいぶん多くがいなくなったが、これから洪水が来たら、こんなものでは済むまい。有難いことに、誕生日は何ら事件も騒動もなく過ぎ、君は落着きを失わず一日を切り抜けた。ブルックリンでの、友人たちとのささやかなディナー。いまや自分がたどり着いた、あり得ない年齢のことはほとんど考えなかった。二月三日、君の母親の誕生日のすぐ次の日である。君の母は二十二歳になった日の朝、予定より十九日早く陣痛がはじまったのだった。薬漬けになった母の体から、医者が鉗子《かんし》で君を引っぱり出したときは真夜中を二十分過ぎていた。言いかえれば、母の誕生日が終わってから半時間足らず。だから君たちはいつも一緒に誕生日を祝った。そして母が亡《な》くなってほぼ九年経《た》ったいまも、時計の針が二月二日から三日に変わるたび、君はかならず母のことを考える。六十四年前のその夜、君は何と思いがけないプレゼントだったことだろう。君の母の誕生日に贈られた男の赤ん坊、彼女の誕生を祝うもうひとつの誕生。

二〇〇二年五月。土曜日、電話で母と長い、上機嫌の会話。終わると君は妻に向かって、「こんなに明るい母さんは何年ぶりかなあ」と言う。日曜日、君の妻はミネソタに発《た》つ。彼女の父親の八十歳の誕生日を祝う盛大なパーティが今度の週末に予定されていて、その準備で母親を手伝いにノースフィールドに行くのだ。君は学校がある十四歳の娘と一緒にニューヨークに残るが、君たち二人ももちろんパーティに出るためミネソタへ行くつもりであり、金曜日の飛行機が取ってある。君は当日に備えて、義父に敬意を表したユーモラスな、調子よく韻を踏む詩をすでに書いた。いまの君はもう、そういう詩しか書かない。誕生日、結婚式、その他家族の集まりのための軽い戯歌《ざれうた》だけ。月曜日は来て、過ぎ、その日に起きたことはすべて記憶から消えた。火曜日、君は数年前からニューヨークに住んでいる二十代半ばのフランス人女性と午後一時に待ちあわせている。この女性はフランスの出版社に雇われてニューヨークのガイドブックを書くことになり、君は彼女が気に入っているし有望な書き手だと思うので、ニューヨークについて話を聞かせてほしいと頼まれて引き受けたのだ。自分の話が本の足しになるかどうかは疑わしいが、まあとにかく会って話すのは構わない。正午、君は顔にシェービングクリームを塗って浴室の鏡の前に立ち、インタビューに備えていまにも剃刀《かみそり》を手にとろうとしている。と、ほおひげ一本剃《そ》る間もなく、電話が鳴る。君が電話に出ようと寝室に入り、シェービングクリームがつかぬようぎこちない持ち方で受話器をとると、電話の向こう側の声がしくしく泣いている。電話してきた人物は深い悲しみに暮れていて、君は徐々に、それがデビーであることを理解する。週一回君の母親のアパートメントを掃除してくれて、ときどき母に用事があると車に乗せてくれたりもする若い女性だ。そのデビーがいま君に言っているのは、預かった鍵《かぎ》を使ってついさっきアパートメントに入ったら君の母親がベッドの上にいた、ベッドの上に君の母親の死体があった、君の死んだ母親の体があったということだ。その知らせが頭に沈み込んでいくにつれ、内臓が空っぽになっていく思いがする。ぼうっとうつろな気持ちで、考えることもできない。いまこんなことが起きるなんて夢にも思っていなかったものの（「こんなに明るい母さんは何年ぶりかなあ」）、デビーがいま言っていることに君は驚いてはいない。度肝を抜かれてもいないしショックを受けてもいないし、動揺すらしていない。お前、どうなってるんだ？と君は自分に問う。母親がたったいま死んだというのに、木偶《でく》の坊になり果てたのか？そこで待っていてくれ、いますぐ行くからと君はデビーに言い（ニュージャージー州ヴェローナ、モントクレアの隣町だ）、一時間半後にはもう母親のアパートメントにいて、ベッドの上の彼女の死体を見ている。過去に死体は何度か見てきたから、死者に固有の生気のなさ、もはや生きていない体を包む非人間的な静けさには覚えがあるが、それらはどれも君の母親の死体ではなかった。どの死体も君自身の生が始まった体ではなかったのだ。だから君はいま、ほんの何秒かしか見ていられず、顔をそむけてしまう。その肌の青っぽい白さ、何も見ていないなかば閉じた目、ナイトガウンとバスローブにくるまって寝具の上に横たわるもはや火の消えた自己。新聞の日曜版が周りに散らばって、むき出しの片脚はベッドの側面から力なく垂れ、一点の白いよだれが口の端に固まっている。君は母を見ることができない。君は母を見ようとしない。母を見ることに君は耐えられない。救急隊員が彼女を黒い遺体袋に入れてストレッチャーに乗せて出ていったあとも、君はまだ何も感じない。涙もなく、苦悶《くもん》の絶叫も悲しみもなく、ぞっとする心持ちが漠然と内に広がっていくだけだ。

ここには母の従妹《いとこ》のレジーナが一緒にいる。レジーナは君の母より五、六歳若い、君の祖父のただ一人の兄弟の娘で、近くのグレン・リッジの自宅から手伝いにきてくれたのだ。父母両方の親戚のなかで君が親しみを感じる数少ない一人であり、若きボヘミアンだった五〇年代初頭にブルックリンを逃れてグレニッチビレッジに移り住んだ芸術家で、亡くなった夫も芸術家だった。そんな彼女が、もう大人になった娘アンナと二人で一日ずっと一緒にいてくれて、母の持ち物や書類を君が整理するのを手伝ってくれる。遺書も残さなければ、死んだ際の望み（埋葬か火葬か、葬式はやるかやらないか）もいっさい言っていなかった母に関し君が一つひとつ決断を下す上で相談に乗ってくれるし、当面すぐやらないといけない仕事のリストも一緒になって作ってくれる。その晩、レストランで食事したあと二人は君を自分たちの家に連れていって、今夜はここで寝ていきなさいと言って客用寝室に案内してくれる。君の娘はパーク・スロープの友だちの家に泊めてもらっているし、妻は両親と一緒にミネソタにいる。夕食のあとに電話で妻と長い時間話したあと、君は眠れない。夜の友にスコッチを一壜《びん》買ってあるので、一階の空いている部屋に降りていって午前三時か四時まで過ごし、オーバンのボトルを半分開けながら母のことを考えようとするが、頭はまだ麻痺《まひ》していて大したことは何も考えられない。散りぢりの思い、どうでもいい思いが湧《わ》いてくるだけで、泣きたいという衝動、悲しみと哀惜《あいせき》の念をさらけ出して母を悼《いた》みたいという衝動はまだ湧いてこない。あるいは君は、もしガードを解いてしまったら自分がどうなるかが怖いのかもしれない。いったん自分に泣くことを許したら止まらなくなるのが怖いのかもしれない。痛みがあまりに大きくなって、自分がバラバラになってしまうのではないか。自分のコントロールを失う危険を冒すわけにはいかないから、君は痛みを手放さず、呑《の》みこみ、胸の内に埋《うず》める。妻がいなくて君は寂しい。結婚して以来、彼女がいないのがこんなに寂しかったのは初めてだ。君のことをよくわかっていて、こういうときに訊いてほしいことを訊いてくれる人間は彼女一人、君自身をめぐるしばしば君自身にも見えていないことを打ちあけるよう君をせっついてくれる確信と理解力があるのは彼女一人なのだ。こんなふうに、午前三時にウィスキーの壜相手に暗くなった部屋にいる代わりに、彼女と二人でベッドに入っていられたらどんなにいいだろう。

　翌朝、レジーナとアンナは相変わらず君を支えてくれて、眼前の仕事一つひとつに手を貸してくれる。斎場に行って骨壺《こつつぼ》を選び（君は妻、母の姉、レジーナとも相談して、全員一致で火葬、葬式はなし、夏が過ぎてから追悼の会ということに決めた）。いろんなものを売ったり外したり手放したりするために、不動産屋、自動車ディーラー、家具屋、ケーブルＴＶサービス等々に電話をかけまくる。そうやって丸一日、無の荒涼たる毒気に浸った末、レジーナたちは君を車でブルックリンの自宅まで送ってくれる。君たち三人に君の娘も加わって四人でテイクアウトのディナーを食べ、君の命を救ってくれたレジーナに君は礼を言い（君はまさにそういう言い方をした——本当に、彼女がいなかったらどうなっていたことか）、ひとたび彼女たちが帰ると、君はしばらく起きていて娘とお喋《しゃべ》りするが、やがて娘も寝室に上がってしまう。こうしてまた一人になると、またも君は眠りの誘いに抗《あらが》う。二晩目も一晩目のくり返しであり、暗くなった部屋に、同じスコッチの壜を前に一人でいて、今回は壜を空にするが、それでも涙は出てこないし、まとまった思いも、もうこれで切り上げて寝床に入ろうという気持ちも湧いてこない。何時間も経って、やっとのことで疲労が君を打ち負かす。五時半にベッドに倒れ込んだときには、外はもう夜が明けかけ鳥たちが歌いはじめている。いまは忘却が唯一の薬だとわかっているから、君はなるべく長時間、できれば十時間、十二時間眠る気でいる。

　ところが八時を回って、寝ついてからおよそ二時間半経ったあたりの、酔った者だけに可能な深い愚鈍な眠りを貪《むさぼ》っている最中に、電話が鳴る。もし電話が部屋の反対側にあったなら、ベルが君に聞こえたかどうかも怪しいものだ。だが電話は君の枕許《まくらもと》のナイトスタンドにあって、頭部から三十センチ、右耳からは二十五センチの距離にあって、何回かベルが鳴ったあと（何回鳴ったかは知る由《よし》もない）、君の目がひとりでに開く。意識がまだ完全に醒《さ》めていない最初の数秒間、自分が人生最悪の気分であること、自分の肉体がもはやこれまで自分の肉体と呼び慣れてきたものではないことを君は理解する。この新しい、異質な肉体的自己は、百の木槌《きづち》によって叩《たた》かれ、馬たちによって岩とサボテンの不毛な地を百マイル引きずり回され、百トンの杭《くい》打ち機によって粉々に砕かれてしまったのだ。血流にはアルコールがすっかり飽和し、それが毛穴から出てくるのが臭《にお》いでわかるほどだし、部屋全体に口臭とウィスキーの不快な、毒々しい、おぞましい臭いが充満している。もし君にいま何か望みがあるとすれば、何かひとつ願いが叶《かな》うとすれば、たとえそれと引き換えに人生を十年分捨てることになるとしても、ただ単にふたたび目を閉じて眠りに戻りたいと君は思う。にもかかわらず、自分でも絶対理解できないであろう理由ゆえに（習慣の力？　義務感？　妻からだという確信？）、君は体を転がし、片腕をのばして、受話器を手にとる。相手は君の父方の従姉《いとこ》である。君より十歳年上の女性で、口うるさい、道徳の守り神を自任する、君が誰よりも話したくない人物だ。だが電話に出たからには、切ってしまうわけにもいかない。相手はべらべらべらべらべらべら、君が一言をはさむ隙もない勢いで喋り、割って入ってさっさと会話を終わらせることもできない。いったいどうやったら、こんなに速く喋りまくれるのか？　喋っているあいだは息をしなくていいよう、一息で何段落もの言葉を吐き出せるよう訓練でもしたのか。句読点もいっさいなく、時おり止まって空気を吸い込む必要もなく、えんえん言葉が垂れ流される。きっと巨大な肺なんだろうな、世界一大きな肺にちがいない、と君は思う。すさまじいスタミナ、すべての話題に関して最後の裁きを下さねば気が済まない性分。

君とこの従姉は、過去にも無数の闘争をくり広げてきた。最初の闘いは、一九八二年に『孤独の発明』を出版したときに起きた。彼女から見ればそれはオースター家の秘密（一九一九年に君の祖母が君の祖父を殺したこと）の暴露以外の何ものでもなく、以後君は一族ののけ者となった——君の母親が、父親と離婚したことでのけ者になったのと同じように（葬式をしないことに君が決めたのも、一族の中の何人かを招かないといけない事態を避けるためだった）。と同時に、この従姉は馬鹿ではない。大学も最優等で卒業し、精神分析医として患者もたくさん抱えて繁盛《はんじょう》している、開放的で精力あふれる人物である。何人の友人が君の小説を読んでいるかを会うたびに知らせてくれるし、二十年前君の本に対し悪意ある言葉を噴出させたダメージを帳消しにしようと彼女としてもそれなりに努力してきた。けれども、いま口では君のことを褒めても、彼女の内にはなお、ある種の敵意、怨恨《えんこん》のようなものが根深く残っていて、友好的に歩みよってくる姿勢の中にいまだそれがひそんでいる。これは白か黒かに決まるものではない。君たちのあいだの関係はおよそ一筋縄では行かない。それに彼女は健康を害していて、しばらく前から癌《がん》の治療を受けており、君としても彼女に同情せずにいられないし、わざわざ電話をしてきたことでもあるから、できるだけいい方に解釈して、ここはこの形ばかりの会話をつかのまやらせておいて、あとはまた体を転がして眠りに戻ればいいと君は考える。そして彼女もまずは、いかにも適切な言葉をひととおり口にする。本当に突然の、思いがけない出来事だったでしょうね、妹さんも大変よねえ、統合失調症を抱えて、お母さんがいなくなってこれからどうするかしら？

君はそこまで聞いて、もう十分だと思う。善意と同情の表明はこれでたくさんだ、もう一、二センテンス聞いたら電話を切ればいい。何しろ君の目はもう閉じかけていて、君は心底疲れきっているから、あと数秒で彼女が喋るのをやめてくれさえすれば、きっと難なく寝入ってそのまま深い深い眠りに落ちていくだろう。だが君の従姉は、まだ話を始めたばかりだ。いわば腕まくりして両手にペッと唾《つば》を吐いたところなのだ。その後の五分間、君の母親をめぐるずっと昔の記憶を彼女は語る。彼女が九つの女の子だったときに、まだ二十か二十一だった君の母親に初めて会って、一族にこんな綺麗《きれい》な、活発で元気一杯の叔母さんが加わったのがすごく嬉しかったと彼女は語り、話を遮《さえぎ》るだけの元気もないので君は聞きつづけ、やがて彼女はまったく別の話題に移る。どうやってそこに移ったのかわからないが、とにかく突然、君の喫煙について彼女の声が語りかけているのを君は聞き、お願いだから禁煙してほしい、きっぱりやめてほしい、でないと病気になって死んでしまうから、無残に早死にしてしまうから、そうやって死ぬことになったらきっとああこんなに軽率に自分を殺してしまったなんてと後悔するだろうから、と彼女が言うのを君は聞く。この時点で相手は九分か十分喋りつづけていて、これはもう眠りに戻れないのではないかと君は心配になってくる。彼女が喋れば喋るほど、覚醒《かくせい》の側に引き寄せられていくのを君は感じるのだ。いったん一線を越えてしまったら、もう引き返せない。いまの状態、血液中にアルコールがこんなに残っている状態で、二時間半の睡眠時間ではとてもやって行けない。丸一日、君は使い物にならないだろう。けれども、電話を切ってしまいたい気持ちは募ってくるものの、それを実行する意志の力も君は見出《みいだ》せない。それから、猛攻が始まる。受話器をとった瞬間から覚悟してしかるべきだった言葉の大砲が立てつづけに発射される。思いやりある言葉と、強い心配を装《よそお》った警告だけで済むなどと、どうして君はそんな呑気《のんき》なことを考えたのか？　まだ君の母親の人格の話が残っているのだ。たとえ彼女の遺体がほんの二日前に発見されたのであっても、ニュージャージーの火葬場で遺体がまさに今日の午後灰にされる予定であっても、それで母をとっちめるのをやめる君の従姉ではない。君の母が君の父の許を去って三十八年経ったいま、一族はもう、君の母に対する不満不平をしっかり成文化していて、いまではそれが古代史の一部と化し、昔の陰口は動かぬ事実となっている。ここで最後にもう一度、彼女の愚行を列挙しない手があろうか？　その愚行に相応の場へと旅立つ彼女に、しかるべきはなむけの言葉を送らぬ手があろうか？　満足ということを知らない人だったわ、と従姉は言う。いつも何か別のものを探していて、あんなに移り気じゃ自分のためにならないわよねえ、とにかく男の気を惹《ひ》くために生きてる人だったわ、セックス狂いで、淫乱《いんらん》で、相手構わず寝て、妻としては失格だったわね、ほかにはいいところもたくさんあったのにあれじゃあ残念だわ。君としても前々から、きっと母の元姻戚《いんせき》たちは母のことをそんなふうに言っているのだろうと察してはいたが、この朝まで、自分の耳でそれを聞いたことは一度もなかった。君は電話に向かって何かもごもご呟《つぶや》き、もうこの従姉とは二度と話すまい、死ぬまで一言だって口を利《き》くまいと誓いながら電話を切る。もはや眠ることは論外だ。君をほとんど人事《じんじ》不《ふ》省《せい》の状態に叩きのめした超自然的な疲れにもかかわらず、もう君のなかであまりに多くがかき立てられてしまっていて、思考は無数の方向に飛び散り、アドレナリンがふたたび体内を駆けめぐり、君の目はもはや閉じようとしない。

もうこうなったら、寝床を出て一日を始めるしかない。君は一階に下りて、ポット一杯のコーヒーを淹《い》れる。こんなに強いコーヒーは何年ぶりかというくらいの、最高に濃い、最高に黒いコーヒーを君は淹れる。巨人に適量の莫大《ばくだい》なカフェインを体内にあふれさせれば、目覚めに近い状態、部分的な目覚めの状態に持っていけて、朝の残りから午後まで何とか夢遊歩行を続けられるのではないか。まず一カップ目をゆっくり飲む。ものすごく熱いから、ちびちび少しずつ飲まないといけない。が、そのうちにコーヒーも冷めてきて、二杯目は一杯目より速く飲めるし、三杯目は二杯目よりも速く、と飲むたびにその液体は空っぽの胃の中へ酸のようにはね落ちていく。カフェインが鼓動を速めているのが、神経を刺激して体を活気づかせているのがわかる。いまや君は目覚めている。すっかり目覚めているが疲れは残っている。消耗しきっているがいつも以上に覚醒し、頭の中に、前にはなかったうなりのようなものがある。低いピッチの機械音、あたかも同調のずれた遠くのラジオから発しているようなブンブンキンキンという音。飲めば飲むほど、肉体が変わっていくのがわかる。自分が血と肉で出来ているという感覚がだんだん薄れてくる。何か金属的なものに、人間の生を模した錆《さ》びついたからくり人形に君は変わりつつある。電線とヒューズで組み立てられた、ランダムな電気パルスによって制御された巨大な回路に。そしていま、三杯目を飲み終えた君は、さらにもう一杯を注《つ》ぐ。結果的にこれが最後の、致命的な一杯となる。発作は内側と外側の両方からやって来る。突如周りの空気がぐいぐい、まるで何か見えない力が君を椅子の向こうへ貫通させ床に叩きつけようとしているみたいに押し寄せてくるのが感じられ、だが同時に頭の中には異様な軽さが生じ、頭蓋骨《ずがいこつ》の壁がジャラジャラせわしく鳴り、その間ずっと外界はなおも君を圧迫して、体内は逆にいっそう空っぽに、いっそう暗く空っぽになっていき、君はいまにも卒倒しそうになる。やがて脈が速くなり、心臓が胸をつき破ろうとしているのが感じられ、次の瞬間、肺にはもはや空気がなくなって、君は息ができなくなる。そのときパニックが君を打ちのめし、体はシャットダウンして君は床に倒れ込む。仰向けに倒れた君は、血が血管を流れるのをやめるのを感じ、手足はじわじわセメントと化していく。そのとき君は吠《ほ》え出す。君はいまや石で出来ている。ダイニングルームの床に転がった体は硬直し、口は開いて、君は動くこともできずに、恐怖の咆哮《ほうこう》を上げながら、死の深く黒い海で自分の肉体が溺《おぼ》れるのを待つ。

　君は泣けなかった。人がふつう悲しむやり方で悲しめなかった。そのため、君の肉体が崩れて、代わりに悲しんだのだ。パニックの到来に先立ったさまざまな付随的要因（妻の不在、アルコール、睡眠不足、従姉からの電話、コーヒー）がなかったら、発作は訪れずに終わったかもしれない。とはいえ、つきつめて考えれば、そうした要素は二義的でしかない。問題は、君の母の死の直後の数分、数時間になぜ君が自分を解き放てなかったのか、なぜ二日にわたって母を想《おも》って泣けなかったかだ。君は心のどこかで、彼女が死んだことをひそかに喜んでいたのだろうか？　暗い思いだ。あまりに暗い、心乱される、言葉にするのも恐ろしい思いだ。それが事実だという可能性を考えに入れる気はあっても、それが泣けなかった原因かは疑わしいと君は思う。君は父親が死んだときも泣かなかった。祖父母が亡くなったときも、一番好きだった従姉が乳癌のため三十八歳で亡くなったときも、あるいはまた、長年にわたって友人たちが一人また一人亡くなるたびにも君は泣かなかったのだ。十四歳のときに、君から三十センチと離れていないところで一人の少年が稲妻に打たれ、その後一時間、雨の降りしきる草地で君は死体の隣に座り込んで、彼が死んだのだということが理解できずにその体を温めよう蘇生《そせい》させようと必死に頑張ったが、あのときですらそのおぞましい死は君から一滴の涙も引き出さなかった。映画を見ていて目頭が熱くなることもあるし、数えきれぬほど多くの本のページに涙をこぼしてもきたし、自分の身に大きな悲しみが訪れればやはり泣いたものだが、死は君を凍りつかせ、君をシャットダウンしてしまう。死は君からあらゆる感情を、情緒を、君自身の心とのつながりを奪う。そもそもの始めから、死に直面するたび君はそれこそ死のような無感覚に陥ってきたのであり、母の死に際しても同じだったのだ——少なくともしばらくのあいだは、最初の二日二晩のあいだは。だがやがてふたたび稲妻が襲ってきて、今回は君が焼き焦《こ》がされたのだ。

従姉に電話で言われたことは忘れろ。君はむろん彼女に腹を立てている。よりによってこんなときに泥を投げてくる卑劣さには唖然《あぜん》とさせられるし、その陰険さ、個人的に何の危害も加えられたことのない人物をここまで独善的に見下す態度には胸が悪くなる。が、君の母親が不義を働いたという彼女の非難は、君にとってもうすでに聞き慣れた話であって、その非難を肯定する証拠も否定する証拠もないとはいえ、君自身ずっと前から、父とまだ結婚していた時期に母が道を誤ったかもしれないと疑ってはきたのだ。従姉と電話で話したとき君は五十五歳で、それまでずっと、両親の不幸な結婚に思いをはせる時間はいくらでもあったし、実際、母が誰かほかの男（あるいは男たち）を相手に何らかの慰めを得ていたのならいいが、と望みさえしていた。だが確かなことは何ひとつなかったし、何かが変かもしれないと感じたのはただ一度、十二か十三だったころの一瞬だけだった。それが起きたとき、君はひたすら面喰らうばかりだった。ある日学校から帰ってきて、誰もいないものと思って家に入っていき、電話をかけようと受話器を手にとると、電話はすでにつながっていて、男の声が聞こえてきた。それは君の父親の声ではなく、声の主が言った言葉はさよなら《グッドバイ》という何の変哲もない一言にすぎなかったが、その口調にはこの上ない優しさがこもっていた。それから君の母親がさよならダーリンと答え、会話はそれで終わったのだった。どういう文脈なのか君には見当もつかず、相手の男の正体もわからなかったし、ほとんど何も聞きはしなかったわけだが、君はその後何日もこのことを気に病みつづけ、あまりに気になったのでついに意を決して母に直接訊いてみると、それまでいつも君には正直で何の隠し事もしないように思えたし質問にはかならず答えてくれた母が、今回は、今回だけは、何を聞いたか君が告げると顔に戸惑いの表情を浮かべ、あたかも不意をつかれたような様子を見せた。が、次の瞬間、母は声を上げて笑い、覚えてないわ、何のことかわからないわと言った。本当に覚えていない可能性は十分あるし、会話もべつに大した内容ではなく、あの親しみの表現も君が思ったような意味などなかったのかもしれないが、その日、君の頭の中に疑念の小さな種が蒔《ま》かれたことは確かだった。その後の数週間、数か月で疑いはあっさり消えていったが、それから四、五年経って、お父さんと別れると母が宣言したとき、偶然耳にしたあの会話の最後の一言に君は思いをめぐらさずにいられなかった。あれは何か関係があったのだろうか？　いや、そうは思えなかった。君の両親は結婚したその日から決裂する運命にあったのであり、ダーリンと呼んだ男性と君の母が寝たか寝なかったか、男が一人いたのか数人いたのか一人もいなかったのかは、離婚には何の影響も及ぼさなかったのだ。徴候は原因とは違う。君の従姉が母に関しどれだけ醜悪な想像をめぐらせたところで、彼女だって何も知りはしない。従姉の電話が君のパニックの発作を後押ししたことは、かかってきたタイミング、状況を考えれば否定しようはない。が、その朝彼女が君に言ったこと自体は、もう聞き古した話だったのである。

一方、たまたま息子ではあったものの、君だってやはりほとんど何も知らない。欠落、沈黙、言い逃れはあまりに多く、長年にわたってあまりに多くの糸が失われてきたから、筋の通った物語を縫い上げるのはおよそ不可能だった。だとすれば、外側から母を語っても意味はない。語りうることがあるとすれば、それは内側から、君の内側から――君が体内に持ちつづけている記憶と認識の蓄積から――引き出さねばならない。その蓄積こそが、永久に完全には明らかにならないであろう理由ゆえに、ダイニングルームの床に倒れた君が息をしようと喘《あえ》ぎながら自分はもう死ぬと確信するという事態をもたらしたのだ。

性急だった、早まった結婚。二つの相容れぬ魂同士の、衝動的な、新婚旅行が終わる前にもう力尽きてしまった結婚。ニューヨークに住む二十一歳の娘（ブルックリンに生まれ育ち、十六でマンハッタンに連れてこられた）と、ニューアークに住む、ウィスコンシンで人生を始め、七歳のときに君の祖母が自宅の台所で君の祖父を撃ち殺したことによって父なしの身でウィスコンシンを離れた三十四歳の独身男。花嫁は二人姉妹の妹で、本人も早まったミスマッチの結婚から生まれた子供であり（「あんたの父さん、さぞ素晴らしい人だろうねえ──あんな人じゃなかったら」）、高校を中退して仕事に就いた母は（いろいろな事務職、のちにカメラマン助手）、結婚前の恋愛やロマンスについて君にはあまり語らなかった。戦争で死んだボーイフレンドをめぐる漠然とした話、俳優のスティーヴ・コクランとのつかのまの情事をめぐるもっと漠然とした話はあったが、それだけだった。夜学の商業高校に通って高卒の学歴を得たものの、大学へは行かなかった。それは父親も同じで、まだ子供だったころから仕事の国の住人となり、十八で高校を卒業するとすぐに自活を始めた。これらは既知の事実である。君にも伝わっている、数少ない実証可能な情報群である。それから、見えない年月が始まる。君の人生の最初の三、四年、まったく思い出しようのない空白の時間。ゆえに、あとから母に聞かされたさまざまな話に頼るしかない。生後十六か月のときに君は扁桃腺炎《へんとうせんえん》で死にかけた（四十一度の熱が出て、もう神の御心次第ですと母は医者に言われた）。胃腸がしじゅう機嫌を損ね駄々をこねていて、何かに対するアレルギーか過敏症（小麦？　グルテン？）と診断され、その後二年半ほとんどバナナだけ食べて生きることを強いられた（そうやって記憶以前の時期にあまりに多くのバナナを摂取したせいで、君はいまでもバナナを見たり匂《にお》いを嗅《か》いだりしただけで嫌悪《けんお》を感じ、六十年間一度も食べたことがない）。一九五〇年にニューアークのデパートで飛び出ていた釘を引っかけて頬が裂けた。三歳のころに路上を走るすべての自動車のメーカー名と車種を言えた（君の母はそれを天才の萌芽《ほうが》と受けとった）。だが、何と言っても、これらの話を君に伝える際の、母親の楽しそうな様子。君が存在するという事実それ自体に母は歓喜しているように見えた。結婚生活がかくも不幸だったからこそ、母が慰めを求めて君に目を向けたこと、生活に欠けている意味と目的を得ようと君に頼ったことがいまの君にはわかる。母が不幸だったおかげで、君は恩恵を被《こうむ》ったのだ。君は愛された。誰よりも深く、掛け値なしに愛された。何よりもまずそのこと、ほかに何か言うべき事柄があるとしてもまずはそのことだ。君の揺籃《ようらん》期、幼年期を通じて君の母は熱心で献身的な母親だったのであり、君という人間の中にいまどんな善があるにせよ、君がいまどんな力を有しているにせよ、それはすべて、自分が何者だったか思い出せる以前の時期が源となっているのだ。

いくつかの、遠い昔の光景。果てしなく広がる黒い海に浮かぶ、ごく小さな記憶の島たち。生まれたばかりの妹が両親と一緒に病院から帰ってくるのを君は待っている（三歳九か月）。母親の母親と一緒に君は居間にいて、ブラインドのすきまから外を見ていて、家の前にやっと車が停まるとぴょんぴょん跳ね上がる。母親によれば、君は熱意あふれる兄で、暮らしのただ中に入ってきた赤ん坊に嫉妬《しっと》したりもしなかったというが、これは母がきわめて賢明に対処してくれたことが大きいと思える。妹に関して母は、君を閉め出すのではなく、母の助っ人に変えたのであり、おかげで君は、妹の世話に積極的に関与している気になれたのだ。何か月か経って、保育園に行ってみたいかと君は訊《たず》ねられた。一九五一年の当時、プリスクールはいまよりずっと珍しく、何のことかよくわからなかったので君はうんと言ったが、一日行ってみて、もうたくさんだと思った。ほかの子供たちと一緒に並ばされて、食料品店にいるふりをさせられたことを君は覚えている。何時間も待たされた気がした末にやっと自分の番が来ると、君はにせのお金の山をにせのレジの向こうに立っている誰かに渡し、その誰かが引き換えににせの食べ物を一袋君に渡した。保育園なんて馬鹿馬鹿しい、時間の無駄だと母に言うと、母も無理に説得しようとはしなかった。やがて一家でアーヴィング・アベニューの家に引越し、翌年の九月に幼稚園に通いはじめたときは、君ももうそういう所へ行く気になっていて、母親と離れて過ごすと思っても全然気後れしなかった。第一日目が始まる直前の混沌《こんとん》を君は覚えている。母親に別れを告げられてわめき、泣き叫ぶ子供たち。置き去りにされた苦悩の声が壁に反響するのをよそに、君は落着いて母に手を振り、みんなが何を騒いでいるのかさっぱりわからなかった。君はそこにいることが嬉しく、自分はもう大きいんだという気分だったのだ。君は五歳で、もはや母の軌道だけにとどまってはおらず、そこから離れつつあった。体も丈夫になったし、新しい友だちも出来たし、家の裏庭を自由に駆け回り、自立した人生が始動していた。もちろんまだおねしょはしたし、転んで膝《ひざ》をすりむけば相変わらず泣いたが、内なる対話はすでに始まっていた。意識的な自我の領域に君は入り込んでいた。とはいえ、父親は毎日長時間働いていて、家にいると長い昼寝をすることも多く、家庭の一員としてはほとんど不在だったから、大事なことに関する権威と叡智《えいち》の中心は依然として母親だった。寝かしつけてくれるのも、自転車の乗り方を教えてくれたのも、ピアノのレッスンを手助けしてくれたのも母だったし、君が悩みごとを打ちあける相手、海が荒れたとき君がしがみつく岩はやはり母だった。だが君は自分の精神を育《はぐく》みつつあったから、もはや母の口にする判断や意見に何から何まで囚《とら》われはしなかった。ピアノの練習が大嫌いで、外で友だちと一緒に遊んでいたかったので、ピアノをやめたい、野球の方が音楽よりずっと大事だと言うと、母はさして反論もせずに折れてくれた。それと、衣服の問題もあった。君はたいていTシャツとジーンズ（当時はダンガリーと言った）で駆け回っていたが、特別な場合（祭日、誕生日パーティ、ニューヨークの祖父母宅への訪問）にはちゃんと仕立てた服を母は君に着せようとし、六歳になるころには君はだんだんその手の服を恥じるようになっていて、とりわけ、ワイシャツに半ズボン、ハイソックスにサンダルという組み合わせは嫌で嫌で仕方なく、こんな格好馬鹿みたいだよ、僕はふつうのアメリカ人の男の子の格好がしたいんだと訴えると、母はやがて譲歩し、何を着るかについて君の意見も聞いてくれるようになった。けれど、このころには母もまた離れつつあった。君が六歳になって間もなく、母もまた仕事の国の住人となり、君は母の姿をだんだん見かけなくなった。そのことを悲しく思った記憶はない。とはいえ、かつての自分がどんな気持ちでいたか、どれだけわかるというのか？　頭に入れておくべきは、君はほとんど何も知らないということ、母の結婚生活の実情について、父を相手とする不幸の深さについてまったく何も知らないということだ。何年もあとになって、母は君に、カリフォルニアに引越しましょうよってお父さんを説得しようとしたのよ、お父さんはとにかく母親と兄たちに縛りつけられていたから、あの一族から離れないかぎり私たちに望みはないと思ったのよ、と打ちあけた。父がその提案を検討することすら拒むと、望みない結婚生活を忍ぶことに母は決めた。離婚を考えるには子供たちが小さすぎたから（五〇年代初頭のアメリカ中産階級の家庭では、ということだが）、母は別の解決策を見出した。彼女はまだ二十八歳だった。仕事がドアを開けてくれた。仕事が彼女を家の外に連れ出してくれて、自分の生活を築くチャンスを与えてくれたのである。

君としても、母が消えてしまったとまで言う気はない。単に前ほどはいなくなった、前よりずっといなくなったということであって、この時期の君の記憶が、少年時代のさまざまな営み（友だちと駆け回る、自転車を乗り回す、学校に行く、スポーツをやる、切手や野球カードを集める、漫画を読む）におおむね限定されるとしても、いくつかの場面で君の母親はあざやかに登場する。特に、君が八歳で、友だち十人ばかりと一緒になぜかカブスカウトに入ったときのこと。スカウトの集いがどれくらいの頻度だったかは思い出せないが、たぶん月一度、毎回違うメンバーの家で持ち回りで行なわれたのだと思う。三人か四人の、デン・マザーと呼ばれる女の人たちが交代で会を仕切って、そのデン・マザーの一人が君の母親だったのだ。ということはつまり、不動産販売の仕事は時おり午後の休みを取るくらいの余裕はあったということだろう。デン・マザーの、ネイビーブルーのユニフォームを着た母親の姿を目にするのがひどく嬉しかったことを君は覚えている（その突拍子もなさ、目新しさ）。そしてまた、彼女が男の子たちに一番人気のあるデン・マザーだったことも君は覚えている。君の母は母親みんなの中で一番若く、一番綺麗で、一番楽しませてくれて、一番リラックスしていて、何の苦もなく少年たちの気持ちを引きつけることができたのだ。彼女がてきぱきと仕切った二度の集いを君は思い出すことができる。一度は、木の収納箱を組み立てる集まり（何のためにそんなものを作ったのかもう忘れてしまったが、とにかくみんな一生懸命作業に励んだ）。それから、年度の終わり近く、気候も暖かくなって、もうみんなスカウトのルールやら規則やらに飽きあきしていたころ、アーヴィング・アベニューにあった君の家で、最後だったか、最後から二番目だったかの会合が開かれ、もう誰もミニチュアの兵隊を演じるような気分ではなかったから、君の母親に、みんな今日は何をしたい？　と訊かれて、誰もが異口同音野球と答え、全員で裏庭に出て、二チームに分かれたのだった。全部でせいぜい十二人くらいしかいなくて、メンバーが足りなかったから、君の母も仲間に入ることにした。君はものすごく嬉しかったけれど、母親がバットを振る姿なんて見たこともなかったから、どうせ空振りの三振に終わるものとしか思っていなかった。二イニング目、打順が回ってきた彼女の打ったボールがレフトのはるか頭上を越えたとき、君はもう嬉しいを通り越して、ただただ唖然としていた。デン・マザーのユニフォームを着た母親がベースを一周し、ホームに帰ってくる姿がいまも目に浮かぶ。母は息を切らして、ニコニコ笑い、少年たちの喝采《かっさい》を一身に浴びている。君の少年時代の母をめぐって持ちつづけているすべての記憶の中で、いまも一番頻繁によみがえってくるのがこの瞬間だ。

彼女はたぶん美人では、古典的な意味での美人ではなかった。けれど、部屋に入ってくると男たちが思わず見とれるような魅力、華やかさは十分にあった。純粋な意味での端麗《たんれい》さ、実際に映画スターであるかどうかは別としてある種の女性が有している映画スター的端麗さはなくても、彼女はそれを、特に若い時期、二十代後半から四十代前半あたりまでは、華麗なオーラを発散させることで補っていた。身のこなし、姿勢、エレガンスの神秘的な組み合わせ、着ている人間の官能性をほのめかしはしても過度に強調はしない衣服、香水、化粧、アクセサリー、スタイリッシュにセットした髪、そして何よりもその目の悪戯《いたずら》っぽい表情で補っていた。率直そうで、と同時に慎ましげなその表情には自信というものがみなぎっていて、世界一の美女ではなくてもあたかもそうであるかのように彼女はふるまった。そういうことをやってのけられる女性は、男たちをふり向かせることができる。だからこそ君の父方の陰気な御婦人たちは、彼女が一族を離れたあと露骨に敵意を示したのだろう。もちろん当時は困難な年月だった。延びのびになっている、だがいずれ訪れるほかない君の父との破局が訪れるまでの年月、さよならダーリンの日々。君が十歳のときのある晩、母は家の車をめちゃくちゃに壊した。翌朝早くに帰ってきた母の、あざだらけで血のついた顔がいまも目に浮かぶ。その後もずっと、事故のことを詳しく話してはもらえず、真実とはほとんど無関係に思えるごく当り障《さわ》りのない説明しか聞かされなかったが、たぶんアルコールが絡《から》んでいたのではないかと君は思っている。あのころつかのま、母が飲みすぎていた時期があったのだ。アルコール中毒者の更生会に入ったこともあとで匂わせていたし、それに、その後彼女は生涯一滴の酒も飲まなかった。カクテル一杯、シャンパン一杯、ビール一口さえ口にしなかった。

彼女という人間は三人いた。たがいにつながっていないように思える、三人別々の女性。君自身年をとって、母を違った目で、単に自分の母親というにとどまらない人物として見るようになると、その日に彼女がどの面をかぶっているのか、見当がついたためしがなかった。一方の端にはプリマドンナが、華麗に着飾って世の人々を魅了する女性がいる。鈍感な、心ここにあらずの夫を持ち、他人の目が自分に注がれることを欲し、伝統的な主婦の役割に押し込められることを拒む――拒むようになった――若い女性。真ん中には、そしてここが断然一番大きなスペースだったわけだが、堅実で責任感ある存在、聡明《そうめい》で思いやりある人物がいた。君が幼いうちは君の世話をしてくれた、やがて仕事に出るようになりその後長年にわたって小さな事業をいくつも経営するに至った女性。ジョークも抜群に上手で、クロスワードパズルも大得意な、地にしっかり足のついた、有能で気前がよく、周囲の世界をきちんと見ている、政治に関しては一貫してリベラル、いろんな事柄に関し賢明な忠告を与えてくれる人物。そしてもう一方の端、一番極端な方に、怯《おび》えた、気弱になった神経症的人物がいた。激しい不安の発作に苛《さいな》まれる、無力な、年が進むにつれてその無力ぶりも募っていった恐怖症患者。若いころから高所恐怖はあったが、それがやがて多様な形の硬直状態へと発展していった。エスカレータが怖い、飛行機が怖い、エレベータが怖い、車を運転するのが怖い、上の方の階で窓のそばに行くのが怖い、一人になるのが怖い、開《ひら》けた空間が怖い、どこを歩くのも怖い（バランスを失うのが心配、卒倒するのが心配）。そして、前々からつきまとっていた心気症が、やがて恐怖の頂点へ達することになった。すなわち、死ぬのが怖い。そしてそれはおそらく、生きるのが怖い、と言うのと変わらないのだろう。幼かったころ、君はこうした面にはいっさい気がつかなかった。彼女は君の目には完璧《かんぺき》に見えたし、六歳のときにたまたま彼女の初めての眩暈《めまい》の発作を目撃したときも（二人で自由の女神像の内部の階段をのぼっていた最中）、君は少しも動揺しなかった。彼女は優れた、良心的な母親だったから、階段を降りることをゲームに仕立てて、恐怖を君から隠したのだ。一緒に階段に座り込んで、一度に一段ずつ、段にお尻《しり》をべったりつけて、ケラケラ笑いながら地上まで降りていく。年をとると、もはや笑いはなくなった。頭の中で虚無がくるくる回り、腹がぎゅっと縮み、冷や汗が流れ、見えない一対の手が喉《のど》を締めつけるばかりになった。

二度目の結婚は大成功だった。それは誰もが憧《あこが》れる結婚だった――そうでなくなるまでは。母がとても幸せそうで、見るからに夫を愛しているのを見て君は嬉《うれ》しかったし、新しい夫のことも迷わず好きになった。彼が君の母を愛していて、あらゆる面で（母はさまざまな面で愛される必要があると君には思えたが、そのすべての面で）彼女を愛するすべを心得ているからでもあったが、加えて自身も立派な人物だった。鋭敏な精神と、度量の広い心を持った労務関係の弁護士で、人生とがっちり向きあい、夕食の席では古い規範を笑い飛ばし、自分の過去をめぐる爆笑話を語り、君のこともすぐに、義理の息子というより一種の弟として受け入れてくれた。君たちは親しい、揺るがぬ友人同士となり、全体としてこの結婚は君の母の身に起きた最良の出来事に思えた。これでやっと母もすべてうまく行くと君は思った。何と言っても彼女はまだ四十にもなっていなかったし、彼は二つ年下だったから、二人が末永く一緒に暮らして、たがいの腕の中で死んでいくものと君が期待したのにも十分根拠はあったのだ。だが、君の義父の健康状態は思わしくなかった。逞《たくま》しく、元気一杯に見えても、生まれつき心臓に欠陥があって、三十代前半に最初の心臓発作を経験していたし、結婚しておよそ一年後に二度目の大きな発作が訪れ、それ以降、夫婦生活には不吉な影がさすことになり、二年ほどして三度目の発作が訪れると事態はさらに悪化した。君の母は終始、夫を失う恐怖に怯えながら生きるようになった。その恐怖が、だんだん彼女の安定を奪っていくのを君は目《ま》のあたりにした。これまでずっとどうにか隠してきたさまざまな弱さが膨らんでいって、二人で暮らした最後の年月、恐怖症的な側面が全面的に開花した。夫が五十四歳で亡《な》くなると、母はもはや再婚したときの母ではなかった。カリフォルニア州パロアルトでの夜の、母の最後の英雄的抵抗を君は覚えている。スタンフォード医療センターの集中治療ユニットに君の義父が横たわり、実験的な心臓病治療を受けているあいだ、彼女は君と君の妻を聞き手にノンストップでジョークを飛ばしまくったのだ。もうほぼ見込みはないと見なされた病状の、最後の、捨て鉢の治療。致死の病を抱えた君の義父はものすごく多くのケーブルや機械につながれていて、部屋はSF映画のセットのように見えた。入っていって、そこにいる彼の姿を見た君は愕然《がくぜん》とし、ひどく打ちひしがれて、我知らず涙をこらえていた。一九八一年の夏のことで、君と君の妻は知りあって半年が経《た》っていて、もう一緒に住んでいたがまだ結婚はしておらず、そんな君たち二人が義父の枕許《まくらもと》に立っていると、彼は手をのばし、君たち両方の手を握って、「ぐずぐずするな。すぐ結婚しなさい。結婚して、おたがいの面倒を見て、子供を十二人作るんだ」と言った。君と君の妻は、パロアルトにある一軒家に君の母親と一緒に泊まっていた。君の母が誰か君の知らない友人から貸してもらった空家である。その夜、夕食をとろうとみんなでレストランに行って、ウェイトレスが戻ってきて君が注文した料理が品切れだと告げたとき君はふたたび抑えを失いかけたが（この上なく明快に、苦悩が別の形にすり替えられている——目にたまってくるのが感じられたその馬鹿げた涙は、もはや抑えようのない鬱屈《うっくつ》した感情の体現と見てよかったかもしれない）、何とか食事も済んで、三人で家に、死の影がさす何とも陰気な家に、もうこれが君の義父の生涯最後の日々なのだと三人とも確信しつつ戻っていって、君たちは一杯やろうとダイニングルームのテーブルに座り、もうこれ以上誰も一言も言いようがないと君には思えた矢先、重苦しい心が君たちの中の言葉をすべて押しつぶしたように思えたまさにその瞬間、君の母親がジョークをやり出したのだ。ジョークを一つ、また一つさらにまた一つ、と続けていって、どれもあまりに可笑《おか》しいものだから君と君の妻は笑い転げるあまりほとんど息もできないくらいだった。一時間、二時間と、どのジョークも絶妙の間合い、イキのいい無駄のない言葉で語られ、君はしばし、胃が皮膚の外に飛び出してしまうのではと思ってしまった。たいがいはユダヤ人ジョークで、ユダヤ人女性たちのお喋りをめぐる古典的なジョークが次々怒濤《どとう》のように、どれも完璧な声色と訛《なま》りで語られる。老いたユダヤ女たちがトランプのテーブルを囲んでため息をついていて、一人ひとりが順ぐりに、みなその前の女より大きなため息をつき、とうとう一人の女が言う。「あたしたち、子供の話はしないって約束じゃなかったの」。その晩、君たちはみな少し狂っていた。だが状況があれほど陰惨で耐えがたいものだったから、少しは狂う必要があったのであり、君の母はその必要な狂気を生じさせる力を見出したのだ。それは並外れた勇気の発露と君には感じられた。君の母親の一番いいところの崇高な実例だった。その夜、君の悲嘆は大きかったけれど、母のそれに較《くら》べれば無に、まったくの無に等しいことは君にもわかっていたのだから。

スタンフォード医療センターでの治療がひとまず成功して、義父は家に帰ってきたが、それから一年しないうちに亡くなった。そのときに母も死んだのだと君は思っている。心臓は以後も二十年打ちつづけたが、君の義父の死は彼女の終わりだった。母はその後二度と安定を取り戻さなかった。少しずつ、悲しみは一種の憤《いきどお》りに変わっていって（どうしてあの人は私を置いて死んだりできたの？）、母がそういう言い方をするのを聞くのは君としても胸が痛んだが、彼女が怯えていること、次の一歩を踏み出して何とか未来へ進んでいくすべを探していることは理解できた。母は一人暮らしを嫌った。孤独の真空の中で生きていくのが生来《せいらい》向いていなかった。まもなく彼女は人づきあいを再開した。もうずいぶん肉がついて、相当の体重過多だったが、それでもまだ、何人か初老の男をふり返らせるくらいの魅力はあった。その時点で、南カリフォルニアに住むようになってから十年以上が経っていて、君が母に会うのはせいぜい半年に一度で、彼女をめぐる情報の大半は電話での会話を通して得たものだった。これはこれで有用だが、彼女が実際に行動するところを観察する機会はめったになく、したがって、未亡人になってまだ一年半しか経っていない時点で、また結婚するつもりだと母から言われたときも、君は驚いたとも驚かなかったとも言えた。君から見てそれは愚かな結婚だった。一九四六年に君の父と結婚したときと同じ、またしても性急な、早まった結婚。だが母はもはや大きな愛など探していなかった。逃げ場を探しているだけ、壊れやすい自分自身を立て直そうとしている彼女を世話してくれる人間を求めているだけだった。彼なりの静かな、不器用なやり方で、三番目の夫は母に尽くしていたし、それはそれで大切なことだったが、意図は立派で頑張ってはくれても、母をきちんと支える力は彼にはなかった。彼は愚鈍な男だった。元海兵隊員、元ＮＡＳＡ技術者で、政治観もふるまいも保守的で、柔和か軟弱かのどちらか（たぶんその両方）で、どこを見ても、情緒豊かでカリスマ的な左翼リベラルの義父とは一八〇度違っていた。悪い人間、残酷な人間ではなく、単に愚鈍なだけだった。目下のところは発明家を自称し、いまだ奮闘中の段階だったが、彼の最新の発明に母は大きな期待を賭《か》けていた。それは静脈内点滴用の医療器具で、チューブ不要で持ち運び可能、既存の点滴装置と競合しうる、ことによってはそれに代わりうる品だった。これは成功間違いなしと思えたので、じきにありあまるほどの金が手に入るものと決めて母は彼と結婚したのだった。それが優れた、ひょっとしたら画期的な発明であったことは確かだが、あいにくこの発明家にビジネスの才はなかった。早口で喋りまくるベンチャー投資家たちと、二枚舌の医療器具販売会社とにはさまれて、やがて自分の発明品の権利も失い、結局それなりの金を手にはしたが、ありあまるというにほ程遠く、一年も経たないうちに尽きてしまった。もう六十代に入っていた君の母は、仕方なく仕事に復帰した。何年か前にやめたインテリアデザイン業を再開し、発明家の夫をアシスタント兼帳簿係に据えた。いまや二人を養っているのは、あるいは養おうとしているのは母の方だった。そして、銀行の預金がゼロに近づくたびに、母は君に電話してきて助けを求めた。いつも涙声で、さも申し訳なさそうに頼んできたし、君としてもそうした援助ができる立場にあったから、たびたび小切手を送ってやった。あるときは多額、あるときは少額、小切手や電信送金で、その後二年のあいだに十数回送った。金を送るのは嫌ではなかったが、奇妙な感じではあったし、相当暗い気持ちにさせられた。何しろ元海兵隊員の夫はすっかり自分を見限ってしまって、もはや己の務めも果たせず、妻を養って自分たち二人を安楽な老後に導いていくどころか、君の援助に礼を言う気力すら出せずにいるのだ。いまやボスは君の母親だった。少しずつ、夫としての役割は、忠実な執事のそれに変わっていったが（ベッドでの朝食、食料品の買い出し）それでも彼らは何とかやっていた。そんなにひどい話ではなかった。もっとずっとひどくなっていたかもしれないのだ。この展開に失望していたとしても、何もないよりましだと母も承知していた。やがて、一九九四年春のある朝、目覚めてすぐ母がバスルームに入っていくと、夫が床に倒れて死んでいた。卒中、心臓発作、脳出血、君の知るかぎり検死は行なわれなかったので原因はわからない。その朝のうちに君のブルックリンの家に電話してきた母の声は、恐怖の念に包まれていた。血がね、と母は君に言った。血が口から出ていて、血がそこら中にあったのよ。長年彼女を知ってきて初めて、母は正気を失っているように聞こえた。

　彼女は東部に戻ってくることにした。二十年前、カリフォルニアは約束の地に思えたわけだが、いまはもう病と死の地、悪運と辛《つら》い記憶の都でしかなかった。だから、一族の近くで暮らそうと、アメリカの反対側に舞い戻ってきた。まずは君と君の妻の近くで暮らすために、さらにはコネチカットにいる精神を病んだ娘のそば、姉のそば、二人の孫のそばで暮らすために。もちろんいまでは無一文だったから、君が養ってやらねばならなかったが、べつに問題ではない。君としても全然嫌ではなかった。ニュージャージー州ヴェローナにワンベッドルームのアパートメントを買い与え、車も長期レンタルで確保してやって、彼女にも君にも十分と思える額の小遣いを毎月渡した。そういう立場に身を置いた息子はいままで世にゴマンといたわけだが、それでもやはり、君にとってそれはなじめない、居心地悪い立場だった。かつて自分の世話をしてくれた人物を世話すること。自分たちの役割が逆転する、いまや君が親の役を演じ彼女が無力な子の役に貶《おとし》められる時期に達してしまったこと。金銭上の取決めも、時おり摩擦をもたらした。

というのも、母はついつい小遣いを遣いすぎてしまうので、君は何度か額を増やしてあげたのだが、それでもやっぱり遣ってしまう。そのせいで君は母を時おり叱《しか》らねばならない気まずい立場に立たされ、一度など、少し言葉がきつすぎたのだろう、母は電話口で取り乱し、泣き出して、あたしは役立たずの年寄りなんだ、重荷にならないよう死んでしまうのがいいんだと言い出した。こうした自己憐憫《れんびん》のほとばしりにはどこか滑稽《こっけい》なところもあったが（同情を買おうとする演技の匂いを君は嗅ぎとった）、と同時に、君としてはやはりやりきれない気持ちにさせられ、結局いつも彼女に屈して、望みどおりのものを与えてしまうのだった。君にとってもっと心配だったのは、母が何もする気になれないこと、アパートメントから出て世界と接する気がないことだった。勉強が遅れている子供や文盲の大人に読み書きを教えるボランティアをやってはどうか、民主党などの政治団体の活動に加わってはどうか、成人講座はどうか、旅行、社交クラブ、といろいろ勧めてみたのだが、いっこうにやる気を引き出せなかった。それまでは、学歴が低いことも何ら妨げにはならなかったし、もって生まれた聡明さと頭の回転の早さとがあらゆる欠如を補って余りあったのに、いまこうして、夫もなく仕事もなく日々打ち込めるものもない彼女を見ていると、音楽なり絵画なり書物なりに興味を育んでくれていたら、と思わずにいられなかった。何でもいいのだ、何か持続的に打ち込めるものがあれば。だが母はこれまで、そうした内省的な営みに対する関心をいっさい追求してこなかった。だから相変わらず目的もなくうろうろするばかりで、朝起きても何がしたいのかはっきりわかったためしがなかった。読む小説も推理小説やスリラーだけで、君や君の妻の本ですら、刊行されるたびに迷わず渡していたし、母の方もリビングルームの特等席に誇らしげに飾ってはくれたけれど、それらは彼女が読めるたぐいの本ではなかった。テレビはしじゅう見ていた。アパートメントではいつもテレビが点《つ》いていて、朝早くから夜遅くまでガンガン鳴っていたが、べつにそれは番組を観《み》るのではなく、箱から出てくる声を聞くためだった。テレビの声は母の心を和ませた。実際それは、彼女にとってなくてはならないものだった。一人で生きることの恐怖に打ち勝つのを声は助けてくれた。その恐怖を克服すること、おそらくそれが、当時の母の唯一最大の達成だったのだ。よい年月だったとは言いがたい。とはいえ、憂鬱と混沌が切れ目なく続いた日々だったような印象を与えることも君としては望まない。コネチカットには定期的に足を運んで君の妹に会っていたし、ブルックリンの君の家でも数えきれないほどの週末を過ごし、孫娘が学校の演劇で舞台に立ったり合唱でソロを歌ったりするのを観にもくれば、孫息子が写真に興味を深めていく様子もしっかりたどっていた。長年、遠くカリフォルニアに行っていたのが、いまやふたたび君の人生の一部となって、誕生日や祭日や特別の行事にはいつも来てくれた——君や君の妻が講演や朗読会をするとき、君の映画が公開されるとき（映画は母も大好きだった）、そして時たまの、君の友人たちとの食事。

七十代なかばに至ってなお、母は人を魅了しつづけた。心のどこか片隅で、いまも自分をスターとして、世界一の美女として見ていたのであり、すっかり縮んでしまった、おおむね閉ざされた生活から外へ出てくるたびに、その虚栄心は少しも損なわれていないように見えた。いまの母という人間の大半は君を悲しい気持ちにさせたが、その虚栄心ばかりは、聞いてくれる人がいさえすればいまだきっちりジョークを決める力だけは、大したものだと思わずにいられなかった。

君はプロスペクト・パークの林に彼女の灰を撒《ま》いた。その日君たちは五人いた。君の妻、君の娘、君の伯母、君の母の従妹《いとこ》レジーナ、そして君自身。ブルックリンのプロスペクト・パークを選んだのは、母が小さいころそこでよく遊んだからだ。君たちは順番に詩を朗読し、それから君が長方形の金属製の骨壺を開けて、落葉や下生えに向けて灰を撒きはじめると、ふだんは物静かな、君の知るなかで誰よりも感情を外に出さない人物である君の伯母がいきなりワッと泣き出して、妹の名前を何度も何度も呼んだ。それから一、二週間して、五月下旬のまぶしい午後、君は妻と二人で犬を散歩させにプロスペクト・パークへ出かけた。母親の灰を撒いたところへ行ってみよう、と君は妻に提案したが、まだ開けた小径《こみち》を歩いている最中、林の入口までまだ二百メートルくらいあるところで、君は眩暈に襲われた。新しい病状を抑えるために薬は飲んでいたが、ふたたびパニックの発作がやって来るのを君は感じた。君は妻の腕にしがみつき、二人で回れ右して、家に帰った。それが九年近く前のことだ。以来、君はあの林に戻ろうとしていない。

二〇一〇年、夏。熱波の来襲、天狼星《シリウス》が日の出から日没まで、さらには夜通し吠えつづけ、三十二度の日が何日も続き、それが突然一気に四十一度まで上がる。いまは午前零時を一、二分過ぎたところ。君の妻はもう寝床に入ったが、君は落着かなくて寝つけず、二階の、君たちが二人ともライブラリーと呼んでいる部屋に来ている。ここは三面の壁に本が並んだゆったりした空間で、棚はもう君と妻が長年集めてきたハードカバーやペーパーバックが一杯に詰まっているから床にも本やDVDが積まれ、年月が目の前を飛ぶように過ぎていくなかであふれ出たそれらの物たちの山はますます高くなり、それがこのライブラリーに乱雑ながら好ましい雰囲気を与え、善きものに満ちた快さみなぎる、訪ねてくる人たちがみな心地よい《コージー》と言い表わすたぐいの部屋になっている。そう、間違いなくここが君の一番好きな部屋だ。柔らかな革のカウチ、フラットスクリーンTV、本を読んだり映画を観たりするには完璧な場。外は耐えがたい暑さなので、エアコンが入っていて窓は閉じられ、通りの音はすべて遮断されている。吠える犬、話し声、耳をつんざく裏声でミュージカルの曲を歌いながら近所を歩き回る丸々太った妙な男、通りかかるトラックや自動車やバイクのうなり等々から成る夜のメドレーはいっさい聞こえない。君はテレビのスイッチを入れる。メッツの試合は二、三時間前に終わり、スポーツで観たいものは何もないので、君は一番好みの映画チャンネルTCMに移る。古いアメリカ映画を一日二十四時間やっているチャンネルである。観はじめた物語が何分か進んだところで、君は重要な発見に至る。その男がサンフランシスコの街なかを走っているのを見た瞬間に発見は始まる。狂気に追いやられた男が、医療センターの石の階段を駆け降りて通りに飛び出していく。どこへも行くところのない男が混みあった歩道を駆けていき、車の流れの中に飛び込み、すれ違う人々とぶつかる。動転し、錯乱した、弾丸のように飛び回る男はたったいま、あなたは数日のうち、下手をすれば数時間のうちに死ぬと言われたのだ――あなたの体は発光毒素に汚染されていて、体内から毒を流し出すにはもう手遅れだから助かる見込みはない、と。見かけはまだ生きているようでも、実のところはすでに死んでいる。男はすでに殺されたのだ。

僕はあの男だったことがある、と君は胸の内で思う。いまテレビのスクリーンで見ているのは、二〇〇二年に母親が死んだ二日後に君の身に起きたことの正確な表現なのだ。出し抜けにハンマーが降ってきて、息ができなくなり、心臓がドキドキ鳴って、眩暈がし、汗が噴き出て、体が床に倒れ、腕と脚が石と化し、空気のなくなった狂乱の肺から咆哮《ほうこう》が飛び出し、いまにも終わりが来ることを君は確信する。いまから一秒後に世界は存在しなくなる。なぜなら君が存在しなくなるから。

一九五〇年、ルドルフ・マテ監督のその映画は『Ｄ・Ｏ・Ａ』、到着時死亡《デッド・オン・アライヴァル》を意味する警察用語である（邦題は『都会の牙』）。主人公＝被害者はフランク・ビグローという名の、とり立てて際立《きわだ》ったところもない男、誰でもない男、どこにでもいる人間である。歳《とし》は三十五歳前後の会計士、会計検査官、公証人のたぐいで、カリフォルニア州パーム・スプリングズのそばの小さな砂漠の町バニングに住んでいる。大柄で、ぽっちゃりと厚い唇の、女のこと以外ほとんど何も頭にない男であり、彼を溺愛《できあい》し病的に彼にしがみつく神経症気味の秘書ポーラとの関係に息苦しさを感じている（ポーラと結婚する気があるのかないのかは不明）。そんな彼が、衝動的に一週間の休暇を取ることにして、単身サンフランシスコに出かける。セントフランシス・ホテルにチェックインすると、ロビーは騒々しい客の群れでごった返している。たまたまいまは「マーケット・ウィーク」なんです、旅回りのセールスマンたちの年一回の会合なんですよ、とフロント係がビグローに教える。魅力的な女がふらっと通りかかるたびに（そしてこのホテルにいる女は全員魅力的だ）ビグローはふり向いて、目を見開き口も開けて、異性を漁《あさ》る男の欲望丸出しにじろじろ眺める。そうやって彼の視線が動くたび、男が女性に浴びせる二音の口笛を模したスライドホイッスルのコミカルな音が生じる。ビグローは自分の幸運が信じられない様子である。この日にこのホテルに来たおかげで、どうやら簡単に獲物にありつけそうだと思っている顔。六階の部屋に上がると、廊下にはほろ酔い気分で浮かれ騒ぐ連中があふれ（ここでもまた二音口笛のスライドホイッスル版）、真向かいの部屋のドアが開いていて、パーティ真っ盛りの情景がビグローにも見える。こうしてバケーションが始まる。

ポーラがバニングから電話してきていて、ビグローは荷物を解いて腰を落着ける前に電話を返す。聞けば、ロサンゼルスのユージーン・フィリップスという人物から緊急の連絡があって、ビグローにいますぐ電話してもらわないといけない、手遅れになる前に話をしないといけないと言ってきたらしい。フィリップスとは何者なのか、ビグローには見当もつかない。前に仕事をしたことがある人かな？　とポーラに訊いてみるが、ポーラもそんな人物は記憶にない。この会話のあいだずっと、ビグローは廊下の向こうの騒ぎに気を取られている。開いたドアの前で女たちが立ちどまりビグローに手を振ってニッコリ笑い、ビグローもポーラと話を続けながら手を振って笑顔を返す。そんな奴は無視しよう、と彼はポーラに言う。僕はいま休暇中なんだ、邪魔されたくないね、バニングに戻ってから対応するさ。

電話を切ったあと、ビグローは煙草《たばこ》に火を点け、ウェイターが酒を持って現われる。やがて廊下の向かいで騒いでいる連中の一人が、ハスケルと申しますと名のりながら部屋に入ってきて、電話を使わせてもらえませんかと頼んでくる。六一七号室のパーティにバーボンがさらに三本、スコッチがさらに二本注文される。ビグローがよそから来たとわかると、よかったらご一緒しませんかとハスケルは誘い（ちょっと飲んで、ちょっと笑いましょうよ）、一分と経たぬうちにビグローは向かいの騒々しい部屋でハスケルの妻とルンバを踊っている。妻スーは威勢のいい酒飲み女で、欲求不満を抱えていて今夜は思いきり楽しもうという気でいる。ビグローは踊りも上手《うま》いし、たちまちスーの第一標的になる。夫が目の前で見ているわけだから賢明なふるまいとは言いがたいが、スーは向こう見ずな女であり、かついまは何が何でもという気になっている。何分かして、六一七号室の一団はホテルを出て街へくり出すことにする。渋るビグローも一緒に引っぱっていかれ、彼らは突然混んだジャズクラブ〈フィッシャーマン〉にいる。狂おしい熱気が店内を包み、黒人ミュージシャンのアンサンブルが、ジャイヴと書かれた壁を背に景気のいいアップテンポの曲を激しく演奏している。目まぐるしく替わるクロースアップで、サックス、ピアノ、トランペット、ベース、ドラムのプレーヤーそれぞれが楽器を吹き、弾《ひ》き、叩きまくる姿が映し出され、熱狂する聴衆のショットも割って入る。ビグローは知りあったばかりの連中とテーブルに座り、あと先顧《かえり》みぬスーがぴったりくっついている。ビグローは浮かない顔をしていて、スーにもこのけたたましい音の洪水にもうんざりしている。一方ハスケルも等しく沈んだ顔で、廊下の向かいに泊まっている見知らぬ男に妻がわが身を投げ出すのをむすっと眺めている。そうこうするうちに、一人の男がうしろからクラブに入ってくるのをカメラは捉《とら》える。帽子をかぶった背の高い男で、襟を立てたコートを着ているが、その襟というのが何とも奇妙な代物《しろもの》で、内側に白黒のチェック模様が入っている。男はカウンターに行き、少ししてビグローもようやくスーたちから逃げ出し、やはりカウンターに行ってバーボンを注文する。奇妙な襟の男がいまにも彼の飲み物の中に毒を入れようとしていて、自分が二十四時間以内に死ぬことになるなどビグローには知る由《よし》もない。

カウンターの向こう端に小粋な女性が座っていて、酒が来るのを待ちながらビグローは、あのブロンドは一人かとバーテンに訊く。ブロンド女の名はジーニー、クラブに入りびたってハマる《ディグ》とかイケてる《イージー》とかいった言葉を連発するジャズ狂い《ジャイヴ＝クレイジー》の金持ち娘である。ビグローは彼女の方にすり寄っていき、数秒のうちに彼の酒は置いてきぼりにされる。すでに注がれた酒がカウンターの向こう端で彼を待つなか、奇妙な襟の男は殺人の使命を実行すべく、器用な手付きで毒薬をグラスに注ぎ入れ、その場から姿を消す。ビグローは垢抜《あかぬ》けたジーニーとお喋《しゃべ》りに興じている。冷ややかでもあり友好的でもある、落着き払ったジャズマニアの女王に言い寄るビグローに、いまや薬の入った酒、いまや致死の毒となった酒をバーテンが渡す。ビグローが一口飲んだとたん、その顔に驚きの色、嫌悪の表情が浮かぶ。もう一口飲んでみても結果は同じ。ビグローはグラスを押しやってバーテンに言う。「これは僕の酒じゃない。僕はバーボンを頼んだんだ。もう一杯作ってくれ」

一方スーは立ち上がって、ビグローはどこかと店内を見回している。ビグローが帰ってこないものだから心配し、戸惑っている。ビグローはそんな彼女の姿を目にしたとたんにくるっと向き直り、一緒にどこかよそへ行こうとジーニーを誘う。ちょっと避けたい人たちがいるんだ、きっとこの街にはほかにもいいところがたくさんあるよね、と彼は言う。ええそうね、でもあたしもうちょっとこのお店楽しみたいのよ、とジーニーは答える。次の店に着いたところで落ちあいましょうよ、と彼女は言って電話番号を書いた紙切れをビグローに渡し、一時間後に電話するように言う。

ビグローはホテルの自室に戻り、ジーニーの番号が書かれた紙を引っぱり出して受話器を手にとるが、ダイヤルする前にふと顔を上げると、花束が部屋に届けられているのが目に入る。包み紙にポーラからのカードが付いていて、しっかりお留守番しているわ。お休みなさいとのメッセージ。ビグローはしおらしく反省する。女を追いかけまわしにもう一度夜の街にくり出すのはやめにして、ジーニーの番号が書かれた紙をびりびりに破いて屑《くず》カゴに放り込む。一拍置いて、物語は別の領域に入っていく。本当の物語が始まるのだ。

毒はすでに回りはじめている。ビグローは頭が痛むが、飲みすぎたせいだ、寝れば治るさと考える。ベッドにもぐり込むものの、それとともにあたりに奇怪なばらばらの音が満ちていく。遠くで歌う女性シンガーの反響する声、ジャズクラブの記憶の残骸《ざんがい》、肉体的苦痛が募ってくる予感。朝目覚めても、具合は良くなっていない。飲み過ぎさ、ただの二日酔いだとビグローはなおも信じ、ルームサービスに電話して気付けの飲み物を注文する。セイヨウワサビとウスターソースが混ぜてあって一瞬にしてしらふに戻るという触れ込みの代物だが、ウェイターがそれを持って現われるとビグローはとうてい飲む気になれず、見ただけで吐き気がしてきて、下げてくれ、とウェイターに言う。何かが本当におかしい。腹をぎゅっと押さえたビグローは、眩暈に襲われ自分がどこにいるかもよくわからなくなっているように見える。大丈夫ですかとウェイターに訊かれると、いまや致死的に病んだ被害者＝主人公は、わが身に何が起きたのかいまだ理解できぬまま、きっと昨晩派手に騒ぎすぎたせいさ、新鮮な空気を吸わないと、と答える。

わずかによろめき、ハンカチで額を拭《ふ》きながらビグローは外に出て、通りかかったケーブルカーに乗り込む。ノブ・ヒルで飛び降り、歩き出す。人けのない街なかを白昼ビグローは歩いていく。目的を持って、どこかへ向かって――でもどこへ、何の目的で？――そしてついに目当ての場所が見つかる。**医療施設**と石の壁に彫られた高い白い建物。ビグローはホテルでウェイターに言ったよりずっと心配しているのだ。彼にはわかっている。自分の体が深刻におかしいことをはっきり自覚しているのだ。

はじめは検査の結果も勇気づけられる内容である。Ｘ線を見ながら医者は「肺は良好、血圧も正常、心臓も問題ありません。みんながあなたみたいでなくてよかったですよ。でないと医者は商売上がったりですからね」と言い、服を着てお待ちください、ドクター・シェーファーが行なった血液検査の結果がじき出ますからと伝える。前景にいるビグローがカメラに顔を向け無表情でネクタイを結んでいると、看護師がうしろから部屋に入ってくる。あまりに混乱した彼女は一言も言えず、恐怖と同情の入り混じった表情でただひたすらビグローを見ている。この瞬間、ビグローの運命がもはや尽きたことに疑念の余地はなくなる。ドクター・シェーファーが動揺を隠そうと努めつつ入ってくる。一人目の医者とともにビグローに質問し、彼が独身で、サンフランシスコに親族がおらず、一人で来ていることを確認する。どうしてそんなことを訊くんです？とビグローはいぶかる。あなたは重病なのです、とドクターは言う。どうか気を確かにお持ちください。そうして彼らは、発光性毒物が彼の体内に入ったこと、じきそれが必須《ひっす》器官を襲うことを告げる。何かしてさし上げられるといいのですが、この薬には解毒《げどく》剤がないのです、と彼らは言う。あなたにはもういくらも時間が残っていません。

ビグローは愕然《がくぜん》とし、憤る。そんな馬鹿な！と彼は叫ぶ。何かの間違いだ、誤診だ。だが医者たちは落着いて、診断に疑いの余地はありません、間違いではありませんと請けあう。ビグローの憤怒《ふんぬ》はますます募る。「あんた方、僕は死んだと言ってるんじゃないか！」と彼は絶叫する。「あんた方が誰なのかも僕は知らないのに！どうしてそんな話信じなくちゃいけないんだ！」。彼は二人を狂人呼ばわりし、彼らを押しのけてすさまじい剣幕で診察室から出ていく。

さらに大きな建物に画面は移り――病院？　別の医療センター？――表の階段をビグローが駆け上がっていくショット。**緊急**と書かれた部屋に尋常でない興奮状態で飛び込んでいく。いまにも体ごと爆発してしまいそうな形相《ぎょうそう》で、戸惑って怯える看護師二人を押しやって中に入り、すぐ医者を出せ、発光性毒物の検査をしろと要求する。

今度の医者も最初の二人と同じ結論に達する。そのとおりです。もう体内組織がしっかり吸収しています。それを証明しようと、医者は頭上の明かりを消して検査結果の入った試験管をビグローに見せる。それは何とも不気味な眺めである。闇《やみ》の中で、管の内側から光が発しているのだ。白熱を放つ牛乳か、ラジウムの入った艶《つや》消し電球のように、あるいはもっとおぞましいことに核爆弾投下後の液状化降下物のように。ビグローの怒りが鎮《しず》まる。圧倒的な証拠を見せつけられて、しばし呆然《ぼうぜん》としている。「でも気分は悪くないんですよ」と彼は静かな声で言う。「少し腹が痛むだけです」

見かけ上症状がないからといって騙《だま》されてはいけません、と医者は言う。あなたはあと一、二日、どう長くても一週間しか生きられないのです。いまとなってはどうしようもないんです。それから医者は、ビグローがいつ、どこで、どうやって毒を飲んだのか全然わからないことを知る。とすれば誰か他人が、知られざる人物が毒を盛ったということであり、つまりは誰かが意図的に彼を殺そうと企てたということだ。

「これは殺人事件です」と医者は言って電話に手をのばす。

「殺人事件？」

「おわかりになっていませんね、ミスター・ビグロー。あなたは計画的に殺されたんですよ」

その時だ、ビグローが切れるのは。わが身に起きた奇怪にして非道な出来事が、この瞬間、全面的な、何の抑制もないパニックを生み出し、苦悶《くもん》の咆哮が湧《わ》き上がるのだ。ビグローは診察室から飛び出し、建物から飛び出し、街路を駆けていく。彼が街じゅうを狂おしく遁走《とんそう》する姿を追ういくつものショットから成る長いシークエンスをたどりながら、君は理解する。これはひとつの内的状態が外に現われているのだということ、この無意味で向こう見ずで止めようもない走り方は恐怖に包まれた精神の表現にほかならないこと、恐れの舞踏をいま自分が目にしていることを。パニックの発作が、息も継ず都市の街路を疾走するという行為に翻訳されているのだ。パニックとは精神的逃走の表明以外の何ものでもない。罠《わな》にはまったとき、真実が耐えがたいとき、避けがたい真実の不当さにもはや直面できなくなったとき、人の中である種の力がひとりでに募ってくる。唯一可能な反応は逃げることだけ、喘《あえ》ぎ、ひきつり、狂乱する肉体に自分を変容させることだけである。かような真実以上に恐ろしいものがあるだろうか？　あと数時間、数日後に死ぬという宣告。人生の盛りに、まるで理解できぬ理由ゆえに生を断ち切られ、命は突如、分、秒、拍で測るものに縮んでしまう。

この後に何が起きるかは問題ではない。君は映画の後半をじっくり観るが、物語がもう終わっていること、物語がなお続くなかでもはや言うべきことは残っていないことが君にはわかる。この世で残された最後の時間を、自分の殺害の謎《なぞ》を解くことにビグローは費やすだろう。フィリップスが、ロサンゼルスから会社に電話してきた男が、すでに死んだことを彼は知るだろう。彼はロサンゼルスに行き、何人もの窃盗犯、精神病質者、腹黒い女たちの行動を探るだろう。発砲され、殴られるだろう。この物語に自分が巻き込まれたのはまったくの偶然であって、悪党たちが彼の死を望むのは、彼がたまたま盗品のイリジウムの売渡し証を公証人として認証したからであり、犯人たちを認識できる唯一生きた人物だからだということを彼は知るだろう。自分を殺した人間を彼は探し出すだろう。それはあの奇妙な襟の男であり、フィリップスを殺した犯人でもあり、暗くなった階段の踊り場でビグローは男を殺すだろう。その後まもなく、ビグロー自身も、医者たちが言ったとおり死ぬだろう——警察にすべてを話している最中に、センテンスの途中で。

　まあこんなふうにとことん生き抜くのも悪くないのだろう、と君は考える。これが伝統的なやり方であり、男らしい英雄的な道、すべての冒険物語にふさわしいパターンなのだ。とはいえ、ビグローはなぜ、己に迫った運命を誰にも、彼を慕い溺愛するポーラにさえ打ち明けないのか？ たぶんヒーローは最後の最後までタフでなければならないからだろう。たとえ時間が尽きてこようと無用な感傷に浸ったりしてはならないのだ。だが君はもうタフではない——そうだろう？ 二〇〇二年のパニック発作以来、君はタフであることをやめたのだ。まっとうな人間であろうと頑張ってはいるものの、自分を英雄と見なくなってからもうずいぶん経つ。自分がビグローの立場になったら、絶対彼のようにはふるまわないという確信が君にはある。たしかに街なかは駆けまわり、もう一歩も進めず息もできず立ってもいられなくなるまで走りつづけるだろうが、それからどうする？ ポーラに電話するのだ、走るのをやめた瞬間にポーラに電話をかけるのだ、でももしかけてみて話し中だったら？ 地面に這《は》いつくばって泣き、生まれることを君に許した世界を君は呪《のろ》うだろう。でなければ、あっさりどこかの穴にもぐり込んで死ぬのを待つだろう。

　自分を見ることはできない。鏡や写真で自分の外見はわかるが、ほかの人間たち——友人、他人、最愛の家族——の中に混じって動いている自分の顔は見えない。腕や脚、手先や足先、肩や胴などの部分は見えるが、それも前面からであり、脚をしかるべくねじれば裏側が見えるのを例外としてうしろは見えないし、顔は絶対に見えない。にもかかわらずそれが、君の顔が、少なくとも他人にとっては君という人間であり君のアイデンティティの土台なのだ。パスポートに手や足の写真は入っていない。自分の体の中でこれまで六十四年生きてきた君だって、足先だけを写した写真を見せられても自分だとは認知できないだろうし、ましてや耳、肱《ひじ》、クロースアップで写した片目などを見せられてもわかるはずはない。全体の文脈の中ではすべて見慣れていても、部分を取り出してしまえばまったくの匿名《とくめい》性に埋もれてしまう。人はみな自分にとって見知らぬ異人なのであり、自分が誰なのかわかっている気がするのは、他人の目の中で生きているからにすぎない。十四のときの体験を考えてみるといい。夏の終わりの二週間、君はジャージーシティで父親の下で働き、父が兄たちと共同で経営していた一連のアパートを修理し維持する小さなチームの一員となった。壁や天井にペンキを塗り、屋根を修繕し、角材に釘《くぎ》を打ち、ひびの入ったリノリウムを剝《は》がす。仕事仲間二人はどちらも黒人で、どのアパートのどの住人も黒人で、近所の住民もみな黒人で、二週間ずっと黒い顔しか見ずに過ごすと、自分の顔が黒くないこともだんだん忘れていった。自分の顔は見えないから、周りにいる人々の顔の中に自分を見るようになり、自分は違っていると考えることを君はだんだんやめていった。そもそも自分について考えることを、君はすっかりやめたのだった。

この日誌を書くのに使っている黒い万年筆を握る自分の右手を見ていると、似たような状況で自分の右手を見ていたキーツのことを君は考える。最晩年の詩を書いているさなかに、キーツは突如原稿の余白に別の八行を殴り書きする。それは自分が若死にすることを知っている若者の悲痛な叫びであり、その一行目に書かれた今という言葉が悲痛さを陰鬱に強調している。すべての今《ナウ》は必然的にこの後《レイター》を暗示する。キーツにとって、自分の死の見込み以外いかなるこの後も望めなかった——

この生きた手、今は暖かく　確《しか》と
摑《つか》むことも出来るが　冷たくなって
墓の氷の沈黙に包まれたなら
君の日々に取り憑《つ》き　君の夢見る夜を寒々と冷やし、
君は自分の心臓から血が全《すべ》て抜けてでも
僕の血管に再び赤い命が流れるようにと願うだろう、
そうすれば自分の良心も安らぐだろうと——さあ
この手を僕は君に差し出す。

まずはキーツだが、この、、、生きた手と考えるとすぐ、誰かから聞いたジェームズ・ジョイスをめぐる逸話を君は思い出す。一九二〇年代のパリ、八十五年前のさるパーティでジョイスが立っていると、一人の女性が寄ってきて、『ユリシーズ』を書いた手と握手させてもらえませんかと頼んでくる。ジョイスは彼女に自分の右手を差し出す代わりに、その手を高く掲げ、しばらくじっと見てからこう言った。「マダム、忘れてはいけません、この手はほかにもたくさんのことをやってきたのです」。いかなる詳細も語られないのに、卑《ひ》猥《わい》と婉曲《えんきょく》の何たる傑作。すべてを相手の想像力に委《ゆだ》ねるがゆえに効果はいっそう増している。彼女が何を見ることをジョイスは望んだのか？　おそらくは、尻を拭く、鼻をほじくる、夜ベッドでマスターベーションをする、妻ノラの性器に指をつっ込み彼女の肛門《こうもん》を愛撫《あいぶ》する、ニキビをつぶす、歯にはさまった食べかすをこそげ取る、鼻毛を引っこ抜く、耳垢《みみあか》をほじくり出す――いかように空白を埋めようとも、ポイントは、とにかくひどく醜悪と思える行為、ということ。君の手もむろん同じようにそうやって君に仕えてきた。誰の手だってこういうことをやってきたのだ。だがたいていの場合、手たちは思考をほとんど必要としない営みの遂行に忙しい。ドアを開け閉めする、電球をソケットにねじ込む、電話をダイヤルする、皿を洗う、本のページをめくる、ペンを持つ、歯を磨く、髪を拭く、タオルを畳む、金を財布から出す、食料品が入った袋を運ぶ、メトロカードを地下鉄の改札口に通す、機械のボタンを押す、朝に表階段から新聞を取り上げる、ベッドカバーを折り返す、切符を車掌に見せる、トイレの水を流す、小さな葉巻に火を点ける、小さな葉巻を灰皿でもみ消す、ズボンをはく、ズボンを脱ぐ、靴の紐《ひも》を結ぶ、シェービングクリームを指先に盛る、芝居やコンサートで拍手する、鍵《かぎ》穴《あな》に鍵を差し込む、顔を掻《か》く、腕を掻く、尻を掻く、空港でスーツケースを転がす、スーツケースの中身を出す、シャツをハンガーに掛ける、ズボンのジッパーを上げる、ベルトを留める、上着のボタンをはめる、ネクタイを結ぶ、指で机をとんとん叩《たた》く、紙をファクスに入れる、小切手を小切手帳から剝ぎとる、お茶の入った箱を開ける、電灯のスイッチを入れる、電灯のスイッチを切る、寝る前に枕を叩いてふくらます。それと同じ手が時に他人にパンチを喰わせ(これはすでに述べた)、三度か四度は激しい苛立《いらだ》ちに駆られて壁にパンチを喰わせもした。床に皿を投げつけ、床に皿を落とし、床から皿を拾ってもきた。君の右手はとうてい数えられぬほどの人と握手を交わしてきたし、鼻をかみ、尻を拭き、どれほど厚い辞書に載っている単語数よりももっと多くの回数別れの挨拶《あいさつ》に手を振ってきた。君の手は君の子供たちの体を抱き、子供の尻を拭き鼻をかませ、子供を風呂《ふろ》に入れ、子供の背をさすり、子供の涙を拭き、子供の顔を撫《な》でてきた。友人たちや仕事の同僚や親戚《しんせき》の肩を叩いてきた。押し、突き、人を地面から引き上げ、転びそうな人の腕を掴み、歩けない人の車椅子《くるまいす》を押してきた。服を着た女性や裸の女性の体に触れてきた。君の妻の剝《む》き出しの肌の上を隅から隅まで動き、彼女のあらゆる部分に入り込んできた。そこにいるときが手は一番幸せだと君は感じる。君が彼女と出会った日以来ずっと、そこにいるときが一番幸せだったのだ。ジョージ・オッペンの詩の一行を踏まえるなら、世界でもっとも美しい場所のいくつかは君の妻の体の上にある。

二〇〇二年の自動車事故の翌日、君は娘の持ち物を受けとりに車がレッカー移動された廃車置場まで行った。八月の日曜の、例によって蒸し暑く、細かい雨が道路をうっすら霞《かす》ませる朝、友人に運転してもらってブルックリンの荒れはてた地域に出かけていった。崩れかけた倉庫、空地、板が窓に打ちつけられた木造家屋の並ぶ無人地帯。廃車置場を管理しているのは六十代なかばの黒人の男だった。小柄で髪は長いドレッドヘア、澄んだ揺るがぬ瞳《ひとみ》、物腰柔らかなラスタファリアンがまどろむ羊たちの群れを見守る羊飼いのように壊れた自動車たちの領地の番をしている。来た理由を告げ、前の日に運転していたトヨタのぴかぴかの新車の前に案内してもらうと、車が徹底的に破壊された有様を見て君は唖然《あぜん》とした。こんな大惨事を君も君の家族もどうやって生き残ったのか、およそ理解できなかった。事故の直後、車がひどい損傷を受けたことは目にしていたが、とにかく衝突事故を起こして動揺していたから、何が起きたのか十分実感していなかった。それがいま、一日経ってみると、金属のボディがどれだけ凹《へこ》んだかもよく見えた。まるで一枚の紙をくしゃくしゃに丸めたみたいではないか。「見てごらんよ」と君はラスタファリアンの男に言った。「僕たちみんな、死んでいて当然だったよ」。相手は何秒かじっと車を見て、君の目をまともに見据え、それから顔にも豊かな髪にも降ってくる霧雨に向けて顔を上げた。「天使があんたたちを見ていてくれたんだよ」と彼は静かな声で言った。「あんたたちは昨日死ぬことになってたんだけど、天使がひょいと手をのばしてこの世に引き戻してくれたんだよ」。その言葉を彼がこの上なく厳《おごそ》かに、確信を込めて言うものだから、君はその言葉をほとんど信じた。

眠るとき、君はぐっすり眠り、朝に起きる時間が来るまでめったに動きもしない。だが時おり生じるのは、そもそも寝床に入る気になれないという問題である。夜遅くにいきなり元気が湧いて、やっていることを切り上げる気になれず、この本をもう一章読もうとか、テレビでやっている映画を観終えようとか、野球シーズンでメッツかヤンキースが西海岸でプレーしているならサンフランシスコ、オークランド、ロサンゼルスの放送を探し出そうとか思ってしまうのだ。終わるとベッドに行って妻の隣にもぐり込み、十分後にはもう眠りこけて朝までそれが続く。だが時おり何かが、いつもは深い君の眠りを妨げる。たとえば、たまたま仰向けの姿勢で寝ついてしまうと、君はいびきをかきかねない。というか十中八九かきはじめ、音がうるさくて妻を起こしてしまうと、彼女は君をやんわり突いて寝返りを打つよう促す。もしその穏やかな戦術で効き目がなければ、君の体を押す、肩を揺する、耳をつねるといった手段に訴える。こうすればまず九割方、君は彼女に命じられたことを無意識のうちに実行し、彼女もまたすぐ眠りに戻る。だが残り一割のケースにあっては、妻に押されて君は目を覚まし、彼女の眠りをこれ以上邪魔したくないので、廊下を下ってライブラリーへ行き、ソファに横になる。ここのソファは君がしっかり体をのばせるだけの長さがあるのだ。たいていの場合はここで眠りに戻ることができるが、戻れないこともたまにある。また、長年のあいだに、室内をブンブン飛ぶ蠅《はえ》や蚊に眠りを中断されたこともあるし（夏特有の危険）、意図せぬパンチを顔に妻から浴びることもある。彼女は寝返りを打つ際に両腕を投げ出す癖があるのだ。一度、一度だけ、妻が夢の最中に歌を歌いだして君を君自身の夢から呼び覚ましたことがある。子供のころ観た映画の中の歌詞が、出し抜けに彼女の中から飛び出したのだ。才気煥発《かんぱつ》にして博覧強記、この上なく知的に洗練された君の妻は、中西部での子供時代に戻って『メリー・ポピンズ』でジュリー・アンドルーズが歌ったとおり朗々華麗に「スーパーカリフラジリスティスエクスピアリドーシャス」と歌い上げたのである。それは君たちの八歳の年齢差が露呈した数少ない瞬間でもあった。『メリー・ポピンズ』が封切られたときにはもうその手の映画を観るには大きくなりすぎていたから、（有難いことに）君はそれをいまだに一度も観たことがない。

けれども、真夜中、午前二時から四時のあいだに目を覚まし、ライブラリーのソファに横になっても眠りに戻れなかったらどうするか？　本を読むには遅すぎるし、テレビを点けるにも映画を観るにも遅すぎる。それで君は闇の中で横たわって思いをめぐらし、どこへであれ思いがさまよい出ていくに任せる。時には上手い具合に、いま書いている本の中のひとつの言葉、一人の人物、一場面などを捕まえられたりもするが、たいていの場合、思いはいつしか過去に行きついている。経験からして、午前三時に思いが過去に向かうとき、それらは概して暗い思いである。ひとつの記憶がほかの何にも増して君に取り憑いていて、眠れない夜、それに戻らずにいるのは難しい。あの日の出来事を頭の中で蒸し返し、そのとき感じ、いままでもずっと感じてきた恥の念を生き直さずにいるのは難しい。三十二年前、父親の葬儀の朝、君はある時点で伯父の一人（パニック発作の朝に君に電話してきた従姉《いとこ》の父親）と並んで立っていて、お悔やみの言葉を口にしながら通り過ぎていく参列者たちと握手を交わしていた。すべての葬式につきものの、型どおりの握手と空虚な言葉。たいていは親族か父の友人で、君にも見覚えがある人もいればない人もいる。そのうちに、見覚えがない方の一人であるトムと君は握手していた。本人が言うには、何年も前から君の父の下で電気工の長を務めていて、父にはいつもよくしてもらったという。いい人でした、とトムは言った。この小柄な、ジャージーシティ訛《なま》りのアイルランド系の男が、あなたのお父さんはいい人でしたと君に言い、君が彼に礼を言ってもう一度握手すると、彼は君の伯父と握手しようと先へ進んだが、伯父は彼を一目見るや、出ていけ、と言い出した。これは親族だけの内輪の式なんだ、よそ者はお断りだ、と伯父は言った。私はただお悔やみを申し上げたくて、とトムが言うと、あいにくだが帰ってもらうしかないね、と伯父は答え、トムはすごすご去っていった。会話は十五秒か二十秒くらいしか続かず、いったい何が起きたのか君にはピンと来ないままトムは出ていってしまった。伯父が為《な》した仕打ちをようやく悟ると、君は嫌悪《けんお》の念に包まれた。誰であれ人をあんなふうに扱うなんてひどい話だし、特にこの、弔意《ちょうい》を表することを己の務めと思ってくれた人物をあんなふうに遇するなんてひどすぎる。そして今日なお君の心を乱し、恥の念で満たすのは、君が伯父に何も言わなかったことだ。伯父は癇癪《かんしゃく》持ちで悪名高く、年じゅう怒りを爆発させすさまじい大声を張り上げる人間だったから、もしあそこで抗議していたらおそらくは君の父親の葬式の真っ最中とはいえきっと君に嚙《か》みついただろう。だがだからどうだというのか？ 君は伯父に抗議すべきだったのであり、もし伯父が君に向かって叫びはじめたら叫び返してやるべきだったのだ。かりにそこまでしなかったとしても、なぜせめてトムを追いかけていって、残ってくれていいと言わなかったのか？ どうしてあのとき立ち向かわなかったのか自分でもわからない。父が突然亡《な》くなったショックも理由にはならない。君は行動すべきだったのに、しなかった。生涯ずっと、いじめられ小突きまわされる人たちに君は味方してきた。それこそ君がずっとただひとつ守ってきた主義だった。なのにあの日に限って、君は口をつぐみ、何もしなかった。いまふり返ってみると、あのとき行動できなかったという事実が、自分を英雄と見るのをやめた理由であることに君は思いあたる。言い訳は何ひとつなかったのだ。

その九年前（一九七〇年）、石油タンカー〈エッソ・フローレンス〉の乗組員だったとき、ユダヤ人を侮辱する言葉で君を挑発してきた船員仲間を、殴るぞと君は脅し、殺すぞとまで言った。男のシャツを摑んで、その体を壁に叩きつけ、鼻先に右のこぶしを突きつけて、黙れ、さもないと、と言ったのだ。マルティネスという名のその男はすぐさま非を認め、君に詫《わ》び、じきに君たちは仲よくなった（マダム・ルビンシュタインのケースと似ている）。一方、その九年後、つまり君の父親の葬儀から九年後（一九八八年）、君はふたたびもう少しで人を殴りそうになった。子供のころやったような喧嘩《けんか》をやりそうになったのもこれが最後だった。それはパリでの出来事で、日にちもよく覚えている。九月一日、フランスのカレンダーではラ・ラントレと呼ばれる、夏休みが公式に終わる特別な日であり、したがってこの日街は人にあふれ尋常でない混乱に包まれることになる。それまでの六週間、君は君の妻と二人の子供と一緒に南フランスで過ごし、アルルからおよそ十五キロ東にある君のフランス語版出版社の社長の家に滞在していた。一月半にわたって静かに過ごし、仕事もはかどり、アルピーユ山脈の白い丘を長時間散歩したりのんびりハイキングしたり、庭のプラタナスの木の下で食事をしたり、君たちみんなにとって安らかな日々で、たぶん君の人生で一番快適な夏だったし、一歳の娘が両親の手につかまらずに初めてよちよち歩きするのを見る嬉《うれ》しさもそこに加わった。九月一日にパリへ戻る予定を組んだのは、ちゃんと考えていなかったか、どういう日に遭うか全然わかっていなかったかのどちらかである。十一歳の息子はすでにニューヨークへ戻る飛行機（ニースからの直行便）に乗せていたから、その日列車で北へ行ったのは君、妻、幼い娘の三人であり、そこにひと夏分の荷物と膨大な量のベビー用品が伴っていた。でもパリに着くのは楽しみだった。出版社の社長から、その日午後の『ル・モンド』に、君の作品を取り上げた長い記事が載ると聞かされていたからだ。列車から降りたらすぐ新聞を買うつもりだった（君はもういまでは自分のことを書いた記事を読まないし自著の書評も読まないが、これはそうなる前の、他人が言うことを無視する方が作家として精神衛生にいいということをまだ学んでいなかった時期の話である）。アヴィニョンからのＴＧＶでの旅はなかなか大変だった。この超高速列車に娘がいささか感銘を受けすぎてひとときもじっとせず眠りもしなかったせいで、三時間の大半を娘と一緒に列車の通路を行ったり来たりして過ごす破目になり、列車がリヨン駅に着いたころにはもう君は昼寝の気分だった。駅は人波でごった返し、旅行者たちの群れが四方八方にうごめき、出口へ向かうには君たちも押しあいへしあいするしかなかった。妻が赤ん坊を抱きかかえ、君は大きなスーツケース三つを押したり引いたり精一杯頑張ったが、何しろ手は二つしかないのでこれは容易な作業とは言いがたかった。加えて肩には執筆中の小説の冒頭七十五ページが入ったカンバス地のバッグを掛けていて、『ル・モンド』を見つけて買うとそれもバッグに入れた。もちろん一刻も早く読みたかったが、まずは本当に記事が載っていることだけ確かめ、タクシーの列に加わって待っているあいだにゆっくり読もうと思ったのである。ところが、三人で出入口から外に出ると、列など存在しないことが判明した。駅前にタクシーは何台も来ていて、待っている人もいるのだが、列はなかった。人の群れはすさまじく大きいのに、三人以上いたらかならず列を作るイギリス人とは違って——アメリカ人でさえもう少しいい加減だがそれでも正義と公平の感覚はつねに備えている——フランス人は限られた空間に人が集まりすぎると、一気に手に負えない子供と化し、みんなで協力して秩序を築こうとするどころか、にわかに弱肉強食の世界が発生する。その日のリヨン駅の前に広がる混沌《こんとん》は、ニューヨーク証券取引所を映したニュース画像を君に思い起こさせた。暗黒の火曜日、暗黒の金曜日、国際市場は見るみる崩壊して世界は破滅し、取引所の床で半狂乱になった無数の男たちが肺も破れよとわめき散らし、誰もがいまにも心臓発作でばったり息絶えそうな様子。二十二年半前の九月一日に君が出くわしたのもまさにそんな群衆だった。烏合《うごう》の衆が解き放たれ、誰一人状況をコントロールしてはいない。二世紀前、これに劣らず無法な暴徒に襲撃されたバスティーユ監獄と目と鼻の先に君はいたわけだが、たったいま広がっているのは革命の空気ではなく、人民が求めているのはパンでも自由でもなくタクシーであり、タクシーの供給量は需要のおよそ五十分の一であったから人民は熱《いき》り立ち人民は怒号を上げ人民はたがいを八つ裂きにしかねない勢いであった。君の記憶するところ、妻は落着いていて、周りでくり広げられる光景を面白がって見ていたし、君の幼い娘さえも落着いていて大きな目ですべてを興味津々《しんしん》眺めていたが、君はだんだん苛々してきていた。君は前々から旅行となるとすぐ頭に血がのぼってしまい、ピリピリして怒りっぽくなり、自分らしくいられたためしがない。混沌たる人波の中に閉じこめられるのが何より嫌いだったから、このときも自分たちが迷い込んだ難局を見てとるや、これではタクシーが捕まるまでにたっぷり一時間、二時間、いや六時間、いや百時間かかるだろうとの結論に君は達し、どこかよそでタクシーを探した方がいいんじゃないかと妻に提案した。坂を二、三百メートル下ったところにある別のタクシー乗り場を君は指さした。「でも荷物はどうするの？」と君の妻は言った。「あなた、こんな重いスーツケース三つもあそこまで運べやしないわよ」。「心配ないよ、大丈夫さ」と君は答えた。もちろん大丈夫ではなかった。というか、どうにかかろうじて大丈夫という程度だった――それら馬鹿でかいスーツケースを二、三十メートル引きずっただけで自分の力を過大評価したことを思い知らされたが、もうその時点では引き返すのも得策ではなかったからそのまま進みつづけ、二つの荷物と一つの荷物を左腕から右腕、右腕から左腕に十秒ごとに持ち替え、時には一つを背中にしょって残り二つを手に提げ、総重量五十キロ近かったにちがいない荷物の重心をひっきりなしに移動させた。当然ながら体からは汗が出てきて、午後の太陽の熱を浴びて毛穴から汗がほとばしり出て、ようやく隣のタクシー乗り場にたどり着いたころにはもう君は心底疲れきっていた。「ほらね、大丈夫だって言っただろ」と君は妻に言ったが、妻は阿《あ》呆《ほう》な十歳の子供に向けるような笑みを君に向けただけだった。なぜなら、たしかに隣のタクシー乗り場に着きはしたが、そこには一台のタクシーも待っていなかったのだ。パリ中のタクシー運転手がリヨン駅をめざしていたのである。ここはもう、ただひたすら待って、そのうちにタクシーが出現するのを願うしかない。何分かが過ぎ、君の体も冷えてきておおむね正常な温度に下がったところで、タクシーが一台こっちへやって来るのが目に入ると同時に、一人の女性が歩いてくるのを君と君の妻は見た。若い、おそろしく背の高いアフリカ系の女性で、カラフルなアフリカの服に身を包み完璧《かんぺき》に背筋の伸びた姿勢で歩き、胸に掛けたスリングの中では小さな赤ん坊が眠っていて、右手から重たい買物袋が下がり、左手からももうひとつ重い袋が下がり、三つ目の買物袋は何と頭に載っている。人間の優美さの具現化を自分が目《ま》のあたりにしていることを君は悟った。左右に揺れる腰のゆっくり滑らかな動き、その歩みのゆっくり滑らかな動き、一種の叡智《えいち》と君には思える気品とともに荷を負っている女性、一つひとつの重さが均等に分配され、首と頭はまったく動かず、腕もまったく動かず、赤ん坊は母の胸ですやすや眠っている。一家の荷物をここまで運んでくるにあたり何とも見苦しい姿をさらしたばかりの君は、己のぶざまさを痛感し、自分には逆立ちしてもできっこないことに同じ人間がかくも見事に熟達しているのを見て畏怖《いふ》の念を禁じえなかった。彼女がなおもこっちへ歩いてくるなか、タクシーが目の前に来て停まった。やれやれ有難い、と君はスーツケースをトランクに入れ、妻と娘がすでに乗り込んでいる後部席に滑り込んだ。「どこまで？」と訊いた運転手に行先を告げると、相手は首を横に振り、車から降りろと君たちに言った。はじめは何のことかわからなかった。「どういうことだ？」と君は言った。「行先のことだよ」と運転手は言った。「近すぎる。そんなしけた距離に時間を無駄にしたくないね」。「心配ないよ、チップは弾むから」と君は答えた。すると相手は「チップなんかどうでもいい。あんたたちに降りてほしいだけだ。いますぐ」と言った。「あんた、目が見えないのか？ こっちは赤ん坊がいて荷物が五十キロあるんだぞ。どうしろっていうんだ。歩けとでも？」。「そんなのはあんたらの問題だ、俺の問題じゃない。降りろ」。もうこっちから言えることは何もなかった。運転席に座った男が、君が伝えた行先に君たちを連れていかないと言っているとなれば、タクシーを降りてトランクから荷物を出して別のタクシーを待つしかない。そのころにはもう、君は怒りを煮えたぎらせていた。これほど怒りに燃え、苛立ちを募らせたのは何年ぶりだろう。いや、これほど怒りに燃え苛立ちを募らせ憤怒に包まれた記憶は一度もなかった。トランクから荷物を降ろして運転手が車をスタートさせたとき、君は肩に掛けていた、執筆中の小説の唯一《ゆいいつ》無二の原稿のみならず読みたくてたまらない『ル・モンド』も入ったカンバスバッグを手にとり、走り去るタクシーに投げつけた。ドサッと大きな音とともにバッグは車のトランクに命中した――五十ポイント大の感嘆符の勢いがこもった、実に悦《よろこ》ばしいドサッ。運転手は急ブレーキを踏み、車を降りて、両こぶしを固め、大事な車に何するんだとわめきながら見るからに喧嘩腰で君の方に歩いてきた。君も君でこぶしを固め、もう一歩でもこっちへ来てみろ、バラバラにしてドブに蹴落《けお》としてやるとわめき返した。その言葉を発したとき、君は本当にこの男とやり合う気でいたのであり、バラバラにしてやるという約束もどんな邪魔が入ろうと実行するつもりでいた。男は君の目を見て、君が本気なのを見てとると、回れ右して車に乗り込み、走り去った。君がバッグを取りに道路に出て、拾い上げようとかがみ込んだちょうどそのとき、若いアフリカ系の女性が赤ん坊を連れ重い荷物を三つ持って歩いている姿が目に入った。彼女はもうとっくに君の前を過ぎ、君が立っているところからすでに五、六メートル先を行っている。彼女が去っていくのを見送りながら、そのゆっくりと規則正しい歩みを君はしみじみと眺め、体の不動ぶりに感嘆し、腰の穏やかな揺れを別とすれば脚以外体のどこも動いていないことを理解した。

骨折一回。子供だったあいだに参加した何千ものゲームを思えば、もっと折らなかったのが驚きである。最低数回は折れていて当然だった。足首のねんざ、太腿《ふともも》の打撲、手首の挫《くじ》き、膝《ひざ》の擦り剝け、肘《ひじ》の腫《は》れ、過労性脛部痛《シン・スプリント》、頭の殴打、それらは何度もあっても骨折は一回だけ、十四歳のときフットボールの最中に起きた左肩の骨折のみ。このせいで過去五十年左腕を完全に上げられなかったが、べつに大した影響はなく、この物語の中で君の母親が演じた役割がなかったら君としてもわざわざ語りはしないだろう。その役割ゆえ、結局のところこれは母の物語になっているのであって、九年生チームのクォーターバックだった君がバックフィールドでファンブルしたボールを取ろうとダイブして相手チームは何もしていないのに一人で勝手に肩の骨を折った話ではない。ボールを取り戻そうとあせるあまり君は遠くに飛びすぎてしまい、間違った場所に落ちて硬い地面に激突し、骨を折ったのだった。十一月末の凍《い》てつく午後の、審判も監督する大人もいない試合で、君は怪《け》我《が》をしたあとサイドラインに立って試合の残りを見物した。もうプレーできなくてがっかりしていて、骨が折れたことはまだ理解していなかったが腕を動かすとものすごく痛いので怪我が軽くないことはわかっていた。試合が終わると友人の一人と一緒にヒッチハイクで君の家に帰った。二人ともまだフットボールのユニフォームを着ていて、ジャージーとショルダーパッドを外すのにひどく苦労し、友人に手伝ってもらわないと外せなかったことを君は覚えている。土曜日のことで、家には誰もいなかった。妹は友だちとどこかへ出かけていて、父親は仕事に行っていて、土曜日は物件を見にくる客も多かったから母親もやはり仕事に出ていた。友人に手伝ってもらってショルダーパッドを外した二分後に電話が鳴ったが、君は体を動かすだけでもますます痛むようになっていたので友だちに出てもらった。電話は母親からで、母は開口一番君の友人に「ポールは大丈夫？」と訊《き》いた。「それが、あんまり大丈夫じゃないみたいです。腕を傷《いた》めたみたいなんです」と友人は答えた。すると君の母は「やっぱりね。だから電話したのよ。心配してたの」と言った。いますぐ帰る、と母は君の友人に言って電話を切った。その後、レントゲンを受けさせに車で君を病院に連れていく途中、その日の午後に何か胸騒ぎがしたこと、何かが君の身に起きたのだという不思議な気持ちが訪れたことを母は打ちあけた。いつそんな気持ちになったのか訊いてみると、まさに君がダイビングして肩を折ったその瞬間から母の胸騒ぎが始まったことが判明した。

古きよき日々などに用はない。ふとノスタルジックな気分に陥って、人生をいまより善くしてくれると思えたものが失われたことをつい嘆いてしまうたび、君は自分に、ちょっと待て、よく考えろ、いまを見るのと同じ目でじっくりあのころを見てみるんだ、と言い聞かせる。するとじきに、いまもあのころも大して変わりはせず、基本的には同じだという結論に君は行きつく。もちろん今日のアメリカ社会のさまざまな悪と愚について、不平はいくらでもある。右翼の擡頭《たいとう》、経済の不公平、環境問題の軽視、インフラの崩壊、無意味な戦争、合法化された拷問《ごうもん》と理不尽な捕虜引き渡しの野蛮さ、バッファローやデトロイトなど貧困に喘ぐ都市の荒廃、労働運動の衰退、金のかかりすぎる大学に通わせるために子供に負わせる膨大な負債、金持ちと貧者とのますます広がりつつある格差、さらにはこの国が作りつづけるジャンク映画、この国が食べつづけるジャンクフード、この国が思考しつづけるジャンクな思考をめぐって、君が嘆きの長広舌をふるわない日は一日とてない。これでは革命を起こしたくなってくる。さもなければメインの森で隠者として暮らし、果実や木の根を食べて生きのびたくなる。とはいえ、君が生まれた年に戻って、戦後の繁栄の黄金時代のアメリカがどんなだったかを思い出してみるといい。南部じゅうで人種差別法が幅を利《き》かせ、学校などでユダヤ系の人数制限がまかり通り、裏道で堕胎が行なわれ、すべての公務員に忠誠宣誓をさせる大統領命令がトルーマンによって発せられ、ハリウッド・テン裁判、冷戦、赤狩り、原水爆……。歴史のすべての瞬間がそれぞれの問題、それぞれの不正を抱え込んでいるのであり、すべての時代がそれぞれの伝説と偽善的物語を捏造《ねつぞう》するのだ。ケネディが暗殺されたとき君は十六歳の高校生で、今日の伝説によれば、十一月二十二日のあの日に起きた悲劇によってアメリカじゅうが言葉を失い悲しみのどん底にあったということになっている。けれど君は別の物語を知っている。葬儀の日に友人二人とワシントンまで出かけていったのだ。八年も続いたアイゼンハワー政権のあとにかくも目覚ましい変革を成し遂げたケネディを尊敬するがゆえ、葬儀の場に君は居合わせたいと思ったし、それに加えて、歴史的出来事に参加するというのはどんな感じがするものなのか見てみたかったのだ。それはあの暗殺があった金曜のあとの日曜、ルビーがオズワルドを射殺したあの日曜のことで、葬儀の行列が通り過ぎていくなか、沿道の群衆は恭《うやうや》しく沈黙しているものと、言葉を失い悲しみのどん底にあるものと君は思っていた。ところがその日君が遭遇したのは、騒々しく物見高い野次馬の群れであり、人々はカメラを手に木に登り、もっとよく見ようとたがいに押しあい、その光景は何よりもまず公開絞首刑《こうしゅけい》を、暴力的な死の見世物に伴う戦慄《せんりつ》を君に思い起こさせた。君はそこにいて、そうした出来事を自分の目で見た。だがその日以来、本当に何があったか誰かが語るのを聞いたことは一度もない。

そうは言っても、たとえあの日々が戻ってくることは望まなくとも、なくなって寂しいと思うものはある。古い電話機の鳴る音、タイプライターのかたかたという響き、壜《びん》入りの牛乳、指名打者のいない野球、アナログ盤レコード、オーバーシューズ、ストッキングとガーター、白黒映画、ヘビー級チャンピオンたち、ブルックリン・ドジャースとニューヨーク・ジャイアンツ、三十五セントのペーパーバック本、政治的左翼、ユダヤ式乳製品レストラン、二本立て映画、スリーポイントショット以前のバスケットボール、宮殿のような映画館、デジタルでないカメラ、三十年使えるトースター、権威の蔑《べっ》視《し》、ナッシュ・ランブラーズ、木製パネルのステーションワゴン。だが何より恋しく思うのは、公共の場で喫煙が禁止される前の世界だ。十六歳で初めて煙草《たばこ》を喫《す》って以来（ワシントンでのケネディ葬儀の場）、前千年紀の終わりまで、君はどこでも——一部例外はあったが——自由に煙草が喫えた。まずはレストランや酒場、さらには大学の教室、映画館の二階席、本屋にレコード屋、病院の待合室、タクシー、野球場や屋内アリーナ、エレベータ、ホテルの客室、列車、長距離バス、空港、飛行機、空港のシャトルバス。厳しい禁煙法が出来たことで世界はたぶんよりよい場になったのだろうが、何かが失われてもしまったのであり、それが何であれ（ある種の気楽さ？　人間の弱さに対する寛容？　社交的な空気？　禁欲的苦悶を知らぬ呑気《のんき》さ？）、それがなくなったことを君は寂しく思う。

ひどく奇妙な、およそありそうもない、出来事が起きうる範囲からはるかに逸脱した記憶がいくつかあって、いま思い出すそれらの出来事を経験したのが自分だという事実とうまく折り合いがつかない。たとえば十七歳のとき、初めての外国旅行を終えて（十一年前からイタリアに住んでいる母方の伯母を訪ねた）ミラノからニューヨークへ向かう飛行機に乗ったとき、魅力的できわめて知的な十八歳か十九歳の女の子と席が隣り合わせになり、一時間ばかり話をしたあと、フライトの残りの時間を君たちは欲望もあらわにキスしあい、ほかの乗客たちの前で堂々恥らいも気後れもなしに激しくネッキングを交わした。そんなことがあったなんてありえないと思えるが、本当にあったのだ。翌年ヨーロッパに出かけたときも最後の朝にもっと奇怪なことが起きた。学生船に乗って大西洋を渡ることから始まったその旅を終えるべく、君はアイルランドのシャノン空港で飛行機に乗り、またも綺麗《きれい》な女の子と隣り合わせになった。本、大学、夏の体験などについて一時間真面目《まじめ》に話したのち、なおも話しながら君たちはネッキングをやり出し、激しく求めあい、じきに毛布で自分たちの体を覆《おお》って、毛布の下で君の手は彼女の体じゅうを這い回りスカートの中にも入り込み、あれでもしありったけの意志の力を駆使しなかったら二人ともあのまま禁断の領域に入って全面的な性交に至ったことだろう。どうしてあんなことが起こりえたのか？ 若さの性的エネルギーというものは、もうひとつの体がそばにあるだけでセックスに誘引《ゆういん》されてしまうほど強力なのか？ いまの君は絶対そんなことはしないだろうし、そんなことをするなんて考えすらしないだろう。とはいえ、そもそも君はもう若くない。

君は決して、見境ない女狂いだったわけではない。若いころもっと野放図に、衝動のままにふるまっていればよかったと思うことはときどきあるけれど。とはいえ、控え目にふるまいはしたものの、親密な交わりに付随する恐るべき菌と関わったことも二度あった。まず淋病《りんびょう》に一度、二十歳のときに罹《かか》った。一度で十分以上だった。緑色のねばねばがペニスの先っぽから出てきて、尿道が針に刺されたように痛み、単純な排尿の行為が途方もない苦痛に変わった。どうやって罹ったのか、見当もつかなかった。相手の可能性は限られていたし、そのうちの誰一人そんな惨憺《さんたん》たる災難の運び手とは思えなかった。一方、五年後にケジラミ《クラブズ》が湧いたときは責任の所在も明確だった。今回は痛くはなかったが、恥部が四六時中痒《かゆ》いので、どうなっているのかとやっと見てみると、超小型の蟹《クラブ》が無数に群がっているのを見て君は仰天してしまった。海に棲《す》む蟹《かに》と形は同じだが大きさはテントウムシほどもない。性病について君はまったく無知だったから、自分が罹るまでこんな災難は聞いたこともなく、ケジラミなどというものがこの世に存在することすら知らなかった。淋病を治すにはペニシリンが必要だったが、こっちはある種の粉末さえあれば恥部に野営している害虫を駆除できる。大したことはない、遠く現在からふり返ればコミカルな疾患にすぎないが、そのときは悲しい、ひどく悲しい気持ちになった。というのも、痒さで君を苛《さいな》む悪魔たちをうつしたのは、君が人生で初めて本気で愛した女性だったからだ。十五歳のときに狂おしい恋心が君を襲い、思春期が終わるまでずっと君を苦しめていた。そしていま、成年期の始まりに彼女と寝床を共にしてみると、自分はふたたびこの女性を愛する運命なのであって、今度こそ、もし神々が君に味方してくれるなら、相手も愛を返してくれると君は思った。だが、ひそかに二人きりで過ごした週末は、新しい物語の始まりではなかった。それは古い物語の終わりだった。それなりのハッピーエンドではあったが、とにかく終わり、すべての終わりだった。そして君の股間《こかん》を這い回る虫たちは、その最終章のささやかな結尾《コーダ》だった。

テントウムシは幸運のしるしと見られていた。テントウムシが腕にとまったら、それが飛び去る前に願い事を唱えなさいと言われた。四つ葉のクローバーもやはり幸運の運び手ということになっていたから、幼かった君は芝生に這いつくばって何時間もその小さな宝を探したものだった。それらはたしかに存在したが、ごく稀《まれ》にしか見つからなかったから、見つかったらそれは大いに喜び祝うに値する事件だった。春の訪れはコマツグミの到来によって告げられた。茶色い、胸の赤い鳥が、ある朝唐突に裏庭に現われて芝生の上を跳ね回り、虫を探して地面をつつく。一羽目が訪れたあとは、二羽目、三羽目、四羽目と君は数えて、毎日コマツグミの数を足していき、数えるのをやめるころには気候も暖かくなっていた。アーヴィング・アベニューの家に引越した最初の夏（一九五二年）、君の母親は裏庭に花壇を作り、柔らかく肥沃《ひよく》な土に一年生や多年生の花をたくさん植えたが、その中に一本だけひまわりがあって、何週間かが過ぎていくなかでどんどん高くなっていき、まずは君の脛《すね》まで、やがて腰まで、それから肩まで伸びて、頭のてっぺんを越えたあともそのまま二メートル近くまで達した。ひまわりの成長はその夏の中心的事件だった。それは時間というものの神秘なはたらきのただなかへの爽快《そうかい》な突入にほかならなかった。毎朝君は裏庭に駆けていき、ひまわりと背《せ》較《くら》べをして、相手がぐんぐん君を引き離しつつあるのを確かめるのだった。同じその夏、君は初めての親友に、少年時代最初の真の同志に出会った。ビリーという名の、近所に住んでいる少年で、彼が喋《しゃべ》るときその言葉を理解できるのは君だけだったから（ビリーは言葉をごっちゃに交ぜて喋る子供で、言葉は明確な音として出てくる前に唾《つば》だらけの口の中に戻ってしまうみたいだった）、彼は世界に向けての通訳として君に頼った。そして君も君で、自分が用心深いトム・ソーヤーならビルは怖いもの知らずのハック・フィンだと見てやはり彼に頼った。翌年の春、君たちは毎日午後に鳥の死骸《しがい》を探して一緒に藪《やぶ》の隅々まで見て回った。いま思えば、死んだ鳥の大半は巣から落ちて戻れなくなったひな鳥だったにちがいない。君たちはそれらの鳥を、君の家の横の地面に埋めた。それはきわめて厳かな、でっち上げの祈りの文句と長い沈黙とが伴う儀式だった。君たちはすでに死を発見していたのであり、それが厳粛な営みであることを、冗談を許さぬ行ないであることを知っていたのだ。

君がそれなりに記憶している最初の人間の死は一九五七年に起きた。八十歳になる君の祖母が、心臓発作を起こして床に倒れ、その日のうちに病院で亡くなった。葬式の場に居合わせた覚えはないから、たぶん十歳の子供には早すぎると両親が判断して行かせなかったのだろう。覚えているのは、その後何日も家を満たした闇《やみ》である。いろんな人が出入りして、君の父親と一緒に居間で喪に服し、知らない男の人たちが訳のわからないヘブライ語の祈りをもごもご呟《つぶや》く。そうしたあわただしい動きの奇妙な静けさ、君の父親の悲しそうな姿。君自身はこの死にほとんど心を動かされなかった。この祖母とは何の繋《つな》がりも感じず、彼女が君を愛しているようにも感じられなかった。君が何者なのか、祖母は少しの好奇心も示さなかったし、ほんのわずかな情愛も感じさせなかった。何回か、珍しくお祖母《ばあ》ちゃんらしく彼女に両腕で抱きしめられると、君は怯《おび》え、早く抱擁が終わってほしいと願った。一九一九年の殺人事件はいまだ一族内の秘密であり、君がそのことを知るのは二十代前半になってからだが、祖母がどこか狂っているという感触はもうそのころから抱いていて、片言の英語を話し時おりすさまじい金切り声の発作を起こすこの小柄な移民女性には近づかない方が身のためだと思っていた。お悔やみに来た人たちが家から出たり入ったりするさなかにも、君は十歳の男の子としての営みを続け、ラビが君の肩に手を置き、夕方のリトルリーグの試合に行っていいと言ってくれると、君は自分の部屋に上がって野球のユニフォームを着て家から飛び出していった。

　十一年後の、母方の祖母の死は全然別の話だった。君はもう大人になっていたし、十四のときに友人が稲妻に打たれて死んだ経験から世界は気まぐれで不安定であることもすでに学んでいた。未来はいつ我々から奪われても不思議はなく、空にはいつでも落ちてきて老人であれ若者であれ殺してしまう可能性をたたえた稲妻が満ちていて、そしていつも、いつもかならず、こちらがまったく予期していないときに稲妻は落ちてくる。この祖母は君が大切に思っていた祖母だった。君が愛していた、几帳面《きちょうめん》で、ほんの少し神経質な女性だった。よく家に泊まっていって、一貫して君の人生の一部を成していた人だった。いま彼女の死を想《おも》い、その緩慢で陰惨な、見ていても辛《つら》かった死に方を想うとき、一族のほかの死はすべて突然の、君の友人を死なせたのと同じ一連の稲妻であったことに君は思いあたる。父方の祖母（心臓発作、数時間で死亡）、父方の祖父（君が生まれる前に射殺され即死）、父親（心臓発作、数秒で死亡）、母親（心臓発作、数分で死亡）。さらには母方の祖父も、即死ではなかったが、八十五歳まで健康に暮らした末に二、三週間で急速に衰え肺炎で——つまりは老衰で——死んだ。羨《うらや》ましい死だと君は思う。八十代まで全力で生き抜いた末に、稲妻による電撃死ではなく、自分が世を去りつつあることを実感する機会、少しのあいだ人生をふり返る機会を与えられたのち、眠りについて無の国へと漂い出ていったのだ。一方、母方の祖母はどこへも漂わなかった。

二年間ずっと、針のむしろの上を引きずり回され、七十三歳で亡くなったときには彼女という人間はもはやほとんど残っていなかった。ＡＬＳ（筋萎縮《いしゅく》性側索《そくさく》硬化症）、俗に言うルー・ゲーリッグ病。悪性の癌《がん》に蝕《むしば》まれた人の体は君も見たことがあるし、肺気腫にじわじわ絞殺《こうさつ》されていく人も見てきた。ＡＬＳもそれらに劣らず悲惨であり、ひとたびそう診断されたらいかなる望みも治療法もなく、崩壊と死へ向かう長い行進が控えるのみ。骨が溶けてゆく。皮膚の内側の骨格がぐにゃぐにゃの接合剤《パテ》になり果て、器官も一つまたひとつ駄目になっていく。君の祖母の場合とりわけ耐えがたかったのは、最初の症状が喉《のど》に現われたため、何よりも先に咽頭《いんとう》、舌、食道がやられて喋る力が損なわれたことだった。ある日出し抜けに言葉がはっきり発音できなくなり、音節がずるずる繋がって、しかも少しずれた音で出てきて、一、二か月後にはもうどうしようもなくずれていた。そこから何か月か経《た》つと、痰《たん》が詰まって言葉をさえぎり、ゴロゴロ喉が鳴る音もつっかえ、体の自由が失われてさまざまな屈辱を味わった。どこが悪いのか、ニューヨークの医者たちが匙《さじ》を投げたので、君の母は彼女をミネソタのメイヨークリニックに連れていって徹底的に検査してもらった。そしてそこの医師たちが、彼女に死刑宣告を下したのだった。まもなく彼女の話は理解不能になった。そこからは筆談を強いられ、どこへ行くにも小さな鉛筆とメモ帳を持ち歩いたが、当面ほかの部分はどこも悪くない様子で、まだ歩けたし、周りの生活にも加われた。だが何か月かが過ぎていき、喉の筋肉組織が退化していくにつれて嚥下《えんげ》も困難になっていき、飲み食いは絶えざる試練と化し、ついには体の残りの部分も言うことを聞かなくなった。入院して初めの一、二週間は腕も手も動かせて、筆跡は甚《はなは》だしく劣化したものの鉛筆とメモ帳を使えばまだ一応意思疎通《そつう》ができた。やがてミス・モランなる専任の個人看護師がつけられた。小柄でてきぱき動く、偽りの陽気さをたたえた笑みが四六時中顔に貼《は》りついているこの人物は、君の祖母からメモ帳と鉛筆を奪い去り、祖母が抗議の吠《ほ》え声を上げれば上げるほどメモ帳をますます彼女から遠ざけた。実状に勘づいた君と母はすぐさまモランを馘《くび》にしたが、祖母の体に残っていたわずかな力はこのサディスティックな看護師との戦いに使い尽くされてしまっていた。君が病気のときにモーパッサンの短篇を読んでくれた優しい控え目な女性、君をラジオシティ・ミュージックホールのショーに連れていってくれて、シュラフツでアイスクリームサンデーを買ってくれてランチを食べさせてくれた女性はいまやマンハッタンのアッパー・イーストサイドのドクターズ・ホスピタルで死に向かっていた。まもなく鉛筆を握る力もなくなり、正気も失われていった。体内に残るわずかな力は激しい怒りの念に呑《の》み込まれ、狂気に染まった怒りは彼女をまるで別人にし、絶え間ない吠え声となって外にあふれ出た。無力な動けぬ人間が、己の唾液《だえき》の池で溺《おぼ》れてしまわぬようあがきながら、締めつけられた喉から絞り出す咆哮《ほうこう》。一八九五年ミンスクに生まれ、一九六八年ニューヨークで没。生の終わりは苦々しいものだ（ジョゼフ・ジユベール、一八一四年）。

物事は定まったとおりに進み、君もそれに疑問を抱きはしなかった。町には公立の学校とカトリック系の学校があり、君はカトリックではないから公立学校に通った。通ったどの公立校も、少なくとも当時の尺度からすれば良い学校と見なされていたし、あとから母親に聞かされたところそもそもそれが目当てで君たち一家は君が幼稚園に上がる前にアーヴィング・アベニューの家に引っ越したのだった。他人とは較べようもないが、そのシステムの中で過ごした十三年間のあいだに――最初の七年はマーシャル校（幼稚園から六年生）、次の三年はサウスオレンジ中学（七年生から九年生）、最後の三年はメープルウッドのコロンビア高校（十年生から十二年生）――君は良い教師に何人か出会い、凡庸な教師に何人か出会い、一握りは人生観を変えてくれるような素晴らしい先生で一握りは最低の無能な教師で、同級生には優秀な子も月並みな子も知的障害寸前の子もいた。公立学校はどこもそういうものだ。地域に住んでいる子供は誰でも無料で通えるし、君は特別支援教育なるものが始まる前の時代に育ち、いわゆる問題を抱えた児童向けの学校もまだ作られていなかったから、クラスメートの何人かは体に障害を持っていた。車椅子に乗っていた子がいた覚えはないが、体がねじれた痀瘻《くる》病の男の子や、片腕のない女の子（指のない断端《だんたん》が肩から突き出ていた）、シャツの前面によだれを垂らしている男の子、小人程度の背丈しかない女の子の姿はいまでも目に浮かぶ。今日ふり返ると、こうした子供たちは君の教育の欠かせない一部分だったことがわかる。生活の中に彼らがいなかったら、人間であるとはどういうことなのかをめぐる君の理解はもっと貧しいものになっていただろう。深さも思いやりもない、痛みと辛さの哲学への洞察を欠いた理解になっていただろう。なぜならこれらの子供たちこそ英雄的な者たちだったからだ。自分の居場所を確保するために、彼らは人の十倍頑張らねばならなかった。五体満足な子供、君と同じにまっとうな形の体があって当然と思っている子供だけに囲まれて過ごしていたら、英雄的というのがどういうことなのか、わかりようもなかっただろう。幼いころのそういう友だちの一人に、ぽっちゃり太った、運動がまるで駄目な、眼鏡をかけた男の子がいて、あごが引っ込んでいて面相もぱっとしなかったが、鋭いウイットとユーモアのセンスを持ちあわせていて、級友たちから大いに愛され、算数も抜群にできたが、何より君の心を捉《とら》えたのはその並み外れた心優しさだった。彼には寝たきりの弟がいた。弟は発育を妨げる病気を患《わずら》っていて、そのせいで骨がひどく脆《もろ》いので硬いものにちょっと触れただけで——あるいはそもそも何の理由もなくても——折れてしまうのだった。放課後に何度かこの友の家へ遊びに行って、弟の部屋にも入ったことを君は覚えている。君より一、二歳年下なだけの弟が、滑車やワイヤーの付いた病院用ベッドに寝ていて、両脚はギプス包帯に覆われ、頭は大きく肌はありえないくらい青白い。部屋に入った君は、ほとんど口を開くこともできず、何とも落着かず、たぶん少し怯えてもいた。けれど弟は気のいい、人なつっこく賢い子で、そのベッドに彼が横になっているのは君にはいつも馬鹿げたことに、およそ許しがたいことに思えた。彼を見るたびに、いったいどんな阿呆の神が君ではなく彼をその体に閉じ込めたのか考えてしまった。君の友は弟をこまめに世話し、二人は君が知るどの兄弟にも劣らず仲よしで、二人きりの私的世界を共有していた。その秘密の宇宙の中心には、二人でプレーする幻想の野球ゲームがあった。サイコロ、カードを使ったその複雑なボードゲームに彼らは没頭し、仔《し》細《さい》な統計を維持していた。試合をするたびに丹念に記録をつけ、もうすでに何シーズン分もの試合を行なっていた（一、二か月で一シーズンが終わった）。年月が過ぎるなか、さらに一シーズン、一シーズン想像上の試合を彼らは戦った。一九五七年から五八年にかけての冬、ドジャースがブルックリンからロサンゼルスに移転すると宣言してからまもないある日、オールスター級の捕手ロイ・キャンパネラが自動車事故に遭ったことを知らせてきたのがほかならぬこの友人であったのは完璧にふさわしいことだったといま君は悟る。それはすさまじい大事故で、かりに一命を取りとめたとしても、キャンパネラは生涯ずっと麻痺《まひ》を抱えることになりそうだった。君の友人は電話口でしくしく泣いていた。

二月二十三日。君が妻と出会った三十年目の記念日、初めて一緒に過ごした夜から三十年目の記念日。君たち二人は午後遅くに家を出て、ブルックリン橋を渡り、ロウアー・マンハッタンのホテルにチェックインする。まあちょっとした贅沢《ぜいたく》だが、この特別な時を何ら認知せずに二十四時間を終えたくないし、パーティを開くなどという発想は浮かびもしなかったから（結婚生活の長寿をわざわざ他人の前で祝いたいとは思わない）、君と君の妻はホテルのレストランで二人きりの夕食をとる。食べ終わると、エレベータに乗って九階に上がって部屋に入り、シャンパンを一本二人で空にする。ラジオを点《つ》けるのも忘れ、テレビを点けて四千本から選べる映画を探索するのも忘れて、シャンパンを飲みながら君たちは話をする。数時間のあいだひたすら話す、過去のこと、これまでの三十年のことではなく現在のこと、君たちの娘のことや君の妻の母親のことを、君たちがいまそれぞれ取り組んでいる仕事のことを、いろいろ大切なことも些細《ささい》なことも話す、その意味で今夜は結婚してからのすべての夜と何ら変わりはしない、なぜなら君たち二人はいつだって話してきたのだから、それこそがひとまず君たちを定義するものなのだから。出会ったその日からずっと、途切れることのない長い長い会話の中で君たちは暮らしてきた。外は今夜も寒い冬の晩であり、今夜も凍てつく雨が窓に打ちつけているが、君はいま妻と二人でベッドに入っていて、ホテルのベッドは暖かく、シーツは滑らかで心地よく、枕はまさしく巨大である。

一時的な片想いや戯《たわむ》れはいくつもあったが、若いころの大恋愛は二つだけ、十代なかばと十代後半の劇的事件。どちらも悲惨な結果に終わり、その後に最初の結婚が続いてこれまた大失敗に終わった。まず一九六二年、高一の英語の授業で一緒になった美しいイギリス人の女の子に恋をしたときから始まって、間違った人物を追いかける才能が君にはあるように思えた。手に入らないものを欲しがる才能、君に愛を返せない、あるいは返そうとしない女の子に心を捧《ささ》げる才能。時おり君の知性に興味を示したり、つかのま君の体に興味を示したりする子はいても、誰一人君の心には興味を示さなかった。この二人はどちらもひどく魅力的で、破滅的な、君の心をしかと捉えた、なかば狂った女の子だった。でも君は二人のことをほとんど何も理解していなかった。君は彼女たちを捏造したのだ。君自身の欲求の架空の化身として二人を利用し、彼女たちが抱えている問題や生い立ちを無視し、彼女たちが君の想像力の外においてどういう人間かも理解していなかった。それでもなお、彼女たちが君から離れていけばいくほど、君はますます彼女たちに焦《こ》がれた。高校のときの女の子は秘密のハンガーストライキをやって入院した。拒食症という言葉は当時君のボキャブラリーになかったから、癌か白血病かと君は思った（彼女の母親は数年前に白血病で亡くなっていた）。かつて美しかった彼女の体が痩《や》せ細り、無残にやつれてしまったことを、ほかに説明しようはなかった。病院へ見舞いに行って、入れてもらえなかったことを君は覚えている。毎日毎日、何度行っても入れてもらえず、恋しさと心配に気も狂いそうになったが、結局のところ彼女は男の子に向いてはいなかった。君の二十代前半に二度ばかりふらっと君の人生に戻ってきはしたものの（その結末がケジラミ騒動）、彼女は生来、女の子に思いが行っていたのであり、元々君にチャンスはなかったのだ。二つ目の物語は大学一年の冬、もう一人の不安定な女の子に恋をしたときに始まった。彼女は一方で君を求め、一方では求めず、彼女が君を求めなくなればなるほど君はますます熱烈に彼女を追い求めた。病める吟遊詩人と不実な貴婦人。数か月後に彼女が手首を切って中途半端《はんぱ》な自殺未遂を企てたあとも、白い包帯をした、歪《ゆが》んだ可愛《かわい》い笑顔の彼女を君は愛しつづけ、それから、包帯が外れると彼女を妊娠させ（コンドームが破れてしまったのだ）、有り金すべてを中絶の費用に充《あ》てた。これもまたいまだ夜の眠りを妨げる辛い記憶だ。生まないことにしたのは正しい決断だったという確信はあるものの（十九と二十の親なんて考えただけでぞっとする）、その生まれなかった子供の記憶に君は苛まれている。その子が女の子だったと君はつねづね想像してきた。赤毛の女の子、とびきり活《い》きのいい爆竹みたいな女の子。生きていれば彼女はいま四十三歳になっていることに思いあたって君の胸は痛む。つまり、君はしばらく前に、ずっと前にお祖父《じい》ちゃんになっていた可能性も大いにあるのだ。もし彼女を生かしていれば。

過去のさまざまな失敗、判断の誤り、自分や他人を理解する能力の欠如、衝動的で安定を欠いた決断、心の問題に対する何とも間抜けな対処の仕方を思えば、こんなに長続きした結婚に行きついたのは奇妙なことに思える。この思いがけない運命の逆転の理由を解明しようと君は努めてきたが、いままで答えが出たためしがない。ある夜知らない人間と出会って恋に落ち、相手も君に恋した。そんな幸運を受けるいわれは君にはなかったが、かといってそれを受ける資格がないということもなかった。それはただ起きたのであり、わが身に起きたことを説明しようとしても、運、としか言いようがないのだ。

そもそもの始まりから、彼女はすべて違っていた。今回は作りごとではない。君の心の中の勝手な思いの投影ではなく、生身の人間であり、二人で話を始めた瞬間から彼女は自分の現実を君につきつけてきた。九十二丁目Y（ユダヤ人向けの文化施設）で開かれた詩の朗読会のあとに、ただ一人の共通の知りあいにロビーで紹介されてすぐのことだった。彼女は恥ずかしがって自分を引っ込めたりもせず、捉えがたい女を演じようともせず、君の目をまっすぐ見てしっかり地に足のついた存在として自分を押し出してきたから、君が彼女を彼女でないものに変えてしまう余地はなかった。過去の女たちのように、彼女をつくり上げる余地はなかった。彼女はすでに自分をつくり上げていたからだ。たしかに美しくはある。間違いなく、崇高に美しい。痩せた一八〇センチの金髪女性、脚も華麗に長く、手首は四歳の子供のように細い、君がいままでに見た一番大きな小さい人物、あるいは一番小さな大きい人物。とにかく君は何やら遠くにある女性的壮観を見るのではなく、命あって息をしている人間的主体と対話していたのだ。主体であって、客体ではない。ゆえにいかなる錯覚も許されない。いかなる幻想もありえない。知性こそ唯一装《よそお》いえない人間の特性である。彼女のまばゆい美しさにひとたび目が慣れると、この人物がこの上なく賢い女性であること、君がいままでに出会った中でも指折りの知性の持ち主であることを君は理解した。

　少しずつ、その後の数週間で彼女をもっとよく知るようになるにつれ、大事な事柄に関して君たちはほとんどすべて見方が一致することが判明した。政治観も同じ、大切に思う書物も大半は同じ、人生から何を求めるかの考え方も同じで――愛情、仕事、子供――金や財産はリストのはるか下。君を大いに安堵《あんど》させたことに、性格はまるで違っていた。彼女は君よりよく笑い、君より奔放で外向的で、君より温かく、それでも、ずっと深いところ、君たちが結ばれているもっとも奥のところでは、自分自身の別バージョンにめぐり逢《あ》ったと君は感じていた。君よりもっと進化した、君が自分の内にためてしまっているものをもっと上手に外に出せる、より正気な別バージョン。君は彼女を心から慕《した》い、そして人生で初めて、君が慕う人物が君を慕い返してくれた。ミネソタ出身の若いルター派の女の子と、それほど若くないニューヨークのユダヤ人、とまるで違う世界から君たちは来ていた。だが三十年前の二月二十三日に偶然出会ってから二か月半のうちに、一緒に暮らすことを君たちは決めた。それまでずっと、君が女性に関して下した決断はすべて間違っていた。でもこの決断だけは間違っていなかった。

　彼女は大学院生で、詩を書いていて、一緒に過ごした最初の五年のあいだに彼女が授業の単位を取り終え口頭試問に備えて勉強し試問に合格し、それから博士論文（ディケンズにおける言語とアイデンティティに関して）執筆の険しい道のりをこつこつ歩んでいくのを君は見守った。それと並行して詩集も一冊出版したし、結婚当初君たちはほとんど金がなかったから彼女はいろんな仕事に携わった。ゾーン・ブックス刊の三巻本アンソロジーを編纂《へんさん》し、ジャック・ラカンに関する他人の博士論文を内緒で代筆したりもしたが、一番の中心は教えることだった。初めての授業は保険会社の従業員が対象で、出世のチャンスを高めようとするやる気のある若い働き手を相手に英文法と論説文の書き方を教えた。週に二度、生徒に関するさまざまな逸話を抱えて君の妻は帰ってきた。愉快な話もあれば胸を打つ話もあったが、君が一番よく覚えているのは期末試験に現われた噴飯ものの解答である。学期のなかばごろ、君の妻はさまざまな比喩《ひゆ》表現について講義し、その話題のひとつが婉曲《えんきょく》話法だった。たとえば息絶える《パス・アウェイ》は死ぬ《ダイ》の婉曲話法であるわけです、と彼女は例を挙げた。そして期末試験で、婉曲話法という言葉を定義せよという問題を出したところ、それなりに熱心なのだが学習能力に問題のある生徒が「婉曲話法とは死ぬことである」と解答した。保険会社の次はクイーンズ・カレッジ、ここで三年間非常勤講師を務めた。ひどく骨の折れる、給料も安い仕事で、英語補習と英作文の授業を毎学期二コマ受け持ち、一クラスは二十五人、毎週五十本のレポートに赤を入れて、学生それぞれに毎学期三回面接し、コブル・ヒルからフラッシングまで朝六時に家を出て二時間かけて地下鉄二本とバス一本を乗り継いで通い、終わるとまた二時間かけて逆方向をたどり、それで年収は八千ドル、手当のたぐいはいっさいなし。長い一日は彼女をくたくたに疲れさせた。仕事と通勤のせいだけでなく、大学の蛍光灯の下で何時間も過ごすのも原因で、チカチカ点滅する光は偏頭痛持ちの人間に頭痛をもたらしがちであり、君の妻は小さいころからずっと偏頭痛を患ってきたから、帰ってきたとき目の下に隈《くま》が出来ておらず割れるような頭痛を抱えてもいない晩はめったになかった。論文はなかなか進んでいなかった。一週間のスケジュールがあまりに細々《こまごま》と分断されてしまって、リサーチや執筆に集中できる時間がおよそ持てなかったのだ。けれども、君の財政状況がいくぶんではあれにわかに好転してきたので、とにかく教師の仕事を辞めるよう君は彼女を説き伏せた。ひとたび自由を得ると、彼女は六か月でディケンズ論文を書き上げた。そもそもわからないのは、なぜそこまでして書き上げようと頑張るかだった。はじめは大学院に入ることも筋が通っていた。独身女性には職が必要であり、特に親に金がなければなおさらである。彼女の野心は書くことだったが、作家業で食べていけるとは当てにできないから、大学で教職に就こうと考えたのである。でもいまは事情が違う。結婚していて、経済状況も日に日に不安定ではなくなってきていて、もはや大学の職を考えてもいない。なのに彼女は、博士号を取得するまで努力を続けているのだ。君は何度も、どうしてそれがそんなに大事なのかと彼女に訊《たず》ねた。彼女が君に与えたいくつかの答えこそ、当時の彼女という人間、いまもそうである人間の核心を物語っている。一、いったん始めたことを途中でやめる気になれない——意地と自尊心の問題。二、女だから——君が一年で大学院をやめたのは構わない、君は男であって男たちは世界を支配しているからだが、女は高学歴というバッジを着けていないかぎりそうした男の世界では見下され、着けていればある程度の敬意は得られる。三、好きだから——日々研究に没頭したその規律のおかげで彼女の精神は向上し、思考力もより良くより緻《ち》密《みっ》になったし、今後は時間の大半を小説執筆に費やす（第一作をすでに書きはじめていた）としても、博士号を取ったあとも知識人としての生活を捨てる気はない。こうした議論を君たちが交わしたのはもう二十五年以上前のことだが、この時点ですでに彼女は未来を見通し、今後に控える生活の輪郭を捉えていたように思える。それ以来、長篇を五冊出版して目下六冊目を執筆中、加えてノンフィクションの著作が四冊ありその大半はエッセイで、文学、美術、文化、政治、映画、日常生活、ファッション、神経科学、精神分析、認知哲学、記憶の現象学等々実に多岐にわたるテーマで何十本と書いてきた。一九七八年、コロンビア大の英文科博士課程に入学した学生百人のうちの一人だった彼女は、七年後、最後までやり通したわずか三人のうちの一人だった。

妻と結婚したことで、君は彼女の家族の一員ともなった。両親は彼女が育った家にいまも住んでいたから、別の世界が君の血流の中にだんだんと吸収されていった。ミネソタ、中西部北側の田園王国における最北の地域。君が想像していたような平べったい土地ではなく、ゆったりとうねった、小さな頂やちょっとした窪《くぼ》みのある、山もないし丘が突き出ていたりもしないが遠くの雲があたかも山や丘のように見えて厚みの錯覚を生み出し、何マイルもうねって続く土地の単調さをそれら蒸気の白い塊が和らげ、雲がない日にはアルファルファ畑がはるか地平線まで広がるのが見え、その低く遠い地平線の上には巨大なはてしない空、あまりに大きくそのまま君の爪先《つまさき》までのびて来る空がある。地上でどこよりも寒い冬のあとには湿気の多いうだるような夏が続き、灼熱《しゃくねつ》の暑さが無数の蚊を伴ってやって来て、蚊のあまりの多さにそれら殺人急降下爆撃機の絵と**ミネソタ州鳥**という字が入ったTシャツを売っているほどだった。一九八一年の夏、二か月の予定で初めてミネソタに行ったとき、君は編纂《へんさん》中の二十世紀フランス詩アンソロジーの序文を書いている最中で、君の未来の妻の両親はよそへ出かけていたから、四十数ページに及ぶその長文を、セントオラフ・カレッジの未来の義父の研究室を借りて書き、バイキングの兜《かぶと》の絵を飾った部屋でアポリネール、ルヴェルディ、ブルトンをめぐる文章をひねり出したのだった。ほとんど人けのないキャンパスに毎朝君は車で出かけていったが、ある週突然、大学の建物をいくつも借りて毎年開かれるキリスト教指導員会議が始まり、キャンパスはにわかに活気づいて、朝に車を駐《と》めるときみんなほとんど同じに見える指導員たち――一人残らず角刈りで太鼓腹にバミューダパンツ――が何十人と歩いていくのを眺めるのはひどく愉快だった。それからノルウェー語学科の研究室に行って、また二ページ、三ページ、フランスの詩人について書く。君が滞在しているノースフィールドは「牛《カウ》、大学《カレッジ》、満　足《コンテントメント》の町」と謳《うた》っていて人口はおよそ八千、ジェシー・ジェームズとその一味が銀行強盗を企てて失敗に終わった地として何より知られているが（弾丸の穴がディヴィジョン・ストリートの銀行の壁にいまも残っている）、すぐさま君の一番のお気に入りになったのは、州道十九号線にあるモルト＝オ＝ミールの工場だった。あの穀　粉《ファリーナ》の肌理《きめ》の黄褐色のシリアルの材料に使われる、ナッツの香りが付いた穀物。それが生み出す白い雲が、高い煙突からもくもくと立ちのぼっていた。工場は君の未来の義父母の家と町の中心とのちょうど中間、線路からほんの二、三百メートルのところにあって、その夏のある午後に君が君の未来の妻と一緒にその線路の前で立ちどまると、のろのろと走る列車が君たちの前を過ぎていき、その車両の連なりたるや見たこともないほど長く、百両から二百両のあいだと思われたが君と未来の妻は話に没頭していたから数える余裕はなかった。主たる話題はニューヨークへ帰ったら探すつもりのアパートのことで、そのとき初めて結婚という話が君たちのあいだで持ち上がったのだった。単に同じ屋根の下で一緒に暮らすだけでなく、婚姻によって結ばれることが彼女の望みであり要求だったのであり、君はもう二度と結婚しないと決めていたけれど、もちろんさ、君の望みなら喜んで結婚するよと答えた。もうこのころには彼女のことを十分長く愛していたから、彼女の望みはまさしく君の望みでもあるとわかっていたのだ。だから君はその夏、周りのすべてのものにじっくり注意を払った。この土地こそ彼女が少女時代と大人になってまもない日々を過ごした場所であり、その風景の細々《こまごま》したところまでじっくり眺めれば彼女をもっと知ることができる、もっとよく理解できると思ったのであり、彼女の母、父、妹三人を少しずつ知るようになっていくにつれて、彼女の家族についても君は理解していき、それによって彼女のことがさらによくわかるようになり、彼女が歩いている大地の堅固《けんご》さを実感するようになっていった。この家族は堅固な家族なのであり、君が育ったばらばらで間に合わせの家族とはまるで違っていた。そしてまもなく、君もその一員となった。永遠の幸運と言うべく、この家族はいまや君の家族にもなったのである。

それから毎年冬の訪問が始まった。年末から年始にかけての里帰り。一週間から十日を凍りついた世界で過ごす。静寂に包まれた空気、風に運ばれて君の体を刺す無数の短剣、朝の台所の窓ごしに温度計を見て赤い水銀が華氏零下二十度、三十度（それぞれおよそ摂氏零下二十九度、三十四度）で止まっているのを目にする。人間の生にあまりに敵対的な温度を見て、誰であれどうしてこんな所に住めるんだろうと君は何度も不思議に思ってきた。頭から爪先までバッファローの皮にくるまったスー族の家族や、ツンドラのような大平原で凍死しつつある開拓者の家族を君は思い浮かべた。こんな寒さはほかにない。外へ一歩出たとたんに顔の筋肉を直撃し、皮膚を叩《たた》きのめし、萎《しぼ》ませ、血管内の血を凝固させる。なのに一度、数年前に、一家全員でオーロラを見に闇の中へわざわざ出ていったことがある。君がオーロラを見たのはあとにも先にもそのときだけで、それは忘れがたい、想像を絶する眺めだった。寒さの中に立ち、電気のような緑色の光を見上げる。夜の黒い壁を背に緑色にきらめく空の賑《にぎ》やかな眺めの壮大さは、それまでに見たどんな眺めよりはるかに上だった。それにまた、雲のない澄んだ夜には、空一面に星がぎっしり、地平線から地平線まで並び、よそでは決して見られぬ無数の星がたがいに溶けあって濃密な水たまりを、頭上に浮かぶ白さの粥《ポリッジ》を形成する。そうした夜が明けると白い朝が、白い午後が続き、雪が降る。君の周りじゅうではてしなく雪が降り、君の膝《ひざ》まで達し、腰まで達し、小さかったころ君の母親の花壇にあって君の頭を越えたひまわりのようにますます高くなり、見たこともないほどたくさん雪が降って、突然君は九〇年代なかばのある瞬間を生き直している。君は妻と娘とともにクリスマス恒例のミネソタ巡礼に来ていて、吹雪の夜に車を運転中で、ミネアポリスにある妻の妹の家から、六十キロばかり離れたノースフィールドにある妻の両親の家へ向かっている。後部席には三世代の女たち（義母、妻、娘）が座り、前部右の助手席には君の義父が座っている。君が彼の長女と結婚して以来、義父はずっと君に優しく接してくれたが、この人も多くの面で君の父親同様他人から距離を置く、自らの殻に閉じ籠《こ》もった人物である。君の父同様に辛い貧しい幼年期を生き抜いてきたが、彼の場合はこれに、第二次世界大戦に若き歩兵として参戦した試練も加わっていた（ルソンの戦い、フィリピン、ニューギニアのジャングル）。とはいえ、殻に籠もった男と意思疎通することにかけては君も長年のエキスパートである。義父が時に自分の父と似ていると感じられることはあっても、この人には温かさと優しさのもっと大きな貯《たくわ》えが中にあるとわかるし、この人の方が父親より知りうる存在であり人類の一員である度合もこの人の方が高いとわかる。君は四十六歳か七歳で、肉体的にも元気そのもの、中年期のただなかにあっていまだ若々しく、この時点ではまだ運転が上手で通っているから、後部席の女性軍は君が彼女たちを無事ノースフィールドの家まで届けてくれるものと信頼しきっていて、吹雪がはらむ危険のことなどこれっぽっちも心配していない。実際、家に帰る道中、三人は次々いろんな話題について、あたかも夏の盛りの穏やかな晩であるかのように喋りまくっている。だが君がエンジンを始動させ義妹の家から出たとたん、これから地獄のようなドライブが始まることを、そして天候が最悪からさらにありえない悪さに至るにちがいないことを君も君の義父も悟る。ひとたびハイウェイに達してI‐35を南に走りはじめると、雪がフロントガラスに叩きつけ、ワイパーは全速力で動いているもののワイパーがその弧を描ききったとたんに雪がまたガラスの上に集まりはじめるものだから前はほとんど何も見えない。ハイウェイには照明灯もないが、反対のレーンをこっちへ走ってくる対向車のヘッドライトが君の車のフロントガラスに降る雪を照らし出すので、君に見えているのはもはや雪ではなく小さなまぶしい光のシャワーである。何より悪いことに路面は滑りやすく、スケート場のようにつるつるに凍りつき、時速二十キロ、二十五キロ以上で走ったらタイヤの静止摩擦は失われブレーキは役に立たなくなるだろう。五十メートルか百メートルごとに、左にも右にも、滑って道路から外れてしまった車が山のような雪だまりや吹き寄せになかば転倒して埋もれているのが見える。生涯ミネソタで生きてきた義父はこういう吹雪の中を走ることの危険を嫌というほど知っているから、夜の闇の中でのろのろ車を進める君を助手席から全面的に支援してくれて、フロントガラスに降りそそぐ雪のキラキラの雲の向こうをじっと見通し、前に控えるカーブについて君に警告し、君の落着きと集中が途切れぬよう何かと気を遣い、頭の中、体の筋肉の中で君とともに車を運転してくれている。こうして前部席に君と古強者《ふるつわもの》の兵士が座り、女たちがうしろに座った一団は、ふだんなら三、四十分で済むところを二時間行軍してようやくノースフィールドの家にたどり着き、五人で家に入っていくとき女たちはなおもぺちゃくちゃ喋りゲラゲラ笑っていたが、これが君の神経にとってどれだけの試練だったかを知る義父は——彼の神経にとっても試練だったのだ——君の背中をそっと叩き、ささやかなウィンクを君に送ってよこす。軍服を脱いで五十年後、軍曹は君に敬礼したのだ。

ミネソタ州ノースフィールドのクリスマスディナー。一九八一年から義父が亡くなった二〇〇四年まで毎年続き、そのあと家族の家は売られて、義母はアパートメントに移り、新しい環境に合わせて伝統にも変更が加えられた。だがそれまでの四半世紀近く、食事は細部に至るまで定式化されていて、いかなる要素も前年と変わらなかった。一九八一年に初めて食卓を囲んだときは七人だけだったのが——義母と義父、君の妻、彼女の三人の妹、そして君——一年が次の年に溶けていき妻の妹たちも結婚して自分の子供を持つようになっていくなかで輪は徐々に広がっていき、四半世紀が終わるころには、きわめて老いた者と老いた者、若き者ときわめて若き者を含め全部で十九人が卓を囲むようになっていた。クリスマスを祝うのが二十五日の午前午後ではなく二十四日の夜であったことはぜひとも述べておかねばならない。アメリカ中西部に住んではいても、君の妻の家族はスカンジナビア人の、ノルウェー人の家族だったのであり、それはいまも変わらない。したがってクリスマスに関する慣習も、すべてこの地域ではなくかの地域のしきたりに従うのだ。君の義母は一九二三年にノルウェー南端の町に生まれ、三十になって初めて大西洋を渡ってアメリカにやって来た。英語は流暢《りゅうちょう》だが、この第二言語を彼女はいまもはっきりしたノルウェー訛《なま》りで話す。若い女性として戦時中を生きドイツによる占領を生き抜き、占領初期、十七のときにいち早くナチスに抗議するデモに参加して九日間投獄され（もっとあとの時期だったら収容所に送られていただろうと彼女は言う）、二人の兄はどちらも地下組織の活動家だった（一人はアジトに押し入られ、ゲシュタポを逃れてスキーでスウェーデンに行った）。義母は知的で博学な人物であり、君も大いに尊敬し深い親愛の情を抱いているが、英語とアメリカ地理の理解には時おり欠落があって不思議なエピソードが生まれもする。とりわけ可笑《おか》しかったのは十五、六年前、夫と乗っていたボストン行きの飛行機が空港を覆《おお》う霧のため着陸できずニューヨーク州オールバニーに行先が変更になったときのことで、彼女は君の妻に電話してきて、「私たちアルバニアにいるのよ！　アルバニアに泊まるのよ！」と宣言した。義父の方も、一九二二年にミネソタ州キャノン・フォールズに生まれた三世アメリカ人とはいえ、やはり根っからのノルウェー人だった。大平原に育った十九世紀の子供たちの最後の末《まつ》裔《えい》とも言うべく、電気も屋内便所もない丸太小屋で農夫の子として育ち、その田舎のコミュニティは周囲からまったく孤立していて、しかも住民は一人残らずノルウェーからの移民かその子孫だったから、義父は少年時代の大半を英語ではなくノルウェー語を話して過ごしたので、大人になり老齢に入ってからもずっと訛りが残っていた。義母のような強い訛りではなく、柔らかで音楽的に訛ったアメリカ英語であり、ほかには一度も聞いたことがないその喋り方を、君はいつも耳に快く感じたものだった。戦争で学業に長い中断があったあと、復員兵援護法の恩恵を受けて大学を終え、大学院に進学してフルブライト奨学金でオスロ大学に一年留学し（そこで君の義母にも出会った）、ノルウェー語ノルウェー文学の教授になった。というわけで君の妻は、ミネソタ州に位置してはいてもあくまでノルウェー人の家庭に育ったのであり、したがってクリスマスのディナーも断固徹底的にノルウェー流だった。要するにそれは、君の義母が一九二〇、三〇年代ノルウェー南部で過ごした少女時代に家族とともに食したクリスマスディナーの再現にほかならなかった。それは現代アメリカの、スーパーマーケットには二百種類のシリアルがありアイスクリームのフレーバーも八十四種類ある豊かで物にあふれる暮らしとは遠く隔たった時代だった。年一度の食事は決して変わらず、二十三年のあいだひとつの料理が足されも引かれもしなかった。メインコースは七面鳥でも鵞鳥《がちょう》でもハムでもなく、軽く塩と胡椒《こしょう》をまぶしてオーブンで焼いた豚の骨付き肉であり、ソースも薬味もつけない。茹《ゆ》でたジャガイモ、カリフラワー、赤キャベツ、芽キャベツ、人参、コケモモを添え、デザートはライスプディング。これ以上シンプルなメニューもなく、今日アメリカでまっとうな休暇の御馳走《ごちそう》とされている通念からおよそこれほど隔たったものもないが、二年ばかり前に君の姪《めい》や甥《おい》たちの一番若い層を対象に意識調査を行ない（伝統はいまもニューヨークで続いているのだ）、クリスマスディナーはいままでのままがいいか何か変えるのがいいか訊いてみたところ、全員口を揃《そろ》えて「変えないで！」と叫んだ。これは儀式としての、継続としての、家族の絆《きずな》としての食べ物なのであり、君たちが海へ漂い出てしまうのを防いでくれる象徴的な錨《いかり》なのだ。結婚によって、かような一族の一員に君はなった。十五のとき、ウィットあふれる君の娘は、自分のバックグラウンドを言い表わす新しい言葉を思いついた――ジュー＝ウィージアン（「ジュー」〔ユダヤ人〕と「ノーウィージアン」〔ノルウェー人〕を合わせている）。この二重アイデンティティに当てはまる人間がいったい何人いるかは疑問だが、何といってもここはアメリカであり、そのとおり、君と君の妻はジュー＝ウィージアンを子に持つ親なのだ。

君が子供のころ愛した食べ物。物心ついたころから思春期のとば口まで、いったい何回フォークを口に入れ、スプーンを口に入れ、何回嚙《か》み、飲み、何回小さくすすり、大きく呑《の》み込んだことか。一日を通していろんな時間に飲んだ無数の果物ジュース。朝のオレンジジュースはむろん、アップルジュース、グレープフルーツジュース、トマトジュース、パイナップルジュース、コップに入ったパイナップルジュースのみならず夏のあいだは製氷皿で凍らせたパイナップルジュース（これを君と君の妹は「パイナップル塊《チャンクス》」と呼んだ）、飲んでいいと言われるたびに喜んでがぶ飲みしたソフトドリンク（コカコーラ、ルートビア、ジンジャーエール、セブンアップ、オレンジクラッシュ）、大好きだったミルクシェーク、特にチョコレート味が好みだったがたまに趣向を変えてバニラも飲んだし両者を合わせた「ブラック＝アンド＝ホワイト」も楽しんで、夏となれば何と言ってもルートビア・フロート、これはバニラアイスクリームと一緒に作るのが王道だが君にとってはコーヒーアイスクリームなら一段と魅力的だった。朝食はいつもシリアルで始まり、コーンフレーク、ライスクリスピー、シュレデッドホイート、パフトホイート、パフトライス、チェリオス、とにかくその朝キッチンの棚にあったものをボウルに流し込み、牛乳をかけて、匙一杯（あるいは二杯）の上白糖をまぶす。次は卵料理（たいていはスクランブルエッグ、時には目玉焼きか半熟茹で）とバターを塗ったトースト二切れ（白パン、全粒粉、ライ麦）、これにしばしばベーコン、ハム、ソーセージが付き、あるいはフレンチトースト（メープルシロップがけ）、ごくたまに――そしてこれが最高だった――山と積まれたパンケーキ（これもメープルシロップがけ）。何時間かすると、パン二切れのあいだに肉などをはさんだ昼食。ハムかサラミ、コーンビーフかボローニャソーセージ、時にはハムとアメリカンチーズの両方、時にはアメリカンチーズだけ、あるいは君の母の得意料理のひとつツナサンド。寒い日、今日のような寒い冬の日には、サンドイッチの前にスープがボウルに入って出てくることも多く、五〇年代前半スープといえばつねに缶詰で、君の一番の好みはキャンベルのチキンヌードルかキャンベルのトマトスープで、これはきっと当時アメリカ中すべての子供がそうだったにちがいない。ハンバーガーにホットドッグ、フレンチフライにポテトチップ——これは週に一度、地元のモルトショップ（麦芽乳、ミルクセーキなどを出すアイスクリーム店）クリックルウッドで毎週木曜に友人たちと一緒に昼食を食べたときの御馳走である（君の小学校にはカフェテリアがなく、みんな昼食を食べに家に帰ったが、君が九歳か十歳になったころから、君や君の友人の母親たちがこの贅沢を許してくれたのであり、毎週木曜クリックルウッドでのハンバーガーにホットドッグもしくはその両方、全部食べてもせいぜい二十五セントか三十セント）。夕食はディナーともサパーとも呼ばれ、メインディッシュがラムチョップなら最高だったがローストビーフもいい勝負だったし、あとは順不同でフライドチキン、ローストチキン、ビーフシチュー、ポットロースト、スパゲティミートボール、レバーソテー、ケチャップをたっぷりかけた魚フライ。ジャガイモは定番で、どう料理してあっても（基本的にはベークドポテトかマッシュポテト）間違いなく美味《おい》しかった。野菜ではトウモロコシが一番だったが、味わえるのは夏の後半に限られていたので、エンドウマメ、エンドウマメと人参《にんじん》、サヤインゲン、ビーツなども出てくれば喜んで食べた。ポップコーン、ピスタチオナッツ、ピーナッツ、マシュマロ、グレープゼリーを塗りたくった塩味クラッカー、そして君の少年時代後期から登場した冷凍食品（特にチキンポットパイとサラ・リーのパウンドケーキ）。もういまでは甘いものに対する嗜好《しこう》もあらかたなくしてしまったが、少年時代の遠い日々をふり返って、糖分満載の食べ物を自分がどれほど欲し、貪《むさぼ》ったかを思うとほとんど愕然としてしまう。まずは何よりアイスクリーム、いくら食べても飽きないように思えた——ボウルに盛ったプレーンのアイスクリーム、チョコレートソースのかかったアイスクリーム、サンデーやフロートになったアイスクリーム、棒に刺さったアイスクリーム（グッドヒューマーやクリームシクル）、球体の中に隠れたアイスクリーム（ボンボンズ）、長方形（エスキモー・パイ）、ドーム状（ベークド・アラスカ）。アイスクリームこそ君の若き日の煙草《たばこ》だったのであり、君の魂に忍び込んでその魅力で君をはてしなく誘惑した中毒物だったのだ。が、君はまたケーキにも目がなく（チョコレートトレア！　エンジェルフード！）、さらにクッキーにも弱かった——バニラフィンガーからバリーズ・ダブルディップチョコレートまで、フィグニュートンからマロマーまで、オレオからソーシャルティー・ビスケットまで、加えて十二歳までに貪り食った何百種に及ぶキャンディバー（ミルキーウェイ、スリー・マスケティアーズ、チャンキー、チャールストン・チュー、ヨーク・ミント、ジュニア・ミンツ、マーズ、スニッカーズ、ベイビー・ルース、ミルク・ダッズ、チャックルズ、グーバーズ、ドッツ、ジュジューブズ、シュガー・ダディ等々）。あれだけ糖分を吸収していながらどうやって太らずにいられたのか？　思春期へ向かうなかで、どうして体は依然上に伸びつづけ横に広がらずに済んだのか？　有難いことにもうそうしたこともすべて過去の話だ。けれど時おり、二年か三年に一度、長距離の飛行機を待って空港にいて（なぜかかならず空港なのだ）、新聞を買おうとキヨスクに入っていくと、大昔の渇望が突如君を捉え、君はレジの下に並んだ菓子に目を落とし、もしチャックルズが置いてあったら買う。十分と経たぬうちに、五つのゼリーキャンディはすべてなくなっている。赤、黄、緑、橙《だいだい》、黒。

ジュベール――生の終わりは苦々しいものだ。この言葉を書いてから一年と経たぬうち、六十一歳の年齢で（それは一八五一年にあっては今日の六十一よりずっと上の歳《とし》に思えたにちがいない）ジュベールはまた違った、もっとずっと受け容《い》れづらい格言を書きつけた。人は愛すべき人間として死なねばならない（できるものなら）。この一文に、特にカッコの中の一言に君は心を動かされる。これは類《たぐい》まれな繊細さの表われだと君には思える。愛すべき人間となることが、とりわけ老いた者、老衰に入っていきつつあり他人に世話してもらわねばならない者にとっていかに難しいかを、大きな代償を払って理解した人間の一言だと思える。できるものなら。人間にとっておそらく、終わりに至って愛すべき人間であることこそ最高の達成だろう。「苦々しい」時期であろうとなかろうと同じことだ。尿と糞《くそ》とよだれで死の床を汚す。みんなそこへ向かっているんだ、と君は自分に言い聞かせる。問題は無力で退化した状態で持ちこたえながらどこまで人間らしくいられるかだ。自分が最後にベッドにもぐり込むとき何が起きるか見当もつかないが、君の両親のように突然逝《い》ってしまうのでないかぎり、愛すべき人間でいたいと君は思う。できるものなら。

一九七一年に魚の骨で危うく窒息死しかけたことも言い忘れてはならない。あるいはまた、二〇〇六年のある晩、暗い廊下で危うく死ぬところだったことも。君は低いドア枠に額をぶつけてうしろによろめき、バランスを取り戻そうとして今度は前につんのめり、敷居に足をひっかけて転び、中の部屋の床に顔から倒れ込み、あと数センチずれていたら頭がテーブルの太い脚に激突していたのだ。毎日、世界中あらゆる国で人はそうやって転んで命を落としている。たとえば君の友人の伯父の、十九年前にも書いた（「赤いノートブック」3）人物は第二次世界大戦中にナチスと戦うレジスタンスの闘士としていくつもの弾丸を浴び数々の危険を生き抜き、唖然《あぜん》とするほかない頻度で避けがたい死を逃れ手足を失う運命を逃れておきながら、戦後シカゴに移住して、平和なアメリカの静謐《せいひつ》の中で、戦場からも飛び交う銃弾からも炸裂《さくれつ》する地雷からも遠く離れて暮らしていながら、ある夜目覚めてトイレに行き、暗くなったリビングルームで家具につまずいて転び、テーブルの太い脚に頭をぶつけて死んだのだ。馬鹿げた死、ナンセンスな死と言うほかないが、五年前に頭がもう数センチ左に倒れていたら君だってそうやって死んだかもしれないのだ。馬鹿馬鹿しい死に方は世にいくらでもある。階段を転げ落ちる、梯子《はしご》から滑り落ちる、水に落ちて溺れる、車に轢《ひ》かれる、流れ弾に当たる、バスタブにラジオが落ちて感電死する。それを思えば、すべての生はいくつもの危機一髪の幸運に彩《いろど》られていると言うほかない。君くらいの年齢に達した人間はみな、不条理かつナンセンスな死を何度もくぐり抜けてきているのだ。それがすべて、いわゆる日常生活の中で起きている。言うまでもなく、もっとずっと苛《か》酷《こく》な目に遭った人々、日常生活などという贅沢とは無縁だった人々も大勢いる。たとえば前線にいる兵士、戦争の犠牲になった市民、全体主義政府に殺された人々、それに洪水、地震、台風、疫病《えきびょう》など自然災害で死んでいった数えきれぬ人たち。とはいえ、大きな困難を生き延びた人であっても、日常にひそむ気まぐれな惨事の餌《え》食《じき》となる危険は、そうした恐怖を味わわずに済んでいる我々と変わらない。戦場での死を逃れながらある夜シカゴの自宅でトイレに行く途中に死んだ君の友人の伯父がいい例だ。一九七一年、君の喉《のど》の奥に魚の骨が引っかかった。

君としてはカレイの切り身を食べているつもりだったので、骨のことは心配していなかったのだが、突然、呑《の》み込むたびに喉が痛むようになった。何かが間違いなく喉の中に入ったのだ。水を飲む、パンを食べる、指で引っぱり出す、等々伝統的な対処法を一通りやってみたがどれも役に立たなかった。骨は喉のあまりに奥に達している上に、両側の壁に突き刺さるくらい長さも太さもあって、咳《せき》をして吐き出そうとするたびに唾液《だえき》に血が混じっていた。四月か五月の、パリに住みはじめて二か月か二か月半くらいのころで、自分で骨を取り除くのはどうやら無理であることが明らかになると、君は恋人と一緒にジャック・マワス通りのアパルトマンを出て、最寄りの医療施設オピタル・ブシコーまで歩いていった。午後八時か九時くらいで、看護師たちはどうしたらいいかまったくわからなかった。感覚を麻痺させる液体を彼女たちは君の喉にスプレーし、君とお喋りし、ケラケラ笑ったが、刺さった骨にはいっこうに届かず、引き出しようもなかった。やっとのことで、十一時ごろに夜番の緊急勤務医がやって来た。マイヤーという名の若いユダヤ人だった。盲目のピアノ調律師がかつて住んでいた地域にまた一人イスラエル人《びと》がいたわけだ。この青年医師、君よりせいぜい四、五歳年上というところだったが、何と耳鼻咽喉《いんこう》が専門だという。まず手始めの検査に君に若干の血を吐き出させてから、医師は君を連れて中庭を抜け、別の棟にある彼の診療室に行った。部屋に入って君は椅《い》子《す》に座り、彼も椅子に座ると、ピンセットが三十か四十はあろうかという大きな革ケースを彼は開いた。ぴかぴかの銀色の道具がずらりと並ぶ壮観――ありとあらゆる大きさと形のピンセットが揃っていて、先がまっすぐなのもあれば曲がったのもあり、先が鉤《かぎ》状のもの、ねじれたもの、輪になっているものもあり、短いのもあれば長いのもあり、中にはおそろしく複雑で奇妙な形の、こんなものをいったいどうやって喉に入れるのかと首をひねってしまうのもあった。口を開けるよう医者は君に言い、一本一本さまざまなピンセットを、そうっと喉に差し入れ、押し込んでいった。ずっと下まで押し込むものだから、結局上手《うま》く行かず取り出すたびに君はゲーゲー喘《あえ》ぎ、またさらに血を吐き出した。もう少しの辛抱です、と医者は君に言った。もう少しの辛抱です、きっと取れますから、と。そして十五回目に至り、もっとも大きい部類の、時計でいえばグランドファーザークロック級の、偃月刀《えんげつとう》の形をグロテスクに誇張したごとき鉤が先端にあるピンセットを使って医師はついに骨を捕らえ、ぎゅっと摑《つか》んで、前後に少しずつ揺すって肉から抜いていき、ゆっくりと持ち上げて喉のトンネルを通し、ついに外へ出した。医師は嬉《うれ》しそうな、かつ仰天した顔をしていた。上手く行ったことは嬉しいが、骨の大きさには仰天している。何しろ十センチ近い長さがあったのだ。君もやはり仰天していた。どうやってこんな大きな物体を呑み込めたのか？　エスキモーの使う縫い針、鯨の骨のコルセット、毒矢を君は思い浮かべた。「あなたは運がいいですよ」とマイヤー医師は、君の鼻先にかざした骨をなおも見ながら言った。「この骨で死んでいたとしてもおかしくありませんよ」

二月一日の夜以来、雪らしい雪は降っていないが、陽はほとんど出ず、雨が多くて風も強い寒々しい一か月であり、君は毎日部屋にこもって冬じゅうこの日誌を書き、この旅を続けている。もう三月だがいまだに冷え込み、一月二月の寒さはいっこうに衰えていないが、それでも君はこのところ毎朝外に出て庭を見渡して色の兆《きざ》しを探す。地面から突き出しているクロッカスの葉の小さな先っぽ、レンギョウの藪《やぶ》の最初の黄色を君は探すが、いまのところ報告すべきものは何もなく、今年は春の訪れが遅そうだ。初のコマツグミを探しはじめられるまであと何週間かかるだろう。

ダンサーたちに君は救われた。一九七八年十二月のあの晩、彼らが君を人生に引き戻し、宇宙の割れ目の向こうに君を押し出してくれた火傷《やけど》のごとき天啓の瞬間を経験させてくれて、君はふたたび始められるようになったのだ。運動する身体、空中に在る身体、何の邪魔もない空っぽの空間の中を跳躍し回転する身体、マンハッタンの高校の体育館で踊る八人のダンサー、男四人女四人いずれも若く全員二十代前半で、君は振付家の女性の知人十人ばかりと一緒に観覧席に座って彼女の新作の公開リハーサルを見ている。一九六五年にヨーロッパへ行ったときに乗った学生船で知りあった画家デイヴィッド・

リードに招待されたのだ。いまではニューヨークで一番古い友人であるデイヴィッドがこの日君を招いたのは、彼が当時、振付家のニーナ・Ｗと恋仲になっていたからだった。ニーナのことを君はよく知らなかったし、彼女とデイヴィッドとの仲も長続きしなかったと思うが、君が事実を歪めているのでなければ、たしか彼女はマース・カニングハム舞踏団のダンサーとしてスタートした人物で、振付に精力を注ぐようになったいま、その作風はカニングハムに似て、逞《たくま》しく、自発性と意外性に富んでいた。当時は君の人生でもっとも暗い時期だった。三十一歳で、最初の結婚は崩壊したばかりで、一歳六か月の息子がいて定職はなく、金もほとんどなく、フリーの翻訳者としてかろうじて生計を立て、読者が世界で百人いるかいないかの小さな詩集を三冊出していて、『ハーパーズ』や『ニューヨーク・レビュー・オブ・ブックス』などの雑誌に文芸批評を書いて乏しい収入を補い、手っ取り早く金を作ろうとしてその夏に偽名で書いた探偵小説（まだ出版社は見つかっていなかった）を別とすれば創作は完全に止まってしまっていた。君は行きづまり、どうしていいかわからず、一年以上一篇の詩も書けていなかったし、もう二度と書けないのだという思いが徐々に固まりつつあった。まさにそんな状態で、三十二年以上前の冬の晩、ニーナ・Ｗの製作中作品の公開リハーサルを見に高校の体育館に入っていったのである。ダンスというものについて君は何も知らなかったし、いまだに何も知らないが、前々からいつも、見事なダンスのパフォーマンスを見るたび胸の内に幸福感が湧《わ》いてくるのだった。デイヴィッドの隣の席に腰を下ろした時点では、どんなものを見ることになるか全然わかっていなかった。そのときはまだニーナ・Wの仕事は君にとってまったくの未知だったのである。彼女は体育館の床に立ち、ごく少数の観客に向かって、リハーサルは二つのパートを交互に行なうことになると説明した。作品の主要な動きをダンサーたちが演じてから、私が解説します、と。そう言って彼女は脇《わき》に退き、ダンサーたちが床の上を動き回りはじめた。まず君の注意を惹《ひ》いたのは、音楽がないことだった。そんな可能性は――音楽ではなく沈黙に合わせて踊るなどということは――考えてみたこともなかった。音楽はつねにダンスにとって肝要なもの、ダンスとは不可分のものと君は思っていたのである。踊りのリズムとスピードを規定するというだけでなく、見る者が抱く感情のトーンを定めるのも音楽だし、それ自体ではまったく抽象的な営みに物語的な一貫性を与えるのも音楽だと思っていたのに、このダンスではダンサーたちの身体が作品のリズムとトーンを定める役を担《にな》っているのである。いったんそのことに馴染《なじ》んでしまうと、音楽がないことがひどく新鮮に君には思えてきた。ダンサーたちは頭の中の音楽、頭の中のリズムを聞いているのであり、聞こえないものを聞いているのだ。そしてこれら八人の若者は上手なダンサー、素晴らしいダンサーだったから、まもなく君にも彼らの頭の中のリズムが聞こえてきた。というわけで、裸足《はだし》の足が体育館の木の床を打つ響き以外に音は何もなし。動きの詳細は覚えていないが、跳ねる、回る、落ちる、滑るといった動作はいまも目に浮かぶ。腕が振られ、腕が床に降り、脚が宙を蹴《け》って前に飛び出し、体同士が触れては離れる。ダンサーたちの優美さと活力に君は感じ入り、身体が動くのをただ見ているだけで、自分の中にあるどこか未踏《みとう》の地に運ばれていく気がしてきた。何かが少しずつ自分の内部で持ち上がるのが感じられ、喜びが体を貫いて頭まで上がってくるのがわかった。それは肉体的な喜びであると同時に精神的な喜びでもあり、募る喜びが体の隅々まで広がっていった。そうして、六、七分経《た》ったところでダンサーたちは止まった。ニーナ・Wが前に出て、観衆がたったいま目にしたものについて解説をはじめた。彼女が話せば話すほど、ダンスの動きやパターンをより真剣かつ情熱的に言語化しようとすればするほど、彼女の言っていることが君にはだんだんわからなくなっていった。べつに君に馴染みのない専門用語を使っていたというのではない。もっと根本的なことだ——言葉はまったく役に立たないということ、いま君が見た言葉なしのパフォーマンスを描写するという任に言葉は不適であるということなのだ。ダンサーたちがやったことの十全さ、その剝《む》き出しの肉体性を伝えられる言葉などありはしない。やがて彼女は脇へ退き、ダンサーたちがふたたび動き出して、さっきと同じ喜びがたちまち君の内に満ちていった。五、六分して彼らはふたたび止まり、もう一度ニーナ・Wが出てきて解説し、今回も君がいま見たばかりの美の百分の一も再現できず、という具合にその後一時間にわたってダンサーと振付家が交代に現われ、運動する身体のあとに言葉が、美のあとに無意味な雑音が、喜びのあとに退屈が続くなか、ある時点で何かが君の中で開きはじめた。世界と言葉とのあいだにある裂け目、人生の真実を理解したり表現したりする人間の力と人生それ自体とを隔てる深い溝《みぞ》に自分が墜《お》ちていくのを君は感じ、そして、いまだに訳がわからない理由ゆえに、何ものにも縛られぬ空っぽの空気の中を突如墜落していくことで、自由と幸福の感覚に君は包まれていった。パフォーマンスが終わるころには、君はもう行きづまっていなかった。過去一年ずっとのしかかっていた疑念はもはや負っていなかった。君はダッチェス郡の家に帰り、結婚が崩壊して以来寝室になっている一階の仕事部屋に戻っていき、翌日書きはじめた。三週間にわたって、詩とも物語とも言えない、何のジャンルとも特定できない文章に取り組み、マンハッタンの高校の体育館でダンサーたちが踊り振付家が語るのを前にして見えたもの、感じたものを言葉にしようと試み、はじめに何ページも書いてからそれを八ページにまで煮詰めていった。これが君の書き手としての第二の生における最初の作品であり、それ以後の年月に書くことになるものすべてへの橋渡しだった。ある土曜の夜遅く、吹雪のさなかに書き終えたことを君は覚えている。午前二時、静まり返った家で目覚めているのは君一人。そしてこの夜で恐ろしいのは、いまだ君の心に取り憑《つ》いているのは、君がこの、やがて『白い空間』と呼ぶことになる作品を書き上げていたまさにその最中に、君の父親は恋人の腕の中で死につつあったということだ。運命の残忍な三角法。君が生に戻ってくるとともに、君の父親の生は終わりに向かっていたのだ。

君がすることをするためには、歩く必要がある。歩くことで言葉が君にもたらされ、頭の中で書いている言葉のリズムが聞こえてくる。片足を前に出し、もう一方の足を前に出す、心臓の二重の太鼓音《ドラムビート》。二つの目、二つの耳、二本の腕、二本の脚、二つの足先。これ、そしてあれ。あれ、そしてこれ。書くことは体の中で始まる。それは体の音楽であり、言葉に意味はあっても、言葉が時には意味を持てても、言葉の音楽こそ意味が始まる場なのだ。君は言葉を書きとめるために机に向かうが、頭の中ではまだ歩いている、つねに歩いている、聞こえているのは心臓のリズム、心臓の鼓動だ。マンデリシュターム――「『神曲』に取り組んでいるあいだダンテは何足サンダルをはきつぶしただろう」。小さなダンスとしての書くこと。

百ページほど前で移動について列挙した際、ブルックリンとマンハッタンの往復に言及することを君は忘れた。一九八〇年にブルックリンに移って以来、君自身の都市において三十一年にわたりその往復をくり返してきた。週に平均二、三度は行き来するから、合計すれば数千回、地下鉄で行ったことも多いが車やタクシーでブルックリン橋を行って帰ってきたことも多い。千回、二千回、五千回、何度横断したかは知りようもないが、人生でこれほど何度も行なった移動はほかにない。そして橋を渡るたびにかならず、その建築の美しさに君は感じ入ってきた。この橋をほかのどの橋とも違ったものにしている、古さと新しさの奇妙な、だがどこまでも悦《よろこ》ばしい混合。中世風のゴシック様式アーチの分厚い石が、華奢《きゃしゃ》な蜘蛛《くも》の巣のごとき鋼鉄ケーブルと不調和でありながら調和している。かつてこの橋は北米で一番高い建造物だった。自爆殺人者たちがニューヨークに来る前、君はいつもブルックリンからマンハッタンへの横断を好んだ。左側の港の自由の女神と、前にそびえるダウンタウンの摩天楼とが同時に見えるようになる地点に達するのを待つ楽しみ。突如視界に飛び込んでくる巨大な建物群の中にはむろんツインタワーが、美しくはないがだんだんと風景に溶け込んでいったタワーがあったのであり、マンハッタンへ近づいていくなかで高層建築の作るスカイラインにはいまも感嘆するものの、タワーがなくなった現在、横断するたびに死者のことを君は考えずにいられない。自宅最上階の娘の寝室の窓からツインタワーが燃えるのを見たこと、攻撃のあと三日間近所の街路に降った煙と灰のこと、金曜日にようやく風向きが変わるまで家の窓を閉めきるほかなかった耐えがたい強烈な悪臭のことを君は考えずにいられない。あれ以来九年半、依然として週に二、三度橋を渡りつづけているものの、その移動はもはや同じではない。死者はいまもそこにいて、タワーもまだそこにある。記憶の中で死者たちは息づき、空にぽっかり空いた穴としてタワーはいまもそこにあるのだ。

死者が呼びかけるのを君は聞いた。ただし一度だけ、これまでずっと生きてきて一度だけ。君はありもしないものを見るたぐいの人間ではないし、自分が見たものに混乱させられることはよくあっても、幻覚に陥ったり現実を途方もなく改変してしまったりはしない。耳も同じだ。時おり、例によって街を散歩していると、誰かに呼ばれた気が、妻か娘か息子が通りの向こうから君の名を呼んでいる気がすることがあるが、そっちを向いて見てみると、いつもそれは誰か他人がポール、ダッド、ダディと言っているのだ。だが二十年前、あるいは二十五年前、日常生活の流れとはまったくかけ離れたところで、いまだに君を戸惑わせつづける幻聴を君は体験した。その生々しさ、力強さ、聞こえた声の圧倒的な大きさ——死者たちが君の中でいっせいに叫びを上げたのはほんの五秒、十秒のことだったが。君はドイツにいて、ハンブルクで週末を過ごしていて、日曜の朝、友人で君の本のドイツ語訳を出している出版社の社長でもあるミヒャエル・ナウマンから、ベルゲン＝ベルゼンに——というよりかつてベルゲン＝ベルゼンの収容所があったところに——行かないかと誘われた。尻込《しりご》みする気持ちもあったが、行きたいと君は思った。そしてどんより曇ったその日曜の朝、ほとんど車のいないアウトバーンを走ったときのことを君は覚えている。何マイルも広がる平たい土地に灰白色《かいはくしょく》の空が低く垂れるなか、道端の木に激突した車と、草の上に横たわった運転手の死体を君は見た。体からはいっさいの力が抜け、ひどくねじれていて、男が死んでいることは一目瞭然《りょうぜん》だった。そしてミヒャエルの車に乗った君は、アンネ・フランクとその姉マルゴットとのことを考えた。二人ともベルゲン＝ベルゼンで、ほか数万の人々とともに——チフスや飢えゆえに、あるいはわけもなく殴られ殺されて世を去った何万もの人々とともに——死んでいった。助手席に座っていると、いままでに見た強制収容所の映像やニュース映画が頭の中を流れていき、ミヒャエルとともに目的地へ近づくにつれて、君はだんだん不安になって、内にこもっていった。収容所自体は何も残っていなかった。建物は取り壊され、バラックも解体され撤去されて、鉄条網の柵《さく》も消え、いまは小さな博物館があるだけだった。それはポスター大の白黒写真を並べてそれぞれに説明を添えてある平屋の建物で、気の滅入る場所、見るのも嫌な場所だったが、とにかくがらんとしてすべてが消毒済みといった印象で、戦争中ここがどんな場所だったか実感するのは難しかった。死者の存在が君には感じとれなかったし、鉄条網で囲まれた悪夢の村に詰め込まれた数千数万が味わった恐怖も感じられなかった。ミヒャエルと一緒に博物館の中を歩きながら（記憶の中ではそこにいるのは君だけだ）、収容所がそのまま残されて残虐《ざんぎゃく》の館がいかなる姿だったか世界中が見られたらよかったのにと君は思った。それから君たちは外に出て、かつて収容所の建物があった地面に立ったが、いまそこは草の茂る野原になっていて、美しい、手入れの行き届いた芝が四方何百メートルも広がっていた。かつてバラックや施設があった位置を示す標識があちこちに据えられていなかったら、数十年前にここで何が起きていたか想像のしようもなかっただろう。やがて君たちは、地面が少し盛り上がった草地に出た。周りより十センチばかり高くなっている、六メートル×九メートル程度、広めの部屋といった感じの場所で、一方の隅に標識があり、ここにロシア人兵士五万人が眠ると書いてあった。君は五万人の墓の上に立っていたのだ。そんなにたくさんの死体がこんな小さなスペースに収まるなんてありえないことに思えた。自分の下にあるそれらの死体たちを想像しよう、これ以上はないというくらい深かったにちがいない穴の中でぎっしり絡《から》みあっている五万人の若者たちを思い描こうと努めると、かくも多くの死、そんな小さな一画の地面に押し込まれたかくも多くの死を想《おも》って眩暈《めまい》がしてきて、その次の瞬間、叫び声が聞こえたのだ——声たちのとてつもない大波が君の足下の地面から湧き上がってきて、死者たちの骨が苦悶《くもん》に吠《ほ》えるのを君は聞き、痛みに吠えるのを、轟々《ごうごう》と耳をつんざく苦しみを滝のようにほとばしらせて吠えるのを君は聞いた。大地が悲鳴を上げていた。五秒か十秒それが聞こえて、それからまた静かになった。

　夢の中で父親と話す。もう何年も前から、父は意識の向こう側にある暗い部屋に君を訪ねてきていて、テーブルをはさんで君と座り、長いことゆったりと話を交わす。落着いて慎重に父は話し、つねに優しく友好的に君に接して、君が言うことにいつもじっくり耳を傾けてくれるが、ひとたび夢が終わって目を覚ますと、二人のどちらが言ったことであれ一言も君には思い出せない。

くしゃみをする、声を上げて笑う、あくびをする、涙を流す、ゲップをする、咳をする、耳を掻《か》く、目をこする、鼻をかむ、咳払いする、唇を噛む、舌を下の歯の裏側に這《は》わせる、身震いする、おならをする、しゃっくりをする、額の汗を拭《ふ》く、両手を髪にさし入れる。そういうことを何回やってきただろう？　何回爪先《つまさき》をぶつけ、指をつぶし、頭に打撃を喰らっただろう？　何度転び、滑り、倒れたか？　何度まばたきしたか？　何歩歩いたか？　ペンを手に持って何時間過ごしたか？　何回キスを与え何回受けたか？

まだ赤ん坊の子供たちを両手で抱く。

妻を両手で抱く。

ベッドから這い出て、窓まで歩いていくときの、冷たい床を踏む君の裸足の足。君は六十四歳だ。外の空は灰色、ほとんど白く、太陽は見えない。君は自問する。あといくつの朝が残っているのか？

ひとつのドアが閉じた。別のドアが開いた。

君は人生の冬に入ったのだ。

（二〇一一）

内面からの報告書

Report from the Interior

内面からの報告書

はじめは、何もかもが生きていた。どんな小さなものにも脈打つ心臓があって、雲にさえ名前がついていた。ハサミは歩けたし、電話機とティーポットはいとこ同士、目と眼鏡は兄弟だった。時計の文字盤は人の顔であり、ボウルの中のエンドウ豆一粒一粒が違う性格を有し、君の両親の自動車前面に嵌《は》まったグリルは歯がたくさんあってニタニタ笑う口だった。ペンはどれも飛行船だった。コインは空飛ぶ円盤。木の枝は腕。石は考えることができたし、神はあらゆるところにいた。

月にいる人間が実際の人間だと信じるのをためらう余地はなかった。夜空から君を見下ろしている顔が見え、それは疑いの余地なく人の顔だった。その人に体がないことも問題にならなかった。君にとってはそれでも人だったのであり、ここに何か矛盾があるかもしれないなどという思いは一度たりとも頭に浮かばなかった。同時に、牛が月を跳び越えられるというのも完璧《かんぺき》に信じられる話だった。お皿がスプーンと一緒に逃げることができるというのも（いずれもマザーグース『ヘイ・ディドル・ディドル』から）。

　君のもっとも初期の思考。小さな男の子として、どのように自分の中に棲《す》んだか、その残滓《ざんし》。思い出せるのはその一部でしかない。孤立した断片、つかのまの認識の閃《ひらめ》きが、ランダムに、予期せず湧《わ》き上がってくる、大人の日々のいま・ここにある何かの匂《にお》い、何かに触った感触、光が何かに降り注ぐさまに刺激されて。少なくとも自分では思い出せるつもり、覚えている気でいるが、もしかしたら全然、思い出しているのではないのかもしれない。もしかしたら、いまやほとんど失われた遠い時間に自分が考えたことをめぐる、あとになってからの「記憶」を思い出しているだけかもしれない。

　二〇一二年一月三日、君が最新作を書きはじめた次の日からきっかり一年後。すでに書き終えた冬の日誌。自分の体について書く。自分の肉体が経験したいろんな災難や快楽を列挙する。それはいい。だが、思い出せることを元に、子供のころの心の中を探索するとなれば、間違いなくもっと困難な作業だろう。ひょっとしたら不可能だろうか。それでも君は、やってみたい気持ちに駆られる。自分がたぐい稀《まれ》な、例外的な考察対象だと思うからではなく、まさしくそうは思わないから、自分自身を単に一人の人間、誰でもありうる人間と思うからこそ。

記憶が全面的に偽りではないことを証してくれる唯一《ゆいいつ》の証拠。それは、自分がいまも時おり、昔の考え方に舞い戻るという事実だ。いろんなことの名残りが、とっくに六十代に突入してもなお残っている。幼いころの万物有命観《アニミズム》は、心から完全に駆逐されてはいない。毎年夏になれば、芝生に仰向けに寝転がって漂う雲を見上げ、それらが顔に、鳥や獣に、州や国や架空の王国に変わるのを眺める。車のグリルを見ればいまだに歯のことを考えるし、コルク栓抜きはいまでも踊るバレリーナだ。外見はすっかり変わっていても、君はまだかつての君なのだ——たとえもう同じ人物ではなくても。

この計画をどういう方向へ持っていくかを考えて、十二歳の境界は越えないことに君は決めた。十二歳を過ぎればもはや子供ではなく、思春期が迫ってきていて、成人期もすでに脳内でちらつきはじめている。君はもう、生きるということが新しいものへの絶えざる飛び込みだった、あの小さな人間とは違う存在に変容していた。毎日何かを、時にはいくつかのことを、いや多くのことを初めて経験していた人間ではもはやなかった。そしてこの、無知から、無知以下の何ものかへの緩慢な移行、いま君の関心を惹《ひ》くのはそれだ。小さき人よ、君は何者だったのだ？　どうやって君は、考える力を持つ人間になったのか？　考える力があるなら、その考えは君をいかなる場へ導いていったか？古い物語を掘り起こそう。あちこちかき回して、手当たり次第に探し出し、その欠片《かけら》を陽にかざしてじっくり眺めてみるのだ。そうしてみよう。やってみよう。

世界はもちろん平らだった。地球は球体なんだよ、太陽系と呼ばれる空間の中でほかの八つの惑星と一緒に太陽の周りを回っている惑星なんだよと説明されるたび、その年上の男の子が言っていることが君には呑《の》み込めなかった。地球が丸いのなら、赤道より下にいる人間はみんな落ちてしまうはずじゃないか。逆さまの格好で生活する、なんてできるわけがない。年上の子は重力の概念を君に説明しようとしたが、それもやはり君が把握できるものではなかった。何百万もの人々が真っ逆さまに、すべてを喰らい尽くす無限の夜の闇《やみ》を落下していくさまを君は思い浮かべた。もし地球がほんとに丸いんなら、と君は胸の内で言った。そしたら安全な場所なんて、北極しかないじゃないか。

大好きだった漫画映画に明らかに影響されて、北極《ノース・ポール》からは柱《ポール》が一本突き出ているのだと君は思っていた。床屋の前でぐるぐる回っている縞《しま》模様みたいな柱が。

一方、星は不可解だった。空に開《あ》いた穴ではないし、蠟燭《ろうそく》でも電灯でもなく、君が知っている何ものにも似ていない。頭上の黒い空の広大さ、君とそれら小さな発光体とのあいだに広がる空間の巨大さ。それはどんな理解も寄せつけなかった。夜空に漂う、優しくて美しいものたち。それらがそこにあるのは、単にそこにあるからであって、ほかに理由はない。神の手の為《な》せる業、そのとおり、でも神はいったい何を考えていたのか？

そのころの君の環境は次のとおり。世紀なかばのアメリカ、母親と父親、三輪車に自転車に手押し車、ラジオと白黒テレビ、マニュアルシフトの自動車、狭いアパートメント二軒を経て郊外の一軒家、はじめは病弱でのちには普通の男の子らしい健康、公立学校、こつこつ働く中流階級の家庭、人口一万五千でプロテスタントとカトリックとユダヤ人から成り一握りの黒人以外は全員白人で仏教徒もヒンドゥー教徒もムスリムもいない町、妹一人といとこ八人、漫画本、ルーティー・カズーティー（人気テレビ番組の主人公の人形）とピンキー・リー（人気テレビ番組のホスト）、「ママがサンタにキッスした」、キャンベルのスープとワンダーブレッドと缶詰のグリンピース、改造車（ホットロッド）と一箱二十三セントの煙草《たばこ》、大きな世界の中の小さな世界。でも大きな世界はまだ見えていなかったから、小さな世界はそのころ君にとって全世界だった。

三叉熊手《ピッチフォーク》を手にした怒れる農夫《ファーマー》グレーが、トウモロコシ畑を駆け抜けフィリックス・ザ・キャットを追いかけてる。どちらも喋《しゃべ》れはしないが、絶え間なく響く快活でハイスピードの音楽が彼らの動きを伴奏するなか、両者がはてしない戦いをまたもくり広げるのを見て君は彼らが本物だと確信する。この雑に描かれた白黒の絵姿が、自分と同じく生きていることを君は確信する。彼らは毎日午後、テレビ番組『ジュニア・フロリックス』に登場する。フレッド・セールズという名の、君にはフレッドおじさん《アンクル・フレッド》として知られている銀髪の男が番組のホストを、この驚異の国の門番を務めている。アニメーションの製作ということについて、君は何ひとつわかっていないし、ただの絵がどうやって動くようになるのか、その過程などまったく想像もつかない。だから君は、きっとどこかに別宇宙のようなものがあって、そこではファーマー・グレーやフィリックス・ザ・キャットのようなキャラクターが存在できるにちがいないと考える。テレビ画面上を動くペンの引っかき傷としてではなく、ちゃんと肉体を持つ、三次元の、人間の大人と同じくらい大きい生き物として。論理的に考えて、彼らは大きくなくてはならない。テレビに出てくる人はつねに画面上の像より大きいからだ。そして、これもやはり論理的に考えて、彼らは別宇宙に属していなければならない。君が生きている宇宙には、残念ながら漫画のキャラクターたちが住んではいないからだ。君が五歳だったある日君の母が、君と友人ビリーをニューアークの、『ジュニア・フロリックス』が放送されるスタジオに連れていってくれると宣言する。アンクル・フレッドが生で見られるのよ、あんたも番組の中に入るのよ、と母は言う。そう聞かされて君はわくわくする。ものすごくわくわくする。でももっとわくわくするのは、とうとう、何か月もあれこれ考えあぐねた末に、ファーマー・グレーとフィリックス・ザ・キャットがこの目で見られることだ。彼らが本当はどういう姿をしているのかがついに見られるのだ。頭の中で君は、巨大な舞台、フットボール場くらいある舞台で物語がくり広げられるのを見る。プンプン怒った年寄り農夫と知恵の回る黒猫とが、例によって叙事詩のごとき小競《こぜ》りあいを演じ、たがいに追跡しあう。ところが待ちに待ったその日、君がそうやって考えたようなことはいっさい起こらない。スタジオは小さく、アンクル・フレッドは顔に化粧をしていて、君はショーの合い間のおやつにとミントを一袋もらってビリーやほかの子供たちと一緒に観客席に座る。舞台があるべき場を君は見下ろすが、そこはスタジオのコンクリートの床にすぎず、一台のテレビが置いてある。べつに特別なテレビですらなく、君の家にあるテレビより大きくも小さくもない。農夫も猫もどこにも見あたらない。番組にようこそ、とみんなを歓迎してから、アンクル・フレッドは最初の漫画を紹介する。テレビの画面が点《つ》いて、ファーマー・グレーとフィリックス・ザ・キャットがいつもと同じように跳ねまわる、相変わらず箱の中に閉じ込められたまま、相変わらず小さいまま。君はすっかり混乱してしまう。僕はいかなる誤りを犯したのか？　どこで間違えたのか？

現実は想像とまったく相反《あいはん》していて、何だかたちの悪い悪戯《いたずら》を仕掛けられた気がしてならない。心底がっかりして、君はろくろくショーを見る気にもなれない。番組が終わって、ビリーと母親と一緒に歩いて車まで戻っていく途中、君は腹立ちまぎれにミントを投げ捨てる。

草と木、虫と鳥、小動物。それらの見えない体が、周りの藪《やぶ》の中でガサゴソ動きまわる音。君が五歳半のとき、家族はユニオンの町の狭苦しい庭付きアパートメントを出て、サウスオレンジのアーヴィング・アベニューに建つ古い白い家に移り住んだ。大きな家ではないが、とにかく君の両親が初めて住む一軒家であり、当然君にとっても初めての一軒家ということになる。室内はさほど広くないものの、家の裏手の庭は君には広大に思えた。実際それは、二つの庭だった。一つ目は家のすぐ裏の小さな草深い一画で、君の母親が作った三日月型の花壇に縁どられていた。そして花壇のすぐ向こうには白い木造のガレージがあって、これを境として裏庭全体が二分され、ガレージの向こうに第二の裏庭があった。裏の裏庭。表の裏庭より、もっと野性的でもっと広い。この人目につかぬ領域で、君は新しい王国の動植物をこの上なく熱心に探求する。ここに唯一見られる人間の痕跡《こんせき》は、君の父親が作った菜園だけだ。それはおおむねトマト園で、一九五二年に一家で越してきて間もなく父が植えたものであり、その後の人生二十六年半にわたって君の父は毎年夏になるとトマトの栽培に励んだ。誰も見たことがないほど赤い、丸々したニュージャージー・トマトが八月になると籠《かご》一杯に収穫され、あまりにたくさんあるので傷《いた》んでしまう前に知り合いに分けて回らないといけなかった。裏の裏庭の、ガレージの一面に沿ってのびている君の父親の菜園。父親の領分、でもそれも君の世界だった。君は十二になるまでそこで暮らした。

　コマツグミ、フィンチ、アオカケス、ムクドリモドキ、アカフウキンチョウ、カラス、スズメ、ミソサザイ、カージナル、クロムクドリモドキ、そして時たまのルリツグミ。鳥は君にとって星と同じくらい不思議な存在であり、鳥たちの真の家は空だから、鳥と星は同じ一族に属しているように君には思えた。空を飛べるという不可解な力は言うに及ばず、派手な色、地味な色が無数にあることも観察と研究に値したし、何より君の興味を惹いたのは彼らが発する声だった。鳥の種類ごとに喋る言語も異なり、調子のよい歌だったりがさつで耳障《みみざわ》りな叫びだったりする。君は早いうちから、あれはたがいに話をしているのだ、あの音はみんなそれぞれの鳥言語のれっきとした単語なのだと確信した。肌の色もさまざまな人間たちが、無数の言語を喋る。それと同じで、空を飛び時おり君の裏の裏庭で芝生の上をぴょんぴょんはねる生き物たちも、コマツグミは仲間のコマツグミと、君にとっての英語と同じくらい彼らにとっては了解可能な、独自のボキャブラリーと文法を備えた言語で意志を交わしているのだ。

夏——草の葉の真ん中に裂け目を入れて、笛のように吹く。夜にホタルを捕まえて、光る魔法の壜《びん》を手に歩き回る。秋——カエデの木から落ちた莢《さや》を鼻につっ込む。地面に落ちたドングリを拾って精一杯遠く、藪の奥深く見えないところまで投げる。ドングリはリスが飛びつく御馳走《ごちそう》であり、リスは君が一番感嘆している動物だったから——あのスピード！　樫《かし》の木の枝から枝へ移る、死をも恐れぬ跳躍！——彼らが地面に穴を掘りドングリを埋めるのを君はじっくり観察した。冬は食べ物が乏しくなるから貯《た》めておくのよと君の母親は言ったが、実のところリスが冬にドングリを掘り出すのを君は一度も見たことがなかった。あれはただひたすら掘るのが楽しいから掘ってるんだ、掘りたくて仕方なくて止《や》めようにも止められないんだ、という結論に君は達した。

五歳か六歳、ひょっとしたら七歳まで、人間《ヒューマン・ビーイング》という単語は人豆《ヒューマン・ビーン》と発音するのだと君は思っていた。あんな小さな、ありふれた植物によって人類を表わすなんて不可解だとも思ったが、この誤解の筋が通るよう考えの方をねじ曲げ、豆は小さいからこそ意味深いのだ、人はみな母親の子宮の中で豆ほどの小ささで出発するのだから、ゆえに豆こそ生命それ自体のもっとも真の、もっとも力強いシンボルなのだと君は決めたのだった。

あらゆるところにいて、すべての上に君臨している神とは、善や愛の力ではなく恐れの力だった。神とは罪悪感である。天にまします頭脳警察の司令官、君の頭の中に侵入して君の思考を傍聴できる全能にして不可視の存在。君が頭の中で発しているだけの言葉も神には聞こえるし、沈黙だって言葉に翻訳することができる。神はいつも見張っていて、いつも耳を澄ましている。だから君はつねに精一杯正しくふるまわないといけない。さもないと恐ろしい罰を浴びせられるだろう。口にしがたい拷問《ごうもん》にかけられ、真っ暗な地下牢《ろう》に幽閉され、死ぬまでパンと水だけで生かされる。学校に上がるころにはもう、いかなる反乱行為も鎮圧されてしまうことを君は学んでいた。友人たちが狡猾《こうかつ》さと機知でもって規則を笑い物にするのを君は眺めた。先生の目を盗んでさらに新しい、いっそう巧妙な騒乱を彼らは生じさせ、一度たりとも罰せられなかった。ところが君は、誘惑に屈してそういう悪ふざけに仲間入りするたび、いつもかならず捕まって罰を受けた。一度の例外もなく。悲しいかな、悪戯の才能が君には欠けていたのだ。怒れる神が君をせせら笑う姿を想像するたび、自分はいい子にしているしかないのだと君は思い知った。さもないと……

六歳。ある土曜の朝、自分の部屋に立った君は、たったいま服も着て靴紐《くつひも》も結び終え（もう君は一人前、何でも自分でできる男の子だ）、さあ下に降りていって一日を始めるぞと張りきっていた。そして、早春の朝の光を浴びながら立っていると、幸福感に、何ものにも束縛されぬ恍惚感《こうこつかん》に君は浸され、次の瞬間胸の内で君は言っている、六歳である以上に素晴らしいことなんてない、どんな年齢より断然六歳の方がいいんだ、と。そう考えたということを、現在の君は、三秒前に考えたことと同じくらいはっきり覚えている。あの朝から五十九年経《た》ったいまも、それは君の中で煌々《こうこう》と光を放っていて、くっきりした輪郭は少しもぼやけておらず、これまで貯《たくわ》えてきた数千、数百万、数千万の記憶のどれにも劣らず明るく光っている。いったい何が、これほどの圧倒的な思いをもたらしたのか？　答えは知る由《よし》もないが、おそらくは自意識の発生ということと関係があるのではないかと君は思っている。六歳前後に、子供の身に起きる、内なる声が目覚める瞬間。ある思いを思考しながら、その思いをいま自分は思考しているのだと自分に告げる能力の誕生。人生はその時点で新しい次元に入る。その瞬間を境に、人は己の物語を自らに向かって語る力を獲得し、死ぬまで途切れなく続く物語を語り出すのだ。その朝まで、君はただいるだけだった。その朝、自分がいるということを君は知った。生きているということについて考えられるようになり、ひとたびそれができるようになると、自分が存在しているという事実を十分味わえるようになった。生きていることがどれだけ素晴らしいか、自分に向けて語れるようになったのだ。

一九五三年。まだ六歳。この超越的な啓示が訪れた数日か数週間後、君の内なる発達におけるもうひとつの転回点が訪れる。場所はニュージャージーのどこかの映画館。それまでにも映画館には何度か行っていたが、観《み》たのはいつも子供向けのアニメーションで（『ピノキオ』『シンデレラ』が思い浮かぶ）、本当の人間が出てくる映画はテレビでしか観たことがなく、その大半は三〇、四〇年代に作られた低予算の西部劇だった。ホパロング・キャシディ、ギャビー・ヘイズ、バスター・クラブ、アル・「ファジー」・セントジョン、どれも古めかしい不細工な撃ち合い物で、ヒーローは白い帽子をかぶっていて悪者は黒い口ひげを生やしている。君はすべてをとことん楽しみ、その現実性を熱く信じた。やがて、六歳の年のある日、誰かが君を、夜に上映される映画に連れていってくれた。当然それは君の両親だったのだろうが、彼らがそこにいた記憶はない。土曜の昼上映でもなくディズニーのアニメでもない、年代物の白黒西部劇でもない大人向けの新作カラー映画を観るのはこれが初体験だった。混んでいる映画館のだだっ広さ、明かりが消えて闇の中で座っていることの薄気味悪さ、期待と不安の入りまじった気分を君は覚えている。あたかも自分がそこにいると同時にそこにいないような、もはや自分の体の中にいないような、夢の中で自分が自分から消えていくのにも似た感触。映画は

H・G・ウェルズの小説を原作とする『宇宙戦争』で、特殊効果が画期的な新作として当時はもてはやされ、これまでのどの映画よりも精巧で、迫真性に富み、進化しているという評判だった。そういったことを君が学んだのはごく最近であり、一九五三年にはむろんそんなことは知らない。君はただの、火星人の大部隊が地球を侵略するのを見ている六歳の子供だった。ものすごく大きなスクリーンが目の前一杯に広がり、カラーもいままでに見たことがないほどあざやかで、その輝き、鮮明さ、強烈さに目が痛くなるほどだった。石のように丸い、金属製の宇宙船が夜空から降りてきて、それら飛行機械の蓋《ふた》が一つまたひとつ開いて、中から火星人が一人、ゆっくりと出てくる。異様に背の高い、昆虫みたいな姿で、腕は棒のようで指は不気味に長い。火星人は一人の地球人に視線を据え、その丸く膨らんだグロテスクな目をじっと向けて、次の瞬間、パッと閃光《せんこう》が飛び出す。数秒後、地球人はいなくなっている。抹殺《まっさつ》され、非物質化され、地面に映る影と化してしまったのであり、やがてその影も消える。あたかもその人物などはじめからいなかったかのように、そんな人が生きたことなんかなかったかのように。奇妙にも、怖かったという記憶はいっさいない。釘付《くぎづ》けにされた、というのがおそらく君の身に起きていたことを一番よく捉《とら》える言葉だろう。圧倒的な畏怖《いふ》の念。その光景に催眠術をかけられて、いわば麻痺《まひ》した恍惚とも言うべき状態に君は引き込まれていた。そして、やがて恐ろしいことが起きた。無力な武器で火星人たちを殺そうとした兵士たちの死と消滅よりも、もっとはるかに恐ろしいことが。ひょっとするとこれら軍人たちが、侵略者は敵意をもってやって来たのだと決めつけるのは間違いなのではないか。ひょっとすると火星人たちはただ、攻撃されたらどんな生き物だってそうするように自分を護《まも》ろうとしているだけではないか。事実はどうあれ、君としては疑わしきは罰せずという気でいた。未知のものを怖がる気持ちを、人間たちがあっという間に暴力に変えてしまったのは間違っているように君には思われた。そこへ、平和を訴える人物が現われる。主演男優の恋人か妻である若く美しい女性の父親で、牧師だったか司祭だったか、とにかく神に仕える人物である。落着いた、耳を和ませる声でこの人物は人々に語りかけ、優しさと友好の念をもって異星人に接するよう、神の愛を心に抱いて彼らの許《もと》へ行くよう説く。率先してやってみせようと、勇敢なる牧師＝父親は片手で聖書を掲げ、もう一方の手で十字架を掲げて宇宙船をめざして歩き出し、火星人に向かって、怖がることはありません、私たち地球の人間は宇宙に住むすべての人たちと仲よく生きたいのですと伝える。あふれる思いに口は震え、目は信仰の力に輝き、それから、船まであと一メートルというあたりまで来て蓋が開き、棒のような火星人が現われて、牧師＝父親がさらに一歩前へ出る間もなくパッと閃光が発せられ、聖なる言葉の使者は影に変えられ、そしてじきに影でさえなくなり、まったくの無と化す。神は、全能の存在は、何の力もなかったのだ。悪を前にして、神は最高に無力な人間と同じくらい無力であり、彼を信じる者たちは破滅するほかない運命にある。これがその夜『宇宙戦争』を観て君が得た教訓だった。その衝撃から、君はいまだ完全に立ち直っていない。

他人を許せ、つねに他人を許せ、だが自分は決して許すな。プリーズ、サンキューを言うこと。テーブルに肱《ひじ》をつかないこと。自慢しないこと。絶対に人の陰口を言わないこと。洗濯物は忘れずに洗濯袋に入れること。部屋を出るときは明かりを消すこと。人と話すときは相手の目をしっかり見よ。親に口答えするな。手を洗うには石鹼《せっけん》を使い爪《つめ》の下もちゃんとこするように。絶対に嘘《うそ》をつくな、絶対に盗むな、絶対に妹をぶつな。握手するときは相手の手をしっかり握れ。五時までには帰ってくること。寝る前には歯を磨くこと。そして何より忘れぬように――梯子《はしご》の下を歩くな、黒猫に近よるな、絶対に歩道のひびに足を触れるな（いずれも欧米では縁起が悪いとされている行ない）。

君は恵まれない人々のことを心配した。踏みにじられた人、貧しい人のことを。政治や経済の仕組みを理解するには幼すぎたし、ほとんど何も持たない人を資本主義の力がどれほど押しつぶすものかも把握できなかったけれど、顔を上げて周りを見回せば、この世界が不公平であること、ほかの人よりもっと苦しんでいる人々がいることはすぐわかったし、平等という言葉はあくまで相対的なものにすぎないことも理解できた。おそらくそれは、小さいころから、ニューアークやジャージーシティの黒人スラム街を見知っていたからだろう。毎週金曜の晩、父親が間借り人たちから家賃を集めて回るのについて行く。中流階級の少年が、貧しい人たち、絶望的に貧しい人たちの住居に入って、貧困の状態を目で見、匂いも嗅《か》ぐ機会などなかなかあるものではない。疲れた女たちとその子供たち。男の姿が見えることはめったになかった。君の父の間借り人である黒人たちは君にはいつもとても親切にしてくれたから、どうしてこんなにいい人たちがこんなに何もない暮らしをしないといけないんだろう、僕よりずっと何もない暮らしをしないといけないんだろう、と子供心に不思議に思ったものだ。君は心地よい郊外の家にいて、この人たちは家具も壊れた、あるいは家具なんか全然ない寒々しい部屋にいる。君にとってこれは、少なくともこの時点では人種の問題ではなかった。父親の間借り人である黒人たちと一緒にいても居心地悪さは感じなかったし、彼らの肌が黒かろうと白かろうと気にならなかった。すべては金の問題だった。金が十分ないという問題、君と同じような家に住めるだけの金を稼げる職についていないという問題だった。やがてもう少し大きくなってアメリカの歴史を、たまたまアメリカの歴史において公民権運動が開花した時期に学ぶようになると、六歳、七歳のときに目撃したことも君はずっと深く理解できるようになる。だが当時はまだ意識もおぼろに目覚めはじめたばかりで、何も本当に理解してはいなかった。人生はある人間に対しては優しく、ある人間に対しては残酷だった。君の心はそれゆえに痛んだ。

それからまた、インドの飢えた子供たちがいた。こちらはもう少し抽象的であり、距離も遠く馴染《なじ》みも薄くて把握しづらかったが、それでもなお、君の想像力に強くはたらきかけた。食べるものもろくにない、半分裸の、フルートのように細い手足の子供たちが、靴もなく、襤褸《ぼろ》を着て、混みあった大都会をさまよってパンのかけらを乞《こ》うている。君の母親がそういう子たちのことを話すたび、目に浮かぶのはそんな光景だった。話が出る場所はいつも決まって夕飯の食卓だった。これは一九五〇年代のアメリカの母親がみんな使った手口だったのだ。栄養不足で困窮したインドの子供たちを四六時中引き合いに出して、自分の子供が己を恥じて食事をきれいに食べるよう仕向ける。インドの子供を家に招いて、晩ご飯を一緒に食べられたらどんなにいいだろう、と君は何度思ったことか。君は小さいころ好き嫌いの多い子供だった。三歳半か四歳くらいまで君を苦しめた、消化器系統の欠陥が原因だったにちがいない。我慢できない、見るだけで気分が悪くなる食べ物がいくつもあった。出されたものを全部食べられなかったたびに、インドの男の子たち女の子たちのことを君は考え、激しい罪悪感に苛《さいな》まれた。

本を読んでもらった記憶はないし、字の読み方を学んだことも思い出せない。せいぜい、本の中の気に入ったキャラクターのことを母親に話した覚えがある程度だ。ということはやはり母親が読んでくれたのだろうが、自分が両手で本を持っていた記憶はないし、母の隣に座るか寝そべるかしている君に母が挿絵を指差しながら物語の言葉を読んで聞かせてくれた記憶もない。母の声が君には聞こえてこないし、母の体を自分の体の隣に感じることもできない。けれども、じっくり腰を据えて、目を閉じ、なかばトランス状態に入っていけば、いくつかのおとぎ話が君に与えた衝撃を何とか呼び起こすことができる。とりわけ「ヘンゼルとグレーテル」は怖かったが、「ルンペルシュティルツキン」と「ラプンツェル」もそうだったし、ダンボ、クマのプーさん、ピーウィーなる名の小さなダルメシアン犬をめぐる映画を見た記憶もぼんやりよみがえってくる。けれど一番惹かれた、いまでもほぼ空《そら》で覚えている物語は――ということは何十回も読んでもらったにちがいない――『ピーターラビット』だ。老いたミセス・ラビットを母とする、わがままで悪戯っ子のピーターがマグレガーさんの野菜畑で厄介事を引き起こす。いま『ピーターラビット』の本をぱらぱらめくってみると、一枚一枚の絵の細部に至るまで、ほとんどすべての言葉までとことん見慣れたものに思えることに君は驚かずにいられない。特に、二ページ目に出てくる、ミセス・ラビットのぞっとさせられる言葉――「さあ　おまえたち、野はらか　森のみちであそんでおいで。でも、おひゃくしょうのマグレガーさんとこの　はたけにだけは　いっちゃいけませんよ。おまえたちのおとうさんは、あそこで　じこにあって、マグレガーのおくさんに　にくのパイにされてしまったんです」。この物語が君に訴えかけたのも無理はない。舞台はのどかで可愛《かわい》らしく見えても、ピーターはお気楽な午後のお遊びに出かけたのではない。マグレガーさんの畑に忍び込むことによって、大胆にも自らの命を危険にさらし、愚かにも死の危険を招いているのだ。いまこの本の中身をじっくり見ていると、自分がピーターの命をどれほど本気で心配したかが想像できる――そして彼が逃げおおせてどれほど本気で喜んだにちがいないかも。記憶とは言えない記憶。でもそれはいまも君の中で生きつづけている。二十四年前に君の娘が生まれたとき、彼女に贈られたプレゼントのひとつが、このビアトリクス・ポターの絵が二つ描かれた陶磁器のカップだった。幼年期、小児期の数々の危険をカップはどうにか生き延び、ここ十五年は、君がこのカップを使って朝のお茶を飲んできた。六十五歳の誕生日まであと一か月となったいま、君は毎朝、子供向けのカップ、ピーターラビット・カップでお茶を飲む。家にあるほかのどのカップよりこれがいいのは、大きさがぴったりだからだ、と君は思う。マグより小さく、伝統的なティーカップより大きく、縁の部分が好ましくカーブしていて唇が気持ちよく当たり、お茶がこぼれたりもせずスムーズに喉《のど》へ落ちていく。実用的なカップ、基本的なカップというわけだ。だが同時に、それを飾っている絵には無関心だと言ったら嘘になるだろう。ピーターラビットと一緒に、意識的な記憶が何も残っていないほど幼い日からの友だちと一緒に一日を始めるのが君は嬉《うれ》しいのだ。手が滑ってカップが落ちて割れてしまう朝を日々恐れて君は生きている。

　思春期のある時点で、君は母親に、あなたは三つか四つのころからアルファベットが読めたのよと言われた。この断言を信じていいかどうかわからない。母親は君の小さいころの能力を話すたびに誇張する癖があったし、一年生になったとき君が上級ではなく中級のリーディンググループに入れられたことから見ても、母が考えていたほど早熟だったとは思えない。ディックがはしるよ。ジェーンがはしるよ。君は六歳で、そのころの一番生々しい記憶の中では、ほかの子供たちから離れた机に座っている。教室の奥の、ひとつだけぽつんと置かれた机に、授業中何か悪さをして（黙っているべきときに誰かと喋っていたのか、悪戯をしたはいいが例によってへまをやって罰を受けていたのか）一時的にそこに追放されていたのである。一人座って、一九二〇年代に印刷されたにちがいない本を（挿絵の男の子たちが膝丈ズボン《ニッカーズ》をはいている）ぱらぱらめくっていると、担任の先生が寄ってくる。優しい若い女の先生で、そばかすのある太い腕、名前はミス・ドーシーだったかドーシか、あるいはミセス・ドーシーかドーシか、とにかく彼女が片手でそっと優しく君の肩に触れたので君ははじめハッと驚くが、でもそれはとてもいい気持ちで、それから先生は身を乗り出して君の耳元に唇を寄せ、あなたが上達して嬉しいわ、ぐんぐんよくなってきたわよ、だからあなたを上級のリーディンググループに移すことにしたのよ、と君に囁《ささや》いたのだ。ということはとにかく進歩はしていたにちがいない。学期はじめに遭遇していた困難も、いまや過去のものとなったのだ。とはいえ、読み書きを学びつつあったこの時期からの、もうひとつだけいまもはっきり失わずにいる記憶を呼び起こすとき、君はただ当惑して首を振るしかない。この一件が上級グループに昇格となる前に起きたのか、そのあとだったのかはわからないが、医者に行っていたせいで学校に少し遅刻したことは確かに覚えている。一時間目の授業はすでに始まっていて、君はいつもの、マルコム・フランクリンの隣の席にそっと滑り込んだ。図体の大きな、異様に肩幅の広いこの不細工な少年は、ベンジャミン・フランクリンの子孫ということで通っていて、この事実（もしくは非‐事実）に君はいつも感じ入ったものだ。ミスかミセスかのドーシー＝ドーシ先生が黒板の前に立っていて、wの活字体をみんなに教えていた。生徒一人ひとりが鉛筆を手に机の上にかがみ込み、先生のすることを懸命に真似《まね》てwをいくつも書いていた。と、君がふと左を向いて、ベンジャミン・フランクリンの末裔《まつえい》がこの課題をどうこなしているか見てみると、愉快なことに君のクラスメートは、w一つごとに切って書く（wwww）のではなく全部くっつけて書いていた（wwww）。この引き延ばされた文字が何とも大胆かつ興味深く見えて君はすっかり惹かれてしまい、本当のwが四筆で終わることはちゃんと承知していたものの、マルコムのやり方の方がいいのだと即刻決めて、正しくやるのをやめて友の手本に従い、課題を故意にサボタージュした。こうして君は、いくら上達したように見えても、自分が根はまだとびっきりの阿呆《あほう》であることを反証の余地なく証明したのである。

六歳になる前だったか、なった後だったか、年代記は曖昧《あいまい》になってしまったが、アルファベットにはさらにもう二文字、君だけに知られている秘密の二文字があるのだと信じた時期があった。裏返しのL――⅃。逆さまのA――∀。

幼稚園から六年生まで通った学校でよかったのは、宿題がいっさいなかったことだ。地元の教育委員会を運営していた人たちは、児童の成長をリベラルで人間的なアプローチで捉えアメリカの教育を変えたジョン・デューイの信奉者だったので、君もデューイの叡智《えいち》の恩恵を受けたのである。終業のベルが鳴った瞬間、自由に駆けまわることを許され、友だちと遊ぶも自由、家に帰って本を読むも自由、何もしないのも自由だった。君の少年時代を損なわず、不要で無意味な宿題で君を押しつぶしもせず、子供が受け入れられることには限りがあるのであってあとは放っておくしかないことを賢明にもわかってくれた見知らぬ紳士たちに君は心から感謝している。学ぶべきことはすべて学校の中で学べるということを彼らは証明した。君も君のクラスメートたちも、このシステムの下《もと》で立派に初等教育を受けたのだから。まあ教師がみな創造的だったとは言いかねるが、それでも全員有能ではあり、読み・書き・算術の三基本を消しがたく叩《たた》き込んでくれた。翻《ひるがえ》って、教育方法が混乱と不安に陥った時代に育った君の子供二人を思うとき、彼らが毎晩、骨の折れる、耐えがたく単調な宿題をやらされたことを君は思い出す。課題を終えるにはしばしば親の助けも必要であり、来る年も来る年も、彼らの背が力なく丸まり、重い瞼《まぶた》が閉じてくるのを見ていると、君は彼らのことが可哀想《かわいそう》でならなかった。若き生の、かくも多くの時間が、破綻《はたん》した理念に奉仕すべくむざむざ浪費されていると思うと、何とも悲しかった。

　家に本はほとんどなかった。両親が受けた正規教育は高校で終わっていて、二人とも読書には興味がなかった。けれど住んでいた町にはまっとうな図書館があって、君はそこに足繁く通い、週に二、三、四冊と借り出し、八歳になるころには小説を読む習慣がついていた。その大半は凡庸な、五〇年代前半に子供向けに書かれ出版された物語だった。たとえばハーディ・ボーイズの膨大なシリーズ。その作者が当時君にとっての隣町メープルウッドに住んでいたことを君はあとで知った。一番好きだったのはスポーツをめぐる小説で、とりわけクレア・ビー作のチップ・ヒルトン・シリーズ——ヒーローの高校生チップとその友ビギー・コーエンがくり広げる、手に汗握る接戦の末に彼らがかならず勝利する物語の数々。試合はつねに、最後の一秒でのタッチダウン・パス、終了のブザーとともに決められたハーフコート・ショット、十一回裏のサヨナラホームラン等々で終わるのだった。『フライング・スパイクス』なる、盛りを過ぎた元大リーガーがもうひと花咲かせようとマイナーリーグで最後の挑戦を試みる胸躍る小説も覚えている。一番好きなスポーツに関するノンフィクションもたくさんあった。『わが野球人生最良の日』、ベーブ・ルース、ルー・ゲーリッグ、ジャッキー・ロビンソン、若きウィリー・メイズについての本。伝記も小説とほぼ同じくらい楽しく、とりわけ遠い過去に生きた人々の物語を熱心に読んだ。エイブラハム・リンカーン、ジャンヌ・ダルク、ルイ・パストゥール、そしてあのマルチタレントの、君のかつてのクラスメートの先祖だったかもしれぬしそうでなかったかもしれぬベンジャミン・フランクリン。〈ランドマーク・ブックス〉は小学校の図書館にずらりと揃《そろ》っていたのでよく覚えているが、それ以上に惹きつけられたのはボブズ＝メリル社から出ているハードカバーのシリーズだった。硬い紙の表紙は背表紙も含めオレンジ色、本文にはくっきり黒い影絵ふうのイラストが盛り込まれた膨大な伝記コレクションを、さすがに百は越えなかったかもしれないが何十と読んだことは間違いない。また、君の母方の祖母がプレゼントしてくれた一冊は、じきに君のもっとも大切な所有物のひとつとなった。『勇気ある人々』と題された分厚い本で（著者はストロングなる人物、一九五五年ハートブック社刊）、勇猛にして高潔なる故人の小伝が五十以上集められていた。ゴリアテを打ち負かしたダビデ、女王エステル、橋を守ったホラティウス、アンドロクレスとライオン、ウィリアム・テル、ジョン・スミスとポカホンタス、サー・ウォルター・ローリー、ネイサン・ヘイル、サカジャウィア、シモン・ボリバル、フローレンス・ナイチンゲール、ハリエット・タブマン、スーザン・B・アンソニー、ブッカー・T・ワシントン、エマ・ラザルス。八歳の誕生日には、同じ大好きなお祖母《ばあ》ちゃんが今度はロバート・ルイス・スティーヴンソンの作品集を贈ってくれた。『さらわれたデービッド』や『宝島』の文章は八歳にはまだ難しすぎたが（たとえば fatigue〔疲労《ファティーグ》〕という言葉に活字で初めて出会い、頭の中で「ファタギュー」と発音したことを君は覚えている）、『ジキル博士とハイド氏』は比較的短かったので大半はチンプンカンプンだったものの頑張って読みとおした。一方『子供の詩の園』はずっと簡単で、君はすっかり魅入られた。それら小さな子供の視点から語った詩を書いたときスティーヴンソンが大人だったことが君にはわかったから、彼が一人称を巧みに用い、子供になりきって一冊語りとおす見事さに感じ入った。そしていまの君はふっと理解する。あのとき君は、文学を創《つく》る営みの隠れた歯車を、人が自分以外の心の中に跳び込むことを可能にする神秘のプロセスを、初めて垣間見《かいまみ》たのだと。次の年、君は生まれて初めて詩を書いた。何しろ読んだことのある詩人はスティーヴンソン一人だったから、彼からじかに霊感を受けていたことは確かだ。それは何とも冴《さ》えない、乾いた鼻汁のごとき、「春が来たよ《スプリング・イズ・ヒア》／うれしいな《ギヴ・ア・チア》！」で始まる代物《しろもの》だった。有難いことに残りは忘れてしまったが、史上最悪の詩であった——疑いなくいまだにそうである——にもかかわらずそれを作ったときに体を貫いていった幸福感はいまも覚えている。季節はまさに早春、グローヴ・パークの地面によみがえったばかりの芝生の上を一人で歩きながら、顔にあたる陽の暖かさを感じて君は歓喜に包まれ、その高揚を言葉で、韻を踏んで書かれた言葉で表現したいという欲求に襲われたのである。生まれた韻はあいにく何とも貧弱だったが、構いはしない。そのときに大事だったのはその衝動であり、知恵を絞ったその営みだったのだから。紙の上で鉛筆を少しずつ動かし、愚にも付かぬ詩句をひねり出していくなか、自分という人間の感覚が強まり、自分はこの世界に属しているんだという思いも深まっていった。その同じ春、生まれて初めて、君は自分のお金で本を買った。もう何週間か、何か月か前から目はつけていたが、その巨大な書物を抱えて帰るのに必要な現金（3ドル95、という数字がいま思い浮かぶ）を貯めるのに時間がかかったのだ。モダンライブラリー版、エドガー・アラン・ポー全詩・小説集。ポーもやはり君には難しかった。九歳の脳が把握するにはその文章はあまりに華美で複雑だった。が、たとえ読んでいる内容の一部しか理解はできなくても、頭の中に広がる言葉の響きに君は魅了された。その言語の厚み、装飾過多の長いセンテンスに染《し》みわたるエキゾチックな陰影に惹かれた。一年と経たぬうちに困難の大半は解消され、十歳になるころにはすでに、次の重要な発見が生じていた――シャーロック・ホームズ。一人で過ごす時間の大切な仲間、ホームズとワトソン。ドクター常識居士《ダル・コモンセンス》と、ミスター天才変人《エクセントリック・マスターマインド》。彼らが関わる無数の事件の展開も興味津々《しんしん》だったが、読んでいて何より楽しかったのは、二人の会話だった。たがいに正反対である二つの感受性の、この上なく刺激的なやりとり。特に、あるひとつの会話は君を仰天させた。実際それは、世界についてそのときまで教わってきたことすべてを根底から覆《くつがえ》すものだったから、その啓示は以後何年も君を不安にし、君を挑発しつづけることになる。こういう会話だ。実際的なる科学の人ワトソンが、太陽系についてホームズに講釈する。君自身小さいころ理解するのにあんなに苦労した、あの太陽系である。地球をはじめとする一連の惑星は太陽の周りを精緻《せいち》に秩序正しく回っているのだとワトソンは説く。すると、不遜《ふそん》にして予測不能なる唯我独尊《ゆいがどくそん》の人ホームズは、すぐさまワトソンに、そういうたぐいのことを学ぶ気はないね、そんな知識はまったく時間の無駄であって僕はいま言われたことを忘れるために全力を尽くすよ、と言ってのけるのだ。その一節を読んだとき、君はたぶん十歳の四年生だったか、ひょっとしたら十一歳の五年生だったか。それまで君は、知識の追求という営みを誰かが――特にホームズのような世紀最大級の知性の持ち主と言われるような人が――否定的に語るのを聞いたことがなかった。なのにホームズはここで、そんなことはどうでもいいと友に言っている。君の世界では、そんなことはどうでもよくないことになっていた。人間の知識のあらゆる領域に人は興味を持つべきであって、字の書き方のみならず算数も、理科同様音楽も学ばねばならないということになっていた。なのに君が敬愛してやまぬホームズは、いや、物事には大事なこととそうでないことがあるのであって大事でないことは切り捨てて忘れてしまうべきだ、それらは頭の中を何でもないことの無用なかけらで塞《ふさ》いでしまうだけなのだから、と言っているのだ。数年後、科学や数学への興味を失ってきたとき、君はホームズの言葉を思い出し、自分の無関心を擁護する手段にそれを利用した。乱暴な論と言うほかないが、にもかかわらず君はそれを主張してはばからなかった。おそらくはこれも、虚構というものが人の心を毒しうることの更なる証《あか》しなのだろう。

君の住む地域最大の有名人はトマス・エジソンだった。君が生まれたとき、エジソンが亡くなってまだ十六年しか経っていなかった。彼の研究所は君の住むサウスオレンジのすぐ隣のウエストオレンジにあって、発明家の死後は博物館に、全国的な名所になっていて、君も小さいころ遠足で何度か訪れてはメンロー・パークの魔法使いにしかるべく敬意を表した。白熱電球、蓄音機、映画をはじめ数々の発明を行なったエジソンは、君にとって最大級の重要人物であり、史上最高の科学者だった。研究所内をひととおり見学したのち、来館者はブラック・マリアと名付けられた別館に案内される。世界初の映画撮影所だった、その大きなタール紙貼《ば》りのバラックで、君はクラスメートたちとともに、史上初の物語映画『大列車強盗』の映写を見学した。天才の一番奥なる領域に、聖なる神殿に足を踏み入れた思いだった。当時の君の一番お気に入りの思考者ということで言えばシャーロック・ホームズであり、何ものも恐れず一点の嘘もないその知性の鑑《かがみ》は系統的で合理的な推論の驚異を君に明かしてくれたが、とはいえホームズは単なる想像の産物であり、言葉の中にしか存在しない架空の人物である。これに対しエジソンは現実の、肉体を備えた人間であり、しかも彼の一連の発明品は君が住んでいるところのすぐそば、ほとんど叫べば聞こえるくらい近くで作られたのである。君はエジソンと特別なつながりを感じた。エジソンに対して尋常ならざる敬意を、ほぼ全面的な崇拝の念を抱いた。十歳になるまでに少なくとも二冊のエジソン伝を読んだし（まずランドマーク・ブック、それから影絵イラストの入ったオレンジ色の本）、エジソンをめぐる映画もテレビで二度観ていたし――『若い科学者』（ミッキー・ルーニー主演）、『人間エジソン』（スペンサー・トレイシー主演）――君もエジソンも誕生日が二月初旬であること、そしてそれ以上に君がエジソンのちょうど百年後（の一週間前）に生まれたことになぜか大きな意味があると（いまの君には馬鹿げていると思えるが）考えたのである。だが何よりも嬉しく、何より重要で、君とエジソンとの結びつきをこの上なく深い絆《きずな》にしてくれたのは、君の髪を切ってくれる人物がかつてエジソンのかかりつけの床屋だったという発見だった。床屋は名をロッコという、小柄の、もはやそれほど若くない男で、シートン・ホール大学キャンパスのすぐ向こう、君の家からほんの数ブロックのところで櫛《くし》とハサミを操っていた。これは五〇年代なかばから後半のことで、角刈り、クルーカットの時代、白いバックスキンと白い靴下とサドルシューズ、ケッズのスニーカーとごわごわの、おそろしくごわごわごわのジーンズの時代であり、君も当時の男の子ほぼ全員と同じに髪を短くしていたから、床屋には頻繁に、平均して月二回は通うことになった。つまり少年期のあいだずっと、二週間に一度はロッコの店の椅子《いす》に座って、鏡のすぐ左に掛かったエジソンの肖像画の大きな複製を見ていたのである。額縁の右下隅にはメモ用紙が差してあって、わが友ロッコへ　天才は1％の霊感と99％の発汗なり――トマス・A・エジソンと手書きされていた。ロッコこそ君をエジソンとじかに結びつけてくれる環《リンク》だった。かつて発明家の頭に触れた両手が、いまは君の頭に触れているのであり、ひょっとしたらエジソンの頭の中にあった思いがロッコの指に入り込んで、その指がいま君に触れているのだから、それらの思いの一部がいま君の頭の中に染み込みつつあると思ってもいいのではないか？　もちろんそんなこと、本気で考えたりはしない。が、そう考えるふりをするのは楽しかったし、ロッコの店の椅子に座るたび、君はこの魔法の思考転移ゲームを楽しんだ。あたかも君が――何も発明しない運命であり、将来も機械的なことにはおよそ何の才能も示しはしない君こそが――エジソンの精神の正統なる継承者であるかのように。やがて、君を愕然とさせたことに、ある日君の父親が、何気ない口調で、高校を卒業してからエジソンの研究所で働いたことがあると告げた。一九二九年、父にとって初めてのフルタイムの仕事だったという。メンロー・パークの巨匠の下で働く大勢の若者の一人、それだけの話である。おそらく父は、君の気持ちを傷つけまいとして話の後半は語らなかったのだろう。いずれにせよ、エジソンが君の家族の歴史の一部であった——つまりいまや君の歴史の一部でもある——という事実は、あっさりロッコの指に代わって、偉人との最重要リンクの地位を占めるに至った。君は父親のことが心底誇らしかった。これこそ父がいままで自らについて打ちあけてくれた最重要情報であり、君はそれを飽きることなく友人たちに伝えつづけた。僕の父さんはエジソンの研究所で働いてたんだぜ。いまや君は、よそよそしく打ちとけない人だと思っていた自分の父を、もうまったくの謎《なぞ》とは考えず、やっぱり父さんだって血の通った人間なんだ、世界をよりよくする大事な仕事にちゃんと貢献したんだと考えるようになった。父は君が十四歳になったとき初めて、物語の後半を語った。エジソンの研究所での父の仕事は、数日しか続かなかったことを君は知った。君の父が無能だったからではなく、父がユダヤ人であることをエジソンが知ったからである。メンロー・パークの聖域にはいかなるユダヤ人も入ることを許されなかった。エジソンは君の父を執務室に呼びつけ、その場で解雇した。君の偶像は狂信的な、憎悪《ぞうお》に満ちたユダヤ人嫌いであることが判明したのである。よく知られたこの事実は、君が読んだどのエジソン伝でも触れられていなかった。

とはいえ、生きている英雄の方が君にとってははるかに大きな意味を持っていた。エジソン、リンカーン、あるいは石ころ一個で巨人ゴリアテを退治した若き羊飼いダビデといった崇高な人物であっても、しょせんはもう死んでいる。幼い男の子がみなそうであるように、君は父親が英雄になってほしかった。だが当時の君の英雄観はごく狭かったから、父に神殿内の座を与えることは不可能だった。君の心の中で、ヒロイズムとは戦いにおける勇気のことであり、戦争のただなかで人がどうふるまうかの問題だった。君の父は戦争に、君が生まれる一年半前に終わった第二次世界大戦に行かなかったから、はじめから対象外だったのである。友人たちの父親の大半は何らかの形で兵士として戦争に参加していたので、君が属している小さな集団が戦争ごっこに携わるべく郊外住宅の裏庭に集い、ヨーロッパでナチスを相手に、もしくは太平洋のどこかの島で日本軍を相手に戦うふりをするとき、友人たちはしばしば、戦闘をより真に迫ったものにすべく、父親からもらったさまざまな軍事用品（ヘルメット、水筒、金属のカップ、弾薬帯、双眼鏡）を持ってきた。だが君はいつも手ぶらで行くしかなかった。やがて君は、父親は電信の仕事に従事していたのであり、この仕事は政府により戦争遂行に必須《ひっす》とみなされたため父が兵役を免除されたことを知ったが、この理由はいつも君にはいささか薄弱に感じられた。そもそも君の父親はほかの父たちよりも年上で、アメリカが参戦したときにはもう三十歳だったから、どのみち徴兵されなかった可能性もある。だが君が友人たちと戦争ごっこをしたのは五歳から七歳にかけてであり、父の戦時中の状況を理解するにはとうてい幼すぎた。やがて君は父に、なぜ戦争ごっこに貸してくれる道具がないのか訊《たず》ねるように、うるさく問いただすようにすらなった。そして父も父で、戦争に行かなかったことを君に認める気になれなかったから（そのことを恥じていたのか、それとも単に君ががっかりすると思ったのか）、君の望みを叶《かな》えようと——そしておそらく、君の目に自分が立派に、英雄に見えるようにと——ある策を弄《ろう》したが、結局これが裏目に出た。真実を話せば君ががっかりすると父は思ったわけだが、それと同じくらい君を失望させることになったのである。ある夜、君が寝かしつけられてから父は君の部屋にこっそり入ってきた。君が眠っていると父は思ったのだろうが、君はまだ眠っておらず、目もまだ開いていて、君は何も言わずに父が君の机の上に二、三の物を置いてから忍び足で部屋を出ていくのを見守った。朝になって、それが使い古された軍隊用品であることを君は見てとった。いまでもはっきり目に浮かぶのはそのうちのひとつ、厚地の緑のカンバス地にくるまれたブリキの水筒だけだ。朝食の席で父は、戦争中使っていた品が出てきたんだと君に言ったが、そんな言葉に君はだまされなかった。君は心の奥で知っていた。それらの品が父の持ち物であったことなど一度もなく、昨日の午後にそこらへんの軍隊余剰品店で買ってきたのだということを。君は何も言わず、贈り物を喜んでいるふりをしたが、そんな嘘をつく父のことを内心憎んだ。何十年も経ったいま、君が感じるのは同情の念だけだ。

一方、君が五歳の夏に通ったデイキャンプにレニーという指導員がいて、まだ二十三、四程度の若者で、担当した男の子たちみんなに好かれていた。体は華奢《きゃしゃ》、剽軽《ひょうきん》で心優しく、厳しい規律に強く反対していたが、このレニーが一兵士として朝鮮戦争に行って最近ニュージャージーに帰ってきたばかりだった。その遠い場所でいま戦争が行なわれていることは君も知っていたが、細かいことは何もわからなかったし、思い出せるかぎりレニーも戦闘の体験についてはいっさい語らなかった。教えてくれたのは君の母親だった。当時母はまだ二十七歳、レニーとほぼ同世代であり、ある日の午後君を迎えに来て、君が荷物をまとめているあいだレニーと二人でお喋《しゃべ》りをしていた。そして帰り道の車の中で、母がひどく動揺しているのが君にもわかった。こんなに平静を失った母を見るのは初めてだった（だからこそ何十年も経ったいまでも記憶に焼きついているのだろう）。凍傷のことを、朝鮮半島の冬の耐え難い寒さとアメリカ兵たちが着用させられたお粗末なブーツのことを母は語りはじめた。粗悪な作りのブーツは歩兵たちの足をまったく護れず、彼らは凍傷に見舞われ、足先は黒ずみ、しばしば切断にまで至った。レニーはね、と母親は言った。気の毒にレニーはね、さんざんそういう目に遭ってきたのよ。そうやって母に説明されると、レニーの手も寒さにやられたのだということを君は悟った。一連の指の第一関節が何かおかしいこと、普通の大人の指より硬くて皺《しわ》が多いことを君はすでに目にとめていたのだ。何か生まれつきの欠陥かと思っていたが、それが戦争のせいであることをそのとき君は理解した。元々レニーのことは大好きだったけれど、これで彼は君にとって、偉大な人物の地位に昇格したのだった。

父親が君にとって英雄ではなく、決して英雄になれないとしても、だからといって英雄をよそで探すことまであきらめたわけではなかった。バスター・クラブを始めとする映画のカウボーイはいち早いモデルとして、丹念に吟味し見習うべき男性的な行動規範を教えてくれた。寡黙《かもく》で、自分からは決して面倒を起こさないが、面倒が向こうからやって来たら大胆かつ巧妙に対応する男。物静かな、控えめな威厳とともに正義を支え、善と悪の闘いにおいて自らの命を危険にさらすことも辞さぬ男。もちろん女性だって英雄的にふるまうし、時には男よりもっと大きな勇気を示すこともあるが、女性は君の手本にはならなかった。それは単に君が男の子であって女の子ではなかったから、男の大人に成長するのが君の運命だったからだ。七歳になったころには、カウボーイはスポーツ選手に——主として野球とフットボールの選手に——代わっていた。いまから考えると、球技に秀《ひい》でれば人生の生き方が学べる、と当時の自分が思ったことには戸惑うほかないが、とにかくそれが事実だった。いまや君は熱心なスポーツ狂で、スポーツがまさしく生活の核となっていたから、五万、六万の観衆でひしめくスタジアムで一流選手たちがここ一番という瞬間にすさまじいプレッシャーの下で実力を発揮するのを見て、彼らこそ君の世界の紛《まご》うかたなき英雄だと決めたのだった。砲火の下の勇気から、決定的瞬間の技術への移行。厳しいカバーをくぐり抜けて弾丸パスを通す力、ヒットエンドランのサインを受けてライトに二塁打を放つ力。倫理的偉大さはいまや肉体の武勇に取って代わられた。もしくは肉体的能力が倫理的偉大さを帯びるに至ったと言うべきか。いずれにせよ、少年時代中期ずっと、そうした崇拝の念を君は育《はぐく》みつづけた。八歳になる前に、早くも初めてのファンレターを、当時トッププレーヤーだったクリーヴランド・ブラウンズのクォーターバック、オットー・グレアムに宛《あ》てて書き、ニュージャージーでもうじき開かれる君の八歳の誕生日パーティに彼を招待した。君を永遠に驚愕させたことに、グレアムは返事をよこした。クリーヴランド・ブラウンズの公式便箋《びんせん》に短いメッセージをタイプして送ってきたのである。言うまでもなく、その日は先約があるからと言って誘い自体は断っていたが、その丁寧な返事で君の失望も和らげられた。もちろん可能性は薄いとわかっていたが、心のどこかで君は、本当に来てくれるかもしれないと思っていたのであり、彼がやって来た場面を頭の中で何度も思い描いていたのである。そしてその数か月後、今度は地元の高校フットボール・チームの主将でクォーターバックのボビー・Sに、あなたは素晴らしい選手だと思いますという旨《むね》の手紙を君は書いた。何しろまだほんの子供だったから、きっと綴《つづ》りの間違いや馬鹿げた誤用に満ちた噴飯《ふんぱん》ものの手紙だったにちがいないが、かくも年少のファンがいると知ってきっと心を動かされたのだろう、ボビー・Sはわざわざ返事をくれて、もうフットボールのシーズンは終わったからとバスケットボールの試合に招待してくれて（彼は秋にフットボール、冬にバスケット、春に野球をプレーする三競技スーパースターだったのだ）、ウォームアップ中にフロアに降りてきて声を掛けるよう君に指示し、言われたとおり君が訪ねていくとボビー・Sはベンチに君の場所を空けてくれて、君はそこでチームのメンバーたちと一緒に試合を観戦したのだった。ボビー・Sは当時十七歳か十八歳、思春期の若者にすぎないが、君から見れば大の大人であり、巨人と言ってよく、それはチームのほかの選手たちも同じだった。一九二〇年代に建てられたその古い高校体育館で、君は幸福の霞《かすみ》に包まれてゲームを観戦し、周りの観衆が立てる音に動揺しかつ鼓舞《こぶ》され、タイムアウトとともにフロアに跳ね出てきたチアリーダーたちの美しさに圧倒され、こうしたことすべてを可能にしてくれたボビー・Sを精一杯応援したが、試合そのものについては何も覚えていない。ショットひとつ、リバウンドひとつ、スティールされたパスひとつ。

覚えているのはただ、自分がそこにいて、高校チームと一緒に夢見心地でベンチに座り、チップ・ヒルトンの小説の中に紛れ込んだような気でいたことだけである。

君の両親の友人ロイ・Bは、伝説的なマイナーリーグ・チームでかつてはニューヨーク・ヤンキースの傘下《さんか》にあったニューアーク・ベアーズの三塁手をその昔務めていた。守備でエラーするたびにそう叫ぶものだから「ウップス」（しまった）と渾名《あだな》されたロイ・Bは、自身は大リーグには達しなかったものの多くの未来のスターを味方に、あるいは敵にしてプレーした経歴の持ち主だった。早口で元気一杯、ずんぐりと消火栓みたいな体格の、22号線沿いで紳士用衣料品のディスカウント・ストアを経営しているウップスは誰にでも好かれる人柄で、かつての野球仲間の多くといまもつき合いがあった。妻のドリーとのあいだには子供が三人いたが、全員女の子で誰も野球に興味を示さず、君がプレーヤーとしてもファンとしても野球をとても大切に思っていることを知っていたから、ウップスは君を一種、代理の息子もしくは甥《おい》として——とにかく男の子として——目をかけてくれて、あれこれ体験談を聞かせてくれた。一九五六年春のある平日の夜、君がもうベッドに入るかという時間に電話が鳴って、驚くなかれ相手はフィル・リズート、唯一無二の「スクーター」、一九四一年からまさにこの月引退するまでヤンキースのショートを守った人物である。君がポールかい、ウップスの小さな友だちかい、と彼は訊《き》いた。すごい内野手だそうじゃないか、ちょっと一言と思って電話したんだ、頑張れよって言おうと思ってさ、とあのよく知られた陽気な声でフィルは言った。君はすっかり不意を衝《つ》かれてどう言ったらいいかわからず、度肝を抜かれ舌が固まってしまったせいで何を聞かれてもええとかいいえとか言うのが精一杯だったが、本物の英雄と口を利《き》くのはこれが生まれて初めてであり、会話はせいぜい二、三分しか続かなかったものの、この突然の電話を君は名誉に感じ、偉大な人物と触れあったことで自分も高められた思いがした。その一、二週間後、一枚の葉書が届いた。表はウップスの経営する衣料品店の店内のカラー写真で、蛍光灯のぎらつく光の下で男物のスーツの掛かったラックが何列も続いている。中に肉体の入っていない幽霊のごときスーツたち、失踪《しっそう》者たちの一群。そして裏には、手書きで「ポール様 早く大人になれよ。カージナルスはいいサードを求めてるから。それじゃ――スタン・ミュージアル」とあった。フィル・リズートだって引退したとはいえ一流プレーヤー、十分すごかったのに、ミュージアルといえば不朽の名選手である。生涯打率三割三分、テッド・ウィリアムズのナショナルリーグ版、いまもばりばりの現役。スタン・ザ・マン、低く屈《かが》んだ構えから稲妻の速さでスイングする左打ちスラッガー。そんな彼が、ある日の午後昔の友人に声をかけにウップスの店にふらりと入っていくところを君は想像した。つねに気の回るウップスは、自分が目をかけている子供に何か書いてくれないかとミュージアルに頼む。小僧に一言書いてやってくれよ。そしていまその一言が君の手の中にあり、君はあたかも神が手をのばしてきて額に触れてくれたかのような気分だった。しかも、心優しきウップスの親切な行為はこれで終わりはしなかった。少なくともまだもうひとつ、これまでの贈り物すべてをしのぐ、優しさの最後の発露が待っていたのである。ホワイティ・フォードに会いたいか？　とウップスはある日君に訊いた。まだ一九五六年は終わっていなかったが、もうそのころは十月もなかばで、ワールドシリーズ終了後間もない時期だった。もちろん会いたい、と君は答えた。ホワイティ・フォードといえばシリーズ覇者ヤンキースのエース、史上最高の勝率を誇る、その最高のシーズンを終えたばかりの小柄な左投げ名投手である。まともな頭の持ち主なら、ホワイティ・フォードに会いたくないなんてありえない。というわけでお膳立《ぜんだ》てがなされた。来週某日の午後、君がもう学校から帰っているはずの三時半から四時のあいだにウップスとホワイティが君の家に立ち寄る。どんなことになるのか見当もつかなかったが、二人が長居してくれればと君は思った。ウップスとホワイティが君と一緒に居間でくつろぎ、何時間も野球談義に花を咲かせ、そのさなかにホワイティは、ピッチングの極意《ごくい》をめぐるこの上なく微妙な、深く隠された秘密を明かしてくれる。君を見て彼は君の魂までも見抜き、まだ若いとはいえ君が禁断の知識を託すに値する相手だと悟るからだ。約束の日、君は学校から家に飛んで帰り（学校は家のすぐ近所にあった）、待った。待ったのは一時間半くらいだったにちがいないが、あたかも一週間のように感じられ、一階の部屋から部屋を君はせかせかと歩きまわった。母親も父親も仕事に出かけているし、五歳の妹はどこへ行ったやら、君はそのアーヴィング・アベニューの小さな下見板張りの家でただ一人、募る思いを抱えて、至高の出会いをめぐり次第に不安も高まってきて、ウップスとホワイティは本当に来るんだろうか、忘れてしまったか何かやむを得ない事情が生じたかしたんじゃないだろうか、ひょっとして自動車事故で死んでしまったのか、などと考え、もうホワイティ・フォードがこの家に入ってくることはないのではと絶望しかけたところで、玄関のベルが鳴った。ドアを開けると、表の階段に、一七〇センチのウップスと一八〇センチのヤンキースの投手が立っていた。ウップスはにこにこ満面の笑みを浮かべ、それから名投手がほんの一瞬、だが温かく握手してくれる。お入りください、と君は二人を誘うが、ウップスかホワイティかが（どちらだったかは思い出せない）、実はほかに用事があってもう遅れてるんだ、一言挨拶《あいさつ》だけしようと思って寄ったんだよと言った。君は精一杯失望を隠しつつ、ホワイティ・フォードが君の家に足を踏み入れることはないのでありいかなる奥義《おうぎ》も今日自分に伝授されはしないのだと理解した。君たち三人はそこでしばし立ち話をした。せいぜい四分ばかりだったが、本来なら君としてもそれで満足しただろう。それで充分だったにちがいない――もしも君が、君の家の表階段に立っているホワイティ・フォードは本物のホワイティ・フォードではないんじゃないか、と疑いはじめなかったら。たしかに背丈は合っているし、クィーンズ訛《なま》りも正しいが、顔の何かが、君がこれまで見てきた写真とは違って見えたのだ。何となくハンサムさが足りないし、丸いはずの頬の丸みも足りないし、髪はホワイティと同じく金髪だけれどきっちり角刈りになっている。これまで見たどの写真でも、ホワイティはもっと長い髪を撫《な》でつけて軽めのリーゼントに仕立てていた。もしかしたらウップスは、ホワイティがやっぱり行かないと言い出したものだから、君をがっかりさせまいと思って、代わりにこのまずまずの複製を引っぱり出してきたんじゃないだろうか。疑念を鎮《しず》めようと、君はホワイティだか非ホワイティだかに、今シーズンの成績について質問してみた。十九勝六敗、と彼は言った——正解。防御率二・四七——これも正解。だがそれでも君は、九歳の生意気な子供に足をすくわれぬよう非ホワイティ・フォードが予習してきたのではないかという思いを振り払えない。別れの握手をしようと彼が右腕をつき出したとき、自分がホワイティ・フォードの手を握っているのか誰か他人の手を握っているのか君にはわからなかった。そしていまでもわからない。生まれて初めて、ある体験が君を、絶対的曖昧の領域に導いていったのである。ひとつの問いが発せられ、その答えが見つからなかったのだ。

退屈というものの、黙想、夢想の源としての力を見過ごしてはならない。幼いころの、何百何千時間にも及んだ、一人きりで何の刺激もなく手持ち無沙汰《ぶさた》に過ごした時間。小さなトラックや自動車で遊ぼうにもどうも気力が出なかったり気が散っていたり、ミニチュアのカウボーイとインディアンを出してきて緑と赤のプラスチックのフィギュアを部屋の床に並べ架空の攻撃や急襲を展開させるのも億劫《おっくう》だし、リンカーン・ログやエレクター・セットで何かを組み立てるのも面倒だし（そもそもその手の玩具《おもちゃ》は好きではなかった——機械や工作はとにかく苦手だったから）、絵を描こうという気にもなれず（絵もやはり情けないほど下手で、描いてもほとんど楽しくなかった）、わざわざクレヨンを出してきて馬鹿馬鹿しいぬりえ本をまた一ページ埋める気にもなれないし、雨が降っているか寒すぎるかで外へも出られず、むっつりふさぎ込《こ》んで、本を読むにはまだ幼すぎるし、誰かに電話するにも幼すぎるし、友だちか遊び仲間がいてくれたらと焦がれ、たいていは窓辺に座って雨がガラスを伝って流れるのを眺めながら、馬がいたらいいのに、できれば凝ったウェスタン風サドルのついたパロミノ馬が、それが無理なら犬でもいい、すごく賢くて訓練すれば人間の言葉のニュアンスもすべて学べて困っている子供たちを救う危険な旅に君が乗り出すときも一緒について来る犬がいたらいいのに、などと君は夢想し、違う人生を夢見ていないときは一連の永遠の問い、いまもまだ自問しつづけ答えが見つかったためしのない問い——この世界はどうやって生まれ我々はなぜ存在するのか、死んだら人はどこへ行くのか——に思いをめぐらせ、この世界全体が実はガラスの壜《びん》に入っていてどこかの巨人の家の食料品棚にほかの数十の壜＝世界と一緒に並んで置かれているんじゃないか、などとひどく幼い身で考えてみたり、あるいは、アダムとイヴが世界最初の人間なんだったら人類はみんな親戚《しんせき》なんじゃないか、ともっといっそう目がくらむ話だが論理的には否定しようもない説を頭の中で唱えてみたりする。鬱陶《うっとう》しい退屈、空白と沈黙に浸された長く孤独な時間、周りの世界が丸半日回転するのをやめてしまう午前午後。けれどそうした不毛な地こそ、君が遊んだ大半の庭より結果的にはるかに大事だった。なぜなら君は一人でいるすべをそこで学んだのであり、一人でいるときにのみ人は心を自由にさまよわせることができるのだから。

　時おり、見たところ何の理由もなく、突然自分という存在の流れを見失うことがあった。それはあたかも、君の体の中に棲《す》む人間が偽物《にせもの》に変わってしまったような、もっと厳密に言えば誰でもない存在に変わってしまったような感覚であり、自分というものが体から滴《したた》り出ていくのを感じながら君は呆然《ぼうぜん》と解離状態で歩きまわり、いまが昨日なのか明日なのかもわからず、目の前の世界が現実なのか誰か他人の想像の産物なのかも定かでなかった。こうしたことが子供のころたびたび起きたので、君はこうした精神的遁《とん》走《そう》状態に名前を与えるまでに至っていた。放心《ディズ》だ、と君は胸の内で言ったものだった。僕は放心《アイム・イン・ア・ディズ》してるんだ。そうした夢のような幕間《まくあい》はあくまで一時的なものであり、三、四分以上続くことはめったになかったが、自分がぽっかりくり抜かれたような奇妙な感覚はその後何時間も消えなかった。快い感情ではなかったが、さりとて怯《おび》えたり動転したりもしなかったし、君から見るかぎり特定可能な原因は何もなかった。たとえば疲労とか体を酷使したとかいったこともなく、発作の始まりや終わりにも何らパターンはなく、一人でいても他人と一緒でも起きるときには起きた。目を開けたまま眠りに落ちたかのような不気味な感覚だが、同時にすっかり目覚めていることも自覚していて、自分がどこにいるかも意識していたのに、なぜか君は全然そこにいなくて、自分の外を漂い、重さも実質もない亡霊になっていた。肉と骨で出来た誰も棲んでいない殻、人物ならざる人物。「放心」は子供時代を通してずっと続き、思春期に入ってからもしばらくは一、二か月に一度くらい――時にはもう少し頻繁に、時にはもう少し低い頻度で――訪れ、さらにはいまも、これほど年を取ったいまでも、四年か五年ごとにその感覚が戻ってきては、ほんの十五秒、二十秒程度持続する。自分が自分の意識から消えてしまうというこの性癖を、君は完全に卒業してはいないのだ。神秘で、説明不能な、あのころの君の欠かせぬ一部分でありいまでも時おり一部分となる何か。あたかも別の次元に横滑りするかのように、時間と空間が新しく配列し直されたかのように、君はうつろな、無関心な目で自分の生を眺める。それとも君は、自分がいなくなったときに何が起きるかを学び、自分の死を予習しているのか。

君の家族の話も入れないといけない。君の母親、父親、妹を、特に両親の悲惨な結婚生活に焦点を据えて。君の目的はあくまで、君の若き精神のありようをたどり、君を抽出して眺め、君の少年時代の内的地理を探ることだが、君は決して孤立して生きていたわけではない。君は家族の、奇妙な家族の一員だったのであり、疑いなくその奇妙さが、かつての君であった子供と大いに関係している。ひょっとしたらすべてはそこから来ていると言ってもいいかもしれない。といってもべつに、語るべき恐ろしい物語が、暴力や虐待《ぎゃくたい》の劇的な話があるわけではない。あるのは、ずっと途切れぬ底流のように続く悲しみであり、君は生来悲しみがちな子供でもあからさまに辛《つら》い思いで生きている子供でもなかったから、それを精一杯無視しようと努めた。けれども、ある程度大きくなって、自分の状況をほかの子たちのそれと比較できるようになると、自分の家族が壊れた家族であることを君は理解した。両親は自分たちが何をやっているのかわかっていないのであり、たいていの夫婦が子供のために築こうとする砦《とりで》はこの家にあってはいまにも倒れそうな掘っ建て小屋でしかない。ゆえに君は、自分が世界の脅威に直接さらされていると感じた。自分は何にも護《まも》られず、無防備なのだと感じ、だから生き延びるためには強くなってどうにか一人でやっていくすべを考えないといけないと思った。この二人は夫婦でいる謂《いわ》れなんて全然ないのだと君は悟った。君が六つのときに母親が外で働き出してからというもの、二人はろくに顔も合わせず、話すこともほとんどないみたいで、たがいへの寒々しい無関心の中で共存していた。罵倒《ばとう》、けんか、どなり合い、一目でわかる敵意等々があったわけではない。ただ単に、どちらも情熱を欠いていて、偶然同室させられた囚人二名が厳《いか》めしい沈黙を保ちつつ刑期を務めているような有様だったのだ。もちろん君は二人のどちらも愛していたし、二人のあいだがもっと上手《うま》く行けばいいと強く願ったが、年月が過ぎていくにつれてだんだん望みを失っていった。二人とも大半の時間は出かけていて、夜まで長時間働き、家はいつも空っぽのように思えた。一家揃っての夕食はめったになく、四人が一緒になる機会もごくわずかで、君が七歳か八歳になったあとは、君と妹の食事も大半は家政婦の女性が世話してくれた。キャサリンという名の黒人で、君が五つのときに登場し、その後長年、君の人生の一部であり続け、君の両親が離婚し母親が再婚したあとも母親の下でそのまま働き、一九七九年に君の父親が死んだのちももうだいぶ耄碌《もうろく》していたけれど依然君と手紙をやりとりする仲だった。けれどキャサリンはとうてい母親的な人物とは言えなかった。メリーランドの田舎出の変わり者、数度の結婚歴と数度の離婚歴、ゲラゲラよく笑う冗談好きで、こっそり隠れて酒を飲み、煙草《たばこ》（クール）の灰を自分の手のひらで受ける。そんな人間だったから、母親代わりというより友だちみたいなものだった。そういうわけで、君と妹は二人きりでいることが多かった。いつも心配している、ひ弱な君の妹。約束の時間に母親が帰ってくるのを窓辺に立って待ち、車が予定時刻ぴったりに道路から入ってこないようなことがあれば、取り乱し、泣き出し、お母さんは死んだんだと信じて疑わず、何分かが過ぎていくなかで涙は激しいすすり泣きと突然の癇癪《かんしゃく》へと膨らんでいき、君は、まだ八、九、十歳の君は、妹を落着かせよう、慰めようと懸命に頑張るものの、足しになったためしはまずなかった。哀れ君の妹は、二十代前半に至ってとうとう完全に壊れてしまい、狂気へと墜《お》ちていく旅が何年も続き、現在は医者と向精神薬に支えられて何とか崩れずに済んでいる。妹の方が、君よりはるかに、君たち奇妙な家族の犠牲となったのだ。母親がひどく不幸だったことがいまの君にはわかるし、父も不器用ながら母を愛して——父が人を愛せる限りにおいて——いたこともわかる。だがとにかく、二人はやり損なった。子供のころ自分がその悲惨な事態の一部だったという事実が、君の目を内面に向けさせたこと、君を人生の大半部屋で一人座って過ごしてきた人間にしたことはまず間違いあるまい。

　誰もが君と同じように考えるわけではないことを理解するにはしばらく時間がかかった。いつも怒っていて、やたらと争いたがる、君が嫌な目に遭えばいいと本気で思っている男の子がこの世にはいるのであり、こっちが真実を伝えても単に主義として人の話を信じない人間がいるのだ。君は他人を信用する、心を開いた子供で、まずは他人をなるべくよく思うことから始め、多くの場合相手もそういう態度で応《こた》えてくれて、少年時代を通して数多い温かな友情を得た。だからこそ、時おりそれとは違う、意地の悪い、君や君の友人たちが拠《よ》って立つ公平さのルールを拒む、軋轢《あつれき》や対立を軋轢や対立であるがゆえに好む子に出会ったときは本当に辛かった。これは道義的ふるまいの話である。単なる礼儀作法や上品な挙動の社会的効用などにとどまらない、もっと根本的な話である。すべての礎《いしずえ》となる、それがなければすべてが崩れてしまう道徳的基盤の話である。君にとって、真実を言ったのに疑われることほど、嘘《うそ》などついていないのに嘘つき呼ばわりされることほど不当な仕打ちはなかった。そうなってしまえば、自分の正しさを証明する手立てもなく、君を責める人間の前で己の潔白を擁護するすべもない。そうした道義上の中傷によって引き起こされた悔しさは君の心の奥深くに焼きつき、その後もずっと熱さは引かず、決して消せない火となる。そういうたぐいの悔しさとの初めての遭遇は、君が五歳のとき、英雄レニーがいた夏のあいだに生じた。デイキャンプでの、一人の男の子相手に起きた、ごくささいな諍《いさか》い。あまりに小さい、馬鹿馬鹿しいくらい小さいと言っていい諍いだが、君は当時小さな子供だったのであり、勢い君の生きる世界も小さかった。君がいまもこの出来事を覚えているという事実は、当時の君にはそれが大きく感じられたことの、その衝撃が強大だったことの証しだろう。諍い自体のことを言っているのではない。それ自体はまさしく取るに足らないものだった。肝腎なのは、あとで君が感じた強い憤《いきどお》りであり、本当のことを言ったのに信じてもらえなかったときに君を襲った、裏切られたような思いである。覚えているかぎり――そして君はよく覚えている――状況はこうだった。君のグループの男の子たちは、サマーキャンプ最後の日に披露するインディアン仮装行列の準備をしていて、全員がやることになっている仕事のひとつに、行列で使う鳴り物を作るという作業があった。カルメット社のベーキングパウダーの缶をいろんな色で塗って飾り立て、缶の中に乾いた豆や小石を入れて、缶の底に棒を突き通して柄《え》にする。君の記憶ではベーキングパウダーの缶は赤で、インディアンの酋長《しゅうちょう》の堂々たる横顔が表の面を覆《おお》っていた。君は絵は苦手だったけれどこつこつ仕事に励み、思ってもいなかった出来映えになった。きっちり綺麗《きれい》にまとまった美しい飾りが、我ながら誇らしかった。その日男の子たちが作り上げた中で、君の鳴り物は最上級の、ひょっとしたら一番の出来かもしれなかった。が、仕上げまで一人もたどり着かないうちに時間がなくなって、残りは明日の朝ということになった。ところが次の日君は風邪をひいてキャンプを休み、たしかその次の日も休んで、やっと戻ったのはもう最後の日、午前中に仮装行列が行なわれる当日だった。君は自分の傑作を探して回ったがどうしても見つからず、鳴り物の山をかき分けながら、自分がいないあいだに誰かに盗まれたのだということを徐々に理解していった。指導員（レニーではない）が箱から別の鳴り物を引っぱり出し、代わりにこれを使えと君に言った。もちろん君はがっかりした。その代用品はぞんざいで貧弱な出来で、君が作った傑作とは較《くら》べ物にならなかったのだ。こんな恥ずかしい代物《しろもの》を君が持っているのを見て、みんなは君が作ったと思うことだろう。そしていよいよ行列に加わるべく君が歩み出ると、マイケルという男の子と君は隣りあわせになった。マイケルは君より一つ年上で、夏のあいだずっと陰険に君をからかっていて、君のことを何も知らぬ阿呆、無能な五歳児として扱っていた。君が醜い鳴り物を掲げてマイケルに見せ、これは僕のじゃないんだ、僕はもっとずっといいのを作ったんだよと説明すると、マイケルは君をあざ笑い、そうだよな、そうだろうともさと言い、違うよ、これはほんとに僕のじゃないんだと抗弁すると、マイケルは君を嘘つき呼ばわりし、それっきり君に背を向けたのだった。おそらくは些《さ》細《さい》な出来事だろう。でもそのとき君はどれだけ辛かったか、そんなふうに不当に扱われてどれだけ悔しかったか。ただ単に不当に扱われたからだけではない。その不当な扱いを正すことが決してできないとわかっていたからだ。

　こうした幼い日に属するもうひとつのエピソードとして、デニスという男の子をめぐる話がある。デニスは君が七つか八つのときによその町へ引っ越していき、それっきり君の人生から姿を消した。当時起きたほかの無数の出来事が記憶から消えてしまったのに、こうして残っているこの話もやはり正義、公正という問題、不正を正そうという問題をめぐるものであることに君は感じ入ってしまう。当時君はたぶん六歳だった。デニスは同じ一年生のクラスにいて、ほどなく君と大の仲よしになった。物静かで、気立てのよい、よく笑うクラスメートだったが、どこか引っ込みがちな、憂《うれ》い気味なところもあって、あたかも何か秘密の重荷を負っているように見えたが、君はそんなデニスの沈着ぶりに感嘆し、まだ幼いのに並外れた威厳と君には見えるものをたたえている彼を素晴らしいと思った。カトリックの大家族の生まれで、きょうだいも数人というにとどまらないくらい大勢いるみたいだった。一人ひとりに回せる金はないのだろう、みすぼらしいお下がりを着せられていた。シャツもズボンも、兄たちから受け継いだ、体に合っていない服ばかりだった。極貧《ごくひん》というわけではないが、一家の暮らしが楽でなかったことは確かである。彼らの住む巨大な家には、じめじめと湿っぽく家具もろくにない部屋が無数にあるように思えた。昼食をご馳走《ちそう》になりに君がそこへ行くたび、食事はデニスの父親が作ってくれた。優しくて人当たりのよいこの父親がどういう職に就いているのか君は知らなかったし、母親の方は姿さえめったに見えなかった。母親は毎日、一階のどこかの部屋に一人こもって過ごし、君が来ている最中たまに姿を現わすときはかならずバスローブにスリッパという格好で、髪は乱れ、ひっきりなしに煙草を喫《す》い、怒りっぽく、目の下に隈《くま》が出来ていて、魔女みたいに不気味だと君には思えた。君はまだひどく幼かったから、彼女がどんな問題を抱えているのか——たとえばアルコール依存症なのか、病気なのか、何か精神的、情緒的障害に苦しんでいるのか――まったくわからなかった。でもとにかくデニスには同情し、友がそういう女性を母親として背負い込んでいることを悲しく思ったが、むろんデニス本人はそれについて一言も言わなかった。小さい子供は親に関して不平を言ったりはしない。どんなにひどい親でも、与えられたものをそのまま受け容《い》れ、そこから何とかやっていこうとするのだ。ある土曜日、君とデニスはクラスの男の子の誕生日パーティに招かれた。ということはもうそのころ君は七歳だったか、七歳になろうとしていたのだろう。そういう場合の慣習に従って、君の母親は誕生日の男の子のためのプレゼントを抜かりなく用意してくれていた。明るい色の包み紙で包み、カラフルなリボンで留めた綺麗なパッケージ。君とデニスは一緒に歩いてパーティに出かけたが、意気揚々というわけには行かなかった。君の友はプレゼントを持っていなかったのだ。親が買ってやることを怠ったのである。君が小脇《こわき》に抱えたプレゼントをデニスがじっと眺めているのを見て、彼がどれだけ惨《みじ》めな気持ちでいるか、手ぶらでパーティに行くことをどれだけ恥じているかを君は理解した。君たち二人はきっとそのことについて話しあい、デニスが自分の気持ちを――屈辱を、恥ずかしさを――君に打ちあけたにちがいない。が、その会話については一言も思い出せない。思い出すのは、自分が感じた憐《あわ》れみと同情の念であり、友の辛さを目《ま》のあたりにして自分の中にも湧《わ》き上がってきた悲嘆の疼《うず》きである。君はこの子を愛し、尊敬していたから、彼が苦しむのを見るのが耐えられなかった。だから、デニスのためと同じくらい自分のために、君は衝動的にプレゼントを彼に渡し、これは君のだよ、家に入ったら誕生日の男の子に君が渡すんだよと言った。でも君はどうするの？　僕がこれをもらったら今度は君があげる物なくなっちゃうじゃないか、とデニスは言った。心配ないよ、と君は答えた。プレゼント、家に置いてきちゃったんだ、持ってくるの忘れたんだって言うから。

　ほとんどの場合、君は言うことをよく聞く、行儀のいい子供だった。といって、友相手に突如噴き出たこの利他精神を別とすれば、およそ聖人のような子供ではなかったし、年じゅう人に同情して自分の物を惜しみなく与えていたわけでもない。つねに真実を語ろうと努めもしたが、しでかした悪戯《いたずら》を隠すために時おり嘘もついた。ゲームでずるをしたり友だちの物を盗んだりしなかったのも、善人であろうと頑張ったということではなく、そもそもそういう真似《まね》をしたい気が起こらなかったというに尽きる。とはいえたまに、正確に言えばはっきり思い出せるかぎり二度、天邪鬼《あまのじゃく》の衝動が君を捉《とら》えたことがあった。物を壊したい、ズタズタにしてしまいたい、わざと滅茶滅茶に、バラバラにしたいという欲求が君を襲い、君は自分の性格とはまったく相容れないこと、自分自身として認識するようになっていた自己とはまるで合わないことをやらかした。一回目は五歳のころに生じた。家にあったラジオを、君は系統的に解体していったのである。一九四〇年代に作られたそのラジオはやたらと大きな代物で、中には真空管やら無数のコードやらが詰まっていた。はじめのうちはあとで元に戻そうと考えていて、この破壊行為を科学の実験と呼んで自分を自覚的にだましていたが、機械のはらわたからさまざまな部品を引き出しつづけているうちに、元に組み立て直すなんて君の科学者能力ではとうてい無理な相談であることが明らかになっていった。それでも君はなお作業を進め、箱の中に収まったボルトもケーブルもすべて取り外していった。やってはいけないとわかっている、こういう営みは絶対的に禁じられているとわかっているからこそ、まさにこの行為を進めていったのである。いったい何に取り憑《つ》かれてあの古いフィルコ社製ラジオを攻撃し、内臓を摘出し、機械を無力にし抹殺《まっさつ》したのか？　両親に腹を立てていたのか？　君に対して彼らが何らかの悪を為《な》したと感じ、彼らに仕返ししようとしていたのか？　それとも単に、小さな子供に時おり取り憑く、反抗的な臍《へそ》曲がり気分に陥っていただけか？　いまの君には見当もつかないが、とにかく結果としてたっぷり罰を受けたことは覚えている。君があくまで無実を主張し、科学的探求の名の下に犯した罪なのだと訴えるさなかにも罰は下った。もっと訳がわからないのは、木をめぐる一件である。ラジオ騒動の約一年後に起きた出来事だから、六歳ごろということになるだろう。今回も君は一人で、誰か遊び相手がいればいいのに、と拗《す》ねた気持ちでいて、不機嫌で落着かず、家の裏庭をぶらついていた。すると突然、花壇のそばに植わった小さな果物の木を伐《き》り倒したらいいんじゃないかと君は思い立った。それはまだ植えられて間もない、痩《や》せこけた若木で、幹も君の両手で包み込めるくらい細かった。あの木なら大したことない、と君は考え、父親の斧《おの》を取りにガレージに入っていった。この斧たるや、西半球最後の生き残りかというくらいの年代物で、長い柄は君の背丈ぐらいあり、刃はものすごく鈍く厚く錆《さ》びきっていて、バターの塊に凹《へこ》みを作れるかどうかも危ぶまれた。しかもその斧は重かった。まあ裏庭に持っていけないほど重くはなかったが、ひとたび木の前に立ってみると頭上まで持ち上げるのに苦労したし、しっかり振り下ろすのはとうてい不可能だった。君としては野球のバットのようなものを想像していたわけだが、とんでもない、バット七本、二十本という感じで、地面と平行に保つにも難儀し、どうにか鈍い刃を木に食い込ませたときには手首や腕がふらふら揺れてしまい、およそ一直線に打ち込むどころではなかった。六回か七回斧を入れたあたりで君はもうくたくたに疲れてしまい、あきらめるしかなかった。何か所かで樹皮を突き破りはして、灰色の膜がめくれ上がって下に隠れたみずみずしい緑色が露出し、さらにその下の薄茶色の木肌が見え隠れしていたが、それだけであり、木を伐るという計画はまったくの失敗に終わった。木に加えた傷もじきに癒《い》えることだろう。ここでも問題は、なぜそんなことをしたのか？ということだ。動機は思い出せないし、単にそうしたいという欲求、そうせねばという思いがあっただけかもしれないが、もしかしたらジョージ・ワシントンと桜の木の逸話がきっかけだったかもしれないと君は疑っている。君の幼年期のアメリカにおける基本的な神話たる、あの不可解な物語。幼いジョージ少年が何の理由もなく木を伐る、ただそうしたいからそうした、いい考えだと思ったからそうした。君も君の木を伐ろうと決めたとき、まったく同じ気持ちだった。あたかもすべての男の子が、幼年期に一度は木を伐ることの純粋な悦《よろこ》びゆえに木を伐るよう運命づけられているがごとくに。とはいえ、むろんジョージ・ワシントンは自身の国の父、君の国の父であり、ゆえに彼は己の悪行を堂々と父親に告白し――お父さん、僕は嘘がつけません――自らが正直な少年であること、立派な美徳と倫理的強さの持ち主であることを証明した。だが君はいかなる国の父でもなく、ゆえに子供のころ時おり嘘をついた。嘘をついたのは、ジョージ・ワシントンと違い、必要とあらば君は嘘がつけたからだ。たとえいずれは神から罰を受けるとわかっていても、両親より神様の方がいいやと君は思ったのだ。

気高く荘厳《そうごん》、その道義心非の打ちどころなく、すべてのアメリカ人に敬愛されたワシントンは、独立戦争中ニュージャージーの地でいくつかの重要ないくさを戦った。君のクラスは毎年、モリスタウンにあったワシントン将軍の本拠地に詣《もう》でた。メンロー・パークのエジソンの聖地以上に聖なる神殿である。電球や蓄音機も驚くべき発明品だが、この植民地時代風の白い大邸宅はアメリカそのものの中心、合衆国の栄光が鎮座する場なのだ。そして幼年時代、アメリカに関するものはすべて善だと信じるよう君は教えられた。あなた方が住む楽園に肩を並べられる国などどこにもありません、と先生たちは言った。ここは自由の地、機会の地であって、幼い男の子みんながいつの日か大統領になることを夢見られる国なのです。その昔、勇気あるピルグリムたちは海を渡ってきて自然のままの荒野から国家を築き上げ、あとに続いた開拓者の群れはアメリカという楽園を大陸全体に、大西洋から太平洋まで、カナダからメキシコまで広げていきました。それもみな、アメリカ人は勤勉で賢い人間であり、地上の誰より創意あふれる民であって、幼い男の子みんながいつの日か裕福で名高い人になることを夢見られるからです。たしかに奴隷《どれい》制は悪《あ》しき慣わしでしたが、リンカーンによって奴隷たちは解放され、その痛ましい過《あやま》ちも過去のものとなりました。アメリカは完璧《かんぺき》なのです。先の戦争にも勝って世界のリーダーとなっています。この国が生んだ唯一《ゆいいつ》の悪人はベネディクト・アーノルド、自国を裏切った売国奴、すべての愛国者からその名を悪しざまに言われるあの卑劣漢のみです。それ以外の歴史上の人物は一人残らず賢明で善良で公正でした。更なる進歩が日々もたらされ、過去のアメリカも素晴らしかったけれど未来はもっと輝かしい世界を約束しています。自分がどれほど幸運か、忘れてはいけません。アメリカ人であることは、人類が造られて以来最大の企てに参加することなのです。

君の父親が所有する建物に住む貧しい黒人たちについてはもちろん一言もなかったし、朝鮮で兵士たちが履いたブーツについても一言もない。けれどその夏が終わったずっとあとになっても、君は相変わらずレニーのことを考えていた。黒ずんだ、切断された足指の像が取り憑いて離れなかった。切られて捨てられた数万の脚、凍傷にかかってぶるぶる震える兵士たちの足先から切断された無数の指の山――焦げた煙草の吸殻が一軒の家ほど高く広い灰皿にあふれている。

その一九五二年の秋、初の大統領選挙を君は体験した。アイゼンハワー対スティーヴンソン。君の両親は民主党支持であり、君もイリノイの民主党員スティーヴンソンを応援したが、彼を応援することで当時惚《ほ》れ込んでいたぽっちゃりした体に丸顔のパティ・Fと対立することになった。二本のまったく同じお下げ髪の束を、背中の真ん中あたりまで素敵に垂らしている女の子の魅惑が、突然幻滅に変わったのである。ある朝、学校の玄関の階段で二人並んで座り、ドアが開いて幼稚園クラスの先生が一日の授業を始めるべく君たちを中に入れてくれるのを待っていると、パティが共和党支持の歌を口ずさむのを君は聞いた。その喧嘩《けんか》腰の中傷、激しい個人攻撃に君は愕然《がくぜん》とした。スティーヴンソンは愚か者《イズ・ア・ジャーク》、スティーヴンソンは愚か者、頼りになるのはアイゼンハワー《アイゼンハワー・ハズ・モア・パワー》、スティーヴンソンは愚か者！ 次期大統領に誰がなるべきか、君と君の憧《あこが》れの人とで意見が合わないなんて、どうしてそんなことが？　政治とはたちの悪いスポーツであることを君は思い知った。それは野放しの乱闘、憎悪《ぞうお》に満ちた果てしない取っ組み合いにほかならない。大統領選などという抽象的で縁遠いものが、君とパティのあいだに不和をもたらしてしまうことに君の胸は痛んだ。ぽっちゃり可愛《かわい》いパティは、相手側の狂信的支持者なのだ。統一された、調和あるアメリカの神話はどうなったんだ、と君は胸の内で問うた。共通の善に向けて誰もが力を合わせようっていう話は？　誰かを愚か者と呼ぶのは重大な非難だ。この最高に完璧な国に広がっているはずの友好の絆《きずな》が崩れてしまう。アメリカ人が分裂していることのみならず、そうした分裂がしばしば醜い激情や悪質な誹謗《ひぼう》によって煽《あお》られていることが証明されてしまう。当時は冷戦の真っ只中で、「赤狩り」もそのもっとも有害な段階に入っていたが、そうしたことを理解するには君はまだ幼すぎた。幼年期が五〇年代前半を這《は》い進んでいくなか、時代精神の中から君の耳まで達するくらい騒々しい音は、共産主義者たちがアメリカを滅ぼそうとする陰謀を警告する太鼓の響きだけだった。そりゃあどの国にも敵はいるさ、だからこそ戦争も起きるんだ、と君は考えた。けれどアメリカは第二次世界大戦に勝って、地上のほかのどの国よりも優れていることを証明した。なのになぜ共産主義者たちは、アメリカは悪だ、滅ぼすに値する悪い国だなどと考えるのか？　彼らは頭が悪いんだろうか、と君は考えた。それとも、彼らが合衆国に敵意を抱いているのは、世界のほかの場所ではいかに生きるべきかについても人々が違う考えを――非アメリカ的な考えを――持っていることの表われなんだろうか？　そしてもしそうだとしたら、アメリカ人すべてにとって自明であるアメリカの偉大さも、そういうほかの人たちには全然自明ではない、ということにならないだろうか？　そしてもし、僕たちに見えているものがほかの人たちに見えないのだとすれば、僕たちが見ているものが本当にそこにあるとどうしてわかるだろう？

ブーツについては何もなし。だがインディアンについてもやはりほとんど一言もない。彼らがまず先にここにいたこと、ヨーロッパの白人が来るようになる二千年前からこのアメリカと呼ばれる土地に住んでいたことを君は知っていた。なのに先生たちがアメリカの話をすると、インディアンはほとんど出てこなかった。彼らこそ先住民であり、白人より先にここに住み、この地域をかつて治めていた土着の人々なのに。そして二十世紀なかばのアメリカには、彼らをめぐって正反対の見方、たがいにまったく矛盾する二つの見方が広がっていて、にもかかわらず両者は同等のものとして併存し、それぞれが己こそ真実なりと訴えていた。君がテレビで観る白黒の西部劇では、赤い人間たちはいつも決まって容赦なき殺人者、文明の敵として描かれていた。ひたすらサディスト的快楽を貪《むさぼ》るために白人の移住者たちを襲って略奪する悪鬼。その一方で、カルメットのベーキングパウダーの缶には――君が五つのとき仮装行列用のガラガラを作ろうと飾り立てたあの缶には――王のごとく堂々たるインディアンの肖像があったし、君も参加した仮装行列にしても、インディアンの狂暴さをめぐるものではまったくなく、彼らの叡智《えいち》、白人より深い自然理解、宇宙の永遠なる力と彼らが交わす霊的な交流を伝えるものだった。彼らが信仰する大霊《グレート・スピリット》は温かく人を迎えてくれる神だと君には思え、君が想像する執念深い神、恐怖心と恐ろしい罰を通して支配する神とは違っていた。のち、二年生か三年生のときにクラスで劇をやることになって君はウィリアム・ブラッドフォード総督（一六二〇年にアメリカに渡ったピルグリム・ファーザーズの指導者）の役を振られ、気前よきスクワントとマサソイトとの初めての感謝祭を取り仕切る人物を演じた。彼らインディアンが善良で親切な民族であったことを君は知っていたし、もし彼らの気前よさと不断の協力がなく、彼らがふんだんに与えてくれた食べ物と土地に関する的確な助言もなかったら、ピルグリム最初の移住者たちが新世界での一年目の冬を生き延びられはしなかったことも知っていた。かように相対立する証拠があったのだ。悪魔にして天使、狂暴な原始人で高貴な蛮人。同じ現実に対する、二つの相容れぬイメージ。だがこうした混乱の中のどこかに、第三項が存在した――思い出せるかぎりずっと、君の内面世界のもっとも秘密の部分に命を与えつづけてきたフレーズが。野生のインディアン。それは君が悪さをするたび、いつもは大人しい君のふるまいが手に負えぬ無政府状態に転じるたびに君の母親が使った言葉だ。実のところ君の心のどこかに野生《ワイルド》でありたいという欲求があって、その欲求が自分をインディアンとして思い描くことで表現されたのである。弓と矢を手に広大な松林を半裸で駆け回る少年、雄のパロミノ馬に乗って何日も平原を疾走し仲間の戦士たちとともにバッファローを狩る男の子。野生のインディアン、それは肉感的で解放的で足枷《あしかせ》をはめられていないものすべてを表わしていた。それは白い帽子をかぶったカウボーイ・ヒーローの超自我とは正反対の、肉体的欲望を発散するイドであり、窮屈な靴、目覚まし時計、息苦しく暑苦しい教室から成る抑圧的な世界から遠く隔たった存在だった。もちろん君は一人のインディアンに会ったこともなく、映画や写真でしか見たことがなかったが、それをいえばカフカだって、一人もインディアンを見たことがないまま、一段落だけから成る物語「インディアン願望」を書いたのだ――「インディアンだったら、すぐさま疾駆する馬にまたがり、ななめに空を切り……」ずるずる連なったひとつのセンテンスが、抑制を投げ捨てたい、自らを解き放ちたい、西洋文化の息詰まる因襲から逃れたいという欲望を十全に捉えている。三年生か四年生になったころには、君はすでに以下のことを把握していた。一六二〇年代にここへ来た白人たちは人数もごくわずかで、彼らを囲む一連の部族と和平するほかなかったが、ひとたび数が膨れ上がり、イギリス移民の侵入が本格化し拡大していくとともに状況は逆転して、インディアンたちはじわじわ押し出され、土地を奪われ、虐殺されていった。集団殺戮《ジェノサイド》という言葉は知らなかったが、テレビの古い西部劇でインディアンと白人がたがいに害を加えあっているのを見ても、話はあれだけでは済まないのだということが君にはわかっていた。唯一敬意をもって描かれたインディアンは、ローン・レンジャーの忠実な相棒トントだけだった。ジェイ・シルヴァーヒールズが演じたこの役柄の勇気、知性、そして考え深げな長い沈黙に君は感じ入った。五年生、すなわち十歳、十一歳のころにはもう君は雑誌「マッド」（権威を笑いのめすパロディ精神で一九五〇―七〇年代に絶大な人気があった雑誌）の熱烈な読者になっていたが、ある号に載っていた、いまやすっかり有名になっているパロディにおいて、悪を征伐する覆面の勇者とその忠実な同志は、敵意むき出しのインディアン戦士の一団と対峙《たいじ》している。ローン・レンジャーは友の方を向き、「なあトント、どうやら僕ら包囲されたみたいだな」と言う。するとインディアンたるトントは、「どういう意味です、僕らって？」と応じる。君にはそのジョークがわかった。とびっきりの、ものすごく笑えるジョークだと思った――つきつめて考えれば全然ジョークなんかじゃないという、まさしくその理由ゆえに。

『アンネの日記』。インド独立。ヘンリー・フォード没。トール・ヘイエルダール、筏《いかだ》でペルーからポリネシアまでを一〇一日で旅する。アーサー・ミラー『みんなわが子』。テネシー・ウィリアムズ『欲望という名の電車』。死海文書発見される。合衆国西部の砂漠の上空でアメリカ製ジェット機が音速を超える。トルーマン、ジョージ・C・マーシャルを国務長官に任命しマーシャル・プランが始動。ジャコメッティの彫刻『指さす男』。アルベール・カミュ『ペスト』。国連、パレスチナ分割案を提出。ニューヨークでアクターズ・スタジオ創設される。アンドレ・ジッド、ノーベル賞受賞。パブロ・カザルス、フランコが政権の座にあるかぎり公共の場で演奏しないと宣言。アル・カポネ没。合衆国の砂糖配給制、五年ぶりに撤廃される。ジャッキー・ロビンソン、大リーグ初の黒人野球選手となる。トルーマン、すべての連邦政府職員に忠誠の誓いを要求する大統領令９８３５に署名し、アメリカ大統領として初めてテレビを通し国民に語りかける。ミッキー・スピレーン『裁くのは俺だ』。トーマス・マン『ファウスト博士』。下院非米活動委員会、映画産業における共産主義の影響に関し調査を開始。チャーリー・チャップリン『殺人狂時代』。ヤンキース、ワールド・シリーズでドジャースを破る。マリア・カラス、デビュー。ニューヨークで市史最高の七十センチ以上の積雪。ジャック・ターナー監督『過去を逃れて』――そして『ボディ・アンド・ソウル』、『真昼の暴動』、『十字砲火』、『生まれながらの殺し屋』、『大いなる別れ』、『必死の逃避行』、『フレームド』、『死の接吻《せっぷん》』、『湖中の女』、『悪魔の往《ゆ》く町』、『失われた心』、『偽証』、『潜行者』、『私は殺さない』。ランダムな、たがいに無関係な種々の出来事が、すべて君が生まれた一九四七年に起きたという事実によってのみ繫《つな》がっている。

君は飛行機を覚えている。超音速ジェットが夏の青空を駆け抜け、あまりの速さで天を横切っていくためほとんど目には見えず、銀の閃《ひらめ》きが光の中に一瞬見えて、それから、地平線の向こうに姿を消してまもなく、雷鳴のような轟音《ごうおん》が届いて四方何マイルにも響きわたる。音の障壁がいま一度破られたことを、噴射された空気のすさまじい爆音が伝えている。君も君の友人たちもそれら飛行機の力に圧倒された。それはつねに何の前触れもなしに、はるか遠くに生じる烈《はげ》しい喧噪《けんそう》として自らの存在を告げ、数秒のうちにまっすぐ頭上に達して、みんなでどんな遊びに興《きょう》じていようと誰もが動作を中断して顔を上げ、空を眺め、耳をつんざく音を上げる機械が通り過ぎていくのを待つ。当時は飛行の奇跡の時代だった。ますます速く、ますます高く飛ぶ、胴のない飛行機、鳥というより異国風の魚みたいに見える飛行機。これら戦後の飛行機械はアメリカの子供たちの想像力の中で突出した位置を占め、新型の飛行機のカードが広く出回った。野球やフットボールのカードと同じく、一袋の中にピンクの風船ガム一枚と一緒に五、六枚が入っていて、カードそれぞれの表側に野球選手の代わりに飛行機の写真が刷られ、裏面にはその機に関する情報が書かれていた。君も君の友人たちもこれらのカードを集めた。五歳、六歳の君は飛行機に取り憑かれ、夢中になった。いま思い出すと（突然すべてはっきりよみがえってくる）、君はクラスメートたちと一緒に空襲避難訓練で学校の廊下に座り込んでいる。これは防火訓練とは違い、やたら暑かったり寒かったりする戸外へ飛び出していって目の前の学校が燃え落ちるのを想像する、なんてことはやらない。空襲避難訓練にあっては、子供たちは屋内に——教室にではなく、廊下に——とどまらされるのだ。たぶん子供たちを空の攻撃から、ミサイルから、ロケットから、空高く飛ぶ共産主義者の飛行機が落とした爆弾から護るという想定だったのだろう。そしてそういう訓練のさなかに、君は初めて飛行機カードを見たのだった。壁を背にして君は座り、何も言わずに黙っていて、その沈黙を破る気はない。この厳《おごそ》かな演習の最中、起こりうる死と破滅に備えたこの無用な準備の最中、話すことは禁じられていたのだ。ところがその朝は男の子の一人が飛行機カードを一袋持っていて、みんなに見せていた。カードは一枚一枚ひそかに、物言わず座り込んだ肉体の列に沿って回され、自分の番が来た君がその一枚を手に持つと、飛行機のデザインに、その奇妙さと予期せざる美しさに仰天させられた。全身が翼の、全身が飛行そのものの、天空で生まれた金属の獣《けもの》、純粋なる永劫《えいごう》の炎の国で生まれた獣。君は一度たりとも、こんな空襲避難訓練で、まさにこんな飛行機から——このカードに写っているのと同様の、敵国によって作られた飛行機から——身を護るすべを教わっているのだなどとは考えなかった。心配は要らない。爆弾やロケットが自分に落ちるんじゃないか、なんて不安になったことは一度もなかった。空襲避難訓練の開始を告げる警報の音を君が歓迎したのは、つかのま教室を出て、退屈な授業を逃れられるからにすぎなかった。

一九五二年、君が五歳になった年。レニーの夏、君の正規教育の始まり、アイゼンハワー＝スティーヴンソン大統領選。全国でポリオが大流行して五七六二六人が罹《かか》り、その大半は児童、死者は三三〇〇人、恒久的に肢体《したい》不自由となった者の数は測り知れない。これは恐怖だった——爆弾や核攻撃ではなく、ポリオこそが。その夏、君が近所をぶらぶらしていると、女の人が集まってひそひそ暗い顔で話しあっているところに何度も出くわした。乳母車を押していたり犬を散歩させたりしている女の人たちの目には強い不安が浮かび、ひっそりした声にも不安の響きが混じっていた。話題は決まってポリオだった。あらゆるところに広がりつつある、昼夜いつでも老若男女《ろうにゃくなんにょ》誰の体にも侵入しうる目に見えぬ災い。さらに悪いことに、君の一番の親友の家の向かいで、若い男の人が一人死にかけていた。フランクリンというファーストネームのハーバードの学生で、君の母親によれば大の秀才、いずれ立派なことを成し遂げるはずの人だという。それがいま、癌《がん》に冒されて日々やつれていき、動くこともままならず、もはや命運尽きてしまっている。君が友のビリーの家へ遊びに行くたび、ビリーの母親から、外へ出るときはフランクリンの邪魔にならないよう小さい声でねと言われるのだった。向かいの白い家を見てみると、どの窓もカーテンが閉じられ、もはや誰も住んでいないみたいに不気味に静まり返っていた。過去に何度か見かけた、長身でハンサムなフランクリンが二階の寝室の白いベッドに横たわり、緩慢で苦痛に満ちた死を待っている姿を君は思い浮かべた。大流行から生じた不安は大きかったものの君自身はポリオに罹った人を一人も知らなかったが、君の母親が言っていたとおりフランクリンはやがて死んだ。葬儀の日、家の前に黒塗りの車が並んでいるのを君は見た。六十年後、黒い車の列と白い家とが君にはまだ見える。君の心の中で、それらはいまだに悲しみの象徴そのものでありつづけている。

　自分がユダヤ人であることを理解した正確な瞬間を君は思い出せない。自分をアメリカ人と見るようになるくらい大きくなったしばらくあとだと思われるが、もしかしたら違っているかもしれない。始まりの始まりから、それは君の一部だったかもしれない。君の両親はどちらも信心深い家の生まれではなかった。家庭では何の儀式も行なわず、金曜の夜に安息日の食事もしなければ蠟燭《ろうそく》を灯《とも》しもせず、大祭日にユダヤ教会《シナゴーグ》に出かけもしないし、ましてや普通の金曜の夜や土曜の朝に行くこともついぞなく、君の前で誰一人、一言のヘブライ語も口にしなかった。親戚が集まって過越《すぎこし》の祭りをおざなりに祝い、毎年十二月にクリスマスの代わりとしてハヌーカのプレゼントを交わしたりする程度で、君が参加した唯一真剣な儀式は、生後八日目に行なわれたのだから自分では覚えているはずもない「ブリット」、すなわち標準的な割礼の儀式である。入念に研いだナイフによって、君のペニスの包皮が切り落とされ、新生児たる君と、君の先祖たちの神とのあいだの契約に封印がなされた。信仰の具体的細部には無関心であれ、両親はそれでも自分たちをユダヤ人と見てユダヤ人を自称し、その事実をいっさい気に病んだり隠したりもしなかった。何世紀にもわたって、無数のユダヤ人が自分たちを囲むキリスト教世界の中に溶け込もうと手を尽くし、名前を変え、カトリックに、もしくはプロテスタントのどれかの宗派に改宗して、自分に背を向け自らの過去をひっそり抹殺したわけだが、そういうことはまったくなかった。両親とも胸を張って生き、自分が何者なのか疑問に思いもしなかった。その反面、幼いころ、君の宗教や素性に関し何か教えてくれるということもなかった。二人とも要するに、たまたまユダヤ人であるアメリカ人だというに尽きた。移民だった彼らの両親はアメリカに同化しようと苦労しただろうが、彼ら自身ははじめから完全に同化していた。したがって君の頭の中で、ユダヤ人であるということはまず、たとえば君の父方の祖母が体現しているような異国的なものに結びついていた。いまだにイディッシュ語を話し、読むものも大半はイディッシュだった、訛《なま》りがきつくて君にはほとんどわからない英語を喋《しゃべ》る祖母は、一種異人のような存在だった。それともう一人、君の母方の祖父母が住むニューヨークのアパートメントに時おり現われる男の人。ジョゼフ・スタヴスキーという名の遠い親戚で、立派な仕立てのスリーピースのスーツを優雅に着こなし、長い黒のシガレットホルダーで煙草を喫い、君にも完璧に理解できるポーランド訛りの英語を喋る洗練された国際人だった。そういうことがわかるくらい大きくなった君（七歳？　八？　九？）に母親が言うには、ジョゼフは君の母方の祖父母に助けられて戦後アメリカに渡ってきた人で、ポーランドでは結婚していて双子の娘もいたが、妻と娘二人はアウシュヴィッツで殺されて彼一人生き残り、かつてはワルシャワで羽振りのいい弁護士だったのが、いまはニューヨークでボタンのセールスマンをやって食いつないでいた。もうそのころには戦争が終わって何年か経《た》っていたが、戦争はまだそこにあった。戦争はいまも、君や君が知るすべての人の頭上に漂い、君が友人たちと遊ぶ戦争ごっこのみならず、君の親族の家で交わされる言葉の中にも現われていた。君がナチスと初めて出会ったのは、ニュージャージーの小さな町のあちこちの裏庭に出没する架空のＧＩとしてだったわけだが、ナチスがユダヤ人に――たとえばジョゼフ・スタヴスキーの妻と娘たちに、君自身の親族に――対してひとえに彼らがユダヤ人だからというだけの理由で為した仕打ちを君が理解するのに、さして時間はかからなかった。そして、自分もやはりユダヤ人であることを理解したいま、ナチスは君にとってもはや単にアメリカ軍の敵ではなく、途方もない悪の化身であり、全世界の破壊を狙《ねら》う非人間的な力そのものだった。ナチス自体は打ち破られ、地上から抹殺されたけれども、彼らは君の想像の中で生きつづけ、死の全能なる軍勢として、悪魔的で陰険な、永久に攻撃してくる何ものかとして君の内奥《ないおう》にひそむようになった。その瞬間以降――つまり自分がアメリカ人であるのみならずユダヤ人でもあることを理解した瞬間以降――君の夢にはナチスの歩兵隊が現われるようになった。君は毎夜彼らから逃げ、開《ひら》けた野原や迷路のような薄暗い森を死に物狂いで走った。武装したナチスに追われ、何としても君を射殺し君の腕や脚をもぎ取ろうとし君を磔《はりつけ》にして燃やし灰の山にしようとしているドイツ軍兵士たちに追われながら。

七歳か八歳になるころには、君にもだんだんわかってきた。ユダヤ人は目に見えない。ユダヤ人はアメリカにおいて演ずべき役割を持たず、本や映画やテレビにヒーローとして出てくることは絶対にない。たしかに『紳士協定』は君の生まれた年にアカデミー作品賞を獲得したものの、バーンスタインだのシュウォーツだのといったカウボーイは存在しないし、グリーンバーグやコーエンという名の私立探偵もいない。両親が東ポーランドやロシアのユダヤ人街《シュテトル》から移住してきた大統領候補もいない。まあ三〇年代、四〇年代にボクサーは何人か活躍したし、クォーターバックのシド・ラックマン、野球界の三名手（ハンク・グリーンバーグ、アル・ローゼン、一九五五年ドジャースでプレーしはじめたサンディ・コーファックス）もいたが、彼らは例外中の例外であり、人口分布上の異常、統計上の逸脱でしかない。ユダヤ人でもバイオリニストやピアニストはいるし、時には指揮者もいるが、人気歌手やミュージシャンはみなイタリア人か黒人か、南部出の田舎男《ヒルビリー》だ。ボードビル芸人もいるし、コメディアンもいるが（マルクス兄弟、ジョージ・バーンズ）、映画スターはいないし、ユダヤ人として生まれても俳優はかならず名前を変える。ジョージ・バーンズは元はネイサン・バーンバウムだった。エマヌエル・ゴールデンバーグはエドワード・G・ロビンソンに変身した。イスール・ダニエロヴィッチはカーク・ダグラスになり、ヘートヴィヒ・キースラーはヘディ・ラマーに生まれ変わった。『紳士協定』について言えば、結局は生ぬるい作品であり、非ユダヤ人のジャーナリストがユダヤ人に対する偏見を暴《あば》こうとユダヤ人になりすますという筋立てはわざとらしいし、主張も偽善的だが、一九四七年のアメリカ社会――君が生まれ落ちた社会――の中でユダヤ人が占めていた位置を知る上では参考になる。ドイツが一九四五年に敗北したことで反ユダヤ主義は永久に抹殺されたはずだ、少なくともその可能性は高いはずだと考えたくなるが、君の国の現実はさして変わっていなかった。ユダヤ人の大学入学者数制限はまだあったし、クラブなどへの入会もいまだ限定され、毎週のポーカーの席上ではユダヤ人をダシにしたジョークに相変わらずみんなが笑い転げ、民族の主たる代表となればいまだにシャイロックだった。君が育ったニュージャージーの町でも、幼い君にはまだ理解できず気づけもしない不可視の境界や障害があった。君の最大の親友ビリーが一九五五年に一家で引越してしまい、もう一人の仲良しピーターも翌年に消えてしまうと――これら辛《つら》い別れに君は戸惑い、悲しんだ――君は母親から説明を聞かされた。あまりに多くのユダヤ人がニューアークを出て、人並みに芝生の庭を求めてこうした郊外に移ってきているせいで、昔からここにいた人たちが立ち去っているのだ、非キリスト教徒の突然の流入から逃げているのだ、と。母は反ユダヤ《アンティ＝セミティック》という言葉を使っただろうか？　思い出せないが、母の話の含むところは明らかだった。ユダヤ人であるとは、人とは違うということ、離れて立つこと、部外者と見なされることなのだ。そして君は、それまでずっと自分を掛け値なしのアメリカ人だと、メイフラワー号に乗ってやって来た純血の人たちと同等にアメリカ人だと思っていたのに、君のことをよそ者だと思っている人々が存在するという事実をいまや理解した。自分の場所《ホーム》と呼んでいる場所にいても、本当に自分の場所にいるのではないことを君は悟ったのだ。

　その場に属していると同時に、その場に属さないということ。大半の人間には受け容れられても、一部の人間に疑いの目で見られるということ。アメリカは特別だという華々しい物語を小さいころは信奉していた君は、だんだんその物語から身を引いていった。いま住んでいる世界とは違う別の世界に自分が帰属していることを君は徐々に理解していった。君の過去は、どこか遠くの、東ヨーロッパのユダヤ人居住地に根ざしている。君の父方の祖父母と、母方の曾祖父母《そうそふぼ》とがその世界を離れるだけの知恵があったからよかったものの、もしその知恵を欠いていたら君たちのうちほとんど誰一人いま生き残ってはいないだろう。ほぼ全員が戦争中に殺されていただろう。人生は危険をはらんでいる。君の足の下の地面はいつ崩れてもおかしくない。君の一族はアメリカにたどり着き、アメリカによって救われたわけだが、だからといってアメリカが君たちに温かく接してくれると期待してはいけない。追放された者たち、蔑《さげす》まれ虐《しいた》げられた人々に君は共感を寄せるようになった。土地を追われ虐殺《ぎゃくさつ》されたインディアン。鎖につながれてここへ連れてこられたアフリカ人。アメリカへの愛着を捨てたわけではない。捨てることはできない。何といってもここはいまも君の場所、君の国なのだから。だが君は、ここで生きるにしても、新たな用心と不安を抱えて生きるようになった。君のいる小さな世界では、立場を表明する機会といってもほとんどなかったが、チャンスが訪れるたびにできるだけのことはやった。年上の不良少年たちに町でユダ公《ジューボーイ》とか糞ユダヤ《ジュー・シット》とか呼ばれたらやり返したし、学校ではクリスマスの祝典への参加を拒み、毎年恒例の集いでもクリスマスキャロルを歌わなかった。そのため先生たちも、式の予行練習をやりにクラスメートがぞろぞろ講堂に行くとき君だけ一人教室に残ることを許可してくれた。自分の席に座った君を囲む突然の静寂。ローマ数字が書かれた古い壁時計の分針がカチッと動く音を聞きながら、自ら追放者の身を選んだ君はポーやスティーヴンソンやコナン・ドイルを読んだ。頑固に己の立場を固守したわけだが、そこには誇りがあった。頑固な自分を、自分でない人間のふりをすることを拒む自分を、君は誇らしく思った。

君の頭の中で、それは宗教とはほとんど無関係だった。君は力なき者たちの力と手を組んでいたのであり、他人との差異を表明することによって何らかの倫理的な、もしくは知的な強さを見《み》出《いだ》そうとしていたのだ。ユダヤ人とは神学的体系などではなく人間の一カテゴリーであり、第二次世界大戦の惨劇において頂点に達した苦闘と排除の歴史を体現する存在である。そしてその歴史こそ君の関心事だった。ところが君が九歳のとき、両親は地元のシナゴーグに入った。言うまでもなくそれは改革派のシナゴーグだった。単純化され、水で薄められたタイプのユダヤ教の方が、君の両親のような、先祖の伝統との絆を取り戻したいと思いつつも宗教には無関心で信心もなく、信仰を実践してもいないアメリカのユダヤ人にとっては好都合だったのである。ありていに言ってしまえば――だが明らかに全面的に真実でもある――これもヒトラーのせいなのだ。戦後アメリカでユダヤ式生活が復活したのは、強制収容所から直接生じた結果である。教会に加わるよう君の両親のような人々を促したのは、疚《やま》しさの念にほかならない。ユダヤ人になることを子供たちに教えておかないと、ユダヤという概念そのものがアメリカで消え去ってしまうと彼らは思ったのだ。君の父親は子供のころヘブライ語を学びはしなかったし、成人儀式《バル・ミツヴァー》に備えて厳しい勉強を強いられもしなかった。社会主義者の娘だった君の母親となると、シナゴーグに足を踏み入れたことさえなかった。にもかかわらず二人は共謀して、自分たちがやった覚えもないことを君に強いた。かくして、四年生に上がった九月、君はヘブライ語の学校にも入れられて、毎週火曜と木曜の午後四時から五時半、加えて毎土曜午前九時半から十二時まで、シナゴーグへ行って授業を受ける破目になった。やりたいことはほかにゴマンとあるのに、週三回、四年間にわたって、君はしぶしぶ退屈の刑務所に足を運び、その幽閉の全瞬間を呪詛《じゅそ》しつつ、ヘブライ語の基礎をのろのろと修得し、旧約聖書の主要な物語を学んだ。大半の物語は君を心底ぞっとさせた。特に、カインによるアベル殺害（なぜ神はカインの捧《ささ》げ物を拒んだのか？）、ノアと大洪水（なぜ神は自分が創《つく》った世界をわざわざ壊そうとするのか？）、息子イサクを危うく生《い》け贄《にえ》にしようとしたアブラハム（父親に息子を殺せと命じるなんていったいどういう神だ？）、長子特権を兄エサウから盗んだヤコブ（なぜ神は欺《あざむ》く人間を、良心のかけらもない男を祝福するのか？）。これらを通して、神に対する君の否定的な見方はますます強まった。神は君から見て、憤怒《ふんぬ》する狂気のサイコパスか、拗ねた子供か、激昂《げっこう》した殺人犯、そのいずれかに思えた。ごく幼いころに君が想像した神よりもっと恐ろしく、もっと物騒。なお悪いことに、君は全員男子のクラスに入れられていて、大半の子はそこにいることに君以上にうんざりしていて、この強いられた余分な学習を、ただ単に生きていることの罪に対する不当な罰と捉えていた。十五人から二十人の、そわそわ落着かぬユダヤ人の子供たちが、先生の発する一語一語に反乱者の軽蔑《けいべつ》を感じている。先生というのはフィッシュなる冴《さ》えない名の副ラビであり、ずんぐりして顔ばかり大きくおでこの広い男で、教室では大半の時間、紙つぶてを避け、静かにしろと生徒たちに向かってどなり、げんこつでテーブルを叩《たた》くことに終始していた。気の毒なラビ・フィッシュ。野生のインディアンたちと同じ部屋に彼は放り込まれ、週三回頭の皮を剝がれていたのだ。

八歳のとき、君は初めて両親の許《もと》を離れた。それは君の発案であり、君が行かせてくれと両親に頼み込んだのだった。五つのときからの一番の親友ビリーともう一度君は一緒に過ごしたかったのであり、彼の一家がよその町へ引っ越して、過去三年君たち二人が過ごした場所から遠く離れてしまったいま、ビリーと会える唯一のチャンスは、彼が兄と一緒に行くニューハンプシャーのサマーキャンプに参加することだったのだ。七月初めから八月末まで、親と離ればなれで八週間過ごす。一晩以上家から離れたことのない子供にとっては長い時間である。母親ははじめ、長い別離に君が耐えられないのではとためらったが、結局君をがっかりさせたくないと思ったのか（あるいは、ほかにどう夏を過ごさせればいいかわからなかったのか）、父親とも話しあって同意してくれた。ニューハンプシャー北部中央の、ホワイト・マウンテンズの名で知られる地域は、一九五五年にニュージャージーから車で行くにはおそろしく時間のかかる場所だった。当時は州間高速道も、少なくともこのあたりにはなく、君は両親と一緒に果てしなく車で走り、後部座席に十、十一、ひょっとすると十二時間座っていた。いまからふり返ると、二日にわたっていたのではないか、北へ向かう道中でインかモーテルに泊まったのではないかとも思える。だがそのあたりのことは覚えていないし、それにまた、両親が君をキャンプで下ろして去っていったときに別れの言葉を交わしたことも思い出せない。その瞬間に君が何を考え、感じたにせよ、それはいまの君には取り戻せない。悲しみか喜びか、怯《おび》えか興奮か、気持ちの揺らぎか誇り高き決意か、知る由《よし》もない。その八週間で一番よく覚えているのは匂《にお》いだ。周りを囲む松林の、一瞬も消えない香り。午後の太陽が、君のキャビンと食堂とのあいだの踏み均《なら》された道の埃《ほこり》をじわじわ暖める乾いた匂い。それと便所の臭気。原始的な木造の建物に、小便用の長い樋《とい》があって、ドアの付いていない個室がいくつか並び、入っていくたびに尿の臭《にお》いがアンモニアの霧のように鼻孔の奥をつんと刺激する。その烈しい、刺すような臭いを君はいまも忘れていない。緑色のウールの毛布にくるまった肌寒い夜。インディアンを真似《まね》て自然の驚異と大霊の恵みをたたえるキャンプファイヤー、全員灰色の羽根が突き出たヘッドバンドを着けた男の子たち。野球、乗馬、アーチェリー、射撃場で22口径ライフルを発砲し湖に入って素っ裸で泳ぐ。何もかもから遠く離れたように君は感じた。慣れ親しんだいろんなものからこんなに隔たったことはなかった。あたかも車で長く走った末に、世界の果てまで来たみたいな気分だった。奇妙なことに、ビリーのことはあまり覚えていないし、ほかの男の子たちについても同じ。毎日絶え間なく襲ってきた目新しさが、具体的な細部をほとんどすべて抹消してしまったかのようなのだ。一応はっきり浮かんでくる出来事は二つだけである。一つ目は、君の母方の祖父の、まったく予期しなかった突然の訪問。毎年恒例、男の友人たちと一緒にメインで一週間過ごす「ロブスター釣り」休暇へ向かう途中に寄ってくれたのだ。「ロブスター釣り」というのは厳密には正しくない。ロブスターは「釣る」ものではない。木の籠《かご》を水中に落として、ロブスターが入ってくるのを、ボートに乗って待つのである。毎日そんなことをして過ごすなんて退屈じゃないかと君には思えたが、たぶんそこでは酒も飲めば煙草《たばこ》も喫《す》ってポーカーをやって卑猥《ひわい》なジョークを飛ばし、田舎ならではのお楽しみもあったにちがいない。君の祖父はジョークも得意なら、結婚相手でない女性と盛んに戯《たわむ》れもしたのだ。どんなパーティでも中心に立つ祖父が君は大好きだった。その日、祖父はちょうど昼食後の休憩時間の真ん中、午後の活動が始まる前の一時間の空白期間の真ん中にやって来た。君はその時間たいてい本を読むか手紙を書くかしていたが、その日に限って寝入ってしまい、しかも子供のころの君はいったん寝たらほとんど昏睡《こんすい》状態に陥ったように眠り、すっかり意識がなくなってしまって、何があろうと絶対に起きず、雹《ひょう》が降ろうが雷が鳴ろうが、蚊の群れが襲ってこようが最高にやかましい楽隊が通りかかろうが決して目覚めなかった。したがって、祖父が訪ねてきた日、指導員に揺り起こされて、君はまだ半分眠ったまま、ぼうっとする頭を抱えて何とか昼寝から浮上し、自分が誰なのかも、そもそも自分というものがいるかどうかもよくわからないまま、外に出てみたらキャンプ正面入口近くの事務所で祖父が君を待っていたのである。もちろん祖父に会えたのは嬉しかったが、頭はまだはっきりしておらず、自分の中の靄《もや》と混沌《こんとん》をふるい落とそうとしている最中で、喋るのは困難だったし、祖父の質問に一、二語以上のセンテンスで答えるのも難しかった。祖父と短い会話を交わしているあいだずっと、僕はまだ眠ってるんだろうか、お祖父《じい》ちゃんがここにいるのを想像してるだけなんだろうか、と君は自問しつづけていた。というのも、スーツにネクタイ、ワイシャツ姿でない祖父を見るのはこれが初めてだったし、禿《は》げてでっぷりした祖父がオープンカラーで派手な色の半袖《はんそで》シャツを着ているのは見ていて何とも妙だったのだ。いつもならじきに、二人とも熱心にフォローしている野球の話がすらすら続いていくところだが、この日はそうなる前に祖父が膝《ひざ》をぽんと叩いて立ち上がり、さあもう行かなくちゃと言った。一瞬いたと思ったら、次の瞬間にはもう、邪悪な亡霊のように消えていた。ちゃんと話せず、愚鈍な肉塊《にっかい》のごとくふるまった自分がつくづく情けなかった。その何日か何週間かあと、もっと情けないことに、朝目覚めると君は自分がおねしょをしたことを発見した。これは幼年期を通じて君にまとわりついた、五歳、六歳、と普通ならもう克服していてしかるべき時期に入ってもなお抱えていた問題だった。来る年も来る年も、マットレスを濡らさぬようゴムシートを敷かれる屈辱が去らなかった。心理的な問題があるわけでもないし、膀胱《ぼうこう》が弱いわけでもないのだと君の母親は言い（その通りだったかそうでなかったか、誰にわかるだろう？）、あくまで眠りが深すぎるから、夢の神モルペウスが君を包むどころかぎゅっと息もできぬくらい抱きしめているからなのだと言った。幼い年月、母は何度、真夜中に寝室に忍び足で入ってきて君を起こし、トイレに連れていってくれたことか。何度君を眠りの国から引きずり出そうと苦闘し、失敗に終わったことか。七歳になるころにはもうほぼ問題も克服し、深夜の失禁の恥辱ももはや不断の脅威ではなくなっていたが、時おりかつての自分に舞い戻ってしまい、一月か二月に一度の割合で再発するのだった。人生のこの時期、冷たく濡《ぬ》れたシーツのおぞましい感触に目覚めるのは、何とも意気挫《くじ》かれる、腹立たしいほど幼児的で白痴的な出来事であり、こんなことで僕は大人になれるんだろうかと思ったりした。それがいま、もう八歳になったというのに、またやってしまったのだ。しかもここは、みんなが事情を知っていて何も言わないでくれるわが家ではなく、ほかに七人の男の子と二十代前半の指導員が寝泊まりしているサマーキャンプのキャビンという公《おおやけ》の場なのだ。幸いこれは日曜のことで、起床の合図もふだんより遅く、朝食もいつもなら三十分か四十五分で終わるのに今日は一時間半まで延びるので、君はほかの子たちが食堂に出かけるのを待ってからベッドを出て、冷たく湿ったパジャマを脱いで自分の洗濯物袋に押し込んだ。朝食のテーブルでみんなに仲間入りした君は、そこに座ってパニックを募らせ、次はどうしようと思案していた。寝小便してしまっただけでも十分ひどい話であり、君のプライドと少年としての尊厳に対する侮辱だったが、発覚することの恐怖はもっとずっと大きかった。ほかの子たちにあざ笑われ、永久に赤ん坊のレッテルを貼《は》られて、軽蔑にも値しない阿呆と見下されてしまう。時間はどんどんなくなってきている。あと十五分、二十分もすればみんなキャビンに戻ってくるだろう。ほかに頼れる人もいないので、ここは指導員に話すしかないと君は決めた。指導員はジョージという名の、物静かでまじめな若者で、それまでいつも君に優しく接してくれていた。とはいえ、君の告白を聞いて彼が笑わないとどうしてわかる？ だがそれでも、君をいま食堂から解放してキャビンに戻らせてくれる権限を持っているのはジョージしかいない。ほかに手はないのだ。ジョージに話して、上手《うま》く行くよう期待するしかない。そこで君は立ち上がり、テーブルの端に座っているジョージのところに行って、ちょっとヘマをやったのでシーツを洗ってキャビンの裏に干したいからいま行かせてもらえないだろうか、とこっそり耳打ちした。ジョージはうなずき、行っていいと言ってくれた。ただそれだけ——思ってもみなかった共感と理解の奇跡。だが実はそれほど不思議な話ではなかったことがじき判明した。その朝のうちに、ジョージは君に、僕も君の歳《とし》で同じ問題を抱えていたんだよと打ちあけたのだ。苦悩せる疚《やま》しき夜尿症常習犯たちの、秘密の友愛会！ いずれにせよ、そのとき君はキャビンに駆け戻り、ベッドから下側のシーツをはぎ取って、フランスの地図に似た形の黄色い犯罪証拠が浮かぶその白いシーツを抱えて便所に飛んでいき、すべてを蝕《むしば》みすべてに浸食する尿の悪臭ふんぷんたる場の流しで、黄色いしみをごしごし洗い落とした。こうして、いっさいバレずに済んだ。ジョージの優しさが、発覚の恥から、究極の屈辱から、君を救ってくれたのだ。とはいえ、間一髪ではあった。あと何分か、いや何秒かで話は違っていただろう。高鳴る心臓が、どれほど君が怯えていたかを物語っていた。

なぜいまこの話に戻るのか、この大昔のつかのまの恐怖に——結局は万事上手く行き、あれほど恐れた事態もいっさい生じなかったというのに？　それは、つきつめて考えるなら、実は万事上手く行ったわけではないからだ。たしかに、怖くて怖くて心臓が早鐘のように打った、その恐れていた屈辱は味わわずに済んだ。だが、君は秘密を持つことになった。君の中に、世界から隠しておかねばならない欠陥があることが判明し、それが露呈したらと考えるだけでたまらなく惨《みじ》めな気持ちになり、君はふりをすることを、君の真の顔でない顔を世界に対して示すことを余儀なくされたのだ。その朝のうちにジョージがあの告白をして、自分もかつて同じ秘密を抱えて生きていたのだと明かしてくれたとき、たいていの人は独自の秘密を持っているのだと君は思うに至った。もしかしたら誰もが持っていて、全世界の人々が心臓に疚しさと羞恥《しゅうち》の棘《とげ》が食い込むのを感じながら地をさまよい、ふりをすること、自分の真の顔でない顔を世界に示すことを強いられているのではないか。だとすればそれは世界に関して、どのような意味を持つだろう？　誰もが多かれ少なかれ隠れた面を持っているということ、人はみな見かけとは異なっていて誰かを知るなんて不可能に近いということだ。いま君は思う。もしかしたらそうやって、人を知ることはできないと思ったせいで、自分は本に没頭するようになったのではないか？　なぜなら小説の中に住む人物の秘密はつねに、最終的には、知ることができるのだから。

その夏、君がホームシックになっていたと言ったら誇張になるだろう。両親に会いたくてたまらないということはなかったし、キャンプの現状に不満を訴える手紙を書いたり救出しに来てほしいと願ったりもしなかった。そう、ニューハンプシャーの松林での長い滞在のあいだずっと、君はまずまず満足していた。とはいえ、同時に、いまひとつ本調子ではなく、何かが自分の中から抜け出てしまったような、どこか寂しい気分もあった。次の年が巡ってきて、今年の夏もキャンプに行きたいかと母親に訊かれると、家にいた方がいい、ここで友だちと野球をして過ごしたいと君は答えた。結果的に、これはかならずしも賢明な決断ではなかった。たしかに毎日三、四時間野球はしたけれど、野球をしていない時間も当然埋めなければならず、朝から雨でも降れば野球も全然できないのだし、そうなれば時間を持て余して、何をしたらいいかもわからずにえんえん無為な時間を過ごすことになる。最終的にはそういう一人きりの時間が、君にとって滋養になったとはいえ、一九五六年夏の時点では、とにかくただ途方に暮れた気分だったのである。六歳のときに買ってもらった、オレンジ色の、タイヤの太いフットブレーキの一台目の自転車に君はまだ乗っていて（翌年には体も大きくなったのに合わせてもっと大きな二台目に進級することになる――黒くほっそりした、ハンドブレーキに細いタイヤの自転車）、君は毎朝、もう小さすぎるその二輪車にまたがり、四、五百メートル離れた友人のピーター・Jの家まで漕《こ》いでいった。野球場はピーターの家の裏庭にあったのだ。もちろん規格どおりの野球場ではないが、くたびれた草と土が広がったその一画は、当時の君にはたっぷり広く感じられ、少なくとも九歳の子供たちがプレーするには十分と思えた。ベースの代わりに石を置き、ホームベースは地面にじかに三角形を刻みつけ、たいていの朝はその庭に八人から十人くらいがグラブ、バット、ボールを持って集まり、二チームに分かれて、それぞれがいろんなポジションを代わりばんこに守る。誰もが一試合に一イニングはピッチャーをやりたがったからだ。そして試合はたっぷりやった。毎日ダブルヘッダー、時にはトリプルヘッダー。君たちはみな真剣に取り組み、全力でプレーし、誰もが自分の打ったホームラン（レフトの向こうの藪《やぶ》に入ったフライ）の数を記憶した。その夏で一番夢中になれる時間がこうして過ぎていった。友人の家の裏庭の、間に合わせの野球場で君はプレーし、ホームランを五十本、百本、五百本と藪の中に叩き込んだのだった。

　ピーターのことはクラスで一番好きだったし、いなくなったビリーに代わって彼こそが一番の親友だったが、一年と経たぬうちにピーターもまたいなくなった。よその町に越していって、君の人生から永久に姿を消した。彼の一家が去った理由を君は知らない。母親は誰が出ていっても、界隈《かいわい》にユダヤ人が増えすぎたからだと解釈したが、君はその事実ですべてを説明しようとは思わない。とはいえ、友の家族が君のことを、別世界から来た人間と見なしていたことは間違いない。特にピーターのスウェーデン系の祖父はそうだった。白髪で、訛りのきつい英語を話すこの老人は、ある午後君に対してすさまじい癇癪《かんしゃく》を起こし、君を家から追放して、二度とこの家に入ってくるなと命じたのである。裏庭野球の夏の少しあとだったにちがいない。たぶん九月の前半、君がホワイティ・フォードの本物だか非‐本物だかに会う一月ばかり前のことだ。ある日の放課後、君はピーターと一緒に彼の家に行ったが、その午後は雨が降っていたので二人で家の中にとどまり、やがて地下室を探検しに降りていった。輸送用の木箱、蜘蛛《くも》の巣、捨てられた家具などに交じって、古いゴルフクラブが一セットあるのを君たちは見つけた。これは二人どちらにとっても重要な発見に思えた。二人ともそれまでゴルフクラブなんて手に持ったことがなかったから、しばらくはその地下の湿った空間で、7番アイアンを交代で振り回した。交代でやったのは、地下室には物がたくさんあって二人同時にスイングできるだけの場所がなかったからである。そのうちに、君がいまにもまたスイングを行なおうとしているところで、ピーターが君にはわからぬまま、もっとよく見ようと君のうしろに忍び寄り、あまりに近づきすぎて君のバックスイングが描く弧の中に入ってしまった。君としては彼が動くのを聞きも見もしなかったから、両手でクラブを握り、ぴんとのばした両腕を、何ら抵抗に遭うとも思わずぐいっとうしろに引き、何もない空気の中をバックスイングがすんなり舞うものと思ったのに、ピーターが見えない境界線を越えて空気以外何もないはずの領域に入っていたため、君のバックスイングは中空で何か固体にぶつかって遮られた。スイングが止められた次の瞬間、君は悲鳴を聞いた。突然の、全開の悲鳴が地下室の壁を揺さぶったのである。見ればアイアンの先端がピーターの額にもろに食い込んで、皮膚が破れ、傷口から血が流れて、君の友は痛さに金切り声を上げていた。君はぞっとし、恐怖に包まれ、自分が悪くないとわかっていても罪の意識に襲われたが、友を助けようと君が何をする間もなく、ピーターの祖父が階段を駆け降りてきて、君を脇《わき》へ突き飛ばし、この家から出ていけと命じたのだ。その瞬間すでに、祖父がそんなに怒るのが君にもひとまず納得できた。いまここでこの老人が癇癪を起こすのはまったく自然なことに思えた。何しろ孫が頭にゴルフクラブをぶつけられてわあわあ泣いて血を流していて、君の落ち度であろうとなかろうととにかく君がいたせいで可愛い孫が傷ついたのであり、ゆえに老人が君に怒りをぶちまけるのも無理はない。けれど、いくらその怒りが理解できたとはいえ、それほどの規模の怒りに君がほとんど――もしかしたら一度も――接したことがなかったことも言っておかねばならない。それは途方もない怒りであった。旧約聖書の神もかくや、君の最高に暗い夢に現われる復讐《ふくしゅう》の念と殺戮《さつりく》の欲に燃えるヤーウェもかくやという憤怒の爆発であった。老人が君にどなり散らすのを聞いているうちに、彼が君に出ていけと言っているのみならず、この家への出入りを永久に禁じていることがじきにわかった。お前はろくでなしだ、邪悪な子供だ、わしらはお前らみたいな人間に用はないと老人は言っている。君はさんざん叩かれ揺さぶられた気分で、ピーターに対してやってしまったことを心底面目なく思いながらよたよたと出ていったが、最悪だったのは君の頭の中で鳴っている老人の言葉だった。お前らみたいな《ユア・カインド》人間。それってどういう意味だ？　ゴルフクラブで友だちを殴って血を流させるみたいな人間という意味か。それとももっと陰険な、君の魂に消しようのない汚《けが》れを残すような何かだろうか？　お前らみたいな人間というのは単に、汚らわしいユダヤ人という意味の、またもうひとつの別称なのか？　もしかしたら。でももしかしたらそうではないかもしれない。その夕方、7番アイアンと、血と、友の祖父のことを母親に話したが、もしかしたらという言葉は一度も母の口にのぼらなかった。

次の年の夏、君はニューハンプシャーのサマーキャンプに戻っていった。前年の、計画なしに時を過ごす実験は、部分的な成功にとどまったというか、要するにおおむね失敗に終わっていた。そこで君は、もう一度七月八月は北へ行かせてほしいと頼んだのである。金持ちでも貧乏でもないが、数百ドルのキャンプ費用くらいは捻出《ねんしゅつ》できる君の両親もこれに同意してくれた。おねしょはいまや過去の話となり、必要とはいえどこまで意義深いかは怪しいその克服以外にも、いまや君の中のすべてが違っていた。八歳と十歳の隔たりは単に二年の差ではない。何十年にも相当する深い溝《みぞ》がそこにはある。のちに君が二十歳から四十歳にかけてカバーする距離に等しい、人生の一時期から別時期への途方もない跳躍である。一九五七年のいま、君は一九五五年の君よりも大きく、強く、賢く、人生のあらゆる局面を乗りきっていく力もずっと豊かで、何ら不安や悲嘆の疼《うず》きもなく両親の許を去ることができる、はるかに独立心豊かな子供だった。その後二か月、君は野球の国に住んだ。人生のどの時期よりも野球に打ち込み、狂信的なまでに没頭して、毎日欠かさずプレーし、午前午後の正規の時間のみならず、夕食後の自由時間にも、より優れた遊撃手に、より完成された打者になろうとこつこつ練習を重ねた。熱意ますます募るなか、しばしばキャッチャー役も買って出て、不慣れなポジションが突きつける困難も楽しんで受けとめ、野球コーチ担当の指導員たちにも徐々に認められて、ほんの数週間でぐんぐん進歩したことを評価され、夏の真ん中ごろには年上の少年たちのチームに格上げされた。十二歳から十四歳の、州一帯を回ってほかのキャンプのチームと対戦している少年たちのチームである。はじめは内野の大きさに慣れるのが一苦労だったが（ベース間は十八・三メートルではなく二十七・四メートル、マウンドからホームプレートまでは十三・七メートルではなく十八・四メートル、すべてプロ野球のダイヤモンドと同じ規格）、コーチたちはチームでもっとも小柄な君を一番ショートとして辛抱強く起用してくれ、君も期待に応《こた》えて何とか持ちこたえた。何としてもやり抜こうという気でいたから、失敗したらなどという思いはいっさい頭から追い払い、守備でエラーしたり三振を喫したりするたびに自分を厳しく罰し、結果として、年上の男の子たちに交じって際立《きわだ》った成果を挙げるとまでは行かずとも、恥さらしということもなかった。やがて最後の晩餐《ばんさん》会の時が訪れた。これは夏を締めくくる盛大な祝典であり、ベストスイマー、ベスト騎手、ベストメンバー、ベストキャンパー等々にトロフィーが贈られる場である。そして突然、指導員長が君の名を呼び、野球のトロフィーを君が勝ちとったことを告げるのが聞こえた。本当に正しく聞いたのか、よくわからなかった。自分がトロフィーをもらうなんてありえない。年下なんだし、自分がこのキャンプでベストの野球選手でないことはよくわかっていた。まあたしかにこの年齢ではベストかもしれないが、そんなの全体のベストには程遠い。にもかかわらず、指導員長は君を演壇に呼び寄せ、君にトロフィーを授与しようとしていた。賞なんてもらうのは生まれて初めてだったから、壇に上がって指導員長と握手するのは、ほんの少し気まずくもあるけれど誇らしい気分だった。数分後、君は食堂から抜け出して便所に行った。悪臭ふんぷんたる、記憶から絶対に消えそうにないその場所に年上のチームメートが四、五人たむろしていて、みんなが君を敵意と嫌悪《けんお》の目で見て、君が膀胱の中身を長樋に空けている最中、お前なんかトロフィーもらう資格ないんだ、俺たちの誰かがもらうべきだったんだ、と彼らは言った。お前なんか十歳のガキじゃねえか、叩きのめして分際《ぶんざい》わからせてやろうか、いやそれともトロフィーぶっ壊してやろうか、いやいやまずトロフィーぶっ壊して次にお前をぶっ壊すか。こんなふうに脅されて、君としてもいくぶん怖気《おじけ》づいたが、思いついた唯一の反応は、事実を言うことだけだった。べつに僕が賞をくれって言ったわけじゃないよ、まさかもらうなんて思わなかったよ、それにもしあんたらの言うとおり僕がもらうべきじゃなかったとしても、あんたらにいまさら何ができる？　そう言って君は便所から立ち去り、晩餐の席に戻っていった。その夜から、二日後にキャンプを去るまでのあいだ、誰一人君を叩きのめしもせずトロフィーを壊しもしなかった。

　幼年期の終わりが迫ってきていた。十歳から十二歳までの年月は、八歳から十歳にかけての旅に負けず劣らず壮大な旅に君を送り出したが、一日一日で見れば、自分が急速に進んでいるという感覚、思春期のとば口へと突進しているという感覚はまるでなかった。あのころ、年月はゆっくり過ぎていったのだ。いまのように、まばたきしただけで明日はまた誕生日だと気づくなんてことはなかった。十一歳になるころにはもう、群れの一員に君は変異しつつあった。思春期前の、混乱に満ちたグロテスクな時期を君は不器用に通過していた。閉じられた社会の小宇宙に誰もが押し込まれ、徒党や派閥が形成され、ある者は内《イン》でありある者は外《アウト》であり、人気者《ポピュラー》のという言葉が欲望《ディザイア》と同義語になり、男の子と女の子のあいだの幼児期戦争が終わりを告げて異性への憧《あこが》れが始まり、誰もが自意識過剰となり、四六時中自分を外から眺め、他人にどう見られているかについて自問し、しばしば思い悩み、必然的に大いなる心の乱れと愚かしい行為とが生じて、内なる自己と世界に対して示す自己との亀裂がいつにも増して広がり、心と体がこれ以上はないというくらいちぐはぐとなる。君自身も、自分がどう見えるかで頭が一杯になって、髪型はこれでいいのか、靴はこれでいいのか、ズボンは、シャツとセーターは、と悩みっぱなしだった。この十一歳から十二歳にかけての時期ほど服が気になったことは、あとにも先にも一度もない。誰が内で誰が外かのゲームに君も加わって、内になりたいと切望し、五年生のどこかで始まった金・土曜の夜の男女パーティでは女の子たちの目にベストに見えたいといつも願っていた。が、その女の子たちとて自らの激変や苦《く》悶《もん》の真っ只中《ただなか》にいたわけで、ぺしゃんこの胸やろくに膨らんでもいない乳首をトレーニング・ブラで覆《おお》い、パーティドレスで身を飾り、その下にはごわごわのクリノリンやしゆっしゅっと鳴る絹のスリップを着け、生まれて初めてガーターベルトとストッキングをまとい、そしていま何十年も経ってみて君が思い出すのは、晩が更《ふ》けていくにつれ彼女たちの痩《や》せこけた脚のストッキングがずるずる垂れ下がってくるのを目にする物哀しさだ。とはいえ、彼女たちを両腕に抱いて一緒にダンスしたときその香水の匂いを吸い込んだことも君は覚えている。ロックンロールがにわかに君にとって興味深い、エキサイティングなものとなった。チャック・ベリー、バディ・ホリー、エヴァリー・ブラザーズが君の一番の好みで、二階の寝室で一人で聴けるようレコードも集めはじめた。小さな45回転盤を太いスピンドルに積み上げ、誰もいない家で音量を目一杯上げる。放課後に何もすることがないときは家に飛んで帰ってテレビを点《つ》け、『アメリカン・バンドスタンド』を観《み》た。国中のリビングルームに日々注入されていた、新しいロックンロール宇宙の壮観。君を番組に惹《ひ》きつけたのは音楽だけではなかった。音楽に合わせて踊る、部屋を埋めるティーンエイジャーたちの姿に君の目は釘付《くぎづ》けになっていた。ティーンエイジャーになること、いまやそれこそ君が何よりめざしたものだった。画面に映る少年少女たちをじっくり眺めることを通して、自分の人生の、迫りつつある次のステップについて君は何かを学ぼうとしていたのである。前の年は三ばか大将、今年はディック・クラーク（『アメリカン・バンドスタンド』の司会者）と、ロックンロールする若人《わこうど》の群れ。ニキビと歯列矯正器《ブレース》の時代が始まったのだ。有難いことに、そういう日々は一度しか来ない。

それでも君は相変わらず本も読み、ささやかな物語や詩を書いていた。まさか生涯ずっとそういうことをやる破目になるとは夢にも思わず、ただ単にやって楽しいから、この幼い日々にもそうしていたのだ。十一歳になって、モダンライブラリーの二冊目を買った。O・ヘンリー短篇選集。少しのあいだそれら巧妙な作りの、どこかぎくしゃくした、話が急転しどんでん返しの結末が待っている物語に君は酔いしれたが（翌年『トワイライト・ゾーン』シリーズ初期に入れ込んだのも同じことで、ロッド・サーリングの想像力はまさにO・ヘンリーの二十世紀中葉バージョンだった）、心の底では、これらの物語にどこか安っぽいところがあること、一級の文学と君が思うものよりはるか下であることを見抜いていた。一九五八年、ボリス・パステルナークがノーベル賞を受賞して、彼の置かれた状況が大々的に報道され、この天才作家が賞を受けにストックホルムへ行くのをソ連の警察国家が阻止したことをいくつもの記事が伝え、『ドクトル・ジバゴ』の英訳が出ると、君は偉人の作品を読もうとさっそく買いに行き（これが三冊目の大きな買い物だ）、これこそ間違いなく一級の文学だと信じて読みはじめた。だが、ロシア文学の象徴的小説の複雑さを、十二歳の子供がどうやって呑《の》み込めよう？　何ら本質的な文学の素養もない少年に、どうやってそんなに長い、陰影に満ちた小説が読めるだろう？　君はこの上ない誠意とともに読みはじめ、同じ箇所を根気よく三度、四度、五度読んだが、君の能力では十分の一理解することも叶《かな》わなかった。膨大な時間を費やして苦闘し、挫《ざ》折感《せっかん》が募ってくるなか、君はしぶしぶ敗北を認め、本を置いた。巨匠たちと取り組む姿勢が整ったのは十四歳になってからであり、十一歳、十二歳の当時、君に太刀打ちできるのはもっとずっと敷居の低い本だった。たとえばA・J・クローニンの『城砦《じょうさい》』を読んでしばらくのあいだ医者になりたいと思い、W・H・ハドソンの『緑の館』にはその異国風のジャングル的官能性によって性腺《せいせん》を刺激され、この二冊が当時の君のお気に入りだったし、いまでも一番よく覚えている。創作の幼い試みについては、いまだスティーヴンソンの影響下にあり、たいていの物語はこんな堂々たる書き出しとともに始まった――「我等が主の生誕より一七五一年目、私は荒れ狂う吹雪の中を闇雲《やみくも》に彷徨《さまよ》い、先祖代々の我が家に帰還せんと足掻《あが》いていた」。十一歳の君は、そういうもっともらしい戯言《たわごと》をどれだけ愛したことか。だが十二歳になって、たまたま探偵小説を二冊ばかり読んで（どの探偵小説だったかは覚えていない）、どうやらもっとシンプルな、仰々しくない文章の方がいいらしいと悟り、この新たなスタイルで書いてみようと、腰を据えて自作の探偵小説に取りかかった。手書きの原稿がせいぜい二、三十枚というところだっただろうが、君にとってそれはものすごく長く思え、実際それまでに書いたどの作品よりもずっと長かったので、君はそれを長篇《ノヴェル》と呼んだ。タイトルは思い出せないし、ストーリーもろくに覚えていないが（たしか一卵性双生児が二組出てきて、タイプライターのシリンダーの中に盗まれた真珠のネックレスが隠されていた）、それを六年生の担任の先生に見せたことは覚えている。君にとっては初めての男の先生から、面白かったよと言ってもらって、君は大いに気をよくした。それだけでも十分だっただろうが、先生はさらに、毎日の授業の最後、三時のベルが鳴る直前の五分か十分ずつ、みんなの前でこれを何日かに分けて朗読したらどうかと勧めてくれた。かくして君は、突然作家の立場に置かれて、クラスメートの前に立ち、自分の書いた言葉を読み上げた。批評家たちは好意的だった。いつもの授業の単調さから逃れられて嬉しいということもあったのだろうが、君の作品を誰もが楽しんでくれているように思えた。ひとまずはこれで終わり、ここまで長いものを君がふたたび書くのは数年後のことである。とはいえ、当時は大したことには思えなかったものの、この幼い日の企てこそ始まり、第一歩ではあるまいか？

一九五九年の六月、十二歳の誕生日の四か月後、六年生である君はクラスメートみんなとともに、幼稚園クラスから通ってきた小さな小学校を卒業した。夏が過ぎると中学校に上がった。町のあちこちにある小学校に行っていた子供たちが一三〇〇人集まった三年制の学校である。そこでは何もかもが違っていた。もはや一日じゅう同じ教室にいるのではなく、先生も一人ではなく数人、それぞれの科目ごとにいて、四十五分の時限が終わってベルが鳴るとその教室を出て、次の授業を受けに廊下を通って別の教室に行く。宿題はいまや現実の一部となり、どの科目でも（英語、数学、理科、歴史、フランス語）日々課題が与えられたが、一方では体育の授業もあって、騒々しいロッカールーム、指定された型のサポーター、みんなで浴びるシャワーがあった。工作のクラスもあり、その先生というのが禿げかけたフケだらけのミスター・ビドルコームなる老人で、ディケンズ的な時代錯誤は名前だけでなく振舞いにも及び、生徒たちのことを薄のろ《トゥワープ》だのやくざ者《ラプスカリオン》だのと呼んで、無法な者たちを物置に閉じ込めて罰した。この学校で最良の点は最悪の点でもあった。すなわち、能力別クラス方式が厳格に運用されていて、生徒一人ひとりが、グループ分けに上下があるという事実を隠すためにランダムにアルファベットを冠した三つのグループのいずれかに属したのである。とはいえ、それらの文字が何を意味するのか、わからないのはよっぽどの阿呆だけである。上、中、下。教育学的に見れば、この方式の利点は明らかだ。優秀な生徒の進歩が出来の悪い生徒に妨げられもしないし、歩みののろい子が速い子に畏縮《いしゅく》させられもせず、それぞれ自分のペースで進むことができるのだから。だが社会的に見れば、失敗と言うしかない。あらかじめ勝者と敗者が決まった共同体、成功を運命づけられた者と挫折を運命づけられた者から成る社会が出来てしまう。そしてグループ分けの意味するところは誰もが理解していたから、速い者が遅い者を見るにあたっては見下しと蔑《さげす》みの視線があったし、遅い者が速い者を見る上では恨みと敵意があった。そうした隠微《いんび》な形の階級闘争が、時おり実際の喧嘩となって噴出した。あれでもし、体育、工作、家庭科といった全員が一緒になる中立地帯がなかったら、学校は分断された戦後のベルリンに似たことだろう。低速ゾーン、中速ゾーン、高速ゾーン。かような組織に、一九五〇年代も終わりに近づいた時期に君は加わったのである。ピンク色の煉瓦《れんが》で出来た新築の校舎、最新の教育機器の揃《そろ》った学校は町の誇りだった。そこへ行くんだ、一段上の世界に上がるんだと思うと君も心底わくわくし、学校第一日目の前の晩、ぴったり午前七時に目覚まし時計をセットした。そして翌朝、君が目を——目覚ましが鳴る前に——開けると、時計はぴったり七時を指していて、秒針がちょうど9を過ぎて12へ向かう途上だった。つまり君は、起きるべき時刻の十数秒前に起きたのである。これまではいつもすごく深く眠り、目覚ましのけたたましいベルがなければ絶対に起きられなかった君が、記憶にあるかぎり初めて、あたかも夢の中で秒読みをしていたかのように静寂の中で目を覚ましたのだ。

いくつもの新しい顔、何百もの新しい顔があったが、一番君の気を惹いたのはカレンという名の女の子に属す顔だった。高速ゾーン部隊の仲間である。それは間違いなく可愛い顔であり、美しい顔とさえ言えたかもしれないが、カレンはさらに頭脳も明晰《めいせき》で、自信とユーモアにあふれ、生気に満ちて世界に対し活《い》きいきと反応し、会って何日もしないうちに君は彼女に夢中になった。学年が始まって一、二週間後、新入生向けのダンスパーティが開かれた。体育館で行なわれるこの金曜のパーティにほぼ全員が出かけ、その三、四百人の中に君も交じっていて、君はとにかくできるだけ頻繁にカレンと踊ることをめざした。晩も終わりに近づいてきたところで校長が、ダンスコンテストを行なうので参加したいカップルはフロア中央に歩み出るようにとアナウンスした。挑戦したいとカレンが言い、君は彼女がやりたいことなら何でもやる気だったからそのパートナーとなった。それは君の人生初の、かつ唯一のダンスコンテストであり、君のダンスは大したものではなかったが、さりとてまったく望みなしでもなかった。そしてカレンは上手だった。本当に上手で、脚は機敏に動き、音楽とのタイミングもぴったりだったので、君としてもここは頑張らねば、精一杯力を出さねばと張りきった。初期のロックンロールダンスはいまだタッチダンシング、すなわち抱きあって踊るダンスだった。ツイストが流行《はや》るのはまだ一、二年先で、パートナーがたがいに離れて踊るという大変革はいまだ訪れていなかったから、一九五九年のダンサーたちは四〇年代にジルバを踊った人たちとさして変わらなかった（もっともそのころにはジルバもリンディと名が変わっていたが）。カップルはたがいにしがみつき、やたらとくるくる回り、腰よりも足が大事で、フットワークの迅速さがすべてだった。フロアの中央に出た君とカレンは、二人とも目一杯速く踊ることに、普通の二、三倍の速さで行くことに決めた。その速さを、審査員たちが感心してくれるまで保てればと思ったのである。そう、カレンは本当に活気ある、チャレンジ精神あふれる女の子だったのだ。かくして君たち二人は狂気じみたダンスを開始し、スピードの速まった無声映画に出てくる二匹の猿みたいにフロア上を跳びまわり、自らのパフォーマンスの過剰ぶり、浮かれぶりに二人とも心中ゲラゲラ笑いながら疲れを知らぬ十二歳の体で踊りまくった。君が一番よく覚えているのは、カレンが君の手をしっかり握っていたこと、くるくる激しく回転しながら君が彼女の体を投げ出してからふたたび引き戻すなかで決して手を離さなかったことだ。ほかのどのカップルも君たちのスピードは保てなかったし——そもそも保とうとも思わなかった——およそ常軌を逸した君たち二人は見事コンテストの勝者となった。少年時代の馬鹿げた、だが記憶に残る一瞬である。校長先生から二人それぞれトロフィーを受けとり、パーティが終わると君はカレンと手をつないで町の中央のアイスクリーム・ショップまで歩いていった。栄光《グロリア》あれ、栄光《グロリア》あれ、十二歳のダンスパーティの晩にカレンと手をつなぐ恍《こう》惚《こつ》。それから、アイスクリーム・ショップを出て一、二ブロック歩いたところで、カレンの、君とつないでいない方の手からトロフィーが滑り出て、歩道に落ちて粉々に割れてしまった。彼女がひどく動揺しているのが君にはわかった。あまりに突然の出来事、突如破られた静寂、トロフィーが歩道に落ちて砕けて生じた予期せぬ轟音《ごうおん》——それは小さいながらひとつの惨事だった。元に戻しようはない。でもダンスのトロフィーなんて君には何の意味もなかったから（野球だったら話は別だったろう）、君は自分のトロフィーを彼女に、これあげるよと言って渡した。翌年になると、君はもうあまりカレンに会わなくなった。君たちはつき合う友だちも違っていたし、クラスももう同じではなく、カレンはもうほぼ大人で君はまだ子供だったから、それ以降は一九六五年に高校を卒業するまでほとんど口も利《き》かなかった。けれども、トロフィーが砕けた夜から二十六年経《た》った、高校卒業後二十年目の同窓会に君が出かけていくと、カレンも来ていて、三十八歳の若き未亡人となった彼女はふたたび君と一緒に踊った。今回はスローダンスだった。そして彼女は、あの夜のことは全部覚えてるわ、と君に言った。私たちが十二歳だったあの夜のこと、まるで昨日のことみたいに覚えてるわ、と。

　七年生の英語の先生だったミスター・Sは、生徒ができるだけたくさん本を読むよう奨励したいと考えた。気高い志だが、そのために先生が考案した方法には欠陥がないとは言えなかった。先生は質より量に関心があったのであり、彼にとっては百ページの凡庸な本も三百ページの優れた本と同じ価値だったのである。さらに気がかりなことに、S先生はこの計画を、競争という形に仕立てた。教室のうしろの壁に大きなペグボードを貼って、生徒一人ひとりに、穴の縦一列を割りあてた。生徒たちはペグをひとつ与えられ、まずはそれを宇宙船に似せて飾るように命じられて（当時はアメリカとソ連の宇宙開発競争が始まって間もなかったのである)、飾ったペグを自分の列の一番下の穴に刺す。そして本を一冊読むたび、ペグを一つ上の穴に動かしていくのだ。このゲームを二か月続け、終わったら誰がどこまで上がったかを先生が検分する。愚にもつかないアイデアだと君は思ったが、とにかく新しい学校の一学期目であり、君としてもいい結果を出したい、何かの形で人より抜きん出たいと思っていたから、ここはつき合うことにして、精一杯こつこつ本を読んだ。もうすでに大の本好きだったからべつに辛《つら》いことではなかったし、何年も野球、フットボールなどのスポーツをやって競争好きの子供になっていたから競争の原理にも嫌悪はなかった。いい結果を出すだけじゃ駄目だ、一番にならないと、と君は決めた。二か月のあいだ、二日か三日ごとにペグをひと穴上に動かしていった。まもなく誰よりも先を行き、断トツでトップを走っていた。S先生が結果を確認する朝が来ると、君とほかの生徒たちの大きな差を見て先生は愕然《がくぜん》とした。ペグボードから教室の前に先生は戻っていって、君の目をまじまじと見て(君は二列目の席に座っていたから君たちの距離はかなり近かった)、敵意に満ちた喧嘩腰の表情で、君がインチキをしたと責めた。こんなにたくさん本を読めるわけがない、まるっきり筋が通らない、こんな真似《まね》して信じてもらえると思ったら大間違いだぞ、と先生は言った。これは私の知性に対する侮辱だ、ほかの生徒たちの努力に対する侮辱だ、長年教師をやってきたが君みたいに厚かましい嘘《うそ》つきは初めてだ、と。先生の言葉が君には弾丸のように感じられた。ほかの子供たちの前でマシンガンで殺されているみたいな気分だった。先生はみんなの前で君をペテン師呼ばわり、犯罪者呼ばわりしている。こんなに残酷に人から責められたのは生まれて初めてだった。こっちはただ言われたとおり、誠実に、よき生徒であることを証明しようと頑張っただけなのに。先生の非難に応酬しようと、そうじゃないんです、ほんとに読んだんです、全部全ページ読んだんです、と言おうとするさなかにも、先生の怒りのあまりのすさまじさに耐えかねて、君は突然その場で泣き出した。ベルが鳴り、それ以上の屈辱からは救われたが、ほかの生徒たちがぞろぞろ教室を出ていくなか、S先生は君に、まだ話があるから残りなさいと言い、ほどなく君は先生と顔を向きあわせて教卓の横に立って、しゃくり上げ、とめどなく涙を流し、抑え込んだ切れぎれの息を継ぎながら、本当なんです、インチキもしてないし嘘もついてません、読んだ本のリストを見せろと言うなら明日の朝持ってきます、無実を証明してみせます、と訴えた。S先生は少しずつ折れてきて、どうやら自分が間違っていたらしいことを徐々に悟っていった。先生はポケットからハンカチを出し、君に渡した。鼻をかみ涙を拭《ぬぐ》おうと、君はそのハンカチを顔に持っていき、洗い立てのハンカチの匂いを吸い込んだ。生地は清潔だったが、匂いには何か饐《す》えた、胸が悪くなるようなものがあった。それは挫折の匂い、あまりに何度も使われすぎたものの匂いだった。半世紀以上前のあの朝のことを考えるたび、君はふたたびあのハンカチを手に持ち、顔に押しつけている。君は十二歳だった。大人の前で取り乱し、泣いたのはそれが最後だった。

脳天に二発

1

一九五七年。君は十歳で、もう小さな子供ではないが、まだ大きな子供でもない。中くらいの、少年時代中期後半にいる子供という形容が一番正確だろう。スプートニク1号・2号のこの年、君はまだ世界から護《まも》られているが、前年ほどではない。スエズ危機が終わったことや、アイゼンハワーが連邦軍をアーカンソー州リトル・ロックに送って暴動を阻止し学校での人種差別廃止を推進したことは漠然と理解しているし、ハリケーン・オードリーでテキサスとルイジアナの住民が五百人以上死んだことや、『渚《なぎさ》にて』と題した世界の終末を描いた本が出たことも一応わかっている。だがサミュエル・ベケットの『エンドゲーム』やジャック・ケルアックの『オン・ザ・ロード』の出版については何も知らないし、ましてやジョゼフ・マッカーシー（五〇年代の「赤狩り」を主導した政治家）が死んだことや、ジミー・ホッファ率いる全米トラック運転手組合がＡＦＬ－ＣＩＯ（アメリカ労働総同盟産業別労働組合会議）から追放されたこととなるともっと知らない。五月のある土曜の午後、君の母親か父親が、君の新しい仲間でリトルリーグのチームメートでもある同級生マーク・Fと君を車で映画館まで連れていってくれて、君たちは二人で映画を観《み》る。タイトルは『縮みゆく人間』。四年前に観た『宇宙戦争』と同じように、この映画は君という人間をひっくり返し、世界についての君の考え方を根底から変えてしまう。かつて六歳のときに感じたショックは神学的ショックと言っていい。神の力に限界があることを突如理解し、恐ろしい謎《なぞ》がそこから生じた——全能の存在の力にどうして限界がありうるのか？　だが『縮みゆく人間』のショックは哲学的、形而上《けいじじょう》的ショックである。そのささやかで陰《いん》鬱《うつ》な白黒映画から受けた衝撃はまさに圧倒的であり、君は一種呆然《ぼうぜん》たる高揚の中に取り残され、あたかも新しい脳を与えられたような気持ちになる。*1

オープニング・クレジットの最中に鳴っている不吉な音楽からすでに、これから自分が暗い、脅威に満ちた旅に乗り出すことを君は理解するが、ひとたび物語が始まると、ナレーターの存在によって不安はいくらか緩和される。この語り手こそ縮みゆく人間その人であり、縮みゆく人間が一人称で観客に向かって語るのだ。ということはつまり、この後どんな恐ろしい冒険が待ち受けているにせよ、彼は最後まで生きのびるのである。死んでいたら自分の物語を語れはしない。ロバート・スコット・ケアリーの不思議な、ほとんど信じがたい物語は、何の変哲もないある夏の日に始まった。私はその物語を誰よりもよく知っている。なぜなら私がロバート・スコット・ケアリーだからだ。

水着姿のケアリーとその妻ルイーズは、キャビンクルーザーのデッキに並んで横たわって日光浴を楽しんでいる。船は太平洋上を物憂《ものう》げに漂い、空は晴れて、何もかもが申し分ない。二人とも若く魅力的で、愛しあっていて、キスしていないときはいかにも一

＊1『縮みゆく人間』（*The Incredible Shrinking Man*）配給 ユニバーサル・ピクチャーズ 公開 一九五七年四月。81分。監督 ジャック・アーノルド 脚本・原作 リチャード・マシスン 製作 アルバート・ザグスミス。出演 グラント・ウィリアムズ（スコット・ケアリー）、ランディ・スチュアート（ルイーズ・ケアリー）、エイプリル・ケント（クラリス）、ポール・ラングトン（チャーリー・ケアリー）、レイモンド・ベイリー（トマス・シルヴァー医師）、ウィリアム・シャラート（アーサー・ブラムソン医師）、フランク・スキャネル（呼び込み）、ヘリーン・マーシャル（看護師）、ダイアナ・ダリン（看護師）、ビリー・カーティス（小人）、ジョン・ハイスタンド（TVキャスター）、ジョー・ラ・バーバ（牛乳屋ジョー）、オレンジー（猫ブッチ）、ルース・ポッター（ヴァイオレット）。音楽 アーヴィング・ジェルツ、アール・E・ローレンス、ハンス・J・ソルター、ハーマン・スタイン 撮影 エリス・W・カーター 編集 アル・ジョゼフ 美術 ラッセル・A・ガウスマン、ルビー・R・レヴィット 衣裳 ジェイ・A・モーリー・ジュニア、マーサ・バンチ、ライド・ロシャク メーキャップ バド・ウェストモア ヘアメークジョーン・セント・オーガー 小道具 フロイド・ファリントン、エド・キーズ、ホワイティ・マクマオン、ロイ・ニール 音響 レズリー・I・ケアリー、ロバート・プリチャード 音響効果 クリオ・E・ベイカー、フレッド・ノス 視覚効果 エヴェレット・H・ブルッサード、ロズウェル・A・ホフマン 特殊撮影 クリフォード・スタイン。

生の伴侶《はんりょ》らしく剽軽《ひょうきん》なからかいの言葉を飛ばしあっている。ルイーズがビールを取りにキャビンに降りていったとき、それが起きる——濃い雲だか霧だかが突如水平線上に現われ、船に向かってぐんぐん進んでくるのだ。すべてを包む大きな霧がシューシュー奇妙な音を立てながら水面を滑ってきて、デッキの上でまどろんでいたケアリーはその音のあまりの大きさに体を起こし、立ち上がって、雲が見るみる迫ってきて船を包み込むのを見ている。本能的に両腕を上げ、霧の急襲から身を護るためにできるだけのことをやろうとするが——むろんやれることは何もない——次の瞬間疾走する雲はもう彼を通り越していて、数秒のうちに空はまた晴れわたっている。キャビンから出てきたルイーズが、遠くにふわふわ去っていく雲を見て、なぁにあれ？と訊《き》く。わからない……霧か何かだよ、とケアリーは答える。ルイーズが夫の方を向くと、その胴は燐光《りんこう》を発する埃《ほこり》に覆《おお》われている。一見金属のような粒子が、不自然で不穏で不可解な光を放っているが、やがてそのきらめきも失《う》せて、二人がタオルで埃を拭《ふ》きとっている姿とともにシーンは終わる。

六か月が過ぎる。ある朝、ルイーズが朝食のテーブルを調《ととの》えていると、ケアリーの声が二階の寝室から聞こえてくる。洗濯屋から戻ってきたこのズボン、ほんとに僕のかい、と彼は訊く。寝室に画面が変わる。ケアリーが全身鏡の前に立って、ズボンのウェストの部分を外へ引っぱっている。体とズボンのあいだに五、六センチのすきまがあって、ズボンが彼には大きすぎるとわかる。少ししてからワイシャツを――自分のイニシャルが入った白いビジネスシャツを――着ると、これもやはり大きすぎることが判明する。変身が始まったのだが、これはまだ初期段階であり、この先何が待ち受けているかケアリーにもルイーズにもまったく見えていない。実際その朝ルイーズは、いつものごとく明るく夫をからかって、あなたただ痩《や》せただけよ、すごく素敵よと言うのだ。

　だがケアリーは動転している。妻に内緒で医者に行って検査してもらい、ブラムソン医師の診察室で、目下自分が身長一八〇センチ、体重七十九キロだと知る。どちらも平均以上だが、本人が医者に告げるとおりいままではずっと一八五センチだったし、体重も奇怪なことに五キロ近く減っている。医者は涼しい顔で数字を脇《わき》へうっちゃり、たぶんストレスと過労で痩せたんでしょうと片付ける。五センチ低くなったとおっしゃいますがどうなんでしょうねえ、いままで何回くらい身長測定なさいましたか、とブラムソンは訊《たず》ねる。三度だけ、という答え――徴兵検査で一度、海軍で一度、生命保険用の健康診断で一度。三度とも間違っていたということもありえますよ、とブラムソンは言う。間違いはよくあるんです、いつ測るかでもずいぶん違ってきますし（人間は朝が一番背が高くて、あとは椎間板《ついかんばん》や骨の関節などが重力に圧《お》されて一日じゅう少しずつ縮んでいくんです)、それにまた、背中をのばしすぎたという可能性も無視できません、そうすると見かけ上実際より少し高くなりますし、とまあいろいろありますから五センチくらいの違いは心配要りませんよ。体重が減ったのは栄養不足のせいとも考えられます。しかし(とブラムソンは笑って片付ける)人間、身長は縮むもんじゃありませんよ、ミスタ・ケアリー。身長は縮むもんじゃありません。

また一週間が過ぎる。ある晩、浴室の体重計に乗ってみて、さらに二キロ痩せたことが判明する。もっと狼狽《ろうばい》させられることに、その後ルイーズと抱きあうと、彼女と目の高さが同じになっている――彼がじわじわ縮んできていることの、反駁《はんばく》しようのない徴候である。いままではいつも、彼女が爪先《つまさき》立ちにならないと唇が触れあわなかったのだ。僕は小さくなってきてるんだ、ルー、日に日に小さくなってるんだ、とケアリーは言う。ルイーズもいまや納得し、その事実を受け容《い》れるが、と同時に信じられないという気持ちも残っている。誰だってそう思うだろう。暗くなった館内で映画を観ている君だってそうだ。いまスコット・ケアリーの身に起きているのは、絶対に起きるはずがないことなのだ。きりきりと、胃を締めつけられるような恐怖が湧《わ》いてくる。物語がこれからどこへ行こうとしているか、君にはすでに察しがつく。それはほとんど耐えがたい予感だ。奇跡を君は祈る。自分が間違っていることを君は願う。誰か科学の天才が現われて、縮みゆく人間の縮みを食いとめる方法を考え出してくれることを期待する。なぜならスコット・ケアリーはもはや映画の中の一登場人物ではないからだ。スコット・ケアリーは君なのだ。

ブラムソン医師の診療所をケアリーはふたたび訪れ、続く一週間にも何度か訪ねていく。ブラムソンはもはやにこやかで自信たっぷりではない。もはや最初の検査のあとにケアリーの訴えを鼻で笑った頼もしい懐疑家ではない。目下医師は二組のレントゲン写真を吟味している。一組は週の初めに、もう一組は週の終わりに撮ったケアリーの胸部写真であり、脊椎《せきつい》と肋骨《ろっこつ》の形が仔細《しさい》に見える。二枚のプレートを重ねてみると、形は基本的に同じなのに、一方の骨格体系の方が明らかにもう一方より小さい。これぞ医学的証拠、最終的結果であり、いまや疑いの余地はなくなった。動揺し、混乱し、にわかに窮地に陥ったブラムソンは、ケアリーとルイーズに検査結果を告げる際にも険しい、ほとんど怒ったような顔をしている。まったく前例のないことです、と医師は言う。およそ説明しようもないのですが、あなたは事実小さくなってきているのです。

ケアリーはブラムソンに勧められてカリフォルニア医療リサーチセンターに入院する。名高いメイヨー・クリニックの西海岸版とも言うべきこの施設に三週間滞在して、さまざまな専門家に調べられ次から次へと検査を受ける。そうした検査、調査の様子が小刻みのモンタージュで伝えられ、映像が目まぐるしく切り替わるとともにケアリーの声がふたたび出てきて説明を加える。私はバリウム溶液を飲み透視鏡の前に立った。放射性ヨウ素を投与され……ガイガー計測器で測定された。頭に電極を付けられた。水分制限検査。タンパク質結合検査。眼球検査。血液培養。レントゲン、さらにレントゲン。検査。はてしない検査。そして締めくくりは、ペーパークロマトグラフィー……。

　担当医のシルヴァー医師はケアリーとルイーズに、窒素、カルシウム、燐が徐々に減少しているのに加えてクロマトグラフィーによれば細胞の分子構造の再構成が見られますと告げる。癌《がん》ということですか、とケアリーが訊くと、いいえ、むしろ反-癌と言ってもいいくらいです、ある種の化学反応が生じていてそのせいで全器官が同じ割合で縮小しているんです、とシルヴァー医師は答える。それからシルヴァーが、二つの決定的な問いを口にする。まずあなたは、何らかの殺菌スプレー、特に殺虫剤を――多量の殺虫剤を――浴びたことがありますか？　ケアリーは記憶を探り、やっと思い出す。はい、何か月か前のある朝、通勤途中に近道をしようと裏道を歩いていたらトラックが曲がってきて木々に薬を撒《ま》きはじめたんです。シルヴァーはうなずく。きっとそれも一因だと思いますが、それだけでは十分でないはずです。それはほんの始まりであって、あなたの体内に入ったあとにその殺虫剤に何かが起きたにちがいないのです、軽い毒性の殺菌噴霧剤を命にかかわるような力に変えた何かが。それから二つ目の質問が発せられる。この六か月のあいだに何らかの放射能を浴びましたか？　とんでもない、そんなものとは縁がありませんよ、私の仕事は——言い終える前にルイーズがさえぎる。スコット、ねえスコット、船に乗っていたあの日。あの霧……。

いまやすべては明らかだ。おぞましい事態の原因がつきとめられ、結果が克明に記録される。病院から帰ろうと夫妻で車に乗り込むなか、夫の暗い、打ちひしがれた言葉をルイーズはひたすら受け流そうと努め、ほとんど陽気と言ってもいい楽観を保つ。きっとお医者さんが何か手立てを見つけてくれるわ、もうじきシルヴァー先生が治療薬を見つけて流れをひっくり返してくれるわよ、と彼女は請けあう。いくら調べたって見つかるとは限らないさ、とケアリーは言う。それから——こんなこと続けていけないよ、体重も減って、体が縮んで……そこから問いが生じる——僕にはあとどれだけの時間が残っているんだろう？　それに応《こた》えてルイーズが、決然と熱のこもった声で言う——そんなこと言わないでスコット、二度と言わないで。ケアリーは顔をそらし、さらに論を推し進める——僕は君に、僕たち二人のことを考えはじめてほしいんだ。僕たちの夫婦生活のことを。すごく辛《つら》いことが起きるかもしれない。君の義務にも限界があるよ。

夫の言葉にルイーズは動揺し、いまにも泣き出しそうな顔で夫に抱きつき、その口にキスする。愛してるのよ、と彼女は言う。わからないの？　あなたがその結婚指輪を着けているかぎり、あたしはいつもあなたと一緒よ。

ケアリーの左手薬指にはめた指輪にクロースアップ。次の瞬間、指輪が指から滑り出て床に落ちる。

ここまで君は、この上なく真剣にこの映画を観ている。いままでに観た最高の映画だ、ひょっとしたら一生で観る最高の映画だ、と君はすでに決めている。シルヴァー医師が口にする科学用語、あるいは似非《えせ》科学用語は十分理解できなくとも、クロマトグラフィー、燐、放射性ヨウ素、分子構造といった言葉が不幸な事態に真実味を与えていることは感じとれる。が、ここまで熱心に観てきて一連のシークエンスに感銘を受けているものの、次に起きることの衝撃は君を不意打ちする。第二の部分に至り、縮みゆく人間の物語は、そのシンプルな、だが実に巧妙な視覚効果も相まって新たな次元に到達し、君の心に己の烙印《らくいん》を永遠に焼きつけるのだ。

舞台はケアリー家の居間に移る。家具も最低限しかない今ふうの郊外住宅は、個人的な持ち物も親密なタッチもほとんどなく、ただの家一般という感じの、個性も心地よさも欠いた場である。一九五〇年代アメリカの標準的箱型住宅はがらんとして面白味もなく、カリフォルニアの陽光が窓から注ぎ込むにもかかわらず室内は薄ら寒い。ケアリーの指輪が抜け落ちて以来どれだけの時間が経《た》ったのか、何の糸口もないまま、新しい人物が画面中央に立っている姿とともにシーンは始まる。これはスコットの兄であり雇用主でもあるチャーリーだ。ルイーズはソファに座ってチャーリーの話を聞いているが、チャーリーは肱掛《ひじか》け椅子《いす》に座った別の誰かに向かって話している。ところが椅子の背がカメラの方を向いていて、座っている人物の頭は見えないためその人物が誰なのかはわからない。チャーリーは取引先がひとつ失われたこと、商売上、金銭上のトラブルが相次いだこと等々を話していて、やがて、もうお前に――椅子に座っている人物に、ということだ――給料を送ってやる余裕はないんだと言う。見えない人物はスコットだということがにわかに明らかになってくるが、カメラはまだチャーリーに留まっている。新聞や雑誌の記者が工場に来て根掘り葉掘り訊くようになった、きっと医療センターから情報が漏れたんだとチャーリーは言う。で、全米報道通信社の男が言うには、お前が自分で手記を書けば金になること請けあいだそうだ。どのみちいずれ話は知れてしまうんだ、だったら自分で世に出してひと儲《もう》けしたらどうだ？　この下劣な提案にルイーズは嫌悪《けんお》を隠さないが、チャーリーは現実的な人間であり、まあ考えてみろよとスコットに言う。そこまで来てようやく、カメラが回ってケアリーの姿をさらす――ただし顔だけを、大写しのクロースアップで。その顔には憔悴《しょうすい》と苦悩の色が浮かび、目の下には隈《くま》が出来ているが、それでも同じ顔であり、ケアリーは前と同じ人物である。とはいえ、カメラがゆっくり後方に移動していくと、その光景が君を頭のてっぺんから靴下の中の爪先まで揺さぶる。高圧電流がすさまじい速さと強さで体を貫いていき、君はまるで電気椅子にかけられたような衝撃を受ける。椅子に座っているケアリー、同じ人間ケアリーは、いまや突然、君くらいの背丈しかなくなっているのだ。一五〇センチにも届かない中くらいの子供、十歳の子供の服を着て運動靴を履いたちっぽけなスコット・ケアリーが、世界一大きい肱掛け椅子と見えるものの上に座っている。わかった、考えてみる、と彼は兄に言う。

君はもう、縮みゆく人間を演じている俳優グラント・ウィリアムズが小さくなったわけではないとわかるくらいの歳《とし》である。小さく見えるのは、腕利《き》きの美術監督が、背丈四メートルの巨人が楽に座れそうな巨大な椅子を作ったからだということを君は理解している。にもかかわらず、君を襲う衝撃は本物の不思議さと気味悪さに彩《いろど》られている。べつに複雑なことではなく、尺度を操っただけなのに、驚異と混乱が君を圧倒し、戦慄《せんりつ》させ、君を不安にする。あたかも君がいままで物質界に関し当然視してきたことすべてが、一気に疑わしくなったかのように。

ちっぽけになったケアリーの姿に君が少しずつ順応し、その異様さの感覚に慣れていくのを自分でも感じるとともに物語は少しずつ進んでいく。果たせるかな事実は世に知られ、ケアリーは一夜にして全国的有名人となり、雑誌やテレビがこぞって取り上げ、家は記者や野次馬や撮影チームに囲まれて、かつての平凡人はいまや畸形《フリーク》に、見世物に変容し、執拗《しつよう》に追いかけ回されるあまり外出もままならなくなってしまう。彼の唯一の営みは書くことである。己の体験をめぐる本を、自分の状態の変遷《へんせん》を記した日誌を書くことである。子供の体の中にいる彼が巨大な鉛筆を持って執筆に励む姿を見て、彼が手に持っている電話の受話器の巨大さを見て、君は驚愕《きょうがく》する。一つひとつの視覚的トリックがいちいち君を仰天させ、君の胸を打つ。だがそれ以上に君の心に触れるのは、ケアリーの心理状態の描き方だ。冷然と感傷を排したまなざしで、映画は精神崩壊の崖《がけ》っぷちに立つ人間を描く。自分の身に起きていることに、ケアリーは納得できずにいる。彼は現状を受け容れられない。だから何度もくり返し、怒りの念に屈する。狂人のごとく恨みの声を張り上げ、世界に対する軽蔑《けいべつ》を叫び、時にはルイーズにまで、いつも変わらず辛抱強く愛情深いルイーズ、医師たちが夫を救ってくれるという希望をいまだ捨てずにいるルイーズにまで怒りをぶちまける。その間もずっと、彼は縮みつづける。十月十七日、身長は九十三センチにまで、体重は二十四キロにまで減っている。ケアリーは絶望している。それから、突然の、奇跡的展開。医療センターから電話がかかってきて、治療薬が出来たと告げられるのだ。

　救いをもたらすかもしれぬ薬をシルヴァー医師から毎日注射されるなか、緊張と不安の日々が続く。成功するかどうかは五分五分です、と医師は釘《くぎ》を刺すが、苦悩に包まれた一週間を経たのちも、身長は依然九十三センチ、体重は二十四キロのままである。ルイーズが狂喜して言う。終わったのよ、スコット、これでもう大丈夫よ……。だがケアリーが、普通に戻るまでどれくらいかかるのかとシルヴァーに訊ねると、医者は眉間《みけん》に皺《しわ》を寄せ、しばしためらった末に、病気による退化の流れを止めるのと、流れを逆転させるのとでは話が別なのですと答える。あなたの成長能力は普通の大人と変わりません、したがってこれ以上助けてさし上げるためにはまったく別種の科学的問題をいくつも解決しないといけないのです、と。つまり、今後死ぬまでずっと身長九十三センチでありつづける可能性大ということだ。もちろん努力は続けます、と医者は言う。私どもの学識を最大限究めていきます。その結果、もしかしたら、あくまでもしかしたらですが、答えを手にする日が訪れるかもしれません。ですが現時点では何も確証はないのです。

朗報と言えるのか言えないのか、微妙なところである。これ以上できることは何もないと知って君はがっかりするし、ケアリーがこの小さくなった状態で生きつづけねばならないことを悲しく思うが、君はまた心底ほっとしてもいる。とにかく体の縮みは食いとめられたのだし、彼が無の中へ溶けていくのを見る恐怖は味わわずに済むのだ。むろん誰も小人になりたくはない。でも空《くう》に消えてしまうよりはましだ、と君は胸の内で思う。

家に帰ったケアリーは相変わらずふさぎ込んでいる。最悪の事態は過ぎたかもしれないが、いまの状態が受け容れられずに依然悶々《もんもん》としている。怒りはいまもあり、ルイーズの夫としてふるまう気概をいまだ見出《みいだ》せずにいる。己を恥じるあまり彼女から身を引いてしまって妻を苦しませていることは承知しているし、そのせいで自分の苦しみもいっそう増している。あんなに強い、あんなに健気《けなげ》なルイーズ、と彼は語る。私は彼女にいったい何をしていたのか？　自分という人間がつくづく忌《い》まわしかった！　耐えきれなくなったケアリーは、ある夜家を飛び出す。子供の体に閉じ込められた男が、例によっておよそ不似合いな子供っぽい運動靴を履き、途方に暮れた惨《みじ》めな姿で、暗くなった近所を、あてもなく歩き回っている。やがて彼はカーニバルに行きあたる。場末の見世物の賑《にぎ》やかさと混沌《こんとん》。賑やかさに惹《ひ》かれてケアリーは入っていき、入って間もなくフリークショーの前で立ちどまる。さあさあ皆さん、と呼び込みが声を張り上げている。豪華サイドショーだよ！ ヒゲの貴婦人、蛇女、ワニ少年をご覧あれ！ 自然の畸形《フリークス》が勢揃《せいぞろ》い！ 嫌悪の念にケアリーは思わず後ずさる。汗だくの、惨めな表情。もうそれ以上見ていられなくなって、近所のカフェに逃げ込む。カウンターに行ってコーヒーを注文する。この情景において彼がいかにちっぽけに見えるかが君の目を惹き、彼がブースに運んでいくカップとソーサーのグロテスクな大きさを君は実感する。見知らぬ人々に囲まれた彼の孤立を、自分という人間であることの間断なき痛みを君は目にする。ところが、席について程なく、誰かがブースに近づいてくる。可愛らしい、とても可愛らしい若い女性で、やはりコーヒーを手に持っている。そして彼女もやはりひどく小さい。彼女も小人なのだ。ご一緒してよろしいかしら、と彼女は訊く。

　ケアリーが彼女を追い払わないのを見て君の心は膨らむ。ケアリーは呆然としているように見える。自分以外にも世界に小さな人間がいるなんて思ってもいなかったみたいに。が、はじめこそ彼女の前で気後れし、ぎこちないものの、ケアリーが彼女に興味をそそられてもいることを君は感じとる。それは単に彼女が見た目に美しいからだけではなく、己の同類、女きょうだいに自分が出会ったことに彼が気づいているからだ。彼女の名はクラリス。優しくて気さくなクラリスは温かい態度で彼の防御をじわじわ解いていくが、これはどうやら楽しい会話になりそうだと思った時点でケアリーが自分のフルネームを告げ、クラリスは凍りつく。もちろんそんなことをする必要はなかったわけで、ファーストネームだけで十分だっただろうし、あるいは出任せの偽名を名のってもよかったはずだが、フルネームを伝えたのは意図的である。自分がかの悪名高き縮みゆく人間であることを、クラリスに知ってほしいのだ。なぜならクラリスこそ、彼が唯一心を打ちあけられる相手であることは——ケアリー自身まだ自覚していないとしても——すでに明らかだからだ。クラリスはそうした気持ちをすぐには読みとれず、気を回してしまい、一人にしておいてほしいかとケアリーに訊く。いやいやそうじゃない、君と話がしたいんだ、とケアリーは答え、相手の意図を読み違えたと悟ったクラリスも一気にまた緊張を解く。会話は続いていき、ケアリーは少しずつ、彼女に導かれて、自分を新しい目で見るようになっていく。小さいということは世界最大の悲劇ではないのだ、巨人に囲まれて暮らしていたって世界は善き場所でありうるのだと彼女は説く。私たちにとっても空はやっぱり青いのだし、友だちはやっぱり温かいし、愛だって同じように素晴らしいのよ、と。ケアリーはじっくり耳を傾ける。まだ疑念も残っているが、と同時に、彼女の言葉を信じたい気持ちも強い。だが彼女はそろそろ行かないといけない。出番に遅れてはならないのだ。立ち上がって別れを告げながら、また会えるだろうかとケアリーは訊ねる。ええ、あなたさえよかったら、と彼女は言う。それから、彼の目をじっと覗《のぞ》き込んで言い足す――ねえスコット、あなた私より背が高いのね。

自宅の居間に場面は変わる。ケアリーがせっせと執筆に取り組んでいる。あの夜私は自分の人生を取り戻したのだ、と彼は書く。私は自分の体験を世界に向かって語っていたのであり、語ることで生きるのも楽になったのだ。

君は心強くなってくる。始まって数分以降、初めて生じた肯定的な展開。崩壊へと不可避に向かう流れが変えられ、受容と希望に向かいはじめたのだ。回想録の執筆に没頭するケアリーを見ているうちに、この物語の楽観的結末と呼びうるもの、ハッピーエンドと言えるものを君は待ち受けはじめる。ケアリーは小さきクラリスと恋に落ちて、満ち足りた小人として生涯を過ごすのだ。ルイーズとは別れるしかないが、結婚生活がもはや持続不可能であることは善良で高潔な妻もわかってくれるだろう。最良の友のまま別れるのが最善なのだ、ケアリーはいまや自分の同類の中で暮らさねばならないのだから。決定的に重要なのはそこである。彼はもはや独りではなくなるだろう。もはや社会から追放されたとは感じなくなるだろう。彼には属す場があり、そうやって属すことによって、充足を見出すだろう。

本人のナレーションが入っていること、主人公が観客に向かって自分の物語を語りつづけていることを頼りに、君はそうした楽観にしがみつく。こうして自叙伝を書いているのだから、いまケアリーが語っている言葉は彼が書いた言葉そのものだと君は考える。君の頭の中で本はすでに出版されていて（でなければなぜ過去形を使うのか？）、ということはつまり、ケアリーは恐ろしい試練を乗り越えて、いまは普通の暮らしをしているにちがいないのだ。

　次のシーンが始まるとともに、君の予感はいまにも実現しそうに思える。ケアリーはクラリスと一緒に公園のベンチに座っていて、自分の書いた原稿を彼女が読むのを見守っている。本がすでに書き上がり、もうこれ以上書くべき言葉もないのなら、つまり『縮みゆく人間』の縮みゆく部分は終わったと考えていいのではないか？

　読み終えて、感動したクラリスは顔を上げ、素晴らしいわとケアリーに告げる。ケアリーが彼女の手を握る。君と出会ったことが僕にとってどれだけ意味を持ったか、わかってくれる誰かと一緒にいることでどれだけ違うものか、君に知ってほしいんだと言うケアリーに、彼女は一言、あなたずっと元気になったわ、と答える。彼らは調和した二つの魂そのもの、静謐《せいひつ》な交わりにしばし浸っている男と女そのものであり、まだ十歳にすぎない君にも二人が恋に落ちたことはよくわかる。そう、君が予想したすべてがいまや実現するのだ。ところが二人が立ち上がると、ケアリーの顔に広がった喜びが突如恐怖に変わる。二週間前は自分の方が彼女より背が高かったのに、いまは（ああ、何と恐ろしいことか）彼の方が低いのだ。また始まってしまった！　と彼は叫ぶ。始まったんだ！　愕然として、パニック交じりの戦慄に包まれてケアリーは彼女の前から後ずさり、それ以上何も言わずに走り去る。

　君にとってはまさかの出来事である。こんな展開、考えてもみなかった。治療薬の効き目は絶対であって、いったん効いていると示されたら永久に効きつづけるものと思っていたのに、その力が使い尽くされてしまったいま、虚空《こくう》へと落下する苦しみ以外、この先何が望めるだろう？　何か悲惨なことが起きるのを予期して君は身構え、何が起こるか想像しようと努め、いっさいの希望が消えてしまったという事実を何とか受け容れようと努める。が、何が来ても驚かない気になったつもりでいても、映画を作った人々は君のはるか先を行っている。物語の最終部である三つ目の部分を、映画は時間を一気に前へ進めて開始する。子供の想像力が思いつきうるはるか先を行くものを見せられて、君はしばし息もできなくなってしまう。その後ずっと、最後の一瞬まで君は空気を求めて喘《あえ》ぎ、呼吸しようとあがきつづけることになる。

次のシーンはケアリーがどこかの部屋に一人で立っているショットから始まる。彼は何か粗い、手織りの素材で作った、ゆったりしたパジャマのようなものを着ている。奇妙な服装だ、と君は思うが、それに気をとられて室内の家具が目に入らないというほど奇妙ではない。家具はどれも、ケアリーの体の大きさにぴったり合っているのだ。彼はもはや巨大な物たちの中に埋もれていない。もはやケアリーは、大きすぎる世界に紛れ込んだ場違いな存在ではない。君はそれを見て戸惑う。すぐ前の、ふたたび縮みはじめたことが判明したシーン以後に彼が大きくなったとは考えられない。にもかかわらず、すべてはあくまで正常に見える。物質的環境のあらゆる要素がしかるべき均衡に戻されたかのように君には思える。とはいえ、事態は正常でないとついさっき告げられたばかりなのに、どうしていまは正常でありえよう？　少ししてから、答えが明かされる——

ケアリーはドールハウスに住んでいるのだ。いまや彼は身長八センチに満たない。

ルイーズが階段を降りてくる。その足音は雷のようであり、小さな家を激しく揺らすので、ケアリーは落下せぬよう階段の手すりにしがみつかないといけない。ルイーズが口を開いて喋《しゃべ》ると、その声のあまりの大きさにケアリーは痛みを感じ耳を覆う。バルコニーに出てきた彼は、妻のやかましさを詰《なじ》る。君はそれを見て、彼が正気を失ったこと、暴君になり果てたことを悟る。このいつまでも縮みつづける男は、敵意むき出しの、狂暴さを増す一方の精神的テロリズムで妻を虐待《ぎゃくたい》している。私だけが妻を解放する力を持っていたのだ、と彼は観客に向かって語る――もし私にこの惨めな生を終わらせる勇気が見出せたなら。だが私は毎日、まあ明日まで待とうと考えた。明日になれば医者たちが救ってくれるかもしれない、と。

　ルイーズは用事があって出かける。外へ出ようとドアを開けると、家の飼い猫がするっと中に入り込む。この猫はすでに何シーンかで登場しているが、そのころケアリーはもっと大きく、猫も脅威ではなかったが、現在の彼は鼠《ねずみ》の大きさに縮んでいるのであり、ルイーズがにわかに姿を消したいま、映画は最後の、胸を締めつける展開へと入っていく。

　その後の三十分、君は恐怖に彩られた驚嘆の念とともにすべてを見守り、遠近感をめぐる新たなトリックがくり出されるたび、尺度がまた新たに歪《ゆが》められるたびに目を見張る。まずその第一が猫の残忍な襲撃である。猫にドールハウスを襲われて、ケアリーは居間の絨毯《じゅうたん》の上を逃げていく。親指大の人間が、広大な不毛の地、四方何百メートルと広がる空っぽの平原と見える場を死物狂いで駆けていき、獰猛《どうもう》な、ガリヴァーの巨人国から抜け出してきた猫がそれを追う。発狂した虎一ダースの烈《はげ》しさでもって吠《ほ》えながら、猫は鉤爪《かぎづめ》でケアリーを引っかき、シャツの一部が裂け背中からは血が流れるが、ケアリーはテーブルランプの基部からぶら下がっているコードに飛びつき、ランプががしゃんと音を立てて床に落ちるとともに猫はつかのま怯《おび》えて逃げ出す。ケアリーは地下室のドアめざして突進し、ふたたび広大にして不毛の絨毯平原を必死に走り抜け、何とかドアの裏側に回り込んで、気を取り直して戻ってきた猫から隠れ、地下室へ通じる、山脈のごとき木の階段の最上段に立っている。こうしてどうにか危機は脱したかと思ったところにルイーズが帰ってきて、彼女が玄関のドアを開けるとともに空気が一気に室内を吹き抜け、地下室のドアがばたんと閉まってケアリーを直撃し、彼はバランスを失って倒れる。いきなり虚空に投げ出されたケアリーは、二十階建てのビルの屋上から突き飛ばされた男のように、はるか深い地下室へとまっさかさまに墜《お》ちていく。

　彼は木箱の中、種々のガラクタや（幸いなことに）ボロ切れの厚い山が詰まった箱の中に墜落する。ボロ切れがクッションの役を果たすが、それでも相当な衝撃であり、ケアリーは気絶し、意識が戻るまでしばらく時間がかかる。一方上の居間では、入ってきたルイーズが、破壊されたドールハウス、猫の存在、夫の不在という惨状を目のあたりにする。と、ケアリーのシャツの血の付いた切れ端が床に転がっているのが彼女の目にとまる。そこから引き出される結論はただひとつ。グロテスクな、およそ考えがたい結論ではあれ、隅に座って前足を舐《な》めている猫のおぞましい姿を見れば、もはやルイーズの胸に疑問の余地はない。苦悶のうめきを彼女は漏らし、目の前の証拠に思いはすでに固まっている。夫は死んだのだ。ケアリーが死んだ証《あか》しを彼女は目《ま》のあたりにしているのだ。まもなくそのニュースがテレビで放映され、縮みゆく人間の悲報が国中に伝わり、ルイーズは神経もすっかり参って寝室に引きこもることになる。

だがケアリーは地下室にいて、まだ生きている。打ち傷を負い、動揺もしているがしっかり生きていて、木箱の中で身を起こし、次はどうすべきかを考えている。ルイーズがいずれ降りてきて助けてくれるものと彼は信じて疑わない。まだ希望はあると確信するがゆえに、たとえ体はいくら小さくなろうと、精一杯頑張って生き延びようと彼は決意する。これ以降、この映画は別の映画に、より深い映画になる。身ぐるみ剝《は》がれ丸腰にされた人間の物語、自分を囲む無数の障害と独り戦う男の物語になるのだ。微小のオデュッセウスもしくはロビンソン・クルーソーが、己の知恵、勇気、機転を駆使し、いまや彼にとっての全宇宙となった郊外住宅のじめじめした地下室で手近の品物や食べ物を活用して生きのびる。彼が置かれた環境の徹底した月並みさ。君の心を強く捉《とら》えるのもその点だ。空《から》の靴クリーム缶、糸巻に巻かれた糸、縫い針、木のマッチ、ネズミ取りに引っかかったチーズのかけら、具合の悪い温水器から垂れる水滴といった日常的な事物一つひとつが、日常を超えた次元、ありえない次元を獲得する。ケアリーの身体との関連においては巨大であるがゆえ、いまや物一つひとつが再発明され、別の何かに変容させられる。そして、小さくなればなるほど、ケアリーが自分を憐《あわ》れむ気持ちは逆に薄れていき、彼が発する言葉もいっそう洞察に満ちていって、肉体的な試練に一つまたひとつと耐えるなか、彼はあたかも魂の純化を経ているように思える。自分自身を、新たな意識の次元へと押し上げているように思えるのである。

二センチの釘を曲げて作った鉤で壁をよじのぼり、木製マッチの空箱の中で眠り、自分の背丈ほどもあるマッチに火を点《つ》けて、細い、だが彼にとっては麻縄ほど太く頑丈な糸を燃やして切断し、不具合の温水器から垂れてくる水で危うく溺死《できし》しそうになるものの浮かんでいた巨大な鉛筆にしがみついてどうにか排水口に呑《の》み込まれる運命を逃れ、固くなったパンのかけらを漁《あさ》り、やがてもっとも重要な獲物を得る企てに彼は乗り出す。新鮮とは言いがたい、食べかけのスポンジケーキひとかけ。それは目下、ケアリーの新しい敵であり、その寂しい地下世界唯一の同胞でもある一匹の蜘蛛《くも》の手中にある。ぞっとするほど大きく、見るだにおぞましい、ケアリーの三、四倍はあるその蜘蛛との形勢目まぐるしく変わりつづける闘いの迫真性たるや、一、二年前に別の映画館で観た『ユリシーズ』でオデュッセウス（演じるのはのちカーク・ダグラスとなるイスール・ダニエロヴィッチ）が一つ目巨人キュクロプスの目に剣を突き刺すテクニカラー・シーンのさらに上を行っている。縮みゆく男にはギリシャの英雄の自信も腕力もない。彼は地上で誰より小さい人間であり、武器といっても針刺しから抜いた待ち針と自分の脳味噌《のうみそ》だけだ。君はごく幼いころから蟻《あり》やテントウムシや蠅《はえ》をつぶさに観察してきて、これらちっぽけな生き物にとって世界はどれだけ大きく見えるかにしばしば思いをめぐらせてきた。きっと君自身にとっての見え方とは全然違うのだろう、そう考えてきた。そしていま、『縮みゆく人間』最後の十数分において、自分が頭の中で考えてきたことがスクリーン上で実演されるのを君は見ることができる。実際、どうにか蜘蛛の息の根を止める時点では、ケアリーはもう蟻ほどの大きさもない。

　これら手《て》際《ぎわ》よく構成されたシークエンスの連続を前にして、君は身動きもできずにいる。目を見張る視覚上の創意と技巧が、現実の空間を想像の空間に変容させながらもなお、想像されたものをなぜか現実《リアル》に——あるいは少なくともいかにもありそうなものに——保ち、それに説得力を与える。生きられた体験のありようが、忠実に再現されていると思わせる。スクリーン上での展開に君は目もくらむ思いでいる。だが、君にとって、すべてをひとつに束《たば》ねているのはあくまでケアリーの声だ。彼の声こそが展開に意味を与えているのであり、その言葉こそが君の中に、目の前にちらつく白黒映像以上に強い、より永続的な印象を残す。何らかの奇跡によってケアリーはなおも喋っている。観客に向かって、なおも己の物語を語っている。君には訳がわからない。彼の声はどこから来ているのか？　唇が動いてもいないのに、どうやっていま現在の状況を語れるのか？　けれども君は、これを信用して受け容れることにする。ナレーションの役割を考え直して、あれは本当に喋っているのではなく考えているのだ、いままでずっと聞こえていた言葉は彼の頭の中にある思いだったのだ、と自分を説得するのである。

ルイーズはすでに来て、去った。彼女が地下室への階段を降りてくるのをケアリーは見たし、注意を惹こうと必死に呼びかけもしたが、その声は小さすぎて彼女には届かず、体も小さすぎて見えなかった。彼女はふたたび階段をのぼり、永久に家から去っていった。そしていまケアリーは、これを最後とありったけの意志を駆使し、いまだ縮みつづける消耗しきった体に残る力を総動員し、比類ない粘り強さと工夫の才を発揮して、地下室における唯一の食料源を確保し、蜘蛛も殺した。ふたたび勝利したのだ、ひょっとしたらこれがいままでで最大の勝利じゃないだろうかと君が思った矢先に、ケアリーの思考は次なる次元の理解へと飛躍し、その結果、この勝利が無であること、まったく何の意味もないことが明らかになる。

だが、その乾いた、ぼろぼろ崩れる滋養のかけらに手を触れるさなかにも、あたかも私の体は存在しなくなったように感じられた。もう空腹はなかった。縮むことの底なしの恐ろしさはもはやなくなって……

こうしてケアリー最後の独白が始まる。それは神と人間との相互関係をめぐる神秘主義もどきの考察であり、君はそれに感動し、かつ混乱させられる。彼の言っていることが十分には把握できなくとも、その言葉はこの上なく大事なことすべてに触れているように思える。人間とは何者なのか？　いかなる存在なのか？　自分たちの理解を超えている宇宙の中に、人間はどう収まっているのか？　世界について何か新しい真理が垣間《かいま》見える場所に導いてもらっていると君は感じる。今日《こんにち》こうして言葉にしてみると、何ともぎこちなく、その哲学的命題も何ともぼやけたものでしかないことが君にはわかる。それらがかつて君に対して有した力を再体験するには、十歳だった自分の精神に戻っていかねばならない。現在の君にはどうにも不安定で危なっかしい言葉に思えようと、五十五年前それは、脳天への殴打とまったく同じ力でもって君を打ったのだ。

私は依然縮みつづけていた。この先何になるのか？　無限に小さいものにか？　私は何者なのか？　いまでも人間だろうか？　それとも私こそ未来の人間なのか？

放射能がまた降りそそぎ、雲がまた海や大陸を漂うなら、ほかの者たちも私のあとについてこの巨大な新世界に入ってくるのか？

無限小と無限大。それらは実はごく近い。突然私は、その二つが同じ概念の両極であることを悟った。信じられないほど小さいものと、信じられないほど大きいものはいずれ交わる。巨大な円環が閉じるように。

あたかも天を把握しようとするかのように、私は顔を上げた。宇宙。無数の世界。夜空に広げられた、神の銀色のつづれ織り。その瞬間、私は答えを、無限の謎《なぞ》の答えを知った。

私はそれまで、人間の限りある次元の枠内で思考していた。人間の尺度を自然に押しつけていた。存在に始まりと終わりがあるというのは人間の思考であり、自然の思考ではない。

そして私は自分の体が無へと減少していくのを、無そのものとなっていくのを感じた。

恐れは溶けてなくなり、代わりに受け容れる気持ちが訪れた。

万物の巨大なる荘厳《そうごん》さ。そこには何か意味があるはずだ。とすれば私にも、意味はあるはずだ。そう、最小なるものよりなお小さくても、私には意味があるのだ。

神にとってゼロはない。

私はまだ存在している！

しまいにはケアリーはもはや数十分の一センチの背丈しかなくなり、あまりの小ささに網戸の網目を抜けて外へ出られるようになる。夜の闇《やみ》へと彼は出ていく。カメラが次第に上を向いて、星が一面に光り彼方の星座が渦巻く広大な空を映し出すことで、独白が終わればケアリーはもはや不可視になることが暗示される。起きている出来事を把握しようと君は努める。彼はますます小さくなりつづけるだろう。いずれは原子より小さな粒子の大きさになって、純粋意識の単子《モナド》と化すだろう。とはいえ、この存在は決して完全には消えないのだ、生きているかぎり無に還元されはしないのだという含みがそこにはある。彼はここからどこへ行くのか？　さらにどんな冒険が待ち受けているのか？この人は宇宙とひとつになるだろう、と君は胸の内で思う。だがそれでも精神は思考しつづけ、声は語りつづけるだろう、と。友のマークと二人で、映画の結末に打ちのめされ黙りこくって映画館を出ながら、世界が君の中で形を変えたこと、君がいま生きる世界はもはや二時間前に存在していた世界ではないことを君は感じる。世界がもう二度と元に戻らないこと、戻りえないことを君は感じている。

2

一九六一年。何月だったかは覚えていないが、たしか秋のことだったと君は思っている。君は十四歳だった。思春期が始まり、幼年期はとうに終わっていて、十一歳、十二歳のころあんなに胸がときめいた社交上のあれこれも魅力を失った。ダンスやパーティも避けるようになり、いまも女の子に夢中だったし色恋の神秘にはますます惹《ひ》かれていたものの、周りに合わせようという気はもはやなく、我が道を行こうと決め、世界との関係において――君の住むニュージャージーの町の小さな世界であれ、君の住む国の大きな世界であれ――自分を流れに逆らう者、現状と相容《あいい》れない人物と見るようになっていた。スポーツにはまだどっぷり浸っていたが（フットボール、バスケットボール、野球、どれも技術はいっそう向上し目的意識も強まった）、もう試合が人生の中心ではなかったし、ロックンロールもいまや死んでいた。前の年にはフォークソングに夢中になって、ウィーヴァーズやウディ・ガスリーのレコードを何百時間も聴き、彼らの歌を貫く抵抗の言葉に魅了されていたが、だんだんとその単純なメッセージに飽き足らなくなり、先へ進んでいった。季節が一つ、二つ過ぎるあいだジャズの王国に住んだのを経て、十四歳、十四歳半あたりからクラシックに没頭し、バッハとベートーヴェン、ヘンデルとモーツァルト、シューベルトとハイドンといった作曲家たちからほんの一、二年前には考えられもしなかった滋養を得て、その後の長い年月君をずっと支えてくれることになる音楽を発見していった。読書の量も増えた。かつて君が一級の文学と考えていたものの前に立つ障壁はいまや崩れ、今日も君の文学的故郷である広大な国へと君は飛び込んでいった。まずはヘミングウェイ、スタインベック、シンクレア・ルイス、サリンジャーといった二十世紀アメリカ人作家から始めたが、その年にカフカやオーウェルとも出会い、ヴォルテールの『カンディード』とともに野営し——こんなに激しく笑える本は初めてだった——エミリー・ディキンソンやウィリアム・ブレイクと握手し、まもなくロシア、フランス、イギリス、アイルランド、ドイツへの船旅も手配し、かつアメリカの過去へも一歩一歩戻っていった。その年に『共産党宣言』も初めて読んだ。これはエルサレムでアイヒマン裁判があり、軍産複合体をめぐってアイゼンハワーが演説し、ケネディが大統領に就任した、平和部隊とピッグズ湾（反カストロ在米亡命者部隊が侵攻を企てたキューバ南岸の湾）の年、アラン・シェパードがアメリカ人として初めて宇宙に打ち上げられた年、ベルリンに壁が建った年だった。いまや君は世界に目を向けていた。政治的自覚を持つ、自分なりの意見、主張、反主張を持った人間として、米ソの核武装競争に震撼《しんかん》させられ、ゆえに原水爆禁止運動を熱烈に支持した。公民権運動の進展を逐一《ちくいち》フォローする若者たる君にとって、すべては公平さの問題だった。古くからの悪を正し、人種を問わぬ世界で生きる輝かしい夢。その夏、長距離バスで南部を旅するフリーダムライダーズが白人の暴徒たちに暴行され、ヘミングウェイが自殺し、サマーキャンプでニューヨーク州の森に出かけたとき君のグループの少年の一人が稲妻に打たれて死んだ――十四歳のラルフ・Mが空から降ってきた電光で感電死したとき君は彼から三十センチも離れていなかった。この出来事についてはすでにある程度書いたが（『トゥルー・ストーリーズ』所収「なぜ書くか」３）、あの日起きたことについて君はいまだ考えるのをやめていない。君が世界を見る見方に、あの出来事はずっと影響を及ぼしてきた。あれこそ君が偶然というものの魔術をめぐって初めて受けた教えであり、一瞬にして生を死に変える非人間的な力との出会いだった。十四歳、最悪の年齢十四歳。いまだ自分が生まれ落ちた環境の囚人だが、その環境から出ていく機を窺《うかが》っている。唯一の夢は逃亡すること。

その年君が観《み》た映画には『ニュールンベルグ裁判』、『馬上の二人』、『ハスラー』などがある。どれも郊外エセックス郡の映画館にも来るだけの人気があった映画だが、外国映画や古い映画を観ようと思ったらニューヨークへ行かねばならず、ニューヨークへ行くには四十五分かかった。機会あるごとにマンハッタンへ逃げ出す習慣がつくのは、翌年高校一年生になってからのことであり、十四歳のとき君の映画教育はまだ本格的に始まっていなかった。古い映画が唯一観られる場はテレビであり、その意味でテレビもそれなりに有用だったが、地元局で放送される映画は決められた時間枠に収まるよう乱暴に切られていることも多く、そしてかならず——頭に来ることに——コマーシャルの邪魔が入った。とはいえ、『ミリオンダラー・ムービー』という9チャンネルでやっている映画番組は比較的質が良く、一週間ずっと同じ一本の古典アメリカ映画を毎日三回朝昼夜に放映するので、計算上は一六八時間のあいだに同じ映画を二十一回観ることが可能だった。この『ミリオンダラー・ムービー』のおかげで、君の人生に次の大きな地震を引き起こした、君を直撃し君の内的世界の構成を一変させた映画『仮面の米国』も観ることができたのである。一九三二年、ワーナーブラザーズ製作、マーヴィン・ルロイ監督、主演ポール・ムニ（旧名ムニ・ワイゼンフロインド）、これまで作られたもっとも暗いアメリカ映画の一本である。希望ある結末もしくはハッピーエンドというハリウッドの慣習を拒む、世の不正と向きあった物語。十四歳の君は、不正への憤《いきどお》りに胸をたぎらせ、まさにこのような物語を受けとめる態勢でいた。まさしくそれを観るべき時期に君の人生は入っていたのであり、ゆえに君は翌日もう一度観て、その次の日も観て、おそらくそうやって週が終わるまで毎日観たのだった。*2

　戦争は終わった。アメリカ人兵士たちがヨーロッパから帰ってくる。大きな船が大西洋の冷たい水をかき分けて進み、勝利を祝う汽笛が轟《とどろ》く。サンセット師団が港に入ってきて、甲板には軍服の男たちが群がっている。何百人もの兵士たちが、陸で彼らを待つ歓喜の群衆に狂おしく手を振っている。一九一九年、海の向こうへ出かけた若者たちがいま帰ってくる。休戦条約が結ばれ、大戦はいまや過去となり、甲板の下、船のはらわたでは、じき元兵士となる連中が大声で歌い、小さな一団が床に座り込んでサイコロ賭《と》博《ばく》に興じている。金が失われては得られ、サイコロが硬い床をかたかた鳴らし、そこへ分隊の軍曹が申し訳なさげな笑みを浮かべて現われ、済まんが切り上げてくれるかい、親父《おやじ》殿が一時間後に寝台点検をやれと言ってるんでねと言う。一人の兵が間延びしたテキサス訛《なま》りで、誰かが俺にもう一度点検って言ったら喜んで六連発銃喰らわしてやりま

＊2 『仮面の米国』（*I Am a Fugitive from a Chain Gang*）配給 ワーナーブラザーズ・ピクチャーズ 公開 一九三二年十一月。93分。監督 マーヴィン・ルロイ 原作 ロバート・E・バーンズ 脚本 ハワード・J・グリーン、ブラウン・ホームズ 製作 ハル・B・ウォリス。出演 ポール・ムニ（ジェームズ・アレン）、グレンダ・ファレル（マリー）、エドワード・エリス（ボマー・ウェルズ）、ヘレン・ヴィンソン（ヘレン）、ノエル・フランシス（リンダ）、プレストン・フォスター（ピート）、アレン・ジェンキンズ（バーニー・サイクス）、バートン・チャーチル（裁判長）、デイヴィッド・ランドー（看守）、ヘイル・ハミルトン（クリント・アレン牧師）、サリー・ブレーン（アリス）、ルイーズ・カーター（母）、ウィラード・ロバートソン（監獄理事長）、ロバート・マクウェイド（ラムゼイ）、ロバート・ウォリック（フラー）、ウィリアム・ルマリー（テキサス人）。撮影 ソル・ポリート 編集 ウィリアム・ホームズ 美術 ジャック・オーキー 衣裳 オリー＝ケリー（ガウン）指揮 リオ・F・フォーブスタイン。

すよと言い、まもなく兵士たちは戦後の計画を話し出す。筋肉質、にこやかな笑み、明らかに部下たちの敬意を得ている軍曹は、建設の職に就こうと思ってるんだ、工兵隊で働いたのは最高の経験だったよ、ぜひそれを活《い》かしたいんだと抱負を語る。すると一人の兵士が言う。きっと俺たち新聞で軍曹のこと読みますよ。ジェームズ・アレン、新パナマ運河を建設、とかね。するとアレンは答える。そうともさ、ミスタ・ジェームズ・アレンが工場の仕事に戻ってたまるか。

　舞台は一九一九年だが、君がいま観ている映画はその十三年後、疑いなく大恐慌《だいきょうこう》最悪の年に作られている。いまでは君も少しはアメリカ史を学んでいるから、映画が撮られた直前の一九三二年の春と夏、ワシントンDC南側のアナコスティア・フラッツに〈ボーナス・アーミー〉がキャンプを張ったことを知っている。ほぼ全員帰還兵から成る三万の人々が首都に押し寄せ、下院議員ライト・パットマンが提出した、現行法では一九四五年まで支給されない千ドルの戦争特別支給金《ボーナス》を帰還兵たちがこの年に受給できるようにする法案への支持を表明したのである。追いつめられた、職のない男たちが、みすぼらしいテントや段ボールハウスのキャンプで何か月も過ごし、フーヴァー政権にとって気まずい目障《めざわ》りとなっていった。法案は下院を通過したが上院で否決され、その結果ボーナス・アーミーと地元警察とのあいだでささいな、だが怒りに満ちた争いが生じ、これを受けてフーヴァーは、この襤褸《ぼろ》を着た左翼の乞食《こじき》たち、このいわゆる「忘れられた男たち」（一九三〇年代にローズヴェルトが大恐慌の犠牲者を指して使った言葉）の大群を追い払う潮時だと判断した。この仕事をフーヴァーは、合衆国陸軍にやらせることを選んだ。醜悪な政治的選択と言うほかない。兵士を使って兵士を追い出すという残酷な皮肉に、国民の大半が嫌悪《けんお》感《かん》を示した。奇《く》しくもこのドラマの主要人物たちの中に、ダグラス・マッカーサー（陸軍参謀長）、ドワイト・アイゼンハワー少佐（マッカーサーの副官）、ジョージ・パットン少佐、とのち第二次世界大戦中にもっとも著名なアメリカ人将軍となる三人が入っている。アイゼンハワーの忠告（こっちはあの野郎に言ったんだ、お前なんかあそこへ行く権利はないぞと）を無視してマッカーサーが指揮に立ち、パットンに命じてキャンプ外縁に戦車部隊を配置し、七月二十八日、正規の軍服に身を固め数多くの勲章を残らず胸に飾ったマッカーサーが、軍を率いてボーナス・アーミーを見苦しいあばら家地帯から立ち退《の》かせ、何十という掘っ立て小屋を焼き払い、余計な口を出す連中は銃を突きつけて追い出した。その後百日あまりでローズヴェルトが地滑り的勝利を収め、フーヴァーは一期のみで大統領の座を去った。

楽隊が行進し巨大なアメリカ国旗がはためく戦勝パレードののち、映画は疾走する列車のシーンにカット。何秒かのあいだ、列車がどこへ行こうとしているかは定かでない。

線路を邁進《まいしん》する機関車はあくまで、運動する時間の——過去からいまへの烈《はげ》しい瞬時の移行の——抽象的表現であるように見える。いまの世界が、未来へと突進していく。戦争を忘れよう。戦争は終わったのであり、泥と血にまみれた塹壕《ざんごう》で何人が死んだにせよ、いまは生者たちのものなのだ。

さらにカット——今回はリンデールという名の駅に。そこは明らかに、地図上の小さな一点でしかない、アメリカ中どこにでもありそうな何の変哲もない町である。プラットホームに四人の人間が立っている。地味で大人しい服を着た初老の女性、若く可愛い金髪女性、聖職者用のカラーを着けワイヤーフレームの眼鏡に黒い帽子をかぶった牧師、そしてスーツにネクタイを締め麦わらのカンカン帽をかぶった年上の男性。初老の女性が若い金髪女性に、あの子は勲章を着けているかしらと訊き（あの子とはきっと彼女の息子だ）、ええきっと着けてますよ、と若い女性は答えるが、次の瞬間、列車が停まり、普通の民間人のスーツを着たアレン軍曹が降りてくると、勲章はなし、軍服もなし、戦争を戦ってきたことを示すものは何もない。母親のさも嬉しそうな抱擁を受けたのち、アレンは娘と握手し、この娘は妹、恋人、妻だろうかという可能性はこれで排除される。見違えたよ、まさか君だとは、とアレンが言い、アリスという名のその娘は、ひどくぶしつけに、あなたも違って見えるわ、軍服を着ていないから、軍服のときの方が背が高くて立派に見えたわと言う。つまり彼はいまやただの人になり下がったのであり、海外でいくつ勲章をもらっていようと関係ないということか。追い討ちをかけるように、アレンの兄と判明する牧師が、喜色満面、ミスタ・パーカー——麦わらカンカン帽の紳士である——がまた工場で使ってくださるそうだぞと伝える。パーカーもアレンと勢いよく握手しその背中を叩《たた》きながら、そのとおり、君の仕事はちゃんと取ってあるともと請けあう。君はきちんと務めを果たした、工場長も君のことを忘れていないぞ。まさに朗報。が、船上でのアレンの言葉を聞いた我々は、彼が工場の仕事に戻る気がないことをすでに知っている。映画が始まってまだおよそ三分だというのに、ジェームズ・アレンの周りに暗雲が立ちこめはじめているのが我々には見える。

　帰還を祝うわが家での夕食。散らかった室内の、風通しの悪そうな十九世紀築の家にアリスの姿はなく、食卓を囲むのはアレン家の三人のみ。気の弱い、息子に甘い母。神聖ぶった兄クリント（口ばかり達者な、喋るときに両手を組む不快な癖のある鬱陶《うっとう》しい人物）。そして血気盛んな、野心に燃える、世界を受けて立つ気満々のアレン。数秒のうちに不和が生じる。パーカー氏の親切にして寛大な申し出をクリントが話題にするや、アレンは彼に、あの仕事をする気はないと告げる。母も兄も仰天する。アレンは笑って言葉を継ぐ。軍隊で僕は変わったんだ。軍隊ラッパの代わりに今度は工場のホイッスルに応《こた》えて一生を過ごすつもりはないね。何かやりがいのあることをしたいんだ。一日じゅう発送室に閉じ込められてるなんて、想像するのも嫌だよ。

にもかかわらず、母親をがっかりさせないために、アレンはしぶしぶパーカー製靴会社——**履き心地満点の靴の故郷**——の職場に戻る。だが仕事には身が入らず、心も頭もそこにはない。毎日昼休みに新しい橋の建築現場の周りをうろついて過ごし、しじゅう時の経《た》つのを忘れて、しじゅう午後の開始時間に遅れてしまう。ふたたび家庭の食事の場で、お前の仕事ぶりにミスタ・パーカーががっかりしているぞと兄から言われて、とうとうアレンの不満が爆発する。己を弁護しようと、僕は新しい人生を切り拓《ひら》きたいんだ、とアレンは熱弁をふるう。工場の決まりきった仕事は軍隊よりもっと息苦しい、僕はどこかに行く必要があるんだ、どこでもいいから、自分がやりたいことができるところに、とクリントと母親に訴える。母は態度を一変させ、お前の行きたいところに行くがいいよ、と言ってくれて、クリントが異を唱えると、この敬虔居士《けいけんこじ》をあっさり払いのけ、素朴な、飾らぬ言葉で母としての支持を表明する。それはすべての善き母親の聖歌だ。この子は幸せにならなくちゃいけないのよ。自分を見つけなくちゃいけないのよ。

アレンが言うには、ニューイングランドに行けば建築の仕事があるらしい。次の瞬間、画面に地図が現われる。見ればそれはニュージャージーの（君がいまこの映画を観ているまさにそのニュージャージーの）地図であり、疾走する列車——ここでもまた疾走する列車——の音がそれに伴う。やがて地図がディゾルブしてその列車の像に変わり、それもディゾルブして別の地図に変わってコネチカットが見える……ロードアイランド……そしてボストン。

ずっしりした工事車両の運転席にアレンは一人で座っていて、大きなスチームショベルと思《おぼ》しきもののハンドルを操っている。どうやら求めていた仕事が見つかり、万事順調ということらしい。と、一人の男が近づいてくる。現場監督、職場主任、親方、何であれその人物はアレンに、ショベルを止めろ、悪い知らせだと告げる。人員削減なんだ、二人減らすしかないんだ、とその人物は言う。さしたる懸《け》念《ねん》も驚きも示さずにアレンは機械から飛び降り、わかりましたと言う。いとも落着き払った顔で彼がこの災難を受け容れることに君は感心してしまう。これはまったく恣《しい》意的《てき》な解雇であり、何の落ち度もなく追い出されたというのに、アレンは自信を失っていない。依然として未来への希望にあふれ、何でも来いという気でいる。

また別の地図。今度はボストンから始まり、南へ向かう船の進路をたどる。船は蒸気を上げて大西洋沿岸を下り、メキシコ湾に入って、ようやくニューオーリンズで停まる。

いささかくたびれた様子で、服もややみすぼらしくなって、無精ひげが顔を暗く彩《いろど》り、肩もやや丸まったアレンが職を求めて工場に入っていく。北へ旅し、南へ旅し、何千マイルと動いた末に結局ふり出しに戻っている。というより、ふり出しに戻ろうとあがいている——いまや彼は失業の身であり、戦争から帰ってきたときに下らない、無意味だと呼んだような仕事に、いまは喜んで飛びつく気でいる。働き者を雇ってもらえませんか？　とボスに訊くとボスは、先週だったら使ってやれたんだがいまは一杯なんだ、と答える。アレンは首を横に振り、右手をぎゅっと握ってこぶしを作り、それからそっと、本当にそっとそのこぶしを机に下ろす。自制を失うまいと彼は努めている。まだすっかり絶望するところまでは来ていないのだ。だがそのこぶしこそ、見るみる萎《な》えつつある希望の象徴にほかならない。回れ右して立ち去る彼は、もはや万策《ばんさく》尽きた人間に見える。

ふたたび地図。ふたたび疾走する列車の音。アレンはまたも北へ向かう。行く先はウィスコンシン州、オシュコシュなる町。

オーバーオールにワークシャツのアレン。木材運搬用のトラックを運転して、高い松の木が茂る林を貫く道路を走っている。隣に座った男の方を向いてアレンは言う。これは数日だけなんだ、でも仕事に戻れて嬉しいよ、職にありついたのはほんとに久しぶりなんだ。というわけで、オシュコシュは一時的な救い、覇気をつかのま高めてくれた見せかけの休止にすぎぬらしい。明らかに、定職などもうどこにも見つからないのだ。職を探してどれだけ遠くまで旅したところで、きっと無駄骨に終わるだろう。実際、次の地図が現われて、彼がふたたび南に下っていてセントルイスに向かっていることを示し、機関車がいまや聞き慣れたメロディを吠《ほ》え立てるとき、すべては一変している。そのメロディの源をカメラが映し出すと、アレンはほかの乗客たちに交じって混みあった客車に座っているのではない。彼が乗っているのは貨物列車であり、一人で有蓋車《ゆうがいしゃ》の床に眠っているのだ。第二のパナマ運河を建設して名を揚げる気だった楽天家の復員軍人は、無賃乗車の放浪者、一文なしの流れ者、忘れられた男になり果てている。たしかに舞台は一九一九年ということになっているが、実は一九三二年なのだ。これは大恐慌時代の物語であることを君は悟る。これは仕事がない国に生きるとはどういうことかをめぐる物語なのだ。

アレンは何かを手に持って質屋に入っていく。それが何なのか、小さすぎて我々にはわからない。いまや彼は浮浪者のように見える。ぼろぼろの服、ひげを剃《そ》っていない顔、皺《しわ》だらけで凹《へこ》んだ帽子。何の用かと店主が訊くと、アレンは手を開いて、軍隊の勲章を見せる。ベルギー戦功十字章でいくら借りられます？ 店主は金額を答える代わりに、カウンターの上に載ったガラスケースの中を見るようアレンに指で合図する。見ればそこには、彼がいま持っているのと同じような勲章がぎっしり数えきれぬほど並んでいる。その一つひとつに、ボーナス・アーミー予備軍の辛《つら》い身の上話が詰まっているのだ。アレンは何も言わずに諦《あきら》め顔で頷《うなず》き、手のひらに載った自分の勲章を見下ろして、立ち去る——戦争でアメリカのために戦った、だがいまは、落ちぶれた者たちの国の住民。

　さらにもうひとつ地図が現われ、アレンがセントルイスを出て東へ行く動きをたどる。ところが今回は無音であり、いままでかならず聞こえていた列車の音が伴っていない。地図がゆっくりディゾルブして消えるとともに、線路の上を歩いているアレンの姿が見え、地図に音がなかったこともこれで納得される。いまや旅は徒歩となったのだ。真っ正面からのショットが、どこでもない場所のただなかを一人歩くアレンを映し出す。アレンはカメラに近づいてくる。彼の歩みがいまも逞《たくま》しく確固としていることを君は見る。さんざん辛い思いをしてきたにもかかわらず、いまだ挫《くじ》けてはいない。とはいえ、気概はまだあっても、その姿は疲れて、腹を空《す》かせ、心配そうで、どこか途方に暮れているように見え、目に浮かぶ表情にも何となく奇妙なところがあるのを君は感じる。自分の身に起きたことが、いまひとつ信じられないかのような、呆然《ぼうぜん》としたような、打ちのめされたような表情がそこにはある。まるで旅の途中どこかで稲妻に打たれたかのように。

アレンは簡易宿泊所に、落ちぶれた者たちの国の住民に相応のねぐらに宿をとる。だだっ広い部屋に物言わぬ尾羽《おは》打ち枯らした男たちが大勢いて、ベッド十五セント、食事十五セント、風呂《ふろ》五セント。じきにアレンは、ピートという名の白髪《しらが》頭の男と話をしている。ピートはこの世界の事情に詳しそうであり、アレンは自分が全然詳しくないことを率直に認める。やがてピートは、腹が減ったな、あんたハンバーガーでもどうだいとアレンに訊く。するとアレンは、ハンバーガーに何て言うかって？（What would you say to a hamburger?（ハンバーガーでもどうだい？）を文字どおりに解している）と答え、俺ならミスタ・ハンバーガーと握手してこう言うね、やああんた、ずいぶん久しぶりだねえって。アレンのユーモアのセンスはまだ損なわれていないのだ。君はこれを心強い兆候と、この人はまだまだ大丈夫だというしるしと捉える。ピートが言うには、この道を先へ行ったところに食堂ワゴンがあって、ワゴンをやっている男はいいカモで、バーガー二つぐらいきっとたかれるという。そこで二人は食堂ワゴンに行き、ピートが予想したとおり、カウンターの向こうにいる男は彼らの要求に屈する——渋々ではあれ、情にもろいカモなので、飢えた連中を追い返す気になれないのだ。カモの男はバーガーを二つ、鉄板の上に落とす。アレンの目が輝く。歓喜と期待に満ちた笑みが顔に広がり、爪楊枝《つまようじ》を口に入れながら（万全の受け入れ態勢を整えているのか）、ジュージュー音を立てる肉を、アレンは美しい女を見るかのように見ている。ミスタ・ハンバーガーではない、ミス・ハンバーガーだ。

　やがて、突然すべてが狂ってしまう。ピートがポケットから銃を出し、両手をカウンターに置くようカモに言い、レジの中の金を全部取れとアレンに命じる。アレンは呆然としている。やっと口にできる一言は、恐怖と驚きを伴ったヘイ！だけ——嫌だ、やらない、いったいどういうことだ？の意。だがピートはアレンに銃を突きつけ、言われたとおりにしないと撃つぞと脅す。アレンに選択の余地があるか？　この状況では従うしかない。レジに行き、金を取り出す。全部でせいぜい五ドル。さあさあ来るんだ、とピートがレジのそばでぐずぐず戸惑っているアレンに言い、カモに銃を突きつけたまま後ずさりしてワゴンから立ち去ろうとする。そして公衆電話のコードを壁からもぎ取り、声出して警官呼んだりしたらただじゃ済まねえぞとカモを脅し、ドアを開ける。ドアが開くと同時にピートは発砲している。警官が一人ワゴンに飛び込んできてピートに発砲し返し、次の瞬間ピートは死体となって倒れている。

　アレンは恐怖に陥っている。パニックのあまり、ここですべきことのどれひとつも思いつけずにいる――金をカモに返すことも、落着いてきちんと事情を警官に伝えることも。パニックの虜《とりこ》となった人間の最初の衝動は逃げることであり、アレンもいままさにそうする。横の出入り口から逃げようと、必死で走り出すのだ。ピートを射殺した警官が追いかけてきて、外に出たアレンの腹に二人目の警官が銃を押しつけ、手を上げろと言う。アレンは手を上げる。

画面が暗転し、次の瞬間、裁判長が判決を下している。情状酌量《じょうじょうしゃくりょう》の余地はない、被告人は金を携帯していたのだから、と裁判長は言う。加えて被告人は、発見されると逃亡を企てたのであり、当然これにより罪はいっそう重くなる。したがって被告人に――小槌《こづち》が鳴る――重労働十年の刑を科す。

次の展開を観るのは君にとって辛い。アレンは刑地に送られて、チェインギャング（一本の鎖につながれた囚人たち）の一員として働かされる。あまりに野蛮な刑罰、人を貶《おとし》めるその容赦ない残酷さに、君はテレビのスイッチを切って部屋を出たい誘惑に駆られる。それでもどうにか、かつて自由だった男たちが日々虐待《ぎゃくたい》され怯《おび》えた動物に変容させられていく物語を観つづけるのは、ひとえに映画のタイトルが、いずれアレンがここから抜け出すのではという希望を持たせるからだ（原題は「私はチェインギャングからの逃亡者」の意）。囚人たちの境遇は奴隷《どれい》と変わらない。脚に枷《かせ》をはめられ、でたらめに鞭《むち》打たれ、殴られ、食えたものではない悪臭ふんぷんの残飯しか与えられず（朝食――油脂、揚げパン、豚の脂身《あぶらみ》、サトウモロコシのごちゃ混ぜ）、朝は四時に叩き起こされ、夜八時まで休みなく働かされて、白人も黒人も老人も若者もみな疲れはて、忍耐も限界に達しつつ、灼《や》けるように暑い不毛な土地で大きなハンマーをふるって岩を砕く。怠けたり病気になったりしたら最後、働かぬ者に施される唯一の治療は鞭であり、額から汗を拭《ぬぐ》うのでさえ看守から許可をもらわずにやってはいけない。許可を得るのを怠ろうものなら、ライフルの床尾《しょうび》が顔を直撃し、体ごと地面に叩きつけられる。これがハンバーガーを見るという凶悪犯罪を犯したゆえにアレンが入った世界である。

一人の男が重病に罹《かか》っている。キャンプでアレンが過ごす第一日目の朝食の席、その男が頭をテーブルに載せた、スプーンを口に持っていく力もない姿がミディアム・クロースアップで映し出される。仕事が始まり、仲間たちが岩を砕いているかたわら、男は両手でハンマーを持つのがやっとで、眩暈《めまい》と痛みに体はふらふらで、いまにも倒れてしまいそうだ。さっさと仕事に戻れと看守が命じるが、レッドの名で通っている病人は、無理です……腹が……と弱々しく答え、すると看守は怒った声で、働け！　さもないとその腹痛《はらいた》、完璧《かんぺき》に蹴《け》りつぶしてやるぜと言う。レッドはハンマーを二度ばかり、情けないほど弱々しく振るが、ハンマーを地面から数センチ持ち上げるのが精一杯である。そして彼は気を失ってばったり倒れる。看守はその顔に水を浴びせ、立てと命じるがレッドは動かない。その晩、囚人たちを乗せたトラックがキャンプに戻るときも、レッドは依然気を失っていて、ほかの男たちが飛び降りても荷台に力なく横たわったままだ。夕食には姿を現わすが（ふたたびおぞましい代物《しろもの》――アレンの隣に座った囚人が油脂と脂肉の大きな塊を口から垂らしてがつがつ食っているクロースアップがその忌《い》まわしさを見せつける）、もはや耐えきれずに食卓から立ち上がり、よろよろとバラックに戻って、寝台に身を投げ出す。少しして、ほかの男たちもバラックに帰ってきて、全員寝台に横になっていると、看守二人と監督が入ってくる。看守の一人は鞭を持っている。先端に九本の紐《ひも》が付いた、見るからに惨《むご》たらしい道具である。よし、今日ちゃんと仕事をしなかった奴を一人出せ、ともう一人の看守が言う。誰かが選ばれ、シャツを剥《は》がれて、鞭打ちを受けに連れ出される。ほかには？　と監督が訊く。一方の看守――このレッドって奴が今日卒倒したふりをしました。監督（レッドに近づいていきながら）――卒倒のふりだと？　レッド――お前らに何されたって構うもんか、どうだっていいんだ。監督は鞭をレッドの顔に突きつけ、これを見てみろ、と言う。その間アレンは自分の寝台から一部始終を眺め、夜ごと行なわれるこのでたらめな刑罰をじっくり観察している。瀕《ひん》死《し》のレッドを監督が脅すのを見て、あまりに憤慨したせいで思わず人でなし《スカンク》という呟《つぶや》きがアレンの口から漏れてしまう。ほとんど聞こえない程度の声だが、監督は耳ざとく聞きとり、レッドを脇へ押しやってアレンに目を向ける。この場にあって、口答えのたぐいは許されないのだ。次はお前だ、と監督は新入りのアレンを指さして言い、それから看守二人に、こいつの臭《くさ》いシャツを剝がせと命じる。二人はすばやくアレンのシャツを脱がせて、彼を立たせ、うしろから押して二列の寝台にはさまれた通路を歩かせる。鉄の枷をはめられたアレンは重い足どりで歩き、鎖ががちゃがちゃ鳴る。最初に鞭打たれる男がシーツか薄いカーテンのうしろに立っていて、胴部を裸にされたシルエットが見える。その影絵に向かって、鞭の影が空中を飛んでいくが、最初の一打ちがなされる前にカメラはアレンの顔、アレンの目に移り、ぞっとした表情で鞭打ちを見ている彼を映す。男の口から吠え声が飛び出すたびにアレンの顔が歪《ゆが》む。やがてアレンの番になり、ふたたび鞭打ちは画面の外で行なわれる。だが今回はもっとひどい。今回カメラはほかの男たちに向けられ、二列の寝台に沿ってゆっくり移動ショットで動くカメラが、画面の枠外で行なわれているアレンの鞭打ちを見ようと首を回す男たちを映し出すと、全員の顔に例外なく浮かんでいるのは、まったくの無表情なのだ。囚人仲間が生きたまま皮を剝がれているのも同然なのに、うつろな、投げやりな好奇心しかそこにはない。男たちはそれほど押しつぶされ、他人の苦しみにまったく無感覚になっている。ほとんど何の感情も残っていない。誰もが生ける屍《しかばね》なのだ。

カレンダーのショット――六月五日。アレンをはじめ五人の囚人が小屋の窓から外を見ている。仲間の一人がたったいま釈放されたのだ。刑務所の表玄関に向かって歩いていく友バーニーを彼らが見送るなか、カメラはバーニーに迫り、そのくるぶしと足先を映す。鎖はなくなっているのに、鎖の習慣はまだ体内に残っていて、ゆえにバーニーの足どりは囚人特有の短い、ちまちましたそれである。ついに自由になったのに、当面はまだ自由ではないのだ。みんなが別れに手を振り、バーニーも振り返し、アレンはここへ来た第一日目から仲よくしてくれている古顔ボマー・ウェルズに、まあとにかくここから本当に出られるってことだよな、と言う。アレンはこれまで四週間の刑期を務めた。ということはあと九年と四十八週。彼が鎖を見下ろしていると、窓際《まどぎわ》にいる男の一人が、そういえばレッドも今日出ていくんだなと言う。屋外にカット。病人の死体を収めた質素な棺《ひつぎ》がワゴンに積み込まれている。ここから出るやり方は二つしかない、働いて出るか死んで出るかだ、とボマーが言う。いままで逃げ出した奴はいないのかとアレンが訊く。男たちの一人が、いいや、絶対無理さ、鎖があって猟犬がいてライフル持った看守がいるんだから、と答えるが、ボマーはアレンを呼び寄せて囁《ささや》く。ああ、いたとも、だけどそれには完璧な計画を立てなくちゃいかん、じっくり目を開けて待たなくちゃいかん、一年待って二年待って、それから（ここで肩をすくめる）一息にずらかるんだ。年配の男の忠告にアレンが思いをめぐらすとともに、画面はディゾルブしてふたたびカレンダーのショットとなる。紙が次々剝がれ、ひらひら落ちていく。六月、七月、八月、九月、十月、十一月……。

アレンの計画は完璧か？　おそらくそうではあるまい。おそらくそれは、追いつめられた者の捨て鉢の行為、確実な死か捕縛《ほばく》の中へ衝動的に飛び込んでいく暴挙でしかないだろう。だがここはやってみるしかない。自分はほとんど何もしていないのに、己の意に反して法を破ったゆえに投獄されたのだ。あと九年半鎖につながれて過ごすくらいなら死んだ方がまだましだ。完璧な計画ではないにせよ、アレンにも一応案は、少なくとも案の最初の部分はある。そしてこれが一番重要な部分である。何はともあれ、枷が外れて足が自由にならないかぎりチャンスはないのだから。囚人の一人にセバスチャンというとてつもない大男の黒人がいて、並の男五人分の力があり、ハンマーの扱いが実に巧みかつ強力で、最初の日の朝、アレンが彼を見ていると、ボマーが皮肉な顔で、あいつ、あんまり働きっぷりがいいもんだから気に入られて一生出してもらえそうにないのさ、と評したくらいである。ある暑い日の午後、陽は照りつけ風はそよとも吹かず、看守たちまでぐったりして注意散漫に陥っていると、アレンはセバスチャンのところに寄っていって、ハンマーで俺の足枷を叩いて歪めてくれないか、見た目にはわからなくて足は抜き出せる程度に、と頼む。厄介事は嫌なのではじめセバスチャンは渋るが、じきに連帯感が恐怖心に打ち克《か》って、あんたがこの地獄から逃げるところ見てみたいからな、と言ってくれる。目下彼らは使われなくなった鉄道線路にいて、更地《さらち》を作るためレールを掘り起こしているところである。アレンがレールの一本をまたいで立ち、鎖が鉄のレールを横切るようにしてぴんとのばすと、セバスチャンがありったけの怪力を込めてハンマーを枷に叩きつける。それはひどく辛い作業であり、ハンマーが振り下ろされるたびにすさまじい痛みが伴うが、アレンは歯を食いしばって耐え、身を震わせほとんど涙ぐみながらも叫びたい衝動を抑えつけ、その決意は固く揺るがず、セバスチャンさえももう終わりだと思ったらしいところで、もう一回だけやってくれとせがむ。その夜寝台で、アレンは変形した枷を試験してみる。上手くよじれば足が抜けるようになったことが判明する。それから彼は足を枷に戻し、毛布をかぶる。隣の寝台からボマーが、いつやるんだ?と囁く。月曜、とアレンが囁き返すと、ボマーは彼に七ドルを渡す。それはボマーの全財産だ。アレンは受けとろうとしないが、友は持っていけと言って聞かず、逃げたらバーニーのところに直行しろ、バーニーならきっと助けてくれるはずだと忠告してくれる（紙切れに住所も書いてくれる）。ボマー――緊張してるか？　アレン――少し。ボマー――ま、どうなろうとここよりはましさ。

一九三二年以降、アメリカ映画において何十回とくり返されてきたシークエンス。脱獄、追跡、囚人が一人森をかき分け沼を渡って逃亡するのを、武装した保安官代理たちが匂《にお》いに飢えた吠える犬たちを従えて追いかけ、遠くで汽笛が鳴る。だがこれはトーキー史上ほぼ最初の例であり、あの『ミリオンダラー・ムービー』の放映にたまたま行きあたってから五十年以上経った今日《こんにち》観てみても、監督ルロイの手際は完璧だと、いままで見た同様のすべてのシークエンスの中で最良の出来だと君には思える。囚人たちはなおも線路を解体していて、今日も深南部の暑い一日である。アレンは看守の一人に、出ます、と呼びかける。用を足しに行く許可を求めるときの決まり文句である。よし、あそこへ行け、と看守が言うと、ボマーがアレンの手をぽんと叩き、無言で彼の幸運を祈り、アレンは小さな丘を藪《やぶ》の中めざして下りていく。そして視界から出たとたん、座り込み、靴を脱ぎ、枷を外しにかかり、足を抜こうと枷を動かし、なおも動かし、それでもなお枷は抜けず、バラックでやってみたときよりずっと長くやってもまだ抜けず、逃亡の幸先《さいさき》はおよそ芳《かんば》しくなさそうであり、何ひとつ計画どおりに行っておらず、画面は不意に看守を映し、アレンはどこにいるかと看守は藪の方を向く。もう時間はない、時間はほとんどない、ようやく枷が外れてアレンはまた靴を履き、藪の中を這《は》って進み出す。もはや時間が経ち過ぎてしまった、もう逃げられない、と君はほぼ確信する。看守が叫ぶ、さあアレン、仕事に戻れ！——その瞬間アレンは立ち上がって走り出す、丸見えの標的となって林の中の更地《さらち》を疾走していく、看守はライフルの狙《ねら》いを定め、一発、二発と撃ち、三、四、五発と撃つがいまや更地は終わってアレンはふたたび林の中に姿を消す。看守たちが集合し、匂いに飢えた吠えまくる猟犬たちを連れて彼を追い、遠くで汽笛が鳴り、アレンは走っている、まだ走っている、追われる者と追う者たちとのあいだを映像が行き来するなか死に物狂いで走っている、カメラはいまやパニックを伝達する器具と化している、重ね継ぎされた映像の切り刻まれたようなリズムが恐怖を体現し、アレンの胸の中で激しく打つ心臓の鼓動を映像は忠実に模倣する。それは可視の闇（ジョン・ミルトン）だ——そう、人の心臓は見えない、だが展開はその鼓動をそっくり真似《まね》ているのだ、あたかも心臓が可視になったかのように、あたかも体全体が心臓になったかのように。やがてアレンは立ちどまって息をつき、倒れまいとして木に寄りかかり、すると前方に一軒の家の裏庭が見え、庭には洗い立ての洗濯物がロープに干されている。アレンは家の方に飛んでいき、ロープから服を摑《つか》みとり、木々の中に駆け戻る。幸運な展開だ——このまま看守たちから逃れられるとすれば。縞《しま》の囚人服を脱いで新しい服を着るには時間がかかり、その間《かん》に追跡者たちとの距離も縮んでしまうが、何としても囚人服は捨てねばならない。それが逃亡の絶対条件だ。かくしてアレンは服を脱いでもう一方の服に着替えるが、やっと走り出せるようになったときには犬たちが危険なほど接近していて、狂乱の吠え声は毎秒ますます大きくなっていく、だがアレンはまだ先を行っている、かろうじて見られずに済むくらい先を行っている、そしていま彼は背の高い雑草のただなかを走っている、雑草のすぐ先には川が、小川があって水が流れている。次はどうするか考えもせずにアレンは水の中に踏み込み、次の瞬間にはもう腰まで水に浸《つ》かって、水面から突き出ている葦《あし》を一本むしり取り、管《くだ》に強く息を吹き込んで空気が通るようにし、それから、葦の管を呼吸装置にして水中へ潜っていく。映画のすべてのショットの中で、ここが一番頭に残るショット、この映画を観たことを君が想《おも》うたび真っ先に思い浮かぶショットである。それは悪夢の重みをたたえたショット、憑かれた映像だ――アレンは葦を口にくわえて水中に潜み、何もかもが静まりかえり、映画からは何の音も発せず、アレンの体はぴくりとも動かずに、いつ突然自分の身に何が起きるかを思って恐怖に凍りつき、看守たちと犬たちが川に近づいてきて、一人が水の中に入り、少しのあいだその両脚がアレンの動かぬ体から十数センチのところまで近づいて、あと一歩進んだらアレンにぶつかると思えるがその一歩を看守は踏み出さず、仲間の看守と話しあってよそを捜すことに決め、アレンはようやく立ち上がって向こう岸へ歩いていくことができる。まだ追われているかと、さっとうしろをふり返る――だがもう誰もいない、あるのは地と空と水だけ。画面が暗転する。

夜の大都市。明るく照明の灯《とも》った大通りで、車が四方に流れていく。喧噪《けんそう》と人波。一足の靴にカット。ゆっくり、引きずるような足どりで歩いている男の靴。カメラが上に傾き、アレンの姿――汚れていて、ひげも剃っていない、疲れはてた、歩道をさまよう、誰でもない名なしの人間。彼は紳士衣料品店の前に立ち、数秒後には店内に入っていて、全身鏡に映った我が身を眺めて新しいスーツを吟味している。次はひげ剃り《シェーヴ》だと床屋に入るが、これがまさに間一髪《クロース・シェイヴ》の危機を招く。ひげを剃ってもらっている最中に警官が入ってきて、空いた席にどかっと座り、ジェームズ・アレンという名の脱獄囚の話を床屋相手にやり出すのだ。背丈は一七五センチ程度、濃い黒髪、茶色い目、筋肉質の体格、三十歳前後。きっとじき捕まるさ、奴らは大都市を抜け出す前にいつだって捕まるんだと警官は言う。ひげ剃りが終わるとアレンは警官に顔を見られぬよう頬を盛んにこするが、床屋はその仕草を見て剃り方が気に入らなかったのかと誤解し、どうですか？　十分に剃れました？　と訊く。アレンは（頷きながらドアを開けて）ああ、十分だとも、と答える（「十分に剃れました？」＝Close enough? は「間一髪でしたか？」の意にもとれ、「ああ、十分だとも」＝Plenty は「ああ、まさに間一髪さ」の意にもとれる）。別の通りを歩いているアレンにカット。まだ同じ夜で、床屋を出てから数秒、数分後であり、アレンは手に持った紙切れを見ている。バーニーの住所だ。それは一軒家でもアパートでもなく、小さなくたびれたホテルである。元気一杯の、都市生活の裏側に通じたチェインギャング仲間はアレンを温かく迎え、いいとも、かくまってやるよ、しっかり世話してやるよ、何でもしてやるからさと言ってくれる。バーニーの商売がいかなるものかははっきりしないが、どうやらある種の売春宿経営、もしくは密造酒製造、あるいはその両方なのか、アルコールはたっぷりあるし（アレンは緊張しきっているのでバーニーが酒を注《つ》いでくれても、明日も大変な一日が控えているからと言って断る）、女たちも呼べばすぐ飛んでくる。俺は今夜ちょっと出ないといかん、仕事があるからとバーニーは言うが、立ち去り際《ぎわ》、お前がくつろげるよう誰かを手配するよとアレンに告げ、程なくリンダが入ってくる――二十代なかばか後半の魅力的な女性、侘《わび》しく物憂《ものう》げな、人なつこい、明らかに堕ちた女。バーニーは彼女をアレンに紹介し、こいつ俺のダチでさ、チェインギャングから逃げてきたんだよ、とあっさり言ってのけ（アレンは縮み上がる）、部屋から出ていきながら彼女に、しっかり面倒見てやってくれよベイビー、俺のお客さんなんだからと念を押す。バーニーがいなくなると、気まずい沈黙が生じる。この展開に、アレンはおよそ心の準備が出来ていない。状況のプレッシャーはあまりに強く、女の前でガードを解く気になれないのだ。チェインギャングから脱走したなんてあんたすごいわねえ、と女は感心して言い、自分は味方なのだと伝えようとする。が、アレンにキスしようとリンダが寄ってくると、アレンは彼女を拒み、君にしてもらえることは何もないんだ、と言う。が、リンダが酒を注ぎにテーブルへ行くと、アレンはその体を舐《な》めるように眺め、脚、腰、尻を吟味し、彼女に魅了されるのを感じ、彼女の優しい、憂《うれ》い気味の善良さに抗《あらが》いがたく惹《ひ》かれていく。リンダは彼を讃《たた》えてグラスを持ち上げる。あんたみたいにガッツある人ならきっと大丈夫よ、と彼女は言い、そこからふたたびアレンのそばに来て、彼が座っている椅子《いす》の肱掛《ひじか》けにちょこんと乗って、彼の肩を撫《な》でる。あんたが何考えてるかはわかるわ、と彼女は言う。大丈夫、あたしたちは仲間なのよ……堕《お》ちた男に堕ちた女が与える気遣いと情け。二人がベッドを共にするものと観る者は予想するが（ハリウッドの製作倫理規定は当時まだ発効していなかった）、このシーンの良さは性的欲求とはほとんど関係がない。ポイントは優しさなのだ。初めから終わりまでアレンがひたすら辛い道を歩むこの映画にあって、ここでのリンダとの束《つか》の間《ま》のやりとりは、作品全体でおそらく一番優しさに満ちた場面である。

　翌日アレンはついにハンバーガーを得る。午前か、午後早くのことで、たったいま州境を越える列車の切符を買ったところである。これで法の手の届かぬところへ行って、新しい人生に乗り出すのだ。ところが列車が定刻より遅れ、発車まで時間をつぶすしかないので、ここは奮発して戸外のフードスタンドでハンバーガーを食べることにする。あっという間にひとつ平らげ、続けざまにもうひとつ注文する。言うまでもなく、アレンはその二つ目のハンバーガーを食べずに終わる。この物語において、ハンバーガーが不吉な予兆であり不運への序曲であることはすでに明らかなのだ。ハンバーガー2に一口齧《かじ》りつく間もなく、警察署長が現われる。部下数名を連れて誰かを捜している。犯罪者が逃亡したのだ。当然その犯罪者とは自分のことだと思って、アレンはハンバーガーを手放しフードスタンドから後ずさる。列車はいまにも発車しようとしている。危険を避けて、警官に見られぬよう反対側に回って乗車しようとするが、いまにも車両に上がるステップに足を載せようというところで、いたぞ、あそこだ！と声がして警察官たちがにわかに彼の方に走ってくる。万事休す、これまでの苦労も水の泡かと思いきや、これは杞憂《きゆう》であり、逃亡した犯罪者とは襤褸《ぼろ》を着た放浪者であることが判明する——アレンが立っている場所からほんの一メートルくらい、車両の下にまたもう一人「忘れられた男」がうずくまっているのだ。警官たちがこの見知らぬ悪漢をパトカーに引っぱっていくとともにアレンは列車に飛び乗る。ふたたび間一髪の危機脱出、しかしこの直後にまたしても危機が生じる。車掌がアレンの切符にはさみを入れながら、警察がまだ脱獄囚を捜していることを彼に伝える。ところが車掌はそれから別の車掌の隣に腰を下ろし、まもなく二人はアレンの方をちらちら見はじめ、たがいに耳打ちする。間違いない、アレンの容貌《ようぼう》がお尋ね者のそれと合致するか思案しているのだ。すばやいカット——アレンの埃《ほこり》まみれの靴のクロースアップ。彼はすでに汽車を降りて歩いている。さらにカット——今回は疾走する自動車。自動車に地図が重ねられ、自動車が列車に変わり、列車は地図を北上し、最終目的地シカゴへ向かう。やがて地図も列車も溶けてなくなり、都市が現われる。立ち並ぶ高層ビル、点滅する街の灯、喧噪、そして自由。

アレンの人生がふたたび始まり、まず彼はトライステート土木会社の雇用事務所の外に立っている。遠からぬあたりで橋が建築中であり、アレンの左側の壁には**求人**の札が掛かっている。これこそ戦争から帰ってきたときにやりたかった仕事、探したのに見つからなかった仕事である。きっとここでも同じこと、どうせまた断られると君は確信している。いまや君はアレンを呪《のろ》われた人間と、いつも何かまずいことになってしまう人間と見るようになっているのだ。君を心底仰天させることに、雇用事務所のカウンターの中にいる男は言う——じゃあひとつ働いてもらおうか。君の胸ににわかに希望が湧《わ》き上がり、ひょっとしてとうとう運が向いてきたんだろうかと思えてくる。名前は？　と男に訊かれてアレンは考えずにアレンと答えるが、それってファーストネームかラストネームか、と男に訊かれると一瞬ためらい、自分を新しく作るチャンス、新しいアイデンティティを身につける機会が降って湧いたことを悟って、ファーストネームです、フルネームはアレン・ジェームズですと答える。ちょっとまずいんじゃないか、と君ははじめ思う。そんな見え透いた入れ替えなんて、すぐ見抜かれてしまうんじゃないか。だが君はさらに考え、ファーストネーム二つでフルネームが出来ているいろんな人々のことを思ってみると、まあこれでいいのかもしれないという気がしてくる。ヘンリー・ジェームズをジェームズ・ヘンリーとひっくり返したら、こちらミスタ・ヘンリーですと紹介されてミスタ・ジェームズのことを思いつく人がいるだろうか？　たぶんいるまい。とはいえ、もっと根本的に変身した方がよかったのにと君はやはり思ってしまう。たとえばエドモン・ダンテスがモンテ・クリスト伯爵《はくしゃく》に生まれ変わったように。そう言えばあれもやはり、不当に投獄され脱獄した男の物語だ（君はその小説をすでに読んでいて伯爵の身の上はよく知っている）。だがダンテスは財宝を発見するというありえない幸運に恵まれ、生者の世界に復帰したときにはフランス一の大金持ちになっていた。アレンは極貧《ごくひん》の身、一文なしの人間である。ダンテスは復讐《ふくしゅう》を欲したが、アレンが欲するのは橋を造ることだけだ。

　カウンターの向こうの男は明日朝八時に出勤するようアレンに言う。アレンの雇用証の画面いっぱいのクロースアップとともにシーンは終わる――**年　１９２４。職種　作業員。日給　４ドル。**

　時は過ぎた。どのくらい過ぎたかは不明だが、アレンは戸外で働いている。午後の陽が照りつける下で仲間たちとともに汗を流し、つるはしをふるって溝《みぞ》を掘っている。もはや岩を砕いてはいないし、持っているのも大きなハンマーではないが、鎖がないことを別とすれば、君の目にそれは気が滅入るほど見慣れた情景と映る。それは新しい形の監獄労働だ。鞭もライフルもないし、悪意に満ちた看守もいないが、給料はおそろしく安く仕事は重労働である。この人は永久に泥から這い上がれないんじゃないか、と君は絶望してくる。それが映画の伝えていることのように思えてくる。持たざる者たちにとって世界は牢獄《ろうごく》であり、底辺に位置する無産者たちは犬と大差なく、鎖につながれて働こうがトライステート土木会社に有給で雇われようが、自分の人生を支配する力がないことに変わりはない……シーン冒頭部からはそんな印象を受ける。だがこれが誤解であることを君はじきに知る。この出だしは意図的なはぐらかしなのだ。というのも、こうした暗い解読を君が行なった直後、職工長がアレンのところにやって来てこう言うのだ——よう、ジェームズ、あそこの曲がり目のところどうするか、お前が出したアイデア、あれすごくよかったぞ。あれはジェームズの提案なんですってボスにも言っといたからな。アレン——そうなんですか？　そりゃどうもご親切に。職工長——お前、じきにつるはしともおさらばだと思うぜ。アレンの新しい雇用証のクローズアップにカット。**年　１９２６。職種　職工長。日給　９ドル。**

アレンは着々と出世している。翌一九二七年には測量技師の地位に昇進していて日に十二ドル稼ぎ、一九二九年には副監督として日給十四ドル、そこからしばらく経つと（年、給料は不明）いまや会社の幹部の一人になっている。総合現場責任者として、個人オフィスのドアには金の浮き彫り文字で名前と肩書きが刻まれている。襤褸着と零落から、上等な服を着て万人に敬われる身への、ついに橋を造る人への変身。アメリカ流成功物語の完璧な手本である。勤勉、向上心、知恵によって意味ある達成と富の世界に人は上がっていけるのだという生きた証《あか》し。物語はここで終わるべきだ。美徳が報われ、正義の女神の震える天秤《てんびん》がいまや完璧に釣りあって静止する。だがアレンの過去はつねにアレンの過去である。ゆえに、問題が生じる。アレンの人を信じすぎる性格（そんな性格だからこそあのハンバーガーの一件でも強盗犯ピートについて行ったのだ）が元となって幸福への障害が生じる。厄介事が彼の周りに集まってくる。厄介事は増える一方である。今回それはマリーという名の女の形をとって現われる。セックスに飢えた、強《ごう》欲《よく》なこの金髪女は一九二六年にアレンに部屋を貸し、まもなく彼の情婦となった。マリーは抜け目のない、良い獲物があればすぐそれと見抜く女であり、ハンサムで働き者のアレンはまさに掘り出し物だったのだ。アレンがトライステートで出世の梯子《はしご》を昇っていくなか二人の関係は三年続くが、彼女に対する思いをアレンはもはや失っている。愛情も好意もないし、肉体的欲求の炎はとうの昔に消えている。やがてある日、別の住所に移ることを彼はついに決断する。荷造りしているところへマリーが入ってくる。きっぱり別れようと言うにはアレンは心優しすぎるが、それでも勇気をふるって、僕は君を愛していないと（ふたたび）彼女に告げる。瞳《ひとみ》の色を変えられないのと同じで、君に対する気持ちを変えることはできないんだ、と。マリー（腰に手を当て、敵意の目でアレンを見て）――出ていく理由はそれだけ？　アレン――それで十分だろう？　マリー――どうかしらねえ。そりゃまあ、男が女を捨てようと思ったら何だってやるだろうけど。チェインギャングに逆戻りってことにならないかぎりね……あんたのほんとの居場所に。

　秘密は知られてしまった。なぜなのかはわからない、だが知られてしまった。投獄されていた州から何百マイルも離れてイリノイ州に、北部にいるというのに。これまで五年、自分の過去のことは誰にも漏らさなかったのに、秘密はもはや秘密でなくなり、それを嗅《か》ぎつけたのは捨てられたマリーなのだ。どうやって？　彼女はアレンが住む下宿屋の女将《おかみ》であり、送られてきた手紙を本人より先に見られる立場にある。そしてアレンの兄クリントが、あの大馬鹿敬虔《けいけん》居士《こじ》が、アレンに手紙を寄こしたのだ。知らせておいた方がいいと思って一筆書く。警察はいまもお前を捜している。捕まったらまたあと八年鎖に繋《つな》がれた辛い日々が来るかと思うと私の血は凍りつく。また何かあったら連絡する。草々　クリント。この手紙をマリーに横取りされたいま、アレンの運命は彼女の手中にある。そんなに僕が憎いのか、真実を暴露しようと思うほど？　いいえ、あんたを守る理由ができればそんなことないわ、とマリーは言う。それ、どういう意味だ？　とアレンは訊く。あんたがあたしの亭主なんだったら黙ってるってことよ、と彼女は答える。この脅迫にアレンが反応する間もなく、マリーは部屋から出ていく。指一本持ち上げずに、彼女はアレンにパンチを喰らわせ服従させたのだ。アレンは一瞬よろめき、本当にパンチを喰らったかのように後ずさる。よたよたと椅子に座り込む彼の目を見た君は、たったいま都市が丸ごと焼け落ちるのを見た人間を思い浮かべる。その表情は奇妙かつ陰惨である。ほとんど微笑《ほほえ》んでいるものの、それは奇妙で陰惨な笑みである。叩《たた》きつぶされた、いずれ叩きつぶされるしかなかったことを知っているがゆえに微笑んでいる男の笑みである。やがてその笑みも消えて、アレンの目には涙がたまり、決意はいまやすっかり崩れ、いまにも泣き出しそうな様子。自分が罠《わな》にはまったこと、一生出られぬ罠にはまったことを彼は知っている。どれだけ必死に頑張っても、逃げ道はないのだ。

言うまでもなく、結婚生活は悲惨なごまかしである。妻はアレンに隠れて浮気し、彼に嘘《うそ》をつき、彼の金を遣いまくり、それでもアレンにはどうしようもない。仕事は上手《うま》く行っていて、名声も高まる一方であり、シカゴでも指折りの土木技師と見られているが、私生活はおよそ生活とは言えず、新しいアパートメントに帰るとまず最初の仕事はマリーの連夜のパーティの残骸《ざんがい》たる吸殻の山を灰皿から空け、空のジンの壜《びん》を捨てることである。やがてアレンは、トライステートの社長が催したお洒落《しゃれ》な集まりで（マリーは出席しない――「いとこ」に会いによその町へ出かけているのだ）ヘレンという名の女性と出会う。彼と同じ、よるべない孤独な人物。あいにく君の趣味からすると少し面白味に欠けるが、育ちはいいし、マリーの冷酷さとは対照的に温和で気さくな人柄である。何か月かが過ぎ（ふたたびカレンダーがひらひらと剝がれ、建築現場の映像と重なり、ドリルの音が伴う）、新たに知りあったこの女性と恋に落ち人生が思いがけず好転してきたことに勇気づけられて、アレンはマリーと対峙《たいじ》し、離婚してくれと要求する。君が望むものは何でもあげる、とアレンは約束するが、マリーは涼しい顔で（カウチに寝そべって煙草《たばこ》を喫《す》い、たぶん少し酔ってもいる）あたしはいまのままで満足よ、これで幸せなのよ、あんたを手放すなんてできないわと答える。マリー――あんたはいつの日か大物に、大金持ちになるのよ、あたしもしっかりついていくわよ。アレン――でも僕は別の女性に恋してるんだ。マリー――あぁぁあらそれは残念ねえ。アレン――まともに取りあってくれたらどうだ？　マリー――まともに？　じゃあ何、あんたとあんたの恋人で、あたしのことおっぽり出そうってわけ？　アレン――君が道理を聞いてくれないなら、こっちもそれなりの手を打つぞ。マリー――打ってごらんなさいよ、あんた囚人の身に逆戻りよ。アレン――君と暮らすのだって囚人みたいなものさ。マリー（カッとなって）――そんなこと言って後悔するわよ！　アレン（彼女の体を乱暴に摑んで）――おい、いいか。君はもうずいぶん長いこと僕を恐喝《きょうかつ》してきた。もうたくさんだ。

君はずっと僕にはったりをかませていた、そして僕は愚かにも、意気地《いくじ》なしにも君の言いなりになってきたんだ。マリー――何よこのろくでなしの服役囚が。はったりだって？ 見ててごらんよ。

　こうして逃亡物語の最終章が始まる。アレンが商工会議所の代表者たちと会合し、新しい橋の素晴らしいお仕事についてどうか次の晩餐《ばんさん》会で基調講演を、と依頼を受けているさなかに、警察官たちがオフィスに入ってくる。頂点にのぼりつめたかと思いきや、マリーが非情の約束を実行し、一気に底まで堕ちていくのだ。とはいえ、アレンを南部の刑罰システムのただなかに送り返すのはそれほど単純な話ではない。こうした移送には一定の儀礼が絡《から》み、引き渡しをめぐる法律が遵守《じゅんしゅ》されねばならない。イリノイ州知事とシカゴ主席検事は彼の引き渡しを拒否する。新聞の見出しがスクリーンに広がる。**シカゴ、アレン氏をチェインギャングから守るべく戦う。**これに南部の反応が続く――**地元チェインギャング管理当局、シカゴの協力拒否に激怒。**さらにこれを受けてアレンを擁護する社説「これが文明か？」が掲載される――「今や地域社会の名士となった人物に中世の拷問《ごうもん》の影が忍び寄るなか、我等は手を拱《こまね》いて見ているのだろうか？ ジェームズ・アレンはこの世の地獄に送り返されねばならぬのか？」。さらにこれを受けて、**州権はどうなったのか？**という見出し――「或《あ》る州の知事が他州の権利を認めようとせぬとは何たる嘆かわしい事態か」。アレンがこのまま耐えていれば、論争もやがて鎮《しず》まって忘れられ、彼は自由な人間としてイリノイにとどまりヘレンと結婚し、さらに橋を造ることができるだろう。だがこの逃亡者は、そうするにはあまりに名誉を重んじる人間である。自分のためにならないほどに善良である。南部の当局が妥協案を提示してくると、彼はきっぱり身を潔白にしようとそれを受け容《い》れる。九十日だけ戻ってくればいい、と当局は言ってくる。これが恩赦を得るのに最低限必要な刑期だというのだ。いやいやもちろんチェインギャングに戻るには及ばない、どこかの刑務所の事務仕事を用意するから、と彼らは請けあう。君はまだ十四歳の子供だが、そんな君にもこんな嘘は見抜ける。破滅がアレンの身に迫っていることを君は感じとるが、アレンの決意は固い。かくして逃亡者がヘレンに別れを告げ南へ向かう列車に乗り込むのを君は暗い気持ちで見守る。ひとたび南部に着いたアレンは、担当の地元弁護士ラムゼイ氏と面談する。氏が真っ先に関心を示すのは、多額の顧問料の前払い分をアレンから受けとることであり、アレンが小切手を書いてからようやく、ラムゼイは彼に、ここは変わった州でしてね、知事もちょっと変わり者なんですよと告げる。どうやら事務仕事というのははっきり決まった話ではなく、六十日ばかり外で働かないといけないかもしれないという。哀れアレンは、ひそやかな、皮肉っぽい笑みを浮かべる。それは追いつめられた男の笑み、またひとつ敗北を受け容れるほかない男の笑みだ。六十日。どうしてもというなら仕方ない。

それでこの忌まわしい一件とおさらばできるなら、六十日耐える価値はある。

その後の数日、数週間、数か月、アレンに対し北部でなされた約束は少しずつ、ひとつ残らず反古《ほご》にされていく。第一段階。アレンはタトル郡囚人収容所に入れられる。州で一番過酷なこの収容所のバラックに看守がアレンを乱暴に押し込み、また逃げようとしたら撃ち殺すからなと監督が脅す。唯一の慰めはかつての友ボマー・ウェルズが仲間にいることだが、監獄理事会と結んだ、六十日刑期を務めたら恩赦になるという取決めのことをアレンが話し出すと、ボマーはきっぱり切り捨てる――そんな単語、ここじゃ聞いたこともないぜ。アレン――まあちょっと痛い目に遭わせようっていうんだろうけど、ちゃんと恩赦になるんだよ。ボマー――いいか、小僧。ここに来た人間に恩赦出すなんて、奴らはそんなこと考えちゃいないよ。ここが最後なんだ。これでおしまいなんだよ。

丘全体のワイドショット。石と空から成る茫漠《ぼうばく》たる風景の中で数十人の男がハンマーをふるって働き、黒人の男たちのコーラスが黒人霊歌《スピリチュアル》を歌っている。映画が始まって初めて、物語はもはや単にアレンとその苦しみをめぐるものではなくなる。いまやそれは、野蛮な刑罰と残虐さから成るシステム全体についての物語だ。スピリチュアルの歌詞が丘から立ち上がってくるなか、南北戦争が終わったのはまだ六十七年前にすぎぬこと、新世界において二世紀半以上にわたり多数の男女が奴隷として働かされたことを君は思い起こさずにいられない。そしてこの映画が作られてから二十九年経《た》った現在の一九六一年にいる君は、これが封切られたわずか数か月後にヒトラーが権力の座に就いたという事実に思い至り、それゆえこの一九三二年アメリカの囚人収容所を、第二次世界大戦の死の収容所の先触れとして考えずにはいられない。これは人非人に動かされる世界の姿なのだ。

第二段階。監獄理事会。アレンの側に立つのはラムゼイ弁護士と兄クリントである。アレンの美徳が讃えられ、チェインギャングの短いショットが入り、アレンが大きなハンマーをふるい黒人男性のコーラスがふたたび聞こえる。数秒後、画面は審理に戻り、裁判長がチェインギャングの制度を熱を込めて擁護する。悪夢の論理でもって、この制度が科す規律によって囚人の人格が向上しうると裁判長は訴える――たとえば、ジェームズ・アレンの人格向上がそのよい例であります。第三段階。恩赦は却下される。クリントが判決を弟に知らせに行くと、鉄格子《てつごうし》の向こう側に立つアレンは怒りを爆発させ、彼の人生を奪った嘘つきや偽善者たちを罵《ば》倒《とう》する。冷静さを決して失わぬ、どこまでも聖職者ぶったクリントは、一年間模範囚としてふるまったら釈放してもいいという理事会の決定を弟に伝える。もうすでに三か月服役したんだから、あとたった九か月じゃないか。アレン――九か月！　こんな拷問を九か月、冗談じゃない！　冗談じゃない、絶対やるもんか！　何とかしてここを出てやる、殺されたって構うもんか！　第四段階。アレンは言われたとおりにする。ほかに選択肢はなく、あと九か月とどまることに同意する。カレンダーのページが剝がれ落ちていまひとたび何か月かが過ぎ、その背後に丘が見えて、ハンマーで石を砕いている男二百人のワイドショット。黒人の男たちのコーラスが続く。第五段階。ふたたび監獄理事会。ラムゼイ（裁判長に）――そして最後に申し上げますれば、ジェームズ・アレンは丸一年ずっと模範囚であったのみならず、すでに提出いたしましたとおり、彼の恩赦を求める無数の組織や著名人から嘆願書が届いております。バラックにカット。監督が入ってきて、審理の最終報告が来たとアレンに告げる。寝台の上で身を起こしたアレンは、打ち砕かれ、なかば死んだようになかば狂ったように見え、全面的崩壊の一歩手前まで来ているように思える。それで？　監督――決定延期、無期限。

アレンの顔。その瞬間アレンの顔に起きること。涙が目にたまってくるとともに皺《しわ》くちゃになりバラバラに崩れる顔のクローズショット。口が引きつる。体が震える。両こぶしを握りしめ寝台に倒れ込む。もはや何も見えておらず、もはやこの世界にいない。

両のこぶしを宙に突き上げる。弱々しい、痙攣《けいれん》のような突き——何にも向けられておらず、何にも当たらない。画面が暗転。

今回はボマーと二人で脱走する。ボマーは撃たれて死ぬが、ただでは死なない——アレンがダンプカーを盗むのを助け、追っ手の車が来るのを阻止すべく道路にダイナマイトを落とし、息を引きとる直前、してやったりと笑ってみせる。老いた友が息絶えたあと、アレンはトラックの後部を操作する歯車を使って鎖を切断する。それから、ふたたびダイナマイトを使って橋を爆破し追跡を断ち切る。こうした展開に夢中になっている君は、橋を造る人アレンが自らの命を救うために橋を爆破しているという皮肉にも思いあたらない。

新聞の見出しや記事が立てつづけに現われ、その背後でさらにカレンダーがはらはら落ちていく。最後の見出しは、**ジェームズ・アレンは今いずこ？　ここにも一人「忘れられた男」？**——「一年余り前、ジェームズ・アレンはチェインギャングからの二度目の華々しい逃亡を遂げた。以来、消息は一切判っていない……」

彼が東海岸か西海岸のどこかで安楽に暮らしている姿を君は想像する。あるいはどこか南米の国か、ヨーロッパで、新しい、もっと偽名らしい偽名で新たな生活を築いている姿を。己に対して為《な》された数々の不正を彼は生き延びた。どれだけ残酷な仕打ちを受けてもつねに勇気と創意を発揮し、地獄の底から二度脱出した非凡なる人物。完璧な英雄とは言えぬまでも、不可能を可能にした彼は間違いなく英雄的であり、君のこれまでの限られた経験に照らすかぎり映画の中の英雄的人物は最後にかならず勝利を遂げるのだ。ところがいま、最後の新聞記事も消え、画面はふたたび暗転し、物語が再開されるとそこは夜、アメリカのどこかの暗い夜であり、自動車が一台ガレージに入っていこうとしている。女が一人車から降りる。薄暗く照らされた車寄せを彼女が進んでいくなか、それがヘレンであることを君は見てとる。何か音がして、ヘレンは立ちどまる。誰かが闇《やみ》の中に隠れている。男が一人、彼女を待っていたのだ。そしていま男はそっと彼女の名を呼び――ヘレン、ヘレン、ヘレン――カメラが男の方を向く。それはアレンだ。服はボロボロ、ひげも伸び放題、もはや崩壊の一歩手前どころか崩壊の彼方《かなた》に行ってしまっている。一年前に脱獄した姿とは別人のようだ。ヘレンは彼の許《もと》に駆け寄り、その体に触れ、彼の名を口にする。どうしてもっと早く来てくれなかったの？　怖かったんだ、とアレンは答える。だけど手紙くらいくれても、とヘレンは言う。カメラがアレンの顔に迫ると、それはもはや囚人の絶望し打ちひしがれた顔ではなく、追われる男の顔、神経がズタズタにされ目には恐怖しか浮かんでいない逃亡者の顔だ。危ないんだ、いまだに追われているんだよ、と彼は言う。仕事もいろいろやったけどいつも辞める破目になる、何かが起きて誰かが現われるんだ。昼はずっと部屋に隠れて、夜に移動する。友人もいないし、休みも、安らぎもない。許してくれ、ヘレン。危険を冒してでも君にもう一度会わずにいられなかったんだ――さよならを言うために。それだけ言って彼は黙る。ヘレンは彼の腕の中に身を投げ出し、しくしく泣く。こんなはずじゃなかったのに、と彼女は言う。そうとも、こんなはずじゃ、とアレンは言い、それから、声に烈《はげ》しい恨みを込めて――奴らがこんなふうにしてしまったんだ。

　突然、闇の中から物音がする。車のドアが閉まる音？　近所の人間が歩いてくるのか？　アレンはヘレンの腕から身を振りほどき、上を見て、周りを見る。目はパニックにギラギラ光っている。彼はヘレンに囁《ささや》く――もう行かなくちゃ。ヘレン――どこへ行くか教えてくれないの？　アレンは首を横に振る。いまやヘレンから後ずさり、闇の中に消えつつある。ヘレン――手紙をくれる？　ふたたびアレンは首を横に振り、なおも後ずさる。ヘレン――あなた、どうやって生きていくの？　彼はもうすでにすっかり暗闇に呑《の》まれてしまっている。まだそこにいるのに、もはや姿は見えない。彼の声が言う――盗むのさ。

いまやあるのは暗闇と、夜の中へアレンが駆けていく足音だけ。

忘れがたいその最後の二語―― I steal.

忘れがたい――そして初めてこの映画を観たとき君はまだひどく若かったから、忘れていない状態はもう何十年も続いている。

タイムカプセル

自分は何の痕跡《こんせき》も残さなかったと君は思っていた。少年時代から思春期にかけて書いた小説も詩もすべて消滅し、幼年期から三十代なかばは写真も数枚しかなく、若いころやったこと言ったこと考えたことはほぼすべて忘れられ、覚えていることもたくさんあるにせよ覚えていないことの方がずっと、おそらく千倍くらい多い。君が八歳になるころオットー・グレアムがくれた手紙はなくなってしまった。スタン・ミュージアルからの葉書もなくなった。十歳のときにもらった野球のトロフィーもなくなった。小さいころ描いた絵、手書きの文章、クラス写真、通知表、サマーキャンプの写真、ホームムービー、チーム写真、友だちや両親や親戚《しんせき》からの手紙もいっさい残っていない。君が生まれた二十世紀中期は、安価なカメラの時代であり、戦後の好景気の日々アメリカじゅうの中流階級の家族がシャッターの虫に憑《つ》かれた。そんななかで君の人生は、君が知っている誰よりも記録に乏しい。どうしてこんなに多くが失われてしまったのか？五歳から十七歳までは家族とともに一軒家で暮らし、引越しも一回しかせず、この時期にはまだ大半の持ち物が手付かずで残っていた。が、君の両親が離婚したあとは、もはや定まった住所はなくなった。十八歳から三十代前半までのあいだに君は何度も引越し、移るときは物もあまり持たず、六か月以上滞在した場所は十二か所、二週間から四か月短期滞在した場所となるともう数え切れない。腰は落着かないしスペースも乏しいことが多かったから、過去の遺物は母親のところに預けたが、母親もやはりいっこうに腰の定まらぬ人物で、六〇年代なかばから七〇年代前半にかけて二番目の夫と一緒にニュージャージーのアパートメントや一軒家五、六軒を転々としたのち、南カリフォルニアに移り住んでからもその後十五年ばかり一年半ごとに引越す日々が続いた。はてしない売買熱に母は憑かれていて、コンドミニアムを買っては手を入れて買い値よりずっと高く売ることをくり返し(母の室内装飾の腕前は大したものだった)、長年そんなふうに行ったり来たりするうちに、段ボール箱が詰められては空にされ、いろんな物が否応《いやおう》なく無視され忘れられて、少しずつ、君の幼いころの痕跡のほとんどすべてが抹消《まっしょう》されていった。日記をつけておけばよかった、といまになって君は思う。自分がどんなことを考え、世界の中をどう動き、人とどんなことを話したか、本や映画や絵画にどう反応したか、会った人や見た場所についてどう思ったかを逐一記録しておけばよかったと思うが、君は自分について書く習慣を育《はぐく》まなかった。十八歳のときに日誌を始めてみたが、どうも落着かず、照れくさく、何のためにやるのかいまひとつピンと来なくて二日でやめてしまった。それまで君は、書くというのは内から外へ動く営みだと、他者に届こうとする行為だと考えていた。君が書いた言葉は君自身ではない誰かに読まれるべきものであり、たとえば手紙は友人に読まれ、学校のレポートは課題を出した先生に読まれたし、詩や小説に関しては、誰か未知の人物、誰でもありうる架空の存在に読まれるはずのものだった。日誌でわからないのは、いったい誰に向けて語ればいいのかだった。自分に向けて語るのか、それとも誰か他人に向けてか。自分にだとすれば、何とも奇妙でややこしい話に思える。なぜわざわざ自分がもう知っていることを自分に語るのか、ついさっき経験した出来事をなぜわざわざ再訪するのか。逆に誰か他人に語るのだとしたら、その他人とは誰なのか、他人に向けて語る営みがどうして日誌をつけることになるのか？あのころ君はまだ若く、やがて自分がどれだけ多くを忘れることになるかがわかっていなかった。現在に没頭するあまり、実は未来の自分に宛《あ》てて書いているのだということが見えていなかったのだ。かくして君は日誌を放棄し、以後四十七年間、少しずつ、ほとんどすべてが失われていった。

　この本に取りかかってからおよそ二か月後、最初の妻から電話がかかってきた。過去三十四年君の元妻でありつづけてきた、作家で翻訳者のリディア・デイヴィスである。

一定年齢に達した文学者がよくやるように、彼女も自分の資料を研究図書館に移す準備を始めていた。整理の行き届いたアーカイブに文書を譲渡し、他人の書物について本を書こうとしている学者が草稿を熟読しメモを作れるように計らう。君自身もすでに同じことをやって、それによって山のような文書を始末していた。場所ふさぎが処分できたことが有難くもあったが、それと同時に、ニューヨーク公共図書館バーグ・コレクションを運営する善良な人たちが丹念に管理してくれると思うとそのことも嬉しかった。リディアが言うには、譲渡を考えている文書の中には君が彼女に宛てて書いたすべての手紙が含まれているという。手紙自体は彼女のものであっても、手紙の中の言葉は君に所有権がある。まずはコピーを作って送るから目を通してほしい、人前に出すには個人的すぎるとか気まずいとか思う部分があるかどうか教えてほしい、とリディアは言った。あなたが駄目だと言う手紙はすべて出さずにおくし、そもそも手紙全体が世に出ること自体気が進まないということであれば、全部を一定の年月――二人とも死んでから十年、二十年、五十年――封印しておくこともできる、と。まっとうな依頼である。若いころ自分が彼女に頻繁に手紙を書いたことは君も承知していた。特に一九六七年から六八年、彼女がロンドンにいて君はまずパリにそれからニューヨークにいて十四か月の長きにわたり離ればなれだった時期にはよく書いた。が、どれくらい頻繁に書いたかは見当もつかなかったから、全部で百通くらいあって五百枚を超えると彼女から言われ、まずはその数字に驚いてしまった。大昔の、ほとんど忘れてしまった、海と大陸を越えて飛んだ、いまはニューヨーク州北部にあって箱に収まっている一連のメッセージに、かくも多くの時間と労力を費やしたことに我ながら愕然《がくぜん》とした。事務用の封筒が定期的に届くようになり、一度に二、三十枚手紙が入っていた。君がまだ十九歳だった一九六六年夏までさかのぼり、その後何年も、七〇年代後半に君たちの結婚が終わりを告げたあともまだ続いていた。というわけで、この本に取り組み、自分の少年時代の精神風景を探索するのと並行して、若者だった君自身の許《もと》を君は訪れ、ずっと昔に自分が書いた、ほとんど他人のもののように読める言葉を読みつづけた。それを書いた人物は、いまの君にはひどく遠い、ひどく異質で未熟の存在に思え、ぞんざいでせっかちそうな筆跡もいまの君の字とは似ていなかった。少しずつ中身を消化し、年代順に整理していくと、この文書の山こそ十八歳のときに書けなかった日誌であること、思春期後半から大人になって間もない時期までのタイムカプセルにほかならないことを君は悟った。記憶の中であらかたぼやけてしまった時代の、くっきりあざやかに焦点の定まった一枚の写真。それは貴重な、これまで唯一見つかった、君の過去に直接通じる扉なのだ。

　初期の手紙が君には一番興味深い。十九歳から二十二歳、一九六六年から六九年までに書かれた手紙である。二十三歳の誕生日が過ぎたあとの君は、前の年よりも大人になったように思える。むろん依然まだ若いし、まだ自分に自信が持てずにいるものの、いまの君という人間の芽生えがそこには見えるし、次の年の冬、すなわち二十四になった直後になると、もうはっきり君自身であり、筆跡も言葉遣いもいまとほぼ同一である。ならば二十三、四、そのあとの年月は無視しよう。君の関心を惹《ひ》くのは、その前に存在していた他人の方である。ニューアークの母親のアパートメントから、メイン州の田舎の一泊六ドル（食事付き）の宿から、パリの一泊二ドル（食事なし）のホテルから、マンハッタン西一一五丁目の小さなアパートから、モリス郡の森の中にある母親の新居から手紙を書く、不器用にあがく少年であり男である人物である。君はもはやその人物と接触を失っていて、紙の上で彼が語るのを聞いても、それがかつての君だとはほとんど認識できない。

同じ一人の人物に、やがて君の最初の妻となる若い女性に宛てて書かれた数千数万の言葉。君たちは一九六六年の春に出会った。彼女はバーナード女子大の一年生、君はコロンビア大の一年生。二つのまったく違う世界の産物である。ニュージャージー出身、公立校で教育を受けてきた黒髪のユダヤ系の若者と、マサチューセッツ州ノースハンプトンに生まれ十歳か十一歳でニューヨークに移り、奨学金を得て最良の私立校——マンハッタンの女子校ブリアリーに数年、高校はヴァーモントのパトニー——に通った金髪のWASP（アメリカの支配階級とされるアングロサクソン系新教徒の白人）。君の父親は大学にも行かずがむしゃらに働いてきた自営業者である一方、彼女の父親は大学教授であり高名な批評家で、ハーヴァードとスミスで英文学を講じた教歴を持ち、いまはコロンビアに所属していた。君はたちまち圧倒された。彼女の方は、圧倒されはしなかったものの好奇心は持った。君たちが共有したもの――書物とクラシック音楽に対する情熱、作家になろうという意志、マルクス兄弟などのドタバタ喜劇への嗜好《しこう》、ゲーム好き（チェスから卓球、テニスまで）、アメリカの現状（とりわけベトナム戦争）に対する反感。君たちを隔てたもの――二人の情感の不均衡、欲望の揺らぎ、不安定な決意。大半の場合、追い求めたのは君であり、彼女は君の接近に抗《あらが》うのと、進んで捕獲されたがるのとを交互にくり返し、かくして一九六六年から六九年にかけて混迷の日々が続くこととなった。無数の決裂と和解があり、不断の押しと引きが二人双方にとって幸福と悲惨の両方を生んだ。言うまでもなく、君が彼女に手紙を書くたび君たちは何らかの理由で物理的に隔たっていた。どの手紙でも、君は多くのスペースを割いて自分たち二人のあいだの困難を分析し、困難解消の方法を提唱し、彼女とふたたび会う段取りをつけようと企て、君がどれだけ彼女を愛していて彼女がいなくてどれだけ寂しいかを訴えていた。大体においてそれらはラブレターと称しうるのだろうが、その愛の浮き沈みはいまの君の関心事ではない。四十五年前に自分が生きた恋愛ドラマをこの紙面で蒸し返すつもりはない。手紙の中ではほかにもいろんなことが語られていて、過去数か月携わってきたこの作業に関係があるのはそれらほかのことの方だ。それらを君はここで、自分の許に舞い込んできたタイムカプセルから抜き出そうとしている。それらがこの内面からの報告書の次の章となってくれるだろう。

一九六六年夏。君のコロンビアでの第一学年はすでに終わった。コロンビアは君の第一志望校だった。質の高い英文科がある一流大学だからというだけでなく、それがニューヨークに、君にとって当時世界の中心だった――いまも中心である――場にあったからだ。人里離れたキャンパスに閉じ込められ、時代に取り残された場所で勉強してビールを飲む以外何もすることがないなんていうより、この街で四年間を過ごす方がずっと魅力的だった。コロンビアは大きな大学だが、大学院はともかく学部のあるコロンビア・カレッジは小規模であり、当時は学生数も二八〇〇人程度、一学年は七〇〇人。たいていの大学では学部授業はおおむね大学院生か非常勤講師が受け持つが、コロンビアではすべての授業を正規の教師陣（教授、准《じゅん》教授、助教）が教える点も強みだった。というわけで、英文科での君の最初の教師はノースロップ・フライの弟子である若き俊英アンガス・フレッチャーだったし、仏文の授業の最初の教師もモンテーニュの翻訳、伝記で知られるドナルド・フレームだった。フレッチャーなどはたまたまその秋、君の学年の授業を二つ持っていて、ひとつは人文学入門（全員必修の名著多読授業）、もうひとつは一冊の本を精読する授業（その一冊とは『トリストラム・シャンディ』）だった。人文学入門は疑いなくそれまでの君の人生におけるもっとも大きな知的刺激だった。それはまさしく新しい宇宙への高飛び込みであり、数々の驚き、啓示、そのすべてを包む悦《よろこ》び——その年読んだ本に戻っていくたびいまも同じ悦びを君は感じる——に満ちていた。最初の学期はホメロスに始まりウェルギリウスで終わり、あいだにアイスキュロス、ソフォクレス、エウリピデス、アリストファネス、プラトン、アリストテレス、ヘロドトス、ツキジデスがいた。二学期目はアウグスティヌス、ダンテ、モンテーニュ、セルバンテスからはるかドストエフスキーまで下っていった。クラスは少人数で、誰もがひっきりなしに煙草《たばこ》を喫《す》って床に灰を落とし、フレッチャーの指揮する議論は活発かつ挑発的で、これによって君の人生はもう二度と元に戻らなかった。むろん大学生活にはそれほど刺激のない部分も多々あり、一人で侘《わび》しく落ち込むこともあったし、寮は醜く、大学当局は官僚的で冷たかったが、何しろ君はニューヨークにいたのであり、授業がない時間はいつでも逃げることができた。子供のころの友人が一人同期で入ってきて、ニューヨークの外から来た一年生は全員寮に住むことを義務づけられたので、君たち二人はカーマン・ホール八階の部屋をシェアした。君の友人は裕福な家庭の息子で、君のように地元の公立高校へ行く代わりにヴァーモントの進歩的な寄宿学校を出ていた。リディアが卒業したあのパトニー校であり、実はこのルームメートを通して君はリディアと出会ったのだった。そしてリディアを通して、もう一人のパトニー卒業生ボブ・Pとも知りあいになった。ボブ・Pはニューヨーク州北部にある別の大学の一年生だったが、その春はしじゅうニューヨークに来ていたので君たち二人はやがて友人になった。未来の詩人仲間であるボブは当時、非常に頭の切れる、潑剌《はつらつ》たる鋭いウィットを備えた十八歳の若者で、第一学年が終わると君たちは夏を共に過ごすことにし、キャッツキル山地（ユダヤ人の別荘地として知られる）のコモドア・ホテルで庭の管理人として働いたが（この奇妙な冒険については『トゥルー・ストーリーズ』所収「その日暮らし」で詳しく述べた）、給料は安いし食事も貧弱だったので、途中で辞めてボブの故郷オハイオ州ヤングズタウンに行き、一月か一月半、ボブの両親が住むチューダー様式の立派な屋敷に居候《いそうろう》して、ボブの父親が営む電器店の倉庫でアルバイトした。こっちの方が給料も食べ物もよかったし、仕事も難しくなかった。十九歳の君はきわめて逞《たくま》しかったし、大きな重たい箱を動かす作業にはもう慣れっこだった。二年前の夏の一時期、ニュージャージー州ウェストフィールドにある伯父伯母の経営する電器店（規模は小さいがこちらもちょっとした冒険で、これについても「その日暮らし」に書いた）でしばらくアルバイトしたのである。そしてこの夏ふたたび、セメントの床にブロック造りの建物の中に君は八時間こもって働き、背後ではずっとラジオが鳴っていて、その空間の死んだような空気に一九六六年のヒットチューンが満ちていた。この年最大のヒットはフランク・シナトラの「夜のストレンジャー」で、君がそこで過ごした数週間のあいだに千回はかかったにちがいなく、あまりに何度も聞いたせいで君はこの曲が心底嫌いになり、六十五歳になったいまも、このろくでもないバラードを二小節聞いただけでまたあのオハイオ州ヤングズタウンの夏の暑さに舞い戻ってしまう。八月初頭に君とボブは誰かの車に乗せてもらって東部に帰り、ニューアークの君の母親のアパートメントで一息ついたあと、今度は君が高校二年のときから持っていた白いシボレーに乗り込み、ヴァーモントの森とケープコッドの浜めざして北上していった。どうしてそんなところへ行こうと思い立ったのかは覚えていないが、あのころは運転も好きで、長いドライブは楽しかったし、たぶん単に行きたくて行ったのだろう。一方、リディアがその夏に両親とケープコッドへ行っていて、ウェルフリートのどこかにある家に滞在していたこと、君とボブとで予告なしに訪ねていって挨《あい》拶《さつ》しようと思ったことは何となく覚えている。ティーンエイジャーの少年特有の馬鹿げた騎士道精神。リディアが見つからなかったことは間違いなく、君たちは海岸で一晩野宿したのち先へ進んでいった。タイムカプセルに残っている最初の手紙は八月十五日、旅行から帰ってきた直後に君の母親のニューアークのアパートメントで書かれた。書き出しはこうである――「そう、我々は帰って来た。いや、大して面白くなかった。我々は海を見たか？　然《しか》り。我々はケープコッドを見たか？　然り、先端の先端まで。ボストンを見たか？　然り。二度。パトニーを見たか？　然り。卒業生会館は？　然り。アフリカ人学生で一杯だった。そして旅は、休息となったか？ 否《いな》。遠くまで行ったか？ 然り。千マイル以上。疲れたか？ 然り。非常に。ニューアークに着いて大分経《た》ったか？ 否、まだ数時間。やる事はあるか？ 然り。ボブはシャワー。ポールはカウチでリディアに手紙を書いている。旅の結果は如何《いか》に？ 杜撰《ずさん》な冒険をめぐる痛ましい物語。それは教育的であったか？ かも知れぬ。ウェルフリートは通ったか？ 然り。そしてポールは何を考えたか？ リディアをどれほど愛しているかを。彼女の事を考えるにあたって客観的であったか？ 愛が人に客観を許す限りにおいて。彼の思考の有り様は？ 切ない。底無しの哀《かな》しみ。無限の渇望」

一週間後（八月二十二日）、君はまだ母親のニューアークのアパートメントにいて、ボブ・Pはもうきっと去っていたにちがいない。とりとめもない六枚の手紙。書き出しは奇妙な、勿体《もったい》ぶった、ブツブツ切れたセンテンスの連なりである。「此処《ここ》に。僕は此処にいる。座っている。始めるよ、でもゆっくりやる、というのも自分が自分に言っているのを感じるから、これは暫《しばら》く続くぞと、ひょっとすると続き過ぎる位続くぞと……君に聞いて貰《もら》う、本題に入る前に此処で先《ま》ず、四方山《よもやま》話を、あれやこれやを、世に言うところのニュース、お喋り、でも僕が言うところの、そして君も言うと思うが……『ウォーミングアップ』というやつを、これは勿論《もちろん》、単なる言葉の綾《あや》だ、何故《なぜ》って僕はもうすっかり温まってるんだから（何しろ夏だからね）」。死の恐ろしさと避けがたさをめぐって病的な言葉がしばらく続いたのち、君は突然方向転換し、明るい話題のみを語るという意図を宣言する。「暫く前にパトニー山を頂上まで登った後《あと》に下っている最中、僕は突如悟ったのだ、一瞬閃《ひらめ》いたのだ、即《すなわ》ち、この世で唯一真に滑稽《こっけい》な事に気がついたのだ。無論、この世に滑稽な事がどっさりあることは承知している。だがそれらは純粋に滑稽ではない。どれも皆、悲惨な側面を兼ね備えている。だがこいつは常に滑稽なのだ、絶対不変に。それは屁《へ》である。笑いたければ笑うがいい、僕の議論が補強されるだけの事。そう、屁は常に愉快であり、絶対真剣に受け止める事は出来ない。人間のあらゆる欠陥の中で最も悦ばしい欠陥だ」。それから、また突然方向転換したのち（「ここでペンを置いて煙草に火を点《つ》けた――斯《か》くして僕の整然そのものの思考経路に切れ目が生じた」）、最近『フィネガンズ・ウェイク』を購入したことを君は宣言する。「どうせ絶対読まないと思いつつ、手に取って読み出した。本を閉じる気にならなかった。容易に理解出来るって訳じゃないが、本当に愉快なんだ。君も或《あ》る程度読んだ事があるだろう？実に濃い本だ」。数センテンスあとで――「戯曲についてはまだまだやるべき事がある。二週間見もしなかった後に昨日また書き始めたんだ。たっぷりやる事があるぞと戯曲が僕に告げている」。この若き日の試みの原稿は失われたが、君がこの時期すでに本気で書いていたこと、すでに自分を作家として（あるいは未来の作家として）見ていたことはこの一言が証している。それから、君の前の手紙への返事の中でリディアが発した問いに答えたのだろう、「僕等が行った海岸はノース・トゥルーロ。到着時刻は六時。足跡が作る闇が殊更《ことさら》気に入った」。少し先で、今度は忠告を発している。きっとリディアが書いたことへの応答だろう。「再び動き出すには、書くには、熟慮しないといけない、言葉の真の意味において。正直に、痛みに耐えて。すると隠れていたもの達が出て来る。君は日常のリディアを忘れなくちゃいけない、君の姉のリディアを、君の両親のリディアを、ポールのリディアを――とはいえそれらリディア達に君はいずれ戻ってゆける、今度は『霊感』を失う事無く。二つの世界が相容《あいい》れないという事じゃなくて、それらの相互の繋《つな》がりを理解しなくちゃいけないって事なんだ」。そして最後の一枚に近づくとともに、どうも言いたいことが上手《うま》く言えていないと彼女に訴える。「凄《すご》く難しい。つまりね、人生というやつ全体に僕は底無しに混乱してるんだ。何もかもがひっくり返り、揺さぶられ、砕けてしまっている。これからもずっとそうだと判《わか》っている――この混乱。人生の素晴らしさを君に講釈した自分がつくづく嫌になった……君が病気だった夜此処に電話をくれた時に。何の意味がある？　何故生きる？　いい加減な事はしたくない。結局のところ、僕は信じる。他の何よりも強く僕は信じる、唯一大切なのは愛だと。そう、言い古された決り文句さ……でもそう僕は信じている。信じる。そう。僕は。信じる。愛が無ければ何も無い。愛が無ければ人生は惨《みじ》めに下《へ》手《た》糞《くそ》なジョークに過ぎない」

ニューヨークに新しく借りたアパート（西一〇七丁目三一一番地）は九月第一週にならないと入居できないので、君は当面母親の家に居候していた。八月三十日、戯曲を放棄した——「140ページ全《すべ》て」——が発想は放棄していない、新しく散文を書き始めた、「戯曲の色んな要素を核に使って」と君は報告する。どうやら君は、学部生時代にしばしば君を見舞ったひどいふさぎの虫にこのときも憑かれていたようである。「此処ニューアークで、この息苦しいアパートメントで暮すのは耐え難い。僕は大抵黙りこくっている。時折ピリピリ苛《いら》立っている。安らぎは無い。僕の中で色んな呟《つぶや》きが聞えている（この「呟《マーマー》き」という言葉、英語で最も美しい言葉の一つだ）……五感は目下いつになく鋭く、全てが一層明確に知覚される。この何週間か、碌《ろく》に食べていない……極度の憂鬱《ゆううつ》、でも体の中で不思議なもの達が蠢《うごめ》いている。何かとても大切な事の根っこを捕まえかけている気がする」。あいにくその「大切な事」が何なのかは説明されず、翌週、君は友人のピーター・シューバートとシェアする新しいアパートに移っている。君たちのどちらにとっても初めてのアパート暮らし、独立した大人になるための次の一歩である。その後、翌年の六月までは一通の手紙もなく、年代記には九か月の空白がある。

コロンビアでの二年目を、君は悪い夢と苦悶《くもん》の一年として記憶している。世界が目の前で崩壊しつつあるという確信が募っていった。ベトナム戦争だけの話ではない。むろんもうこのころにはベトナム戦争はこの上なく肥大し、残虐《ざんぎゃく》になっていて、時にはほかに何ひとつ考えられない日もあったが、加えて、君の住んでいる地域の頽廃《たいはい》も著《いちじる》しかった。街にはゴミがあふれ、襤褸《ぼろ》をまとう狂った人々がモーニングサイド・ハイツの歩道をふらふら歩いていた。さらに、ドラッグが君に近しい人たちの生活を破壊していた。まず君の元ルームメート、続いて高校の同級生がヘロインの摂取過多で死んだ。それから、春学期が終わった直後、中近東で六日戦争が勃発《ぼっぱつ》して君は深い不安に陥った。あまりの不安に、戦争の結果がいまだ定かでなかった束《つか》の間《ま》の期間、イスラエル軍に志願入隊しようかと本気で考えたくらいである。当時の君にとってイスラエルは問題含みの国家ではなく、非宗教的な社会主義の、いまだ手を血で汚していない国と見えていたのだ。その数週間後、ニューアークで暴動が起きた。君の生まれた街、君の母と妹と義父がいまも住んでいる街で、黒人の住民と白人の警察権力とのあいだの人種間戦争が自然発生し、二十人以上が死んで七百人以上が負傷、千五百人が逮捕され、建物がいくつも焼け落ちた。被害はあまりに大きく、四十五年経ったいまも、その自滅的、破滅的衝突の猛威からニューアークの街は全面的に回復していない。そう、その困難だった一年、君は何とか自分を失うまいと苦闘していた。バランスをなくす危険はつねにあったが、それでも何とか一歩ずつ進みつづけ、学校の勉強をきちんとこなし、執筆もできるかぎりやった。書いたものの大半は何ら実を結ばなかったが、すべての言葉、すべてのセンテンスが無駄になったわけではない。一九六七年は、やがて君の出版物に取り込まれることになる数行、数フレーズ、数段落が初めて生み出された年なのだ。たとえば最初の詩集（一九七二年に完成した『発掘』）に現われたいくつかの断片。ずっとあと（二〇〇四年）に選詩集を編纂《へんさん》したときも、この二十歳の年に書いた短い散文を収めることにした。「作文帳に記したメモ」と題した、十三の哲学的命題から成る文章で、第一の命題は世界は僕の頭の中にある。僕の体は世界の中にあるだった。君がいまも信じているこのパラドックスは、生きることの奇妙な二重性を、人が生まれて死ぬまで心臓の一拍一拍に伴う内と外との否応なしの融合を捉《とら》えようとする思いの表現にほかならなかった。一九六六－六七年、膨大な読書の年。あれほど本を読んだ時期はおそらく生涯ほかにない。詩だけでなく、哲学も読んだ。たとえば十八世紀のバークリーとヒューム、二十世紀のヴィトゲンシュタインとメルロ＝ポンティ。先の二センテンスにもこの四人の思想家全員の痕跡が見てとれるが、最終的に一番しっくり来たのはメルロ＝ポンティの現象学だった。具象化された自己をめぐる彼の洞察が、いまでも君には一番納得が行く。

　君は逃げ出したくてたまらなかった。春学期が終わると、悪臭ふんぷんたる猛暑のニューヨークにだけはいたくなかった。コロンビアのバトラー図書館で案内係のアルバイトをしていくらか金が貯《た》まっていたので、夏のアルバイトはせずに一人でどこかへ行くだけの財力があった。メイン州がよさそうに思えたので、メインの地図を開き、見つかるかぎり一番辺鄙《へんぴ》な場所を探すと、デニーズヴィルという、バンゴアの一三〇キロ東、イーストポート（アメリカ最東の、湾のすぐ向こうはカナダである町）から五十キロ西の小さな村が見つかった。デニーズリヴァー・インなる宿に一日わずか六ドル（温かい食事三食付き）で泊まれることがわかったので、ここに決めた。かくしてバスで十八時間かけてデニーズヴィルへ行き、その長いバス旅行のあいだに、またバンゴアでの乗換えの長い待ち時間に何冊も本を読み進み、うち一冊がカフカの『アメリカ』だった。カフカ作品でまだ読んでいないのはこれだけだったが、未知の場所へ旅するには理想の伴《はん》侶《りょ》だった。君は極力自分を孤立させたいと思っていた。なぜなら君は長篇小説を書きはじめていて、長篇は孤立状態で書かれるべきだというのが君の子供じみた（あるいはロマンチックな、あるいは単に誤った）信念だったからである。これが初めての長篇への挑戦であり、この後一九六〇年代末、七〇年の後半まで何度か同様の試みに没頭することになるが、二十、二十一、二十二歳の時点では長篇が書けるはずもない。君はまだあまりに若くあまりに未経験であり、君が抱えているさまざまな想念はいまだ形成途上であってゆえにつねに流動していたから、執筆は当然挫折《ざせつ》した。何度も何度も挫折した。だがそうした挫折をいまふり返ってみると、それらが時間の無駄だったとは思えない。

なぜなら、その年月に書いた何百ページもの——おそらくは千ページほどの——若いころのほとんど判読不能な筆蹟《ひっせき》ですべてノートに手書きした原稿の中に、やがて書き上げることになる小説三冊の萌芽《ほうが》が含まれているからだ（『ガラスの街』、『最後の物たちの国で』、『ムーン・パレス』）。三十代前半に小説の執筆を再開したときも、君はそれらの古いノートに戻っていって、そこから素材を略奪し、時には数センテンス、数段落丸ごと引き写した。書かれてから何十年もあとに、新たに作り上げられた長篇の中にそれらが現われることになったのだ。というわけで一九六七年六月、君はメイン州デニーズヴィルのデニーズリヴァー・インに向かい、書きはじめた小説の主人公クイン[*3]とともに小さな部屋にこもろうとしている。その後三週間滞在した、古い立派な屋敷を改装した白い下見板張りの宿屋には、君とオーナーのゴドフリー夫妻——退職してマサチューセッツ州スプリングフィールドから来た七十代のカップル——以外は誰もいなかった。初めから終わりまで、君が唯一の滞在客だったのだ。デニーズ川は釣り好きのあいだでは、アメリカで唯一、一年のある時期に淡水の鮭《さけ》釣りができる川として知られているらしく（細かいことは覚えていない）、君の滞在はまさにその時期と重なり、普通だったらデニ

＊3　『ガラスの街』の主人公となったクインとは別人で、むしろ『ムーン・パレス』の語り手フォッグの前身。

ーズリヴァー・インにとっても書き入れ時なのだが、なぜか一九六七年、魚たちは姿を現わさず、釣り人たちはやって来なかった。ゴドフリー夫妻は二人とも親切で、君が快適に過ごせるよう何かと世話を焼いてくれた。ぽっちゃりした、陽気でお喋りなゴドフリー夫人は料理の腕も一流で、たっぷり食べさせてくれて、いつもお代わりを勧めてくれたし、頼めば三杯目も盛ってくれた。痩《や》せていて足をひきずって歩くゴドフリー氏は、君をイーストポートや近隣のインディアン居留地に連れていってくれたし、一九一六年に合衆国軍隊の兵士となった経験も聞かせてくれた。メキシコとの国境に氏は配置されて、パンチョ・ビラ（メキシコの革命家）の襲撃に備えたが、革命家はいっこうに現われず、自分の従軍体験は「掛け値なしの休暇」だったとゴドフリー氏は述べた。そう、彼らは善良で親切な人たちだった。今日君が同じ状況になったら、たぶんもっけの幸いとばかり執筆に没頭することだろう。だが二十歳の君には、極端な孤立は荷が重すぎた。孤独は君の手に負えなかった。君は寂しく、（セックスのことを考えて）落着かず、執筆は思うように進まなかった。おまけに当時はまさに六日戦争が起きた時期であり、上の階の自室にこもってじき放棄されることになる小説に取り組む代わりに、多くの午後君は誘惑に抗えず、階下の居間に降りていってゴドフリー夫妻と一緒にテレビの前に座って戦争の最新ニュースを見た。このメイン滞在時の手紙は四通しか残っていない。長いものは一通もなく、どれも短い、電報調のセンテンスで書かれている——辺地からの簡潔なメッセージ。

6月7日　ゼロに逆戻り。15ページを捨てた——これまで書いた物全部……大いに絶望。数か月前の、長い短篇（短い長篇？）のスケッチを作る段階に逆戻りだ……何とかやってのける力が僕にあれば良いが。完成するのは凄く難しいと思う——世の中、大抵の事はそうだ。目下あまり楽天的じゃない。

中東での騒ぎに引き裂かれている。カナダの国営放送をずっと見ている。誠意の無い外交と愚かしい偽善から成る恐ろしい見世物。イスラエルに行こうかと本気で考えているが、発《た》つより前に終ってしまうかも知れない。そんなに長く続く筈《はず》はない。世界大戦になったら別だが……

此処はずっと涼しくて風が強い。僕はよく墓地を彷徨《うろつ》くようになった。墓地は丘の上にあって、野原と、その向うの鬱蒼《うっそう》と茂る森が見渡せて、一つ奇妙な墓がある——ハリー・Cとその妻ルル。今日歩いていたら、二つの事が目に付いた。野原にいる二頭の黒い馬がぴったりくっ付いて立っている。彼等は互いに恋している。ライトの言うが如《ごと》く、「彼等の如き孤独は他に無い」（ジェームズ・ライトの詩"A Blessing"から）。そして、もう少し向うに、二本の木がすごく接近して立っていて、一方が二本の枝で作る二股《ふたまた》にもう一方が寄り掛って、あたかも抱擁されているように見える……

6月8日『テルレス』[*4]を気に入って貰えて嬉しい。でも女性である事に落胆しないで欲しい。立派な職業なんだから。昨夜ブレイクを読んでいたらこんな一節があった。「悪口、中傷、謀《はかりごと》、その他否定的なものは全て悪だ。だがラヴァーターや彼の同時代人の間違いの元は、女性の愛を罪と思っている事だ。故《ゆえ》に彼らにとっては愛も優美さも全て罪となってしまう」

さらに、フランス文学の読書リストを作ってくれと言われたのだろう、君は何人かの小説家の名を挙げるが——パンジェ、ベケット、サロート、ビュトール、ロブ゠グリエ、セリーヌ——このうち読むのは一人か二人にとどめるべきだと言い添えて、詩に話を移す——「……『ペンギン フランス詩集』を買う事。19世紀編と、20世紀編も。そして、ヴィニー、ネルヴァル、ボードレール、マラルメ、ロートレアモン、ランボー、ラフォルグを読む事。20世紀編の方ではヴァレリー、ジャコブ、アポリネール、ルヴェルディ、エリュアール、ブルトン、アラゴン、ポンジュ、ミショー、デスノス、シャール、ボンヌフォワ。僕の意見ではフランス文学は小説よりも詩に貢献している。フロベールとプルーストは別だが[*5]」

6月14日　不思議、不思議——昨日やっとイーストポートに行けた……ゴドフリー氏に車で連れて行って貰った……この町は絶対見るべきだ――他の何処《どこ》とも違う――本物、のゴーストタウンだ、壊れた建物が沢山沢山あって、どれも古く、一部は革命期まで遡《さかのぼ》る――人口の3/4は政府の福祉を受けている――湾があって、鷗《かもめ》がいる――すぐ向うはカナダ。古い煉瓦《れんが》の建物――店舗が売りに出ている……一番大きい日用雑貨店は**ベケット**という……それと、今僕が書いている小説の主人公の名前はクインなんだが――果せるかな、ザ・クインズと書いた屋敷があった……

散々のた打ち回ったけれど、今度こそ書けそうだ――良いアイデアが幾つかある――時間はかかるし、辛《つら》いだろうが……

6月18日　バラバラの断片。野蛮な気分。自分の声が頭蓋骨《ずがいこつ》の中で破裂しそうだ。君が此処にいて欲しい。僕にあるのは書く事だけ――孤独の極致《きょくち》。そう、勿論一人でいるのが一番良い――書く事は調子が出て来た、その通り、調子が出て来た南風[*6]の奴、滅多《めった》

＊4　ローベルト・ムージル『寄宿生テルレスの混乱』。

＊5　大人になったリディアはフロベールの『ボヴァリー夫人』とプルーストの『スワン家の方へ』を翻訳するに至り、大人になったポールは二十世紀フランス詩アンソロジーを編纂するに至り、その中でリディアは翻訳者の一人として登場する。

＊6　おそらく君の名字への言及。Auster はラテン語で「南風」の意。

矢鱈《やたら》に吹き荒れてるよ――空気が種を蒔《ま》き、日々僕の指先からアイデアが生えてくる――そう、書く事は調子が出て来た、奇妙な小説を書いてるんだ……そうとも、好調だよ――でも君が悲しい手紙を送ってくると僕はニューヨークへ飛んで帰って服を脱いで馬鹿踊りを踊って君を笑わせたくなる――あんまり沢山本を読んじゃいけない――老いぼれ学者になってしまうよ――そうして訳の判らない言語を喋り出す。**音楽を奏《かな》でろ**――太陽に向って歌え――死者を讃えろ――生者の為《ため》のレクイエムを書け――でも歌え――君が吸う空気を自分の声で変容させろ――何かを生み出せ――詩を、音楽を……人間の救済は愛で以て生み出す事にある――

八月一日に君はパリへ行くことになっていて、この六月なかばの時点ではリディアも一緒に行くことがほぼ確定していた。君たちは二人ともコロンビアの三年次海外研修プログラムに参加を決めていて、出発の時期も迫ってくるにつれて君の覇気は向上してきている。今後一年を新しい環境で過ごすことが楽しみで仕方ないのだ。現在の君は、メインからの最後の手紙が狂気じみた高揚を見せているのもこの士気向上のせいだろうかと考える。だが、何ひとつ考えていたようには運ばなかった。君は予定どおりの期日にパリへ発った。早めに行って身を落着け、学期が始まる前に街に慣れておこうと思ったのだ。だがリディアの方は最後の最後で計画が変わった。彼女も過去数か月は葛藤《かっとう》を抱えていたのであり、結局両親の判断で、バーナードを休学しロンドンに行って姉のところで暮らすことになった。既婚の異母姉はリディアより十四歳上で、ターナム・グリーン近辺の大きく快適な家に住んでいた。こうして長い離ればなれの日々が始まった。そしてそれはずるずる長引き、翌年夏の終わりまで続いたのである。

その後数か月に君の身に起きたことはすでにある程度書いた（「その日暮らし」）。パリでコロンビアの学務主任と喧嘩《けんか》したこと、衝動的にプログラムを辞めて大学からもドロップアウトすると決めたこと、真夜中に母親、義父、母方の伯父から半狂乱の電話がかかってきたこと。彼らは君に考え直すよう促し、学生としての徴兵猶予《ゆうよ》の権利を失ってしまう自殺的決断を撤回するよう勧め、考え直す気はないと君が答えると、さらにまた夜中に電話がかかってきて、お願いだからニューヨークに帰ってきて「状況を話し合って」ほしいとせがまれ、結局君は彼らの嘆願に屈して、ほんの数日のつもりでニューヨークに戻った。その時点ではまたすぐパリに戻って、混沌《こんとん》たる自立生活を続けるつもりだったのだ。だが君は戻らなかった。パリの土をふたたび踏むのは三年以上先のことである。というのも、一人の人物が、コロンビアの学部担当教務委員長が、すでに今学期が始まってずいぶん経っていたにもかかわらず、復学してもいいと言ってくれたのである。その一人の人物、プラット教務委員長の優しさと理解によって、君は自分がいかに愚かにふるまっていたかを悟り、ニューヨークにとどまってふたたび大学生となった。こうした出来事はすべて前に触れたが、前には手許に手紙がなかったし、一九九六年に書いたときには忘れていたことや間違って覚えていたことが多々あったのだ。ニューヨークに戻ってきた時期などの重要な事柄も覚え違えていたし（十一月なかばに帰ってきたと君は思っていたが実は十月後半だった）、こうして証拠を手にしたいま、あのころの自分が、覚えていたよりずっとひどい状態だったことがよくわかる。君は何もかもにとことん混乱した、半分発狂しているとも言えそうな若者だったのだ。はじめはそれほどでもなかったかもしれないが、大学をドロップアウトすると決めたあとは、すっかり道を見失ってしまったように思える。闇雲にある方向に飛び出し、また別の方向に飛び出して、愚行から愚行へと跳ねていき、ときどき思い出したように自分を立て直そうとあがきつつ、次第に崩壊へ向かっている。

8月3日　サンジェルマン・デ・プレの前でキャンディ屋台をやっているエジプト系のユダヤ人に会った。そいつは僕にアパルトマンを見付けようとしてくれた……でもこの街のアパルトマンは物凄く高い――金の無駄だ。だからホテルに泊っている――陽当りは良いし、場所も良く、静かだ。凄く気に入っている。――これまではあちこち駆けずり回って現実的な事をあれこれやっていた――やっとそれも終ってこれからはじっくり書けるようになる。

8月10日　君から手紙が届いて凄く嬉しかった──今朝8時半頃、階下の小さなカフェで朝のコーヒーを飲んでいたら宿の女将《おかみ》が、未《ま》だ目も開《あ》いていない僕の前に現れ、顎《あご》の下に手紙を突き付けて（顎の毛が逆立った）、音楽的とは言い難い声で「これを、《ヴワラ》ムッシュー。貴方宛《プール・ヴ》です」。本当に嬉しかった……

パリ

ビロードのドレスを着たマダムが、ベンチで眠っている薄汚い男の前で立ち止り、ふうっと溜息《ためいき》を吐《つ》く。「素敵《シャルマン》」。だがその好意的な言葉を味わう人間は周りに誰もいない。

僕の部屋は眩暈《めまい》がしそうな階段を昇った所にある。余りに急な階段なので、街路の音が呟きのように聞えてくる……

女の子達のスカートは短い。ラ・ミニ＝ジュープ。驚いた事にこれが年配の男達の不興を買う。「彼女達は全ての限界を超えてしまった《エルゾン・パセ・トゥト・レ・ボルヌ》」と老いたポーランド人は言う。だが何故剝《む》き出しの若さを隠す？

雨が降ると、陽光が頻繁に、ヘラクレイトスのヨーヨーの糸の上でワルツを踊る。*7

「でも《メ》ムッシュー、あんな袋に入っていたんで《ダン・ル・サク・コム・サ》、てっきりゴミかと《ジェ・パンセ・キルゼテ・レゾルデュル》」。かくして僕の炎症を抑える薬は捨てられた。

言葉は仕種《しぐさ》と不可分になる。マイム師と演説者が融合する。そして書き手も、インクで紙を黒くして、画家になる……一時間毎《ごと》にサンジェルマン・デ・プレの鐘が街に鳴り響く。「私は千歳《ジェ・ミラン》、お前たちが《エ・ジュ・スレ・》いなくなったあともここにいる《イシ・アプレ・ク・ヴゼット・パルティ》」

8月11日　このホテルの、僕が泊っている階——灰色に汚れた天窓の下——には長年此処に住みついている年寄り住人が大勢いる。5分ばかり前、この手紙を書いていたら、隣の部屋の、毎晩ワインの匂《にお》いをぷんぷんさせて帰って来る老人が（帰宅するところを何度か見た事がある）ドアをノックして、燃え尽きた煙草をくわえ着古しのバスローブを羽織った格好で、さも済まなそうなしゃがれ声で今何時でしょうかと僕に訊《き》いた。「十一時十分前です《オンズユール・ムワン・ディス》」

8月12日　僕は「パリジェンヌ」を喫っている。4本入りの小さな青い包みが18サンチーム、20本で90サンチーム。次に安い「ゴロワーズ」は1フラン35。今日の僕のように早起き（7：45）して——空気は灰色、寒く、雨模様、一日中雨だ

――カフェに降りて行くと、市場で働いている人達、氷屋、ゴミ収集人等々と一緒にコーヒーが飲める。唯一奇妙なのは、この男達が、朝にコーヒーを飲まずに（いいかい、まだ8時なんだぜ）あらゆる種類のエキゾチックなリキュールを飲む事だ。主としてワイン。年寄りの間ではこれが習慣らしい。考えただけで（8時に酒を飲む事を）僕にはちょっと……。

朝早い寒さの中、狭い街路に降りしきる雨は……全てを近付けてくれるように――全てを互いに近付け、僕に近付けてくれるように――思える……音まで違った響きを帯びてくる。隣の老人の、アコーディオンの音楽を奏でているラジオ、全てが一層澄んで、一層哀し気に聞える。ん――止《や》んだ。一瞬、空気中に小さな真空が――実は僕の耳……僕の頭。

8月18日　遅くなって済まない。昨日書くと約束したのは判っている。だけど、到底書けなくなったんだ……午後半ばには手紙も半分書き上がっていた。それから外出し、帰って来た時は僕の意図に反し午前零時をとっくに回っていた。帰りが遅くなったというだけなら、書き終えられないなんて事は無かった――まさか！　夜更《よふか》しは慣れっこだ

＊7　ヘラクレイトスの有名な断片「上る道と下る道は一つ」への言及。

し、普通の状態であれば部屋に戻って来てすぐ書き終えたと思う。でもこの晩、件《くだん》の晩、つまり昨晩に限っては、僕は凡《およ》そ非文学的な状態、非書簡的な有様にあった——即ちひどく酔払っていたんだ。それでもなお、何としても手紙を書くぞ、約束を守るぞという気はあった。イタリア語の新聞まで買ってきていた。外国語を読む負荷を精神にかけて暫く読めば、酔いも醒《さ》めて素面《しらふ》に戻るんじゃないかと思ったのだ。だが、噫《ああ》、その新聞は読解が容易であった、僕は思ったよりイタリア語が出来たのだ、そしてじきに、我がベッドの心地好《よ》く柔らかな水平面の上で（まあこれは大まかな、詩的な物言いであって、出っ張り、湾曲、凹《へこ》みには触れない）、僕の無垢《むく》なる両目は本人の意志に反して独りでに閉じ、僕は（これらの壁をして我が裁判官たらしめよ）眠っていた。尤《もっと》も夢は見た、巨大な丸いベッドに眠っている夢だ、薄緑のシーツと氷のような重たいキルトに包《くる》まれて、そんな僕を起すのは、穏やかな馨《かぐわ》しい言葉……乙女の言葉、若くて可愛らしい、我が秘密のアフェアのお相手たる乙女の、かくして僕は部屋にコーヒーとクロワッサンの温かい匂いがし香水と女らしさの甘い香りがして目が覚めた夢を見たのであるが、本当に目覚めてみたら汚れた足の臭《にお》いしかせず、此処に住んでるのは僕しかいない訳だからそれらの足は（そしてそれらを何日にもわたって包んでいた靴下も）僕のものであった。この大きな失望、夢の野蛮な否定に加えて、俗に言う「昨日の夜は」の後に極めて頻繁に生じる類《たぐい》の頭痛を僕は抱えていた。君もあの頭痛は知ってるだろう、大きなゴリラに頭を摑《つか》まれたみたいな気がするやつだよ、動く度《たび》に、ほんの少しでも動く度にゴリラは馬鹿でかい木槌《きづち》で君をぶっ叩《たた》く。そして、噫、頭痛は未だ僕と共にある。僕の行く所何処にでも付いて回る、影の如く忠実に。

だが僕の肉体的状況をくどくど述べるのはよそう。日は照っていて、爽《さわ》やかな天気だ。8月15日の長い週末の後、パリはゆっくり蘇生《そせい》しつつある。二週間としない内に、きっと全ては平常に戻ると思う。

君に政治の事を書きたいと思っていた。この夏、僕は政治について随分考えていた。だが今はその元気が無い——次の手紙で。

良い報《しら》せ。今朝、郵便箱にピーターからの短い手紙が入っていた。パリに来ていて、今日の正午に此処へやって来る——あと一時間半[*8]。

8月21日　ピーターとスーが来ている。ボブ・Nも……今夜彼等はカフェでフィドルを演奏する。

僕はまた少しずつ書いている……そして政治とマルクス主義の本を読んでいる。

自分の未来を考えると、ひどく混乱してしまう。この一年が終ったらどうなるのか、まるっきり何の見当もつかない。フランスに留まる？　ヨーロッパの何処かよそに行く？　アメリカに帰る？　アメリカのどの大学か——コロンビア？　それが終ったら、大学院？ 就職？（文筆では碌《ろく》に金にならない事は承知している）。書評？ 翻訳？ 空《す》きっ腹を抱えて書くか？ 政治はどうなのか？ これら全ての問いに対し僕の答えは「判らない」だ。多分最良なのは、世に言うが如く耳に頼って演奏することだろう（play it by ear＝出たとこ勝負でやっていく、の意）が、君も知っての通り僕の音楽はじき調子っ外れになってしまうのだ。

昨日の夜、僕の祖母が死んだ夢を見た。僕は詐欺横丁《リュ・ド・レスクロケリ》にいた。そこは暗くじめじめした建物で——行楽地みたいで——でも木造で——１８７０年代の合衆国軍隊をめぐる映画に出て来る丸太小屋の要塞《ようさい》を思わせた。詐欺師《さぎし》や泥棒がそこら中をうろうろしている——僕の手首に次々腕時計が出現した——ある時点では6個あった——各々《おのおの》の手首に3個ずつ。僕はスー・Hと一緒にピーターを探していた……そして僕に腹を立てている僕の母親を。医者2人と話した記憶もある——一人は泥酔《でいすい》していた——彼等と祖母の話をしたのだ。何とも奇怪。

8月23日　僕の部屋の窓の上の屋根に鳩達がとまる。窓の外には市場の赤いスレート屋根が見え、右側にはサンシュルピス教会の尖塔《せんとう》。午後早くに陽が出ていると屋根から飛び立つ鳩の影が僕の部屋の床に広がる。何だか鳩達が僕と一緒に部屋の中にいるみたいだ。聖フランチェスコ（鳥たちが集まっている姿で知られる）になったみたいな気分。このところ書いている。人間だという気になれる。

*8　ピーターはピーター・シューバート、君が前の学年にニューヨークでアパートをシェアした友人である。彼もパリ・プログラムに参加していて、ガールフレンドと一緒に到着して何日も経たぬうちに、クレマン通り沿いでサンジェルマン市場の真向かい、君が滞在していた小さなホテルに移った。君たちの誰一人ろくに金もなく、三百フランという月決め宿泊料（一日二ドル）は君たちが払えるギリギリの額だった。いつも剽軽《ひょうきん》な、実に豊かな才能の持ち主ピーターは音楽も得意で、せっかくパリにいるのだからと、学部卒業に向けて単位を取りながらフランスの音楽教師の女帝ナディア・ブーランジェに習いたいと思っていた。願いは叶《かな》って、ピーターはパリに二年間とどまってブーランジェの下で学び、ニューヨークに戻ってコロンビアでの学業を終え、大人になってからの年月の大半をモントリオールで過ごし、マギル大で教えつつルネッサンスと現代音楽を専門とするオーケストラと合唱団を指揮している。とてつもない人物ピーターと、とてつもなく美しいその恋人スー・Hは、パリにいるあいだ君の一番親しい友人、隣人、いつも一緒の仲間、家族だった。彼らがいなかったら、君が混沌を五体満足で切り抜けられたかどうか大いに疑わしい。そしてピーターは別の側面でも重要な役割を担《にな》っている。というのも、彼が君を、映画プロデューサーのアレクサンドル・サルキンドの妻に引きあわせたからだ。ベルタ・ドミンゲス・Dという名のこの女性に、ピーターは高校の終わりと大学の始まりのあいだにパリで一年過ごしたときに知りあったのだった。この後の九月二十五日の手紙以降、君が「メキシコ人女性」と呼びはじめる人物がベルタであり、パリ滞在最後の数週間の手紙で君がくり返し言及している映画プロジェクトに君を巻き込んだのも彼女である。ニューヨークに戻ってからも彼女とは連絡を取りつづけ、数年後にまたパリで暮らすようになると（一九七一年二月）、彼女の夫――『審判』『三銃士』『スーパーマン』のプロデューサーである――に何度か仕事をもらった。これらの経験についても「その日暮らし」で語っていて、サルキンドとベルタのことはムッシューX、マダムXと呼んでいる。「その日暮らし」を出版したときは二人ともまだ生きていて、名を伏せる必要があったのだ。二人とももはやこの世にいないいま、彼らを無名にとどめる必要を君は感じない。彼らはいまや幽霊であり、幽霊が唯一持っているのはその名前だけなのだから。

ホテルの隣は無料スープセンターだ。パリ全部で二十箇所、それぞれの区に一軒ずつある。夏の間は閉っていたけどじきまた開くと思う。中にはペンキを塗っていないテーブルと椅子《いす》。それだけ。

一昨日の夜ピーターとボブ・Nとで音楽を演奏してカフェを回った。ピーターがバイオリン、ボブがギター、僕はグラス（金を入れて貰う為の）と声。一時間で30フラン集まった。馬鹿にして、嘲笑《あざわら》って、当然金もくれないのは……ドイツ人の集団だけだった。奴らの一人と危うく喧嘩になるところだった。20フラン稼いだところでもう止《や》めようと思ったんだが、宿代の8フランを出したいから24までやろうとボブが言った。やがてオデオン広場に行き着いた――何も無い、だだっ広い広場だ。劇場（経営者ジャン＝ルイ・バロー）に向って丘を登って行くと、とても小さなカフェから女の子がイタリア訛《なま》りのフランス語で僕達に呼びかけた――「行かないで。バイオリンが聴きたいわ」。僕は戻って行って取引を持ちかけた……最低4フラン保証してくれたら4曲やります、と。ピーター&ボブが戻って来た。店の人達と話して――凄く感じが良かった――大通りから離れられて気持ち良かった――僕達は演奏を始めた。一曲終った時点でもう既に4フラン位集まっていた。二曲目を始めたところで、囚人護送車――警官がわんさと乗ってる――がゆっくり広場に入って来た。「おまわりだ《レ・フリック》」と僕は言った。ピーターの顔が暗くなって、演奏を止めた。僕達は大慌《おおあわ》てで、もう帰りますと言って逃げ出した。逃げる僕等に、皆がポケットに手を入れ金を出してくれた。ウェイターなんか1フランもくれて、気をつけて行けよ、有難う、元気で、と言ってくれた……三人して泥棒みたいに必死に最寄りの地下鉄駅まで駆けて行った。実に劇的な退場にしてフィナーレ、わくわくする一コマだった。――でももうやりたいとは思わない。何と言っても物乞いってのはあんまり愉快じゃない。金を集めて、人から碌でもないこと言われて言い返したりする役は僕だったからね――後味は良くなかった。それに、僕は本当に飢えてはいない訳で、物乞いなんかするのはまやかしであり、物乞いで食べてる本物の乞食《こじき》から奪う事になってしまうんじゃないか。でもまあ一度は経験して後悔はないね。

　8月23日（二通目）僕はよくこんな風に一日を過す。早起きする――8から9：30の間。下に降りて行って朝食をとり、君からの手紙が来ていたら食べながら読む。それから部屋に上がって、君に手紙を書き、投函《とうかん》しに出かけ、そこいらを散歩して戻って来て、書く（このところ短い物を書いている――散文だ――5、10ページの、それぞれ完結した文章。もうじき学校が始まってしまうから今は長いのは無理だと思う）。1時頃にピーターとスーが起きてきて（二人ともアパルトマンが見つかるまで――見つかればの話だけど――このホテルに泊っている）、三人で何か食べに降りて行く。それから三人で出かける事もあるし僕とピーターだけの事もあれば――スーは時々ナンシーと会う――

僕一人の時もあり、或いは部屋に戻って書く事もある。例えば昨日はピーターと出かけてズボンを買った……今は6時、晩は大抵レストランで食事して、そこら辺で寛《くつろ》ぐか映画に行くか。それから部屋に戻って来て、普通は本を読むけど元気があればまた書く。それから眠って、同じ事の繰返し。

ほとんどすべての面において完璧《かんぺき》な生活だった。秋学期が始まる前、数週間の全面的自由。パリに行きついた幸運、どこから見ても幸運、あらゆる面で恵まれた若者、友人と外食してシネマテークで映画を観《み》て、パリの街を存分に散策する。にもかかわらず、その怠惰な何週間かのあいだずっと、君はここにいない、海峡の向こうにいる恋人に焦《こ》がれ、自分が彼女を愛しているほどは彼女に愛されていないのだという思い、もしかしたら全然愛されていないのかもしれないという思いに苛《さいな》まれていた。彼女の気持ちを確かめにロンドンに逃走しようか、などと非現実的な策を思い描いたりもしたが、むろん街を出るなんて論外だった。君はぎりぎりの生活費で暮らしていたのであり、何か仕事をして足しにする当てもなく、父親が毎月送ってくれる一四〇ドルでやりくりするしかなかった。それだけの仕送りをしてもらえるだけでも有難いと思わねばならない。とはいえ、いくら映画が四十セント、食事一ドルの時代ではあれ、月一四〇ははした金でしかない。六十ドルの宿代を差し引いたら、八十ドルで食事から何からやりくりしないといけないわけで、ということは一日三ドル以下。かくして八月二十八日の手紙で君は、ポケットには七ドル相当の金があるのみと告げ、翌日には（なぜかいまの君には不可解な理由ゆえにフランス語で）もうあと二ドルしか残ってないことを語る。“C'est moche, c'est drôle, mais à ce moment j'ai seulement dix francs. C'est à dire, j'ai deux dollars. Pas beaucoup. Après aujourd'hui je ne sais pas ce que je ferai. J'espère que mon père envoyera l'argent bientôt.”*9

8月28日　中々書けない。進まない。疲れ切ってしまう程……このところ気分がひどく落ち込んでいる――本物の鬱《うつ》かと思えば、また楽天的になったり。色んな事がまだ目まぐるしく揺れている。昨日の夜、気持ちも落ち込んでいたが、Mに貰った食事券でタダ飯にありつこうと街の反対側のカフェテリアまで出かけていった。だが徒労だった。券はもう無効になっていたのだ。それで帰って来た。メトロの中で女の人が歌っていた。美しく、哀しげに、一人口ずさんでいた。それを聞いて僕もひどく哀しい気持ちになった。元々哀しかったのが、もっと哀しく……

＊9　嫌な話、笑える話だが目下僕には十フランしか残っていない。すなわち、二ドル。わずかな額だ。明日からどうしたらいいかわからない。父親が早く金を送ってくれるといいが。

50セントでテーブルワイン1リットルが買える。この頃少し飲み過ぎている。眠くなってバタンと寝入ってしまう事もしばしば。

映画のシナリオを書きたい。良いアイデアが色々あるんだ……

翌週（9月5日）、またフランス語で始まる手紙。“Je ne sais plus quoi dire. La pluie tombe toujours, comme une chute de sable sur la mer. La ville est laide. Il fait froid—l’automne a commencé. Jamais deux personnes ne seront ensemble—la chair est invisible, trop loin de toucher. Tout le monde parle sans rien dire, sans paroles, sans sens. Les mouvements des jambes deviennent ivres. Les anges dansent et la merde est partout.

Je ne fais rien. Je n’écris pas, je ne pense pas. Tout est devenu lourd, difficile, pénible. Il n’y a ni commencement de commençant ni fin de finissant. Chaque fois qu’il est détruit, il paraît encore parmi ses propres ruines. Je ne le questionne plus. Une fois fini je retourne et je commence encore. Je me dis, un petit peu plus, n’arrêtes pas maintenant, un petit peu plus et tout changera, et je continue, même si je ne comprends pas pourquoi, je continue, et je pense que chaque fois sera la dernière. Oui, je parle, je force les paroles à sonner (à quoi bon?), ces paroles anciennes, qui ne sont plus les miennes, ces paroles qui tombent sans cesse de ma bouche . . .*10”

七時間後、午前零時も過ぎて、君は部屋に戻ってきて手紙の続きを書き、じめじめ暗い午後に書いた陰気な嘆きとはうって変わった、政治と革命をめぐる、連想が湧《わ》き出るに任せた長広舌をやり出す。あまりに急激な、あまりに全面的な調子の変化に、読んでいてひどく不安にさせられる。この二股《ふたまた》の手紙をいまの君は、不安定さが増してきた兆候として、この後君を脅《おびや》かすことになる精神崩壊危機の最初の証拠として見る。「アメリカの現状については触れない」と君は切り出す。「そんなのは判り切った話であり、

＊10 もう何を言ったらいいかわからない。雨はひっきりなしに、砂が海にまき散らされるみたいに降る。パリの街は醜い。寒い——秋が始まった。二人の人間が一緒になることは決してない——肉体は目に見えず、触れるには遠すぎる。誰もが何も言うことなく喋《しゃべ》っている、言葉もなし、意味もなしに。脚は酔ったように動く。天使たちが踊り、いたるところに糞がある。
僕は何もしない。書かないし、考えない。何もかもが重く、難しく、辛くなった。始まりの始まりもなければ終わりの終わりもない。破壊されるたびに、それ自身の廃墟《はいきょ》の中からふたたび現われる。僕はもはやそれに異を唱えない。ひとたび終えたら、ぐるっと回ってまた始める。僕は自分に言う、あと少しだけだ、ここでやめるな、あと少しだけだ、そうしたらすべては変わる、それで僕は続ける、なぜだかわからなくても、僕は続ける、今度こそ最後だとそのたびに思いつつ。そう、僕は話す、音を作るよう（何のために？）言葉に強いる、それらの古い、もはや僕のものではない言葉に、僕の口からはてしなく落ちてくる言葉に……

新聞で毎日読める。重要なのは、混乱から意味を引き出す事だ（僕の考え自体も相当混乱している、何処から始めたら良いかも判らないのだから――）」。この時点で君は脱線する。まだ始めてもいないうちから脱線して、マルクス主義の哲学的土台に賛同できるかどうか思案し、歴史にはパターンがあるのかを問い、弁証法の二元性は有効なのか疑義を呈し、有効でないと結論し、それから、この結論にさっそく矛盾して階級闘争は現実か虚構かと問い、「多分、現実だ」と断じる。次の段落では、君言うところのブルジョワ哲学に対する攻撃を始める。「懐疑主義は、宇宙を記述する上で厳密に客観的な方法の称揚に繋《つな》がった。例えば幾何学、論理学。デカルト、スピノザ、ライプニッツ、カントを見るがいい――科学の賛美。そこでは主体／客体、形式／内容等々の、現実には存在しない二元性が前提とされている。それが思考と行動の乖離《かいり》に繋がって……斯《か》くして経済世界にあっては……機械と見なされる労働者という発想が生じた。労働の契約は、本来は人間同士の契約であるのに資本の契約に貶《おとし》められた。そうなったのは、抽象的概念に則《のっと》って思考するよう人々が教え込まれた（今も教え込まれている）からだ。だから今日にあっては、例えば一定時間内における労働者の効率というものを特定すべく極めて科学的な社会学的調査を行う事も可能である。これは非人間化だ――今やこれこれの時間のあいだ人間がいるのではなく、これこれの時間分の人間があるのだ――あたかも人が機械であるかのように。資本主義世界は人々ではなく物の世界だ」。こうした言葉が支離滅裂だというのは少し違うし、こいつは自分が何を言ってるのかわかっていないというのも当たらない。君はただ、あまりに速く進もうとしているのだ。本一冊分の議論を、数ページで書こうとしている。おそらく君は疲れている。たぶん少し酔ってもいるし、間違いなく惨《みじ》めで寂しい気持ちでいる。この後二、三段落において、アメリカの抑圧された階級が蜂起《ほうき》しないのはナショナリズムの神話にだまされて自分たちは抑圧されていないと思い込んでいるからだと説いたあと、締めくくりに中流階級に向けて、故意の自壊を君は呼びかける。「中流階級の若者が（例えば僕と君が）、自らが育てられてきた社会を無効化するのだ――己の階級が体現しているものを恥じて階級を超越し、貧しい人々、迫害された民族と連帯する為に」。君は手紙にこうサインする――「哀しい、半ば麻痺《セミ・パラライズド》したポール」

この後に彼女から受けとった手紙は君にとって打撃であったにちがいない。失望であり、耐えがたいショックだったにちがいない。九月十一日に返事を書く君は、しおらしく、意気消沈しているように思える。憤《いきどお》っているというより、感情的に力尽きているという印象を受ける。「君の手紙の正直さに、僕も自分の思考の、新たに見出《みいだ》した正直さで応《こた》えたい。――その正直さは明らかに、目下僕が味わっているひどい鬱状態から生じている。勿論《もちろん》君が言う事は全《すべ》て正しい。君とのやり取りの中で（僕の旅行が中止される前）事実を避けたのは、逃げでしかなかったと思う。頭の中で回っている幻影がもっと良く見えるよう、現実の事物の光を遮ろうと、ベールで目を覆《おお》ってしまったのだ。だが、僅《わず》かずつ、ベールはずり落ちていった。今やそれは僕の両足（踝《くるぶし》の辺り）を縛っていて、一歩歩く毎《ごと》に僕はばったり前に倒れてしまう。今歩きたかったら、歩数と同じ数だけ転ぶ事に甘んじねばならない。やがて生地が裂けて僕は解放されるだろう。或いは、これも有りそうな事だが、転んだ後に起き上がらない事に決めるかも知れない。ただそのまま……起き上がりたいという欲求も無く……」

9月15日　天気に合せてこっちの調子まで落ちてきたみたいで（天気はとにかく酷《ひど》い――厭《いと》わしい雨が一日中降る。秋が来ている――木の葉も色が変り始めた）喉《のど》はひどく痛むし、風邪気味で、寒気がする。それでも、授業と試験の登録で忙しくしていた。残念ながら……君のお知合いL教授は恐ろしく怠惰な、恐ろしく嫌な奴だ――勿体《もったい》ぶって中々会おうとしないし、全然協力的じゃない。しかも教授は、NYでプログラムに関し僕等に誤った情報を与えたようだ――プログラムの大半はただの語学授業だし、しかもソルボンヌの外国人分科で行われるのだ。そんなの全然魅力がない。音楽を勉強しに来たピーターまで、語学の授業に大半の時間を費やさないといけないのだ……

このところ映画の事を考えていて、ワクワクしている――「映画《フィルム》」＝**ザ・シネマ**。シナリオを書き始めた。それについてはいずれ……

ほぼ毎晩、僕の夢は凄《すご》く生々しい。或る夢の中で、僕はナチスにマシンガンで撃たれたが、実に驚いた事に死は不快じゃなかった。腹を下にして水平に浮び、人には見えぬ存在となって宙に上がった。また或る夢では美しい女性と一緒に裸で公共の場にいて、やがて映画館に閉じ込められた。二重の視点——僕の目を通して、そして客観的な視点で。彼女の裸体は凄《すさ》まじい美しさだった……

Ｌ教授との苛立《いらだ》たしい戦いが始まった。あるいは君は、コロンビアの最初の二年間で甘やかされてしまったのかもしれない。ニューヨークで過ごした第一、第二学年のあいだ、学生の才能を刺激する、自身も才能豊かな人々の下で君は学んだ。すでに名を挙げたアンガス・フレッチャーとドナルド・フレーム（一年目は十九世紀フランス詩、二年目はモンテーニュのゼミ）以外にも、エドワード・テイラー（ミルトン）、マイケル・ウッド（二か国語の小説ゼミ——英語はジョージ・エリオット、ヘンリー・ジェームズ、ジェームズ・ジョイス、フランス語はフロベール、スタンダール、プルースト）、さらには指導教官で中世学者のＡ・ケント・ハイアット。毎学期面談して受講する授業を相談したこの辛辣《しんらつ》で垢抜《あかぬ》けた紳士は、いつも好意と励ましの態度で接してくれた。大学生活の半分を通して、学者ぶる人間や石頭の勿体ぶった人間に君は一人も会わずに済んだのであり、下司《げす》な人間、欲求不満の人間が自分の不幸を他人に押しつけたりすることもなかったのだ。それがパリに行って、L教授という壁に君はぶち当たった。退屈を抱え込んだ学務主任L教授に、君はまともに激突した。もうそのころ君のフランス語は、教授が強制するベルリッツに毛の生えたような授業よりずっと高レベルのカリキュラムについて行ける水準だった。ピーターの場合はもっと馬鹿げた話で、母親がフランス人であり彼のフランス語も完璧に流暢《りゅうちょう》だったのだが、ピーターは君ほど短気ではなく、ブーランジェに習えるのならとこのプログラムにも耐える気でいた。十五日の手紙は君がすでにL教授に不満を抱いていることを伝えているが、不和はあっという間にエスカレートしていったにちがいない。わずか五日後には、君はもう全面的反抗の一歩手前まで来ている。

9月20日　こんなに途方も無い混乱は初めてだ……これ程激しい鬱の発作も。僕は今いわゆる分岐点に立たされている――人生で最も重要な分岐点に。明日L教授と会った後、一つの事がはっきりしているだろう――コロンビアに残るか、残らないか。目下のところ、ドロップアウトを真剣に考えている。プログラムの内容が改善されない限り、そうする積りだ。L教授には心底うんざりする……本当なら今年はまだ学生でいて……今後何をするか(幾つか案はある)じっくり考えたいところだ。でもその時間を持つ為に、毎週15時間フランス語の文法を勉強するなんて冗談じゃない。

明らかにただもっと勉強する事にしか繋がらない、そして恐らくは教師になる事にしか繋がらない（そういう人生に屈するのは何と容易な事か！）、そんな学業を追求するより、映画の世界に入る事に僕は決めた——こいつは本能に従った、胸躍る決断だ。先《ま》ずシナリオライターになって……いずれは監督もやる。初めは、それもかなり長いこと、大変だと思う。シナリオを何本も書いて（今も一本書いている）、色んな人と知り合いになって、アシスタントの仕事に就いて、等々。明日もプロデューサーに一人会って、もしかしたら脚本を翻訳する仕事が貰《もら》えるかも知れない。何百ドルか稼ぎにもなる……アメリカからの金が途絶えたら、つまり父親が仕送りを打ち切ったら（そうなっても無理無いだろうし、全く正当な話であり、恨む積りは毛頭無い）、銀行に預けてある＄3０００を取り寄せて自立する積りだ。

コロンビアを辞める事から生じる波紋は複雑であり相当深刻だ。徴兵猶予の権利を失うだろうから……

明日、先ず最初の、そして最も重要なステップが恐らく取られるだろう。次の事をL教授に提案する積りなのだ——第1・第2学位の試験の準備は自分一人でやり、ソルボンヌの授業を幾つか聴講し、自主研究を行う。要するに、間接的に試験の準備となるだけの語学授業は取らずに（そしてこの試験こそがどうやらプログラムの最重要事項らしい——これがあるから「公式」プログラムたり得るのだ）、ソルボンヌで本物の授業を受ける訳だ……しかし、L教授がこの案に良い顔をするとは思えない。そうなったら、彼に別れを告げ、後は一人でやっていく事になるだろう。

全体、何とも哀しい話だ。滞在許可証が取得出来るという書類をL教授が書いてくれたので、今日ひどく具合が悪いのを押して（僕の咳《せき》を聞かせたかった）3時間並んだ挙句、僕はまだ未成年なので父親からの、公証人の認証を受けた手紙が要ると言われた。本当に頭に来る。僕の役所嫌いは知ってるよね——この国はもっと酷い……

9月25日　ドローイングと、支持の言葉、有難う。まだ全ては決っていない。今日の内にコロンビアに長距離電話をかけてこっちの計画を伝えないといけない。授業料を（少くともその大半を）返して貰えるかも訊いてみる。そう、L教授は僕の提案を気に入らなかった——といっても彼に出来る事だって殆《ほとん》ど何も無い。

学校に関するこうしたゴタゴタに加えて、このところ随分忙しくしている……それに……ジャック・デュパン[*11]の詩も十本訳して、ニューヨークのアレン[*12]に送る積りだ。多分「ポエトリー」に掲載されるようにしてあげられると思う、と言ってくれたから。載れば＄50位にはなる筈《はず》。

父親がこれ以上金を出してくれるとは思えない。自分の金は＄３０００しか無い訳だから、どれだけ僅《わず》かでも、何とか収入源を持たないと。
今は或るメキシコ人女性の書いた脚本をリライトしているところ。この人は僕の知合いの老作曲家*13も出演している『セルバンテス』を製作したプロデューサーの奥さんだ。もしこれが首尾良く映画になったら、僕もしっかり関わる事になる——正に求めている

*11　フランスの詩人（一九二七—二〇一二）。君はその前の春にニューヨークで彼の作品を発見し（フランス現代詩の小さなアンソロジーに三、四本の詩が載っていた）、パリに着いてから彼の本を探し出し、その詩を翻訳しはじめた。彼こそ新しいフランスの詩人たちの中で誰より優れていて誰より独創的だと思って、ただひたすら楽しくて訳したのである。本人とは一九七一年に初めて会って、昨年十月に彼が亡くなるまで親しく交際を続けた。一九七四年、君の訳したデュパン詩集が『断続』（*Fits and Starts*）のタイトルでリヴィング・ハンド社から刊行された。二冊目の『デュパン詩選集』は一九九二年に出た（アメリカはウェイク・フォレスト大学出版局、イギリスはブラッドアックス社）。君の『散文選集』の中の二本はデュパンを扱った文章である。一本は彼の詩を論じた一九七一年の文章、もう一本は二〇〇六年に彼の八十歳の誕生日にサプライズ・プレゼントとして書いた回想「ある交友の歴史」。ジャックとその妻クリスティーヌは君の近著『冬の日誌』でも言及されている（本書87ページ）。「最良の、誰より親切な友たち——彼らの名が永遠に崇《あが》められますように」

*12　アレン・マンデルバウム（一九二六—二〇一一）。君の義理の伯父（君の母親の姉の夫）。ウェルギリウス、ダンテ、ホメロス、オウィディウスの定評ある英訳者で、二十世紀イタリア文学の英訳もあり（ウンガレッティ、クァジモド等）、詩人、大学教師、語学の達人（古典ギリシア語、ラテン語、ヘブライ語、アラビア語、そしてヨーロッパの主要言語すべて）。疑いなく、これまで君が出会った最高に明晰《めいせき》で情熱的な文学的知性の持ち主である。君がものを書きはじめた当初、友人、助言者、救い主として君の文才を誰よりも早く信じ、君の野心を応援してくれた。彼の名が永遠に崇められますように。

経験が得られる訳だ。彼女には、前に書いた戯曲の英訳も頼まれている。どの仕事もちゃんと報酬が払われる筈だ。黒髪の、蠱惑的《こわくてき》な美しい女性だが、僕は彼女を信用していない。その約束はどうも胡散《うさん》臭く思える。まあいずれ判る。彼女が住んでいる建物の女中部屋に住ませて貰える可能性もある——家賃無しで。とにかく引越さないといけない。このホテルの月額３００フランはもうこれ以上払えない。女中部屋の件は数日で判る。決れば実に有難い。贅沢《ぜいたく》には興味が無いし（女中部屋というのはごくごく狭いものと相場が決っていて、水道も無いし、常に最上階にあり、裏階段を上がっていく）。

僕の計画はこうだ——暫《しばら》くパリに留まる——自分のシナリオを書く（詩や小説も書き続ける）、翻訳をする、得られる限りの経験を得る……

9月27日　今は多くを書かない。もう遅い時間だし、この前の手紙への君の返事を待っているから。

が、事実を幾つか。コロンビアの学科主任に電話して（90フラン——ほぼ20ドル！）全て話をつけた。授業料は全額返還して貰える。大学宛《あて》に正式の手紙を書いた。両親にも書いた——父親宛、母親宛に。どう反応してくるか、興味津々《しんしん》……

映画に関して——当面は監督ではなく、ただのアシスタントだ。目下のところ他人のシナリオを——ほぼ全面的に——書き直す大仕事に携っている。役の一つをサルバドール・ダリが演じたがっているらしい。そうなったら面白いかも。物語の大半は下水道が舞台だ。明日の午後メキシコ人女性と一緒に見学に行く。どうやらこの脚本に興味を持っている人がいるらしい——どっさり金を持ってる若い男が製作をしたいと言っているとのこと。主任技師にも明日会う。とはいえ、僕はさほど楽観していない。全てが泡と消えてしまいそうな気がする。まあどうなるかはこれからだ。——他人の作品を書き直すというのは妙なものだ。良い練習にはなるみたいだけど。

学校の心配が無くなって、幾らか解放された気分……

10月3日……凡《およ》そ理想的事態とは言い難い——それどころかひどく混沌《こんとん》としていて、しばしばひどく気が滅入る事態と化す（字がこんなに小さいのはこれが最後の一枚だから）。——4、5日前の真夜中に母親と義父から電話がかかってきた……二人とも僕の事を凄く心配しているみたいで——ニューアークに3、4日帰って来て「状況を話し合って」欲しいと言ってきた。電話で無駄に言い合うのを避けたいばっかりに、帰ると答えた——そして翌朝、帰りたくない——絶対に——と書いて速達で送った。帰ってしま

＊13　アレクサンドル・スペングラー。君は一九六五年、生まれて初めてパリに行ったときに彼と知りあった。『孤独の発明』第二部にSの名で登場し、主要な役割を演じている。

ったら、特にそんな風に短期間だけ帰ったら、僕の意気は完全に挫《くじ》けてしまうだろう。まだ向うから返事は無い。反目は招きたくない――でもどうしてもとなったら仕方無い。二人とも徴兵の事を一番心配してるみたいだった。

明るい話題については、二人によれば僕が送ったデュパンの翻訳にアレンが非常に感心してくれていて、間違いなく雑誌に載るよう取り計らってくれるとの事……

老作曲家の友人とは頻繁に会っている。彼は先日から具合が悪い。金も無い。出来るだけ食べ物を買って行ってあげるようにしている。

映画の件は月曜まで持越しになった――金の問題らしい。資金が集まるかどうか模索中とのこと。「プロデューサー」が金の話をするのは本当に嫌だ……さも愛想の好《い》い、嫌ったらしい喋り方。相手が誰でも「我が親愛なる《モン・シェール》ムッシューX」と呼ぶ――想像し得る最高に胸糞《むなくそ》悪い、媚《こ》びへつらった言い方で。脚本は⅓くらい書き直した――当座は中断している。女性は、作者は、満足してくれてるみたいだ。今夜僕が監督に読んで聞かせる予定。監督の名はアンドレ・S。技術では世界でもトップクラス――『アラビアのロレンス』で砂漠のシーンを撮った人物だ。監督としてはこれが初仕事になる――そして、保証する、この映画は、作られた暁には『アラビアのロレンス』とは全然違った物になるだろう……今の段階では全てが何とも漠然としている――僕は極めて悲観的だ。けれども、万一上手《うま》く行けば、数千ドルの稼ぎになるだろう。当面は、もう一つ翻訳の仕事を任された。戯曲の翻訳で、＄１００位になるんだと思う。

こうやって金の話をくどくどするのも、全てが混沌の沼であり、僕がその只中《ただなか》で一人孤立しているからだ——凡そ覚えの無い感覚。

短篇映画のシナリオも書いている……こっちでは「クール＝メトラージュ」と言うんだな。あと5日か、1週間で書き上がる……出来たら写しを送る。出来上がったら、何とか数か月の内にイングランドかアイルランドで撮影したい。要は技師と俳優の知合いを作って、資金を集める事だ……

散文詩の連作も書いている。『改訂』と題した、言わば僕の過去を振り返る連作だ。

こんな風に書くと、何だか……凄く忙しそうだ。多分本当に忙しいんだろうが、実のところ実感はない。大半の時間は全く一人でいる——底深い、恐ろしい孤独の中に僕はいる。小さな、ひどく寒い部屋で、書いているか、歩き回っているか、落ち込んで麻痺《まひ》しているかだ。散歩。ひどく寂しい散歩。そして映画業界の人達に会う——何もかもが現実と思えない。殆ど何も食べていない……

自分がどうなるのか心配だ。徴兵。

最近やった事で一番ワクワクしたのは、共産党の集会に行った事だ——ロシア革命50周年の祝典。「呼び物」は世界初の宇宙飛行士ユーリイ・ガガーリン。あんなに凄い騒音、叫び声、金切り声、歌声は聞いた事が無い……

10月9日　君の質問に答えると、イエス、多分君の言う通りだ、僕が意地を張ったら両親が、或いは少なくとも母親がパリへ来て、「僕の頭に分別を叩き込もう」とするだろう。――風船売りはいなくなって、あるじはいつもいる《ル・パトロン・エ・トゥジュール・ラ》、作曲家の友とは頻繁に会うけれど大抵は彼が僕をというより僕が彼を助けている。ピーターとスーはまだこのホテルにいる……ピーターはプログラムの事を喜んじゃいないが、ナディア・ブーランジェの下で学べる可能性に賭《か》けてとりあえず付き合っている。――ピーターとスーとは年中顔を合せている――凄く美味《うま》くて物凄く安いポーランド・レストランで始終一緒に飯を食うし、ほぼ毎日、一日の何処《どこ》かの時間、ピーターと僕とでピンボールをやる。殆ど全てのカフェにマシンが置いてあるんだ。それと、僕にせっつかれて二人ともベケットを読み始めた。ピーターは『マーフィ』を終えて今は『ワット』を読んでいる。二、三週間前、僕を喜ばせようと、ピーターとスーとでエンドン氏とマーフィのチェスの試合を再現してくれた。――他の事柄について言えば、映画の財政状況については今日知らされる筈。僕は些《いささ》か熱が冷めている……話全体に。でも自分のシナリオはこつこつ書いている。結局長篇の長さになった。これまで50ページ位書いて、これで全体の⅓と½の間というところ。これは何としても撮影して上映する気だ……

10月16日　有難くない報せがあった。両親は半狂乱になってきている……アレンが頼まれて電話してきて――何日かアメリカに帰って来いと言われた――「話をする」為にと――僕は言葉を遣うのが専門だから、手紙だと両親に不公平になると言うのだ。何だか訳の判らない論法だが、とにかく……帰ると答えた。二日位して母親から電報が来て、エールフランスへ行けば僕のオープンチケットが待っていると言う。次の日、ヘルスカードを持っていないことに気が付いて……送って欲しいと手紙を書いた。という訳で、いつ発《た》つ事になるかまだはっきりしないが――まあ一、二週間後だろう――とにかくいずれ発つ。何だかちょっと怪しい。往復のチケットを送ってくれるよう、手紙で両親に約束させたのだが。

　こんな具合にバタバタしていて、じき移動する事になるから、もう一度僕から連絡があるまで君の方からは手紙をくれないのが得策だと思う。多分受け取り損ねてしまうから。僕はじきにこのホテルを出る。パリに戻って来たら、新しい住所を知らせる。

　ニュースを続けると――映画はパラマウントが引き受けてくれたが、ダリの参加が条件。撮影は三月か四月。ダリは25日にパリに来る。とはいえ、何もかもが僕には些か馬鹿げている気がする――実はそんなに良い脚本じゃないのだ。全然良くない。

　自分のシナリオは書き終えた……タイプするのに3日かかったよ――ぴっちりシングルスペースで70枚。すぐには撮影の段取りは進めない……先ずは閉じ籠《こも》ってもっと書きたい——引っきり無しに湧いてくる何もかもを、アイデアを、言葉を。全てが他の全てに繋がっている。一つの宇宙。書き手として前より逞《たくま》しくなったと思う。一日じゅう部屋に籠って書いていても平気だ。孤独が与えてくれる自由のみならず、どういう訳か、新たな明晰さが今の僕にはある。多分、学校の事を心配しなくて良くなった御蔭《おかげ》なのだろう……

あと2週間かそこらで次の手紙が届く筈……

君は約束どおり、およそ二週間後の十一月三日に彼女に手紙を書いた。ただし、意図していたパリからではなく、「数日」の訪問が結局は三年以上に延びることになるニューヨークから。陰鬱《いんうつ》なモーニングサイド・ハイツに戻ってキャンパスの向かいに住み、そのキャンパスは翌年四月末には座り込み、抗議行動、警察の介入等々の戦場と化し、その後まもなくパリでも同様の学生蜂起が生じると、今年はどこにいようと嵐《あらし》のただなかにいる運命だったのだと君は悟る。コロンビアでの紛争の五か月後、「ニューヨーク・レビュー・オブ・ブックス」に、カレッジに所属する人望厚い英文科教授F・W・デュピー（君は彼の授業は受けなかったが見かけたことはあったし評判も知っていた）による、その春の出来事を丹念に詳述した長文の記事が掲載された。デュピーは騒乱当時六十三歳で、ここで君が、自分と同世代の人間による報告記ではなく彼の記事を挙げるのは、まさに彼が学生ではなく、騒乱の当事者ではなかったゆえに、ある種の叡智《えいち》と、私情を排した冷静さとをもって事態を観察することができたと思うからである。と同時に、騒乱前数か月のキャンパスの雰囲気をこれ以上見事に綴《つづ》った例を君は知らない。「コロンビアの美徳のひとつは」とデュピーは書く。「教師たちに……知的・社会的自由を存分に与え、優秀な学生を多数与えたことであった。私自身、学内政治にはずっと距離を置いてきたが、その長年の姿勢も最近、戦争の圧力の下で学生たちが益々絶望を募らせていくのを見るにつけ、変更せざるを得なくなった。戦争の大いなる悪は、学生たちの悲痛の中に小さく凝縮された形で現れた。彼らは刻一刻、自分に与えられた選択肢の貧しさを巡って思い悩んだ――ベトナムか、カナダか……或いは刑務所か！ 当然ながら神経はすり減り、彼らは大挙して授業を欠席し、キャンパスにおいて騒々しいデモを組織した。こういった全てに加えて、大学当局も新たな圧力を上乗せした。当局の権利行使はどんどん恣意的《しいてき》になっていき、いかにもアメリカ的に、寛容のポーズと締めつけの脅しとを交互に繰返したのである。

今日、誰にも異議を唱えられない権力などほとんどどこにも――バチカンにおいてですら――残っていない。それゆえ、自分は権力を持っていると思っている者たちは、その権力に一層しがみつく傾向にある。私の教師仲間の多くが、当局と共にこうした『しがみつき』症状を呈することになった。反抗する学生たちについて、その一人は私に、

『子供と同じで、彼らにノーと言わなくちゃならない時が来るんだ』と言った。だが反抗する学生たちは子供ではなかったし、彼らにノーと言うことは『お尻《しり》ペンペン』などよりずっと大きな悪に彼らをさらすことになるのだ。戦争は学生たちなどよりはるかに大きい『暴力』を大学にもたらしている。全般的に、この一年間、コロンビアの（特に私が教えている、四月の騒乱が始まったカレッジの）雰囲気は陰惨であった。あれ程の騒乱が起きようとは誰一人――急進派の学生たちでさえ――予想していなかったけれども、今年度が神経衰弱の大流行と共に終ったとしても私は驚かなかったであろう」

　まさしくそういう場に、神経衰弱が多発してもおかしくない中核に君は戻ったのであり、その年君がいかなる個人的葛藤《かっとう》にまみれていたにせよ、それと周りに漂っていた破滅の空気とを分けて考えることは不可能なのだ。

　十一月三日に書いた手紙で、コロンビアに復学したこと、じき新しい、家賃も八十ドルと手頃なアパート（西一一五丁目六〇一番地）に移る予定であることを君はリディアに報告している。計画を元に戻すよう説得したのはアレン伯父だった。帰国後、マンハッタンにある伯父のアパートメントに君は数日泊まって、「あらゆる事について話し合い」、特に君の現在、君の未来が陥った混沌について話した。伯父と話せて本当によかった、と君は書き、伯父の知性と理解力を賞賛し、学校をドロップアウトしたのは間違いだったと認める――学校が君にとって重要だからではなく、戦争ゆえ、君が戦争に反対しているがゆえに。大学を辞めていたら、徴兵のトラブルは避けられなかっただろう。コロンビアに入り直したことで、その戦いを一年半先延ばしできたのだ。

「4つの授業に出るようスケジュールを組んだ。大学院2コマ、学部2コマで、全部で週5回、月火水に集中していて、週末が四日ある事になる。勉強も既にほぼ遅れを取り戻した……」

11月17日　正直言って、此処《ここ》にいるのは嫌じゃない。過去何年か……とにかく自分の根を引っこ抜き続けた末に、やっと或る種の平衡《へいこう》を、自分の環境に対して打ち立てた。無関心、もしくは平静と言った方がいいか。全ての場所は良くもあり悪くもある。大切なのは生きるという営みを続ける事、自分を後押ししてくれる内なる衝動を満たしていく事だ。アメリカについて言えば、この国全体が今や全てが爛《ただ》れた汚染体、無数のトラブルから成る巨大な腫《は》れ物だ……今此処にいるのは実に刺激的だ。

毎晩午前4時まで起きている。デュパンの翻訳も進んで（全部で20本位になった）、アレンも凄く喜んでくれて明日訳稿を我等の友ジェームズ・ライトに渡してくれる事になっている。ライトが「シックスティーズ」の編集長なんだ……近い未来、他の詩人も何人か訳したい。良い勉強になるから。それと、シナリオを推敲《すいこう》して拡張し、他の作品のスケッチも作る。小説……それにまた新しいシナリオの。映画監督の一人とも連絡を取っている――どこへ行けば撮影監督が確保できるかも判《わか》った。早々に資金調達を始めないといけない。加えて、勿論、大学にも行く。そんな訳で、結構忙しい……ピエール・ルヴェルディの詩を読み給え。映画『飢ゑ』『テルレスの青春』を観たまえ……

11月23日　シナリオについて。タイプライターを確保した――レンタルで月$6の巨大なマシン。書き直しはまだ始めていない……今は頭の中で修正し、加筆するだけ。一番大変なのは物理的作業、タイピングだ――とにかく何ページもあるから。だからすぐには郵送出来ない――Xマスに持参するよ……デュパンの翻訳も持って行くし、他2人のフランス詩人の訳も――ジャコテとデュブーシェ。フランス文学の授業の課題として、3詩人の小さな本を作るんだ――翻訳（それぞれ訳20編ずつ）、全体の紹介文、それぞれの詩人の解説、注解。何と学者的な！　でもありきたりのレポートを書くよりずっと良い。書き始めようと思っている長篇がある。詩も何本か書いたから、次の手紙で送る。まだ少し手を入れるので。

悪い報《しら》せ。メキシコ人女性から手紙が来た。彼女がパリを離れていた間に、監督とプロデューサーが脚本を盗んで――完全に書き直して――もっと露骨で金目当ての代物《しろもの》にして――パラマウントとダリと契約書を交わし、売れ線の映画を作ろうとしているそうだ。彼女はずっと蚊帳《かや》の外に置かれていて、言うまでも無く僕も然《しか》り。何という強欲とペテン。万事隠れて進めるなんて。ダリは金の事しか頭に無いと彼女は言っている……まあ僕にとってはこれが最善かも知れない――一人で好きなようにやっていられる訳だから。でも彼女には同情してしまう。

衒学者《げんがくしゃ》ぶるのは嫌だが、前回の君の質問に答える……マルクスの2冊を読み給え――『ドイツ・イデオロギー』と『経済学・哲学草稿』。非常に精緻《せいち》で、大いに蒙《もう》を啓《ひら》いてくれる……ファノンの『地に呪《のろ》われたる者』も忘れずに。

映画の脚本を書いたことを君は覚えている。かつての君がシナリオと呼んでいるそれは、実際かなりの長さで、シングルスペースで百ページ近くあった。映画の脚本というよりは、こまごました描写がぎっしり詰め込まれた現在時制のナレーションであり、情景の詳しい説明、人物たちのしぐさ、彼らが犯すヘマ、顔の表情などが微に入《い》り細を穿《うが》って書き込まれていた。白黒の無声映画という設定で、つまり会話はいっさいないわけであり、脚本に普通つきものの広い空白はいっさいなかった。紙面がどんなふうだったか、記憶の中でいまも目に浮かぶ。言葉がすきまなく詰まった、ところどころ白が覗《のぞ》いているだけの黒い印の群れ。だとすればつまり、君がそれまでに書き上げた図抜けて最長の作品だったことになる。もし間違っていなければタイトルは『帰還《リターンズ》』、一人の老人が子供のころ住んでいた家を探してほとんど人も住まない風景をさまようなかで種々の冒険に出遭う、夢幻的な哲学風喜劇だった。非常にいい出来だと思ったことは覚えているが、その判断が正しかったという保証はないし、自分としても、製作に持ち込みたいと望んではいたものの、あくまで初心者の作品、ひとつの実験と考えていた。現在の君を驚愕《きょうがく》させるのは、これを製作まで持って行けるとかつての君が考えた、その無知《むち》蒙昧《もうまい》ぶりである。映画作りというものについて、君は何と馬鹿馬鹿しいほど無知で、愚かに楽天的であったことか。君は何も知らなかった。本当に何も知らなかった。君に一財産が授けられていて、このプロジェクトに好きなだけ散財できるというならともかく、そんな映画が二十歳の若者によって作られうる確率はゼロ、まったくのゼロなのだ。だがいずれにせよ、完成版を作り上げたころには、君はもう、今後書きたいと思っているいろんな作品の方に頭が行っていたし、それらに没頭していないときは大学の勉強について行くのに忙しかった。何か月かあと、読みたいと言う友人に君は原稿を貸し、それっきり原稿は失われてしまった。当時、複写機はまだ出てきたばかりで、コピーを取る財力は君にはなかったし、完成版を清書したときもカーボンコピーの作成を怠《おこた》っていたから、なくなった原稿は存在する唯一の原稿だった。もちろん君はがっかりしたが、ものすごくがっかりしたというほどではなく、底なしに落ち込むなどということもなくて、じきにもう何も考えなくなった。結局君が映画の世界に恐るおそる足を踏み入れるには、この後二十五年近い年月を要することになる。

12月3日　僕は一人で暮し、滅多にアパートから出ない。何日もの間、誰とも口を利《き》かない。何かを言うよう強いられると、自分の声が奇妙に響く。機械がガタガタ鳴ってるみたいに聞える。授業は週に五回行くだけ。座って、聴いて、去る。アパートに帰る。四日にわたる週末が一番寂しい。出かけるとしても午前零時過ぎだけで、酔払いに行くか、食料品を買いに行くかだ。

隠者の暮しに埋もれて、僕は恐ろしく懸命に書く……長篇は物凄い大仕事だ……詩は殆ど気晴らし。映画は没頭出来る。学校の勉強はこなすべき義務。

何に駆り立てられているのか、判らない……僕の知力は前より鋭敏だが、前より混乱してもいる。今にも死ぬんじゃないかという気になる事もよくある。昨夜ベートーヴェンの交響曲第3番をほぼ2年振りに聴いた。体が震えた。ぶるぶる震えて、そして……泣いた。訳が判らなかった。虚空《こくう》に墜《お》ちたような気がした。

独我の如《ごと》き暮し。友も無く、肉体も無く……

暫くして——

今日は良い事があった。一週間位前に、君にも送った詩をアレンにも渡した。それっきりその事は忘れてしまい、他の事にかまけていた。どうやらアレンもポケットに入れてそれっきり忘れていたらしい。今日になって電話してきて、昨日の夜ポケットの中に君の詩を見つけて仰天したよと彼は言った。で、読んで非常に感心した、昨夜もその事を言おうともう少しで午前2時に電話するところだったんだ、と。僕は些か懐疑的だった——そこまで良いとは思わないから……でもアレンは、いやいや本当に良いよと言って具体的な点も色々挙げてくれて、「ポエトリー」に送ってみたらどうかな、出版に値する出来だよ、と言ってくれた。勧めに従うかどうかは判らないが、アレンの反応は嬉しかった。君はめきめき進歩している、と言ってくれた。そういう励ましを貰うのは悪くない——特にアレンから。

12月5日　運命は再び僕たちを虐《しいた》げているように思える。これは何とも言い辛《づら》い話だ、どうにか言えればと思う、紙と向き合えるよう少し酒を入れたところだ。端的に言う。クリスマスにそちらに行く事は不可能になった。理由は三つあり、それら全てが一度に群がって来て僕の首を絞める。責任、負債、葛藤。先ず、僕の銀行口座は二十一になるまで父親が管理していて——何年も前に僕はその愚かな取決めに同意したのだ——父は握った拳《こぶし》を緩めようとしない。父言うところの「軽薄な真似《まね》」の為に金を出す訳には行かないと言うのだ（僕の金なのに！）。そしてノーマンも、選挙運動を始動させるには僕が必要だと言っている。まだ漠然とした話なんだが、やるとしたら間もなく始めないといけないんだそうだ。*14 そして僕の祖母は急激に衰えてきていて、見ていて居たたまれないが、とにかく家族がいてやらないといけない。一人ひとり、それなりの時間祖母と一緒に過して貢献している——何とも辛い体験だ……映画の話が消えて、ヨーロッパに行く口実が——心の欲求なぞは我が家族にとって畢竟《ひっきょう》取るに足らぬ軽薄な事柄だから——なくなってしまった。僕にはどうしようもない——僕はまだ自分の主人じゃないんだ。

済まない、済まない。僕としても君に会いに行くのを本当に楽しみにしていたんだ——ひたすらその為だけに生きていた。此処にいて、君の写真を眺め、君の声を思い出そうとする……

12月18日　僕の生活の細部を知りたいと言うんだね。やってみるよ……

授業は四コマ取っている。先ず「現代文明　政治論」は必修科目で、マルクス、レー

---

*14　君の義父ノーマン・シフは労働運動関係の弁護士で、筋金入りのリベラル派民主党員でもあり、このころ下院選出馬を検討していた。結局じきに断念。

ニン、ソレルあたりを読む……月水の11－12：15だが、殆ど出席していない。授業は退屈、ただし課題図書は良い。次に火曜3－5時に「東洋人文学」なるゼミ。これも課題図書は良いが――中東・インドの哲学、宗教、詩――授業は筆舌《ひつぜつ》に尽し難い退屈さ。教師は二人いて二人とも阿呆《あほう》。とはいえ、課題は自分では多分読まなかったと思う本ばかり。水曜は大分ましで、「現代文明」に加えてあと2つある。どちらも大学院の授業で、一つ目は2－4時の美術史、マイヤー・シャピロの教える「抽象絵画」……シャピロは並外れて明晰で、知的で、機知もあり、博識。200－250人相手の大人数講義で、ただ2時間座って話を聴いていればいい。実に愉《たの》しい。そして4－6時の大学院授業は20世紀フランス詩。課題図書は当然最高、だが生憎《あいにく》授業は相当に重苦しい。でもまあ僕も結構頑張っていて、つい先日ベケットの或る15行の詩について25ページのレポートを書き終えたところだ。一つの小さな事を凄く入念に見るのは良い経験だった……それに、これは前にも言ったかも知れないけど、翻訳もまとまった形でやっている――デュパン、デュブーシェ、ボンヌフォワ、ジャコテの現代詩人四人。来週から始まる休みの間に仕上げる積り……一月半ばかり前、ボンヌフォワがニューヨークに来て、メゾン・フランセーズでボードレールとマラルメについてフランス語で講演した。意外な風貌《ふうぼう》だった――小柄で、ぎゅっと窄《すぼ》まったような感じの男だ――が、素晴しい詩人だし、美術評論も優れている……感銘を受けた。

来学期はずっと良くなると思う……教師、授業の質に関しては。先日、お馴《な》染《じみ》エドワード・テイラー氏の所に行って、院上級ゼミ「イギリス叙情詩　１５００－１６５０」を取らせて貰えないか訊《き》いてみた。良いとも、良いとも、歓迎するよと言ってくれた……彼の狭苦しい研究室で三十分ばかり実に楽しく喋った……他の院授業は、先ず美学科の哲学の授業、これも良いと思うし、もう一つは仏文のフロベールの授業で、教授はイーニッド・スターキー、ケンブリッジから客員で来ている、イギリスでは大御《おおご》所《しょ》の御婦人だ。そして学部授業は中世フランス文学と、それにビーソン以降の現代音楽の授業は是非取りたい。締め括《くく》りに、**体育**。随分と忙しくなりそうだ――でも嫌ではない――勉強は妙に楽しい、特に古い事を学ぶのは――中世、ルネッサンス……

殆どいつも一人でいる。大抵はアパートに。三部屋の住処《すみか》。小さな寝室と、浴室が奥にある……その隣がキッチン。コーヒー、トースト――そうして広い居間。机があって、此処で書き、勉強する。時々、夜遅く、ウエストエンドへギネスを飲みに行く。時折Ｌに会う。Ｌと過すのは楽しい。たまに彼女のルームメートとも一緒に会う。二人ともアレンの元学生だ。食事を奢《おご》って貰う事もあるけど、大抵はただ喋るだけ。

アレンを通じて……ルビー・コーンとも知り合った。ベケット論の著者で、アレンとも仲良しだ。２週間位前の或る朝に会って、３時間ばかり楽しく話した。

アレンは一貫して親切だ……何かと助けてくれる――読む本とか――翻訳を雑誌に載

せる手助けもしてくれたし——他にも色々あれを出版社に送れ、これを送れと勧めてくれる。彼の友人がヨーロッパ前衛演劇のアンソロジーを企画していて、僕も何本か訳させて貰って金が稼げるかも知れない——アレンが推薦してくれてるから……

もっと真剣な話……僕は自分が書くものの中で生きている——書く人物が僕の思考を喰《くら》い尽す。色んな着想、計画を僕は同時に進行させている——空いている時間に一つひとつ考え、練り上げ、修正しつつ、その時々に取り組んでいる作品に集中する……

頭の中は混乱しているし、孤独でもあるけれど、どうやってだったか、いつの間にか……僕は書く事に、自分自身の能力に、自信を持つようになった。今はその自信に支えられている。僕はひた向きな修道士だ——禁欲に徹し、全《すべ》てを献《ささ》げ……

祖母は急速に衰えてきている。気管支炎に罹《かか》って目下入院している。金曜日、急な話で夜勤の看護婦も見つからなかったので、母親と僕とで一晩中枕許《まくらもと》で起きていた——祖母は一睡も出来なかった——祖母の苦しみは果てし無く続き、一瞬も途切れない。もう本当に無力なんだよ、リディア。体も全く動かない——脊椎《せきつい》はゼリーのよう——出来るのは呻《うめ》く事、泣く事だけ。辛い、本当に辛い夜だった——あんなに辛い夜は初めてだ——こんなに無力な、こんなに苦しんでいる人の傍《かたわ》らで、自分も無力にただ座っているだけ。死がすぐ近くに迫っていた。窓の外では、ゆっくり、音も無く……暗くなったイーストリバーを船が進んでいった。——今ようやく、あの夜の不眠と絶望から立ち直れる兆《きざ》しが見えてきた。幸い祖母の気管支炎も良くなってきている。でももう、余命何か月もない。病院を後にし、灰色の早朝の光の中に出ると、生者達の仲間に戻った事に苦い喜びを感じた……

間も無く、大晦日《おおみそか》に、パーティに行く——ハ！——アレンの家のパーティだ。そんなものに行くのは久し振りだ。人がぎっしりいる中に入るのはどれだけ奇妙な感じがするだろう。隅っこに座ってただ酔払う、なんて事にならないといいが……そういう集まりに行くと大抵いつもそうなってしまう。いっそ余りに混んでいて、隅まで辿《たど》り着けないとか。

帰って来て以来嬉しい事の一つは、ピーターとの交友が——手紙で——依然続いている事だ。彼の手紙には本当に心が温まる。僕にはこんなに良い友を持つ資格は無い。ピーターと来たら、根っからの親切心、自己犠牲の精神を発揮して、出し抜けにパリを去った僕の持ち物をまとめて、アメリカまで送ってくれたんだ。そういうのって凄《すご》く鬱陶しい仕事なのに、大いなるユーモア精神を以《もっ》てピーターはやってくれた。目下荷物は空港にあり、明日配達される。タイプライター、ノート、本が戻って来るのは実に有難い……それに、これでやっとズボンが替えられる……

１９６８年１月11日　祖母が亡くなった——昨日葬儀だった——予想していた事とは

いえ、僕は未《いま》だに……動揺している。葬式自体もひどく心乱されるものだった——祖父が取り乱して、わあわあ泣いて……何もかもが哀《かな》しい。とはいえ、祖母がもうこれ以上あの恐ろしい責め苦[*15]を味わわずに済むのは救いだ。それに幸い、眠ったまま静かに逝《い》った——窒息するんじゃないかと心配していたから……

翻訳のタイプ清書が終った（160ページ）。大枚はたいてコピーを一組作った——ひょっとしたらもう一組ただで作れるかも知れない——そうなったらすぐ君に送る——ならなかったら、来月もう少し懐《ふところ》が潤《うるお》うまで待って貰うしかない……

本当に上等の、深々とした笑いが望みなら、フラン・オブライエンの『スウィム・トゥー・バーズにて』を読み給《たま》え。自信を持って勧める。

2月12日　丸一月、君から一言の便りも無い……何かあったのかと、君のお母さんに電話してみた。君の新住所はロンドンW6だと言われた。君が知らせてきたのはN6。もしかしたらこれが原因で仕分け室において混乱が生じたのか。

僕はと言えば、21歳の誕生日が何事もなく訪れて、過ぎていったという事位だ……こんなに自分が誰からも必要とされず、求められてもいない気になったのは初めてだ。僕は真空の中で生きている——誰とも何の関りも持たない——それは苦痛だ。他人を眺める事しか出来ない。僕には誰かが必要だ。

3月2日　君からの最新の手紙……もう一度君に言う、僕の事は心配しないで。僕は大丈夫だから、本当に。僕との関係において、君が自分を疑うには及ばない。現時点で解決しようが無いと判っている問題についてあれこれ思い悩むのはよそう。今はただ、君の生活が何から成り立っているにせよ、それを抱えて精一杯良く生きるよう努める事だ。人間は現在の中で生きる事によって最も永遠の感覚に近付けるのだと僕は思う……

自分は誰に愛されるにも相応《ふさわ》しくないのだと思い至って、時々身震いしてしまう。恐らくは生来の理想主義故《ゆえ》なのだろう、この世界の何一つ善いものに思えない。僕の抱えている寂しさは自虐的《じぎゃくてき》な欲望だ……

周り中で目に付く……狭量さ、愚かしさ、偽善……その結果、自分が寛容でなくなって行くのが判る——そうして、人に不愉快な思いをさせぬよう、人前から消える。他人に苛立《いらだ》っているのが感じられて自分が嫌になるが、どうしようも無い……

だが同時に、僕は愛したいし愛されたいと焦《こ》がれる、それが不可能だと知りつつ……何か根本的な形で、僕は現実なるものから逃げてしまったのだ。大半の時間僕は……書く事に携るか、書く事について考えるかしている。登場人物、状況、言葉、僕はそれら

＊15　筋萎縮《いしゅく》性側索《そくさく》硬化症。

になっている――色や音が移ろいゆく漠たる世界に僕は入っていく――言葉も意味も失って。と同時に、生きる事こそ芸術より大切だという確信もある……状況がこのまま変らなければ……多分カナダに行くと思う。ひどく孤独な暮しになるだろう――今まで知ってきたよりもっとひどく。

僕の中に甚《はなは》だしい内気さがあって、ごく単純な社交的状況も困難になってしまう――話す事に躊躇《ちゅうちょ》してしまい、自意識が孤独を更《さら》に悪化させる。

自分の事をこんな風に話すのも、君に知って欲しいから――君が知りたいと思ってくれているように思えたからだ。けれど多分、こういう事も君はもう全て承知してくれているのだろう。――僕の落込み、憂鬱は治しようがない……それでも、奥深い所では、自分は強いのだと僕は感じる――どんなに事態が悪くなろうと、僕は絶対に壊れない。或る意味で、その事が一番恐ろしい……

エッセイを幾つか翻訳する仕事をやっている。この金で夏が過せそうだ……何処に行くか、良い場所を考えないと……

3月14日　君は僕の理想主義を過大評価していると思う。基本的には、僕は君と同じように感じている――違いは何より環境の結果に過ぎない。アメリカにいて、ニューヨークにいて、世界を自分の中に留めておくのは難しい。此処では誰もが憎しみの声を上げていて、戦争は狂気染《じ》みたペースで拡大して行き、個人としての未来の選択肢は監獄か亡命だけ。周りに蔓延《まんえん》する恐ろしい狂気が（保証する、本物の狂気だ）――必然的にそれは僕の中にもある――僕を絶望させる。けれど人々を個人として考えるのをやめる気はない。それは今まで一度もした事がないし、これからも絶対しない。僕は抽象を信じない。抽象は心を殺す、不具にする……

　僕の生活は混沌としている。学校への反感。本もうんざりだ。頭の中はゴチャゴチャ。新鮮な空気が要る。頭をすっきりさせる空間が。放蕩《ほうとう》。飲み過ぎ。或る夜など本当に酷《ひど》くて、吐きながら眠りに落ちた。神を巡って僕は呟《つぶや》き、叫び、泣いた。何故《なぜ》神は姿を現さないのか？　酔払いの戯言《たわごと》。僕は時折絶大なるウィットを発揮する。君も面白がってくれると思う。悲劇と喜劇の境界線。死に至る病。書く方は停滞している。でもまだ自信はある。概して上手く行っている。――新しく見つけた、人の顔を見る喜び。鼻をかむ老いた女性達。老いた男達を眺める。今日一匹の仔犬《こいぬ》を見た、あまりのフワフワさに自分で飼いたいと思った位だった。――湯気の立つスチール製コーヒーマシン。歩道に吐かれた唾《つば》。夜の街路の暗さ。夢の暗さ。群衆の中で混り合う声。色んなフレーズが大勢の口から出て来て溶け合い、繋《つな》がりも何も無いナンセンスと化す。教室の中の顔。ラジオから聞える言葉。僕の散らかった机。二週間そっくり授業をさぼった自分にうんざりする気持ち。そんな僕が優等学生リストに入った皮肉。もう本なんか読みたくないと強く思う気持ち。聞くのをやめて話し始めたい……死を迎えるまではもう沈黙と契《ちぎ》りたくない。

3月29日　君は絶対に大丈夫だと僕は確信する、小さな浮き沈みはあっても……逞《たくま》しくどこも損なわれぬまま君は全てを切り抜ける筈《はず》だ。僕の方は……自分に関しどんな未来を思い描くのもひどく困難だ。全然思い描けない。政治的な問題も余りに重くのしかかり、考える事すら出来なくなっている。来年の夏に徴兵問題に直面したら、僕の決断は刑務所に入る事だろう――カナダではない。――合理的には説明出来ない――ただ単に、それが一番はっきり軽蔑《けいべつ》を表す行為だという事。こんな風に、何とも奇怪にも、本当は考えるのに凄く時間がかかる事柄について速断を強いられている……

このところ、手近の課題から中々離れられない。学校の勉強は壊滅的に遅れてしまった。じき天罰が降って来て脳天を直撃するだろう。僕は日々、無言の狂熱に包まれて生きている。街頭で起きている出来事を見守る。学校とは何の関係もない本を読む。自分が書くものの事は考え過ぎるほど考えるが、最近は殆《ほとん》ど何も書けていない。君無しでは何一つ現実と感じられない――君が戻って来るまで、全ては天国と地獄の狭間であり、僕はそこでのた打ち回っている。絶望という言葉は当らない。生きていないという感覚。

この手紙が書かれた三週間後、コロンビアでの紛争が始まった。結果的にこれが、その春キャンパスに——君自身も含めて——蔓延《まんえん》するかと思えた神経衰弱を食い止める有効なワクチンとなった。その日（四月二十三日）に至るまでの数か月に書いた手紙を読み返して、自分が陥っていた不幸の深さに君は唖然《あぜん》としてしまう。完全な崩壊に自分がどれだけ近付いていたかに愕然とさせられる。その後の年月、記憶の作用によって当時の詳細はぼやけてしまっていたからだ。とにかく君は何とか痛みを和らげ、内面の全面的危機を鈍い倦怠《けんたい》に変え、それもやがて乗り越えた。そう、危機は過ぎた、だがそれはあくまで君が一気に方向転換して、抗議する学生たちと運命を共にすることを選んだからだ。大規模な団体行動に君が参加したのは、あとにも先にもこの時だけである。人の輪に加わったことで、君を包んでいた惨《みじ》めな気分の呪縛《じゅばく》も解けていくように思えた。目が覚めて、自分という人間を新たに、より大胆に捉《とら》えられるようになった気がした。五月四日、ニューヨーク市警が四月三十日夜にキャンパスに侵入し警棒で学生たちを殴打し七百人を逮捕したあとに初めて書いた手紙で、君はこう伝える。「……建物を占拠し、警官達に殴られ、逮捕された」。そして五段落後にこうつけ加える。「……目下夏の計画を立てるのは些か難しい——6月7日に裁判所に出頭せねばならず、その後もどれ位ずるずる続くのか判らないから……刑務所に行き着く可能性も——まあそれは多分無かろうが」。五月十四日付の三枚にわたる手紙では、新聞や雑誌は読まない方がいい、「タイム」「ニューズウィーク」「ニューヨーク・タイムズ」等々の刊行物は事実を歪《ゆが》めていて信頼できないから、とリディアに警告している。唯一信頼できる情報源は学生新聞「コロンビア・デイリー・スペクテーター」であり、過去一か月の記事をまとめた本を目下作成中で、出来上がったらすぐ送ると言っている。それから、座り込みのあいだに学生たちが採った戦略について語り、警察の介入は多数派を味方につける上で必要なステップだったと君は述べる。建物にいた誰もが、何が起ころうとしているか承知していたのであり、警察が来てあのようにふるまうこともむしろ積極的に求めていた。警察の暴力が露呈して初めて、現在実施されている全学ストも可能になったのだから。次の段落では、「占拠された建物にいた人々のひた向きな態度」は嬉しい驚きだったと君は書く。「誰も逆上したりせず、互いを苛立たせるような事も無かった。一週間ずっと、全員が全員の為に忙しく働き……この手の事にひどく懐疑的な僕も、仲間に加わってみて初めて、短期間とはいえこういう事が可能なんだと判った」。十日後、しばらく手紙を書かなかったことを君は詫《わ》びる。「事態はずっと混沌《こんとん》としていて、暴力に満ちている——一昨日の夜に再び警官隊と衝突した。まあこれは君も新聞で読んでいると思うけど」。二段落あとで、ロンドンに行きたくてたまらないと述べたあと、「でも6月7日、裁判所に出頭して裁判の日にちを決めるまでは……何の計画も立てられない。どうなるか決り次第、全て知らせる」。

ここから手紙のトーンが変わってくる。過去数か月の、陰気な、自分の問題しか頭にない不満分子は突如姿を消し、代わって全然別の人物がロンドンに向けて手紙を書きはじめるのだ。謎《なぞ》の変容である――外的環境は何も変わっていないのだから。戦争は相変わらず戦争であり、宙ぶらりんの徴兵の脅威は脅威のままだし、自分の道を見つけようという苦闘も同じ苦闘なのに、君の中の何かが解き放たれて、世界のひどさに愚痴を並べる代わりに、茶目っ気たっぷり、剽軽《ひょうきん》にふるまいはじめ（六月二十日の騒々しい手紙）、自分自身にもはるかに気楽に接している。まるで四月、五月の出来事が電気ショックのように作用して、君を生に連れ戻したかのようだ。

6月11日　君からの手紙を今か今かと待っていたけれど、もう何週間も待ったのに何も来ないので、此処は一つ絶好の機会を利用して（天気はこのところ耐え難い程暑い）こちらから書く事にする。簡潔に、要点のみ書く。

1　君がいなくて寂しくて堪《たま》らない。四六時中君の事を考えている。じきに会えるよう願っている。

2　君は何をしているだろうか。アルバイトしてるのかな、それとも休暇？　ロンドンにいるの、それとも何処かよそに？

3　裁判所には7月17日に行かないといけない。その後は多分9月まで行かなくていいと思う。何とかNYを出られればと……祈っている。

4　僕は元気だ。書く方も調子が出て来た……気持ちもリラックスしている。

5　本を読む量が前よりぐっと減った。結果、より知的になったしユーモアのセンスも向上した……

6　自分の運命について思い悩んだりはしない。

7　ピーターと／かスーから連絡はあった？

8　どんな気持ちでいるか、何をしているか、知らせて欲しい。

9　万事上手《うま》く行けば、8月にはロンドンに行ける。

10　僕に詩を書いて欲しい。ポロネーズを踊って欲しい。

11　硬い木に切り込む、鋸《のこぎり》の一引き。今は10月。窓が輪の中で粉々に割れる。

12　僕にやらせて欲しい。今は夜。シンフォニーの周りに楽師達が、ミルクを飲みながら集まって来る。

13　絵が溶けた。春が来るまであと3週間。農場が波止場で踊っている。

14　良い本を見つけて水中で読み給え。ソクラテスはもっと些細《ささい》な理由で処刑された。僕の夢の中で箒《ほうき》は一個の肉体。

15 足し算引き算は誰でも出来る。草は日蔭《ひかげ》の方が赤い。そりゃそうだろう。

16 バスタブは何故こんなに大きいのか？ ペプシコーラを飲む人もいればコカコーラを飲む人も。戦車の中で兵士はシューベルトの楽曲を歌う。

17 スニーカーを履く時、人はしばしば自分をホッピングスティックだと考える。じき日が暮れるだろう。そしたら盲人が一ドル札で鼻をかむだろう。

18 政治家たちは国から出て行った。今は朝だが辺りはまだ暗い。絶望の只中に、逆さに書かれた言葉がペリカンの顎《あご》から垂れているのを僕達は見る。

19 スケッチを同封します。

20 この僕の愛の伝達をどうか受け取って下さい。

6月20日 マダム我が女《ひと》――

時折、囚《とら》われの身の上にあって、我々は世界をポケットの中に入れたいという欲望を示す。我々は街中《まちなか》を、相棒たるバグパイプの名手と共に往《い》き来する。或る時名手は我々のタイプライターの上に座り込み、我々が日々の労働に従事するのを妨げつつ、ビーンズの缶詰を開けて「私は何という賢者であろう」と宣《のたま》った。彼の妻たるジャージーシティ出の盲目のバレリーナは或る日足先を戦車にぶつけて刺し（中では兵士が「ひからびた胎児[*16]」を演奏していた）、梅毒に感染した。今や人々はヘリコプターで劇場に行かねばならない。けれどラジオは度々《たびたび》月食を宣言するのに人々はそれを侮《あなど》り、誰も本気で動揺していないようだ。僕としてはポケットを引っくり返し靴下に一セント貨を詰める事で己を慰めている。

椅子《いす》の背に赤道が掛っている。それはぐにゃぐにゃの萎《しな》びた棍棒《こんぼう》。郵便配達人が入って来る。配達人は袋の底に犬の死骸《しがい》を入れているファットマンだ。彼は言う、「こんなに太ってしまって以来私は長さ六十センチのキーチェーンをぐるぐる回し、益々大きくなっていく弧を描いているのです。じきに地球を捕獲して、かつてオレンジを食べたみたいにおやつとして食べるでしょう」。笑いがこれ程人を窄《すぼ》ませたことはかつて無かった。我々は便器に腰掛け、恥の念に汗をかく。

夜になると僕は逆さにした漏斗《じょうご》を頭に載せ、窓から吹き込んで来る風から身を護《まも》る。実に賢明な、快活《チッパー》かつ小粋《ダッパー》な人間だけが思い付く名案だ。僕の知合いの誰もが賛成する。自分でやり始めた者もいる。だが僕は彼等を知っているから、何ら期待はしていない。彼等は炎上する家のように始めて、鼻楊枝のように終る。

マダムよ、我が女《マ・フメル》よ、我等貴女《あなた》の卑《いや》しき僕《しもべ》は、世界を稲妻の迅速さで征服する計画を最近幾つか発案致しました。ですが2つの理由から今それを披露するのは躊躇《ためら》われます。一、郵便は秘密情報を伝達するには危険である事で悪名高い。二、貴女はこれらの計画において決定的な役割を担《にな》っておられるので、征服者の知る唯一真っ当なやり方でお聞き頂かねばなりません――即《すなわ》ち、唇から耳へ。貴女のこの上なく献身的なる僕《しもべ》ハンプティ＝ダンプティ、故に貴女が宇宙のこの一隅にお帰りになるのを切にお待ち申しております。

ハンプティ＝ダンプティは、マダム、我等が女《ノートル・フメル》よ、貴女の最新の御手紙において文字表記に変換されていた個人的意見表明に全面的に賛同する事をお伝え致したく存じます。

貴女の御要請にお応《こた》えすべく、小生此処に、日々の活動の梗概《こうがい》をお目に掛ける次第です。

一日一日を十全に生きる事こそ肝要であるが故、小生午前4：05に起床し、身体を強壮&健康に保つべく5マイル走ります。若干荒い息で4：18にアパートに戻り、砕いたガラスを載せたトースト、ヤマアラシの血、キャビア、とバランスの取れた朝食を摂《と》ります。いつにも増して快活&小粋な気分で次は意気揚々バスルームに乗り込み、ズボンを降し、便座に腰掛け、用を足します。この営みは4：31きっかりに終了します。次にキッチンに入り、ついさっき使った皿を手に取り、床に放り投げます。バグパイプの名手がそれを掃き集めます。4：32に机に向い、前日に書いたものを読み、びりびりに破って食べ、それから全く不動のまま六時間と18分座って霊感の訪れを待ちます。こうした営みに疲れて、次はカウチできっかり4時間昼寝します。ハッと目覚めた際、笑わぬ

＊16　手紙に脚注が付されている――「エリック・サティのピアノ曲」。

よう注意します、自分の言葉につっかえて窒息死してはいけませんから。午後2：50に机に戻り、10分間、一日のこれまでの出来事を大いなる熱狂と共に日誌に書き込みます。3：00に盲目のバレリーナがビーンズ、マカロニ、チリ、ホースラディッシュ、とバランスの取れた食事を出してくれます。3：04に食事を終え、自転車で公園を走りに家を出ます。5：03に帰って来て今一度机に向い、手紙関係を処理します。5：05に午後の昼寝をします。9：13にサイレンと悲鳴のオーケストラで目が覚めます。これぞ夕食が出来た合図なのです。バグパイプの名手とその妻たる盲目のバレリーナが、ラジオ、トースター、電球（１００ワット）、とバランスの取れた食事を出してくれます。この食事中にニューヨーク、ロンドン、パリ、ローマ、プラハ、モスクワから届いた新聞に目を通します。最も興味深い記事をデザートに食べます。9：21から11：33まで相棒たるバグパイプの名手と卓球かビリヤードに興じます。それから、午前零時まで、腹筋運動を行います。12：01に机に戻り、良い本を読みます。3：29きっかりに本を閉じます。それから4：00まで猛烈に書きまくります。その疲れで、机についたまま眠りに落ちます。4：02にバグパイプの名手と盲目のバレリーナが抱え上げ、部屋まで運んで、ベッドに寝かせてくれます。少しの間もぞもぞ動いていますが、4：04にはもう熟睡しています。

署名　小人。

7月9日　僕達の間の距離を束《つか》の間《ま》の痛み以上のものと考えてはならない。僕達は生々しい想像力を持った小さな子供であり、時折その想像力に振り回されてしまうだけなのだ。僕達は不幸な夢から目覚めてベッドの上で身を起し、いつまでも終らぬ夜に囲まれて——眠っていると夜はいつもあんなに早く過ぎるのに——闇《やみ》が散って朝になるのを待った。もう七月。あと一週間もしない内にまた君の誕生日が来る……その二日後に僕は裁判所へ行って公判に臨み、その後間も無くロンドンに行けるだろうか……

もう夕方が近い。翻訳から一息つこうと君に手紙を書いている。早く終えたいので目下急ピッチで訳している。自分の文章は夜書く。僕の感情はやる気ばかり過剰な経験不足のボクサーの腕みたいに軌道が定まらなくなっているが、心は着実に……未探索の地に迫っていく。此処ではコートも預けない。出て行く時に体を置いていってしまうのが怖いから。何年も不様《ぶざま》に足掻《あが》いた末に、やっと不思議な、ぎこちない、だが恐れを知らぬ力が結実しつつある気がする。毎日何かしら……途方もなく異なった要素の間に繋がりが見つかる。系統立った自発性。何も排除せぬ弁証法。

が、万事順調とは行かない。義父のノーマンが2週間ばかり前に大きな心臓発作を起し、まだ病院で療養中。ひとまず大丈夫のようだが、一時はどうなるか危ぶまれた。僕も随分長い時間ニューアークにいた……

7月12日　君は僕がどれ位変ったかについて、大げさに考え過ぎているんじゃないだろうか。――変化（或いは成長）というのは……常に微妙なものであって、僕の場合も例外ではない。外見だって、益々痩《や》せた事（随分骨ばってきたよ、マヤコフスキーみたいに頑健に見える事を夢見ているんだが）を別にすれば前と変らない。同じ服を着て、同じ煙草《たばこ》を喫《す》っている……未だにパーティは嫌いだし、大勢の中にいると相変らず居心地が悪い。この前の短い手紙で仄《ほの》めかした通り、変化は何より先《ま》ず知性において起きている――無論それが振舞いや態度に現れる訳だが。僕にとって唯一の至上命令は、物事は真正面から、丸ごと受け止めねばならないという事。もしそこで何かが除外されるとしたら――意図的にであれ図らずもであれ――それは嘘《うそ》を生きているという事なのだ……

かつて僕は、芸術は……社会と絶縁すべきだと思っていた……かつて僕は、世界に背を向けて生きたいと思っていた。そんなのは不可能だという事が今の僕には判《わか》る。社会もまた、正面から受け止めなくては――手を汚さぬ思索の次元においてではなく、行動の意図と共に。だが行動というものは、倫理観から生れてくる時、しばしば人々を怯《おび》えさせる……何故ならその行動はその意図と一対一で対応しないように見えるからだ。人は文字通りに考え過ぎる……メタファーの次元で考える事が人々には出来ない。左翼政治の戦略（例えば大学建物の占拠）にはこういう一対一対応が見えないから、人々は戸惑い、怖がり、何か悪巧《わるだく》みか陰謀が潜んでいるのではと思ってしまう……社会の革命には形而上《けいじじょう》の革命が伴わねばならない。人間の精神はその肉体的存在に沿って解放されねばならない——でなければ、どんな自由を得たところで偽りの、仮初《かりそ》めのものでしかないだろう。自由を達成し維持する武器が創造されねばならない。即ち、未知なるものの中を怖《おそ》れず直視し——生活そのものを変容させるのだ……**芸術は永遠の扉を乱暴に叩《たた》かねばならない**……

今日届いた君の手紙——「実際私は、あなたに手紙を書きたくなんかなくて、ひたすらあなたに会いたいのです」という言葉は僕にも当てはまる。だから僕は、何があろうとイギリスへ行く事に決めた。正確な日にちは教えない——サプライズにしたいから。7月18日から8月1日の間のいつかに行くとだけ言っておく。だからその期間はいなくならないでくれよ。

という訳でこれが最後の手紙になる。「書きたくなんかな」いのであれば返事をくれるには及ばない。僕が行くまで、毎日素敵なドレスを着ていてくれればいい。好きなだけ煙草を喫って、会う人みんなに優しくしてあげてくれ。

誕生日おめでとう。

次の短い手紙から見て、どうやら彼女は君の訪英に関しもっと正確な情報を求めたようだ。以下、ニューヨークを発《た》ってロンドンへ向かう前の最後の手紙。

7月23日　魔術師の忠告に従って王座を明け渡し自分を打倒せんとする革命に加わった君主と同じ謙譲を以《もっ》て、僕は君の要求に屈する。
——7月30日ＢＯＡＣ、フライト＃５００。ロンドン空港到着午前7時40分。

追伸　裁判は——公判は——僕の勝ちだった。証拠不十分で起訴は取り下げられた。細かい、事務的な勝利に過ぎない。が、**正義**より**法**の方が幅を利《き》かせるシステムにあって、これで不満に思うのはナイーブ過ぎるというものだろう。

次にリディアに手紙を書くまで、十三か月の時が過ぎることになる。長かった離ればなれの状態が終わり、ひとたび彼女がニューヨークに戻ってきてバーナードに復学すると、もはや手紙を書く必要はなくなった。外の世界では終末が目前に迫っていた。戦争はますます肥大し、いっそう残酷になり、アメリカは真っ二つに割れて、君が四年生になった年度、コロンビアでは新たな衝突が何度も生じ、春にはふたたび全学ストが行なわれた。学生左翼は分裂し、過激派によって武装闘争が画策《かくさく》され、ＮＡＳＡはアメリカ人宇宙飛行士を月へ送り出そうとしていた。夏至《げし》直前の澄みわたった朝に君は大学を卒業した。翌月、ニューアークの徴兵センターで軍隊の身体検査を受けた。八月二十三日にリディアに宛《あ》てて手紙を書いたとき（彼女は家族の集まりで一時的にロンドンへ戻っていた）、これから自分がどうなるのか君にはまったくわかっていなかった。徴兵通知が来るのか、来るとしたらいつなのかも、次の住所が連邦刑務所になるのかモーニングサイド・ハイツのアパートになるのかもわからない。未来に向けた定まった計画も立てられないので、ひとまず一年、コロンビアの比較文学科の大学院生になることにした。博士号まで行くのは論外だが、一年いれば修士は取れるし、授業料は免除になる上に大学が若干の奨学金を出してくれるというので（二千ドル、生きていく上で必要な額のほぼ半分）、運命が未決のままで、リディアも最終学年を過ごしているあいだは大学に残ろうと思ったのである。中流階級の生活に対する無関心（もしくは軽蔑）に直結した理由ゆえに、足りない分の金はタクシー運転手をして稼ぐつもりだった。

　このあとに続く長い、彼女に宛てたすべての手紙の中でも一番長い――かつ唯一タイプライターで作成した――手紙の中で、君は見るからに彼女を楽しませようとしていて、ありふれた出来事の連なりを一種自堕落な冒険物語に仕立て上げている。その文章からほとばしり出る活気は、先行き不安だったにもかかわらず君が幸福な精神状態にあったことを物語っている。それでも、これはやはり奇妙な文書だと君には思える。なぜなら、ここで語られていることから見えてくる君は、ふだん君が見せていた姿とはおよそ似ていない、ほとんど別の人間であるからだ。ふだんはやらなかったようなことを、君はいろいろやっている（四十二丁目にストリップを観《み》に行く、酒場で引っかけた女の子と寝る、刺青《いれずみ》を入れたドラッグの売人と雑談する）。にもかかわらず、その若者の奇妙さ、知りがたさに、いまの君は興味を覚える。おそらくこれは、君の人生で唯一、君が自分を解放しようと意識的に努めた時期なのだ。向こう見ずにふるまおう、目をつぶって跳ぼうと君は努めた――どこへ落ちることになるのかも気にせずに。[*17]

君は新しいアパートを探すあいだ、母親と義父の住居にしばし居候《いそうろう》していた。手紙はニュージャージー州メンダムにある彼らの家で書かれた。

1969年8月23日　優しい想《おも》いに溢《あふ》れる心で僕は君に宛てて書く。両手は正しいキーを探して不器用に動く。ささやかな悦《よろこ》び、ささやかな疲れ。最近タイプライターで書くようになった……躊躇《ためら》いは減り、流れも良くなり、出来上がりも早く、機械が間に入るにも拘《かかわ》らず思っている事に直接繋がれる気がする。僕は今ベッドに横になって、タイプライターを両脚の上に載せている。もう午前零時近い。二時間位前にニューヨークから帰って来た。ニューヨーク……生きる事の悲惨が膿《う》み、爛《ただ》れる大釜《おおがま》。僕はそこでアパートを探し、タクシー運転手の資格を得んとしていた。順番に話そう。州陸運局はセンター・ストリート80番地、僕が傍聴人として或いは被告人として多くの午後を過してきた巨大な裁判所からさして遠くない所にある。（僕がミッチと、陰気なユダヤ教徒やう

＊17　ほかの女の子と寝た話を、自分の恋人と見なしていた女の子に打ちあけたことにいまの君は戸惑ってしまう。手紙全体を貫くにこやかなトーンから見て、君とリディアが当時不和に陥っていたとは思えない。二人ともまだ若く、一緒に住んだこともなく、結婚の計画も立てていなかったし、何をするのも自由だったわけだから、この話をリディアが面白がると君は思ったのだろうか。君としては恋人、あるいは（未来の）配偶者にというよりは、友だちに打ちあけるような気分だったのだろうか。

いまの君を縮み上がらせる要素はほかにもある。特に「ホモ《フェアリー》」「オカマ《クィア》」といった言葉の使い方がそうだが、一九六九年には「ゲイ」という言葉はまだそれほど流通しておらず、アメリカはまだ同性愛を表わすニュートラルな言葉を考案していなかったのである。当時世に広まっていた言葉はどれも、今日では醜悪に聞こえる軽蔑的な響きを帯びていた。

「2CV」は、フランスでは「ドゥ・シュヴォー」と呼ばれるシトロエン・2CVのこと。このシンプルな車を君は三百ドルで購入してその夏に乗っていた。非常に小型軽量なため、アメリカのハイウェイではほとんど役に立たなかった。最高時速、約七十キロ。

ミシガンの森林キャンプからニューヨークに帰ってきて、やがてポートオーソリティのバスターミナルの男子便所で謎の出現を遂げたヘンリー・Kについては、誰なのかまったく記憶がない。かつて友人であったことは間違いなさそうだが。

用語にもいくつか誤りがある。たとえばブルックリンハイツのプロムナードを君はエスプラナードと書いている。だがこれらを訂正するのは控えることにする。かつて君はそのように書いたのであり、タイムカプセルに手を加えてはならないのだ。

たた寝している浮浪者達と共に裁判を傍聴して過した一連の金曜日の話はしただろうか？　この傍聴人連中は、あたかも劇場に通うかのように毎日このがらんとした冷暖房完備の部屋を訪れるのを習慣としていて、ひた向きな顔で着席し、「正義」が遂行されるのを見守る。彼らこそ真の、中立なる裁判官である。訴訟番号によって、もしくは犯した犯罪の形式的区分によって峻別《しゅんべつ》されるのみの名も無き無数の他者達の運命を、彼等は目撃する。審美家が絵画を見るが如《ごと》く、もしくは酔払いがテレヴィを観るが如くに彼等は裁判を眺める——なんて話はしただろうか？　まだならいずれ。）州陸運局は例によって過剰に大きな大理石の冷蔵庫であり、あらゆる性別、体格、目付きの小役人に満ち、奴等は概《おおむ》ね……三つの範疇《はんちゅう》に収まる。疲れていて苛ついた老いた男、疲れていて陽気な老いた男、厚化粧の……疑り深い女……タクシーの運転手になるには幾つかの手順を経る。職業運転免許を取得し、タクシー免許を取得し、ニューヨークに数百あるタクシー会社のいずれかで職を得るのだ。この日僕が局を訪ねたのは、専《もっぱ》らこの第一の手順を充《みた》すのが目的であった。いや驚いたの何の。僕としては、行って筆記試験のアポを取り、一、二日後にもう一度行って試験を受けて免許を取得するというだけの話と思っていた。基本的には確かにその通りであったのだが、ただし一点において大きく違っていた——試験は10月6日まで行われないのだ。左様、左様、ここでもお役所風が吹き、長い順番待ちリストがあるのだ、混乱と、数字と、書類があるのだ。僕の心積りとしては、君が戻って来るまでに街のベテランとなって、種々《しゅじゅ》の乗客を巡る愉快な逸話で君を愉《たの》しませ、大学に戻る緊張を幾らかでも和らげてあげられればと思っていた。噫《ああ》、それも叶《かな》わぬ。斯《か》くして当面は、減少していく一方の蓄えに手を付けて何とか持ち堪《こた》える他ない。にも拘《かかわ》らず、センター・ストリートを去り、マンハッタンの門――チェンバーズ・ストリートの端に意味無く置かれた醜悪なアーチだ――をくぐりながら、このちょっとした挫折《ざせつ》の良い面を僕は見ようとした。良い面が思い付かなかったら捏造《ねつぞう》すらしようという気だった。この日はそれ程上機嫌だったのだ。僕は胸の内で言った。マァとにかくお前ももう暫《しばら》く自由の身でいられるじゃないか、とにかく書く事に時間を注《そそ》げるじゃないか、とにかく先ずは学校に腰を落着けられるし、とにかくアパート探しは出来る……という訳で僕はアパート探しに出かけた。流浪《るろう》の旅は二、三日しか続かなかったが（正直言って何も思い出せない、つい昨日までの事なのに）、二、三年続けても同じ事であったろうよ。だがその話に立入る前に、此処《ここ》で若干の背景情報を提示し、一連の出来事の本質を君に正しく理解して貰《もら》う一助としたい。僕が如何《いか》なる精神状態にあったか、その精神状態が出来事に如何なる影響を及ぼしたか、是非とも知っておいて欲しいのである。君がロンドンに発った日、僕はＳに会いに車でニューヨークへ出かけた。またも２ＣＶのエキゾチックな旅――排気ガス、トラック、汗、コンクリート、陸橋、プロパン、鋼鉄が奏《かな》でるメロディ、工場やミニゴルフコースやドライブインシアターや中古車売場等の織り成す絢爛《けんらん》たる風景、ニュージャージー北部の景観を構成するいつまでも見飽きぬあれやらこれやら。Sを訪ねて十五丁目の清掃請負店事務所に赴くと、Sは一種倉庫風の建物の中で、仕切りで区切られた無数の小部屋の一つに籠《こも》って机に向い「ニューヨーク・ポスト」を読んでおり、机の角にはレヴィ=ストロースの『野生の思考』が置かれ本人は例によって頗《すこぶ》る上機嫌であった。Sは断固ニューヨークに潰《つぶ》されまいという意気込みであったが、些《いささ》か疲弊しつつある事も本人の認めるところだった。僕達は車に乗り込み、アップタウン目指してラッシュアワーの六番街を北上し、もう一台2CVを見掛けたので挨拶《あいさつ》にその横に入って行こうとして危うく命を落すところであった。こちらの2CVは年配の男性が運転しており、僕が鳴らしたクラクションに男性は同志的笑顔と狂おしい手の振りで応えてくれた。Sのアパートに着くと、僕達はSが飛行機で知り合った女の子を待ち始めた。何でも過去二年はオレゴンのコミューンで暮し、じきにニューハンプシャーのアルパートの家を訪ねに出かける予定らしい。アルパートってのはホラあのティモシー・リアリー（幻覚剤研究で知られヒッピーのグル的存在だった元ハーバード大教授）の子分だよ……二対一は嫌だから僕にも誰か探してくれよ、と頼んだらSは探してくれた。探してはくれたが成果は無かった。やって来た女の子は思ったよりずっと愛想が好かった。三人で中華料理を食べに行き、それから車でブルックリン橋を渡った――これは僕には初体験であり物凄く興奮した。暫くブルックリンハイツを散策し、それからエスプラナードを歩きながら船やタグボートや川向うのマンハッタンを眺めた。気持ちの良い屋外カフェで小一時間寛《くつろ》ぎ、その間Sと僕はスゼットという名のその女の子を感心させようと中途半端《はんぱ》な競争に漠然と携っているようないないような曖昧《あいまい》な感じであったがまあ全体的には三人和気《わき》藹々《あいあい》やっていたと言ってよいと思う。それから車でブライトン・ビーチにあるSの母親の家に行き、コニー・アイランドに繋がる板張り遊歩道《ボードウォーク》を歩いて行って、途中、年配のユダヤ人達の群れの前を幾度も通り過ぎた。彼等は皆闇の中で、「祖国《オールド・カントリー》」の歌い手を囲んで身を寄せ合っていた。そうした静かな情景を見、イディッシュ語とポーランド語しか喋らない……よぼよぼの老人達を目にして何故か僕は底無しの絶望に墜《お》ちて行き、ケラケラ笑ってそれを誤魔化そうとした。何だかまるで、自分の過去の夢に入って行くみたいな気がしたのだ――初めて見る、それまでは何となく感じていただけだった過去。二十世紀のアメリカ人が昔のフロンティアはどんなだったかを思い描くのと似たようなものだろうか。やがてコニー・アイランドに着いた。これも僕にとっては初体験であった。夜通しそんな感じだったのだ。死体の間を縫って歩く感覚――それまでは噂《うわさ》でしか知らなかった、今初めてこの目で見る死んだものたちの中を彷徨《さまよ》う。小雨の降る平日の夜の事とて人もさほど多くなく、コニー・アイランドと聞いて誰もが思い浮べる巨大な人集《ひとだか》りは全然無かった。眠れない変質者がたむろする荒涼たる場、古くもないのにもう始まっている頽廃《たいはい》、誰もいない金属的なゲームセンターで喧《やかま》しく鳴るラジオ、かたかた音の立つマシンから漂う微《かす》かだが醜悪な臭《にお》い。僕達は金もあまり無く……歓楽には殆ど参加せず、25セントあれば我が物となる様々な娯楽も目に入っておらぬ振りを決め込んだ。何とは無しにバンパーカーには乗ったが……片脚を車の外に垂《たら》して乗っている太ったサディストがニコリともせず顔を顰《しか》めもせず、何度も何度も容赦なく僕達の車にぶつかって来て、自分は単に古《いにしえ》から続く義務を果しているだけだ、遥《はる》か昔の若き日に課された務めを遂行しているだけだと言いたげな顔をしていた。僕達はスキーボールもやって三人ともちっぽけなアルミ製保安官バッジを獲得し、これ見よがしに胸につけて、遊歩道を歩いてS母の家に向い、雨に濡《ぬ》れた金属の手摺《てす》りに手を滑らせ、水族館の木の柵《さく》の隙間《すきま》から中を覗《のぞ》いて老いぼれペンギンが岩から岩へ必死に跳び移ろうとする姿を見物し、タイルの屋根が付いた一画の下に暫《しば》し止って煙草を喫った。S母の家でコーヒーを飲み、ヘンリー・ミラーの方がケルアックよりずっと上だよなと語り合い、それから女の子を車で……クイーンズまで送って行った。午前三時頃だった。何故だか判らないがSと僕はコニー・アイランドに戻った。多分、空腹に引き戻されたのだと思う。ネイサンズでホットドッグとクラムを食べた。蛍光灯のギラギラ光る、くたびれた不眠症患者たちの受け入れ場所たる店内で、一人の浮浪者が少しの間僕達と会話を交そうと試みたが、その歯のない黒人男の声は僕には殆《ほとん》ど意味を成さなかった。男は立っているだけでも一苦労であった。僕達が5セントを与え、今何時か教えてやると、男はぐじゃぐじゃに混乱した告白を僕達の耳許《みみもと》で囁《ささや》いた。そうして僕達の許を去ると、仲間と家族ぐるみでカウンターの前に立っていた身なりの良い若い黒人男の横を通り、その際、体がほんの少しかすった。すると男は、つまり老いた方の男は、半ば朦朧《もうろう》と、半ば憤怒に包まれて――どうやら憤怒の方は習慣的であるらしかった――わざと押したと言って年下の男を罵《のの》った。人に突っかかって来やがって、何様の積りだ？　若い男の方も、こんな風に罵倒《ばとう》されて黙っている気はなかった。加えて彼は、立派ななりをしていた……こんな老いぼれを、自分の父親であってもおかしくない見下げた浮浪者を、まともに相手にする気は彼にはない。破裂した孔雀《くじゃく》みたいに胸をぐいぐい突き出して老人を押し、外の通りに立っていた白人警官の所に引っ張って行き、この白人聴罪師《ちょうざいし》に向って嘘八百の非難を次々並べ立てた。その口調たるや、こういう屑《くず》がいるから私のような者まで白い目で見られるのですと言わんばかりであった。何でも無い一コマだが、僕には意味深長に思えた。本来なら互いに一番近しく感じ合う筈の人達を隔ててしまう溝《みぞ》を見せつけられた思いだった……警官がさしたる熱意も示さなかったので、話はこれで終った。Sと僕はSの母親の家に帰った。書く事について六時まで語り合い、本物の喧嘩の一歩手前まで行ったように思う。Sは秩序、正確さ、目標の限定を唱え、僕は混沌、人生、不完全さを唱えて、個人なんてものはじき抹殺《まっさつ》されるという彼の論に賛成出来なかった。僕にとって世界の問題は何より先ず自己の問題であって、解決があるとすればそれは自己の内から始まらねばならず、そこから……初めて外にも広げられるのだ。肝要なのは抑制する事ではなく、思いを外へ出す事だ。Sは僕が思うに、まだ批評家過ぎる。抽象に没頭し過ぎていて、そのバランスを取るべき腹の痛みが、野蛮な事実が欠けている。生にしがみつかなくちゃ、と僕は言う。これを僕のモットーとしよう。君は賛成してくれるかい？生にしがみつかなくちゃ《スティック・トゥ・ライフ》、どんなに奇怪でも、おぞましくても、苦痛であっても。何よりも先ず、自由。何よりも先ず、手を汚す事。僕は狂人みたいにSに向って喚《わめ》き散《ちら》し、怒りと嬉しさの両方に満たされていた——僕に見えているものが彼に見えない事に怒り、学者の無駄話と自分が金輪際《こんりんざい》縁を切った事が嬉しかった……小綺麗《こぎれい》な思想の誘惑や、お洒落《しゃれ》な革装の本に優雅にエンボス加工した大文字Lの文学《リテラチャー》とはもうおさらばだ。僕は大丈夫だよリディア、本当だとも、僕は大丈夫。僕は今発見しているんだ……芸術家であるとはどういう事なのか、自分を内外《うちそと》引っくり返して芸術家になる人間とはどういうものなのか。君にお休みのキスを送るよ。Sは疲れてもう僕の話について来られなかったので、僕達は寝床に入った。僕は彼の母親の寝室で眠った。昨夜彼女が夫と共にしたベッドだと思うと、何だか奇妙だ。目が覚めると、左腕の肱《ひじ》から先が物凄く腫《は》れ上がっている。どうやら虫に食われるか蜂に刺されるかしたらしい。今日も雨模様。午後半日、ブルックリンハイツでアパートを探して回った。セントジョージ・ホテルは牢獄《ろうごく》みたいで迷う余地は全然無かった。別のホテルでは黒人のマネージャーと陽当り、窓、風通し、十五年前の南部での暮しについて話が弾んだが空いている部屋は無かった。不動産業者、書類、手数料、空腹。どこも高過ぎる、小さ過ぎるアパートばかりで、締め括《くく》りとして、年老いた正統派ユダヤ教徒とのろのろ二十分歩いた末に辿《たど》り着いたのはまたしても住めたものじゃない場であった。もうブルックリンはやめだ、少くとも当面は、と決めた。マンハッタンに戻ってまたSとつるむ。女の子に、触れ合いに、優しい眼差しに飢えた気分。いつだって空《むな》しいものだ、こんな風に突然欲望の領域に飛び込んでゆくのは。晩の間ずっと電話をかけ、知合いに連絡し、ほんの少し知ってるだけの人間にまで当ってみたが成果はゼロ。ジュリーに電話したらアイーダという女の子が出て、ジュリーはカリフォルニアだか何処《どこ》だかに行ったと言われた。でもその声は……耳に快く、とにかく行ってみるべきだと僕は決めた。二人で出かけて行くと、ドアを開けたのはクスクス笑っている黒人のホモ二人で、もう殆ど意識が無い位クスリに漬っていて、アイーダなんて知らないねと彼等は言った。ひょっとしたら本当は中にいて、奥の部屋にいて、あの甘い声で喋りまくっていて、今にも歌い出すか、囁き出すかするところなのかも知れないが僕には全然見えも聞えもしない。午前零時。『ひもじい年月』（*The Lean Years*：歴史家アーヴィング・バーンスタインによる一九二〇―三〇年代アメリカの労働史）を枕の上に置いて寝入りかけていたLを僕等は叩き起し、騒々しい挨拶の文句を浴びせてシーツの中から引きずり出し、車まで連れて行って、イーストサイドの酒場に行くと宣言した。僕等は三人ともだれた風情《ふぜい》で、髭《ひげ》も剃《そ》っておらず、服は不潔、僕達が半ば自棄《やけ》っぱちにでっち上げたイーストサイドの神話的可愛《かわ》い子ちゃんの目にも凡《およ》そ理想的な男達とは映らぬであろう。それに持ち金も三人合せてやっと十ドル。僕達が着いた頃には、何処の酒場ももう静まり返っている。わざわざ入ってみる気にもならぬ。どうしたら良い？　この一夜の底抜けに馬鹿馬鹿しき事、火を見るよりも明らか。此処はいっそバーレスクだと僕達は決めるが、行ったらこれも皆閉っているので、この冒険ならざる冒険をラトナーズのサンドイッチで締め括《くく》る事とした。地下を住《すみ》処《か》とする者達の奇妙な性質は君にも判って貰えると思う。とにかく何事にも無頓着《むとんちゃく》。どんな厄介も進んで受け止め、結果がどうなろうと知った事かという顔。心配を超越し、興奮も、退屈も超越している。何ものにも根差さぬ事、自分自身を受け容《い》れている事、そして冷《さま》し難い好奇心を抱えている事から生れる完璧《かんぺき》な平静。僕自身そういう精神状態に、段々容易に入って行けるようになってきている。全《すべ》てを恰《あたか》も初めて見るかのように見られるようになってきている。そうなって初めて、自分を囲む全ての物事の神秘を発見出来るのだ。僕はこの時そういう精神状態であったし、今もそうであり、どんなに些細な事物でもその大切さを味わえる境地に至っている。州陸運局を出たあと、祖父のアパートメントに戻って荷物を預け、Sに電話して、一緒に夕食を食べようとアップタウンに行った。結局42丁目の、九番街と十番街の間にあるバーレスク劇場へ行ってショーを観る事にした。街中で浮浪者が一人僕等にたかって来て、七セント恵んどくれ、ワイン一壜《びん》買いたいんだ、そこの酒屋が閉っちまう前に、あのネオンサインが消えちまう前にと言い、恵んでくれたらあんたらを祝して乾杯するからさと約束した。劇場目指して歩いている内にSの度胸は早くも揺いできていて、やっぱりやめて映画にしようぜなどと言い出す始末であった。浮浪者の邪魔が入った事で、決意は益々萎《しぼ》むばかり。四ドル、と値段を聞いてもう決定的となったようで、あれでもし僕が、構うもんか、とにかく入るんだよ、と言い張らなかったらSは回れ右して帰ってしまっていたであろう。Sを貶《けな》す積りは無い。あの態度は十分に理解出来る。僕が意地を通したのはあくまで、一度決めた計画は撤回すべきじゃないと思ったからだ。そういうのが癖になるのは宜《よろ》しくない。という訳で僕等は中に入って四ドルずつ窓口の黒人女性に払った。小さな息子が女性の隣に座って漫画を読んでいた。劇場の中は暗く、人も疎《まば》らであった……大半は中年男性で、そんなに見苦しくはない。一人などはBのイニシャルが入った野球帽を被《かぶ》っていた。次のショーまであと四十五分ある。目下のところ映画を上演していて、いわゆるスタッグ・フィルムと言うやつだと思うが殆《ほとん》ど何の興味も惹《ひ》かない代物《しろもの》で、裸の女がベッドの上で悶《もだ》えていて、性器が繰返しスクリーンに大写しになるだけ。何とも退屈な盛り上がらぬ出来映えで、客もろくに観ていない。皆館内から出たり入ったりを繰返し、前の方からは鼾《いびき》の音も聞えてきた。やっと映画が唐突に途中で終り（始まりも真ん中も終りもありはしないから、いつ映写機を止めようと構いやしないのだ）、フランス語訛《なま》りの女の声が、あと五分でショーが始まりますと伝えた。やっとお目当てが。館内が幾分活気付いてくる。バックステージで生バンドが演奏をやり出し、単調なドラムのビートがやたら目立っていた。再びフランス人の声が、今回は「とっても可愛くてとってもセクシーな燃える《フレーミング》リリー」の登場をアナウンスした。他にも色んな名前があって、僕が覚えている中で特に気に入ったのはアンバー・ミスト（琥珀の靄）、キモノ・トーキョー、サンドラ・デル・リオだ。女の子達は一人ひとり別々に、それぞれ別の芸を演じ、コスチュームもそれぞれ違う。最前列の男達に淫《みだ》らに話しかける子もいれば、そうしない子もいる。イヤリングを着けている子、手袋をしている子、ストッキングを穿《は》いてる子。それぞれの体が……皆違う。ぽっちゃりした体、痩《や》せた体、潤《うるお》いのある体、乾き切った体、綺麗な体、そうでない体。決め手はルックスの良さや踊りの腕前ではなく、観客とコミュニケート出来る力だと思う。気合いの入っていないストリッパーを見る程気が滅入る事も他に無い。それは最も貧しい形態の恥辱《ちじょく》である。一方、優れたストリッパーを眺めるのは大きな悦《よろこ》びである。何物も彼女達の魂の豊かさが表面に躍り出るのを止められはしない。自分のセックスの力を此処まで徹底的に楽しめる女性の前に出ると、殆ど勃起《ぼっき》してしまう。最高に高揚した瞬間ともなれば、己が携っている芸の屈辱的な制約を彼女は容易《たやす》く乗り越え、驚く程の心の絆《ラポール》を観客と取り結ぶ。目の前の男達を、殆ど母親の如くに理解し、甘やかしてやるのだ。優れたストリッパーは無限の叡智《えいち》と忍耐を有していると僕は確信する……彼女達の誰かと話してみたい。特に断トツで最年長、司会役でもあったフランス人女性と。ショーが終って彼女が劇場を去る姿を僕はたまたま目撃し、ひどく感心させられたのである。がっちりしたプエルトリコ人のボーイフレンドと腕を組み、まだひどく小さい金髪の娘と手を繋《つな》いでいた。冷暖房の効いた豪奢《ごうしゃ》なアパートメントに住み、イーストサイドの高級店に出入りし、手入れの行き届いた美貌《びぼう》を富と威信の紋章の如く身に纏《まと》ったご婦人方とて——慈善に手を出し品良く教養ある声で話し責任ある地位を占め車を運転し芸術を論じ召使に命令する金持ちアメリカ婦人達とて——この色褪《いろあ》せた厚化粧の四十歳女の足元にも及ぶまい。バーレスクショーには些《いささ》か胸が悪くなったものの、この女性を見た御蔭で僕はぐっすり眠った。翌日はＦと落ち合い、一緒にアパート探しに乗り出した。先ずコロンビアの学生課に。何も無し。次に大学院生用の寮について問い合せる。五〇〇人の順番待ち。それから諸新聞に空しく目を通す。段々切羽《せっぱ》詰《つま》って来る。居住用ホテルまで満室。インターナショナル・ハウスの申込書を貰って記入し始めるが、教授の推薦状、僕の成績証明書、経済状況申告書が必要と判ってビリビリ破いて棄てる。一日は過ぎて行く。まだ一つのアパートも見ていない。けれどＦといるのは楽しく、僕の自信は揺いでいない。Ｓも合流して中華の夕食。話は楽しく食事は美味《うま》い、今夜も今一度《ひとたび》ア・ラ・シノワーズ。食べ終えてブロードウェイを北に歩き出すと、ちょっと散歩がしたいなとＳが言う。これは僕にもＦにも馬鹿気た発言に思える。僕達はどう見ても、既《すで》に散歩しているではないか。一頻《ひとしき》りアハハと笑う。道を行く小粋《ダッパー》なダンとその恋人素敵《スイート》なスージー、明るい《ハッピー》ハリーとその恋人クスクス笑う《ギグリング》グレンダ、年配の御婦人方とその犬達に向けた高笑い。特に何の当ても無く僕達はウエストエンドに入って行く。酒場に入ってFと僕はカウンターでヒュー・Sと飲み、一方Sは友達が――女の子である――座っているテーブルに足を運ぶ。向う側にいるクローディア・Tに僕は手を振り、カリフォルニア、アパート、タイプライターを巡ってヒューと話し込み、Fは退屈してきて帰る事にする。暫くしてSが寄って来て、女の子を二人映画に連れて行く気はあるかと僕に訊く（彼の友達はもう一人の友達と一緒だったのである）。僕としてはすぐさま決める気になれなかった……まだビールを飲んでいるのだし些か草臥《くたび》れた気分だったから、こいつを飲んだらそっちのテーブルに行くよとだけ答えた。話が結構弾んでいてすぐには動く気になれず、だらだら飲み終える。どっちでもいい、というのがその時の気分を言い表すのに一番的確だろうか。Sの友達というのは丸ぽちゃの、綺麗な顔をした、何とサムなる名の女の子であった。もう一人のJはデトロイトの出で――アクセントはデトロイトではなくデトロイトだそうだ――庶民的な訛《なま》りが僕の気に入った……女の子二人は映画には行きたくないと言う。僕もそれで構わない。代りにケーキを焼きたいと彼女達は言い出し、あんた達も招待するわよと言ってくれた……通りを何ブロックか歩いてマーケットへ行って材料を買った。レジ係の女の子の名札にはピーウィー・Tと書いてあった。二人の住むアパートは105丁目の日本料理店の上にあり、隣はマダム・ロザリアの美容室。二人の住居には先月から奇怪なドラッグ売人三人組が住んでいる。二人とも夏は殆ど街を離れていたので、又貸しを手配してあったのだがそれが妙な具合になってしまったらしい。この三人を紹介させて貰う。先ずビル。三人の中で最も口数多く最も壊れているこの男がどうやらリーダーらしく、年は見たところ二十歳《はたち》前後で、髪型は一九五〇年代の暴走族風ダックテール、左耳に大きな金《きん》のイヤリングを着け、刺青《いれずみ》も幾つか入れていてその一つは生れながらの極道者と字が入っており、戦争に行って朝鮮で脚を撃たれたという。剃刀《かみそり》みたいな目、人なつっこさがいつ暴力に転じてもおかしくない。僕とは恐ろしくウマが合った。無断で軍隊を離れて勲章を剝奪《はくだつ》された話をビルは聞かせてくれた。兄が暴走族グループに入った話。酒とドラッグの話。誰かと一緒に「ブッ潰れる」のが何より楽しいとビルは言った。到底全部は挙げられぬ程沢山の話を聞いた。次に、グループ一の美少年ケン。かつて髪を真《ま》っ直《す》ぐにしようとした名残を打ち消すために、毎晩髪にカーラーを巻いて寝るそうだ。どうやら彼《か》のマーフ・ザ・サーフ（元サーファー、宝石泥棒、殺人犯）と知合いで、種々の軽犯罪で全米あちこちの州でお尋ね者の身らしい。お終《しま》いに、物静かで自堕落な雰囲気のゲイリー。こいつが三人の内で一番阿呆なのか一番賢いのか、僕にはどうにも決めかねた。皆で寛《くつろ》いで座り、ケーキが焼けるのを待った。ヘンリー・Kが友達を一人連れて現れた。ミシガン大学の林業学部に進学が決っていて、この夏はミシガンの森林キャンプで過し、ヒッチハイクで帰って来たところとのこと。皆で「プレイボーイ」のセックス・アンケートの回答を書き、ケーキを食べ、ワイワイやって時は過ぎて行った。全部で十人位いたと思う。ようやっとヘンリー・Ｋが帰った。彼の友達も帰った。Ｓも帰ると言い、僕も一緒に帰ろうとしたところでデトロイト出の女の子Ｊが、ねえ帰んないでよと僕に言った。あっさりそう言ったのである。という訳で二人でカウチに座り、バーボンを飲みながら、東洋の酒を巡るビルの講釈を聴いていた。これがまた延々と続き、永遠に終らないんじゃないかと思えてきて、酔っていたせいもあってか僕は段々苛々《いらいら》してきて、薄明《はくめい》の直観と言うべきか、Ｊも同じ事を考えているのだと見抜いた。やがてやっと、ビールを買ってくるとビルが言い出した。僕とＪはこれ幸いとカウチの上でキスをやり出した……彼女が下着を着けていないと判って僕は驚いてしまった。ビルが帰って来た。僕は礼儀上一杯だけ付合い、それから、小柄ながら獰猛《どうもう》なるＪが……僕を寝室に引っ張って行き、僕達はマットレスの上に横たわった。明け方まで元気良く、何の抑制も無く愛を交した。僕にとっては霊験《れいげん》あらたかな体験であり、四時間眠っただけですっきり明るい気分で目が覚めた。Ｊと一緒にアパート探しに繰出した。またしても全くの徒労。夕方近くに映画に行き、それから夕食を作ろうと九時頃に彼女のアパートに戻って行った。ビル、ケン、ゲイリーがいて、ＬＳＤが大量に売れたからと祝杯を挙げていた。悪いけどどっかで外食してくれないかな、「取引先」がもう一人来ることになっててさ、と言われて10ドル貰ったので文句も言わずに出て行き、93丁目のインド料理店に二人で行って高過ぎる食事を取っていたら新聞売りの男が二度邪魔してきたのだがこの男というのが三つの単語しか口にせず、パンチを喰らって朦朧となったボクサーの声でスクルー《セックス》、キス、ファック。スクルー、キス、ファック。スクルー、キス、ファック。と言うばかりなのだった。食事の後Lの所に行って、一時半位までいた。Jのアパートに帰る途中、アパートを又貸し《サブレット》してくれるかもと彼女が言う人物の家に寄った。これが三十八歳のドミニカ人の女性で、名はイサベル、スパニッシュ・ダンスの踊り子をしていて、ひっきりなしに笑う、がっしりと太った、話していて実に楽しい人であった。だが生憎《あいにく》、肝腎《かんじん》のアパートは七十八歳の新婚夫婦につい先日サブレットする事が決ったところだという。彼女自身は何日かしたらアイダホに発ち、農場で働いている、コロンビアに一年通った十九歳のボーイフレンドと暮す。Jと一緒に105丁目のアパートに帰ると売人達はもうおらず、アンナというやはり此処に住んでいる若干おつむの弱い子がいるだけだった。非常階段に座ったアンナは見るからに動揺していた。彼女が言うには、アパートにやって来た男を売人三人は警官だと決めつけて叩《た》きのめし——それもこっぴどく、コテンパンに——非常階段から逃げたという。少し経って電話が鳴り、僕が出た。ジョー——コテンパンに叩きのめされた男だ——からで、ビル、ケン、ゲイリーに復讐《ふくしゅう》を誓い、今病院に行ってきて十針縫ったところだ、明日ブラザー達連れてって仕返しするからなとジョーは言った。お前ちゃんと伝えろよ、と僕に念を押した。と、アンナが話を変えた。ジョーが警官じゃない事は三人とも知っていて、ドラッグを売るという口実でアパートに呼んで、金を奪おうと叩きのめしたというのだ。何と安っぽい手口。幸いジョーは、金を一銭も持ってきていなかった。Ｊはひどく怯えてしまい、何とか落着かせるのに一苦労だった。あの三人、多分もう戻って来ないよ、と僕は請け合った。来たとしても中に入れる必要はないさ、それにジョー達に狙《ねら》われてると知ったら入ろうともしないさ、と。次の日、ジョーとブラザー達は建物の外でずっと見張っていたが、三銃士は戻って来なかった。また一日アパート探し。今回はサムが運転する車で、マンハッタンの端から端、ロウアー・イーストサイドからワシントンハイツまで。再びラトナーズで食事。僕がもはや一文無しで、煙草も切らしたことを知るＪは席を立ち、ラッキーズ一箱を手に戻って来た。頼まれもしないのにそうしてくれたささやかな優しさに、心底じんと来た。トラック、ヒッピー、スウェットシャツ、ハイウェイ、車の流れ、埃《ほこり》っぽい廊下。ワシントンハイツでは一人の女性から、クレアモント・アベニューにあるその人の娘のアパートの話を聞いた。娘は今離婚してセントトーマスに住んでおり、新しい人生を始めようとダンススクールを立ち上げようとしている。借りられるかどうか判るまで数日かかると言われた。Ｊと僕はワシントンハイツを歩き回った。荒れ果てた、寂《さび》れた場所……それから地下鉄で一四〇ブロック分行って、終点のポートオーソリティに着いた。バスが出るまで一時間ある。僕は下痢をしていて、何度かトイレに通っているうちに——こういう所でトイレに通うのは中々辛《つら》いものがある、何しろこっちがウンコするのを見ようと個室の隙間という隙間からオカマの連中が覗いているので——この百貨店の如くだだっ広い奇怪な公衆便所で再びヘンリー・Ｋに出くわした。ニュージャージーに出かけて帰って来たところだという。奴と再会した事で、僕の束《つか》の間《ま》のニューヨーク滞在に何やら不可解なシンメトリーがもたらされた気がした。もうこの男には二度と会わないものと思っていたのに、こうして三日の内に二回も会ったのだ。二人でＪのいる待合室に戻り、皆でドラッグストアへ行って僕はカウンターでブローモを下さいと言った。頭痛ですか、腹痛ですかと訊かれた。どっちであれ、あんなに酷《ひど》い味はかつて味わった事が無い、ゲロを粉末化したが如き代物である。隣に座っていた年輩の黒人の男が僕の様子を見てひどく面白がりギャハハと笑い転げた。やがて僕達はプラットホームに上がり、別れの挨拶を交した。Ｊとヘンリー・Ｋは映画に行くらしかった。僕はバスに乗り、乗っている間ずっと、クスクス笑う女子高生の一団がひたすら成績の話に明け暮れ、僕はヘンリー・ミラーのエッセイを読んだ。「いたるところにいる全てのシュルレアリストへの公開状」。

今は朝。この一段落の手紙を君に宛てて書くのに何時間もかかった。信じ難い程疲れているが、是非とも書き上げずにいられなかったんだ。鳥たちが狂おしく鳴き出した。早朝の歌を、恍惚《こうこつ》に包まれ、声を限りに歌っている。きっと今日は素晴らしい天気だろう。僕は子供みたいにぐっすり眠るだろう。君の気を精一杯長く引き止めたくて、長い手紙を書こうと僕は思ったのだ。愛と、疲労と共に僕は書いた。君がいなくて本当に寂しい。じきに手紙をくれるかい？

それじゃ《ラヴ》、

ポール

アルバム

1
月にいる人間が実際の人間だと信じるのをためらう余地はなかった。

2

同時に、牛が月を跳び越えられるというのも完璧に信じられる話だった。
お皿がスプーンと一緒に逃げることができるというのも。

3

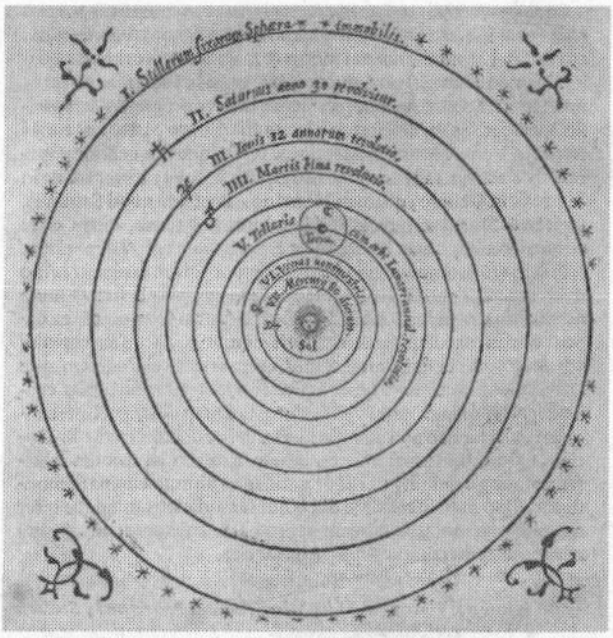

地球は球体なんだよ、太陽系と呼ばれる空間の中でほかの八つの惑星と一緒に太陽の周りを回っている惑星なんだよと説明されるたび、その年上の男の子が言っていることが君には摑めなかった。

4

一方、星は不可解だった。

5

6

7

8

この雑に描かれた白黒の絵姿が、
自分と同じく生きていることを君は確信する。

9
……リスは君が一番感嘆している動物だったから
――あのスピード！　樫の木の枝から枝へ移る、
死をも恐れぬ跳躍！

10
……その後の人生二十六年半にわたって
君の父は毎年夏になるとトマトの栽培に励んだ。

11

……三〇、四〇年代に作られた低予算の西部劇だった。ホパロング・キャシディ、ギャビー・ヘイズ、バスター・クラブ……どれも古めかしい不細工な撃ち合い物で、ヒーローは白い帽子をかぶっていて悪者は黒い口ひげを生やし……

12

13

……カラーもいままでに見たことがないほどあざやかで、その輝き、鮮明さ、強烈さに目が痛くなるほどだった。

14
……宇宙船が夜空から降りてきて……

悪を前にして、神は
最高に無力な人間と
同じくらい無力であり……
15

16

手が滑ってカップが落ちて割れてしまう朝を
日々恐れて君は生きている。

17

……くっきり黒い影絵ふうのイラストが盛り込まれた膨大な伝記コレクション……

試合はつねに、最後の一秒でのタッチダウン・パス……等々で終わるのだった。

18

19

ポーもやはり……九歳の脳が把握するにはその文章はあまりに華美で複雑だった。

20

次の年、君は生まれて初めて詩を書いた……スティーヴンソン……からじかに霊感を受けて……

21

一人で過ごす時間の大切な仲間、ホームズとワトソン。

22

だが何よりも嬉しく、何より重要で、君とエジソンとの結びつきをこの上なく深い絆にしてくれたのは、君の髪を切ってくれる人物がかつてエジソンのかかりつけの床屋だったという発見だった。

23

24

……郊外住宅の裏庭に集い、ヨーロッパでナチスを相手に、
もしくは太平洋のどこかの島で日本軍を相手に戦うふりを……

25

26

27

28

29

凍傷のことを、朝鮮半島の冬の耐え難い寒さと
アメリカ兵たちが着用させられた
お粗末なブーツのことを母は語り……

30

……クリーヴランド・ブラウンズのクォーターバック、オットー・グレアムを……君の誕生日パーティに招待した。

31

……小僧に一言……

32

……自分がホワイティ・フォードの手を握っているのか誰か他人の手を握っているのか君にはわからなかった。

33

いったい何に取り憑かれて
あの古いフィルコ社製ラジオを攻撃し、
内臓を摘出し、機械を無力にし抹殺したのか？

34

君の記憶ではベーキングパウダー
の缶は赤で、インディアンの酋長
の堂々たる横顔が……

35

あたかもすべての男の子が、幼年期に一度は木を伐ることの純粋な悦びゆえに木を伐るよう運命づけられているがごとく……

36

とはいえ、むろんジョージ・ワシントンは自身の国の父、
君の国の父であり……

37

……この植民地時代風の白い大邸宅はアメリカそのものの中心、
合衆国の栄光が鎮座する場なのだ。

38

政治とはたちの悪いスポーツであることを君は思い知った。
それは野放しの乱闘、憎悪に満ちた果てしない取っ組み合いにはかならない。

39

彼らが信仰する大霊《グレート・スピリット》は温かく人を
迎えてくれる神だと君には思え、
君が想像する執念深い神……とは違っていた。

40

ローン・レンジャーは友の方を向き、「なあトント、どうやら僕ら包囲されたみたいだな」と言う。
するとインディアンたるトントは、
「どういう意味です、僕らって？」
と応じる。

COMPLETE NEWS

The Sun

COMPLETE NEWS
SCHOOLS PICTURES

TRUMAN SAYS RUSSIA
SET OFF ATOM BLAST

New York World-Telegram

S EXPLOSION TOOK
E IN RECENT WEEKS

ATOMIC BLAST IN RUSSIA

American

Tells Cabinet

EXTRA

41

当時は冷戦の真っ只中で……

「赤狩り」もそのもっとも
有害な段階に入って……

42

43

……時代精神の中から君の耳まで達するくらい騒々しい音は、
共産主義者たちがアメリカを滅ぼそうとする陰謀を
警告する太鼓の響きだけだった。

44

超音速ジェットが夏の青空を駆け抜け……

45

……銀の閃きが光の中に一瞬見えて……

46

音の障壁がいま一度破られたことを、
噴射された空気のすさまじい爆音が伝えている。

47

爆弾やロケットが自分に落ちるんじゃないか、
なんて不安になったことは一度もなかった。

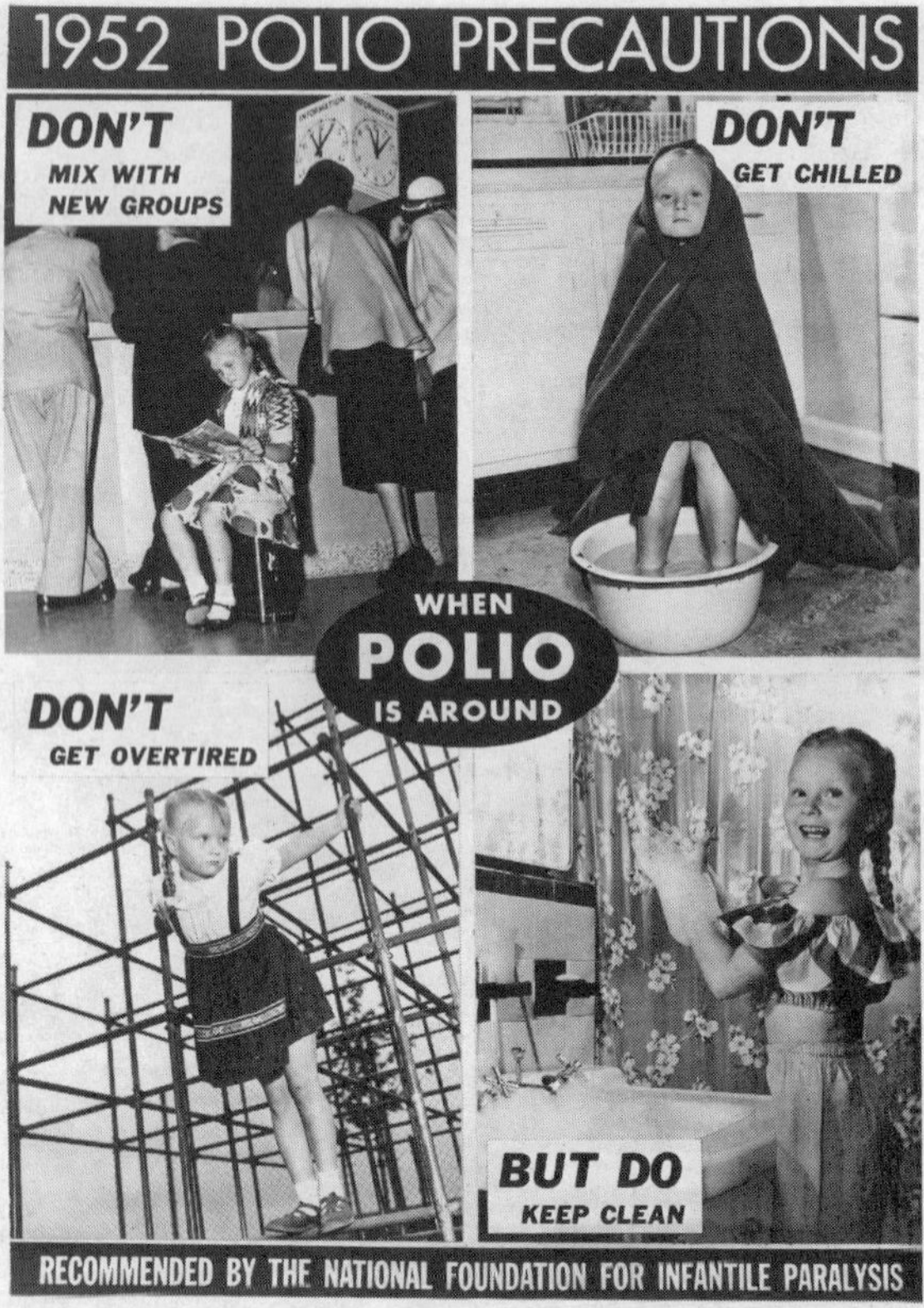

48

これは恐怖だった――爆弾や核攻撃ではなく、ポリオこそが。

49

Forward

פאָרווערטס

Forward

Vol. LVII, No. 20,410 Saturday, June 20, 1953 שבת, 20 יוני 1953 12 Pages PRICE SEVEN CENTS

ראָזענבערגס הינגעריכטעט

ערשטע ציווילע צו שטאַרבן פאַר שפּיאָנאַזש אין פרידנס־צייט

רוסישע סאָלדאַטן קענען ניט דערשטיקן דייטשן אויפשטאַנד

ישראל פאַרדאַמט יורדן־אַטאַקעס אין ענטפער אויף גלאַב פּאַשאַ׳ס באַשולדיגונג

אייזנהאַואַר האַלט ריה שולדיג אין באַפרייאונג פון געפאַנגענע

いまだにイディッシュ語を話し、
読むものも大半はイディッシュだった
……祖母は、一種異人のような存在だった。

50

……金曜の夜に安息日の食事もしなければ
蠟燭を灯しもせず……

51

……途方もない悪の化身……

……全世界の破壊を狙う非人間的な力……

52

53

……君の夢にはナチスの歩兵隊が現われるようになった。

54

55

……野球界の三名手（ハンク・グリーンバーグ、アル・ローゼン、一九五五年ドジャースでプレーしはじめたサンディ・コーファックス）もいたが、彼らは例外中の例外であり、人口分布上の異常、統計上の逸脱でしかない。

56

57

ジョージ・バーンズは元はネイサン・バーンバウムだった。

58

エマヌエル・ゴールデンバーグはエドワード・G・ロビンソンに変身した。

59

ヘートヴィヒ・キースラーはヘディ・ラマーに生まれ変わった。

60

61

……旧約聖書の主要な物語を学んだ。
大半の物語は君を心底ぞっとさせ……

チャック・ベリー、バディ・ホリー、エヴァリー・ブラザーズが君の一番の好みで……小さな45回転盤を太いスピンドルに積み上げ、誰もいない家で音量を目一杯上げ……

63

64

音楽に合わせて踊る、部屋を埋めるティーンエイジャーたちの姿に
君の目は釘付けになっていた。

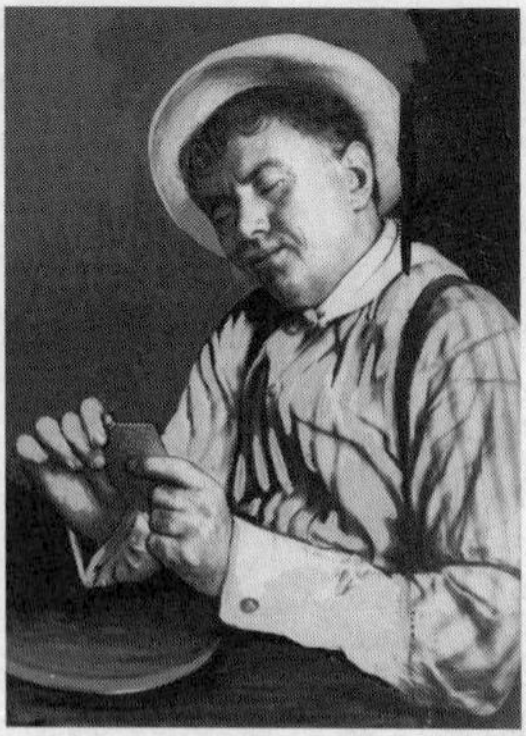

66

O・ヘンリー短篇選集。少しのあいだそれら巧妙な作りの、どこかぎくしゃくした、話が急転しどんでん返しの結末が待っている物語に君は酔いしれ……

67

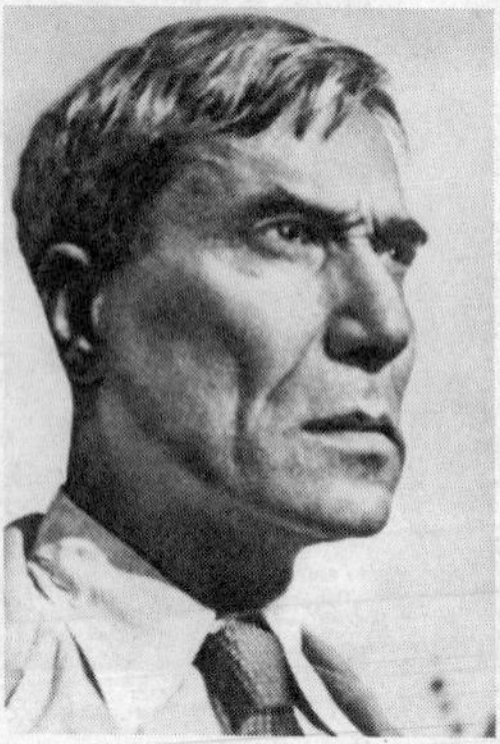

『ドクトル・ジバゴ』の英訳が出ると……さっそく買いに行き……これこそ間違いなく一級の文学だと信じて……

68

……ケアリーとその妻ルイーズは、キャビンクルーザーのデッキに並んで横たわって日光浴を楽しんでいる。

69

ブラムソン医師はもはやにこやかで自信たっぷりではない。

70

……ケアリーが、世界一大きい肱掛け椅子と見えるものの上に座っている。

71

……彼が手に持っている電話の受話器の巨大さを見て、君は驚愕する。

十月十七日、身長は九十三センチにまで、
体重は二十四キロにまで減っている。

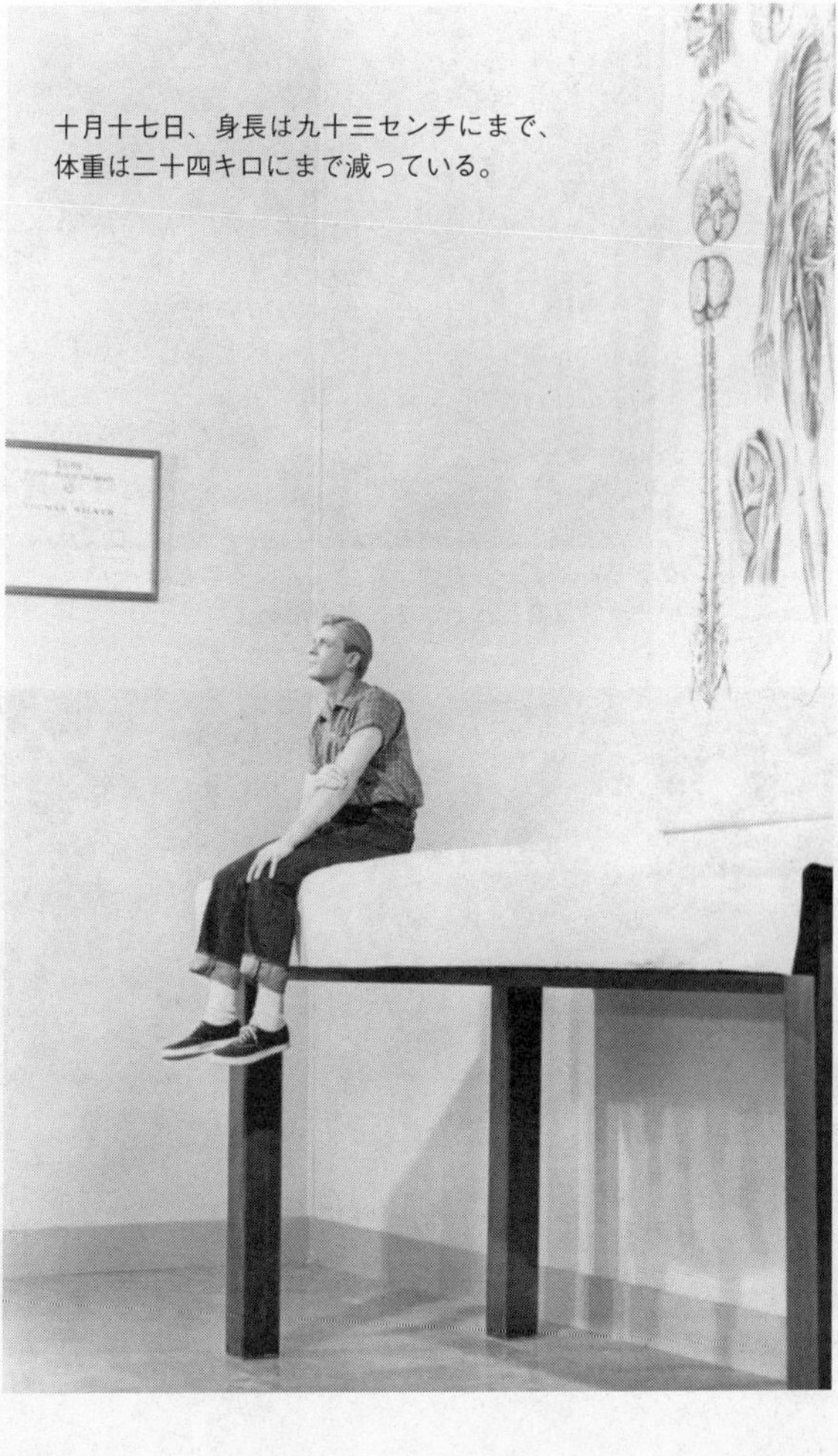

73

ケアリーはドールハウスに住んでいるのだ。
いまや彼は身長八センチに満たない。

74

……鼠の大きさに縮んで……

75

親指大の人間が……死物狂いで駆けていき……

76

……郊外住宅のじめじめした地下室で
手近の品物や食べ物を活用して生きのび……

77

……身ぐるみ剥がれ丸腰にされた人間……

微小のオデュッセウスもしくはロビンソン・クルーソーが、
己の知恵、勇気、機転を駆使し……

79

……長距離バスで南部を旅するフリーダムライダーズが白人の暴徒たちに暴行され……

80

81

……アナコスティア・フラッツに〈ボーナス・アーミー〉がキャンプを……

82

アイゼンハワーの忠告（こっちはあの野郎に言ったんだ、お前なんかあそこへ行く権利はないぞと）を無視してマッカーサーが指揮に立ち……

83

……何十という掘っ立て小屋を焼き払い、
余計な口を出す連中は銃を突きつけて追い出した。

やがて、突然すべてが狂ってしまう。

85

囚人たちの境遇は奴隷と変わらない。

86

朝は四時に叩き起こされ、
夜八時まで休みなく働かされて……

87

……灼けるように暑い不毛な土地で大きなハンマーをふるって岩を砕く。

88

……口答えのたぐいは許されない……

89

……夜ごと行なわれるこのでたらめな刑罰……

90

完璧な計画ではないにせよ、アレンにも一応案は……

91

堕ちた男に堕ちた女が与える気遣いと情け。

92

一生出られぬ罠に……

93

……ふたたびダイナマイトを使って橋を爆破し追跡を断ち切る。

94

ニューアークで暴動が起き……黒人の住民と白人の警察権力とのあいだの人種間戦争が自然発生し、二十人以上が死んで七百人以上が負傷、千五百人が逮捕され、建物がいくつも焼け落ち……

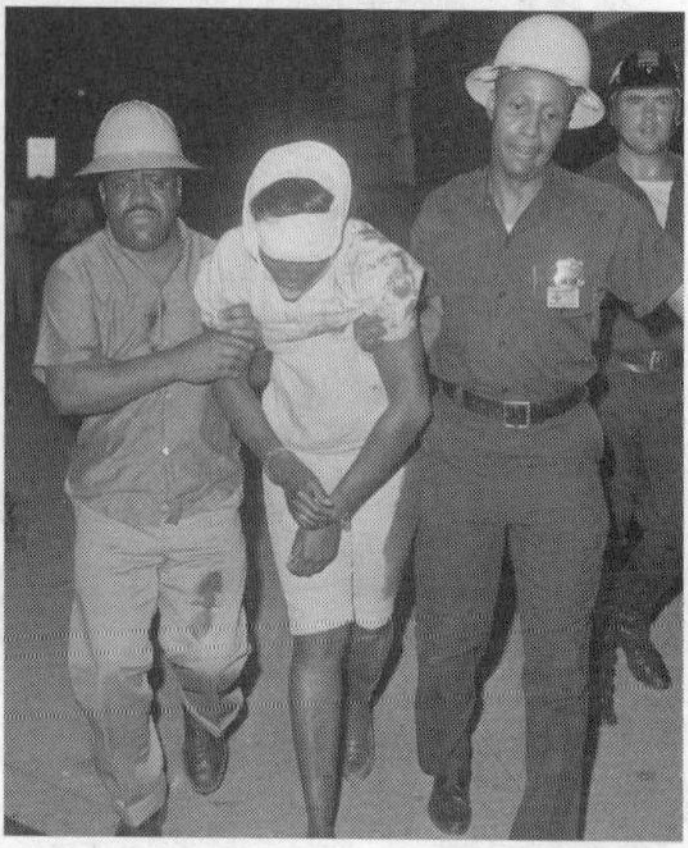

95

BEAUTY
GIFTS
Hartley's
LUGGAGE
Jordan
JEWELERS

「僕は『パリジェンヌ』を喫っている。
4本入りの小さな青い包みが18サンチーム……」

「……物乞いってのはあんまり愉快じゃない」

99

……キャンパスの向かいに住み、
そのキャンパスは翌年四月末には座り込み、
抗議行動、警察の介入等々の戦場と化し……

100

101

102

「眠れない変質者がたむろする荒涼たる場、
古くもないのにもう始まっている頽廃……」

ICE COLD BEER

104

「ネイサンズでホットドッグとクラムを食べた。蛍光灯のギラギラ光る、くたびれた不眠症患者たちの受け入れ場所たる店内で……」

105

「地下を住処とする者達の奇妙な性質は君にも判って貰えると思う。とにかく何事にも無頓着。どんな厄介も進んで受け止め、結果がどうなろうと知った事かという顔。心配を超越し、興奮も、退屈も超越している」

106

「……この冒険ならざる冒険をラトナーズのサンドイッチで締め括る事とした」

107

74. Courtesy Everett Collection
75. Courtesy Everett Collection
76. Courtesy Everett Collection
77. Mary Evans/UNIVERSAL INTERNATIONAL/Ronald Grant/Everett Collection
78. Courtesy Everett Collection
79. AP Photo
80. © Bettmann/CORBIS
81. © Bettmann/CORBIS
82. © Bettmann/CORBIS
83. © Bettmann/CORBIS
84. Courtesy Everett Collection
85. Courtesy Everett Collection
86. Courtesy Everett Collection
87. Courtesy Everett Collection
88. Courtesy Everett Collection
89. Courtesy Everett Collection
90. Courtesy Everett Collection
91. Courtesy Everett Collection
92. Courtesy Everett Collection
93. Courtesy Everett Collection
94. Courtesy: CSU Archives/ Everett Collection
95. © Bettmann/CORBIS
96. AP Photo
97. Hulton Archive/Getty Images
98. Keystone-France/Gamma Keystone via Getty Images
99. New York Times Co./Archive Photos/Getty Images
100. © Richard Howard
101. New York Daily News/ Archive Photos/Getty Images
102. Anders Goldfarb, v1992.48.22, Brooklyn Historical Society
103. Anders Goldfarb, v1992.48.62, Brooklyn Historical Society
104. AP Photo
105. John Duprey/NY Daily News Archive via Getty Images
106. © Ron Saari
107. © Ron Saari

Photo research by Laura Wyss and Wyssphoto, Inc.

34. © Laura Wyss
35. Courtesy Everett Collection
36. © Universal History Arc/age fotostock
37. Library of Congress
38. © David J. and Janice L. Frent Collection/CORBIS
39. Library of Congress
40. Courtesy Everett Collection
41. Hulton Archive/Getty Images
42. © Bettmann/CORBIS
43. Image Courtesy of the Advertising Archives
44. NACA/NASA
45. NASA Photo
46. NASA Photo
47. Library of Congress
48. March of Dimes
49. Forward Association
50. © Zee/age fotostock
51. Picture Collection, the New York Public Library, Astor, Lenox and Tilden Foundations
52. Picture Collection, the New York Public Library, Astor, Lenox and Tilden Foundations
53. Picture Collection, the New York Public Library, Astor, Lenox and Tilden Foundations
54. © Bettmann/CORBIS
55. © Bettmann/CORBIS
56. © Courtesy: CSU Archive/age fotostock
57. © Bettmann/CORBIS
58. George Arents Collection, the New York Public Library, Astor, Lenox and Tilden Foundations
59. Courtesy Everett Collection
60. © Lebrecht Music and Arts/CORBIS
61. © Bettmann/CORBIS
62. © Arte and Immagini srl/CORBIS
63. Harry Hammond/V&A Images/Getty Images
64. © Michael Levin/Corbis
65. ABC Photo Archives/ABC via Getty Images
66. Print Collection, Miriam and Ira D. Wallach Division of Art, Prints and Photographs, the New York Public Library, Astor, Lenox and Tilden Foundations
67. Courtesy Everett Collection
68. Courtesy Everett Collection
69. Courtesy Everett Collection
70. Courtesy Everett Collection
71. Courtesy Everett Collection
72. Courtesy Everett Collection
73. Courtesy Everett Collection

PHOTO CREDITS

1. Courtesy Everett Collection
2. © Bettmann/CORBIS
3. Science, Industry and Business Library, the New York Public Library, Astor, Lenox and Tilden Foundations
4. NASA Photo
5. Felix the Cat in "Oceantics," Pat Sullivan Cartoon
6. "The Window Washers," Paul Terry Cartoon
7. "The Window Washers," Paul Terry Cartoon
8. "Felix in Hollywood," Pat Sullivan Cartoon
9. © Rolf Nussbaumer/age fotostock
10. © Carmen Roewer/age fotostock
11. Courtesy Everett Collection
12. Courtesy Everett Collection
13. Mary Evans/Ronald Grant/Everett Collection
14. Haywood Magee/Moviepix/Getty Images
15. Courtesy Everett Collection
16. Picture Collection, the New York Public Library, Astor, Lenox and Tilden Foundations
17. Baseball Boy by Guernsey Van Riper Jr., illustrated by William B. Ricketts
18. Ten Seconds to Play: A Chip Hilton Sports Story by Clair Bee
19. Library of Congress
20. Henry W. and Albert A. Berg Collection of English and American Literature, the New York Public Library, Astor, Lenox and Tilden Foundations
21. Mansell/Time Life Pictures/Getty Images
22. Library of Congress
23. © AISA/Everett Collection
24. © Bettmann/CORBIS
25. © Bettmann/CORBIS
26. National Archives and Records Administration
27. © Bettmann/CORBIS
28. © CORBIS
29. © Bettmann/CORBIS
30. © Bettmann/CORBIS
31. Henry Walker/Time Life Pictures/Getty Images
32. Hulton Archive/Getty Images
33. Photo courtesy Ron Ramirez, Philcoradio.com

訳者あとがき

二十一世紀に入ってからポール・オースターはほぼ一年一冊のペースで着々と中・長篇小説を発表していたが、二〇一〇年代に入っていったん小説を離れ、『冬の日誌』（*Winter Journal*）と『内面からの報告書』（*Report from the Interior*）という、ひとまずノンフィクションという枠で括《くく》れる作品を二冊続けて発表した。まとまったノンフィクション作品としては、一九九七年の『なぜ書くか』（日本では独自編集の著作集『トゥルー・ストーリーズ』に収録）以来である。これから述べるように、この二冊ははっきり対を成していて、両方読むことでより豊かな全体が見えてくる。そこで今回の文庫化にあたっても、二〇一二年に文庫化した二中篇『写字室の旅』『闇《やみ》の中の男』同様、合本で出すことに意味があると考えた次第である。

『冬の日誌』という一方の題からも窺《うかが》えるとおり、二〇一二年から一三年にかけて刊行されたこの二冊は、一九四七年生まれの、人生の冬が見えてきた人間が、遠い昔に自分の身体（『冬の日誌』）と精神（『内面からの報告書』）に起きていたことを再発見しようとする、過去の自分を発掘する試みである。三十代後半から四十代、『ニューヨーク三部作』『ムーン・パレス』『偶然の音楽』などいまやオースター作品の定番となっている書物を次々書いていたころには、このような本を書くことはまずありえなかっただろう。

その一方で、この二作を、充実した人生を送ってきた初老の人間が生涯をしみじみふり返る回顧=懐古的な書物、というふうにまとめてしまうのも正しくないだろう。そもそもポール・オースターがノンフィクションに携わるとき、ラジオ番組の聴取者から無数の体験談を集めて作った編著『ナショナル・ストーリー・プロジェクト』に顕著なように、ノンフィクションという枠を揺さぶるような独自の着想がそこにはつねに盛り込まれている。一九八二年に刊行された、父親との関係を綴《つづ》り、その父の息子である自分、また自身も父親である自分を考察した『孤独の発明』にしても、いわゆる自伝として時系列に沿って事実を並べた本では決してなく、息子というもの、父親というものをめぐる思索的な作品になっている。「もちろん『孤独の発明』は自伝的だが、自分の人生を物語っていたというよりも、誰もに共通するいくつかの問題を、自分を使って探ったと思っている。我々がいかに考え、いかに思い出し、いかにいつも過去を引きずっているかを」(ラリー・マキャフリーとシンダ・グレゴリーによるインタビュー、畔柳《くろやなぎ》和代訳、『空腹の技法』所収)。同じことが『冬の日誌』『内面からの報告書』にも言える。事実、『内面からの報告書』第一部で、自分の精神がかつて何を感じていたかを探索することの動機として、語り手はこう述べる——「自分がたぐい稀《まれ》な、例外的な考察対象だと思うからではなく、まさしくそうは思わないから、自分自身を単に一人の人間、誰でもありうる人間と思うからこそ」。

自伝的な書物を読むとき、人は多かれ少なかれ、他人の人生をたどりながら自分の人生にも思いをはせるものだと思うが、これら二冊の場合、読者が自己の人生に思いをはせる度合いがある程度高くなるようになっていると言えそうである（まあその結果、たとえば僕の場合、つねに張りつめて生きてきたポールの人生をたどりながら我が身をふり返り、「自分はずいぶん漫然と生きてきたなあ」とため息をつくわけだが……）。

まず、「体の考古学」たる『冬の日誌』。まだ三つか四つだった、自分の体と地面とがいまより近かった——ゆえに大好きだった蟻《あり》たちとの距離もずっと近かった——ときの実感に始まって、六十四歳の執筆時現在、ベッドから床に降り立つときに足の裏に感じる冷たさに至るまで、かつて自分の身体が体験した無数の事柄を『冬の日誌』は語る。

そのなかで、これまで自分が住んできた全住居を住所まで明かしそこに住む体感を一軒一軒記述するという卓抜なアイデアを実行したり、一家三人危うく事故死するところだった自動車事故から広い文脈に話を展開し一瞬のアクシデントを何年もの時間と意味深く結びつけたりしつつ、読み応《ごた》えのある身体の歴史が綴られてゆく。さらにまた、著者の母親のことが詳しく語られているという点では（特に母が少年たちの野球に仲間入りして特大ホームランをかっ飛ばす一節などは、本書のもっとも明るいハイライトのひとつだ）、もっぱら父親に焦点を当てていた『孤独の発明』と補完しあう一冊とも言える。

『孤独の発明』第一部では、自分を外から、一人の他者として見るために、自分を「A」「彼」と三人称で語るという方法が採られていた。『冬の日誌』ではそれが「君」という二人称になっている。どちらも素直に一人称を使わない点がオースターらしいが、こうした人称の違いは、『孤独の発明』では比較的近い過去の、もしくは現在の自分が対象とされていたのに対し、この二冊では何十年も前の自分が対象になっていることから自然に生じたものと言えるだろう。一九八〇年代のニューヨークで空虚な生を生きるヤッピーの心理を描いたジェイ・マキナニーの小説『ブライト・ライツ、ビッグ・シティ』（一九八四）では、自分がいま・ここにいることがいまひとつ実感できない希薄な自己を語るために二人称の「君」が使われていたが、オースターの「君」はもう少し――というかだいぶ――温かい。何も知らなかったぶん、いまより新しかった世界と対《たい》峙《じ》し、あるときは高揚の瞬間を、あるときは苦悩の時間を生きていたかつての「君」を、共感と、同情と、いくぶんの羨望《せんぼう》とが混ざりあった思いで著者は眺めている。その感慨豊かな視線を共有できることが、この本を読む上での大きな楽しみである。ポール・オースターの愛読者にとっては、なるほどこういうものを食べて育ってこんな場所に住んでいた人がああいう本を書くわけか、という発見も楽しいだろうが、かりにオースター作品をまったく知らなくても、人が自分の過去を発掘する営みの中身濃き実例として、大いに刺激を受けられる一冊ではないかと思う。

そして、「精神の考古学」ともいうべき『内面からの報告書』。

人の精神は現在の自分からのみ成り立っているのではない。たとえば現在三十六歳のあなたの中には、三十六歳のあなたの下に二十七歳のあなたもいれば、その下には二十二歳、十七歳、十四歳、十一歳、九歳……のあなたが、ひとつの地表の下にいくつもの違った地層が重なっているように重なりあっている。三十六歳のあなたは、あくまで地表であるにすぎない。

――というような比喩《ひゆ》を使って考えたかどうかは知らないが、この本は、そのような発想に基づいて、地表の下に埋もれている過去の自分の地層を明るみに出そうとする試みである。『冬の日誌』では、かつての自分の身体に起きていたことをオースターは発掘した。そして今度はこの本で、かつての自分の心に、内面に――内面と呼ぶに相応《ふさわ》しいものが誕生する以前までさかのぼって――何が起きていたかを思い出し、生きなおそうとしている。ゆえに『内面からの報告書』。

『冬の日誌』ではかつての自分を「君」と呼び、全巻ほぼ時間軸に沿ってその「君」の身体に何が起きたかを綴っていたが、この『内面の報告書』も「君」という二人称を使っている点では共通しているものの、本全体は四部に分かれ、各部でそれぞれ違ったアプローチが採られている。

第一部「内面からの報告書」では、『冬の日誌』と同じく時間の流れに沿って、ただし十二歳までの時期に限定して、「君」の精神に何が起きていたか、さまざまなエピソードを連ねて語っていく。これを読んでいて印象的なのは、嬉《うれ》しかった出来事、幸福だった瞬間ももちろんあるのだが、それよりむしろ、傷ついた瞬間、自分の思いを人に伝えられずに辛《つら》かった体験の方が、より直接的で生々しいように思えることである。嬉しい出来事の方は、たとえば大リーグの超一流選手が自宅に訪ねてきても、この人は本当にあの名投手なのだろうか、偽物《にせもの》ではないだろうかという疑念が生じてしまう。生まれて初めて書いた「長篇」小説を教師に褒められ、みんなの前で朗読するよう勧めてもらったことの嬉しさよりも、読書競争で圧倒的一位になったのに教師から嘘《うそ》つき呼ばわりされたことの悲しさの方が強烈に伝わってくる。もしかしたら、幸福な体験は誰かに聞いてもらうことをそれほど必要としないが、誰にも理解してもらえなかった体験はこうして語られることを通し、読み手が（そのときにはいなかった）理解者になることで、書き手も読み手もなにがしかを得るのかもしれない。

そして、この幼かった「君」が為《な》す最大の発見は、自分がユダヤ人であるという事実だろう。アメリカに生まれたアメリカ人だと思っていたのに、自分がアメリカにいることを望まない人たちがいるという事実を「君」は知った。個人的な話になるが、初めてポール・オースターに会ったとき、あなたにとってユダヤ人であるというのはどういうことですか、と訊《き》くと、まわりのみんなとは違っているということだ、という答えが返ってきたのを覚えている。むろん「まわりのみんな」の中にはユダヤ人も含まれる。だから「君」は、「我々ユダヤ人」という輪の中に安住の場を見出《みいだ》すわけではないし（シナゴーグでヘブライ語や旧約聖書を学ばされる時間は彼にとってもっとも辛い時間である）、現在のポール・オースターも「ユダヤ系アメリカ作家」という枠で括られることを好まない。あくまで、周りからずれていることをつねに傷のように抱えている、かつそれが自負のよりどころにもなっているような人間として、オースターにとっての「ユダヤ人」はある。ここで我々は、きわめてユダヤ的なアメリカ人作家バーナード・マラマッドが言ったことになっている「すべての人間はユダヤ人だ。みんなそれを知らないだけだ」という一言を思い出してもいいだろう。

――などというこわばった理屈をこの本が述べているわけではないことは急いで強調しておかねばならない。あくまで具体的な逸話、物語を魅力的に語り、そこからこのような個人的真理が垣間《かいま》見えてくるのが、この本に限らず、オースターの自伝的文章の強味である。

周りからずれている人間という主題は、「脳天に二発」（Two Blows to the Head）

と題され、子どものころ観《み》た二本の映画について詳しく語るというまったく違ったアプローチを採る第二部にも持ち越される。どんどん小さくなっていく男を描いた『縮みゆく人間』と、脱獄囚として不当に追われる男を描いた『仮面の米国』（原題は*I Am a Fugitive from a Chain Gang*＝私はチェインギャングからの逃亡者）。一方はSF、一方は社会派の、表面的にはまったく異なった映画だが、主人公が周囲からずれていて孤立しているという点では共通している。そしてこの二本の映画を観ている「君」は、明らかにこれらずれた人間になっている。彼らの苦しみを「君」は生きている。

もちろん、このずれがユダヤ人であることの比喩だなどと言うつもりはない。むしろ、小さくなること、追われることが、虚構の中ではあっても、ユダヤ人であることに劣らず切実な体験になっていると言うべきだろう。あるいはまた、この体験を、アメリカ文学によく見られる「僕はみんなと違うんだ症候群」の表われと捉《とら》えるのもフェアではあるまい。少年時代の体験の強味として、そういう症候群にいわば「毒される」前の、派生的ではなく起源的な出来事として二つの映画体験は語られている。

物語を生きることを通して「君」という人間が形成されていく、という点がここでのポイントだろう。そして、いつもながら、作品内で別の物語を語る――物語内物語を語る――際のポール・オースターの巧《うま》さには本当に感心させられる。『縮みゆく人間』『仮面の米国』、どちらも見応えある映画だが、それをあたかも実際に――「君」と一緒に

――観た気にさせてくれる文章がここでは堪能《たんのう》できる。

「タイムカプセル」と題された第三部は、だいぶ趣を異にしている。その大半が、のちに最初の妻となったリディア・デイヴィスに宛《あ》てて若いころ書いた手紙の抜粋と、それに関するコメントから成っているのだ。著者たる現在のオースターは、このかつての自分について我々読み手に情報を提供するというより、むしろ数々の手紙を解読しながら、かつての自分という他者を我々とともに発見している感がある。これらの手紙も一種の物語内物語であるだろうが、ここでのオースターは、いつものように物語内物語を手際《てぎわ》よく語るというには程遠く、まとめ難い物語を何とかまとめようと奮闘している感がある。むろんその奮闘には、苦しみよりもはるかに喜びが伴っていて、我々読み手にもそれが伝染するのだが。

「タイムカプセル」で扱われている時代である一九六〇年代末に本人が書いていた一連の習作は、九篇がすでに邦訳され、雑誌『MONKEY』第一号「青春のポール・オースター」に掲載されている（拙訳）。あわせてお読みいただくと当時のオースター青年がどう生きていたかがより立体的に見えてくるのだが、残念ながらこの号は好評につき売り切れてしまった。原文は九篇のうち二篇――“Invasion”と“The Hlumes”――が *Monkey Business* 英語版第三号（http://monkeybusinessmag.tumblr.com/store、電子版あり）に掲載されている。

最後の第四部「アルバム」は、一種のコーダというか、それまでの三部で綴られてきた文章を視覚的に補足する写真や図版が並べられている。ほとんど大きなお世話かもしれない解説を加えるなら、1の人の顔をした月はジョルジュ・メリエス監督『月世界旅行』（一九〇二）の有名なスチル。36はジョージ・ワシントンの絵画というとまず誰もが挙げる、エマヌエル・ロイツェ作「デラウェア川を渡るワシントン」（一八五一）。41の新聞は一九四九年八月三十日の、ソ連が前日に初の核実験を成功させたことを報じる第一面。43は共産主義の「悪」をラジオを通じて広める資金の寄付をアメリカ国民に呼びかけた広告。「一ドルで百語の真実が買えます」。49は当時は日刊だった、アメリカで発行されている代表的なイディッシュ語新聞『フォワード』一九五三年六月二十日の第一面。66はO・ヘンリーのよく知られている一連の肖像写真とはだいぶ印象が異なるが、ニューヨーク公共図書館所蔵の肖像画である。79のフリーダム・ライダーズは一九六一年、人種差別に反対してバスで南部を旅し各地で暴力的妨害に遭った活動家集団。

また、第一部の二六九―七〇ページ、『ピーターラビットのおはなし』からの引用は石井桃子訳（福音館書店）を、三一四ページ、カフカ「インディアン願望」からの引用は池内紀訳（白水Uブックス）を使わせていただいた。

以下に、二〇二四年一月時点でのオースターの主要作品を挙げる。特記なき限り拙訳による長篇小説。

The Random House Book of Twentieth-Century French Poetry（1982）訳詩アンソロジー（編著）

The Invention of Solitude（1982）『孤独の発明』自伝的考察（新潮文庫）

City of Glass（1985）『ガラスの街』（新潮文庫）

Ghosts（1986）『幽霊たち』（新潮文庫）

The Locked Room（1986）『鍵のかかった部屋』（白水Uブックス）

In the Country of Last Things（1987）『最後の物たちの国で』（白水Uブックス）

Disappearances: Selected Poems（1988）『消失　ポール・オースター詩集』（飯野友幸訳、思潮社）

Moon Palace（1989）『ムーン・パレス』（新潮文庫）

The Music of Chance（1990）『偶然の音楽』（新潮文庫）

Leviathan（1992）『リヴァイアサン』（新潮文庫）

The Art of Hunger: Essays, Prefaces, Interviews（1992）『空腹の技法』エッセイ集（柴田・畔柳和代訳、新潮文庫）

Mr. Vertigo（1994）『ミスター・ヴァーティゴ』（新潮文庫）

Smoke & Blue in the Face: Two Films（1995）『スモーク&ブルー・イン・ザ・フェイス』映画シナリオ集（柴田ほか訳、新潮文庫）

Hand to Mouth: A Chronicle of Early Failure（1997）エッセイ集、日本では独自編集で『トゥルー・ストーリーズ』として刊行（新潮文庫）

Lulu on the Bridge（1998）『ルル・オン・ザ・ブリッジ』映画シナリオ（畔柳和代訳、新潮文庫）

Timbuktu（1999）『ティンブクトゥ』（新潮文庫）

I Thought My Father Was God（2001）編著『ナショナル・ストーリー・プロジェクト』（柴田ほか訳、新潮文庫、全二巻／CD付き対訳版アルク、全五巻）

The Story of My Typewriter（2002）『わがタイプライターの物語』絵本、サム・メッサー絵（新潮社）

The Book of Illusions（2002）『幻影の書』（新潮文庫）

Oracle Night（2003）『オラクル・ナイト』（新潮文庫）

Collected Poems（2004）『壁の文字　ポール・オースター全詩集』（飯野友幸訳、TOブックス）

The Brooklyn Follies（2005）『ブルックリン・フォリーズ』（新潮文庫）

Travels in the Scriptorium（2007）『写字室の旅』（新潮社）、『写字室の旅／闇の中の

男』（新潮文庫）
Man in the Dark（2008）『闇の中の男』（新潮社）、『写字室の旅／闇の中の男』（新潮文
庫）
Invisible（2009）『インヴィジブル』（新潮社）
Sunset Park（2010）『サンセット・パーク』（新潮社）
Winter Journal（2012）『冬の日誌』自伝的考察（新潮社）、本書
Here and Now: Letters（*2008-2011*）（with J. M. Coetzee, 2013）『ヒア・アンド・ナウ』
往復書簡、J・M・クッツェーと共著（くぼたのぞみ・山崎暁子訳、岩波書店）
Report from the Interior（2013）『内面からの報告書』自伝的考察（新潮社）、本書
4 3 2 1（2017）
Burning Boy: The Life and Work of Stephen Crane（2021）評伝
Long Live King Kobe : Following the Murder of Tyler Nichols（2022）Spencer
Ostrander（写真）と共著、ノンフィクション
Bloodbath Nation（2023）Spencer Ostrander（写真）と共著、ノンフィクション
Baumgartner（2023）

『冬の日誌』／『内面からの報告書』以降の著作について簡単に述べておく。*4 3 2 1*

は八六六ページに及ぶ大長篇で、著者本人と同じく、一九五〇—六〇年代に少年期、青春期を送る人物を中心に据えている。*Burning Boy* は一八七一年に生まれ一九〇〇年に死んだ夭折《ようせつ》の作家スティーヴン・クレインの評伝で、これも七八三ページに及ぶ大著。スペンサー・オストランダーとの共著二冊はアメリカに蔓延《まんえん》する暴力に対する怒りの書である。*Baumgartner* は妻を失った老いた男を主人公とする連作短篇集で、もっとも直接的に、『冬の日誌』『内面からの報告書』の先にある風景が描かれている。

『冬の日誌』『内面からの報告書』は単行本化に際しては新潮社出版部の佐々木一彦さんに、今回の文庫化に関しては文庫編集部の菊池亮さんにお世話になった。この場を借りてお礼を申し上げる。

二〇一七年に刊行された*4 3 2 1* について、著者オースターは、いままで書いてきたすべての作品はこの一冊にたどり着くためだったと述べている。そして「いままで書いてきたすべての作品」の中でも、とりわけこの『冬の日誌』『内面からの報告書』執筆を通して、作者が自分の過去の地層を徹底的に掘り起こすことが、あの大作を書く助走として必要だったにちがいない。だがもちろん素晴らしいのは、その助走自体が美しい、読み応えのある書物となっていることである。多くの皆さんに味わっていただけますように。

本書は二〇一七年二月新潮社より刊行された『冬の日誌』と同三月新潮社より刊行された『内面からの報告書』を合本し、文庫化したものである。

Title : WINTER JOURNAL/REPORT FROM THE INTERIOR
Author : Paul Auster

冬《ふゆ》の日誌《にっし》／内面《ないめん》からの報告書《ほうこくしょ》

新潮文庫　オ - 9 - 18

Published 2024 in Japan
by Shinchosha Company

令和六年一月一日発行

訳　者　柴《しば》田《た》元《もと》幸《ゆき》
発行者　佐藤隆信
発行所　株式会社新潮社

郵便番号　一六二―八七一一
東京都新宿区矢来町七一
電話　編集部(〇三)三二六六―五四四〇
　　　読者係(〇三)三二六六―五一一一
https://www.shinchosha.co.jp

価格はカバーに表示してあります。

乱丁・落丁本は、ご面倒ですが小社読者係宛ご送付ください。送料小社負担にてお取替えいたします。

印刷・株式会社光邦　製本・株式会社大進堂

ISBN978-4-10-245120-5 C0197